CW00673226

LES REINES DE FRANCE
AU TEMPS DES BOURBONS

Simone Bertière, agrégée de Lettres, maître de conférences honoraire à l'université de Bordeaux III et chargée de cours à l'École normale supérieure de jeunes filles, dont elle est ancienne élève, a collaboré aux recherches de son mari, puis soutenu et publié à titre posthume la thèse de ce dernier sur *Le Cardinal de Retz mémorialiste.* Elle a établi en 1987 une édition des *Mémoires* (1991 – Pochothèque) et de *La Conjuration de Fiesque* pour les Classiques Garnier. Elle est l'auteur de nombreux articles sur des sujets de littérature française du XVIIe siècle et de littérature comparée, d'une biographie du cardinal de Retz (1990 – Éditions de Fallois) et dans « Le Livre de Poche Classique » d'une anthologie de la littérature française du XVIIe siècle. Dans cette même collection, Simone Bertière, à l'occasion d'une préface à l'édition de *Vingt ans après* d'Alexandre Dumas, a écrit une étude sur le roman historique.
Elle a entrepris aux Éditions de Fallois une fresque consacrée aux reines de France, du XVIe au XVIIIe siècle. Le premier volume des *reines de France au temps des Valois* : *Le « Beau XVIe siècle »,* est paru en mars 1994, le second : *Les Années sanglantes*, en octobre 1995.
En septembre 1996, paraît le premier volume des *Reines de France au temps des Bourbons : Les Deux Régentes* (Grand Prix d'Histoire – Chateaubriand – La Vallée aux Loups). En mai 1998, le second volume : *Les Femmes du Roi-Soleil* (Prix Hugues-Capet). En août 2000, le troisième volume : *La Reine et la favorite.* En mai 2002, le quatrième volume : *Marie-Antoinette l'insoumise.*

Paru dans Le Livre de Poche :

LES REINES DE FRANCE AU TEMPS DES VALOIS.
1. Le beau XVIe siècle
2. Les années sanglantes

LES REINES DE FRANCE AU TEMPS DES BOURBONS.
1. Les Deux Régentes
2. Les Femmes du Roi-Soleil
3. La Reine et la favorite

SIMONE BERTIÈRE

Les Reines de France au temps des Bourbons

***

« La Reine et la favorite »

ÉDITIONS DE FALLOIS

À mes amis,
André et Théia,

et

à ma nouvelle petite-fille,
Clara

PROLOGUE

Le roi est mort, vive le roi ! À peine Louis XIV a-t-il fermé les yeux que toute la France acclame l'enfant rayonnant d'innocence sur qui s'est posée l'étincelle de l'élection divine. Certes deux générations ont sauté, Louis XV succède à son arrière-grand-père : un cas de figure inédit. Mais comme le veulent les « lois fondamentales » du royaume, la continuité est sans faille. Au contraire, l'histoire des reines comporte des trous. Les reines mortes ne sont pas automatiquement remplacées. Depuis la disparition de Marie-Thérèse en 1683, la fonction est restée sans titulaire, quitte à être remplie à titre temporaire par des suppléantes, les deux dauphines successives. Mais les suppléantes sont mortes. Auprès du petit roi, pas de mère, pas de grand-mère. Le vide. Pas de femme pour l'aider à assumer l'héritage. Tout est à refaire. Après le grand jeu de massacre de la fin du règne précédent, une famille à recréer. Après l'intermède de la régence, crise de défoulement passager, une tradition à retrouver. Tel est le rôle dévolu à Marie Leszczynska.

Fidèle au principe qui est le nôtre, c'est à sa vie et non à celle de son époux que nous avons emprunté les limites chronologiques du présent récit. Ce récit s'arrêtera à sa mort, car les dernières années du règne de Louis XV appartiennent déjà, pour l'histoire des reines, à Marie-Antoinette, qui aura droit à un volume pour elle seule. Une vie de Marie Leszczynska ? Drôle d'idée, direz-vous peut-être ! Cette très respectable princesse, confinée dans les maternités et les pratiques de dévotion, n'a pas coutume d'attirer les biographes. Mais quand bien même elle se réduirait à ces fonctions premières, elle aurait sa place aux côtés des plus effacées de nos reines comme la petite Claude, épouse de François Ier, ou Élisabeth d'Autriche, épouse de Charles IX, en tant qu'exemple de ce que pouvait être la condition d'une reine de France. En réalité, elle fut beaucoup moins insignifiante qu'on ne le dit. Elle avait de l'esprit, de la personnalité, un caractère entier, sans nuances. Il lui manquait la séduction. Le cardinal Fleury, précepteur du jeune roi et premier ministre de fait, qui gouverna remarquablement le royaume jusqu'à sa plus extrême vieillesse, découragea chez elle toute velléité d'intervention directe dans les affaires. Mais parce qu'elle était la reine, inamovible, elle comptait. Or, on l'oublie trop souvent, elle fut présente aux côtés de Louis XV pendant quarante et un ans : un record de longévité pour une reine épouse. De plus, elle n'est pas seule en cause. Elle occupe dans la configuration familiale une position centrale qu'accroît l'arrivée à l'âge adulte de ses enfants : un fils, héritier du trône, et une ribambelle de filles dont la plupart restent sur place, célibataires. Avec eux tous, appuyée sur eux, elle devient lorsque s'aggravent les conflits politiques le point de ralliement des conservateurs et du parti clérical. Sa vie personnelle, sans histoire, croise donc à chaque instant l'histoire très mouvementée du long règne de son époux.

En vis-à-vis nous nous sommes permis de placer la marquise de Pompadour. Sans intention sacrilège. Ni pour le plaisir de raconter des histoires d'alcôve. Mais pour le rôle symétrique que joue la favorite auprès du roi. Les déboires conjugaux de Marie Leszczynska suivent un schéma des plus traditionnels. Une sensualité exigeante, un goût très vif pour la compagnie des femmes : Louis XV est le digne héritier de son bisaïeul – dans le seul domaine dont ses éducateurs essayaient de le détourner ! L'étonnant est qu'il ait attendu une huitaine d'années pour céder à un penchant auquel il ne renoncera jamais. Les premières élues, les trois sœurs de Nesle, ne s'écartent pas du modèle le plus banal. La Pompadour, en revanche, donne au personnage quasi stéréotypé de la maîtresse royale un visage très nouveau. Par sa longévité d'abord : elle tient vingt ans. Parce qu'elle réussit, lorsque s'éteint l'amour, à lui substituer l'amitié. Parce qu'elle assume peu à peu, au fil des années, des responsabilités qui font d'elle une manière de premier ministre. Loin de se cantonner, comme la Montespan, dans la fonction de maîtresse resplendissante à exhiber aux visiteurs éblouis, elle empiète sur le territoire de Marie : presque épouse, presque reine. Et comme les confesseurs, moins complaisants que naguère aux péchés du roi, refusent à celui-ci l'absolution tant qu'il la garde à ses côtés, c'est contre l'Église liguée avec la famille qu'elle se maintient vingt années durant.

On conçoit que Marie, bien qu'elle se plie, contrainte et forcée, à une coexistence pacifique, ne désarme pas. Elle ne désespère pas de ramener le roi au bercail conjugal ou tout au moins d'obtenir le renvoi de la favorite qui permettrait à celui-ci de retrouver le chemin des sacrements. Cette lutte feutrée sera un des ressorts dramatiques de notre récit.

*

Or ce scénario de vaudeville ou de comédie larmoyante comme on les aimait à l'époque se joue, non dans un cadre étroit et fermé comme la cour de Louis XIV, mais dans une société ouverte, en pleine mutation, travaillée par des conflits. D'où ses implications politiques.

Fait surprenant, nos deux héroïnes ont en commun une particularité sociologique notable : elles ne sortent pas des milieux où se recrutent respectivement d'ordinaire reines et favorites. Ce sont des personnages atypiques, que rien ne destinait au sort qui fut le leur.

Louis XV avait d'abord été fiancé, selon l'usage, à une infante espagnole, sa cousine germaine. On lui fit épouser finalement, presque par hasard, une obscure « demoiselle polonaise », arrachée à une jeunesse besogneuse d'exilée sans fortune et sans espérances. Une femme dépourvue de prestance et d'éclat, à peine plus qu'une bourgeoise, qui n'avait rien de royal et que les sœurs de Nesle, dames d'excellente noblesse, tenaient pour quantité négligeable. Fleury la dressa au métier de reine. Elle s'y plia, sans en avoir le goût, parce qu'elle y voyait le seul moyen de s'imposer. Elle devint la gardienne des usages, plus tatillonne sur l'étiquette que ne l'aurait été une reine sûre d'elle-même. Et sa piété profonde et sincère acheva de la rendre conforme à l'archétype de la bonne reine, discrète, charitable, telle que l'aimait l'imagination populaire. Elle incarna la tradition.

La favorite, elle, était encore plus étrangère au milieu dans lequel elle s'introduisit. Jeanne-Antoinette Poisson, à la naissance suspecte, au patronyme agressivement roturier, était issue de la grande bourgeoisie d'affaires et d'argent, qui tenait alors le haut du pavé. Elle avait été admirablement élevée, en vue d'une vie mondaine où il lui faudrait briller. Depuis longtemps Versailles a cessé d'être l'arbitre de la mode et du goût. C'est à Paris que se trouve l'initiative, c'est là que se lancent les idées, que bouillonne ce qu'on va bientôt nommer « l'opinion ». Jeanne-Antoinette a fréquenté les salons où règnent des femmes d'esprit, qui accueillent une assistance recrutée sur le seul mérite, sans égard au rang. Elle a rencontré tout ce que la capitale compte d'hommes de lettres, elle s'est liée d'amitié avec des « philosophes », elle professe un catholicisme tiède mâtiné d'une large dose de tolérance. Elle est un produit de ce qu'on commence à appeler les Lumières. Elle incarne l'ouverture, la modernité.

Son accession au rôle de favorite déclarée fait scandale. Doublement scandale : parce que c'est une bourgeoise, qu'on juge déplacée dans une cour plus que jamais crispée sur les privilèges nobiliaires ; et parce qu'elle « pense mal » et qu'on redoute la contagion. La cour la tolérera, par force, mais ne l'adoptera jamais. On ne cessera de comploter pour la faire chasser, en dépit de ses efforts pour se démarquer de ses origines et se conformer au modèle régnant. Sa position ainsi définie *a priori* renforce par contraste celle de la reine, qui lui fait pendant. Nul ne songeait à plaindre la pauvre Marie lorsque ses rivales étaient issues des rangs de la cour, mais elle trouve cent chevaliers servants pour porter ses couleurs contre la Pompadour. Des appartements privés, la rivalité entre reine et favorite s'est transférée sur le plan politique.

*

Tradition contre modernité : ce sont les deux pôles entre lesquels oscille Louis XV, sans parvenir à trancher. Le régent s'était livré en politique et en économie à des innovations qui bousculaient les habitudes. Il est mort sans avoir eu le temps de les consolider. Déjà le règne de Louis le Grand était entré dans la légende. L'enfant-roi, confié à des éducateurs choisis par Mme de Maintenon, est élevé dans l'idée qu'il devra répudier les dangereuses nouveautés et rétablir l'ordre ancien dans toute sa splendeur : une obligation morale, un devoir de fidélité.

L'héritage, c'est d'abord un corps de doctrine et un mode de vie. La monarchie absolue réunit tous les pouvoirs entre les mains du roi, responsable devant Dieu seul, à charge pour lui d'user de ces pouvoirs non selon son caprice, mais pour le bien de ses sujets. Afin de rendre visible et palpable cette fonction sacrée, Louis XIV a créé à Versailles un cadre où se donne à voir, dans le déroulement ritualisé de ses activités quotidiennes, le souverain offert à l'adoration de tous, temple où se célèbre à chaque instant du jour la grand-messe de l'ordre monarchique, reflet terrestre de l'ordre surnaturel. Ce qui lui imposait le sacrifice quasi total de sa vie privée : « Nous ne nous appartenons pas, disait-il à sa bru, nous nous devons au public. » Rude discipline, que supportait mal son entourage. Comment un enfant ou un adolescent pourrait-il s'y plier de bonne grâce ? Sur de jeunes épaules, les vêtements taillés sur mesure pour le Grand Roi dans son âge mûr pèsent d'un poids écrasant. Louis XV est de son temps, il appartient à une génération qui répugne aux contraintes, il rêve de liberté et de bonheur.

L'héritage, c'est aussi un royaume en état de marche. Enfin, à peu près. Une administration efficace est en place, qui permettra de moderniser peu à peu le pays en profondeur. La paix retrouvée permet de souffler. On ne meurt plus de faim au XVIIIe siècle. Avec l'augmentation du niveau de vie moyen se développe l'instruction. Tous les éléments sont réunis pour la prospérité. Elle est au rendez-vous sous le sage ministère du cardinal Fleury. Mais la prospérité engendre de nouveaux besoins, de nouvelles aspirations. On ne veut plus se contenter de servir, d'obéir. D'autre part elle disqualifie les hiérarchies sociales strictement codifiées sur lesquelles repose l'édifice monarchique. La noblesse d'épée, réduite par la paix au chômage technique, s'est reconvertie dans la politique, s'efforçant de bloquer hermétiquement le portillon où se bousculent les élites bourgeoises. Mais déjà les femmes sautent allègrement les barrières : filles de financiers épousant des fils de grands seigneurs, femmes d'esprit régnant en souveraines sur la république des lettres. La carrière de la Pompadour n'est pas un accident isolé, comme l'avait été celle de Mme de Maintenon, mais un cas limite, exemplaire.

À cette société, Louis XV le sait, il faut des réformes. A-t-il les mains libres pour les imposer ? Louis XIV avait tenté de museler toute forme d'opposition. Il reste deux grosses ombres au tableau. La première : la fiscalité, obsolète, se montre incapable de faire face aux charges multiples qu'assume désormais la monarchie. Mais tout impôt nouveau doit être vérifié et enregistré par le parlement de Paris, qui trouve dans des arguties juridiques le moyen, non pas de modifier les édits royaux – il n'en a pas le droit ! –, mais de retarder indéfiniment leur application. La seconde : la bulle *Unigenitus*, par laquelle le roi, en faisant condamner le jansénisme par le pape, avait cru mettre fin aux querelles doctrinales qui déchiraient l'Église. En fait, une redoutable bombe à retardement, une fusée à plusieurs étages, source d'interminables conflits, où seront partie prenante, très active, la reine et le clan familial.

La relation triangulaire qui unit le roi à son épouse et à sa favorite revêt donc, par ce qu'elles font, mais aussi par ce qu'elles sont et ce qu'elles symbolisent, une importance inédite dans l'histoire de France. Jamais la vie privée d'un roi ne s'est trouvée aussi étroitement et aussi continûment liée à la politique. Or entre sa famille et sa maîtresse, entre tradition et modernité, Louis XV, confronté à des exigences également fortes, ne choisira pas. Pour lui, le choix était-il possible ? L'histoire de son règne, qui sert de toile de fond à notre récit, est l'histoire d'une lente mais irréversible érosion de l'autorité royale telle que l'avait définie et pratiquée Louis XIV.

*

Ce livre, comme tous ceux de cette série, évite de s'enfermer dans les limites du genre biographique univoque. Il tente d'offrir, pour la période donnée, une histoire de la famille royale en même temps que des éclairages sur la condition qui y est faite aux femmes. Autour des trois protagonistes apparaissent donc quelques princesses qui ont failli être reines de France, qui auraient dû l'être, si leur destin n'avait pas dévié – la petite infante un temps fiancée à Louis XV et la dauphine de Saxe, épouse de son fils –, quelques autres aussi qui, comme les filles de Louis XV, ont été étroitement associées à la vie familiale.

Une multiplicité de personnages, une tranche chronologique étendue : autant dire une très ample matière. Sur le XVIIIe siècle, les documents abondent, les travaux des historiens aussi. Je dois beaucoup à ces derniers, bien sûr. Mais j'ai recouru le plus souvent possible aux sources d'époque – correspondances et mémoires notamment –, qui ont servi de base commune à toutes les études ultérieures. Ces textes sont une mine de détails précieux pour qui cherche à retrouver les façons de penser et de sentir d'autrefois. J'y ai puisé des détails sur la vie quotidienne, des anecdotes, tout ce qui peut aider à saisir comment mes personnages vivaient leur présent. Mais j'ai cherché aussi à faire apparaître les relations qu'ils entretiennent entre eux et leurs réactions face aux évolutions en cours, bref à les situer dans l'histoire en train de se faire. Ils sont nombreux et divers. Pas question de s'identifier à l'un d'entre eux et d'adopter son point de vue. Les comprendre tous, plutôt que les juger. Entre Marie Leszczynska et la Pompadour, je n'ai pas voulu prendre parti, ni distribuer blâmes ou satisfecit. Le récit y perd peut-être en couleur, il n'offre guère de portraits au vitriol. Mais il y gagne en nuances, et, je l'espère, en exactitude.

Par rapport aux volumes précédents, la rédaction de celui-ci présentait quelques difficultés particulières. Pour deux raisons.

La première, c'est que le XVIIIe siècle, traversé de tensions violentes en dépit de son apparence aimable et frivole, est une période où fleurissent les rancœurs et les haines. Les témoignages d'époque sont marqués, plus fortement que jamais, par des préventions et certains *Mémoires* – ceux de d'Argenson, de Choiseul, de Bernis même – sentent parfois le règlement de comptes. Les pamphlets, utilisés comme moyen de déstabiliser l'autorité royale, multiplient les accusations invérifiables, souvent calomnieuses. On peut donc trouver dans les textes tout ce qu'on veut, et son contraire, le meilleur et la plupart du temps le pire, entre lesquels il est malaisé de faire le tri.

La seconde raison, c'est que face à l'histoire du règne de Louis XV, personne ne peut rester neutre, parce qu'on y voit poindre la Révolution, dont la France d'aujourd'hui est l'héritière. D'où par exemple le très vif contraste entre les jugements portés depuis deux siècles sur Louis XV, ou sur la Pompadour, tour à tour vilipendés ou réhabilités. Sans prétendre faire abstraction de ce que je suis, j'ai tenté de jeter ici sur eux un regard impartial, mais surtout bienveillant, de les faire revivre, quitte à laisser subsister en eux la part de contradictions et d'ambiguïtés qui est le lot de tout être humain.

CHAPITRE PREMIER

UN PETIT ROI ORPHELIN

Le 1er septembre 1715 monte sur le trône de France un petit garçon de cinq ans et demi. Orphelin, bien sûr – sans quoi il ne serait pas roi. Certes il n'est pas le premier à régner très jeune : Louis XIV, à qui il succédait, avait un an de moins à la mort de son père. Mais il est le premier à n'avoir pas auprès de lui une mère pour assurer la transition. « J'ai le malheur de n'avoir jamais su ce que c'est que de perdre une mère », écrira-t-il plus tard dans une lettre de condoléances. Une assez curieuse formule, si l'on veut bien y réfléchir, et qui semble traduire autre chose que le chagrin de n'avoir pas goûté à l'amour maternel : le sentiment d'un maillon manquant dans la chaîne des générations.

Ce sont d'ailleurs plusieurs maillons qui manquent, en amont de l'enfant qui, à cinq ans et demi, devient le dépositaire des espoirs de la dynastie. En amont, un grand vide, un gouffre. Il faudrait dans son cas inventer au mot d'orphelin un superlatif.

Un miraculé

Lors de sa venue au monde, le 15 février 1710, rien ne semblait destiner cet enfant au trône. Certes on se doutait que Louis XIV ne tarderait pas à céder la place. Mais la relève paraissait assurée. Après le vieux monarque devaient régner dans l'ordre son fils unique, le Grand dauphin, puis l'aîné de ses petits-fils, le duc de Bourgogne. Des deux autres petits-fils, l'un, héritier du trône d'Espagne, régnait à Madrid sous le nom de Philippe V, l'autre, le duc de Berry, menait à la cour la vie oisive des cadets sans avenir.

Le duc de Bourgogne était jeune, bien portant, fécond : un premier fils, mort en bas âge, avait été remplacé par un second, titré duc de Bretagne. Le troisième, notre petit duc d'Anjou, était normalement promis au destin de « fils de France » frère du roi, comblé d'honneurs et tenu à l'écart des responsabilités politiques comme son oncle Berry.

Il n'avait guère plus d'un an quand le destin se mit en marche.

Le 14 avril 1711 mourait le Grand dauphin, de la variole. Moins d'un an plus tard disparaissait la duchesse de Bourgogne, à l'âge de vingt-six ans, suivie moins d'une semaine plus tard par son époux, tous deux emportés par une épidémie de rougeole – ou de scarlatine ? – qui faisait alors des ravages à Paris. Les deux enfants du couple étaient également atteints, au grand désespoir de leur gouvernante, la duchesse de Ventadour, et des femmes qui en avaient la garde. Tandis que les médecins s'acharnaient sur l'aîné, achevant de miner sa résistance à coups de vomitifs et de saignées, la duchesse, fortement appuyée par son assistante la sous-gouvernante, prit sur elle de leur refuser l'accès auprès du plus jeune. Elles se contentèrent de le maintenir au chaud, avec une alimentation légère, et lui sauvèrent ainsi la vie. Le nouveau dauphin, survivant de l'hécatombe, avait tout juste deux ans.

La famille aux multiples ramifications, naguère objet de l'imprudent orgueil de Louis XIV, se trouvait dramatiquement amputée. Lorsque deux ans plus tard mourut aussi, accidentellement, le duc de Berry, le vieux souverain septuagénaire ne pouvait plus compter pour lui succéder que sur cet enfant si jeune. Ses dernières années furent donc hantées par le souci d'assurer l'avenir de son arrière-petit-fils. Et en attendant, il veilla à ce que sa petite enfance souffrît le moins possible de sa condition d'orphelin.

« Maman Ventadour »

Ne cédons pas à la sentimentalité et ne versons pas trop de larmes sur le malheureux privé de la tendresse maternelle. Les mères royales n'avaient pas coutume de se pencher longuement sur les berceaux. La duchesse de Bourgogne était bien trop absorbée par les devoirs et les intrigues de la vie de cour pour s'occuper de ses enfants au maillot. Il y avait pour cela du personnel en abondance. Mme de Ventadour avait conservé, après le drame, le bataillon d'auxiliaires chargées de l'assister dans sa tâche : deux sous-gouvernantes, une nourrice, une « remueuse » chargée de bercer l'enfant, deux premières femmes de chambre et seize femmes de chambre en second, deux blanchisseuses, et nous en passons. Toutes montraient pour l'enfant arraché à la mort une affection débordante. Avec son frais minois, ses grands yeux noirs et ses boucles blondes, c'était un très joli petit garçon, rieur, vif et éveillé, déjà conscient de son charme et sachant en jouer à l'occasion. Conscient aussi des craintes qu'inspirait sa santé et prêt à en profiter pour n'en faire qu'à sa tête.

Il ne comprit sûrement pas, à deux ans, ce qui était arrivé à ses parents, si tant est qu'on en ait parlé devant lui. Tout au plus a-t-il pu percevoir intuitivement l'angoisse et le chagrin des grandes personnes. En revanche, il dut remarquer la disparition de son frère, élevé avec lui. Il n'est pas certain qu'il en ait souffert. Plus âgé de trois ans, celui-ci avait montré quelque jalousie à la naissance du nouveau venu et il est probable qu'il avait su lui faire sentir sa prééminence d'aîné. Privé de lui, le cadet se trouvait désormais seul à jouir des prévenances de l'entourage. Il devenait le centre du monde.

Ce fut la duchesse de Ventadour qui assuma auprès de lui le double rôle de mère et de grand-mère. Elle approchait alors de la soixantaine. Après quelques écarts de conduite que faisaient excuser ses malheurs conjugaux, elle avait tourné à la dévotion, s'était liée avec Mme de Maintenon. Sans grande expérience en matière éducative, n'ayant eu qu'une fille qu'elle avait élevée de loin selon l'usage des grandes dames, elle était prête à suivre en tous points les consignes données par la fondatrice de Saint-Cyr.

D'abord une hiérarchie des priorités : « Rendez-le-nous sain ; c'est tout ce qu'on veut. » Le bon abbé Perot – autre créature de Mme de Maintenon –, qu'on plaça auprès de lui dès quatre ans à titre d'instituteur pour lui enseigner les rudiments de la lecture et de l'écriture, fut prié de ne pas fatiguer son précieux élève : « Ma grande expérience, disait l'éducatrice chevronnée, me fait croire qu'il est inutile de se presser d'apprendre quelque chose aux enfants ; il ne leur faut pas la moindre contrainte. » Les exploits du petit prince se bornèrent donc à griffonner à destination de son aïeul des billets affectueux, variations autour d'une formule de base : « J'aime fort mon cher papa roi. » Bref on le laissa jouer et rire, en l'entourant de précautions pour lui éviter les rhumes, auxquels il était sujet, et pour l'empêcher de prendre des risques.

Faut-il en conclure qu'il fut mal élevé, gâté, comme l'insinue Madame Palatine, et qu'on lui laissa faire « toutes ses volontés » ? Assurément non. Les consignes de modération ne visent que sa formation intellectuelle. Mais on ne transigeait ni en matière de religion – on devait l'accoutumer à la pratique quotidienne de la prière et lui rendre la piété pour ainsi dire naturelle – ni en matière de morale – il fallait le former à la raison et à la vertu. À la raison, en lui expliquant le pourquoi de ce qu'on attend de lui, au lieu d'exiger une obéissance aveugle. À la vertu, en lui prêchant la sincérité, le respect et la reconnaissance des bienfaits. S'y ajoutait un précepte destiné au futur roi : qu'il ne parle pas à tort et à travers et sache taire ce qu'on lui confie. Et pour bien marquer sa dépendance à l'égard de sa gouvernante, représentante de la puissance parentale, jusqu'à sept ans il n'apparut jamais en public que tenu par elle en « lisière » – une sorte de laisse semblable à celles qui servent à guider les premiers pas, mais dotée ici d'une fonction purement symbolique.

Contraintes modestes que tout cela. Pas de fouet ni de verges, pas de punitions, tout au plus des réprimandes. Au total, sa première enfance – jusqu'à son accession au trône, à cinq ans et demi, et même encore jusqu'à son « passage aux hommes », au jour de ses sept ans – fut sensiblement plus détendue et plus chaleureuse que celle de son père ou de son grand-père, harcelés par des maîtres avides de faire leurs preuves en exhibant la précocité intellectuelle de leurs pupilles. Et « Maman Ventadour », toujours prête à le bercer dans ses bras, à essuyer ses larmes, à compatir à ses bobos et à ses chagrins, suffisait à combler son besoin d'amour. Elle restera pour lui *Maman* jusqu'au jour de sa mort en 1744. Quant à l'image paternelle, comme disent aujourd'hui les psychologues, elle fut incarnée pour lui par l'aïeul, si imposant et si tendre à la fois, qui savait à l'occasion le traiter en homme.

Dans cette enfance somme toute protégée et heureuse, le premier choc inscrit dans sa mémoire fut la mort du vieux roi. À cinq ans et demi, l'enfant était capable de comprendre et on lui fit comprendre ce que signifiait cette mort. Il fut mené au chevet du moribond pour l'impressionnante cérémonie des adieux : « Mignon, vous allez être un grand roi, mais tout votre bonheur dépendra d'être soumis à Dieu et du soin que vous aurez de soulager vos peuples. Il faut pour cela que vous évitiez autant que vous pourrez de faire la guerre : c'est la ruine des peuples. Ne suivez pas le mauvais exemple que je vous ai donné sur cela ; j'ai souvent entrepris la guerre trop légèrement et l'ai soutenue par vanité. Ne m'imitez pas, mais soyez un prince pacifique, et que votre principale application soit de soulager vos sujets. » Non, il ne risquait pas d'oublier ces recommandations sacrées : il pouvait les lire tous les jours, comme un message d'outre-tombe, sur un panneau affiché au pied de son lit par Mme de Ventadour. Comment ne les aurait-il pas retenues par cœur ?

Selon l'usage, il avait été tenu à l'écart des derniers moments de son aïeul, mais lorsque, cinq jours plus tard, il vit le duc d'Orléans s'agenouiller devant lui et lui baiser la main en disant : « Sire, je viens rendre mes devoirs à Votre Majesté, comme le premier de ses sujets », il éclata en sanglots, face à la cohue des courtisans venus lui rendre hommage. Il devait recevoir les condoléances officielles des plus grands seigneurs et des ambassadeurs étrangers : on les pria de renoncer aux manteaux noirs de rigueur, pour ne pas le terroriser. Mais lui-même ne put échapper au grand deuil de six mois, en violet, sans bijoux ni parures, et il roula dans des carrosses drapés de violet.

Premier contact avec la mort, précoce et brutal. Et il comprit alors, rétrospectivement, que ses parents aussi étaient morts : il restait l'unique survivant de sa famille. Et il ne put manquer de sentir, obscurément, qu'on le jugeait en péril, qu'il flottait autour de lui une menace. La terrifiante hécatombe qui avait fauché la descendance de Louis XIV paraissait aux regards superstitieux comme un décret de la Providence : n'allait-elle pas aller au bout de sa sinistre besogne ? Bien peu auraient misé alors sur la survie d'un enfant de cinq ans. Et son éventuelle succession faisait l'objet de spéculations d'autant plus vives que des enjeux politiques considérables lui étaient liés.

Le « Prince Nécessaire »

Au printemps de 1715, le roi avait commencé d'associer l'enfant, malgré son jeune âge, à quelques-unes des tâches qui seraient les siennes. Celui-ci figura ainsi, debout à la droite de son aïeul et presque aussi chamarré de pierreries que lui, lors de l'audience accordée à l'envoyé du souverain de Perse. Et l'ambassadeur, en bon connaisseur du monde, le gratifia galamment du titre de « Prince Nécessaire », qui est le nom qu'on donne dans son pays à l'héritier de la couronne. « Et il nous paraît, ajoute Dangeau, que ce nom-là est fort bien appliqué à Mgr le dauphin. »

Nécessaire, ô combien ! Que se passerait-il en effet s'il venait à disparaître ? Nul ne se risquait à le souhaiter, pas même les bénéficiaires éventuels de sa mort, tant l'hypothèse était grosse de dangers potentiels. Mais on ne pouvait s'empêcher d'y penser, tant il passait pour fragile. Et l'on tirait ses plans en conséquence. Car de sa survie dépendaient la paix et l'équilibre non seulement du royaume, mais de l'Europe entière. Sa mort ouvrirait à coup sûr un conflit pour la succession de France. Lequel conflit remettrait en cause non seulement celle d'Espagne, si laborieusement réglée à Utrecht, mais celle d'Angleterre. Puis, par un effet de dominos, l'Empereur entrerait à son tour dans la danse, ainsi que le duc de Savoie, sous l'œil intéressé du roi de Prusse, prêt à recueillir les marrons tirés du feu pour lui par les autres.

Faisons d'abord le point sur la situation intérieure.

En principe, l'ordre d'accès à la couronne était réglé en France par la loi salique. Elle se transmettait exclusivement par les mâles, de père en fils et par droit de primogéniture, ne passant aux cadets que si l'aîné n'avait pas d'héritier. En cas d'extinction de la branche régnante, elle revenait aux membres de la branche cadette, quel que fût leur degré, parfois lointain, de cousinage[1].

Comment se présentaient les choses en France en 1715, alors que Louis XIV agonisait, laissant pour der-

---

1. Lorsque les Valois s'éteignirent avec Henri III, par exemple, le trône échut à Henri de Navarre, dont la parenté avec eux remontait au sixième fils de saint Louis : et la dynastie inaugurée par Henri IV prit alors le nom de Bourbon.

nier survivant en ligne directe un frêle enfant de cinq ans ? Sur ce qu'on est tenté d'appeler la « liste d'attente » ou le « tableau d'avancement », figuraient en tout premier lieu le neveu de Louis XIV, Philippe duc d'Orléans, déjà pourvu d'un fils, le duc de Chartres, ensuite le duc Louis Henri de Bourbon, de la maison de Condé, enfin Louis-François de Bourbon, prince de Conti, d'une branche cadette de la même maison [1].

La situation semblait donc simple et claire. Elle ne l'était pas. Car la liste ci-dessus omettait de mentionner l'existence d'un descendant direct de Louis XIV, le second de ses petits-fils, frère puîné du duc de Bourgogne et oncle du petit roi. Une excellente raison justifiait cette omission : il régnait à Madrid sous le nom de Philippe V. Lorsqu'il accepta en 1700 le testament de Charles II qui lui offrait le trône d'Espagne, il n'entendait pas renoncer à ses droits sur celui de France : un an plus tard, Louis XIV avait même fait enregistrer par le Parlement des lettres patentes les réservant explicitement. Cette imprudente mesure inquiéta aussitôt les autres puissances européennes, parce qu'elle pouvait laisser présager la réunion des deux couronnes sur une même tête : elle fut une cause, parmi bien d'autres, de la guerre de succession d'Espagne. On ne reviendra pas ici sur les péripéties de ce très long et très dur conflit, où la France se trouva un instant au bord du

---

1. Le duc d'Orléans était le fils de Philippe, frère cadet de Louis XIV, et de Madame Palatine. La maison de Condé descendait d'un oncle paternel d'Henri IV. Elle s'était séparée en deux branches au XVIIe siècle. Ses deux représentants, fort jeunes, étaient appelés à avoir une postérité. – Louis XIV avait tenté de leur adjoindre, *in extremis*, les deux fils que lui avait donnés Mme de Montespan, le duc du Maine et le comte de Toulouse, en faisant d'eux les égaux des princes du sang et en les déclarant « successibles », c'est-à-dire aptes à régner, en dépit des usages les plus sacrés. La mesure avait scandalisé les gardiens sourcilleux des traditions comme Saint-Simon, et indigné ceux qu'elle faisait rétrograder dans la hiérarchie de la cour. Mais en réalité, les « légitimés », comme on les nommait alors, étaient trop loin sur la liste pour espérer accéder au trône et ne menaçaient pas l'ordre du royaume.

désastre. Philippe V conserva son trône de justesse, parce que son principal compétiteur, l'archiduc Charles, soudain porté à la tête de l'héritage autrichien et de l'Empire, parut désormais plus redoutable que lui. Mais si Britanniques et Hollandais refusaient de voir les Habsbourg réunir à nouveau entre leurs mains Vienne et Madrid comme au temps de Charles Quint, ce n'était pas pour laisser se constituer une puissante entité franco-espagnole. Ils furent intraitables. Si Philippe V tenait à conserver ses droits sur la France, il lui faudrait renoncer au trône d'Espagne [1]. Il tergiversa, puis fermement mis en demeure de choisir, il se résigna, la mort dans l'âme. Le 5 novembre 1712, en présence du grand Inquisiteur, il renonça solennellement à ses droits sur la couronne de France pour lui et ses descendants par une déclaration qui reçut ensuite l'approbation des *Cortes*. Parallèlement, le 24 du même mois, le duc d'Orléans renonça à celle d'Espagne par un acte qu'enregistra ensuite le Parlement [2]. Telles avaient été les conditions préalables à la signature des traités de paix.

Philippe d'Orléans avait ressenti sans aucun doute un pincement au cœur en signant ce document. En tant que petit-fils d'Anne d'Autriche, il avait toujours estimé avoir autant de droits sur l'héritage espagnol, sinon que Philippe V, du moins que les autres princes figurant en seconde ligne au testament. Il s'était beaucoup battu en Espagne, et brillamment, pour la défense de son cousin. Il s'était attaché à ce pays et avait pu caresser un instant l'espoir, si celui-ci était contraint d'abdiquer, d'offrir une solution de rechange acceptable pour les Espagnols et pour les puissances belligérantes. Jusqu'où était-il allé dans ses travaux d'approche ? On ne sait. De toute façon, son heure était passée, il avait tiré un trait sur un vieux rêve. Mais il

1. On lui imposait de céder l'Espagne au duc de Savoie, autre héritier potentiel, et de recevoir en échange le duché de celui-ci.

2. Le duc de Berry, qui avait dû signer la même renonciation, était mort l'année suivante.

entendait au moins recueillir le bénéfice de sa renonciation et avoir les coudées franches à Paris : à défaut de Louis XV, ou après lui, les héritiers légitimes du trône, c'étaient lui et ses descendants.

Or tel n'était pas du tout l'avis de Philippe V, qui ne s'était jamais résigné à une renonciation qu'il prétendait nulle, car extorquée par la violence. Il arguait de plus que les « lois fondamentales du royaume » de France prévalaient sur tous les engagements personnellement souscrits par un souverain, lequel ne pouvait ni modifier les règles de succession, ni à plus forte raison lier ses successeurs. On ne discutera pas ici du très complexe problème juridique posé par cette renonciation dont les données occupent plus de cent pages dans le livre consacré par Mgr Baudrillart à *Philippe V et la France* : l'insoluble question divise encore aujourd'hui les nostalgiques de la royauté, partagés entre légitimistes et orléanistes. Ce qui est sûr, c'est que Philippe V était très convaincu de ses droits et bien décidé à les faire valoir. Sinon pour lui, du moins pour l'un de ses fils. Son épouse savoyarde – une sœur de la duchesse de Bourgogne –, morte en 1714, lui en avait laissé deux. Il venait de se remarier avec une princesse italienne qui comptait bien lui en donner d'autres.

Or il ne manquait pas en France de partisans, ne fût-ce que parce qu'on se défiait de son concurrent. Philippe d'Orléans était le plus brillant, le plus doué de tous les princes nés à la cour de Louis XIV. Aux yeux du vieux roi hanté par le souvenir des rivalités familiales qui avaient perturbé le règne de son père et sa propre minorité, c'était une raison de plus pour le tenir à l'écart des responsabilités : quand on se hasardait à lui confier des armées, il se montrait trop efficace, se heurtant aux maréchaux chevronnés en Italie ou portant ombrage à son jeune cousin le roi d'Espagne. Révolté, il rongeait son frein et s'appliquait à braver le conformisme ambiant. Il vivait mal, il pensait mal. Fuyant une cour devenue dévote, il boudait les églises et s'affichait à Paris avec des actrices de théâtre. Il avait des curiosités pour les sciences, notamment la chimie, qu'on jugeait suspectes. N'aurait-il pas fait empoisonner le couple de Bourgogne et ses deux enfants, pour s'ouvrir l'accès au trône, manquant de peu son coup avec le petit dernier ? Le bruit en courut si fort qu'on le huait dans les rues et il fallut le ferme refus de Louis XIV pour qu'on n'ouvrît pas d'enquête. Face à cet inquiétant personnage, Philippe V, d'une piété poussée au plus extrême scrupule, faisait figure de défenseur des valeurs traditionnelles. Jouait de plus en sa faveur, chez tous les tenants de la légalité, le respect des fameuses lois fondamentales, pierres d'angle de la monarchie française. Si attaché qu'il fût au duc d'Orléans, Saint-Simon par exemple ne lui dissimulait pas que, mis au pied du mur, il opterait pour son rival.

Si Philippe V, dénonçant sa renonciation, revendiquait le trône de France, c'était à coup sûr la guerre générale. Assurément il valait mieux, pour tout le monde, que le petit dauphin survive. On comprend donc que Louis XIV, défiant, ait cherché par testament à le mettre entre des mains sûres jusqu'à ce qu'il soit en âge de gouverner par lui-même.

Les précautions de Louis XIV

Louis XIV était trop vieux et son héritier trop jeune pour qu'on pût espérer faire l'économie d'une régence. Elle ne durerait que jusqu'aux treize ans révolus de l'enfant, mais elle serait suivie d'une période transitoire où il aurait besoin d'être dirigé. Or par malheur, pour exercer cette régence, on n'avait pas, comme d'ordinaire, la ressource de recourir à sa mère. Certes, confier la régence à une femme – tenue *a priori* pour incapable – avait toujours passé, au cours des siècles, pour un désastreux pis-aller. Mais cette solution avait au moins le mérite de placer auprès du roi mineur la seule personne dont on fût assuré qu'elle souhaitait le protéger, à la différence des oncles ou cousins prêts à prendre sa place. Hélas ! toutes les femmes de la famille avaient disparu – sauf Mme de Maintenon qui, officiellement du moins, n'était pas de la famille.

Parmi les hommes, Louis XIV aurait bien penché pour le duc du Maine, à qui il portait une grande tendresse et qui offrait l'avantage de n'avoir aucun intérêt à voir disparaître l'enfant. Mais il n'ignorait pas les préventions subsistant contre ses bâtards légitimés. Les seuls régents possibles étaient les deux Philippe. Avait-il même le choix ? Il savait bien que la désignation du roi d'Espagne ameuterait toute l'Europe. Restait donc pour unique solution Philippe d'Orléans.

Louis XIV appréciait ses capacités, mais ne l'aimait guère. Sur l'accusation d'empoisonnement, il avait vite coupé court aux rumeurs en donnant publiquement quitus à son neveu : tout ce qu'on avait dit de lui était faux. Pas de scandale dans la famille royale. Mais peut-être conservait-il tout au fond de lui-même un doute, sans cesse ranimé par Mme de Maintenon qui croyait ce mécréant capable de tous les crimes, et quelques craintes pour plus tard : qui sait à quoi la vue du pouvoir tout proche peut conduire le plus honnête homme ? Mieux valait lui éviter les tentations. D'où le fameux testament qui instaurait un Conseil de régence aux membres choisis par le vieux roi et ensuite cooptés, dont Philippe serait seulement le chef nominal, mais où les décisions seraient prises à la majorité des voix. D'autre part Louis XV était placé sous la tutelle du duc du Maine, promu surintendant de son éducation, et confié pour la vie quotidienne à un personnel également trié sur le volet : il aurait notamment pour gouverneur le duc de Villeroy, pour précepteur Fleury, évêque de Fréjus, et sa conscience serait mise entre les mains du Père Letellier, le propre confesseur de Sa Majesté. Le duc du Maine commanderait sa maison civile et militaire, ce qui lui conférait une mainmise totale sur son entourage. En dépit des bonnes paroles prodiguées à son neveu par le mourant, ces dispositions privaient donc celui-ci de tout pouvoir durant la minorité du roi. En outre elles offraient au duc du Maine le moyen de conquérir la confiance de l'enfant et le mettaient en position de devenir son mentor, voire son premier ministre une fois la majorité proclamée. On comprend aisément que le malheureux Philippe ait laissé échapper, à la lecture du testament de son oncle, une exclamation de dépit : « Il m'a trompé. »

Mais cette fois il n'était pas décidé à se laisser renvoyer sur la touche. Le 2 septembre, lendemain même de la mort de Louis XIV, devant le Parlement réuni en séance plénière[1] mais sans la présence du petit roi, il parvenait à se faire accorder la régence pleine et entière et à faire retirer au duc du Maine, sous prétexte de préserver l'unité de commandement de toutes les troupes, la maison militaire du roi. Le duc protesta : sans soldats, comment pourrait-il protéger l'enfant ? Pour le cas où il lui arriverait malheur, il préférait être déchargé de sa garde. Philippe releva le mot et sauta sur l'occasion : « Quel malheur ? s'écria-t-il. Tout le monde n'aura d'autre attention que de marquer son zèle pour le roi ; mais puisque vous demandez votre décharge à la cour, quoique ce ne soit pas à moi d'opiner le premier, je suis d'avis qu'on vous l'accorde. » Ce qui fut fait aussitôt par acclamations. Le duc du Maine ne conservait que le titre creux de surintendant de l'éducation du roi, assorti, il est vrai, des revenus afférents. Mais l'enfant lui échappait. Philippe avait parfaitement assimilé le vieil adage : en cas de minorité, « qui tient le roi tient le pouvoir ».

Caressait-il l'espoir de le voir disparaître, de l'aider à disparaître, pour le remplacer sur le trône, comme Mme de Maintenon n'était pas loin de le penser ? Rien

---

1. Ce qui signifie que tous les ducs et pairs et hauts dignitaires ecclésiastiques y siégeaient. Lors des séances analogues où Marie de Médicis, puis Anne d'Autriche s'étaient fait proclamer régentes, elles avaient amené leur fils avec elles. Là il y eut deux séances, la première, où tout se joua, hors de la présence de Louis XV, la seconde où il ne vint que pour entériner les décisions antérieures.

ne permet de l'en soupçonner. La suite a prouvé que ce n'était pas un mauvais homme. Parce qu'il aimait les soupers fins, bien arrosés, et les actrices de théâtre, parce qu'il rechignait aux exercices de piété, parce que son intelligence, très critique, le portait à se poser certaines questions qui passaient pour sacrilèges, devait-on en déduire qu'il était du bois dont on fait les criminels ? Ils se recrutent plutôt parmi les fanatiques. Il se savait capable de gouverner et aspirait à une revanche. Pour des raisons de principe et sans doute d'honneur, il a voulu ce titre de régent qui lui revenait de droit et dont on tentait de le frustrer. Il a conquis le pouvoir par une manœuvre que les historiens qualifient de coup d'État. Mais il l'a exercé sagement et honnêtement dans l'intérêt du petit roi et du royaume.

D'ailleurs, qu'aurait-il gagné à voir disparaître l'enfant ? Il était assez intelligent pour comprendre que la mort de celui-ci, même naturelle, déchaînerait contre lui une campagne de calomnies, et surtout qu'elle provoquerait l'intervention de Philippe V et entraînerait une conflagration internationale dont nul ne pouvait prévoir l'issue. À quarante ans passés, il ne se sentait plus le feu de la jeunesse. Ses ambitions s'étaient usées au fil des luttes et des déceptions et sa santé déjà se délabrait. Il aspirait à la paix – tout comme la France d'ailleurs. Anticipant d'un bon siècle sur la formule célèbre de son arrière-arrière-petit-fils Louis-Philippe, il aurait pu dire aux Français : « Enrichissez-vous », et beaucoup d'entre eux en effet, en dépit ou à cause du fameux « Système » de Law, se trouvèrent plus à leur aise à la fin de la régence qu'auparavant[1]. Le pouvoir,

1. Cette première tentative pour remplacer la monnaie métallique par du papier-monnaie se solda par un échec retentissant, faute d'une réserve de numéraire suffisante pour en assurer la garantie. D'où la mauvaise réputation dont elle a longtemps joui auprès des historiens. Les recherches récentes ont prouvé qu'elle n'a pas enrichi les seuls spéculateurs. L'inflation a permis à l'État de réduire largement sa dette et à une foule de petites gens de s'acquitter d'emprunts qu'ils traînaient comme des boulets.

il l'avait. Que lui eût apporté de plus le titre de roi, sinon la durée, et l'assurance de la transmission héréditaire ? Se battre pour son unique fils ? À quoi bon ? Il avait mesuré très tôt l'irrémédiable médiocrité de celui-ci. La durée ? Oui, il y songeait, à moyen terme. Il n'avait pas envie de se retirer quand la majorité du roi, à treize ans, mettrait fin à ses fonctions officielles : il se voyait assez bien en premier ministre. Le meilleur moyen de rester au pouvoir était de conquérir sa confiance. Il disposait pour cela de six ans et demi. Il crut avoir du temps devant lui.

C'était compter sans l'hostilité feutrée, sournoise, de tout le personnel placé auprès du petit roi, et notamment de son gouverneur, le maréchal duc de Villeroy. Philippe s'était débarrassé du duc du Maine, mais il savait qu'il ne pouvait aller plus loin pour l'instant. Pas question de démanteler, sans faire crier à l'assassin ou au corrupteur d'âme innocente, le réseau d'affidés choisis par Mme de Maintenon. Il lui fallut s'en accommoder. Il ne put ou ne sut s'occuper de l'enfant assez tôt. Celui-ci était prévenu contre lui.

L'adieu à « Maman »

Bien que Mme de Ventadour partageât les préventions de son amie et protectrice contre le régent, elle n'entra jamais en conflit avec lui. Elle ne songeait qu'à rendre son petit roi heureux. Mais avec les meilleures intentions du monde, elle ne pouvait l'élever comme un petit garçon ordinaire. Autour de lui s'était créé un cercle de crainte et de révérence qui l'emprisonnait et l'isolait à la fois.

L'attention portée à sa santé contribuait à entretenir en lui une sourde inquiétude. Une telle anxiété devait bien avoir une raison secrète. Quelle malédiction pouvaient bien lui avoir léguée ses parents disparus ? En même temps cette attention lui pesait. La moindre « incommodité » faisait de lui le point de mire de toute la cour, lui donnant envie de rentrer sous terre. Veut-on un exemple, d'autant plus significatif qu'il est trivial ? Un beau matin en pleine messe – il avait six ans –, appelons les choses par leur nom : il lâcha un pet. Rien de plus banal. Il rougit et pâlit et se coucha sur Maman Ventadour pour cacher sa honte. Et toute la chapelle de se passer le mot : Sa Majesté vient d'avoir un malaise. La nouvelle en fut portée au régent qui accourut et, bien sûr, le trouva frais et dispos. La France fut rassurée : ce n'était qu'une « colique venteuse », qui passa cependant à la petite histoire.

Mais on comprend sans peine que, très jeune, l'enfant prenne en grippe la vie en public et ses servitudes, le regard des autres, la sollicitude qu'on lui porte, la curiosité qu'il inspire, les foules qui s'agglutinent autour de lui lors de la moindre promenade dans les jardins des Tuileries. On craint trop pour lui. On l'aime trop, « l'empressement de le voir le fait étouffer ». Et on exige de lui plus qu'il n'est raisonnable : le régent a trop besoin de recourir à lui pour entériner son action. Il supporta stoïquement, hissé sur le siège brodé de fleurs de lys, la longue séance du Parlement où fut proclamée la régence et où il prononça bravement la phrase rituelle : « Messieurs, je suis venu ici pour vous assurer de mon affection ; mon chancelier vous dira le reste. » Mais il avait d'abord protesté, déclarant qu'il dirait bien tout et n'avait pas besoin de son chancelier. Il a des moments de révolte, bien naturels, conteste la leçon qu'on lui serine, refuse de recevoir les ambassadeurs ou d'aller à la messe. Il est soulagé, dit Mme de Ventadour, dès qu'il peut échapper aux corvées. Comme elle est intelligente et qu'elle l'aime de tout son cœur, elle s'efforce de le protéger, de lui donner des compagnons de son âge, de lui procurer une enfance normale. Mais elle s'inquiète de son penchant à la mélancolie, elle s'afflige de ses « airs tristes », de l'impression qu'il donne d'être ailleurs, et d'avoir « besoin d'être réveillé ». Il s'évade, il fuit dans un rêve intérieur.

Est-il besoin de chercher dans l'hérédité une explication à ce refus, à ce rejet d'un mode d'existence propre à déstabiliser l'enfant le plus solide ? Louis XIV, également roi à cinq ans, avait eu une double chance : la paix de l'Europe n'était pas suspendue à sa survie et il avait une mère pour servir d'écran entre le public et lui. De plus l'étiquette ne présentait pas, au temps de son enfance, la rigidité qu'il lui donna plus tard. On respirait à la cour d'Anne d'Autriche, l'on pouvait rire et s'ébattre à son aise, parmi les filles d'honneur attendries par la grâce de l'enfant-roi. Louis XV au contraire est livré seul, tout vif, au culte organisé autour de la personne royale : il s'est senti dévoré.

Certains mots sont très révélateurs. Il a tout juste six ans lorsque Mme de Ventadour note qu'il est heureux dès qu'il peut ne plus « faire le roi ». Louis XIV a dû s'en retourner dans sa tombe. Car, lui, il ne *faisait* pas, il *était* le roi. En lui se confondaient l'être et la fonction. « Faire le roi » – crime suprême – se disait des simples sujets qui se permettaient d'usurper des prérogatives n'appartenant qu'au souverain : ainsi du Parlement légiférant pendant la Fronde ou de Fouquet réunissant à Vaux une cour plus brillante que celle du Soleil. Il eût été inconcevable d'appliquer l'expression au roi lui-même. Pour Louis XV au contraire, trop tôt confronté à des obligations qui passent son âge, le métier de roi est comme un rôle de théâtre, qu'on doit endosser le temps nécessaire, mais dont on a hâte de se dépouiller pour retrouver enfin la vraie vie. La bonne Ventadour, qui se rendait bien compte qu'on demandait trop à l'enfant, a encouragé en toute innocence ce recul devant les servitudes de la fonction royale. Et inversement, les excès de zèle de son gouverneur, Villeroy, achèveront de l'en dégoûter. Pour le reste de son existence.

À sept ans selon l'usage, il « passa aux hommes », c'est-à-dire que le soin de l'élever fut transféré à des éducateurs masculins. C'était un véritable rite de passage, souligné par un imposant cérémonial, source de fierté pour un petit prince ordinaire, car il marquait l'entrée dans le monde des grands. Au diable nourrice et gouvernante : on était un homme désormais. Loin de le séparer de ses parents, ce nouveau statut le rapprochait d'eux au contraire : il serait plus volontiers associé à leurs activités. Mais le petit Louis XV n'y gagnait pas grand-chose : il n'avait plus de parents, et il avait déjà largement son compte d'activités officielles. En revanche il allait perdre Mme de Ventadour. Ce fut un déchirement, d'autant plus brutal qu'il s'accompagnait de solennité. Prononçant les paroles rituelles, la gouvernante déposa l'enfant aux mains du régent, qui présidait la cérémonie. Celui-ci, après des remerciements qui sonnaient comme un adieu, le transmit à celles de Villeroy, son gouverneur, et de Fleury, son précepteur : « Messieurs, ce sacré dépôt vous regarde plus particulièrement. Nous espérons que vous répondrez parfaitement à l'attente que toute la France a conçue de vous pour l'éducation du roi... » Comme la duchesse prenait congé, l'enfant comprit que la séparation était définitive, il s'accrocha à elle de toute son énergie en pleurant et criant : « Maman, maman ! » Quand il sortit de la messe, durant laquelle il ne cessa de sangloter, ce fut pour découvrir dans sa chambre un nouveau mobilier : l'ancien appartenait de droit à la gouvernante. Les serviteurs aussi étaient nouveaux. Il refusa de manger, il fallut aller chercher la duchesse pour qu'il consente à dîner. Elle le raisonna en vain, dut promettre de revenir et revint en effet, en espaçant ses visites, pour assurer la transition. Mais c'en était fini du cocon douillet de la petite enfance.

Il avait l'âge de raison : on lui donna un confesseur. En dépit des dernières volontés de Louis XIV, le Père Letellier, qui s'était trop illustré contre le régent, fut écarté au profit d'un prêtre moins marqué. Mais le choix de l'abbé Claude Fleury [1], un homme d'âge, ami

---

1. À ne pas confondre avec le précepteur, André Hercule de Fleury, évêque de Fréjus.

de Bossuet qui lui avait procuré la fonction de sous-précepteur du duc de Bourgogne, ne contrariait pas les intentions du vieux roi. L'équipe était homogène. Tous ses membres faisaient partie de ce qu'on appelait la « vieille cour ». Une donnée importante, compte tenu des enjeux politiques liés à l'éducation du jeune roi.

L'otage de la « vieille cour » ?

La « vieille cour ». Un parti ? ce serait trop dire. Une coterie, un clan ? ce serait épouser la hargne de Saint-Simon. Disons un groupe de gens âgés unis par des souvenirs communs, communiant dans une même nostalgie du règne de Louis XIV, une même réprobation pour le relâchement des mœurs, un même rejet de toute nouveauté, rongés par le regret inavouable de devoir céder la place aux générations suivantes et l'amertume de voir la mort faire des coupes sombres dans leurs rangs. Des *laudatores temporis acti*, comme on disait alors en latin ; des *has been*, comme on dit aujourd'hui en anglais. Des survivants. Presque des fantômes.

Leur « coryphée », selon le mot de Saint-Simon, était Villeroy : un personnage infatué de lui-même, dont le vernis mondain cachait mal la médiocrité, un homme « écho », ne sachant que reproduire les sentiments et les discours des autres, si l'on en croit La Bruyère qui se serait inspiré de lui pour le portrait de *Ménippe*, « l'oiseau paré de divers plumages qui ne sont pas à lui ».

François IV de Neufville, duc de Villeroy, descendait d'une famille de robe entrée au service des Valois, qui avait ensuite gravi tous les échelons menant à la plus haute noblesse. Il devait son inébranlable faveur au fait qu'il avait été élevé avec Louis XIV, étant le fils de son gouverneur, et qu'il avait partagé les plaisirs de sa jeunesse. Titulaire d'un duché-pairie – le plus haut rang avant les princes du sang –, il était aussi maréchal de France. Dans ce dernier domaine cependant, il avait fait rapidement l'éclatante démonstration de son incapacité lors de diverses campagnes en Piémont et en Flandre. En 1693, à Neerwinden, sa mollesse avait compromis par deux fois une situation rétablie *in extremis* par Philippe d'Orléans, qui faisait là ses premières armes. En 1706 il fit au combat de Ramillies, face à Marlborough, une grossière faute de tactique, qui lui valut une sévère déconfiture et nous coûta la perte de tous les Pays-Bas espagnols. Couvert de ridicule aux yeux des hommes, il s'était vite consolé dans les bras des belles dames dont il se montrait grand amateur. Louis XIV cependant ne lui avait pas retiré sa confiance à titre privé puisqu'il l'avait fait figurer dans le Conseil destiné à paralyser l'action de son neveu. Faute de pouvoir l'écarter, celui-ci lui avait même fait attribuer, dans le gouvernement collégial qu'il institua au début de sa régence, la présidence du Conseil de finance, où son incompétence le rendait à peu près inoffensif.

Comme gouverneur de Louis XV, il allait se révéler infiniment plus nocif. Pourquoi Louis XIV avait-il confié l'éducation de son arrière-petit-fils à ce solennel imbécile, à qui seule l'habitude du grand monde, dit Saint-Simon, donnait un semblant d'esprit ? Impossible de trouver courtisan plus accompli. Il incarnait à lui seul l'essence même de la cour. Il serait capable de conserver intacts et de transmettre les rites, règles, codes, qui constituaient la « mécanique » de Versailles, si patiemment, si amoureusement mise au point par le vieux roi. C'était l'assurance qu'après l'intermède de la régence, tout rentrerait dans l'ordre. L'ordre ancien.

À côté du fier Villeroy, enflé de son importance, le précepteur André Hercule de Fleury faisait plus modeste figure. Louis XIV s'était-il souvenu des éclats provoqués naguère par l'affrontement entre Bossuet et Fénelon [1] ? Celui qu'il désigna dans le dernier codicille

1. Respectivement précepteurs du Grand dauphin et du duc de Bourgogne, les deux prélats s'étaient affrontés publiquement à propos de l'affaire du quiétisme.

de son testament brillait surtout par sa douceur, sa simplicité, sa discrétion. Fils d'un simple employé au service des finances du diocèse de Lodève, où il était né en 1643, il avait été orienté par son père vers la carrière ecclésiastique. Grâce aux protecteurs que lui avaient valus ses propres talents, il fut nommé aumônier de la reine Marie-Thérèse, puis du roi. Fonction modeste, partagée avec plusieurs autres. Mais il se trouvait près du Soleil. En l'espace d'une bonne vingtaine d'années, il eut le temps d'observer la cour, d'en connaître les rouages et d'en assimiler les manières. Il n'y avait que des amis, tant il savait jouer de sa séduction naturelle, tout en prenant soin de ne porter ombrage à personne et de ne s'inféoder à aucune coterie. Il passait pour frivole cependant et Louis XIV rechignait à lui confier un évêché. En 1699 il finit par décrocher celui de Fréjus, à vrai dire peu convoité – éloigné et de maigre rapport –, où il s'en alla résider de 1701 à 1715. L'abbé mondain se métamorphosa en prélat exemplaire, très aimé de ses ouailles pour sa bonté et sa charité, mais aussi pour son courage et ses capacités politiques : il sut, lorsque la guerre s'en vint ravager la Provence, convaincre tour à tour les belligérants des deux camps d'épargner son diocèse. Lorsqu'il regagna Versailles en 1715, Monsieur de Fréjus, comme on le nommait alors, avait fait ses preuves. La vie ne l'avait pas usé, l'âge le marquait peu, ses forces étaient intactes. Ayant été « fort beau et bien fait dans sa première jeunesse », il avait gardé noble allure. Et il dissimulait prudemment les éclairs de sa très vive intelligence et les appétits d'une ambition que les années passées à végéter n'avaient pas réussi à éteindre. Il voulait plaire, et savait s'y prendre. Un hypocrite ? Plutôt un prudent et un sage. Certainement pas un arriviste. Profondément religieux, il n'était pas prêt, comme l'abbé Dubois, à vendre son âme pour parvenir. Mais s'il savait ce qu'il valait, il savait aussi que l'humilité de ses origines ne lui permettrait de déployer ses capacités qu'au service d'un plus grand que lui, à qui il lui faudrait se rendre indispensable. Quand il se vit affecté à l'éducation du roi, il comprit que son heure était venue et se donna avec passion à sa nouvelle tâche.

Comme Villeroy, il appartenait à la « vieille cour », ne fût-ce que par son âge et ses fonctions. Les deux hommes, estimant leur rôle complémentaire, s'étaient juré de rester solidaires en cas de disgrâce de l'un ou de l'autre. La double promesse n'avait que l'apparence de réciprocité. Le doux et subtil Fleury ne songeait qu'à tisser avec son élève des liens solides, sans se brouiller avec qui que ce fût. Au contraire le maréchal, naturellement fier et cassant, s'engagea dans une guerre d'escarmouches contre le régent, qui prit un tour aigu lorsque celui-ci entreprit enfin l'éducation politique de son neveu.

Entre ces trois personnages se livra donc autour de l'enfant, plus vive à mesure qu'il grandissait, une grave lutte d'influence dont l'enjeu était sa confiance et son affection.

Instruire et éduquer un roi

Au lendemain de la mort de Louis XIV et conformément à ses instructions, le petit roi a quitté Versailles pour Vincennes, où l'air est réputé meilleur. Dès la venue des premiers froids cependant, Philippe l'a ramené à Paris, pour l'avoir plus facilement sous la main lorsqu'il lui faudrait le produire dans des cérémonies officielles. Mais ils ne logent pas sous le même toit. Le régent habite le Palais-Royal, qui retentit le soir des échos de sa très libre vie privée. Pour accueillir l'enfant on a hâtivement retapé les Tuileries, inoccupées depuis plus de cinquante ans. Un palais qui sent encore le vide, l'absence. Il y est seul, bien que – ou parce que ? – entouré d'une nuée de gens qui n'ont d'autre fonction que de l'éduquer ou de le servir. Aucune activité autre que celles dont il est le centre. Personne qui soit, sinon son égal, du moins proche de lui par le sang et par le rang, et chez qui il puisse apercevoir d'autres soucis que sa santé ou son éducation. À ses côtés pas de famille. Pas de cour : faute de reine ou de dauphine, aucune femme n'est en état de la diriger. De celles qui ornèrent le règne précédent, il n'en survit que quatre. Trois d'entre elles, Madame Palatine, la duchesse d'Orléans, et la duchesse douairière de Bourbon mènent une vie privée. La quatrième, la duchesse du Maine, a fait de son château de Sceaux le point de ralliement des ennemis du régent. Aucune ne s'intéresse au petit roi, sauf peut-être, par à-coups, la vieille Madame. Et Philippe d'Orléans attend qu'il soit en âge de comprendre pour le prendre en main. Aux Tuileries, vase clos, l'enfant est condamné au tête-à-tête avec ses éducateurs. À l'un, le soin de lui enseigner son métier de roi, à l'autre, celui de veiller à son instruction.

Le métier de roi revêt dans l'esprit de Villeroy une forme tout extérieure. Il se borne au respect des usages, des règles, de l'étiquette, tels que Louis XIV les a fixés pour l'éternité. Le vieux courtisan les connaît par cœur. Par exemple il peut dire sans hésitation qui a droit aux grandes et aux petites entrées pour le lever du souverain, qui est admis à monter dans ses carrosses et à quelle place, qui peut s'asseoir, dans divers cas bien déterminés, sur une « chaire à bras », une simple chaise ou un tabouret. Il connaît de haut en bas la hiérarchie de tous ceux qui sont au service du maître et les privilèges dont bénéficie chacun : autant de règles intangibles, si l'on veut éviter de déclencher d'interminables querelles. Il sait aussi combien de gardes doivent baliser le trajet conduisant le roi vers la salle à manger, de quel côté de la table doit être posée la *nef* d'orfèvrerie contenant les serviettes parfumées qu'on lui présentera pour s'essuyer les doigts, et dans quel ordre on lui passera les plats. Tout cela, le roi doit l'apprendre, pour pouvoir sanctionner les infractions. Il lui faut aussi acquérir un maintien royal. Sanglé dans un « corps »

– un corset –, l'enfant sera dressé à se tenir très droit, à marcher avec dignité et élégance, à danser, à gratifier chacun de l'expression de visage et du geste de tête appelés par sa place dans la hiérarchie.

Pressentant que le temps lui est compté, le gouverneur met les bouchées doubles. Il voudrait, d'un coup de baguette magique, transformer son élève en une sorte de sosie de Louis XIV – de Louis XIV dans sa maturité rangée, pas de celui des folies de jeunesse, sur lesquelles est jeté le voile d'un silence pudique. Il voudrait recréer le Versailles des grands jours. Pour célébrer le septième anniversaire du petit roi, il lui inflige de dîner « au grand couvert », selon le rituel, seul à sa table – on manque de princesses pour lui tenir compagnie –, sous l'œil des curieux dont le sépare une balustrade symbolique. Pour cette fois, l'enfant, sérieux et intéressé, supporta dignement l'épreuve. Mais il trouva vite fastidieuses les minuties auxquelles l'astreignait son mentor qui, prenant sa fonction très à cœur, ne le quittait pas d'une semelle, ni jour, ni nuit.

Une telle éducation ne pouvait être que factice. Il est impossible d'enseigner la vie de cour sans cour. Et les serviteurs rassemblés aux Tuileries, si nombreux soient-ils, ne sauraient en tenir lieu. Une cour, c'est une société en réduction, un microcosme. Les règles et les usages qui la régissent s'apprennent sur le tas, par l'exemple et l'imprégnation quotidienne. Le reste n'est que formalisme vide, lettre morte. Il n'y avait de vivant, pour parler à l'imagination et à la sensibilité de l'enfant, que le souvenir de l'ancêtre qu'il avait connu et à qui on l'invitait à ressembler. Villeroy fit vibrer cette corde avec d'autant plus d'insistance que les mœurs et la politique du régent lui inspiraient une réprobation croissante. Le jeune roi devait rester fidèle au dépôt sacré, garder intact l'héritage et le transmettre à ses descendants. Il lui fallait modeler en tout sa conduite sur celle de l'aïeul, l'imiter dans les petites choses, pour pouvoir un jour l'égaler dans les grandes, le singer jusque dans les moindres de ses goûts ou de ses manies : sa passion des ballets de cour, sa répugnance pour les cuisses de volailles.

Pédagogie maladroite. Certes Louis XV fut assez intelligent pour percevoir le ridicule de certains excès. Mais il restait très attaché à la mémoire de son arrière-grand-père. Aussi était-il imprudent de le lui proposer en tout comme modèle – ce que celui-ci s'était gardé de faire. D'abord parce que ce modèle était écrasant, donc décourageant, source d'un obscur sentiment d'infériorité, voire de culpabilité. Ensuite parce qu'il était anachronique. Imiter un souverain né trois quarts de siècle plus tôt, c'était pour le jeune roi rester prisonnier d'un passé révolu, se couper du monde dans lequel il allait vivre. Sous la houlette de ce gouverneur fossile, l'élève apprenait l'art de régner qui avait convenu à la génération de ses arrière-grands-parents.

Rien de tel avec Fleury. Bon pédagogue, il savait rendre son enseignement attrayant, varier les activités, ne jamais atteindre le point où la saturation se mue en dégoût. Louis XV était intelligent. Rebuté – en dehors de la chasse – par tout ce que lui enseignait Villeroy, il trouva dans l'étude un dérivatif et un refuge. À huit ans, il savait beaucoup plus de latin que n'en a jamais su son aïeul et il était capable de réciter par cœur la liste des rois de France, dans l'ordre. À douze, le maréchal de Villars fut stupéfait de trouver chez lui « une connaissance très exacte des dernières guerres des Turcs en Hongrie, du siège de Corfou, de celui de Belgrade et de toutes les fautes qu'ils avaient faites dans ces dernières campagnes ». C'était un esprit rigoureux, tourné vers les sciences. Plus encore que par l'histoire, il était attiré par les disciplines exactes, comme la géographie, pour laquelle il se prit de passion, ou comme les mathématiques et la physique – ces dernières étant inséparables de leurs applications techniques. Il raffola des ateliers ou des cabinets scientifiques qu'on lui fit visiter, il aima les instruments d'optique et d'astronomie, les machines de toutes sortes, les livres et les images aussi, mais comme véhicules de connaissances plus que comme source d'agrément. Peu de littérature, ni romans, ni poésie : c'est le choix de Fleury probablement. Mais il ne tentera jamais de combler cette lacune et se défiera toute sa vie des écrivains.

À cette culture d'orientation moderne vint s'ajouter une très solide formation morale et religieuse, vers laquelle tout le reste convergeait. L'histoire et la version latine servaient de prétexte à célébrer les vertus de saint Louis, préféré à Louis XIV comme modèle de prince chrétien, père et pasteur du peuple à lui confié par Dieu et qu'il a pour mission de rendre heureux. Une pratique religieuse régulière le conduisait au confessionnal et à la sainte table de communion pour les cinq grandes fêtes d'obligation : Pâques, Pentecôte, l'Assomption, la Toussaint et Noël. Il ne pouvait toucher les écrouelles, n'ayant pas encore été sacré. Mais il lavait rituellement les pieds de treize pauvres le jeudi saint, il écoutait, recueilli, les sermons de carême de Massillon. Et il était tenu au courant, dans la mesure où il pouvait les comprendre, des problèmes que posaient alors dans l'Église de France les querelles entre partisans et adversaires de la bulle *Unigenitus*.

Cette éducation aurait été un plein succès si elle n'avait conservé, en dépit des efforts de Fleury pour multiplier les travaux pratiques, un caractère intellectuel, livresque. En veut-on une preuve ? Cet « amoureux de cartes et d'estampes » n'aura jamais la curiosité de visiter son royaume, comme le lui suggérait pourtant la tradition ; ses incessantes déambulations n'excéderont guère, sauf pour quelques campagnes militaires, le cadre étroit de l'Île-de-France. C'est une éducation plus adaptée à un clerc promis aux débats d'idées qu'à un souverain appelé un jour à trancher dans le vif des intérêts et des passions affrontés. Elle tend à faire de lui un intellectuel, un homme de cabinet, de dossiers, fuyant le contact avec autrui, médiocre orateur, préférant l'écriture à la parole, plus soucieux de comprendre les choses que de commander aux êtres. Un homme de devoir aussi, scrupuleux jusqu'à l'angoisse à l'idée du péché et de la mort, ennemi des compromissions et des demi-mesures et choisissant le mal plutôt que de tricher avec le bien. Empreinte profonde et durable.

Mais Fleury lui apporta bien davantage : la sollicitude qui lui manquait si cruellement. Profitant du privilège inouï de monter dans les carrosses royaux concédé par le régent – pour contre-balancer l'influence de Villeroy ? –, il entourait partout son élève d'une présence sereine, s'attachant à l'écouter, à le guider intelligemment, à le rassurer. Quelles furent la part de l'intérêt et celle du cœur dans cette attitude ? En dépit du scepticisme de Saint-Simon, qui n'y voit que manœuvre ambitieuse, on voudrait se dire qu'il éprouva pour l'orphelin timide un peu d'affection vraie. Telle fut en tout cas l'impression de l'enfant, qui la lui rendit au centuple : en confiant au vieux prélat, dix-sept ans durant, le gouvernement de la France.

Initiation à la politique

Louis XIV avait prévu que le petit roi aurait accès au Conseil à partir de l'âge de dix ans, « non pour ordonner ou décider, mais pour entendre et pour prendre les premières connaissances des affaires ». Le régent, ponctuellement, l'y introduisit le 18 février 1720 et s'appliqua dès lors à lui enseigner son métier. Il montra pour « l'apprivoiser », dit Saint-Simon, un sens psychologique remarquable. « Jamais la moindre liberté », qui eût pu faire songer à du mépris. Une familiarité mesurée, assaisonnée de quelque gaieté. Conversation à sa portée, « toujours avec l'air du ministre sous le roi ». Sans entrer avec lui dans le détail des questions financières ou religieuses, il le consultait sur les nominations, lui indiquant les mérites des différents candidats, mais lui laissant le dernier mot : « N'êtes-vous pas le maître ? Je ne suis ici que pour vous rendre compte, vous proposer, recevoir vos ordres et les exécuter. » Affectation hypocrite selon les uns, strict respect des usages selon les autres ? cette humilité du régent face au roi était rendue nécessaire par le soupçon récurrent de vouloir usurper son autorité. Heureux de sortir enfin de l'état de dépendance et de n'être plus traité en enfant, le jeune garçon prenait peu à peu confiance en cet oncle[1] contre qui on l'avait tant mis en garde. Il en savait gré à celui « qui le faisait ainsi régner ». De son côté Philippe découvrait avec plaisir la vivacité d'esprit et le sérieux de son pupille. Peu à peu se créaient entre eux des liens, mélange d'estime et d'affection, qui ne pouvaient que porter ombrage au duc de Villeroy frustré, dépossédé.

Autour du petit roi, le jeu se joue désormais à trois : régent, gouverneur et précepteur se disputent sa confiance.

À mesure que le temps passe, Villeroy voue au régent une haine croissante. Chaque jour lui apporte des raisons nouvelles de s'indigner. Il réprouve en bloc l'alliance avec les Anglais, nos pires ennemis de la veille, l'admission au Conseil d'État de cet aventurier de basse extraction qu'est l'abbé Dubois, la déclaration de guerre à l'Espagne, la fin du gouvernement « par conseils » – ce qu'on appelait la *polysynodie* – et le retour à un exercice plus personnel du pouvoir, et bientôt les innovations monétaires proposées par un demi-fou écossais nommé Law. Brochant sur le tout, des préventions morales très anciennes achevaient de faire du duc d'Orléans une incarnation du Mal.

Plus celui-ci prend d'autorité et d'assurance, plus Villeroy le soupçonne de convoiter le pouvoir. Il monte autour de l'enfant une garde sourcilleuse. Nul ne peut échanger avec lui la moindre parole en particulier. Sa nourriture est l'objet d'un redoublement de surveillance. Certes, conformément à l'usage, des serviteurs

---

1. Il est le grand-oncle du roi par filiation féminine, mais seulement son cousin par filiation masculine, la seule qui compte.

en ont toujours fait « l'essai », goûtant chaque mets et chaque boisson avant de les lui servir. Mais le poison ne peut-il pas se glisser ailleurs ? Saisi d'une crainte obsessionnelle, Villeroy tient sous triple clef le beurre, le pain, les mouchoirs, il guette et épie le moindre geste suspect, prêt à s'interposer entre son protégé et le monde entier, chargé de menaces. Certes il n'incrimine pas directement le régent, mais il est clair que ses soupçons le visent, tant il montre de hargne en sa présence et tant il cherche à le tenir à distance. Il est grotesque, bien sûr, et le garçonnet, qui le craint mais ne l'aime pas, est assez fin pour s'en rendre compte et pour se moquer de lui à l'occasion. Reste que ce climat est délétère. La graine de soupçon, soigneusement entretenue par Villeroy, vise à miner la confiance que le petit roi commence d'accorder à son oncle. L'enfant souffre, à coup sûr, d'être ainsi partagé, condamné à choisir entre son gouverneur et son tuteur naturel, seul membre survivant de sa famille.

Face à ce combat feutré, qui finira pas coûter sa place à Villeroy, Fleury restait neutre et se contentait de compter les coups. « Tout appliqué au futur, mais au futur de ce monde, il ne songeait qu'à s'attacher le roi et y faisait les plus grands progrès et les plus visibles. » Bien que très hostile au régent – et plus encore à son âme damnée l'abbé Dubois –, « il se conduisait à son égard avec une grande circonspection » et évitait de se compromettre avec ses adversaires. Il laissait à Villeroy le soin d'en dire du mal, et par là de se ruiner peu à peu dans l'esprit du petit roi. Il jugeait sagement que le temps travaillait pour lui – si Dieu lui prêtait vie. Mais son ambition, si ambition il y eut, avait au moins le mérite de n'être pas nuisible à l'intérêt de l'enfant : il procura à celui-ci, après le départ de Mme de Ventadour, le seul îlot de sécurité et d'affection. Celle-ci avait remplacé auprès de lui sa mère. Fleury, dans une large mesure, lui servit de père.

S'il est vrai que la personnalité d'un être se détermine au cours de l'enfance et de l'adolescence, comment Louis XV n'aurait-il pas été marqué par les conditions très particulières dans lesquelles il fut élevé ? Tous les traits qu'on retrouvera chez l'adulte – la timidité, la défiance, l'horreur des visages nouveaux, des manifestations publiques, le goût exacerbé du silence, du secret, le sérieux aussi, un fond de piété exigeante, la mélancolie et l'angoisse de la mort – tout est en germe dans cette enfance sans gaieté, parmi des gens âgés, pétris de conservatisme et parfois habités d'arrière-pensées. Trop d'arrachements – de traumatismes, dirions-nous –, trop de ruptures, sans que la présence d'une mère ou celle de frères et de sœurs vienne assurer la continuité, d'un logis à l'autre, d'une gouvernante à un gouverneur. Trop de responsabilités sur la tête d'un enfant condamné à vivre, pour préserver la paix de la France et de l'Europe, condamné à se montrer digne de l'aïeul, pour sauvegarder l'héritage prestigieux.

Or cet enfant défiant, anxieux, s'entendit soudain signifier, à l'âge de onze ans, qu'on avait décidé de le marier. Sans lui demander son avis au préalable. Tout avait été réglé déjà, sans lui, dans des termes qu'on voulait irrévocables. En dépit de l'âge des intéressés, qui repoussait à un avenir lointain l'union effective, c'est un acte irrévocable qu'on avait négocié, et pas seulement des fiançailles. Le contrat fut signé en bonne et due forme et la petite infante espagnole ainsi liée à lui fut aussitôt expédiée en France – sans être consultée non plus : elle avait trois ans et demi. Elle prit la chose mieux que Louis XV. Mais peu importaient leurs sentiments. La politique, qui avait programmé ce mariage, se chargera de le dénouer.

CHAPITRE DEUX

MARIAGES ESPAGNOLS

Si Louis XV fut surpris par l'annonce de son mariage, l'opinion le fut plus encore. Surtout quand elle apprit que ce mariage ne serait pas le seul. Non seulement la fille du roi d'Espagne allait être reine de France, mais une fille du régent allait être reine d'Espagne. Étant donné l'ampleur du fossé qui séparait les deux Philippe l'avant-veille encore, le retournement était d'importance ! Il faut pour le comprendre faire un détour par les méandres de la politique internationale.

Les déçus d'Utrecht

Négociés sous la pression des puissances maritimes – Angleterre et Hollande –, les traités d'Utrecht et de Rastadt, qui avaient mis fin en 1713 à la guerre de succession d'Espagne, visaient à créer sur le continent un équilibre interdisant toute hégémonie. Mais ils laissaient des mécontents. Les deux candidats à l'héritage espagnol, Philippe V de Bourbon et l'archiduc Charles de Habsbourg, devenu l'empereur Charles VI, n'avaient souscrit que du bout des lèvres aux mesures imposées. Philippe gardait l'Espagne et les colonies d'Amérique, mais il avait dû abandonner toutes ses autres possessions européennes : à l'Autriche les Pays-Bas [1], le Milanais, le

1. Rappelons que ce terme désignait alors la Belgique actuelle, tandis que nos Pays-Bas d'aujourd'hui se nommaient Provinces-Unies.

royaume de Naples et la Sardaigne ; au duc de Savoie la Sicile. Il était prêt à faire son deuil des Pays-Bas, dont les liens avec Madrid s'étaient distendus, mais il ne se résignait pas à la perte de l'Italie. Sa seconde épouse, une Italienne, moins encore. En face de lui l'Empereur, bien que principal bénéficiaire de cette redistribution territoriale, acceptait mal de renoncer à l'espoir de réunir sur sa tête les deux couronnes de Charles Quint et de rendre à la maison de Habsbourg sa prééminence perdue.

Au fil des années cependant, pour des raisons familiales, les objectifs de l'un et de l'autre évoluaient en ses contraire.

Certes Charles VI n'avait pas reconnu Philippe V, il continuait de se proclamer roi d'Espagne sur les documents officiels et il entretenait une cour d'exilés espagnols avides de revanche. Mais il ne se faisait guère d'illusions sur ses chances de succès. Il tenait cependant à préserver ses récentes acquisitions italiennes. Et il s'inquiétait surtout d'une grave menace pesant sur sa propre succession et donc sur l'intégrité des États patrimoniaux de la maison d'Autriche. Fils cadet de l'empereur Léopold Ier, il n'avait recueilli l'héritage qu'après la mort de son aîné, qui ne laissait que deux fillettes. Mais qu'adviendrait-il à sa propre mort ? S'il avait un fils, celui-ci l'emporterait. Mais s'il n'avait lui aussi que des filles, celles de son frère ne réclameraient-elles pas leur part ? Les très riches domaines des Habsbourg, formés de possessions disparates et dispersées, seraient aisés à démembrer, avec la bénédiction des autres puissances complices ou parties prenantes. Aussi, pour parer à cette éventualité, avait-il pris la précaution dès 1713 de faire établir les droits de ses enfants nés ou à naître par un acte solennel, la Pragmatique Sanction. Il s'efforçait d'y faire souscrire ses partenaires européens, quitte à leur lâcher quelques concessions territoriales ou économiques. Or le destin vint confirmer ses craintes. Au printemps de 1716 lui naquit un fils, qui mourut la même année. Ensuite vinrent trois filles, dont deux survécurent. Pas d'autre fils.

Loin d'avoir un archiduc surnuméraire à caser à Madrid, il n'avait même pas d'héritier pour ses biens propres. Une héritière tout au plus, qui aurait à défendre son bien bec et ongles : Marie-Thérèse y réussira brillamment et sera en son siècle un des plus grands souverains d'Europe. Mais le 13 mai 1717 aucune fée ne se trouvait au berceau de l'enfant nouveau-née pour lui prédire un tel destin.

À Madrid inversement, Philippe V a trop de fils. De son premier mariage il lui en reste deux, Louis et Ferdinand. Après la mort de Marie-Louise de Savoie emportée par la tuberculose en 1714, il s'est remarié avec Élisabeth Farnèse, fille du duc de Parme, qui n'a pas tardé à lui en donner un troisième et dont la fécondité en promet d'autres. Elle est intransigeante, passionnée, opiniâtre. Aux rancœurs de son époux, elle ajoute ses ambitions maternelles et son patriotisme italien. Puisque l'existence de fils du premier lit interdit au sien d'escompter le trône d'Espagne, elle projette d'établir celui-ci en Italie. N'est-ce pas une noble cause que d'arracher son pays natal aux griffes impériales ?

Or, très vite, elle se trouve amenée à prendre la direction des affaires par l'état de santé du roi. Depuis son second mariage, Philippe V ne va pas bien. Curieux personnage, très énigmatique, que cet être au tempérament excessif, tout en contrastes, passant par des phases alternées d'exaltation et d'abattement – cyclothymique. À ses malaises, les contemporains croient trouver une explication physiologique simple : « Le roi dépérit à vue d'œil, écrit en 1716 son ancien compagnon d'adolescence, Louville, par le trop fréquent usage qu'il fait de la reine. Il est exténué et abattu. » Partagé, comme l'était son frère le duc de Bourgogne, entre une sensualité et une piété également exacerbées, il s'en tenait aux strictes relations conjugales. Et l'impérieuse Élisabeth Farnèse, voyant par là le moyen de se l'asservir, le poussait à l'intempérance. Se faisant l'esclave de ses ambitions, elle s'enfermait le plus souvent avec lui dans un étouffant tête-à-tête, à moins qu'elle ne le suivît à la chasse, seule distraction à laquelle il s'adonnât, avec la démesure qu'il mettait à toutes choses. Partageant son temps entre le lit de sa femme et l'oratoire où il s'abîmait en prières, il lui en restait peu pour s'appliquer aux affaires de l'État, sur lesquelles elle n'avait pas de peine à lui imposer ses vues. Il avait des moments d'absence, des accès de mélancolie morbide, des hallucinations parfois, qui faisaient craindre pour sa raison et même pour sa vie. Puis il redevenait le souverain jaloux de son autorité, prêt à souscrire aux mirifiques rêves de reconquête que faisait miroiter à ses yeux l'imagination fertile de son épouse.

Encouragée par le représentant de Parme à Madrid, l'entreprenant abbé Alberoni, dont elle réussit à faire un premier ministre et un cardinal, elle engagea l'Espagne dans une politique agressive visant à reconquérir les provinces italiennes perdues.

Espoirs et déconvenues des souverains espagnols

La France était alors gouvernée par le régent, qui n'aimait pas Philippe V. Il y avait entre eux un vieux contentieux, datant des années 1707-1708. Envoyé au secours de son cousin menacé par les armées austro-anglaises, il avait remporté trop de succès et pris trop d'initiatives pour ne pas porter ombrage au jeune souverain : celui-ci l'accusa d'avoir monté un complot pour le supplanter. Louis XIV les avait renvoyés dos à dos, opposant une fin de non-recevoir aux plaintes de son petit-fils, mais privant son neveu de tout commandement militaire en Espagne. Ils en avaient été ulcérés l'un et l'autre et les années n'avaient pas suffi à apaiser une amertume que venait soudain de réveiller la question successorale.

Le régent n'était évidemment pas disposé à soutenir les prétentions espagnoles. Les traités d'Utrecht avaient été satisfaisants pour la France, qui s'était vu confirmer la possession de l'Alsace. Lui-même y avait gagné la reconnaissance de ses droits à la succession. Il exerçait la régence sans partage, il s'était attelé à la remise en état des finances du royaume – énorme tâche qui exigeait la paix. Il était donc hostile à toute entreprise risquant de remettre en cause le statu quo.

Mais il savait que l'opinion française gardait une tendresse de cœur pour l'Espagne. Après deux siècles d'affrontements, Louis XIV avait promis que le changement de dynastie créerait entre les deux pays des liens fraternels. Les Français y avaient cru de tout leur cœur, ils avaient dépensé pour cette cause beaucoup de sang, beaucoup d'or, et avaient pris des risques considérables. Ils éprouvaient pour le jeune souverain qu'ils avaient sauvé la sympathie qui accompagne souvent, à l'égard du bénéficiaire, la fierté d'avoir accompli une belle action. Ils ne semblaient pas se douter que lui, au contraire, humilié d'avoir dû appeler à l'aide et estimant qu'on n'en avait pas fait assez, trouvait pesant le fardeau de la reconnaissance. À Paris, on aimait les Espagnols, surtout parmi les membres de la « vieille cour », qui croyaient marquer ainsi leur fidélité aux vœux du défunt monarque.

Le régent tenta donc l'impossible pour établir avec Philippe V de bonnes relations. En vain. Il se heurta à l'arrogance de l'Espagne, qui ne céda qu'après avoir fait l'expérience douloureuse de son isolement et de son impuissance.

« Le roi d'Espagne, clamait Alberoni à la face de l'Europe, n'avait besoin des conseils de personne et pouvait fort bien se passer de ceux de la France. » Et ses maîtres se délectaient à entendre ce fier langage. À eux trois, ils prirent à cœur de repousser toutes les avances du régent et de lasser sa bonne volonté en multipliant vexations et avanies à l'égard des Français. Celui-ci hésitait, louvoyait. Son ancien précepteur, l'abbé Dubois, avait moins de scrupules. Ce parvenu aux mœurs et à la morale fort élastiques, qui n'avait d'abbé que le nom – sauf quand il s'agissait de se faire attribuer des bénéfices –, était de taille à faire pièce à son homologue espagnol. Aussi réaliste que l'autre était chimérique, sachant se montrer aussi persuasif, aussi rusé, aussi tenace, mais au service d'objectifs raisonnables et accessibles, il sut forcer la main à Philippe d'Orléans et surmonter ses réticences. Faute de pouvoir s'entendre avec l'Espagne, il le convainquit d'accepter les propositions britanniques, bien que l'opinion y fût très hostile. Il fut l'artisan du premier des traités – connu sous le nom de Triple Alliance – par lesquels l'Angleterre, la Hollande et la France s'efforcèrent de consolider l'équilibre européen.

Philippe V, se sentant acculé, tenta un coup de force : au mois d'août 1717, il opéra sans préavis un débarquement en Sardaigne. La maigre garnison autrichienne n'opposa que peu de résistance. Faute de flotte, l'Empereur ne pouvait reconquérir l'île et les Espagnols en restèrent maîtres. Pour couper court au risque de guerre, les diplomates anglais se mirent fébrilement au travail. Un plan fut élaboré pour apaiser les deux déçus d'Utrecht. Moyennant sa renonciation à la couronne d'Espagne, l'Empereur recevrait la riche Sicile. Chose facile : il suffirait de la retirer au duc de Savoie. On prit prétexte des multiples changements de parti de Victor-Amédée pour crier au traître. Il n'avait pas été le seul, mais la vérité était qu'on le savait hors d'état de protester. Il se vit promettre en échange la maigre Sardaigne, que les Espagnols seraient sommés de lâcher. Pour apaiser ces derniers, on avait imaginé une solution élégante. Il y avait en Italie deux dynasties sur le point de s'éteindre faute d'héritiers mâles. À Parme et Plaisance, François Farnèse n'avait qu'un frère, obèse, qu'on disait incapable de procréer. À Florence, de même, Côme III de Médicis n'avait qu'un fils assez âgé, au sang exténué. Or Élisabeth Farnèse, fille du duc de Parme, était aussi apparentée de près aux Médicis. Il suffirait donc de lui réserver à terme l'un ou l'autre héritage, voire les deux, pour y caser son fils en temps voulu. Rien ne pressait : le fils en question était au berceau.

À ce beau projet, il manquait l'adhésion de l'Espagne. Philippe V voulait tout, tout de suite. Éperonné par Alberoni, il réclama l'occupation immédiate des principautés promises, ergota, fit traîner les négociations, sous le couvert desquelles il crut pouvoir renouveler l'opération réussie en Sardaigne. Au début de l'été de 1718, il se jeta sur la Sicile, s'attaquant à la fois à Palerme et à Messine. L'affaire était grave. Les Anglais lui adressèrent un ultimatum, qu'il repoussa sur un ton hautain, de même qu'il rejeta toutes les tentatives de médiation, cependant que l'Autriche rejoignait en hâte l'Alliance qui, de Triple, devint Quadruple. Moyennant quoi la flotte anglaise, passant des menaces à l'exécution, détruisit si complètement celle des Espagnols au cap Passaro, près de Syracuse, qu'il ne leur resta pas un navire pour apporter la nouvelle à Madrid : c'est l'ambassadeur de France qui l'annonça à Philippe V.

Il en aurait fallu plus pour faire céder celui-ci, fou de colère et chauffé à blanc par sa femme, en dépit des conseils lénifiants de son confesseur : « Le prie-Dieu, cette fois, n'a pas été de force avec l'alcôve », avoua le Père Daubenton battu. La guerre apparut donc inévitable.

Le régent répugnait très fort à s'y engager, pour toutes les raisons qu'on a évoquées. La découverte d'une conspiration lui fournit les moyens de désarmer l'opinion. Le prince de Cellamare, ambassadeur d'Espagne à Paris, encourageait discrètement les adversaires du régent, tout comme celui de France à Madrid cultivait les ennemis d'Alberoni. Rien que de routine. Mais les initiatives désordonnées de la duchesse du Maine, ulcérée de la mise à l'écart de son mari, mirent le feu aux poudres. Elle s'agitait, multipliait les libelles incendiaires, parlait très fort de renverser le régent, se disait prête à recourir à des mesures plus expéditives. Ses projets étaient si mal ficelés, ses intentions si imprudemment proclamées que l'affaire fut vite éventée. Le prince de Cellamare, dont l'hôtel particulier servait de lieu de ralliement aux conjurés, fut expulsé *manu militari*. Le duc du Maine se retrouva à la Bastille avec son épouse et fut dépouillé de la surintendance de l'éducation du roi au profit du duc de Bourbon. Conspiration d'opérette, a-t-on dit, qui ne fit courir au régent aucun danger sérieux. Sans doute. Mais elle lui permit de justifier aux yeux de l'opinion la guerre qu'il s'apprêtait à déclarer à l'Espagne, pour satisfaire aux engagements de la Quadruple Alliance. C'est ainsi que les troupes françaises se lancèrent en 1719 dans une opération sur la côte basque et détruisirent le port et les chantiers maritimes du Passage – aujourd'hui Pasajes. Laissant aux Anglais le soin de faire sauter l'arsenal de Vigo, elles s'orientèrent alors vers la Catalogne, où elles s'enlisèrent.

Mais la bonne offensive, la seule vraiment efficace, fut celle, diplomatique, qui aboutit à Madrid à la disgrâce et au renvoi d'Alberoni. On n'eut pas trop de peine à convaincre le duc de Parme, dont l'intraitable abbé était le représentant à Madrid, de le remplacer par un diplomate plus conciliant, le marquis Scotti. Le nouveau venu n'était pas insensible aux cadeaux et gratifications. Il accepta d'autant plus volontiers de plaider la cause de la paix qu'il l'estimait nécessaire. On s'assura le concours de la vieille nourrice et confidente d'Élisabeth Farnèse, laquelle, obstinée mais pas sotte, avait déjà compris qu'il était grand temps de céder. Au début décembre 1719, Alberoni, congédié, s'embarquait pour l'Italie sans espoir de retour et, en février 1720, Philippe V donnait son adhésion à la Quadruple Alliance, c'est-à-dire au projet de redistribution des territoires italiens.

Après cette guerre fratricide, restait pour le régent à recoller les morceaux.

Négociations matrimoniales

La bonne vieille méthode pour réconcilier les ennemis de la veille ayant toujours été de marier leurs enfants, il n'est pas étonnant qu'on y ait songé à Madrid comme à Paris. Tout comme un siècle plus tôt, on allait faire bonne mesure : la paix serait scellée par deux mariages croisés[1]. Il y avait cependant matière à réflexion. Que la fille unique du roi d'Espagne épouse son cousin germain le roi de France aurait semblé chose toute naturelle, n'eût été l'âge des intéressés : Louis XV avait onze ans, l'infante n'en avait que trois. Passe encore, l'histoire de France offrait des précédents. Mais que Philippe V, tirant un trait sur le lourd contentieux qui l'opposait au régent, lui propose pour une de ses filles la main du prince des Asturies[2] avait de quoi surprendre. Certes depuis toujours on savait les mariages princiers soumis aux exigences de la politique, mais ces deux-ci paraissaient particulièrement chargés d'arrière-pensées.

Les deux interlocuteurs jouaient au plus fin, chacun cherchant à en tirer le maximum d'avantages. On ne tentera pas de démêler ici en détail l'écheveau des commentaires et interprétations proposés par les contemporains, puis par les historiens. Qui avança le projet ? L'Espagne passa longtemps pour en avoir eu l'initiative exclusive, le souverain madrilène faisant généreusement les premiers pas vers la réconciliation, le régent acceptant avec une surprise charmée l'immense honneur fait à sa fille. La France trouvait son compte à cette version des choses, Philippe V aussi, qui tenait à ne rien faire qui passât pour lui être imposé. Les recherches récentes incitent à penser que Dubois

---

1. En 1612 avait été décidée l'union de Louis XIII avec Anne d'Autriche – tous deux âgés de onze ans – et celle de sa sœur Élisabeth de France, dix ans, avec le frère d'Anne, Philippe IV d'Espagne, sept ans. En 1615, les deux princesses rejoignirent leur pays d'adoption et les mariages furent célébrés, quitte à en retarder la consommation effective.

2. Tel est le titre de l'héritier du trône en Espagne.

lui en avait fait souffler l'idée notamment par son confesseur, le jésuite français Daubenton, tout acquis à la réconciliation entre les deux pays depuis que la France s'était décidée à mettre au pas les adversaires de la bulle *Unigenitus*. Mais le roi d'Espagne se plut à croire qu'elle lui était venue toute seule. Selon la confidence faite à Saint-Simon par le régent, « cela s'était fait en un tournemain, l'abbé Dubois avait le diable au corps pour les choses qu'il voulait absolument ».

Il est certain que les deux pays avaient intérêt à ce rapprochement. Faute d'être parvenue à s'entendre avec l'Empereur, l'Espagne se trouvait isolée. Quant à la France, elle souhaitait ne pas dépendre trop exclusivement de l'alliance anglaise. La hâte de Philippe V, d'autre part, provenait de raisons personnelles plus qu'honorables. Il sortait très éprouvé de la grave crise de dépression dont on avait pu croire, deux ans durant, qu'il ne se remettrait pas. Fut-il influencé par l'exemple de Charles Quint ? Il décida d'abdiquer en faveur de son fils, pour se consacrer uniquement à préparer son salut éternel. Les deux époux en firent le serment solennel, par deux fois renouvelé devant Dieu et la sainte Vierge : avant le 1er novembre 1723 au plus tard[1], ils se retireraient dans la solitude sur leur domaine de Saint-Ildefonse, au nord de la sierra de Guadarrama, à bonne distance de Madrid.

Le roi voulait auparavant assurer l'avenir de ses enfants. Il en avait alors cinq. Aux trois fils déjà cités et à la petite Marie-Anne-Victoire était venu s'ajouter en 1720 l'infant don Philippe. Pour la fillette, dont il raffolait, il ne voyait en Europe aucun parti qui approchât en éclat l'héritier de France. Les fils ? Il cédait à l'aîné le trône d'Espagne. Que faire pour les autres ? Il en aurait bien marié un à une archiduchesse, mais Vienne se faisait tirer l'oreille. Restait l'Italie. Mais pour les y établir le moment venu, il savait qu'il se heurterait à l'hostilité

1. Il n'abdiquera effectivement que le 9 février 1724.

de l'Empereur, dont l'investiture était nécessaire en tant que suzerain nominal de la Péninsule. Il avait donc besoin d'un allié puissant pour faire pression sur celui-ci. Seule la France faisait le poids. C'est pourquoi Élisabeth Farnèse, que la perspective de quitter le pouvoir plongeait dans une angoisse aiguë sur le sort de ses fils, devint soudain aussi favorable à la France qu'elle lui avait été hostile des années durant. Louis XV étant bien jeune, il fallait s'assurer du maître de l'heure, le régent. Lui faire l'honneur de choisir sa fille comme future reine d'Espagne était un moyen de se l'attacher. Dubois avait-il fortement conseillé cette offre, au point d'en faire une condition du mariage de l'infante ? C'est ce qu'affirme en tout cas Saint-Simon : les deux unions allaient de pair.

Est-ce à dire que la compétition des deux Philippe autour de l'éventuelle succession de Louis XV était enterrée ? Non, bien sûr. Là se trouvaient leurs arrière-pensées, vraies ou supposées. L'âge de l'infante repoussait d'une douzaine d'années la date à laquelle on pouvait espérer voir naître un dauphin. Douze ans pendant lesquels Philippe V pourrait, en cas de disparition du jeune roi, faire valoir ses droits sur le trône de France. Lorsqu'on évoquait devant le duc d'Orléans cette idée de derrière la tête de son rival, il jouait les désintéressés : « J'entrevois les motifs de l'Espagne ; mais l'intérêt présent est que ma régence soit tranquille et je consens qu'on fasse venir l'infante. » Que n'ajoutait-il, complète le président Hénault, « qu'il avait la même passion que le roi d'Espagne, avec des droits tout contraires » et qu'il faisait pour son propre compte le même raisonnement ! Lui aussi se donnait douze ans de marge ! Dans cette perspective cependant, le double mariage semblait plus avantageux pour Philippe V. À Paris sa fille regrouperait les amis de l'Espagne et entretiendrait leur zèle. Si elle se trouvait rester veuve sans enfants, elle serait à pied d'œuvre pour organiser la dévolution de la couronne à son père ou à un de ses frères, au détriment de la maison d'Orléans. La fille du régent, au contraire, ferait à Madrid figure d'otage, avec la maigre consolation que ladite maison d'Orléans fournirait des héritiers à la descendance espagnole de Louis XIV.

Toutes ces spéculations correspondent-elles à des calculs véritables de la part des intéressés ? Outre qu'elles font bon marché de la vie de Louis XV, dont l'éclatante santé montre pourtant, depuis quelques années, qu'il n'est pas plus menacé qu'un autre, elles prêtent à une enfant de trois ans un entregent et une influence qu'elle ne sera guère en mesure d'avoir avant d'être effectivement unie au roi, et donc en état de lui donner des enfants. Quoi qu'il en soit, ni l'un ni l'autre des deux Philippe ne voyaient dans l'âge tendre de la fillette une objection dirimante.

Les larmes de Louis XV

Philippe V s'était décidé très vite. Un dernier aiguillon y avait contribué – le même qui était venu à bout jadis des hésitations de Philippe IV au moment de donner sa fille à Louis XIV : l'avis qu'il était question de marier Louis XV à une autre, en l'occurrence cette même fille du régent qu'on lui proposait pour son fils. Le 26 juillet 1721 partait pour Paris son offre ferme de double mariage, à laquelle le duc d'Orléans répondit aussitôt par une lettre autographe admirablement tournée, où il ne dissimulait pas sa satisfaction. Celle des souverains espagnols éclata le 12 août, lorsque leur parvint cette réponse, dans leur séjour de Balsaïn. « Je ne veux pas que vous appreniez par un autre que par moi-même, ma très chère fille, écrivit Philippe V à l'infante restée à Madrid, que vous êtes reine de France. J'ai cru ne pouvoir mieux vous placer que dans votre même maison[1] et dans un si beau royaume. Je crois que vous en serez contente. Pour moi, je suis si transporté de joie de voir cette grande affaire conclue

1. Dans la famille qui est la vôtre : ce mariage est pour le petit-fils de Louis XIV un retour à ses origines.

que je ne puis vous l'exprimer... » Quant à la reine, elle exultait, au point d'en perdre le sommeil. L'Espagne pavoisa.

Cependant que s'engageaient diverses tractations sur les modalités pratiques du double mariage, un calme plat régnait à Paris. Et pour cause : nul n'en savait rien, on n'avait pas encore informé le principal intéressé. Le régent lanternait. Il appréhendait la réaction du jeune roi, « que les surprises effarouchaient ». Il redoutait aussi celle de l'opinion, notamment parmi la vieille cour, qu'inquiéterait l'âge trop tendre de l'infante. Il prit la sage décision de reporter de quelques jours l'annonce du mariage de sa fille, le temps que les esprits fussent rassérénés. Pour celui du roi, plus moyen de reculer : les engagements rendus publics à Madrid risquaient d'être connus en France. Alors le régent brusqua les choses : le mariage du roi serait « déclaré » à la séance du Conseil de régence du 14 septembre[1]. Le scénario, soigneusement mis au point, se déroula en un prologue et trois actes.

Prologue. Le matin même, le régent convoqua séparément le duc de Bourbon et l'évêque de Fréjus et les mit au courant. L'un approuva sans commentaires, l'autre avec quelques réserves, déplorant le bas âge de l'infante, mais tous deux promirent leur concours. Leur demanda-t-il le silence à l'égard de Villeroy ? Il ne cherchait pas à cacher la chose à ce dernier, puisqu'il avait fait prier Philippe V de lui adresser personnellement une lettre en ce sens : quoi de plus propre à amadouer le vieux compagnon de Louis XIV ? Mais en flattant Fleury, il espérait le désolidariser du maréchal.

Acte I. Au début de l'après-midi, Saint-Simon, convoqué au Conseil, le trouva pirouettant nerveusement dans la salle, « en homme qui n'est pas bien brave et qui va monter à l'assaut ». Villeroy était là,

---

1. Le récit très circonstancié de Saint-Simon, fondé mi sur ce qu'il vit lui-même, mi sur les confidences ultérieures du régent, permet de reconstituer en détail l'épisode.

Fleury se faisait attendre. Dès qu'il fut arrivé, tous trois s'engouffrèrent dans le cabinet du roi, ainsi que le duc de Bourbon et l'abbé – pardon, le cardinal – Dubois. Louis XV écouta en silence l'exposé de son oncle et, lorsque celui-ci vint à dire, en guise de conclusion, qu'il ne doutait pas de son consentement, il fondit en larmes sans un mot. Le régent continua imperturbablement de développer, à l'intention des quatre autres, tous les bénéfices que la France tirerait de ce mariage, et sollicita leur avis. Villeroy loua en quelques phrases pompeuses la réunion des deux branches de la famille, s'affligea qu'il n'y eût pas à Madrid de princesse plus avancée en âge, mais invita le roi à donner son accord. Nul ne sait ce que murmura Fleury à l'oreille de son pupille, mais ce fut lui qui en tira enfin le *oui* tant attendu.

Acte II. On n'en était pas sorti pour autant. Il fallait maintenant obtenir que le roi renouvelle publiquement son consentement devant le Conseil de régence. En silence, il se remit à pleurer de plus belle. Cependant le temps passait. Dans l'antichambre, les membres du Conseil, étonnés de ce retard, s'impatientaient. Profitant d'une porte entrouverte, le maréchal d'Huxelles s'engouffra dans le cabinet, suivi du maréchal de Villars et du duc de Saint-Simon. En face d'eux, ils aperçurent le régent, « plus rouge qu'à son ordinaire », les autres de biais, la mine allongée. Le roi leur tournait le dos, mais en avançant la tête, Saint-Simon le vit très rouge, les yeux pleins de larmes. En vain Villeroy l'exhortait, en agitant sa perruque : « Allons, mon maître, il faut faire la chose de bonne grâce. » Ce fut à nouveau Fleury qui, l'entretenant à voix basse, finit par le décider. Mais il ne put en obtenir un mot et dut se charger de dire « que le roi irait au Conseil, mais qu'il lui fallait quelques moments pour [se] remettre ».

Acte III. Tandis que l'enfant s'éclipsait quelques minutes en compagnie de son précepteur, les autres acteurs de l'épisode précédent rejoignaient le reste des membres du Conseil, dévorés de curiosité. Lorsque le roi entra, il avait encore « les yeux rouges et gros » et l'air fort sérieux. Solennellement le duc d'Orléans « lui demanda s'il trouvait bon qu'il fît part au Conseil de son mariage ». Il répondit par « un oui sec, en assez basse note, mais qui fut entendu des quatre ou cinq plus proches de chaque côté ». Il n'en fallut pas davantage au régent, qui renouvela son exposé et sollicita les avis. Tous, pris de court, s'inclinèrent, il recueillit l'unanimité. Se tournant alors vers le roi, il lui dit d'un air souriant, « comme pour l'inviter à prendre le même » : « Voilà donc, Sire, votre mariage approuvé et passé, et une grande et heureuse affaire faite. » Mais il n'eut pas de réponse, non plus que de sourire en retour. La tristesse de Louis XV se prolongea tout le reste du jour. Si l'on en croit Saint-Simon, cependant, il se remit vite : « Le lendemain il fut moins sombre, et peu à peu il n'y parut plus. » Mais le petit duc connaissait-il grand-chose aux enfants ?

Une dizaine de jours plus tard, le duc d'Orléans annonçait le mariage de sa fille, Mlle de Montpensier, avec le prince des Asturies. La « vieille cour » comprit qu'elle avait été bernée. Contre le régent, tenant de l'alliance anglaise, elle avait toujours joué la carte espagnole de fidélité à la dynastie des Bourbons. La réconciliation, scellée par le mariage du roi, ne la satisfaisait pourtant qu'à demi, parce qu'elle renforçait la position de celui qui en avait été l'instrument. Mais quand elle découvrit que le futur roi d'Espagne allait devenir son gendre, son dépit ne connut plus de bornes.

Cependant le roi s'en allait au Palais-Royal faire compliment aux parents de l'héroïne du jour. Le prince des Asturies avait quatorze ans, sa fiancée n'en avait que douze. Sans doute avait-il été consulté pour la forme. À elle, on n'avait pas demandé son avis. Comment, d'ailleurs, une princesse pourrait-elle ne pas être enchantée à l'idée de devenir reine d'Espagne ? Sa tante Marie-Louise d'Orléans, cloîtrée par sa belle-mère au fond d'un palais madrilène auprès d'un époux dégénéré, puis morte à vingt-sept ans, peut-être empoisonnée, n'était plus là pour apporter la contradiction.

L'ambassade de Saint-Simon

Les deux mariages étaient indissociables, on l'a dit. Or celui de Mlle de Montpensier, de par l'âge des intéressés, allait prendre effet très vite. Pas question que celui de Louis XV, remis à plus tard, fût exposé aux aléas de la politique. Les souverains espagnols s'appliquèrent donc à lier la France au plus près. Ce devait être plus que des fiançailles : un engagement décisif. Certes on savait qu'un tel engagement n'était pas irréversible. Mais, afin de rendre la rupture plus difficile, on décida que l'infante serait envoyée en France immédiatement, pour y être élevée avec son futur époux, et qu'elle y serait traitée en reine. D'autre part on allait signer le contrat, assorti des promesses les plus solennelles.

Le duc de Saint-Simon, chargé d'aller présenter à Madrid la demande officielle et d'y présider à la signature, partit en somptueux équipage pour ce qui était la grande affaire de sa vie. Il s'était ruiné en préparatifs, sournoisement poussé à la dépense, prétend-il, par Dubois qui le détestait ; mais il est permis de penser que sa vanité y fut aussi pour quelque chose. Nous ne le suivrons pas tout au long des différentes audiences qui lui furent accordées, non plus que dans le détail des tractations sur le contrat. Le couple royal mit tout en œuvre pour le séduire et y parvint sans peine, bien que le premier contact eût été décevant. Saint-Simon fut d'abord frappé par l'aspect méconnaissable de celui qu'il avait connu vingt ans plus tôt comme duc d'Anjou : « Il était fort courbé, rapetissé, le menton en avant, fort éloigné de sa poitrine, les pieds tout droits, qui se touchaient et se coupaient en marchant, quoiqu'il marchât vite et les genoux à plus d'un pied l'un de l'autre. » La parole traînante, l'air niais, vêtu d'un justaucorps de bure brune sans aucun ornement, il manquait déplorablement d'allure. Quant à la reine, grande et bien faite, elle avait le visage effrayant, tout couturé par la petite vérole. Mais les audiences publiques pour la demande en mariage effacèrent cette fâcheuse impression. Enthousiasmé par la rigueur du cérémonial, Saint-Simon fut ébloui lorsque Philippe V prit la parole : « Il répondit à chaque point de mon discours dans le même ordre, avec une dignité, une grâce, souvent une majesté, surtout avec un choix si étonnant d'expressions et de paroles par leur justesse [...], que je crus entendre le feu roi... »

Notre ambassadeur était également tenu d'aller à l'audience de l'infante, dont l'âge ne changeait rien à l'étiquette. L'usage voulait qu'il lui remît alors une lettre de son fiancé, quoique en l'occurrence elle ne sût pas lire. Grave embarras : on avait oublié de lui donner cette lettre au départ. Il la réclamait à grands cris, mais elle n'arrivait toujours pas. Il dut convenir d'un subterfuge avec le responsable des affaires étrangères : lorsqu'il se présenterait à l'audience, on lui répondrait que la fillette dormait. Ainsi fut fait, et le mémorialiste put faire l'économie d'un portrait. Dans son récit nous n'apercevrons l'infante que de biais et par accident. Lorsqu'on la lui présente enfin, il la trouve « charmante, avec un petit air raisonnable et point embarrassé ». À la signature du contrat, elle occupe le troisième fauteuil, juste après ses parents, mais avant son frère aîné, car il n'est qu'héritier du trône, alors qu'on la tient déjà pour reine. Elle ne broncha pas pendant l'interminable lecture du contrat. Il fallut lui tenir un peu la main lorsque vint son tour de signer, « ce qu'elle fit le plus joliment du monde ». De sa présence au bal, le petit duc n'a noté que le fait qu'on la mena se coucher au bout d'une heure. Il est vrai qu'il prenait soin de l'éviter, faute d'avoir reçu la fameuse lettre, qui n'arriva qu'au terme de son séjour. Il put enfin la lui remettre, elle la reçut « avec la meilleure grâce du monde ». Comment était-elle ? à quoi ressemblait-elle ? Nous resterons sur notre faim. Saint-Simon s'intéresse peu aux enfants – surtout quand ce sont des filles.

L'échange des princesses

Pendant que notre envoyé spécial officiait à Madrid, le duc d'Ossone sollicitait au nom de son maître, à Paris, la main de Mlle de Montpensier. Cérémonies, audiences, signature du contrat, compliments, feu d'artifice. On disait le prince des Asturies fort amoureux d'elle, sur la vue d'un portrait qu'on avait dû renoncer à exposer dans sa chambre, parce que les nuits du jeune homme en étaient troublées. Par décence on tut ce dernier détail à l'adolescente, mais on lui remit en cadeau de la part de son futur époux deux fusils de chasse, en lui laissant entendre qu'elle aurait intérêt à goûter ce royal divertissement. Elle écrivit, sous la dictée, une belle lettre à ses beaux-parents pour les assurer de sa soumission, et elle se prépara au départ.

Pour l'une comme pour l'autre, il restait une importante formalité à accomplir avant de quitter le nid familial : il fallait les baptiser. Ne nous étonnons pas qu'elles ne le fussent pas encore. L'usage était d'ondoyer les enfants royaux à leur naissance, ce qui suffisait à les faire entrer dans l'Église. Pour le baptême, rien ne pressait et l'on tendait à en remettre à plus tard la célébration, source de cérémonies coûteuses toujours et de frictions politiques parfois. Il arrivait qu'on dût y procéder dans l'urgence, comme dans le cas de Louis XV, lors de la rougeole qui faillit l'emporter avec ses parents : on lui avait donné pour parrain et marraine les premiers venus, en l'occurrence la sœur et le cousin de Mme de Ventadour. Pour nos deux princesses, l'urgence était moindre. On eut le temps de leur trouver des parrains de haut rang – pour l'infante le nonce du pape et le prince des Asturies, pour Mlle de Montpensier, sa grand-mère, Madame Palatine et son frère aîné, le duc de Chartres –, mais on fit l'économie des festivités. Elles eurent enfin des prénoms : l'une fut nommée Marie-Anne-Victoire et l'autre Louise-Élisabeth.

Donnant, donnant. La parfaite symétrie entre les deux contrats devait se traduire par le passage simultané des deux fillettes à la frontière. Il y avait eu en 1615 un précédent célèbre, immortalisé par un des tableaux peints par Rubens pour la grande galerie du Luxembourg : *L'Échange des princesses* représentait Anne d'Autriche, en route pour rejoindre Louis XIII, croisant la sœur de celui-ci, Élisabeth de France, qui s'en venait épouser Philippe IV d'Espagne. On avait eu recours à une mise en scène analogue, mais à sens unique, pour le mariage de Marie-Thérèse avec Louis XIV, puis pour celui de Marie-Louise d'Orléans avec Charles II. Il en subsistait de très abondants documents, sur lesquels on se régla.

Les deux princesses, accompagnées d'une suite imposante, devaient arriver à la frontière en même temps. On minuta en conséquence leurs voyages respectifs, cependant qu'à Paris, pour tenter d'intéresser le roi à son mariage, on installait dans son appartement une vaste carte où suivre jour par jour la progression de sa future femme. Mlle de Montpensier, qui avait plus de chemin à parcourir, quitta Paris le 18 novembre. L'infante avait accompagné ses parents à Lerma, où devait se dérouler le mariage de son frère. Elle n'en partit que le 14 décembre. Le 6 janvier elles arrivèrent l'une à Saint-Jean-de-Luz, l'autre à Ozarzun. Les dispenses pontificales qu'exigeait pour toutes deux la trop proche parenté étaient déjà là. Le surlendemain, les deux ordonnateurs de l'échange, le prince de Rohan pour l'une et le marquis de Santa Cruz pour l'autre, se rencontrèrent pour fixer les derniers détails. Ils décidèrent que l'échange se ferait le jour suivant, 9 janvier, à midi.

Au milieu de la Bidassoa, l'Île des Faisans, reliée aux deux rives par des ponts de bateaux, avait été aménagée comme par le passé pour servir de cadre à la cérémonie. La maison de bois richement décorée qu'on y avait dressée était partagée en deux dans le sens de la longueur, selon la ligne présumée de la frontière. France et Espagne y disposaient d'appartements de part et d'autre du grand salon d'apparat qui en occupait le centre.

À l'heure dite, sous le regard des curieux agglutinés sur les rives ou empilés dans des barques, des régiments de gardes à pied et à cheval prirent place, symétriquement, sur le trajet des princesses. Chacune pénétra, au même instant, dans ses appartements, puis gagna le grand salon. Aux côtés du prince de Rohan se tenait l'infatigable Mme de Ventadour, invitée à reprendre du service auprès de la nouvelle venue. Le marquis de Santa Cruz et la duchesse de Montellano leur faisaient pendant, prêts à accueillir Mlle de Montpensier. Quelques instants suffirent à échanger les pouvoirs et à signer les décharges et, après les ultimes compliments, les princesses s'embrassèrent et furent conduites chacune dans l'appartement opposé.

On avait fait ce qu'on avait pu pour reproduire le cérémonial qui avait servi pour Louis XIV. Mais ce n'en fut qu'une pâle imitation. Il y manquait la présence des deux rois venus pour signer la paix. Le fiancé n'était pas là. Les traités avaient déjà été paraphés. Tout était prêt : on accomplissait une formalité en hâte, presque à la sauvette. Les festivités viendraient plus tard, quand il y aurait du monde pour les admirer.

Les négociateurs avaient été formels : au passage du fleuve les deux princesses seraient séparées de leur suite, pour être prises en charge par des ressortissants de leur nouvelle patrie. Une telle mesure était coutumière. Sous le prétexte louable de hâter leur acclimatation, elle permettait aussi de réserver à des nationaux les fonctions enviables de membres de leur maison, et d'empêcher qu'il ne se forme autour d'elles des nids d'intrigues et d'espionnage. Mais c'était pour toutes une très rude épreuve que de quitter soudain les femmes qui les avaient élevées. L'infante se mit à sangloter et à se débattre lorsqu'on l'arracha des bras de la duchesse de Montellano. En raison de son âge et malgré les promesses de Philippe V, on dut faire pour elle une entorse à la règle : on lui laissa son ancienne nourrice. Elle put donc se réfugier dans les bras familiers de doña Maria de Nieves, qui la suivra tout au long de son séjour. Une profusion de jouets et de colifichets contribua ensuite à la distraire de son chagrin. Et la vieille « Maman Ventadour », vite conquise par sa grâce, sut créer autour d'elle un climat chaleureux. Du côté espagnol au contraire, la future reine de douze ans, brutalement privée de toute présence française, s'enferma dans un silence boudeur.

En grande pompe, le long d'un trajet ponctué par les vivats et les feux de joie, les deux fillettes s'acheminèrent alors à toutes petites étapes vers l'époux qu'on avait choisi pour elles. Chaque jour qui passait les éloignait un peu plus de leur pays natal, qu'elles ne devaient en principe jamais revoir.

En principe. Mais, pour l'une comme pour l'autre, le destin allait en décider autrement.

CHAPITRE TROIS

« L'INFANTE REINE »

Marie-Anne-Victoire, née le 30 mars 1718, allait sur ses quatre ans lorsqu'elle se mit en route pour Paris.

Ce n'était pas la première fois qu'une fillette se voyait ainsi expédiée très jeune dans le pays de son futur mari. Tout au long du Moyen Âge, cette pratique était quasiment de règle et à l'aube des Temps Modernes, l'histoire de France en offre encore deux exemples, celui de Marguerite d'Autriche, la « petite reine » de Charles VIII, et celui de Marie Stuart, promise à François II. On justifiait ce déracinement précoce par le désir de familiariser l'enfant avec son futur époux et de l'accoutumer au plus tôt à sa nouvelle patrie. Mais il n'était pas dépourvu d'arrière-pensées intéressées. Chacun des deux pays en cause tentait de s'assurer ainsi la maîtrise de l'avenir. Celui qui donnait l'enfant pensait rendre par là l'engagement irréversible. Celui qui la recevait disposait d'un otage dont il pouvait jouer au gré de ses intérêts : si la promesse faite à Marie Stuart fut bien respectée, Marguerite d'Autriche fit les frais d'un bouleversement des priorités politiques, on lui préféra Anne de Bretagne et elle fut renvoyée.

Pour la petite infante, plus jeune encore que les deux autres, il y en avait bien pour huit ou dix ans avant qu'on pût la marier pour de bon. Un très long délai, qui laissait la porte ouverte à bien des péripéties.

Une réception royale

Puisqu'on avait donné à l'engagement toutes les apparences d'un mariage, on crut devoir la traiter d'ores et déjà en reine, à la grande indignation de Saint-Simon, qui estimait que sa qualité de petite-fille de France lui assurait un rang suffisant. Mais le régent et Dubois tenaient à mettre du baume sur les plaies de l'orgueil espagnol, durement éprouvé par la récente guerre. D'ailleurs on n'avait pas le choix, puisque ses parents avaient pris à Madrid l'initiative de lui donner le pas sur son frère. On la nomma officiellement « l'Infante Reine Future » et, plus simplement, « l'Infante Reine » tout court.

Le cortège qui la menait mit près de deux mois à gagner l'Île-de-France. Tout au long du chemin, la moindre bourgade pavoisait, l'acclamait. Les villes l'abreuvaient de harangues, de cérémonies, d'arcs de triomphe et de feux de joie. Il y avait si longtemps que ces provinces n'avaient pas été honorées d'une visite royale ! Loin de s'en montrer fatiguée, la fillette, toutes grâces dehors, y répondait par des sourires et des compliments. Elle avait été très bien élevée. Dès les premiers pourparlers de mariage, elle avait commencé d'apprendre le français, y faisant des progrès rapides. On lui avait enseigné les rudiments du métier de reine : elle en aimerait visiblement les aspects publics. On l'avait préparée, aussi, au transfert de ses affections. « Elle oubliera bientôt l'Espagne », dit son père à Saint-Simon. – « Ho », s'écria sa mère, « non seulement l'Espagne, mais le roi et moi, pour ne s'attacher qu'au roi son mari ».

Le moment de rencontrer enfin ce « mari » approchait. Le 1er mars, elle arriva à l'étape de Berny où l'accueillit le régent entouré de trois cardinaux. Le lendemain, elle reçut la visite de Madame Palatine, de la duchesse d'Orléans et des princesses du sang. Ces dames se mirent en route avec elle au début de l'après-midi pour gagner Bourg-la-Reine, où le roi l'attendait.

À sa descente de carrosse, elle se mit à genoux pour le saluer, il la releva et s'agenouilla à son tour. Il était, dit le *Journal* de Barbier, « rouge comme une cerise ». Il ne fut capable de prononcer qu'une phrase, d'une désolante platitude : « Madame, je suis charmé que vous soyez arrivée en bonne santé. » On ne lui avait pas enseigné le langage de la galanterie. Du haut de ses douze ans – il venait de les avoir quinze jours plus tôt –, il regardait avec une perplexité inquiète cette gamine de quatre ans à peine qu'on lui jetait dans les bras de force. Quant à la petite fille, nul ne sait ce qu'elle pensa de son futur époux !

L'entrevue ne dura qu'un quart d'heure. Deux cortèges se formèrent, destinés à se séparer assez vite. Le roi, marchant en tête, irait tout droit au Louvre. Elle ne l'y rejoindrait qu'après avoir fait dans Paris son entrée solennelle : une « entrée » pour elle seule, conforme aux plus anciennes traditions, comme la ville n'en avait pas vu depuis longtemps. Le peuple restait très attaché à l'Espagne. Le régent avait saisi l'occasion de faire ratifier par l'enthousiasme populaire un mariage qu'il savait très discuté dans son entourage.

On jalonna l'itinéraire de sept ou huit arcs de triomphe – des toiles tendues sur des châssis, ornées de figures symboliques peintes à grand renfort de couleurs vives et de dorures et agrémentées de devises latines. À la porte Saint-Jacques, première station : FELIX ADVENTUS LUTETIAE, « Bienvenue à Paris », disait une banderole. Au Châtelet : VENIT EXSPECTATA DIES, « Il est venu, le jour attendu ». Un peu plus loin, on avait fait un effort d'imagination, évoquant la paix, la félicité des deux royaumes, et l'Amour bientôt confirmé par l'Hymen. Les murs étaient tendus de tapisseries, devant les boutiques on avait fait édifier des « échafauds » – des estrades – sur lesquels le public grimperait pour mieux voir. Mais – signe de « misère » selon Barbier – beaucoup de fenêtres, à louer pour l'occasion, n'avaient pas trouvé preneur. Le carrosse où trônait l'infante, installée sur les genoux de Mme de Ventadour et serrant une poupée dans ses bras, s'avançait au pas, entre la double haie de gardes en grand uniforme qui bordait les rues. Si long était le cortège qu'il mit une grande heure et demie à s'écouler dans la rue Saint-Honoré, tandis que sonnaient à toute volée les cloches de Notre-Dame. La petite fille ravie multipliait les sourires. Les festivités s'étalèrent sur plusieurs jours : réceptions, bals et feux d'artifice aux Tuileries, à l'Hôtel de Ville, au Palais-Royal, à l'ambassade d'Espagne, *Te Deum* à Notre-Dame. L'infante y fait de la figuration, à la mesure de son âge : comme à Madrid, elle ne passe qu'une heure au début des bals, dans les bras de sa nourrice, qui l'emporte ensuite au lit. L'essentiel est qu'elle ait éclairé un instant la fête de son sourire.

Est-ce à dire que l'opération de propagande soit pleinement réussie ? « Tout le monde trouve ce mariage-là bien original », murmure Barbier, bon porte-parole de l'opinion bourgeoise. Voyant les Parisiens se mettre en frais de bienvenue, il bougonne « N'est-il pas impertinent [1] de faire de tels préparatifs pour un enfant de trois ans et dix mois, comme aussi de faire faire un mariage au roi, avant qu'il soit en âge d'y consentir ? On risque qu'il n'en veuille pas dans dix ans. » Quelques jours plus tard, le même observateur relève la froideur du Parlement, mécontent de ne pas avoir été consulté et réprouvant qu'on traite d'ores et déjà la fillette en reine : « Madame, lui dit le premier président en guise d'exorde, la lettre du roi nous a annoncé le sujet de votre arrivée, son exemple et son ordre nous déterminent à avancer les respects qui vous sont destinés. [...] Vous êtes le sceau de la paix entre deux grands royaumes ; puissiez-vous toujours conserver cet auguste caractère. Puisse l'innocence de vos jours attirer sur cet État la bénédiction du ciel. » C'était laisser entendre qu'il doutait de la solidité d'un engagement prématuré imposé à un roi mineur. Divers bruits couraient : Louis XV avait tourné le dos au régent pendant

1. Inopportun.

tout le trajet qui le menait au Louvre et, bien qu'il ait fait présent à sa future femme d'une magnifique poupée – qui aurait coûté 20 000 livres, dit Barbier scandalisé –, il ne lui adresse la parole que contraint et forcé. Il n'est pas encore « son seigneur et maître », comme se permet de lui faire remarquer Villeroy, il ne le sera qu'après le mariage effectif. Et ce mariage effectif, tout le monde sait bien qu'il n'est pas pour demain.

Situation fausse, donc, sur fond de tensions politiques sous-jacentes : Philippe d'Orléans n'a-t-il pas abusé de son pouvoir en mariant son pupille, dans la « criminelle espérance » de retarder au maximum la naissance d'un dauphin ?

Le retour à Versailles

Où logerait-on l'« infante reine » en attendant les noces ? Dès les premiers pourparlers, le régent en avait débattu avec ses conseillers, parmi lesquels Saint-Simon. Celui-ci était d'avis de l'isoler au Val-de-Grâce, pour l'empêcher d'être « gâtée ». L'appartement qu'Anne d'Autriche avait fait installer à son propre usage dans son monastère bien-aimé était spacieux, agréable, et dans le jardin régnait à profusion le meilleur air qu'on pût trouver à Paris. On confierait le soin de régenter la maison à la vieille et pieuse Mme de Beauvilliers, entourée d'un minimum de personnel : ni chevaux, ni carrosses, ni gardes. La fillette y vivrait à l'écart des clans et des coteries. À l'écart du roi, aussi : il se contenterait d'une visite une ou deux fois par an – pas plus d'un quart d'heure ! Car s'ils vivaient côte à côte, « il faudrait que le roi lui rendît des soins ; qu'il en verrait des enfances[1] ; elle, en croissant, en remarquerait de lui ; qu'il y aurait entre eux ou trop de familiarité, ou trop de contrainte ; qu'ils se rebuteraient l'un de l'autre, s'ennuieraient, se dégoûteraient, le roi sur-

---

1. Des comportements puérils.

tout, qui[1] serait le souverain malheur... ». En somme Saint-Simon, craignant la lassitude née de l'accoutumance, voulait réserver aux jeunes gens, pour le jour de leur vrai mariage, la joie de la découverte.

Ce serait certes la meilleure solution, répondit le duc d'Orléans, mais on ne pouvait priver Mme de Ventadour de la place de gouvernante, et celle-ci n'était pas « femme à s'enfermer au Val-de-Grâce » : elle aimait trop la vie mondaine. « C'est donc à dire, répliqua Saint-Simon, qu'il faut sacrifier l'infante à Mme de Ventadour [...], qui la gâtera » et en fera tout ce qu'elle voudra, « elle et son maréchal de Villeroy », vos ennemis, « qui vous ont fait et vous font encore tout du pis qu'ils ont pu et qu'ils peuvent... » Vaines remontrances, face à un prétexte futile. La véritable objection, que Saint-Simon ne veut pas voir, réside dans la pression des souverains espagnols. Si ceux-ci ont tenu si fort à conclure un contrat en bonne et due forme, à envoyer sans délai leur fille à Paris et à lui faire donner le rang de reine, ce n'était pas pour l'ensevelir dans un couvent jusqu'aux noces, mais pour la mettre en état de regrouper autour d'elle les amis de l'Espagne et de jouer, l'âge venant, un rôle politique.

Impossible, dans ces conditions, de la tenir sous le boisseau. Il fut décidé, dans un premier temps, de la loger au Louvre, où elle descendit à son arrivée. Les trois principaux membres de la famille menaient donc une existence séparée : Louis XV habitait en effet aux Tuileries et le régent au Palais-Royal. Cela faisait trois pôles distincts entre lesquels ce dernier devait se partager. Or cette diversité de logement, souhaitable pendant la petite enfance du roi, devenait périlleuse pour Philippe d'Orléans aux approches de la majorité, alors que s'exacerbait entre lui et la vieille cour la lutte pour le pouvoir dans l'après-régence. Laisser le roi seul aux Tuileries, c'était l'abandonner à l'influence dominante de Villeroy, tandis que Mme de Ventadour tiendrait

---

1. *Qui* : ce qui.

l'infante. En prévision du jour où il faudrait recréer une cour, il avait fait entreprendre des travaux de rénovation à Versailles. Il jugea préférable d'y regrouper tout le monde. Là-bas, il serait plus proche de l'adolescent dont il poursuivait à marches forcées l'éducation politique, et mieux à même de surveiller ses ennemis. D'ailleurs il aimait moins Paris depuis que la banqueroute de Law l'y avait rendu impopulaire. Il n'allait pas sacrifier à sa haine du vieux château son intérêt évident. Va donc pour Versailles, dont le souvenir teinté de nostalgie était encore vivace dans les esprits.

Cette décision répondait aussi à un très vif désir de Louis XV. Sa passion pour Versailles reposait-elle vraiment sur des souvenirs d'enfance ? Il est d'usage de l'affirmer, d'après des propos rapportés par Villeroy. Comme l'adolescent s'écriait en soupirant : « J'aime tant Trianon ! », le maréchal lui avait demandé s'il parlait de lui-même ou sur la suggestion de quelqu'un. « Non, non, de moi-même », avait été la réponse. Louis le croyait, bien sûr. Mais l'imagination tenait assurément une grande place dans ces prétendus souvenirs. Il avait vécu à Versailles jusqu'à cinq ans et demi, couvé et confiné après la mort de ses parents par crainte du « mauvais air ». Il se rappelait peut-être les jardins et vaguement la galerie des Glaces où il avait reçu l'ambassadeur de Perse. En revanche Villeroy l'avait bercé de récits évoquant les splendeurs d'autrefois. Nulle part ailleurs le rituel sacré ne pouvait se déployer dans toute sa magnificence, nulle part les feux d'artifice ne pouvaient briller d'un tel éclat, nulle part les fontaines ne faisaient en jaillissant un murmure aussi suave. Non content d'être un dictionnaire vivant des fastes de l'ancienne cour, son gouverneur lui avait procuré des recueils d'estampes, celles d'Israël Silvestre, de Le Pautre. L'élève savait tout de la légendaire *Île enchantée*, fragile édifice bâti pour la durée d'une fête, de Trianon encore debout et qu'on laissait criminellement à l'abandon. C'est en feuilletant l'un de ces recueils qu'il déclara vouloir y retourner quand il serait majeur. En ce projet venaient converger l'envie d'échapper à sa condition présente, aux éternelles promenades du Cours-la-Reine ou de Saint-Cloud chaperonnées par Villeroy, et la réalisation d'un rêve, marcher sur les pas du bisaïeul tant admiré.

Le maréchal, au contraire, n'était pas très chaud pour le déménagement. Son crédit risquait d'en pâtir. À Versailles, le roi serait plus proche de son oncle, amené à le côtoyer non seulement au Conseil, mais dans les manifestations de la vie de cour, qu'on s'apprêtait à rétablir. Il lui échapperait. Lui-même, de plus en plus engagé dans le combat que menait contre le régent le parlement de Paris, se trouverait coupé de ses amis magistrats et de sa clientèle populaire, sans recours contre une possible disgrâce. Mais le moyen de s'y opposer quand on s'est fait, des années durant, le chantre passionné de la cour du feu roi ? Il lui fallut se résigner.

Après deux ans de travaux pour rafraîchir le château, le roi y débarqua le 15 juin 1722, au milieu de la liesse des habitants, ravis de voir revivre leur cité qui, depuis la disparition du Soleil, somnolait comme la Belle au bois dormant. Il fit le tour du propriétaire, se recueillant d'abord à la chapelle, puis se ruant vers les jardins, parcourant à perdre haleine bosquets et charmilles avant de revenir s'effondrer dans la galerie des Glaces, couché de tout son long sur le parquet, perdu dans la contemplation des voûtes où le pinceau de Le Brun a immortalisé les hauts faits du Grand Roi. À l'évidence il cherche moins à retrouver les lieux de son enfance qu'à prendre possession du palais magique de son bisaïeul. Pour l'instant, il est grisé par l'espace qui s'ouvre à lui. Il ne se doute pas encore du poids redoutable que fera peser sur lui ce décor démesuré.

Retourner à Versailles, on l'a dit, c'était ressusciter la cour. Le moment était bien choisi : n'avait-on pas désormais une reine ? L'infante y fut amenée deux jours plus tard. Comme il se doit, le jeune roi occupait l'appartement de Louis XIV, au premier étage, à l'angle nord du corps de bâtiment principal. Sa future épouse reçut l'appartement symétrique, à l'extrémité sud, celui qu'avait inauguré Marie-Thérèse, qui avait vu vivre et mourir la dauphine de Bavière, puis la duchesse de Bourgogne, et qui était resté fermé depuis : lourds souvenirs, heureusement ignorés de la nouvelle occupante des lieux. Elle s'y installa avec sa nourrice, ses jouets et ses poupées. Comme elle n'était pas assez grande pour grimper sans aide dans le vaste lit couvert de damas rouge, on lui procura « un petit escalier de bois de sapin, en manière de marchepied », pour y monter plus aisément. Le duc d'Orléans prit au rez-de-chaussée l'ancien appartement de feu le Grand dauphin. L'inévitable Villeroy fut logé dans les cabinets à l'arrière de celui du roi.

Lentement, le vieux château se ranimait. Mais quant à la vie de cour, on était loin du compte. Il manquait une figure dominante pour y présider. « On vit en débauche ouverte à Versailles, grogne le bourgeois Mathieu Marais dès juillet 1722. Il n'y a personne à la tête qui puisse contenir les courtisants et les dames. Les princes ont des maîtresses publiques et il n'y a plus ni politesse, ni civilité, ni bienséance. Ce n'est plus la cour du Grand Roi qui, par un regard, arrêtait les plus libertins, et on y voit régner tous les vices sous un roi mineur qui n'a point encore d'autorité. » Première modulation d'un leitmotiv qui traversera le siècle tout entier : le Versailles d'autrefois est inégalable.

On pouvait cependant bien augurer de l'avenir : déjà l'infante se montrait douée pour le métier de reine.

Une enfant exquise

Aurons-nous enfin quelque idée de son apparence ? « On dit qu'elle est plus jolie que laide, rapporte Barbier, qu'elle est petite pour son âge, mais qu'elle a infiniment d'esprit et de vivacité. » Il nous reste d'elle au musée de Versailles un portrait, signé d'Alexis Simon Belle, un portrait d'apparat qui ne vise pas au naturel. La fillette est représentée en future reine, modèle réduit de la femme qu'elle sera. Elle pose debout, dans une robe de cour bleue rehaussée de dentelles, dont le décolleté profond et la taille rétrécie tentent de suggérer une gorge naissante. À sa main, une couronne de fleurs, évidemment symbolique. Rien qui sonne vrai dans tout cela, si ce n'est le visage. Un visage d'enfant, frais et rond, encadré de cheveux blonds poudrés à blanc descendant en tresse sur une épaule, éclairé de deux grands yeux volontaires dont on discerne mal la couleur, mais qui vous regardent droit, bien en face, et d'un sourire contenu où semble pétiller une gaieté secrète. La petite personne, à coup sûr, est intelligente et sait ce qu'elle veut. Elle fait en moins de temps qu'il n'en faut pour le dire la conquête de tout le monde.

« Notre petite infante est sans contredit la plus jolie enfant que j'aie vue de mes jours, écrit Madame Palatine charmée. Elle a plus d'esprit qu'une personne de vingt ans, et avec cela elle conserve l'enfance de son âge : cela fait un très plaisant mélange. » Veut-on des anecdotes ? En voici quelques-unes.

Le soir de son entrée à Paris, comme elle doit apparaître au bal, on lui donne pour partenaires les deux dernières filles du régent, plus âgées qu'elle puisque l'une a huit ans et l'autre six. Mais elle sait qu'elle leur est supérieure par le rang. C'est donc elle qui prend la direction de la danse, leur demandant si elles sont lasses et s'efforçant de leur éviter les faux pas. À leur départ, elle leur dit en les embrassant : « Petites princesses, allez dans vos maisons, et venez avec moi tous les jours. » Déjà elle a compris le sens des dîners en public, partie intégrante du rituel monarchique tel que l'a voulu Louis XIV. Par un jour d'été étouffant, alors qu'on tente d'écarter les curieux qui se pressent pour la regarder manger, elle s'écrie : « Il fait chaud, mais j'aime mieux avoir cette peine et me laisser voir à tout mon peuple. »

En privé, elle est d'une spontanéité charmante. Madame Palatine ne se lasse pas de l'entendre babiller : « Si je suivais mon inclination, je m'en amuserais toute une journée. Mais on croirait que c'est mon grand âge qui me ferait rentrer en enfance. » Cinq semaines seulement après son arrivée, la vieille dame va lui faire sa cour, comme le veut le protocole : « Elle me fit asseoir dans un grand fauteuil, prit un tabouret de poupée, s'assit près de moi et me dit : "Écoutez ! j'ai un petit secret à vous dire." Comme je me penchais, elle me sauta au cou et m'embrassa sur les deux joues. » Un peu plus tard, nouvelle visite de la vieille dame : « La chère enfant posa sa poupée et courut les bras ouverts à ma rencontre, me montra sa poupée et me dit en riant : "Je dis à tout le monde que cette poupée est mon fils, mais à vous, Madame, je veux bien dire que ce n'est qu'un enfant de cire." »

Autre anecdote, un peu plus tardive. En janvier 1724, elle est malade, on diagnostique la rougeole : « On a voulu la saigner avant que l'éruption ne parût, conte Barbier ; mais il a fallu pour cela bien des cérémonies. On a fait paraître d'abord un homme en bottes, comme arrivant d'Espagne et apportant des ordres du roi et de la reine : cela ne l'a pas intimidée. On a fait entrer alors un officier des gardes du corps, avec quatre gardes, le fusil sur l'épaule, lequel a dit à la reine qu'il venait de la part du roi, qui était instruit de sa maladie, et qui lui ordonnait de se laisser saigner : elle s'y est enfin déterminée. » Est-ce à dire que s'est accomplie la prophétie de sa mère : est-elle maintenant attachée au roi plus qu'à ses parents ? Hélas, pour la petite princesse, qui fait tout son possible pour y parvenir, il y manque la réciproque. « Le roi son mari », à l'inverse de tout le monde, se montre tout à fait insensible à son charme.

« Le roi n'aime point sa petite infante... »

Tout au long des fêtes saluant l'arrivée de l'infante, Louis XV s'est montré d'humeur morose. Il est sorti du *Te Deum* pâle, les traits tirés. Il a boudé la plupart des réjouissances, muré dans un mutisme de mauvais augure. Face à la fillette, il dissimule mal sa mauvaise humeur. Lorsqu'il est contraint de lui adresser la parole, il n'est pas difficile de voir qu'il se force. C'est normal, il est ainsi fait, dit-on à la petite. Qu'elle se contente du peu qu'il donne. Un soir de feu d'artifice qui la met en extase, elle le harcèle de questions : n'aime-t-il pas ce spectacle ? Il lâche un *oui* tout sec. Et elle de s'émerveiller : « Mais vraiment, il m'a pourtant parlé ! » À la longue, malgré tout, elle finit par s'en étonner et s'en affliger, à tel point qu'on croit devoir inventer une fable pour la rassurer : le silence est chez lui signe d'affection. Est-elle vraiment dupe ? Il y a des choses qui se sentent. Aussi est-il permis de se demander s'il ne se cache pas quelque ironie sous la remarque d'apparence naïve qu'elle adresse un jour à Villeroy : « Il faut que le roi vous aime bien, car il ne vous a rien dit. » Tel semble être l'avis de Barbier, qui rapporte l'anecdote comme un trait attestant que « quoique enfant, elle a beaucoup d'esprit ». Elle a bien compris que le roi ne l'aime pas : cela crève les yeux. Elle s'en console en se faisant aimer de tous les autres – ce qui n'arrange rien.

Le rejet de Louis XV a des causes profondes et multiples. On ne reviendra pas sur la contrainte subie. Il en est sorti blessé et, bien que la fillette n'y soit pour rien, il lui en veut de la mortification qu'elle lui a value. Mais d'autres sentiments, plus ambigus, moins conscients sans doute, viennent renforcer cette réaction première.

Au lendemain de l'annonce officielle de l'accord qui le liait à l'infante, il fit au jeune duc de Boufflers, qui venait d'épouser une petite-fille de Villeroy, une curieuse réflexion : « J'ai aussi présentement une femme, mais je ne pourrai coucher de longtemps avec elle. » On reconnaît là, bien sûr, l'écho des réserves de son entourage sur l'âge de l'infante. Mais cette réflexion en dit long sur la révolte qui couve en lui. À cette date, il n'a qu'une idée assez vague de ce que « coucher » veut dire. Mais il sait que c'est un privilège des hommes, et que ce privilège lui est refusé. On le marie sans le marier. Ce n'est qu'un simulacre, un faux-semblant, une parodie qui, loin de faire de lui un adulte, le rejette vers l'enfance, la sujétion, la dépendance. En somme, on s'est moqué de lui. La semi-ignorance de ce dont il est exclu rend plus aigus encore chez le préadolescent déjà travaillé par une puberté précoce ce sentiment de frustration et ce désir éperdu d'être enfin son propre maître, qu'a cultivés en lui son gouverneur.

Devant une fillette plus avancée en âge, en qui se devinerait déjà la femme, peut-être aurait-il ressenti quelque trouble, quelque attirance. Mais il ne peut avoir que mépris, du haut de ses douze ans, pour cette toute petite fille, à peine plus grande que les poupées dont elle fait ses délices. Qu'ont-ils donc tous, à en raffoler ? On ne parle que d'elle. Pourtant c'est lui, aussi, qui se marie.

Cette gamine qui s'y entend si bien pour accaparer l'attention a tout pour l'exaspérer. Difficile de trouver deux tempéraments aussi différents. Elle est tout son contraire : exubérante, expansive, bavarde, souriante autant qu'il est réservé, renfermé, taciturne, mélancolique. Il est timide, elle est à l'aise partout. Elle possède naturellement, d'instinct, ce qui lui manque si cruellement à lui, le don du contact, de la « communication », comme on dit aujourd'hui dans le jargon à la mode. Elle trouve pour chacun les paroles qui conviennent, alors qu'il se sent, lui, la gorge nouée dès qu'il doit ouvrir la bouche hors du petit cercle de ses familiers. Le métier de reine semble lui être naturel, alors qu'il a tant de peine à apprendre celui de roi. Il se rend compte que la comparaison lui est défavorable.

Écoutons, à la fin mars 1722, Mathieu Marais, qui a assisté tour à tour aux dîners, séparés, de l'un et de l'autre : « L'infante m'a paru très jolie, très vive, et pleine de petites grâces [...]. J'ai vu ensuite le souper du roi, qui n'a pas dit un seul mot, qui m'a paru triste et sérieux [...], n'a point parlé du tout et s'est levé de table sans rien dire. » Écoutons Barbier, en février 1723 : « On se plaint fort de la taciturnité du roi, et on ne sait de quel caractère cela provient [...]. Ce que je sais d'original est que vendredi, lorsque le premier président Lamoignon [et quelques autres magistrats] allèrent lui faire signer le contrat de mariage, il ne leur dit pas un mot. L'infante au contraire, qui n'a pas cinq ans, mais qui est très jolie, dit au président : "Monsieur, je vous souhaite toute sorte de bonheur." Du moins, cela contente, ajoute Barbier. » Cela contente les magistrats sans doute, mais sûrement pas le roi : on n'empiète pas impunément sur son territoire. Appelons les choses par leur nom : le concert de louanges qui a accueilli cette petite fille trop bien faite pour sa fonction a éveillé tout au fond de lui une obscure jalousie.

Mme de Ventadour y est sans doute, très involontairement, pour quelque chose. Elle s'est attachée à l'infante comme elle s'était attachée naguère au roi. Trouvant en elle une écolière docile et douée, elle a cédé au plaisir de la former. Bien. Trop bien. Il y a une part d'artifice dans les prouesses de cette petite fille si accomplie. Il suffit de lire dans les archives espagnoles ses lettres à ses parents, trop bien écrites, dans un français d'une mièvrerie très étudiée, faussement enfantine, pour comprendre que la gouvernante lui tenait la main et lui dictait les phrases. On est donc tenté de croire qu'elle lui soufflait aussi la plupart de ses « mots ». Ne s'est-elle pas prise au jeu ? N'a-t-elle pas rêvé, elle qui n'avait jamais réussi à vaincre la timidité du jeune roi, d'offrir à celui-ci un modèle propre à le piquer d'émulation ? Hélas, un bon élève trouve rarement grâce aux yeux de celui à qui on le donne en exemple, surtout si ce dernier, ayant été lui-même le plus admiré et le mieux aimé, se sent ainsi dépossédé. Comment l'adolescent accepterait-il d'être détrôné par cette intruse dans l'esprit et le cœur de sa chère « Mamanga » ?

L'arrivée de l'infante a coïncidé de surcroît avec quelques importantes perturbations dans l'existence quotidienne du jeune roi. Elle en fut quelquefois, bien malgré elle, le prétexte ou le point de départ. Ainsi de l'affaire du confesseur. L'usage voulait que les reines d'origine étrangère disposent d'un confesseur de leur nation, parlant leur langue. Elles amenaient en général le leur. À quatre ans, l'infante n'en avait encore aucun. Et l'on savait que le moment venu – à sept ans –, la question de langue ne se poserait pas. Mais son père, fort de la tradition, fit promettre qu'elle serait alors confiée à un jésuite. Aucune difficulté sur ce point. Seulement Philippe V crut pouvoir aller plus loin. Il fit dire à Saint-Simon par le Père Daubenton qu'il souhaitait voir un jésuite diriger également la conscience de Louis XV. L'ambassadeur en saisit aussitôt les implications : compte tenu des conflits politico-religieux qui agitaient alors la France, c'était vouloir peser sur les orientations ultérieures du roi. Il se récusa. De quoi se mêle le roi d'Espagne ? traduisit-il dans le langage fleuri des diplomates. Or il se trouve que le régent, excédé de l'agitation janséniste, était du même avis que son cousin. Profitant de ce que l'abbé Claude Fleury, âgé de quatre-vingt-deux ans et malade, demandait à se retirer, il sauta sur l'occasion. Ravi de pouvoir en rejeter la responsabilité sur le roi d'Espagne, il désigna un jésuite, le Père de Linières, qui était aussi le confesseur de sa mère, Madame Palatine. La vieille cour n'osa réprouver ouvertement ce choix, mais l'Église s'en mêla.

Il s'ensuivit une querelle digne de Clochemerle. Jansénisant, hostile à la bulle *Unigenitus*, le cardinal de Noailles, archevêque de Paris, avait interdit aux jésuites d'exercer dans son diocèse. Seule, Madame Palatine bénéficiait d'une exemption. Noailles refusa d'en accorder une au roi. Comment celui-ci allait-il faire ses Pâques, en ce printemps de 1722 ? Pas plus que l'archevêque, le régent ne voulait céder. Devant l'urgence, on se contenta pour lui donner l'absolution d'un modeste prêtre de sa chapelle. Mais pour la suite on se souvint tout à propos que Saint-Cyr relevait du diocèse de Chartres. De Versailles à Saint-Cyr, il n'y avait que peu de chemin : il suffisait d'y transporter le confesseur et son pénitent. La comédie se renouvela plusieurs fois au cours de l'été 1722, avant qu'un bref pontifical n'oblige l'archevêque à s'incliner.

Tout ceci avait de quoi troubler un enfant pieux, qui prenait très au sérieux ses obligations religieuses. Il était assez intelligent et réfléchi, d'autre part, pour comprendre, à la lumière d'incidents d'apparence anodine, que la lutte dont sa personne était l'enjeu allait s'intensifiant à mesure qu'approchait sa majorité. Le renvoi de Villeroy fit éclater au grand jour les antagonismes. Et cette fois, bien qu'un des griefs invoqués contre le maréchal fût qu'il dressait son pupille contre l'infante, Philippe d'Orléans en avait d'infiniment plus graves pour se débarrasser de lui.

La disgrâce de Villeroy

Le renvoi était décidé de longue date, mais le régent tardait, en raison des risques. Le maréchal portait beau, parlait haut, se vantait d'avoir des foules d'amis à la cour et au Parlement, prenait soin de flatter le petit peuple de Paris qui ne lui ménageait pas les acclamations. Se croyant intouchable, il avait pris devant la montée au pouvoir de Dubois des positions d'une grande violence. À l'extrême rigueur, il lui aurait pardonné son ambition, son libertinage de pensée et de mœurs, son absence de scrupules, s'il avait appartenu à la noblesse. Mais voir cet homme de rien élevé à la pourpre, en passe de devenir premier ministre, mettait hors de lui ce fanatique défenseur des rangs, des hiérarchies et des préséances. Il préférait se voir exclu du Conseil plutôt que de devoir lui céder le pas ! Dubois le jugeait moins dangereux qu'il ne se le figurait. Mais il restait une grande inconnue : les sentiments du roi. Tantôt celui-ci l'appelait *mon père*, tantôt il le traitait dans son dos de vieux radoteur. Avec un enfant aussi renfermé, allez donc savoir ce qu'il en était ! Il pouvait très bien d'ailleurs, tout en se moquant de lui à l'occasion, lui être très attaché.

Il fallut pour décider le régent un incident grave, le mettant en cause implicitement. On regrette de ne pouvoir citer ici *in extenso* les pages étincelantes de verve où Saint-Simon raconte l'épisode. Sans doute force-t-il un peu le trait, à son habitude ; mais comme il déteste Dubois tout autant que Villeroy, on peut penser qu'il garde quelque impartialité dans le récit de leur querelle.

Faute d'obtenir du régent le renvoi du maréchal, Dubois mettait tout en œuvre pour amadouer ce dernier. En pure perte : l'autre n'en devenait que plus arrogant. Il crut cependant avoir trouvé un médiateur en la personne du cardinal de Bissy, qui accepta de patronner une entrevue de réconciliation. Le maréchal tint d'abord des propos relativement aimables. Mais « il s'empêtra dans le musical de ses phrases, bientôt se piqua de franchise et de dire des vérités, puis peu à peu, s'échauffant dans son harnois, des vérités dures et qui sentaient l'injure ». Les efforts de Bissy ne firent que l'exciter davantage ; il passa « aux plus sanglants reproches », il « vomit tout ce que l'insolence et le mépris peuvent suggérer de plus extravagant », avant de passer aux menaces et aux défis : « Vous êtes tout-puissant ; tout plie devant vous ; rien ne vous résiste. [...] Faites-moi arrêter, si vous l'osez. Qui pourra vous en empêcher ? Faites-moi arrêter, vous dis-je, vous n'avez que ce parti à prendre. » Congédié par Bissy, il s'en alla exhaler sa colère à droite et à gauche et tout Versailles fut bientôt au courant de l'algarade.

Dubois, lui, avait débarqué chez son maître comme un tourbillon, « les yeux hors de la tête », criant qu'il était perdu, offrant sa démission : « Ce sera lui ou moi. » Que faire ? Conseil de guerre en petit comité, avec Saint-Simon, puis avec le duc de Bourbon. Tous tombèrent d'accord : Villeroy avait levé le masque, « passé le Rubicon », « tiré l'épée » contre le régent, qu'il cherchait à atteindre à travers son ministre, dans l'espoir de dominer l'après-régence. Le roi allait être majeur six mois plus tard, on ne pouvait lui laisser comme gouverneur un ennemi aussi virulent et aussi ouvertement déclaré.

Nul n'oserait l'arrêter, clamait avec arrogance le maréchal ? Le régent devait relever le défi, faute de quoi il perdrait tout crédit et toute autorité. Mais à l'égard de l'opinion et surtout du roi, il lui fallait le prendre en faute. Il laissa passer quelques jours, pour endormir sa méfiance, puis, le lundi 10 août, au terme d'un de ces entretiens matinaux consacrés à instruire le roi des affaires et où assistait toujours le gouverneur, il pria soudain son pupille « de vouloir bien passer dans un petit arrière-cabinet, où il avait un mot à lui dire en tête à tête ». Plongeant tête baissée dans le piège, Villeroy s'interposa. Philippe répondit poliment que Louis XV, tout près de gouverner par lui-même, n'était plus un enfant et qu'il y avait des choses qui ne pouvaient être expliquées qu'à lui seul. L'autre, comme prévu, s'échauffa, cria qu'il était responsable de la personne de celui-ci, que son devoir était de ne pas le perdre de vue, et « qu'il ne souffrirait point que son altesse royale parlât au roi en particulier », surtout pas dans un cabinet, sans témoins. L'insinuation était grave. Le régent « le regarda fixement, et lui dit avec un ton de maître qu'il se méprenait et s'oubliait ; qu'il devait songer à qui il parlait et à la force de ses paroles [...], que le respect de la présence du roi l'empêchait de lui répondre comme il le méritait... ». Et il le planta là.

Insulter Dubois était une chose, outrager le régent, dépositaire de l'autorité royale, en était une autre. Villeroy sentit qu'il était allé trop loin. On sut bientôt qu'il projetait d'aller le lendemain présenter au prince un « éclaircissement » propre à le contenter. Le second volet du piège fut alors mis en place. L'antichambre du duc d'Orléans est toute pleine de mousquetaires lorsque l'imprudent se présente plein de suffisance, joue les importants, réclame le duc ; on lui répond qu'il travaille ; comme il s'avance pour forcer la porte, La Fare, capitaine des gardes, lui fait face et lui demande son épée. Fureur du maréchal qui se débat et pousse les hauts cris. Mais tout est prévu. À l'une des portes-fenêtres donnant sur le jardin attend une chaise à porteurs. Il suffit de l'y jeter, de l'emporter au pas de course jusqu'à la grande grille et de le transférer dans un carrosse. Le capitaine des mousquetaires gris – il s'appelle d'Artagnan, mais ce n'est pas, bien sûr, le héros de Dumas – se charge de le faire tenir tranquille jusqu'à destination : non pas une prison, comme au siècle dernier, mais tout bonnement son château de Villeroy, aux alentours de Corbeil. L'affaire avait été si bien menée que personne à Versailles ne s'était aperçu de rien.

Restait à informer le roi. Au premier mot que lui dit son oncle, « il rougit ; ses yeux se mouillèrent ; il se mit le visage contre le dos d'un fauteuil, sans dire une parole, ne voulut ni sortir, ni jouer. À peine mangea-t-il quelques bouchées à souper, pleura et ne dormit point de toute la nuit ». Regrettait-il son gouverneur, à qui le liait la force de l'habitude ? Réagissait-il seulement à un changement dans son existence – un de plus –, lui qui n'aimait pas les nouveautés ? Se sentait-il menacé ? Ce n'est pas impossible. Le maréchal ne cessait de se présenter depuis toujours comme le seul rempart capable de le protéger contre le monde entier qui en voulait à sa vie : lui parti, ne serait-on pas libre de l'empoisonner ? Telle est en tout cas l'explication que Saint-Simon donne de ses larmes.

Quelques jours plus tard, ses craintes lui parurent confirmées : voici que Fleury lui aussi avait disparu. Si l'on faisait le vide autour de lui, ce ne pouvait être que pour le perdre. Mais cette fois le duc d'Orléans n'y était pour rien. Consterné par le désespoir du roi, il se préparait à remuer ciel et terre pour retrouver le fugitif. Peine bien inutile. L'évêque de Fréjus n'était pas allé très loin et il avait pris soin de laisser des traces. On le retrouva dans un château ami, il se fit prier juste ce qu'il fallait. Il avait eu besoin de repos, dit-il. « Vous vous êtes assez reposé, lui écrivit le roi de sa propre main ; j'ai besoin de vous ; revenez donc au plus tôt. » Comment résister à un tel appel ? Le 18 août au soir, Fleury était de retour. Son escapade n'avait duré que quarante-huit heures, le temps de se dédouaner d'une promesse faite à Villeroy. Les deux hommes s'étaient naguère juré de rester solidaires ; en cas de disgrâce de l'un, l'autre se retirerait. L'évêque avait trouvé le moyen de s'acquitter à bon compte. Il fut accueilli comme le messie par le régent, trop heureux de voir le roi rasséréné. Et tandis que le maréchal, invité à rejoindre son gouvernement de Lyon, déversait sa bile contre la trahison de son ancien ami, celui-ci jubilait en secret d'être débarrassé de cet encombrant fantoche. Il régnerait désormais tout seul sur son royal élève, délivré des frayeurs absurdes et soustrait aux querelles qui contrariaient son éducation. À son tour de se juger intouchable : mais chez lui, ce n'est pas une illusion.

Quand les événements se précipitent

Et la petite infante dans tout cela ? Nous l'avons oubliée ? Mais Louis XV aussi l'a oubliée. Et avec lui, toute la cour. C'est que Louis XV a eu d'autres sujets d'inquiétude et la cour d'autres matières à nourrir les conversations. La fillette a perdu l'attrait de la nouveauté, l'alliance franco-espagnole dont elle est le garant semble solide. Il ne lui reste qu'à grandir, sous l'œil vigilant de Mme de Ventadour qui s'est fait adjoindre pour l'aider sa petite-fille Mme de Tallard. Elle apprend à lire et à écrire sous la férule indulgente de l'abbé Perot, qui avait naguère rempli cet office auprès du roi. On lui procure un maître de danse. Il est permis de supposer, mais les documents n'en parlent guère, qu'elle participa à quelques dîners « au grand couvert » et assista aux divertissements compatibles avec son âge. Mais elle a cessé d'occuper le devant de la scène. C'est Louis XV qui attire tous les regards.

Le duc d'Orléans a-t-il senti que le roi ne tenait pas à la voir lui disputer les hommages ? Il n'est pas prévu qu'elle l'accompagne lorsqu'il s'en va se faire sacrer solennellement à Reims, à la fin d'octobre 1722. On aurait pu l'associer, semble-t-il, à cette cérémonie capitale, qui faisait de son futur époux l'oint du Seigneur, représentant dûment accrédité de Dieu sur la terre. Pas de caprices à craindre de sa part : elle savait se tenir en public et montrait pour les harangues et solennités une patience au-dessus de son âge. Mais non, on la laissa à Versailles. Elle ne put admirer la pompe du cortège chamarré conduisant le roi, sous les acclamations, à la cathédrale rutilante de tapisseries et de bannières, ni le voir se soumettre aux neuf onctions rituelles, avec l'huile tirée de la Sainte Ampoule, ou toucher le lendemain deux mille scrofuleux à genoux. À supposer qu'elle eût trouvé un peu pesantes les fêtes de Reims, elle eût aimé à coup sûr, à l'étape de Villers-Cotterêts sur le chemin du retour, profiter des joyeux spectacles de la foire – marionnettes, acrobates et funambules – en suçant des dragées, des glaces ou du chocolat. Elle dut se contenter de quelques babioles de prix que le roi acheta pour elle dans les plus jolies boutiques. Encore n'est-il pas sûr qu'il s'en soit occupé lui-même : il y avait pour ce faire assez de serviteurs qualifiés.

L'alliance franco-espagnole ? On la croyait solide, et la paix assurée. Mais voici qu'au printemps de 1722 la santé du grand-duc de Toscane et de son fils se mit à donner des inquiétudes. La succession risquait de s'ouvrir. Élisabeth Farnèse s'empressa de revendiquer l'héritage et, comme par le passé, jugea bon d'appuyer sa revendication par la force. Déjà elle avait réuni des troupes et équipé une flotte pour un débarquement, lorsque Philippe d'Orléans intervint. Pas par les armes, bien sûr. Par les bonnes vieilles négociations matrimoniales. Pour l'infant don Carlos, héritier potentiel de Toscane, il proposa la main d'une de ses filles – il en avait en réserve un contingent considérable, d'âges divers. Philippe V et sa femme, ainsi assurés que la France défendrait les droits de leur rejeton, décommandèrent leurs préparatifs belliqueux. Mlle de Beaujolais, huit ans, prénommée Philippe-Élisabeth, prit aussitôt le chemin de Madrid où elle rejoignit sa sœur Louise-Élisabeth, princesse des Asturies. Et sa grand-mère, Madame Palatine, de se réjouir : la nouvelle élue, sa préférée, est charmante. « Votre Majesté trouvera sa belle-fille d'une humeur plus gaie que sa sœur aînée, écrit-elle à la reine d'Espagne. Son humeur ressemble plus à celle de notre aimable infante reine. » Trois mariages franco-espagnols d'un coup, c'était un record dans les annales et un tour de force pour celui qui avait été soupçonné jadis de vouloir arracher son trône à Philippe V.

Pour la petite Marie-Anne-Victoire, l'avenir semble mieux assuré que jamais et sa vie continue, paisible. Mais elle s'efface plus encore du champ visuel de l'historien, puisque la mort de la vieille Madame – elle a pris froid à Reims – nous prive, à partir de décembre 1722, de sa précieuse chronique épistolaire.

L'année 1723 fut marquée d'abord par la majorité du roi, intervenue le 16 février, au jour de son entrée dans sa quatorzième année. Elle fut proclamée devant le Parlement le 22, en un lit de justice solennel. Dans les lanternes [1], on pouvait voir assis côte à côte Mme de Ventadour et l'évêque de Fréjus. D'infante, point. On l'avait laissée à la maison. Le parti pris de la tenir à l'écart est clair, et il est significatif. Il obéit à des visées qui dépassent de beaucoup la petite fille et n'ont rien à voir avec des considérations sur son âge, puisqu'à son arrivée, on ne s'était pas privé de l'exhiber et de l'abreuver de cérémonies officielles. C'est la future reine qu'on veut habituer à se tenir à sa place et dont on délimite étroitement le territoire : un souci qui répond à l'esprit de la monarchie louisquatorzienne – voyez les conseils que donne le feu roi à son fils dans ses *Mémoires* –, et qui s'accorde avec la méfiance teintée de misogynie que professe à l'égard des femmes le vieux Fleury, pieux ecclésiastique aux mœurs pures. La petite Espagnole paraissait très douée pour son métier de reine ? Raison de plus pour la tenir à l'œil. Et si par hasard elle ressemblait à sa mère ? L'exemple d'Élisabeth Farnèse avait de quoi inquiéter.

Le roi est majeur, plus de régence, plus de régent : celui-ci est venu remettre ses pouvoirs à l'adolescent, qui l'a aussitôt chargé de diriger le gouvernement, avec l'aide de Dubois qui resterait premier ministre. Peu de changements donc, sauf que le Conseil de régence disparut et que l'administration reprit les formes qu'elle revêtait sous Louis XIV. Villeroy fut prié de faire de Lyon sa résidence : un exil qui n'avait rien de cruel, mais le tiendrait à bonne distance. Le tandem formé par Philippe d'Orléans et Dubois sortait donc victorieux de l'épreuve.

Ils l'emportaient, mais ils étaient épuisés et, nerveusement usés, se supportaient de plus en plus mal l'un l'autre. Dubois perdit pied le premier. Torturé par une infection urinaire, il se soigna à coups de saignées, de quinquina et de cures thermales. Il souffrait tant qu'il se résolut à se laisser « tailler », sans anesthésie bien

1. Sortes de loges surélevées, d'où les spectateurs de marque pouvaient assister aux séances.

sûr. Mais quand on ouvrit l'uretère, ce fut pour trouver la vessie pleine de pus sanguinolent, où la gangrène se mit aussitôt. Il mourut le 10 août, sans laisser de regrets, en dépit d'une action politique somme toute positive, tant il était peu conforme à l'idée que les Français se faisaient alors d'un premier ministre et d'un cardinal.

Quatre mois plus tard, le 2 décembre, le régent s'effondrait sur l'épaule de sa maîtresse, foudroyé par une congestion cérébrale, et mourait en une demi-heure, sans avoir repris connaissance. Une mort répondant à ses vœux, parce que rapide et indolore – n'avait-il pas affirmé qu'il préférait l'apoplexie à l'hydropisie ? –, mais propre à faire dire aux âmes pieuses que le ciel s'était fait un plaisir d'exaucer le souhait impie de ce mécréant, l'envoyant ainsi dans l'autre monde sans le viatique des derniers sacrements. Une mort prématurée surtout : il n'avait que quarante-neuf ans et le jeune roi n'en avait pas encore quatorze.

Louis XV pleura. Sur son oncle ou sur lui-même ? Ses larmes en tout cas parurent sincères. Il s'enferma dans son mutisme habituel. Lorsque le duc de Bourbon vint se mettre à sa disposition et lui proposa de remplacer le défunt comme chef du gouvernement, il marmonna un bref acquiescement. Mais chacun avait eu le temps de remarquer que son regard avait cherché celui de Fleury, qui avait donné son approbation d'un imperceptible signe de tête. En éminence grise, M. de Fréjus était parfait.

Et l'infante dans tout cela ? Ah bien oui, l'infante ! À six ans moins le quart, elle ne pouvait se douter, la mignonne, que son sort se jouait en ce soir du 2 décembre. Le duc d'Orléans avait fait son mariage, auquel il trouvait son compte. Le duc de Bourbon, dont les intérêts étaient tout opposés, allait se charger de le défaire. Quant à Louis XV, il ne lèverait pas le petit doigt pour la garder. Bien au contraire. « Il n'aimait point sa petite infante... »

CHAPITRE QUATRE

LA DOUBLE RUPTURE

L'infante reine n'était pas le seul garant de la réconciliation franco-espagnole. Celle-ci reposait sur deux mariages, indissolublement liés lors des négociations. Or tous deux se révélèrent inopérants. L'infante, on l'a vu, ne parvint jamais à faire tomber dans l'opinion publique les préventions fondées sur son âge et elle n'obtint du roi qu'une indifférence à peine polie. Ce fut bien pis à Madrid, où sa cousine fit très vite l'unanimité contre elle. De part et d'autre, l'idée prit corps que ces mariages étaient des erreurs. Et comme pour sanctionner un arrangement où l'intérêt particulier de Philippe d'Orléans d'une part, celui d'Élisabeth Farnèse d'autre part, passaient pour avoir joué un trop grand rôle, la mort se chargea de changer la donne politique. Les deux mariages si laborieusement négociés « n'avaient pas été faits au ciel », selon la formule consacrée, reprise en la circonstance par Saint-Simon. Ils se défirent ensemble et les deux princesses se trouvèrent à nouveau solidaires dans la disgrâce.

Il nous faut donc faire un détour par l'Espagne, accompagné d'un bref retour en arrière, pour savoir ce qu'il était advenu de Mlle de Montpensier.

De Paris à Madrid

Sur cette jeune personne, les témoignages sont quasi unanimes : c'est un concert de réprobation, repris en chœur par les historiens. Mais on doit lui reconnaître quelques circonstances atténuantes. Elle est la quatrième fille du régent – la cinquième, si l'on compte une aînée morte au berceau. Autant dire que sa naissance, au mois de décembre 1709, n'a pas été saluée par les grandes orgues. Et il en est venu encore deux après elle. Presque toutes se montrent insolentes, indociles, capricieuses – elles ont peut-être de qui tenir. Seule l'aînée, qui sera duchesse de Berry, bénéficie de la part de son père d'une indulgence qui la perd, puisqu'il lui passe toutes ses fantaisies. De quoi donner le mauvais exemple aux suivantes tout en leur inspirant de la jalousie. La seconde, qui a hérité de l'intelligence et de la curiosité scientifique paternelles, choisit d'entrer au couvent, où elle transporte ses sautes d'humeur, « tantôt austère à l'excès, tantôt n'ayant de religieuse que l'habit, musicienne, chirurgienne, théologienne, directrice, et tout cela par sauts et par bonds, mais avec beaucoup d'esprit, toujours fatiguée et dégoûtée de ses diverses situations, incapable de persévérer en aucune ». La troisième s'était fait remarquer en devenant à dix-sept ans la maîtresse du maréchal de Richelieu, le don Juan le plus notoire d'une époque qui en comptait beaucoup. Et son père poussa un grand soupir lorsque l'héritier de Modène voulut bien s'accommoder d'elle : « Tout m'est bon, dit-il, pourvu que je m'en débarrasse. » Comme la quatrième, notre Louise-Élisabeth, semble disposée à suivre les traces de ses sœurs, c'est une aubaine inespérée que de la caser à Madrid.

Quatorze ans la séparent de sa scandaleuse aînée, quatorze années pendant lesquelles la fibre paternelle du régent a eu le temps de s'émousser. Elle se sent mal aimée. Pourquoi s'évertuer à plaire, puisque c'est inutile ? Elle s'applique par bravade à être aussi déplaisante que possible et multiplie les insolences comme à plaisir. Elle est évidemment très mal élevée, au point que sa grand-mère, Madame Palatine, qui n'est pourtant pas un modèle de conformisme, mais qui raffole des petites filles modèles, s'en lave discrètement les mains : « Je ne puis me vanter de son éducation, car comme elle a père et mère, je leur en ai laissé le soin... » « On ne peut pas dire qu'elle soit laide, ajoute la vieille dame ; elle a de jolis yeux, la peau fine et blanche, le nez bien fait quoique un peu mince, la bouche fort petite. Avec tout cela c'est la personne la plus désagréable que j'aie vue de ma vie ; dans toutes ses façons d'agir, qu'elle parle, qu'elle mange, qu'elle boive, elle vous impatiente... » Bref, à onze ans, lorsqu'on lui annonce qu'elle va être reine d'Espagne, ce n'est qu'une fillette teigneuse tout juste entrée dans l'âge ingrat.

Reine d'Espagne ? Elle n'y est nullement préparée. Sa naissance ne lui permettait pas d'espérer un tel honneur. Ce qui l'attendait, c'était quelque prince de seconde zone en Italie ou en Allemagne, ou le célibat. Reine d'Espagne, c'est une chance inespérée qui ne se refuse pas. Comme l'écrit sa grand-mère à Philippe V, « il faudrait bien lui racler la langue si elle n'était pas contente de son sort. Elle serait bien dégoûtée. Je lui crois assez bon esprit pour en voir toute l'étendue, et le grand bonheur que c'est pour elle de se voir belle-fille de Votre Majesté... ». Précautions oratoires qui laissent deviner que l'intéressée n'a pas manifesté la joie attendue. Il est vrai qu'on ne lui a pas demandé son avis.

Si Madame Palatine craignait de sa part des excès de langage, elle se trompait. Du moins au début. En l'espace de quelques jours, la fillette soudain propulsée sur le devant de la scène avait subi une avalanche de félicitations et de festivités. Non sans se sentir plus seule que jamais. Sa mère avait boudé sous un mauvais prétexte [1] la cérémonie de signature du contrat aux Tuileries. Autour d'elle, tout n'était que gestes et paroles de pure forme, rien ne sonnait vrai. Elle se mura dans un silence très inhabituel, révélateur de sa panique inté-

---

1. Elle ne supportait pas d'être sanglée dans le corps – nous dirions le corset – des robes de cour !

rieure. Impardonnable infraction aux convenances, elle ne versa pas une larme en se séparant des siens. Aussi la redoutable grand-mère crut-elle devoir s'en abstenir également. Peut-être que si elle avait pleuré la première, l'enfant eût éprouvé moins fort le sentiment qu'elle n'était qu'un pion sur l'échiquier politique et que nul ne s'intéressait vraiment à elle.

Elle subit passivement, les dents serrées, le voyage jusqu'à Bayonne et l'échange sur la Bidassoa. Contrairement à l'infante, qui conserva sa nourrice, elle se vit alors retirer toute sa suite française : à douze ans – elle venait de les avoir au cours du trajet –, n'était-elle pas adulte, en âge de convoler selon les règles du droit canon ? La voici en milieu purement espagnol. La langue n'est pas un obstacle. Elle en a acquis quelques notions et, de toute façon, tout le monde parle français à la cour de Philippe V. Mais tous les visages sont nouveaux, et les modes de vie aussi.

Elle ne mit que dix jours pour parcourir un chemin qui en avait pris plus de trente à l'infante : les souverains espagnols ont invité le cortège à mettre les bouchées doubles, tant ils sont pressés de la voir. Impatience de bon ou de mauvais aloi ? il est permis de se le demander. Elle arriva le 19 janvier à Cogollos, tout près de Lerma où se tenait la cour. Reprenant à leur compte une mise en scène qui avait déjà beaucoup servi au cours des siècles, le roi, la reine et le prince des Asturies, vêtus en habits communs, se glissèrent sous l'aspect de serviteurs dans la suite du duc del Arco, chargé de l'accueillir. Le duc tira son compliment en longueur pour leur donner le temps de l'observer, puis il les lui présenta « comme une dame et deux cavaliers qui avaient un grand empressement de lui rendre leurs respects ». Mais quelqu'un dans l'assistance « gâta tout le mystère » et la princesse, comprenant qui ils étaient, se jeta à genoux pour leur baiser les mains. Le duc lui dit alors, en manière de « galanterie », « que ses domestiques étaient devenus ses maîtres ». La formule se voulait spirituelle, mais en disait long sur ce qui l'attendait. Dans l'immédiat, tout finit par des embrassades et elle put enfin se retirer pour la nuit. Les noces étaient fixées au jour suivant.

Le prince des Asturies avait quatorze ans et demi. Il était grand, dit Saint-Simon, « fait au tour, blond avec de beaux cheveux, le teint blanc avec de la couleur, le visage long mais agréable, les yeux beaux mais trop près du nez ». Ces derniers détails expliquent sans doute pourquoi les gens non prévenus le disaient fort laid. Comment la petite fiancée trouva-t-elle son futur mari ? Elle n'en laissa rien paraître.

Les hommages reçus de ses compatriotes le lendemain matin ne la rendirent pas plus loquace. Saint-Simon, venu la saluer avec quelques autres, ne put en tirer un seul mot. Il est vrai qu'elle devait se hâter de gagner Lerma, où le mariage devait être célébré dans l'après-midi : selon l'usage espagnol, un simple échange de consentements, donné devant une assistance réduite. Tout était prêt. Tout sauf le cardinal Borgia, le plus haut dignitaire de la cour d'Espagne, visiblement diminué par l'âge, à qui l'on tenta vainement, jusqu'à la dernière minute, d'apprendre son rôle. On n'y parvint pas, il pataugea lamentablement, ne sachant plus où il en était ni ce qu'il faisait, sans cesse remis dans le droit chemin par ses deux aumôniers contre qui il pestait entre ses dents. Et le roi et la reine de rire de bon cœur, sans se formaliser. Et toute l'assistance de les imiter sans plus de façons. Ce fut une cérémonie gaie, de courte durée, sans vaine pompe. Saint-Simon, à qui nous devons le plaisant récit des bévues du cardinal, note « un contentement extrême » chez le couple royal : la preuve, c'est que la reine choisit ce moment pour lui annoncer qu'il était fait grand d'Espagne. Alors ne comptons pas qu'il jette un regard sur les deux époux, dont il nous dit seulement qu'ils se sont agenouillés quand il le fallait. Nous en sommes donc réduits à supposer que la petite mariée traversa la cérémonie de ses noces dans le même état second où elle était plongée depuis son départ. Car si elle avait commis quelque impair ou causé quelque scandale, soyons sûrs que la chose aurait été relevée.

Le « coucher public »

En dépit de la pluie d'honneurs qui s'abat sur lui, Saint-Simon, qui représente la France en cette affaire, se montre prudent. La joie des souverains espagnols est-elle sans mélange ? Objectivement, la quatrième fille du régent n'est pas, pour l'héritier du trône d'Espagne, un parti très brillant : les Orléans ne sont pas la branche régnante. Et puis, comment oublier qu'elle a pour grand-mère maternelle la marquise de Montespan ? À Paris, on murmure, selon l'avocat Barbier, que ce mariage est mal assorti et, de plus, qu'il va introduire la bâtardise dans une lignée qui en était jusqu'alors exempte. Il est bien besoin de toute l'amitié que porte le mémorialiste au duc d'Orléans pour le rendre muet sur ce point. Nul doute qu'en Espagne, l'idée ne soit venue aux esprits. Si donc on ferme les yeux là-bas sur la disparité de ce mariage, c'est parce qu'il est la condition qui assure à l'infante le trône de France. Que celle-ci soit menacée, et l'on peut craindre que l'Espagne ne trouve des prétextes pour se débarrasser de la petite Française.

Notre ambassadeur a donc insisté pour que le contrat fût signé, non pas seulement par des commissaires désignés à cette fin, selon l'usage espagnol, mais par le roi et la reine en personne : mieux vaut le paraphe de Dieu le Père que celui de ses saints. Pour le soir des noces, il va plus loin – de sa propre initiative, précise-t-il.

Un mariage n'est vraiment indissoluble que lorsqu'il a été consommé. Or, il était entendu, « à cause de l'âge et de la délicatesse du prince des Asturies, qu'il n'habiterait avec la princesse que lorsque Leurs Majestés Catholiques le jugeraient à propos, et on comptait que ce ne serait d'un an tout au moins ». En clair, le jeune prince n'a pas encore atteint sa puberté. Rien d'inquiétant, à quatorze ans et demi. Mais Madame Palatine n'a aucune chance de voir s'accomplir son vœu cruel : sa petite-fille, qui, elle, est nubile depuis quelques mois, n'aura pas « comme feu Mme de Bouillon » « son premier fils à treize ans juste » !

Saint-Simon, soucieux des intérêts du régent, suggère alors, pour consolider le mariage, de recourir à une « consommation » publique – fictive, bien entendu. Certes ce n'est pas l'usage en Espagne, où l'on laisse les jeunes mariés se coucher dans l'intimité. Mais c'est pratique courante en France : que Philippe V se rappelle les noces de son frère, le duc de Bourgogne, auxquelles il a assisté enfant. Ce serait le meilleur moyen, dit l'éloquent ambassadeur, de couper court aux intrigues et aux manigances que ne manqueront pas de susciter en Europe la réconciliation entre les deux branches de la maison de Bourbon et en France la haute fortune du duc d'Orléans. Les souverains l'écoutèrent, perplexes, puis se résolurent à donner publiquement à ce mariage « le dernier degré d'indissolubilité ».

Afin de ne pas fournir à l'opinion espagnole le temps de protester, on attendit la dernière minute, à la fin du bal, pour annoncer que la cérémonie du coucher serait publique. Et la curiosité entraîna tous les courtisans, même les plus réservés, jusqu'à la chambre nuptiale. Lorsqu'on ouvrit la porte à double battant, les mariés étaient déjà déshabillés, couchés. De part et d'autre du lit – rideaux ouverts de trois côtés –, veillaient le duc de Popoli et la comtesse de Montellano. Après le quart d'heure destiné à « satisfaire pleinement la vue de chacun », on referma les rideaux, tandis que, par un tour de prestidigitation, le duc et la comtesse se glissaient dessous. Ils surveillèrent les deux enfants jusqu'au moment où le départ du dernier curieux permit d'extraire le prince du lit conjugal et de le renvoyer dans son appartement. Dans le public, les réactions furent partagées. Quelques voix crièrent au scandale, mais dans le tourbillon des festivités, le « coucher public » fut vite oublié.

Le lendemain matin eut lieu la cérémonie de la « vélation » : fête solennelle cette fois, accompagnée d'une messe, où les jeunes mariés, installés sous le « poêle » traditionnel, furent offerts à l'admiration de la foule[1]. Après quoi la cour reprit le chemin de Madrid. Que put ressentir la petite épousée pendant ces quelques jours si chargés en événements qui transformaient sa vie ? Il nous faudra nous contenter du bref billet qu'elle écrivit à son père de Lerma, en grosses lettres maladroites, et dont nous reproduisons ici l'orthographe[2] : « Avant iere le roy, la Raine et le prince me vinre voire je n'etoie pas encore arivée ici ; le ledemein ji arriver et je fut marié le même jour, cepandant, ili a eu aujourduit encore des ceremonie à faire. Le Roy et la Reine me traite fort bien, pour le prince vous en avés acé oui dire. Je suis avec un tré profond respec Votre trè heumble et trè obissante file Louise Elisabeth. » Visiblement il lui a manqué une Maman Ventadour pour lui tenir la main.

Déception réciproque

Dubois avait assuré aux souverains espagnols qu'ils trouveraient en Mlle de Montpensier une fille aussi accomplie que celle qu'ils donnaient à la France. La déception, pour eux, fut rapide et très rude. Pour elle aussi, selon toute apparence.

Les premières semaines furent déterminantes.

Au cours des cinq jours de trajet menant à Madrid, la fillette tomba malade : « il lui parut des rougeurs sur

1. Le poêle ou voile (d'où le nom de vélation) est une sorte de dais tendu au-dessus de la tête de ceux qu'on veut isoler du commun et désigner aux regards.

2. Avant de juger cette lettre, il faut tenir compte du fait que l'orthographe était souvent très déficiente, surtout chez les femmes, même cultivées. Le style, en revanche, est très enfantin.

le visage », accompagnées d'un peu de fièvre, « qui se tournèrent en un érésipèle », fort étendu et fort enflammé, qui, du visage, gagna la gorge et le cou. Elle eut l'imprudence de dire qu'elle y était sujette. Les souverains espagnols, très contrariés, suspendirent les festivités prévues et ils commencèrent à se poser des questions. La sollicitude dont ils l'entourèrent n'était pas exempte d'arrière-pensées. Ils la firent examiner de fond en comble par leurs médecins, qui la saignèrent et lui trouvèrent « le sang pourri ». Ils donnèrent à Saint-Simon, qui s'en défendait sur des motifs de convenances, l'ordre d'aller voir la malade au lit pour se rendre compte par lui-même et, avec bien des circonlocutions, ils finirent par avouer le motif de leurs craintes : « Vous ne savez pas tout. Il y a deux glandes fort gonflées à la gorge, et voilà ce qui nous inquiète tant. » C'était là un des symptômes de l'érésipèle, mais les médecins ne semblaient pas ou ne voulaient pas le savoir. Car le roi et la reine étaient maintenant obnubilés par l'idée que la fillette avait reçu de son père une hérédité vénérienne. L'ambassadeur se porta garant de la santé du régent : bien qu'il ne pût dissimuler que la vie du duc d'Orléans n'eût été « très licencieuse », il pouvait « assurer très fermement qu'elle avait toujours été sans mauvaises suites », ni pour lui, ni pour son épouse, ni pour ses enfants.

Philippe V, à peu près rassuré sur ce point, révéla alors une autre source d'inquiétude. Le mal dont était morte sa première épouse « avait commencé par ces sortes de glandes », avant d'évoluer vers les redoutables écrouelles, dont aucun remède n'avait pu venir à bout. Saint-Simon eut beau affirmer qu'on n'avait rien observé de tel chez les ascendants de la princesse, le roi n'en ordonna pas moins une consultation épistolaire de son premier médecin, Higgins, auprès de celui du duc d'Orléans, Chirac. Sur quoi l'ambassadeur jugea bon d'informer discrètement le duc des suspicions pesant sur sa fille.

En somme, les souverains espagnols redoutaient

d'avoir été trompés sur la marchandise : on leur avait fourni une bru syphilitique ou tuberculeuse. Pendant tout le temps que dura sa maladie, la princesse fut ainsi l'objet d'une attention soupçonneuse. On l'accablait de remèdes. Et lorsque la reine, « ne dédaignant pas de lui présenter elle-même ses bouillons », se penchait à son chevet, la petite sentait son regard inquisitorial se poser sur son cou, là où, derrière l'oreille, avaient enflé les glandes suspectes. Elle ne pouvait pas ne pas percevoir l'hostilité qui se cachait derrière la prétendue sollicitude. Elle se replia sur elle-même et se mura dans le mutisme qui lui servait de carapace.

Lorsqu'elle alla mieux, la révolte prit le dessus, et avec elle apparut l'insolence. « Elle aime les cérémonies, avait dit Madame Palatine, ainsi l'entrée dans Madrid lui en sera une nouvelle. » Eh bien, non, puisque qu'on ne l'aime pas, puisqu'on la soupçonne de je ne sais quelle tare, elle a décidé de bouder : elle gâchera le grand bal préparé pour son arrivée. Elle paradait à la fenêtre pour bien montrer qu'elle était guérie, mais refusait de sortir de sa chambre, n'écoutait rien ni personne, « répondait même à la reine fort sèchement ». Saint-Simon, qui tentait de l'allécher en évoquant devant ses suivantes les plaisirs promis par ce bal, lui arracha une exclamation rageuse : « Moi y aller ? je n'irai point. » Et comme il insistait, elle explosa : « Non, monsieur, je le répète, je n'irai point au bal ; le roi et la reine y iront, s'ils veulent ; ils aiment le bal, je ne l'aime point ; ils aiment à se lever et à se coucher tard, moi à me coucher de bonne heure. Ils feront ce qui est de leur goût, je suivrai le mien. » Rien n'y fit, elle ne céda pas et le roi, malgré les instances de la reine, annula le grand bal officiel prévu en l'honneur de la princesse et le remplaça par un modeste bal privé. Elle refusa avec la même hauteur de suivre la chasse, dont la famille royale faisait son exercice quotidien.

Face à des beaux-parents insidieusement hostiles, la gamine indocile semble bien décidée à refuser en bloc tout ce qui doit constituer sa nouvelle vie. Le dernier souvenir que Saint-Simon garda d'elle avant de rentrer en France fut la scène d'un comique rabelaisien à laquelle donna lieu son audience de congé. Laissons-lui ici la parole : « Je fis mes trois révérences, puis mon compliment. Je me tus ensuite, mais vainement ; car elle ne me répondit pas un seul mot. Après quelques moments de silence, je voulus lui fournir de quoi répondre, et je lui demandai ses ordres pour le roi, pour l'infante... [...]. Elle me regarda, et me lâcha un rot à faire retentir la chambre. Ma surprise fut telle que je demeurai confondu. Un second partit aussi bruyant que le premier. J'en perdis contenance et tout moyen de m'empêcher de rire, et, jetant les yeux à droite et à gauche, je les vis tous, les mains sur leur bouche, et leurs épaules qui allaient. Enfin un troisième, plus fort encore que les deux premiers, mit tous les assistants en désarroi, et moi en fuite avec tout ce qui m'accompagnait, avec des éclats de rire d'autant plus grands qu'ils forcèrent les barrières que chacun avait tâché d'y mettre. Toute la gravité espagnole fut déconcertée ; tout fut dérangé ; nulle révérence ; chacun pâmant de rire se sauva comme il put, sans que la princesse en perdît son sérieux, qui ne s'expliqua point avec moi d'autre façon [1]. On s'arrêta dans la pièce suivante pour rire tout à son aise, et s'étonner après plus librement. Le roi et la reine ne tardèrent pas à être informés du succès de cette audience [...] et ils en rirent les premiers, pour en laisser la liberté aux autres... »

Cette cour de Madrid, qu'on peint toujours glacée par les rigueurs de l'étiquette, apparaît finalement plus bon enfant et plus gaie qu'on ne le croit. On aurait pardonné peut-être à la jeune personne quelques incongruités involontaires, à mettre sur le compte de l'affolement. Mais on n'apprécia pas qu'elle se permît des

---

1. *La princesse ne s'expliqua point avec moi d'autre façon* signifie qu'elle ne prononça pas un seul mot, qu'elle ne fournit ni explication ni excuse.

plaisanteries d'un goût douteux, comme d'ouvrir à l'improviste les jets d'eau des jardins pour arroser ses dames d'honneur, de leur barbouiller le visage de farine et de charbon ou, plus grave, de couper subrepticement le cordon qui attachait les jupes de l'une d'elles, la laissant « demi-nue et les fesses sans autre abri que sa chemise ». En partant, Saint-Simon avait conseillé aux souverains espagnols de la « plier à son devoir », autrement dit de la mater, les assurant qu'ils auraient l'entière approbation de son père. Ils s'y employèrent. Il semble qu'ils aient obtenu quelques résultats, puisqu'elle cesse ensuite, pour un an, de défrayer la chronique. Elle est mentionnée aux côtés de ses beaux-parents et de son époux, sans commentaire, dans le compte rendu des cérémonies de cour.

Avec le temps, les préventions contre le sang des Orléans ont l'air d'être tombées : au début de décembre 1722, Mlle de Beaujolais, cinquième fille du régent et sœur cadette de Louise-Élisabeth, fiancée à l'infant don Carlos, est expédiée en Espagne pour y être élevée auprès de lui. Les noces ne sont pas pour demain : elle n'a que huit ans et l'infant six. Mais c'est un lien de plus qui arrime l'une à l'autre les deux branches de la famille. La petite Philippe-Élisabeth, aimable, douce et gaie, promet de donner toute satisfaction. Et puis, on a tant besoin à Madrid de l'appui du régent ! Autre signe de détente : au printemps de 1723, le prince des Asturies allant sur ses seize ans, on « mit ensemble » les jeunes époux, on fit savoir à la cour de France que le mariage avait été consommé et depuis lors, ils cohabitèrent. Leur union semble solide et à Paris l'infante fait toujours figure de future reine de France.

Un règne éphémère

Brutalement, en l'espace de huit mois, la donne politique se trouva modifiée à trois reprises.

Il y eut d'abord la mort du régent, le 2 décembre 1723. Philippe V ne le pleura pas : trop de mauvais souvenirs les séparaient. Mais il comprit aussitôt que sa mort anéantissait les espoirs fondés sur les liens matrimoniaux laborieusement tissés avec lui. Parlons net : Louise-Élisabeth et sa jeune sœur devenaient dans le jeu de Philippe V des cartes inutiles. Elles ne pouvaient plus cautionner les engagements de la France, tant à l'égard des ambitions italiennes d'Élisabeth Farnèse qu'à celui du mariage effectif de Louis XV avec l'infante. L'avenir dépendait de la bonne volonté du nouveau premier ministre, le duc de Bourbon, héritier de la maison de Condé, qui nourrissait pour celle d'Orléans une haine séculaire.

Et le duc de Bourbon, bien que très hispanophile, a des intérêts propres qui ne coïncident pas avec ceux de Philippe V. Dans l'hypothèse, toujours présente aux esprits, où Louis XV viendrait à mourir, le trône irait en principe au jeune duc d'Orléans, fils du défunt régent : une éventualité qui inspire au ministre des poussées de rage. Pour y parer, deux solutions s'offrent donc à celui-ci. La première : il peut miser sur les revendications espagnoles. Dans ce cas, il lui faudrait, à l'avance, circonvenir le jeune roi et épurer son entourage – pas facile à cause de Fleury qui monte la garde –, puis combiner avec Philippe V les moyens matériels et juridiques d'une prise de pouvoir quasi instantanée – pas facile non plus, face à un autre prétendant se trouvant sur place. La seconde solution, moins hasardeuse, consisterait à renvoyer l'infante et à marier le roi au plus vite avec une femme en âge de procréer. Inconvénient majeur : ce serait un *casus belli* avec l'Espagne.

Face à ce choix épineux, le duc de Bourbon va hésiter pendant près d'une année, faisant savoir secrètement à Philippe V qu'il est prêt à soutenir ses droits sur la succession de France, mais confiant en même temps au comte de La Marck le soin de peser les avantages et les inconvénients d'une rupture et d'établir la liste de toutes les princesses en âge de convoler. Et comme l'idée de marier rapidement le roi ne lui est pas propre et qu'elle a la faveur d'une partie de l'opinion, on commence à en parler publiquement ici ou là.

Or à cette date intervient en Espagne un changement capital. Conformément au vœu formulé solennellement trois ans plus tôt, mais pas toujours pris au sérieux, Philippe V abdique en faveur de son fils[1], qui monte sur le trône le 10 janvier 1724 sous le nom de Louis Ier. Voici notre Louise-Élisabeth reine d'Espagne. Une promotion qui tombe très mal pour elle. Dans les premiers mois de cette année 1724, le bruit que Paris va renvoyer l'infante enfle soudain et se répand dans l'Europe entière. Tous les ambassadeurs répercutent la nouvelle. Les dénégations épistolaires du duc de Bourbon, les démentis verbaux de notre représentant à Madrid, le comte de Tessé, ne rassurent pas Philippe V, furieux à l'idée d'avoir fait un marché de dupes. Hélas, c'est le moment que choisit Louise-Élisabeth pour faire à nouveau parler d'elle. Elle semble s'être illusionnée sur son nouvel état et avoir commis des imprudences. Le jeune roi, timide, défiant, mal dégagé de l'enfance, est rempli de vertus et bourré de scrupules. Ses parents, retirés à Saint-Ildefonse, continuent de le diriger en sous-main – ce qui est fort sage. Mais ils ne sont plus là pour en imposer à leur bru. Leur fils n'a pas sur elle la même autorité. La petite reine de treize ans se croit en mesure de faire prévaloir ses volontés. Un jour que son époux lui résistait, en invoquant le veto paternel, elle se fâcha, bouda, pleura : « N'êtes-vous pas le roi et ne suis-je pas la reine ? – Oui, répondit-il, je suis le roi et vous êtes la reine, mais le roi mon père est mon maître et le vôtre. » Dans ces conditions, à quoi bon être reine ?

---

1. Certains historiens voient dans cette abdication le fruit d'un calcul. Philippe V se mettait ainsi en position de revendiquer plus aisément le trône de France si Louis XV venait à mourir. La plupart, cependant, admettent l'explication qu'il en donna, fondée sur l'âge, la maladie et surtout le désir de faire son salut.

La mésentente s'installa très vite dans le couple, comme en témoigne la correspondance de Tessé. La jeune femme redoubla de bravades, elle traitait fort mal son mari, refusait de prendre ses repas avec lui, lui tournait le dos en carrosse, elle se complaisait dans la compagnie de quelques caméristes délurées avec qui elle chantait des chansons grivoises. Bref elle se rendit insupportable et le jeune roi, incapable d'en venir à bout, s'en alla se plaindre à ses parents, disant « qu'il aimerait mieux être aux galères que de vivre avec une créature qui n'observait nulle bienséance, nulle complaisance pour lui, qui ne songeait qu'à manger, à se mettre toute nue au grand scandale de ses domestiques, qu'il ne convenait point à une reine d'Espagne de mener un train de vie dont il ne pouvait la corriger, qu'il lui en avait parlé quarante fois en particulier, et qu'elle n'avait fait que se moquer de ses remontrances ». Il déclara ne plus vouloir l'approcher.

Philippe V sortit de sa retraite pour la sermonner à son tour, tira d'elle quelques larmes et une promesse vite oubliée. Au bout de quarante-huit heures de sursis, la sanction tombe : on la bannit du Retiro où séjourne la cour, on l'enferme dans un autre palais, sous la garde de duègnes inflexibles, avec interdiction de recevoir la moindre visite et même d'aller chercher dans les jardins quelque refuge contre la rude chaleur de ce mois de juin. On lui laisse craindre la relégation dans une forteresse ou un couvent. En fait, si l'on en croit Saint-Simon, la mesure avait surtout valeur d'avertissement, puisque sa pénitence ne devait durer que huit jours. Mais l'Europe entière fut informée du scandale.

L'insolente méritait-elle un tel châtiment ? Et surtout, fallait-il faire autour de ce châtiment un tel tapage ? Comme le dit non sans hypocrisie Tessé, qui se complaît cependant à les rapporter, les fautes qu'on lui reproche « sont de petites enfances de son âge, dans lesquelles il n'y a rien de criminel ». Il semble bien qu'on ait envie de se débarrasser d'elle et qu'on prépare l'opinion à une répudiation, en cas de renvoi de l'infante.

Une autre rumeur le donne à penser. Villars, rendant compte de l'incident dans ses *Mémoires*, ajoute : « On sait depuis plusieurs mois [que le roi] n'a pas consommé son mariage. » Vrai ? Faux ? Nous l'ignorons. Mais pourquoi le dire soudain, alors qu'un an plus tôt, on a annoncé officiellement le contraire ? Il est possible, et même probable, que les trop jeunes époux aient rencontré des difficultés en ce domaine intime – ce qui aurait pu contribuer à leurs dissensions. Depuis un an qu'ils cohabitent, en effet, aucun signe de grossesse n'a été signalé. Dans ces conditions, rendre la jeune reine publiquement responsable de la froideur de son époux peut permettre de dissimuler les possibles défaillances de celui-ci. Mais c'est surtout préparer des arguments pour un éventuel procès en annulation : non-consommation ou, le cas échéant, adultère – la belle-mère Élisabeth Farnèse se chargeant de lancer des insinuations en ce sens.

Nul ne connaîtra jamais les projets des souverains espagnols. Car à la mi-août intervint un troisième coup de théâtre. Louis Ier fut pris d'une forte fièvre. On diagnostiqua la petite vérole, qu'une saignée malencontreuse fit rentrer. Il mourut le 31 août, rendant tous les pouvoirs à son père et lui recommandant la reine sa femme – preuve que peut-être il éprouvait envers elle quelques remords.

Il faut dire qu'elle eut pendant sa maladie une conduite au-dessus de tout éloge. On aurait dû normalement l'écarter, puisque, n'ayant pas eu la petite vérole, elle n'était pas immunisée. Mais au contraire, « il n'y a rien qu'on n'ait fait pour la lui faire prendre », note Tessé. Elle ne chercha pas à se dérober, elle le veilla jusqu'au bout. Elle contracta elle-même la maladie, on s'abstint de la soigner – ce qui, par parenthèse, la sauva peut-être ! À tous les anciens griefs vint alors s'en ajouter un, non formulé mais impardonnable : elle a survécu, tandis que Louis Ier est mort. On la traita comme un chien. L'ambassadeur qui la vit après sa guérison la trouva « très grandie » – elle est en pleine croissance –, « plus négligée et plus sale qu'une servante de cabaret », et il se sentit pris de compassion. Aussi la duchesse de Saint-Pierre, émue par la détresse de la malheureuse, implora-t-elle son secours : « Quelque conduite qu'elle ait eue, elle est Française, de la maison de Bourbon, et malheureuse. Aidez-la. Elle en a bien besoin, car je vous assure que tout le monde est révolté contre elle, sans aucune raison, car la pauvre enfant est digne de pitié, elle fond en larmes et m'a dit de vous remercier, qu'elle était hors d'état de rien désirer et qu'elle me demandait de penser pour elle. »

Que va-t-il advenir en effet de cette petite veuve de quatorze ans et demi et qui va décider de son sort ? Vu l'âge de son deuxième fils, Ferdinand, huit ans, Philippe V s'est laissé convaincre de reprendre le pouvoir : Élisabeth Farnèse, qui a mal supporté la retraite, est bien décidée à l'y maintenir – et à s'y maintenir –, d'autant que désormais ses propres fils ne sont plus qu'à une seule marche du trône[1]. À Madrid, retour donc à la case départ. Sauf pour Louise-Élisabeth, bien entendu.

En principe les reines douairières d'Espagne, propriété de leur pays d'adoption, sont vouées à une vie retirée dans une résidence imposée – monastère ou bourgade éloignée. Ainsi la malheureuse Marie-Anne de Bavière-Neubourg, veuve de Charles II, vivote chichement depuis 1700 dans une modeste maison de campagne proche de Bayonne[2] et l'on oublie souvent de lui payer sa pension. Louise-Élisabeth a un peu plus de chance. Son contrat de mariage stipule qu'en cas de veuvage sans enfants, elle serait autorisée à rentrer en France. Précaution d'ailleurs superflue : personne en Espagne ne songe à la garder ! Il faut toute la capacité

1. L'infant don Carlos deviendra en effet roi d'Espagne à la mort de Ferdinand VI, en 1759, soit trente-cinq ans plus tard. Sa mère aura vécu assez longtemps pour voir ses vœux comblés.

2. Le choix de Bayonne, en France, s'explique par l'arrivée sur le trône d'Espagne d'un prince français, Philippe V.

d'illusion de sa mère, la duchesse d'Orléans, pour s'imaginer qu'on pourrait lui faire épouser le nouveau prince des Asturies Ferdinand, second fils de Philippe V[1]. Ses beaux-parents préparent les voies à son expulsion par une campagne de dénigrement. Une campagne si outrée qu'elle inspire quelques doutes à leur excellent ami Tessé. Selon eux, la jeune femme aurait été « transportée de joie » par la mort du roi et aurait eu « une conduite si extraordinaire que la bienséance, dit-il, ne [lui] permet pas de rapporter les choses effroyables qu'ils [lui] ont dites ». « Ce serait une belle nouvelle et pour la France et pour l'Espagne, avait ajouté Élisabeth Farnèse, quand un beau matin, l'on nous viendra dire que la reine est grosse, qu'elle a accouché et qu'elle court le bon bord. »

Si à Madrid on la vomit, à Paris on n'est pas chaud pour la reprendre : la maison d'Orléans n'a pas le vent en poupe. Et surtout personne ne se soucie d'assurer son entretien. Certes le contrat de mariage prévoyait un douaire, à la charge de l'Espagne. Mais les conditions de ce contrat n'avaient pas toutes été respectées. On ergota sur le paiement de la dot, sur les bijoux et cadeaux reçus. On s'efforça d'évaluer ses besoins au plus juste. Mais l'Espagne entendait que rien ne fût rabattu des honneurs dus à son rang et exigeait d'autre part qu'elle fût tenue à l'écart de la cour et surveillée au plus près. Bref elle voulait obtenir, sans bourse délier, que lui fût imposé en France le rude régime des reines douairières espagnoles. La France s'offusqua de ces prétentions. D'âpres discussions se prolongèrent tout l'hiver. Et c'est pourquoi la malheureuse se trouvait encore à Madrid lorsque fut assénée à Philippe V, comme un coup de massue, l'annonce que Louis XV n'épouserait pas sa fille.

---

1. À défaut, la duchesse aurait envisagé de faire épouser Ferdinand à sa cadette Mlle de Beaujolais, alors promise à don Carlos, et de récupérer don Carlos pour sa dernière fille, Mlle de Chartres. Lorsque Tessé transmit ces suggestions aux souverains espagnols, ceux-ci lui « pouffèrent de rire au nez ».

Le renvoi de l'infante

Le nouveau maître de la politique française, Louis Henri de Bourbon, dit M. le Duc, que nous n'avons aperçu jusqu'à présent que de profil, mérite qu'on le présente. Physiquement, la nature ne l'a pas gâté. Grand et maigre, voûté, perché sur de longues jambes, il a l'air d'une cigogne, raille Madame Palatine. Le duc de Berry l'a jadis éborgné par mégarde lors d'une partie de chasse, mais « ses deux yeux sont si rouges qu'on ne saurait distinguer le mauvais œil d'avec le bon ». Son visage creusé, tout étiré en longueur, est déparé par de grosses lèvres. Difficile de trouver plus laid. Bien qu'il tienne de famille une très haute idée de ses capacités, il est d'intelligence médiocre. On le dit « peu esprité » : finesse et pénétration lui font défaut. Il n'est pas dépourvu de courage physique – hérédité oblige –, mais il manque d'esprit de décision. Et le sens civique ne l'étouffe pas. Il a su profiter des informations recueillies en haut lieu sur l'imminent effondrement du système de Law pour échanger tous ses titres-papier contre des espèces sonnantes : on l'a vu faire sortir de la banque plusieurs chariots chargés d'or, alimentant les rumeurs et précipitant ainsi la catastrophe. Précocement veuf, bien qu'il ait de peu dépassé la trentaine, c'est un prince à marier.

L'influence exercée sur lui par sa mère, la duchesse douairière de Bourbon, fille de Mme de Montespan, se voyait alors contrebalancée par celle de sa maîtresse. Agnès Berthelot de Pléneuf était fille d'un munitionnaire aux armées, franc roturier – à l'origine Berthelot tout court –, qui avait fait fortune pendant les guerres de Louis XIV : un de « ces gens du plus bas peuple », dit Saint-Simon, qui « arrivent peu à peu, à force de travail et de talent, aux premiers étages des maltôtiers[1] et des finan-

1. Ce terme, vite devenu péjoratif, désignait les financiers à qui le roi affermait la perception des impôts, et notamment ceux qu'on appelait au XVIIIe siècle les fermiers généraux.

ciers ». Si travail et talent étaient seuls en cause, nous serions enclins à plus d'indulgence que l'intransigeant mémorialiste. Mais il semble s'être aussi rendu coupable de quelques malversations. Remis en selle par la régence, il avait marié sa fille, moyennant une dot confortable, à un noble désargenté, le marquis de Prie, apparenté à Mme de Ventadour. La jeune femme, ayant accompagné son époux nommé ambassadeur à Turin, y avait acquis des manières, s'y était fait des relations. Elle était ravissante, avait beaucoup d'esprit, et de l'ambition plus encore. Au retour elle fit la conquête du duc de Bourbon et son mari, plutôt que de protester, prit le parti d'en tirer les dividendes. Depuis que la mort du régent avait hissé M. le Duc au rang très envié de premier ministre, Mme de Prie faisait en France la pluie et le beau temps, avec l'appui des milieux financiers. Derrière elle, dans l'ombre, le plus influent des quatre frères Pâris, dit Duverney, liquidateur avisé de la faillite de Law, faisait figure, selon le mot de Voltaire, de « second premier ministre ».

Dès avant la mort de Louis Ier, on l'a dit, le duc inclinait à congédier l'infante. À la fin du mois d'avril, le comte de La Marck avait rendu les deux mémoires demandés. Il ressortait du premier que le renvoi comportait plus d'avantages que d'inconvénients et qu'on ne manquait pas de moyens pour apaiser la colère espagnole ; du second qu'il y avait dans les différentes cours européennes une centaine de princesses d'âge adéquat, en attente d'un époux. De quoi inciter le duc de Bourbon à céder à la pression de l'opinion publique, en majeure partie favorable au renvoi. S'il hésitait encore, c'est que Mme de Prie s'était mis en tête d'obtenir pour son mari le titre de grand d'Espagne, propre à le consoler de son infortune. Elle faisait donc traîner les choses en attendant la nomination – qui ne vint pas, Philippe V se disant scandalisé par un marché de ce genre. Elle pesa alors en faveur du renvoi.

Cependant d'autres raisons beaucoup plus sérieuses entrèrent en ligne de compte.

À la différence de son cousin de Madrid, Louis XV affichait une puberté précoce. Dès février 1721, si l'on en croit le *Journal* de Mathieu Marais, « il a eu un mal fort plaisant et qu'il n'avait point encore senti : il s'est trouvé homme. Il a cru être bien malade et en a fait confidence à un de ses valets de chambre, qui lui a dit que cette maladie-là était signe de santé. Il a voulu en parler à Maréchal, son premier chirurgien, qui lui a répondu que ce mal-là n'affligerait personne et qu'à son âge il ne s'en plaindrait pas. On appelle cela en plaisantant le mal du roi ». Trois ans plus tard, il est incontestablement en état d'être marié. La chose semble d'autant plus urgente que ses éducateurs tiennent à le garder chaste, à l'abri des tentations. Il est assez facile d'écarter de lui les demoiselles d'honneur aguichantes. Mais on craint, pour parler clair, qu'il ne cherche son plaisir seul derrière les rideaux fermés de son lit ou en compagnie de jeunes garçons de son âge. Ne risque-t-il pas, sur cette pente, de glisser vers l'homosexualité ? Pour le préserver du péché d'Onan et le laisser dans l'ignorance de celui de Sodome, il lui faut une femme – légitime – dans son lit. Impossible d'attendre que l'infante ait l'âge requis. Comme le dira en termes énergiques le maréchal de Villars : « Dieu, pour la consolation des Français, nous a donné un roi si fort qu'il y a plus d'un an que nous en pourrions espérer un dauphin. Il doit donc, pour la tranquillité de ses peuples et pour la sienne particulière, se marier plutôt aujourd'hui que demain. »

La mort de Louis Ier d'Espagne vint renforcer cette conviction. Bien que très différents dans leur maturation sexuelle, les deux cousins doublement germains[1] avaient bien des points communs : même âge, même

1. Le duc de Bourgogne et son frère Philippe V (en premières noces) avaient épousé deux sœurs, Marie-Adélaïde et Marie-Louise-Gabrielle de Savoie.

genre de vie, même passion pour la chasse et les exercices violents. La disparition brutale de l'un vint raviver les craintes obsessionnelles sur la santé de l'autre. Louis XV se dépensait à l'excès en poursuivant cerfs et sangliers et, au retour, il calmait imprudemment sa fringale en mangeant outre mesure. Il était donc sujet à des indispositions assez fréquentes, à base d'indigestions, qui chez un autre seraient passées inaperçues, mais qui donnaient lieu à des prières publiques angoissées et à des *Te Deum* d'actions de grâces lorsqu'il se rétablissait. On se rappelait alors qu'il était mortel et n'avait pas encore d'héritier.

Et puis, la mort de Louis Ier allège les scrupules qu'on pouvait éprouver à renvoyer l'infante. La combinaison échafaudée en 1721 liait les deux mariages. Elle se trouve déséquilibrée. L'Espagne paraît en être seule bénéficiaire. Ceux mêmes qui, comme le duc de Bourbon, voient sans déplaisir les déconvenues de la maison d'Orléans, sont sensibles à la perte subie par la France : la « charge » – au sens ancien du terme, si l'on ose dire – de reine d'Espagne lui échappe. Pourquoi réserver malgré tout à une Espagnole celle de reine de France ? Les données de la partie ont changé, on a le droit de reprendre sa mise, on ne doit plus rien à l'infante. Telle est l'idée qui s'impose peu à peu dans l'opinion.

Le premier ministre, cependant, tourne encore autour du pot. La lâcheté le dispute chez lui à la mauvaise foi. Philippe V, averti par son ambassadeur à Paris qu'il y a anguille sous roche, sollicite une mise au point, réclame des gestes significatifs, publics. La fillette a grandi, elle va atteindre au mois de février suivant l'âge décisif de sept ans : ne pourrait-on alors célébrer officiellement ses fiançailles et lui constituer, comme il se doit, sa propre « maison » ? Le duc de Bourbon promet, à deux reprises au moins. Pour mieux rassurer Madrid, notre ambassadeur, Tessé, est tenu dans l'ignorance de ce qui se trame et peut donc affirmer avec conviction que tout va bien.

Le 29 septembre cependant, au cours d'une réunion

restreinte du Conseil, la décision de renvoyer l'infante est prise, à l'unanimité. Seul Fleury, fidèle à sa prudence habituelle, a formulé quelques objections qui lui permettent de se démarquer des autres. Mais il a fini par voter pour. Deux jours plus tard on informe Louis XV, qui donne son accord, sans commentaires. Reste à annoncer la nouvelle à Philippe V, que l'on continue d'entretenir dans une fausse tranquillité. Deux solutions. L'y préparer et l'y faire consentir ? ou le mettre brutalement devant le fait accompli ? Pour lui faire avaler la pilule, on songe aux voies ecclésiastiques : invoquant sa piété, on pourrait tenter de lui faire admettre qu'un mariage immédiat est le seul moyen de tenir son neveu hors du péché. Mais quel homme d'Église se chargerait de la commission ? On y renonça, tant il était improbable que l'argument ait prise sur le roi d'Espagne et surtout sur son épouse. Et l'hiver 1724-1725 se passa en faux-fuyants et dérobades. À titre de précaution cependant, Tessé, trop lié aux souverains espagnols, fut rappelé à Paris, et l'on invita un diplomate de troisième zone, l'abbé de Livry, à quitter Lisbonne pour se rendre à Madrid et y attendre les instructions.

C'est finalement la seconde solution qui prévalut, celle de l'annonce brutale, parce que le sort se chargea de forcer la main au premier ministre. Le 18 février, le roi fut pris d'un de ces malaises dont il était coutumier. Il n'y avait là rien d'inquiétant, mais M. le Duc s'affola. Toute la nuit qui suivit, il tourbillonna en robe de chambre, son bonnet sur la tête, importunant médecins, chirurgiens et valets, et on l'entendit soliloquer dans le salon de l'Œil-de-Bœuf : « S'il meurt, que deviendrai-je ? Je n'y serai pas repris. S'il en réchappe, il faut le marier. » Entre minuit et une heure du matin, il réunit un mini-Conseil qui emporta la décision. Alors tout alla très vite.

À Madrid, l'abbé de Livry reçut sur sa mission des instructions détaillées, datées du 1er mars, qui le plongèrent dans la consternation. On le mettait au fait de la situation, en lui enjoignant de délivrer à Philippe V les lettres du roi de France, sans en révéler le contenu. Mais il oublia la consigne, avoua d'emblée la vérité et se lança dans une justification embarrassée que le roi n'eut pas de peine à réfuter. La reine contenait difficilement sa colère. Elle empêcha son époux d'ouvrir les lettres : il ne devait pas fournir la moindre apparence de consentement. Elles furent donc renvoyées avec mépris et l'Espagne prépara des mesures de représailles. Tous les Français furent chassés de Madrid, à commencer par les deux filles du duc d'Orléans. Louise-Élisabeth fut sommée de quitter l'Espagne au plus vite et la petite Mlle de Beaujolais, dont les fiançailles avec don Carlos se trouvaient rompues, fut réexpédiée à Paris. Dans la précipitation, on sépara même les deux sœurs, qui ne se rejoignirent qu'à Aranda, pour terminer la route ensemble. De son côté la France hâtait le départ de l'infante. De sorte que l'ex-reine d'Espagne et l'ex-future reine de France, qui s'étaient croisées trois ans plus tôt sur la Bidassoa lors du trajet d'aller, faillirent se croiser à nouveau lors du voyage de retour. Il ne s'en fallut que de quelques jours et de quelques lieues.

L'échange à rebours

Philippe V eut bientôt quelques raisons supplémentaires de s'indigner. Il s'aperçut qu'il avait été le dernier averti : toutes les chancelleries d'Europe étaient déjà au courant. Et en repensant aux multiples dénégations, aux promesses dont on l'avait bercé jusqu'au dernier moment – le duc de Bourbon ne lui avait-il pas confirmé, au début de février, que les fiançailles officielles auraient bien lieu le 31 mars ? –, il avait le sentiment qu'on s'était moqué de lui.

Tant qu'à subir un affront, mieux valait que celui-ci fût criant. Il souhaitait donc que l'Europe entière fût témoin de l'odieux traitement infligé à sa fille. Il donna à ses représentants à Paris l'ordre de refuser tous les égards qui pourraient être proposés pour son voyage de retour. Du côté français au contraire, on tenait à se conduire décemment. Certes, dans le feu du débat préalable, un ministre avait osé s'écrier : « Oui, il faut renvoyer l'infante, et par le coche[1], pour que ce soit plus tôt fait ! » Mais une fois le plus dur passé, la rupture rendue publique, on ne songeait qu'à en atténuer les conséquences. Il fut aisé de faire agréer aux ambassadeurs madrilènes une solution qui avait l'avantage de préserver la sensibilité de la fillette.

Marie-Anne-Victoire atteignait ses sept ans. Elle vivait depuis trois ans avec la conviction qu'elle serait reine de France, et son éducation l'y préparait. Elle se sentait déjà reine et parlait de Louis XV comme de son mari. Elle était fière. Bien sûr, on l'avait tenue dans l'ignorance complète de ce qui se préparait. La question qui s'était posée pour son père se reposa pour elle : comment la mettre au courant ? Et – nul ne s'en étonnera – la solution la plus lâche prévalut. Il se trouva, par chance, que ce fut aussi la plus humaine. On choisit de lui mentir. On lui raconta que ses parents souhaitaient la voir et qu'elle allait leur rendre une brève visite. On convainquit la fidèle Maria de Nieves, qui rentrait avec elle à Madrid, de ne pas vendre la mèche avant qu'elle n'ait rejoint le giron familial. Elle partit le 5 avril, le cœur léger, croyant revenir bientôt. Maman Ventadour sut se contenir lorsqu'elle la serra sur son cœur pour la dernière fois. Louis XV n'était pas là, on l'avait emmené à Marly. « Il ne lui a pas dit adieu, bougonne Barbier, bon porte-parole de l'opinion. Il n'est retourné à Versailles que le soir du départ, dont Mme la Duchesse et Mme la marquise de Prie, qui ne [le] quittent pas, l'auront fait rire. » Ceux mêmes qui blâmaient ce mariage trouvent choquante la désinvolture qui accompagne sa rupture.

Rien n'était officiel encore. Il fut convenu que le

---

1. L'équivalent de nos transports en commun.

long du chemin, les villes traversées, sans se livrer à des festivités qui ne seraient pas de saison, rendraient à l'infante un minimum d'honneurs. La duchesse de Tallard, « maîtresse du voyage », fit l'impossible pour arrondir les angles et tout se passa bien. Discrètement fêté à chaque étape, le lourd cortège – deux voitures du roi, huit carrosses pour les ambassadeurs espagnols et le personnel français chargé de la convoyer, cinquante gardes du corps – mit un bon mois à gagner Dax, où l'attendait l'escorte madrilène venue à sa rencontre. Il s'arrêta trois jours à Bayonne, le temps d'une visite à la vieille reine douairière d'Espagne, puis il prit la route de la montagne.

Pour épargner à l'enfant toute comparaison fâcheuse avec le voyage d'aller si elle découvrait la vérité, on avait choisi de lui faire passer la frontière, non sur la Bidassoa, mais à Saint-Jean-Pied-de-Port, dans l'arrière-pays. Mais le secret fut bien gardé. Elle ne savait toujours rien. Elle riait et gambadait de joie à l'idée de revoir ses parents. En quittant Mme de Tallard, elle la pria de rester sur place pour la récupérer au retour. Le 17 mai, elle fut remise solennellement aux envoyés de son père. Ils en donnèrent quitus au duc de Duras, qui représentait la France. La rencontre fut aussi cordiale que le permettaient les circonstances. Quelques cadeaux bien placés vinrent adoucir l'humeur des Espagnols : ils se firent « très faiblement tirer l'oreille pour accepter les diamants du roi ». Et l'on sut faire sonner le fait que l'infante rapportait en Espagne tous les bijoux qui lui avaient été offerts par la France trois ans plus tôt en tant que future reine.

Quand apprit-elle ce qu'il en était ? Il est probable que Maria de Nieves, complice du pieux mensonge, s'abstint jusqu'au bout de la prévenir. Personne, sans doute, n'étant volontaire pour cette pénible corvée, on peut penser que le soin en fut laissé à ses parents. Mais nul n'a rapporté comment ils s'y prirent pour la consoler, ni quels furent ses sentiments.

À l'égard de Louise-Élisabeth et de sa sœur, on avait

eu moins de ménagements. Nul ne s'intéressait à elles. En février, avant donc que le renvoi de l'infante n'eût été signifié à son père, les conditions de leur voyage avaient donné lieu à un incident. Le duc de Bourbon, par souci d'économie, refusait d'envoyer les carrosses du roi les chercher à la frontière. Philippe V, informé de cette mesquinerie, sauta sur l'occasion de donner une leçon à celui dont la criante mauvaise foi commençait à l'inquiéter : « Qu'avons-nous à faire, s'exclama-t-il, des querelles particulières et des tracasseries de cour entre la maison d'Orléans et la maison de Condé ? » Plutôt que de voir publiquement bafoués les égards dus à une reine douairière d'Espagne, il se disait prêt à lui fournir ses propres carrosses ainsi que ses gardes, jusqu'à Bayonne, voire même jusqu'à Paris. Un beau geste, qu'il oublia bientôt sous le coup de l'outrage subi. Et comme le premier ministre n'avait pas changé d'avis, les deux princesses seraient restées en panne à Bayonne, réduites à prendre le coche, si leur mère ne leur avait envoyé ses propres voitures. La reine déchue passa la Bidassoa, par le même chemin qu'à l'aller, le 23 mai, six jours seulement après que l'infante eut franchi la montagne à Saint-Jean-Pied-de-Port, à quelques lieues de là. Trois semaines plus tard, elle reçut à Étampes les compliments tardifs d'un émissaire du roi enfin chargé de la saluer. Et elle s'installa au château de Vincennes, qui lui avait été assigné comme résidence.

Veut-on savoir ce qu'il advint d'elles ensuite ? Il valait mieux à coup sûr être la fille d'un roi en exercice que celle d'un régent défunt. Il était préférable aussi que le mariage n'eût pas été consommé : tout se passait alors comme si l'engagement n'eût pas existé. Dès que Marie-Anne-Victoire fut en âge, on lui chercha donc un époux. Impossible de trouver un parti aussi brillant que le roi de France. Faute de mieux, on se tourna, selon une vieille tradition, vers le proche voisin ibérique et, pour ne pas déroger aux habitudes, on négocia un double mariage, le sien avec le prince de Brésil, héritier de Portugal, et celui de son frère Ferdinand, désormais prince des Asturies, avec la sœur de ce dernier. Et c'est ainsi que le 19 janvier 1729, comme un pied de nez à la France, eut lieu sur le pont de la Caya, à la frontière hispano-portugaise, une cérémonie qui se voulait calquée sur celle de l'Île des Faisans de janvier 1722. On signa les contrats, puis « on troqua de filles ». « La petite princesse, pâle comme la mort, conte le duc de Brancas, eut la force sur elle-même de retenir ses larmes. Il est vrai que cela ne fut pas long, car la reine d'Espagne, voyant que la scène devenait tragique, prit la princesse sa belle-fille par la main et l'emmena ; les deux cours se séparèrent. » La nouvelle bru des souverains espagnols était charmante. Ils s'en déclarèrent très contents. « Je ne crois pas, ajoute Brancas, qu'elle ait lieu de l'être beaucoup du prince son mari. L'opinion de l'intérieur de la chambre est qu'il en use avec sa femme comme le feu roi Louis avec la sienne. » Maria Barbara de Portugal était excellente musicienne. Est-ce afin de la consoler que son maître de clavecin, qu'elle emmena avec elle à Madrid et conserva jusqu'à sa mort, écrivit pour cet instrument d'exquises compositions, que nous écoutons encore avec plaisir ? C'était Domenico Scarlatti.

Sur cette remarque malicieuse nous laisserons Marie-Anne-Victoire poursuivre son chemin vers Lisbonne, où elle sera reine vingt ans plus tard et où elle mourra en 1781, pour rejoindre son ex-belle-sœur et cousine. Que le mariage de Louise-Élisabeth ait été réellement consommé ou non ne changeait rien au statut de la jeune veuve. Elle avait été reine d'Espagne, l'Espagne conservait un droit de regard sur son sort. Une reine ne peut déchoir. Pas question qu'elle se remarie : cela eût constitué une offense posthume à son époux, à moins de trouver un prétendant aussi prestigieux que lui. Autant dire qu'à quatorze ans et demi, elle était promise au veuvage jusqu'à sa mort. Une perspective dont elle s'accommodait très mal – on peut la comprendre. De plus Madrid prétendait exercer un contrôle sur sa « maison » : sur la liste des candidats aux principales fonctions, Philippe V avait rayé quelques noms – non sans motifs, il est vrai [1]. La princesse, on s'en doute, s'évertuait à desserrer l'étreinte. Elle réussit à échanger Vincennes contre le Luxembourg, qui la mettait au cœur de Paris, haut lieu de tous les plaisirs. Et elle se mit à mener joyeuse vie, sans aller toutefois jusqu'à vérifier le pronostic haineux de son ex-belle-mère : on ne lui prête aucun enfant naturel. Mais des dissensions opposèrent bientôt les plus pondérés de ses serviteurs à ceux qui la poussaient à faire des folies. Philippe V, averti, prétendit lui imposer le renvoi des seconds, elle congédia les premiers. Alors il lui coupa les vivres. Plutôt que de céder, elle « cassa sa maison », c'est-à-dire qu'elle renvoya tout le monde, et alla s'installer chez les Carmélites, prenant la France à témoin qu'on voulait la réduire à la mendicité. Fleury arrangea l'affaire. Elle regagna le Luxembourg où elle continua de mener cette existence vaine et vide, tenue dans une demi-suspicion tant on redoutait ses incartades.

Lorsqu'elle mourut en 1742, Louis XV n'était pas à Paris. On l'enterra dans la crypte de Saint-Sulpice, avec cette simple inscription : « *Cy gît Élisabeth, reine douairière d'Espagne* [2]. » C'est seulement le 9 juillet, au retour du roi, que l'ambassadeur madrilène vint lui en faire l'annonce officielle. « Comme on ne peut pas regarder cette mort comme un grand malheur dans l'État, commente le duc de Luynes, l'ambassadeur ne put pas s'empêcher de rire, et il fut reçu aussi en riant par la reine, par le dauphin et par Madame. » Mais

---

1. Proposer le duc de Liria et sa femme pour les plus hautes fonctions faisait figure de provocation, puisqu'ils étaient fils et belle-fille du duc de Berwick. Au cours de la guerre de succession d'Espagne, Berwick avait puissamment aidé Philippe V, qui le considérait comme un ami. Mais en 1719 il avait été chargé de diriger la campagne militaire contre l'Espagne. Philippe V y avait vu une trahison.

2. Sa tombe sera violée pendant la Révolution.

comme on était très respectueux des usages, la cour prit le deuil pendant trois semaines.

Quant à la petite Mlle de Beaujolais, si discrète et si douce, elle était morte à vingt ans, sa disparition passant quasi inaperçue.

Au bout du compte, l'échec de ces mariages laissa peu de traces. L'Espagne ne déclara pas la guerre à la France, et l'outrage fut digéré. Comme disait en termes pittoresques le marquis de Monteléon, bon connaisseur des deux pays : « Le Français doit être dans tout bon Espagnol ce que la bile est dans notre corps ; quand il y a trop de bile, il faut l'évacuer [...] ; mais si vous la videz toute, vous êtes mort. » Philippe V et son épouse avaient évacué tous les Français. Ils n'allaient pas tarder à s'apercevoir qu'ils avaient encore besoin de la France.

À Versailles, la petite infante qui avait fait quelques mois les délices de la cour fut très vite oubliée. Seule Mme de Ventadour se montra inconsolable. Elle adressa aux parents de la fillette une longue lettre tachée de ses larmes, où les témoignages de son chagrin se mêlaient aux avis sur sa santé : elle la leur rendait « maigre et délicate, petite mangeuse, mais cependant très saine ». Jusqu'à sa mort, elle écrivit régulièrement à son ancienne pupille des lettres débordantes de sentiment que la princesse, bientôt devenue jeune femme, cessa très vite de décacheter. Les historiens qui ont pris la peine de le faire beaucoup plus tard, aux archives de Simancas et d'Alcala, disent qu'en effet, elles ne sont que radotage sans intérêt.

En quête d'une remplaçante

Si l'attention, en France, s'était vite détournée de l'infante, c'est qu'un autre problème restait en suspens. Étant donné le motif invoqué pour congédier la fillette, on ne pouvait tarder à marier le roi. Pour bien faire, il aurait fallu annoncer les deux à la fois. Mais le duc de

Bourbon, obnubilé par la crainte de voir le roi d'Espagne averti par des tiers, avait négligé le second volet de l'opération, la quête d'une remplaçante. Il se croyait d'ailleurs tranquille sur ce point. Les candidates ne manquaient pas. Et cette fois Louis XV n'avait pas fait de façons, il avait consenti volontiers à être marié, sans qu'on pût lui dire avec qui. Pourvu, bien sûr, que ce fût une vraie femme et pas une enfant.

Depuis l'automne on tergiversait. Dans son recensement des princesses épousables, le comte de La Marck avait fait du zèle. Il en avait trouvé une petite centaine – quatre-vingt-dix-neuf, dit-on. Après quoi le secrétaire d'État aux affaires étrangères, Morville, les avait classées, en adjoignant à chaque nom une brève note d'information – avantages et inconvénients. À y regarder de près, une bonne moitié d'entre elles étaient à exclure d'office, pour des raisons d'âge, de santé, de fortune ou de religion. On procéda par élimination. À la fin de mars 1725, il n'en restait plus que dix-sept. Mais le renvoi de l'infante, désormais signifié à Philippe V, rendait le choix d'une remplaçante urgentissime.

Le Conseil écarta une Portugaise comme issue d'une famille mal portante, une Russe comme « née d'une mère de basse extraction et élevée au milieu d'un peuple encore barbare », une Danoise comme « apportant une alliance peu profitable », deux Prussiennes comme calvinistes, la fille aînée du duc de Lorraine, parce que sa mère, sœur du régent, appartenait à la maison d'Orléans... À mesure que la liste se rétrécissait, M. le Duc se sentait pousser des espérances. Les chances de ses deux plus jeunes sœurs, Mlle de Vermandois et Mlle de Sens, augmentaient à vue d'œil. La première surtout, âgée de vingt-deux ans, assez jolie et de caractère doux, lui paraissait tout à fait propre à faire une reine de France. Et il se voyait bien, lui-même, en beau-frère du roi et premier ministre à vie. Dans les Conseils très restreints qui en débattaient, il orientait les esprits vers cette solution, et déjà le bruit en courait dans Paris, lorsqu'une intervention conjuguée de Fleury et de Mme de Prie lui fit comprendre qu'il serait discrédité et déshonoré par un tel choix : il passerait pour avoir sacrifié l'alliance franco-espagnole, non pas à l'intérêt national et dynastique comme il le prétendait, mais à ses ambitions personnelles.

Il renonça donc. Mais qui choisir ? Une princesse britannique permettrait de resserrer nos liens avec l'Angleterre, dont nous avions grand besoin. Dès la fin janvier, il fit demander au roi George Ier la main de l'aînée de ses petites-filles, Anne. Une seule condition : qu'elle se convertît au catholicisme. C'était faire preuve d'un manque de sens politique flagrant. George Ier devait son trône au fait qu'il était de confession réformée. Dix ans plus tôt, les Anglais étaient allés chercher dans son Électorat de Hanovre ce lointain collatéral, plutôt que d'accepter, en la personne de l'héritier direct des Stuart, un souverain « papiste ». Le duc de Bourbon s'attira donc un refus humiliant. Et comme il ne restait plus personne sur la fameuse liste, la situation tournait au grotesque. Et le temps pressait.

C'est alors que Mme de Prie lança sur le tapis le nom de Marie Leszczynska, fille d'un roi de Pologne détrôné, Stanislas Ier. La jeune fille faisait partie du premier lot de recalées. À côté de son nom figurait une notice laconique : vingt et un ans ; ses parents sont peu riches – c'est un euphémisme ! ; ils viendraient demeurer en France – ils y sont déjà ! ; on ne sait rien, d'ailleurs, qui soit désavantageux à cette famille. En d'autres termes, le type même de la candidate à écarter.

Comment Mme de Prie la connaissait-elle ? On en reparlera plus loin. Toujours est-il qu'elle amorça une vive et rapide campagne en sa faveur, fit circuler sur son compte quelques témoignages élogieux, exhiba son portrait. Les jours passaient, le nouveau mariage du roi devait faire l'objet d'une annonce officielle en même temps que la restitution de l'infante à ses parents. Marie sembla l'unique planche de salut. L'accord sur son nom présentait au moins deux avantages. Le premier, c'est qu'on ne risquait pas de se heurter à un refus : pas besoin de longue préparation diplomatique. Et comme le pauvre Stanislas résidait en Alsace, à trois jours de courrier, on pouvait compter sur une réponse rapide. Le second, c'est que l'heureuse élue était si dépourvue de tout ce qui rend un mariage désirable, en termes politiques, que ce choix ne pouvait s'expliquer que par l'unique souci d'en obtenir très vite des enfants. De quoi justifier *a posteriori* le renvoi de l'infante et mettre un peu de baume sur les plaies infligées à l'amour-propre espagnol.

L'opinion française, quant à elle, eut de quoi s'étonner. Après une fillette assortie par le rang, mais encore en nourrice, voici qu'on donnait au roi une épouse de rien, une simple demoiselle sans sou ni maille, choisie par hasard, faute de mieux, dans l'urgence.

L'avenir se chargerait de montrer que le hasard n'avait pas fait un si mauvais choix.

CHAPITRE CINQ

LA FILLE D'UN ROI SANS ROYAUME

Le dimanche 27 mai 1725, Louis XV récita solennellement devant les quelques privilégiés admis à son petit lever une leçon bien apprise : « Messieurs, j'épouse la princesse de Pologne. Cette princesse, qui est née le 23 juin 1703, est fille unique de Stanislas Leszczynski, comte de Lesno, ci-devant staroste d'Adelnau, puis palatin de Posnanie, ensuite élu roi de Pologne au mois de juillet 1704, et de Catherine Opalinska, fille du castellan de Posnanie, qui viennent l'un et l'autre faire leur résidence au château de Saint-Germain-en-Laye avec la mère du roi Stanislas, Anne Jablonowska, qui avait épousé en secondes noces le comte de Lesno, grand général de la Grande Pologne. » Après quoi le duc de Gesvres, premier gentilhomme de la chambre, en dit autant devant la foule des courtisans massés dans la salle de l'Œil-de-Bœuf.

Cette déclaration aux allures de notice biographique visait à prévenir questions et critiques. La nouvelle n'était pas tout à fait une surprise : le nom de Marie Leszczynska circulait depuis quelques semaines comme celui d'une candidate possible. Mais quand l'hypothèse devint certitude, le désappointement fut général : ce n'était pas là une épouse digne du roi de France.

Mésalliance

Une Polonaise ? Pourquoi pas ? La France n'a pas eu de reine slave depuis Anne de Kiev, épouse d'Henri Ier. Une Polonaise nous changerait un peu des Italiennes et des Espagnoles. La nationalité de la jeune fille ne pose pas en soi de problèmes. C'est sur les titres et qualités de son père et sur ses origines familiales que le bât blesse. Car s'il est probable que peu de Français sont capables de situer sur une carte Lesno, Adelnau et la Posnanie, la plupart des gens un peu éclairés savent ce qui se cache derrière la façade. Depuis un siècle et demi, la France cultive avec des succès divers l'amitié de la Pologne, pièce charnière dans sa lutte contre la maison d'Autriche. Faute de parvenir à lui donner un roi – le seul succès en ce domaine remonte au bref passage du futur Henri III sur le trône de Varsovie –, elle lui a fourni des reines[1]. Dans leur sillage, des mariages se sont faits, des liens se sont noués. La Pologne n'est pas chez nous *terra incognita*. On a suivi de près à Paris les convulsions qui agitent depuis des années ce malheureux pays, déchiré par la guerre civile et convoité par ses trop puissants voisins. On sait que Stanislas Leszczynski, porté au trône par les armées suédoises, n'a jamais régné pour de bon à Varsovie, qu'il en a été chassé au profit de l'Électeur de Saxe, qu'il a perdu tous ses biens et se trouve réduit depuis seize ans à vivre de la charité de ceux qui lui donnent asile. Est-ce là qu'il fallait chercher une épouse pour Louis XV ? L'amour-propre national n'y trouve pas son compte et la réprobation est unanime.

---

1. Marie-Louise de Gonzague-Nevers (1610-1667) fut successivement l'épouse de Ladislas IV, de 1645 à 1648, puis de son frère Jean-Casimir, qui abdiqua en 1668 et se retira en France où il mourut. Marie-Casimire de la Grange d'Arquien, arrivée en Pologne à l'âge de six ans dans la suite de Marie-Louise de Gonzague, s'y maria deux fois : elle fut reine de 1673 à 1696 aux côtés de son second époux, le célèbre Jean Sobieski, vainqueur des Turcs à Kahlenberg. Veuve, elle finit par revenir en France, où elle ne mourut qu'en 1716.

D'ailleurs Stanislas a-t-il jamais été un vrai roi ? La Pologne est, sur le plan des institutions, une manière de monstre : une république dotée d'un roi élu. On se plaît à souligner qu'un monarque électif est loin de valoir en dignité un monarque héréditaire : la preuve en est que l'étiquette refuse à son épouse les honneurs qu'on accorde à celle d'un vrai roi[1]. Si encore Marie appartenait à une de ces familles qui se sont couvertes de gloire dans l'histoire de la Pologne et ont tenté de fonder une dynastie ! Mais son père, dépourvu d'ancêtres illustres, n'est qu'un de ces magnats locaux comme le pays en compte tant, et seuls les hasards de la guerre ont fait de lui un souverain. C'est, si l'on peut dire, un nouveau roi – comme on dit un nouveau riche. Sa fille ne porte pas le nom de son pays, comme les vraies princesses, mais seulement celui de son père. Elle n'est que Mlle Leszczynska – autant dire rien. La duchesse de Lorraine – dont la fille, il est vrai, n'a pas été retenue – s'indigne vertueusement : « Comme bonne Française et étant de la famille royale, je ne puis voir cette mésalliance pour le roi sans en ressentir une peine mortelle. [...] Il sera, à ce que je crois, le premier de nos rois qui aura épousé une simple demoiselle. [...] Car elle n'est pas davantage et son père n'a été roi que vingt-quatre heures. » Le roi de Sardaigne, grand-père maternel de Louis XV, se fend d'une lettre désapprobatrice. Quant à la princesse de Turenne, née polonaise, qui a toujours regardé Stanislas comme un usurpateur indûment préféré à son père Jacques Sobieski, fils du défunt roi tout couvert de gloire, elle enrage à l'idée « de voir si fort au-dessus d'elle une particulière de son pays qu'elle regardait infiniment au-dessous ».

Plus inquiétantes que ces bouffées d'orgueil personnel blessé, plus révélatrices aussi sont les réactions des classes moyennes. Même désapprobation de principe

---

1. Apprenant que la reine de France Marie-Thérèse ne lui céderait pas « la main », c'est-à-dire la place à sa droite, l'épouse de Jean Sobieski, très offensée, avait annulé son voyage en France et adopté une attitude anti-française.

chez Barbier, chez Marais : « la maison Leszczynska n'est pas une des quatre grandes noblesses de Pologne ; cela fait de simples gentilshommes ». Il s'y ajoute, aux yeux de ces bourgeois ménagers de leurs deniers, une tare aussi lourde, sinon plus. Un mariage est un contrat, entre deux parties prenantes équilibrées. Or Marie n'apporte rien. Dans la corbeille de mariage, elle n'a rien à mettre pour sa part, elle n'a pas un sou vaillant. Rien. Pas de dot en espèces, en bijoux. Pas d'héritage en perspective, il y a peu d'espoir de récupérer un jour les propriétés perdues. Elle n'est qu'une « demoiselle infortunée », qui n'a même pas l'excuse d'être belle. Ce n'est pas sur de tels fondements qu'on bâtit les maisons solides.

Il y a plus grave encore. Les mariages royaux, on le sait, ont toujours été conçus comme des opérations politiques. Au fil des siècles, tous sont venus sceller une alliance ou cimenter une réconciliation. Le fait que bien peu d'entre eux aient tenu leurs promesses ne change rien à l'attente des peuples, pour qui mariage princier est synonyme de paix et de prospérité. Hélas, en ce domaine, Marie risque de nous brouiller avec le rival victorieux de Stanislas et avec son protecteur, le Habsbourg de Vienne. Pourquoi nous mêler des affaires de cette nation « tout à fait étrangère à la nôtre » ? L'opinion publique bourgeoise tient la Pologne pour un pays exotique peuplé d'imprévisibles fous incapables de se gouverner et elle se fait peur à imaginer les conséquences dramatiques d'une telle alliance : « Les Polonais sont les Gascons du Nord, et très républicains. Quel intérêt pouvons-nous avoir avec eux ? Le roi Auguste, électeur de Saxe, qui est du corps de l'Empire et vrai roi de Pologne, va être fâché contre nous de ce que nous prenons pour reine la fille de son compétiteur et pourra nous faire des affaires avec l'Empereur et l'Empire. Le roi d'Espagne s'y joindra, et voilà peut-être une guerre affreuse dans toute l'Europe contre nous. »

Et pour faire bonne mesure, les considérations religieuses s'en mêlent. On sait que l'Église est très puissante en Pologne et que la Compagnie de Jésus y exerce une influence considérable. Voici donc un autre danger, si l'on en croit les parlementaires gallicans et les jansénistes : « La famille du roi Stanislas est gouvernée par les jésuites ; il va en venir avec eux, comme si nous n'en avions pas assez ! »

L'annonce qu'on allait lever une taxe, au demeurant traditionnelle, pour faire face aux dépenses du mariage acheva d'irriter. « On va créer un nouvel impôt pour pouvoir acheter des dentelles et des étoffes pour la demoiselle Lezinska », maugrée Voltaire. Et les chansonniers y vont de leur couplet : « *Pour la ceinture de la reine, / Peuples mettez-vous à la gêne...* »

C'est donc peu de dire que Marie Leszczynska n'est pas accueillie à bras ouverts. Qu'en était-il au juste de sa famille, et par quel concours de circonstances cette jeune femme se trouva-t-elle élevée à une si improbable fortune ? Il nous faut faire ici un bref retour en arrière sur les inextricables péripéties de la vie politique polonaise. Qu'on nous pardonne, ce n'est pas du temps perdu : le trône de Pologne va jouer bientôt, dans la vie de Marie et dans l'histoire de France, un rôle capital.

Le protégé de Charles XII

Lorsque s'ouvrit en 1696 la succession de Jean Sobieski, au terme d'un demi-siècle tellement fertile en désastres que les Polonais le surnommèrent le *Déluge*[1], rien ne préparait les Leszczynski à jouer un rôle politique déterminant.

La Pologne était alors un pays plus ingouvernable que jamais, voué à l'anarchie par la dérive de ses insti-

---

1. Le *Déluge* désigne plus exactement la période 1648-1680, au cours de laquelle la Pologne, jusque-là puissante et prospère, dut faire face à une révolte des Cosaques d'Ukraine, puis à une invasion suédoise qui la ruina et dont elle ne se remit jamais.

tutions. C'était en fait une république aristocratique où la noblesse faisait la loi, par l'intermédiaire d'un sénat, composé des riches magnats et du haut clergé, d'une diète et de diverses diétines, où dominaient les seigneurs de rang plus modeste. Elle avait bien à sa tête un roi, mais ce roi, on l'a dit, était *élu* – élu par une diète rassemblant de trente à cinquante mille votants – et soumis à des règles qui limitaient étroitement son pouvoir. Depuis le Moyen Âge et jusqu'au XVIIe siècle, les détenteurs de la couronne avaient réussi à se faire élire de père en fils ou en frère et à constituer des dynasties, les Polonais leur sachant gré d'avoir apporté au pays expansion territoriale, prestige et prospérité.

Hélas, tandis que dans les royaumes ou principautés limitrophes se mettaient en place des monarchies autoritaires acharnées à créer des États modernes, la noblesse polonaise, farouchement attachée à ses libertés, avait profité de la moindre faiblesse de ses rois et de la moindre crise successorale pour renforcer les obligations qui les ligotaient. C'est ainsi qu'à la fin du XVIIe siècle toute décision requérait l'approbation unanime des assemblées et que le vote négatif d'un seul membre – le *liberum veto* – suffisait à faire écarter un projet. Le roi était censé vivre de ses biens propres, il devait mendier les subsides nécessaires à la guerre auprès de la diète, qui les lui refusait souvent. Comme les troupes régulières affectées à la couronne étaient peu fournies, il en était réduit à dépendre, comme un souverain médiéval, de la bonne volonté des seigneurs qui voulaient bien le suivre. Toutes les tentatives pour réformer les institutions avaient échoué. Le seul ciment du pays était le sentiment national, très vif, et l'attachement au catholicisme, d'autant plus fort que de nombreuses provinces rattachées par conquête ou par mariage étaient à dominante réformée ou orthodoxe.

On pouvait penser que ce nationalisme, fort louable, préserverait la Pologne des interventions extérieures et la conduirait à élire des rois polonais. Il n'en était rien. Car la petite noblesse formant les gros bataillons d'électeurs jalousait les magnats, seuls susceptibles d'être élus, qui de leur côté se jalousaient entre eux. D'autre part l'extrême pauvreté de la plupart d'entre eux les rendait très accessibles aux gratifications : de notoriété publique, les voix étaient à vendre. Les diverses élections de la fin du XVIIe siècle virent ainsi s'affronter à chaque fois quelques autochtones, un candidat soutenu par la France et un autre soutenu par l'Autriche. Jusqu'au moment où des puissances montantes, notamment la Suède, la Prusse et la Russie, vinrent compliquer la donne.

Les ambitions des Leszczynski, à cette date, se bornaient à occuper d'importantes charges dans l'État. Issus d'une famille originaire de Bohême, mais installée en Pologne dès le IXe siècle, ils étaient bien implantés en Posnanie, où ils possédaient de vastes domaines. Le père de Stanislas, Raphaël, en était palatin, c'est-à-dire gouverneur, tandis que Stanislas lui-même en était staroste, c'est-à-dire qu'il disposait personnellement, à titre viager, d'un fief octroyé par le roi. Le grand-père maternel, Jablonowski, était un personnage considérable, général de l'armée royale, grand propriétaire en Silésie. C'étaient des gens importants, influents, écoutés – pas des candidats au trône.

La première apparition de Stanislas sur la scène publique eut lieu en 1696, lors de la succession de Jean Sobieski. Devant les querelles qui déchiraient la diète, ce tout jeune homme – il n'avait pas encore dix-neuf ans – prit la parole pour dire « son étonnement et sa douleur ». Son intervention fit-elle vraiment sensation ? Il est très difficile, dans son cas, de faire le départ entre l'histoire et la légende, tant sa vie se prêtait à transposition romanesque, et tant on prit soin de l'embellir rétrospectivement lorsqu'il fut le beau-père de Louis XV. Ce qui est sûr, c'est que pendant quelques années, il se tint comme il était normal dans l'ombre de son père et de son grand-père, chefs de la famille.

Le fils de Sobieski s'étant retiré de la compétition,

l'élection se joua l'année suivante entre le prince de Conti, proposé par Louis XIV, et l'Électeur Auguste de Saxe, soutenu par l'Empereur. Ce dernier, pour lever l'objection religieuse, s'était *in extremis* converti du luthéranisme au catholicisme : le trône de Pologne valait bien une messe. Contre toute attente, Conti l'emporta aux voix, de justesse, mais les partisans de son rival évincé se regroupèrent et obtinrent un second vote, en faveur de leur candidat. Accouru en toute hâte, l'Électeur de Saxe se fit couronner dans la cathédrale de Cracovie sous le nom d'Auguste II, tandis que Conti dépité faisait demi-tour.

Sans hésiter, les Leszczynski se rallient au vainqueur. La Pologne a un roi, l'avenir s'éclaircit. Confiant, Stanislas se marie. En 1698 il épouse Catherine Opalinska, fille d'un autre dignitaire de Posnanie, dont le père vient de mourir et qui lui apporte en héritage des milliers d'hectares couverts de riches villages près de Varsovie. L'année suivante elle lui donne une fille, Anne.

Auguste II régna sans trop d'embarras jusqu'en 1700. Il avait amené avec lui des troupes saxonnes, qui se comportaient comme en pays conquis. Fort de leur présence, il ne respectait pas les règles imposées par la constitution. Cependant, comme il sentait monter le mécontentement, il pensa qu'une guerre justifierait le maintien sur place de son armée et qu'une victoire affermirait son pouvoir. Le roi Charles XI de Suède venait de mourir, abandonnant le trône à un adolescent de dix-sept ans. Le moment semblait propice pour récupérer les provinces naguère conquises par Gustave-Adolphe sur les côtes de la Baltique. Comme Russes, Prussiens et Danois raisonnent de même, une coalition s'ébauche contre la Suède. Oh ! surprise, le jeune Charles XII, se révélant un homme de guerre exceptionnel, ne fait qu'une bouchée de ses adversaires. Auguste II, affolé, réclame à la diète la « Postpolite » – la levée en armes pour sauver la patrie en danger –, que celle-ci se fait un plaisir de lui refuser.

Les troupes suédoises arrivent donc sans encombre à vingt lieues de Varsovie et leur maître pose ses conditions : destitution d'Auguste II, élection d'un nouveau roi qui lui agrée. Ce n'est pas Stanislas, mais son père, qui accompagne alors le primat de Pologne auprès de lui pour tenter de trouver un compromis. Charles XII se montre intraitable. Entre-temps, Auguste II s'est réfugié dans les provinces méridionales où il compte de nombreux partisans et y organise la résistance en s'appuyant sur ses États patrimoniaux tout proches. Il crée la Confédération de Sandomir à laquelle fait bientôt pendant, au nord, la Confédération de Varsovie.

On n'entrera pas ici dans le détail des opérations militaires qui mirent le pays à feu et à sang ni des négociations qui s'ensuivirent : en vain puisque Charles XII faisait de l'éviction du Saxon une question de principe. Invoquant leur santé, les Leszczynski prudents se tenaient à l'écart, retirés sur leurs terres de Silésie. Au début de 1703 Stanislas voit mourir coup sur coup son grand-père et son père. Peu après lui naît à Breslau une seconde fille, prénommée Marie Sophie Félicité. Le voici seul en charge des destinées familiales et bientôt condamné à choisir son camp.

Cependant, devant les nouveaux abus de pouvoir d'Auguste II – il fait emprisonner les fils Sobieski, puis appelle à son secours le tsar Pierre le Grand –, la Confédération de Varsovie passe à l'action. Elle tente de mettre fin à l'occupation suédoise, qui sert de prétexte au Saxon pour maintenir des troupes étrangères en Pologne. Puisque Raphaël Leszczynski n'est plus là, c'est son fils qu'elle charge de solliciter du roi de Suède l'évacuation du pays. « Stanislas, nous dit Voltaire non sans flatter un peu son modèle, avait une physionomie heureuse, pleine de hardiesse et de douceur, avec un air de probité et de franchise qui, de tous les avantages extérieurs, est le plus grand, et qui donne plus de poids aux paroles que l'éloquence même. » Les deux hommes discutèrent – en latin, dit-on – et finirent par tomber d'accord sur d'importantes concessions, à une seule condition : on élirait un nouveau roi. Et déjà, dans l'esprit de Charles XII, un nom s'imposait. Les renseignements qu'il fit prendre sur le caractère du jeune négociateur lui plurent : « il était plein de bravoure, endurci à la fatigue ; [...] il n'exigeait aucun service de ses domestiques, était d'une tempérance peu commune dans ce climat, économe, adoré de ses vassaux... », en somme il lui ressemblait. C'était celui dont il avait besoin pour gouverner la Pologne sous son protectorat.

Stanislas se fit-il beaucoup prier lorsque le comte de Horn, chef des troupes suédoises d'occupation, vint l'inviter à se présenter ? La légende lui prête une humilité du meilleur aloi, accompagnée des objections qu'on allait plus tard invoquer contre lui : il n'est pas digne d'un tel honneur, il ne veut pas devoir sa couronne à la pression des armes étrangères. Il consent néanmoins à être mis sur les rangs. Et contre la volonté du vainqueur, ni le prince de Conti – encore lui ! –, ni les autres seigneurs polonais ne font le poids. Le 12 juillet 1704, les nobles réunis au champ de Kolo près de Varsovie – ils ne sont qu'une trentaine de mille, les partisans d'Auguste ne se sont pas dérangés – sont invités à voter. Pour le candidat officiel, bien sûr. Celui-ci est élu, mais il est loin de faire l'unanimité. Les mécontents se sont retirés du champ de Kolo avant la fin du vote. Le cardinal primat tarde à présenter ses félicitations. Et tandis que Stanislas Ier du nom prend possession du château de Varsovie et y installe sa famille, dans le sud Auguste II, qui n'a pas abdiqué, se prépare pour la reconquête.

La Pologne a deux rois.

« Les revers de la fortune »

Stanislas était à peine installé sur le trône que Charles XII l'abandonnait afin de poursuivre la mise au pas de la Pologne. Mais comme Auguste II se dérobait au combat, le Suédois, las de jouer au chat et à la souris avec un adversaire insaisissable, décida de soumettre l'Ukraine et s'en alla mettre le siège devant Lwow[1]. Ce qu'apprenant, Auguste II fonça sur Varsovie, qu'il savait indéfendable. Stanislas le savait aussi. Réduit à de maigres troupes peu sûres, il refusa de livrer une bataille perdue d'avance et quitta sa capitale pour rejoindre Charles XII. Il n'y avait régné que six semaines.

Avant de partir, il prit soin de mettre en sécurité sa famille. Il expédia donc sa mère, son épouse et ses filles en Posnanie, sa province d'origine où se trouvaient ses biens. De plus la région, située à l'ouest du pays, semblait devoir rester en dehors du théâtre des opérations. Les deux femmes et les deux enfants, entassées dans un carrosse sous la garde de quelques serviteurs, s'efforçaient de ne pas attirer l'attention. Le temps pressait, on faisait halte où l'on pouvait, dans des abris de fortune. C'est lors de cette fuite que Marie fut l'innocente héroïne d'un épisode tragi-comique qu'elle rapporta plus tard à Voltaire – par ouï-dire, puisqu'elle-même n'avait à l'époque que quatorze mois. Quelque temps après avoir quitté le pauvre village qui leur avait offert une grange pour la nuit, un cri jaillit dans le carrosse : où était donc la petite fille ? Dans la précipitation du départ, sa nourrice l'avait oubliée ! On fit demi-tour à grandes guides et on la retrouva dormant à poings fermés dans une auge d'étable qu'on lui avait donnée pour berceau. Comme Jésus dans la crèche... On peut être sûr que pour les âmes pieuses cette charmante anecdote, sûrement un peu arrangée, jetait sur l'enfance de la reine de France une lumière de nativité.

Cependant Charles XII s'en revenait avec Stanislas pour débusquer Auguste II de Varsovie. Celui-ci ne l'attend pas et rejoint les troupes envoyées à son secours par la Russie. Et le jeu de course-poursuite

---

1. L'Ukraine était alors une province polonaise, et donc partie prenante dans la guerre civile.

continue, sans combat décisif. Mais au printemps de 1705, devant l'offensive menée contre ses terres de Saxe, Auguste regagne Dresde à la hâte, laissant ses alliés cosaques ravager à leur guise les provinces du nord, ce qui provoque un sursaut de la noblesse polonaise. Une diète extraordinaire réunie à Varsovie décrète sa déchéance et reconnaît Stanislas comme seul roi légitime.

Reste à faire sacrer celui-ci. Si Varsovie a ravi depuis un siècle à sa rivale du sud le statut de capitale, c'est à Cracovie que bat le cœur religieux du royaume. C'est là que réside le primat de Pologne, c'est là que se déroule la cérémonie du sacre. Las ! Cracovie est aux mains de troupes hostiles. Le sacre aura donc lieu sur place, à Varsovie. Comme le primat se dérobe, on aura recours aux services d'un autre archevêque ami. Et comme le légat du pape élève des objections, on se passera de l'approbation pontificale. Stanislas est couronné solennellement en la cathédrale Saint-Jean de Varsovie, le 4 novembre 1705. Il a fait revenir sa femme, qu'il tient à associer à sa gloire. On ne sait si ses filles ont suivi ou sont restées à Posnan.

C'est là une étape importante dans son histoire. Il en sort renforcé dans son propre pays. Et dans l'Europe chrétienne, cette consécration fait de lui presque un vrai roi, elle efface en partie la tare de l'élection. L'ennui, c'est que son rival a lui aussi été couronné – à Cracovie, lui, selon le rite traditionnel –, qu'il tient tout le sud du pays et qu'ailleurs la guerre continue de faire rage. D'où une campagne qui se veut décisive. Ce sont finalement l'invasion et l'occupation d'une grande partie de la Saxe qui amènent le dénouement. Charles XII est en mesure de dicter ses conditions. Auguste II doit céder la place. Et il doit même, contraint et forcé, féliciter son adversaire victorieux. Voici sa lettre, soigneusement conservée par Stanislas qui la montra plus tard à Voltaire. Elle est d'une ironie prophétique.

Monsieur et frère,

Nous avions jugé qu'il n'était pas nécessaire d'entrer dans un commerce particulier de lettres avec Votre Majesté : cependant, pour faire plaisir à Sa Majesté suédoise, et afin qu'on ne nous impute pas que nous faisions difficulté de satisfaire à son désir, nous vous félicitons par celle-ci de votre avènement à la couronne, et vous souhaitons que vous trouviez dans votre patrie des sujets plus fidèles que ceux que nous y avons laissés. Tout le monde nous fera la justice de croire que nous n'avons été payé que d'ingratitude pour tous nos bienfaits, et que la plupart de nos sujets ne se sont appliqués qu'à avancer notre ruine. Nous souhaitons que vous ne soyez pas exposé à de pareils malheurs, vous remettant à la protection de Dieu.

À Dresde, le 8 avril 1707
Votre frère et voisin,
AUGUSTE, roi

Assurément l'Électeur de Saxe savait manier la plume et avait du caractère. Sous chaque mot percent l'insolence calculée et la menace. Et la signature à elle seule suffit à prouver qu'il n'a nullement renoncé à la couronne.

Pendant toutes ces années, où Stanislas n'a cessé d'arpenter la Pologne dans les fourgons de Charles XII, sa famille en a vu de dures. Elle a fait, au gré des événements, la navette entre Posnan et Varsovie. Mais la Posnanie n'était pas toujours un refuge sûr. Les quatre femmes durent fuir à plusieurs reprises et Marie, une fois de plus, fut la vedette d'une anecdote. Comme les soldats approchaient du château, toutes quatre s'échappèrent par une fenêtre, vers les jardins, et la fillette fut confiée à des paysans qui la cachèrent dans un four à pain jusqu'au départ des pillards. En cas de danger plus grave cependant, si Posnan devenait intenable, il leur restait une ressource : franchir la frontière du Brandebourg voisin, territoire du puissant roi de Prusse, où nulle troupe en armes ne se risquerait à les poursuivre. Et de là elles pourraient gagner, plus à l'ouest encore, la Poméranie suédoise, une large bande côtière prenant appui sur les bouches de l'Oder et dont la principale place forte était le port de Stralsund, juste en face des provinces méridionales de la Suède, de l'autre côté des détroits.

Au début de 1708 Stanislas croit avoir gagné la partie et il les rappelle auprès de lui. Il est à nouveau maître de sa capitale évacuée par les Russes. La plupart des souverains étrangers, hormis le tsar, l'ont officiellement reconnu. Il s'emploie à gouverner, s'efforçant de panser les plaies de son malheureux royaume, misant sur la réconciliation. Mais rien n'y fait, il ne parvient pas à se concilier la sympathie de ses sujets. Le principal grief avancé contre lui est qu'il a été porté au pouvoir par l'envahisseur. Mais on pourrait en dire autant d'Auguste II, imposé par l'Autriche et la Russie, et appuyé par les contingents cosaques. La vérité est que les Polonais, se doutant que la guerre civile n'est pas terminée, attendent pour se prononcer de voir d'où soufflera le vent. Or le duel entre Stanislas et Auguste semble devoir faire place à un combat entre leurs protecteurs respectifs. Charles XII ne songe qu'à poursuivre son rêve : faire régner la paix suédoise dans une Europe orientale débarrassée des trublions qui y cultivent la violence. Et le principal trublion, en l'occurrence, est le tsar Pierre le Grand – forte partie. Les connaisseurs du terrain devinent déjà qui l'emportera.

Arguant qu'il sera plus utile à Varsovie, Stanislas obtient de Charles XII l'autorisation de ne pas le suivre dans sa campagne de Russie. Il attend anxieusement les nouvelles. Les Suédois s'enfoncent, comme plus tard Napoléon, dans l'immense plaine russe ruinée par la politique de la terre brûlée et transformée par l'hiver en désert glacé. Elles y fondent à vue d'œil, comme y fondra la Grande Armée. Pierre le Grand n'a plus qu'à cueillir à Poltava, le 8 juillet 1709, une éclatante victoire. Auguste II lance aussitôt un manifeste dénonçant son abdication extorquée et marche sur Varsovie, où le tsar se prépare à le rejoindre. En toute hâte Stanislas expédie sa famille en Poméranie suédoise et, quelques semaines plus tard, il se résigne à capituler. Devant la diète, il se dit prêt à abdiquer, pour éviter à sa patrie les malheurs d'une guerre civile. Mais aucun acte officiel n'est venu entériner cette déclaration lorsqu'il prend à son tour le chemin de l'asile suédois. À l'automne de 1709, voici la famille à nouveau réunie. Dans l'exil cette fois. Pour trois ans. De son côté, Charles XII, réfugié, lui, en territoire ottoman, refuse de rentrer chez lui avant d'avoir vaincu Pierre le Grand. Il fait bientôt figure d'hôte encombrant aux yeux du sultan, qui, bien qu'ennemi traditionnel des Russes, n'a pas envie de se laisser embarquer dans des entreprises chimériques. La situation reste donc pleine de périls.

Or elle inquiète le roi de Prusse, très concerné par les affaires polonaises[1], qui propose une solution : que Charles XII reconnaisse Auguste II et retourne dans son pays ; que Stanislas abdique et récupère en Pologne ses charges et ses biens. Qui mieux que ce dernier pourrait convaincre l'intraitable Suédois ? Faute d'y parvenir par lettre, il se met en route, déguisé en officier français, et réussit ce tour de force de traverser toute l'Europe centrale regorgeant de troupes en armes, pour aller de Stralsund jusqu'aux environs d'Odessa. Hélas, Charles XII refuse de quitter la partie et lui interdit d'abdiquer. Ce refus bloque Stanislas en

---

1. Pour plusieurs raisons. L'une, c'est que pour aller de Poméranie suédoise en Pologne, il faut traverser le Brandebourg, qui serait donc aux premières loges en cas de reprise du conflit à partir de la base arrière poméranienne. L'autre, c'est qu'un territoire polonais, autour de Dantzig, sépare son Électorat de Brandebourg et son duché de Prusse orientale : il rêve de s'en emparer un jour et préférerait ne pas voir le tsar prendre pied dans le nord de la Pologne.

Turquie pour quinze mois, dans une prison d'abord dorée, puis plus austère. Il n'en sort qu'à la fin de mai 1714, lorsque Charles XII, informé que ses ennemis ont porté la guerre en Suède, se décide enfin à revenir chez lui. Non sans offrir à son protégé, en attendant de le rétablir sur son trône, un abri provisoire dans le duché de Deux-Ponts.

Et voici Stanislas à nouveau sur les routes. Cinq semaines plus tard, à la mi-juillet de 1714, il débarquait dans ce modeste duché dont la veille encore il ignorait l'existence.

Amertumes et douceurs de l'exil

Le duché de Deux-Ponts – Zweibrücken –, aux confins de l'Alsace et du Palatinat rhénan, était un de ces confettis territoriaux qu'offrait en abondance l'Allemagne et que les familles régnantes se repassaient de main en main au hasard des alliances matrimoniales. Celui-ci était propriété personnelle de la dynastie suédoise depuis la reine Christine, qui le tenait de sa mère. Charles XII ne pouvait en disposer que de son vivant. Ensuite, comme il n'avait pas d'enfants, le duché devait retourner à une branche collatérale. Il n'en accordait à Stanislas que la jouissance viagère. Mais comme il était encore jeune, ce dernier pouvait se croire tranquille pour longtemps.

Le premier soin du nouveau titulaire, après avoir pris possession du château, « fort logeable et bien meublé » selon Saint-Simon, fut de faire venir sa famille. Deux-Ponts offre un havre de paix, où mener une vie simple, mais confortable et calme. Pour les deux filles du couple, il était grand temps. On ne sait comment l'aînée, Anne, maintenant âgée de quinze ans, jolie mais frêle, avait réagi aux péripéties marquant son adolescence. Marie, onze ans, était quant à elle trop jeune pour souffrir directement des malheurs de sa famille. Elle se portait bien, avait l'humeur facile. Les multiples déplacements ne l'affectaient guère. Elle s'acclimatait un peu partout et elle assimilait avec facilité les langues qu'elle entendait parler autour d'elle : outre le polonais, l'allemand, bien sûr – quasiment une seconde langue maternelle pour les habitants de Posnanie –, mais aussi un peu de suédois : assez pour lui permettre, des années plus tard, d'adresser la bienvenue dans sa langue au comte de Tessin, ambassadeur de Suède à Paris. Elle pâtit moins que son aînée du climat de tension que faisaient régner dans la maison leur mère et leur grand-mère, minées par l'angoisse quand Stanislas n'était pas là, et contenant mal leurs reproches quand il les rejoignait vaincu.

Entre Stanislas et sa femme, la reprise de la vie commune fut difficile. Catherine Opalinska avait dix-huit ans lors de son mariage. Elle en a maintenant trente-quatre. Elle n'est pas encore vieille, mais c'est une femme usée par les épreuves, par les allées et venues incessantes, la peur – peur des agressions, peur du lendemain –, par l'alternance d'espoirs et de déceptions, par l'attente, l'interminable attente, à guetter les nouvelles. La présence de sa belle-mère âgée la tire vers le passé, encourage chez elle la nostalgie du temps où elles vivaient à l'aise sur leurs terres, dans leur pays. Ni l'une ni l'autre ne supportent l'exil. Le séjour dans des lieux proches de leur chère Pologne, comme la Poméranie, pouvait passer pour temporaire. Mais à se trouver projetées si loin vers l'ouest, les deux femmes perdent courage et toute leur énergie s'oriente vers la poursuite du salut éternel. Piété, résignation, austérité : on supporte héroïquement le malheur, afin de trouver sa récompense dans l'autre monde.

Stanislas, lui, n'a jamais renoncé à ce que peut offrir ce monde-ci. Qui sait ? Il y a chez lui une indéracinable joie de vivre, un goût de l'aventure, voire du risque, associés à une extraordinaire capacité d'adaptation qui lui permet de s'accommoder à peu près de tout. Et partout où il passe, il séduit. Non par son aspect extérieur, plutôt lourd, mais par sa bonhomie, son affabilité, son esprit de conciliation. Nul ne s'étonnera donc que quelques semaines lui aient suffi pour faire la conquête de ses nouveaux sujets et que la tentative d'Auguste II pour le faire enlever l'année suivante ait fait long feu – un des mercenaires recrutés, pris de scrupule à faire violence à un si brave homme, ayant vendu la mèche. Est-il si simple qu'il y paraît ? Sûrement pas. Il connaît l'efficacité de cette apparente candeur, et il en joue. Où qu'il soit, il trouve le moyen de se mettre en avant, pas trop, juste comme il faut, de se faire accepter, de se concilier ceux qu'il faut, quand il faut. Sans en avoir l'air. Il est intelligent et fin, il parle bien, avec aisance et naturel. Ambitieux, mais pas chimérique, courageux, mais pas téméraire, quoi qu'on en ait dit, il doit son remarquable équilibre psychique à un fond de fatalisme. Aussi profondément croyant que sa femme, mais d'une autre manière, il ne désespère pas, comme elle, du concours de la Providence ici-bas. Et il estime qu'il n'est pas interdit de donner à cette Providence un petit coup de pouce quand on le peut – sans toutefois lui demander l'impossible.

En attendant qu'elle veuille bien faire les premiers pas, Stanislas s'occupe à gérer, voire à embellir son modeste domaine, à régenter la minuscule cour d'exilés ralliés à lui et à parfaire l'éducation de ses filles. Hélas, ce sont des malheurs qui s'abattent sur lui. En mars 1717, la mort de son aînée, Anne, achève de murer sa femme dans une piété d'outre-tombe. Sur quoi, à la fin de l'année 1718, lui parvient une nouvelle catastrophique : Charles XII vient d'être tué, la tête emportée par un boulet de canon en inspectant les terrassements d'un siège. L'héritier légitime de Deux-Ponts réclame son bien. La famille Leszczynski n'a plus qu'à déguerpir. Et si Stanislas doutait encore de ce qui l'attend, l'annonce qu'Auguste II réunit à Spire et à Cologne des troupes destinées à l'enlever suffirait à l'éclairer. D'abord réfugié à Bergzabern, qui au moins possède des murailles, il n'attend pas la réponse du duc de Lorraine et du régent de France à ses appels au secours et passe à Landau, place fortifiée française enclavée en territoire allemand. C'est là qu'il reçoit avec soulagement l'offre d'hospitalité de Philippe d'Orléans : « La France a toujours été l'asile des rois malheureux. » On lui propose comme retraite la petite ville alsacienne de Wissembourg.

Et pour le coup, il se félicite de n'avoir jamais abdiqué, bien qu'il eût proposé dix fois de le faire. En réalité, il s'est toujours accroché à son titre de roi, n'offrant d'y renoncer que lorsqu'il était sûr du veto de Charles XII et qu'il pouvait imputer le refus au Suédois. Aussi les historiens taxent-ils parfois d'orgueil chimérique cet attachement à un titre illusoire. Mais il ne faisait sur ce point qu'imiter l'attitude d'Auguste II. Et dans une situation aussi fluctuante que celle-là, qui savait ce que pouvait réserver le lendemain ? Auguste II, plus âgé de sept ans, pouvait le précéder dans la tombe et Stanislas rentrer alors dans la compétition. En attendant, pourquoi abdiquerait-il ? Il n'a rien à y gagner. Dès avant la mort de son protecteur, et plus encore par la suite, il a compris que jamais Auguste II ne le laisserait revenir en Pologne et récupérer ses biens, au risque de voir se regrouper autour de lui tous les mécontents. Rentrer chez lui équivaudrait à se jeter dans la gueule du loup !

En revanche, pour un exilé, le titre de roi est une carte de visite auprès de la plupart des souverains. Après tout, des rois détrônés, on en a vu d'autres, en France, notamment les Stuart : ils ont été traités en rois. Dans une société où chacun se définit par le rang, son titre, si creux qu'il soit, assigne à Stanislas une place. Sans lui, il ne serait qu'un gentilhomme polonais exilé, sans le sou, il n'intéresserait personne. C'est comme roi de Pologne qu'il s'est vu octroyer le duché de Deux-Ponts, comme roi de Pologne que le régent lui offre l'hospitalité et comme fille du roi de Pologne que Marie figure sur la liste des princesses épousables par celui de France.

De Deux-Ponts à Wissembourg, l'existence de la famille Leszczynski gagne en sécurité : nul ne viendra l'y attaquer. Mais elle souffre cependant d'une relative dégradation. À Deux-Ponts, Stanislas faisait fonction de duc souverain. Jouissant d'une relative autonomie, il avait une autorité à exercer, quelques ressources à gérer. Logé au château, vivant sur son domaine, il se trouvait déchargé d'une partie des frais de la vie quotidienne et les redevances versées par ses sujets lui permettaient d'entretenir sa petite cour et de se faire construire une maison des champs. À Wissembourg, où il arrive en simple particulier, il occupe avec les siens une vaste demeure bourgeoise, l'hôtel Weber, pour laquelle il doit payer un loyer et il lui faut faire vivre toute sa maisonnée, qui coûte fort cher. Il dépend en tout et pour tout des hôtes qui l'ont accueilli. Or Philippe d'Orléans lui a bien offert l'asile, mais sans pourvoir à son entretien. Alors Stanislas a fait valoir à Stockholm un vieil engagement signé par Charles XII lui promettant cent mille écus par an. La nouvelle reine de Suède a consenti à honorer la dette de son frère, mais a repassé la moitié de la charge au régent, en compensation d'une aide promise par celui-ci et qui n'était jamais venue. Cinquante mille écus d'un côté, cinquante mille de l'autre, payés de mauvais gré par des souverains dont le trésor est vide : à l'hôtel Weber, on tire le diable par la queue [1]. On se passe de carrosse, une voiture de louage fera l'affaire. On économise sur la nourriture, les vêtements, les chaussures. Mais on s'efforce de paraître et de tenir son rang. Car à dix-huit ans la jeune fille, désormais seule porteuse de l'avenir de la famille, est en âge de se marier.

Stanislas abandonne à un jésuite polonais la charge de veiller à l'orthodoxie de sa foi catholique et à la régularité de sa pratique religieuse, et laisse aux quelques compagnes entourant son épouse le soin de

1. Faut-il que Stanislas soit aux abois pour qu'il se déclare à nouveau prêt à reconnaître Auguste II, moyennant la restitution des *revenus* de son duché de Lesno ! Mais il ne parle plus de rentrer en Pologne. C'est contre une compensation financière qu'il marchande son abdication. Il ne recevra aucune réponse.

l'initier aux ouvrages de dame – broderie, tapisserie, dessin –, qui occupent les mains et l'esprit au long des journées vides. On ignore comment elle apprit la musique, mais on sait que son père lui fournit un maître de danse français : une dame de qualité doit savoir danser. Il se chargea lui-même de lui enseigner les bonnes manières et de lui donner assez d'instruction pour lui permettre de tenir sa partie dans un salon sans passer pour une sotte. Dans cette maison attristée par l'humeur de son épouse et de sa mère, il fut pour la jeune fille une bouffée d'air frais, de gaieté, une fenêtre ouverte sur le monde. Entre elle et lui se noua une complicité d'esprit et de cœur qui devait durer toute leur vie.

Comment lui trouver un mari ? Entre les exigences de son rang et l'inexistence de sa dot, la recherche d'un prétendant tenait de la quadrature du cercle. On songea d'abord à un souverain allemand de modeste volée. Mais les avances faites en direction d'un prince de Bade se soldèrent par un refus humiliant. Alors, un Français ? Stanislas sait que l'isolement, à Deux-Ponts, leur avait été un handicap. À Wissembourg, qui n'est qu'à douze lieues au nord de Strasbourg, il s'applique à cultiver la société locale. Il y parvient sans peine : les nouveaux venus exercent un vif attrait de curiosité sur la noblesse du cru. Le comte du Bourg, commandant de la garnison, les assure de sa protection. Le prince de Rohan, cardinal-évêque de Strasbourg, qui les sait catholiques fervents, se dérange pour leur rendre visite. La baronne d'Andlau se lie d'amitié avec eux. D'autres suivent. Stanislas s'efforce de mettre en valeur les mérites de sa fille et, lorsque sa bourse n'est pas trop plate, il organise à l'hôtel Weber quelques bals dont elle est la reine. Voici qu'un candidat se présente. Pas n'importe qui. Louis-Charles-César Le Tellier, marquis de Courtenvaux, est le petit-fils de Louvois. Il a connu Marie à l'un de ces bals, lorsqu'il se trouvait en garnison à Wissembourg. Il est maintenant colonel des Cent-Suisses à Versailles. Il détient une fortune assez considérable pour se passer d'une dot. Il est bel homme, d'âge assorti, et semble ne pas avoir déplu à la jeune fille, si tant est qu'on lui ait demandé son avis. Hélas, son titre de marquis n'est pas jugé suffisant par Stanislas, qui veut au moins un duc et pair, et une telle promotion est hors de portée de Courtenvaux, qui se voit éconduire.

Loin de se désintéresser de l'actualité politique et mondaine, le roi proscrit a conservé des hommes de confiance qui, tant en Suède qu'en France, l'informent des événements et lui servent au besoin d'intermédiaires. Son chargé de pouvoir à Paris est un nommé Charles-François Noirot, chevalier de Vauchoux, entré à son service en Pologne du temps de son règne éphémère et qui, après avoir partagé ses aventures et ses épreuves, est devenu un ami. Vauchoux se fait fort de procurer à Marie un très brillant mariage. Comment ? Par l'entremise d'une femme de ses relations, qui a ses entrées chez la très puissante maîtresse du duc de Bourbon, Mme de Prie. Le projet tourna court, mais valut à Marie de se retrouver reine de France.

Retour sur les dessous d'un incroyable mariage

L'époux à qui l'on pensait au départ était le duc de Bourbon lui-même. Resté veuf sans enfants d'une première union, il atteignait une trentaine d'années, il lui fallait se remarier. Sa maîtresse, Agnès de Prie, n'envisageait pas sans inquiétude la perspective de voir s'installer à ses côtés une épouse impérieuse soutenue par une puissante famille. Faute de pouvoir empêcher ce mariage, la belle Agnès était en quête d'une candidate inoffensive, qui s'accommoderait d'un partage inégal : la procréation pour l'une et tout le reste pour l'autre. Or elle avait pour femme à tout faire, mi-domestique, mi-confidente, cette dame Texier, qui était aussi l'amie de Vauchoux. Comme elle lui confiait ses soucis, la dame lança le nom de Marie Leszczynska :

une fille de roi, mais simple, douce, docile, pieuse à souhait, sans prétentions ni appuis. Au cours de l'hiver de 1722, des lettres furent échangées, Stanislas ébloui se confondait en déclarations d'amitié et pressait Vauchoux de faire aboutir l'affaire. On butait sur un obstacle financier. En bonne fille de traitant, Mme de Prie ne travaillait pas gratis. Or elle exigeait un paiement comptant et Stanislas sollicitait un crédit. Le principal intéressé avait-il été mis au courant ? Ce n'est pas sûr. Pas plus qu'il n'est certain qu'il aurait consenti. L'affaire s'enlisa.

Sur ces entrefaites, la mort brutale du régent donna des sueurs froides à Stanislas. Sa pension ne risquait-elle pas d'être supprimée ? Par Vauchoux, il se rappela au bon souvenir de Mme de Prie, qui promit que le duc de Bourbon, désormais premier ministre, honorerait les engagements de son prédécesseur. L'année suivante, lorsque la duchesse douairière pressa une fois de plus son fils de se marier, Mme de Prie remit sur le tapis le nom de Marie Leszczynska. Elle renoua la négociation avec Stanislas, mais, prudente, elle évita dans sa correspondance toute allusion à l'identité de l'époux proposé et exigea le secret le plus absolu : en cas d'échec, elle pourrait nier que le duc de Bourbon eût été concerné.

À toutes fins utiles cependant elle réclame, selon l'usage des mariages princiers, un portrait de la jeune fille et, à cet effet, elle envoie à Wissembourg, toujours en secret, un peintre renommé, Pierre Gobert. À sa famille, Stanislas raconta qu'il voulait avoir un souvenir d'elle pour le jour où elle le quitterait et, comme l'on s'étonnait qu'il ne le fît pas aussitôt accrocher dans le salon, il déclara l'envoyer d'abord au cardinal de Rohan à qui il avait promis de le montrer. En réalité il l'expédie tout droit à Vauchoux, pour être remis en mains propres à Mme de Prie. « Vous avouerez, ajoute-t-il dans un billet débordant d'amour paternel, que j'ai raison d'être charmé de l'ouvrage du portrait, car vous jugerez vous-même en le voyant qu'il est parlant et qu'on n'en saurait faire de plus ressemblant. Je voudrais encore qu'on puisse en tirer son intérieur et son caractère... »

Mais Mme de Prie avait alors bien d'autres soucis que de remarier son amant et elle avait quasiment oublié Marie : l'impératif du moment était de remplacer l'infante au plus vite. Lorsque le portrait lui parvient le 21 mars, elle voit soudain dans la jeune Polonaise la solution de rechange, la planche de salut. Tout en se gardant, dans sa lettre de remerciements, de laisser espérer à Stanislas autre chose que le mariage Bourbon, elle s'occupe aussitôt de faire campagne pour sa protégée. Elle trouve appui auprès du comte d'Argenson, qui a fait étape à Wissembourg l'année précédente au cours d'un voyage et a trouvé la jeune fille charmante. À titre de contre-épreuve, le Conseil envoie en éclaireur, incognito, le chevalier de Méré, mais l'urgence est telle qu'on n'attend pas son verdict. Moins de huit jours après l'arrivée inopinée du portrait, la décision est prise, un messager galope vers l'Alsace.

La scène bien connue qui se déroula ensuite à Wissembourg doit sans doute beaucoup aux récits ultérieurs que se plurent à en faire ses protagonistes – d'où quelques variantes de détail. Acceptons-la pour ce qu'elle est : une pièce maîtresse de la légende que le roi déchu s'employait à tisser autour de son aventureuse existence. Stanislas donc se promenait en calèche dans la campagne lorsque le messager lui délivra deux missives, l'une aux armes du duc de Bourbon, l'autre émanant du ministre des affaires étrangères. Tout réjoui à l'idée de voir bientôt sa fille duchesse, il les décacheta fébrilement et tomba à demi pâmé sur la banquette. Ramené chez lui en toute hâte, il fit irruption radieux dans la chambre où Marie et sa mère tiraient mélancoliquement l'aiguille et, brandissant les lettres, il s'écria dans une belle envolée théâtrale : « Ma fille, tombons à genoux et remercions Dieu ! – Quoi, mon père, seriez-vous rappelé au trône ? – Le ciel nous accorde mieux encore : vous êtes reine de France ! »

À l'hôtel Weber, « on étouffait de joie », dira-t-il plus tard, une joie qu'on avait du mal à contenir, pour ne pas laisser percer ce qui devait encore rester ignoré. Stanislas répondit au duc de Bourbon par un de ces morceaux ronflants qui lui valaient tant de succès et dont nous ne donnerons ici, à titre d'échantillon, que la péroraison : « Je vous concède mon droit de père sur ma fille, en remplaçant celui d'époux qui vous était destiné ; que le roi qui la demande la reçoive de vos mains ; conduisez-la sur ce trône où elle sera un monument éternel de la grandeur de votre âme, de votre zèle pour le roi, de l'amour pour votre auguste sang et du bien que vous souhaitez à l'État. En vertu encore du même droit de père que je transfère sur Votre Altesse Sérénissime, je la prie de répondre pour moi à Sa Majesté, et de l'assurer avec quel honneur et résignation j'obéis à sa volonté. Plaise au Seigneur tout-puissant qu'il en tire sa gloire, le roi son contentement, ses sujets toute la douceur et Votre Altesse Sérénissime la satisfaction de son propre ouvrage... » Stanislas assurément sait faire retentir les grandes orgues de la rhétorique.

Mais quand on l'interroge ensuite sur les choses sérieuses, à savoir ses éventuelles ambitions politiques, il sait aussi user de force et de concision : « Quant à mon rétablissement sur le trône de Pologne, j'aime tant la tranquillité que je n'y songerai jamais. Cependant, si la France était dans une conjoncture où elle eût besoin que je me donne quelque mouvement, on me trouvera disposé à prendre tel parti qu'on voudra. » On ne saurait plus adroitement ménager l'avenir tout en se résignant à un présent sans éclat.

Docilité du beau-père, docilité garantie de l'épouse. Méré est revenu avec un compte rendu très élogieux : « Elle a le teint beau, coloré, l'eau fraîche et quelquefois l'eau de neige faisant tout son fard [...]. Elle se lève, l'hiver, entre huit et neuf heures, se met en toilette et se rend ensuite dans l'appartement de la reine sa mère. Elle entend la messe avec toute la famille, entre onze heures et midi, avec la reine, la mère du roi et la comtesse de Linange, le roi dînant seul [...]. Elle parle allemand, fort bien français, sans accent [...]. Elle a l'esprit souple, qui prendra la forme et la figure qu'on voudra... » Quant aux mauvaises langues qui racontent qu'elle est mal bâtie, épileptique, qu'elle a deux doigts soudés et des humeurs froides, on leur clouera le bec en envoyant deux médecins parisiens effectuer les examens appropriés. Une seule objection soutenable : elle a six ans et demi de plus que le roi. Mais cette différence, qui serait rédhibitoire pour un couple ordinaire, constitue plutôt un atout dans son cas. Sur ce point, tous sont prêts à partager l'avis du Conseil : une femme de vingt-deux ans sera moins écervelée qu'une adolescente et plus propre à donner au roi des héritiers bien constitués.

Au bout du compte, il s'est donc fait, à la cour, une manière de consensus sur le nom de Marie, chacun espérant trouver son compte auprès d'une reine en qui l'humilité le dispute à l'inexpérience.

Préparatifs et grandes manœuvres

À Versailles, on n'avait pas attendu la déclaration officielle pour former la « maison » de la future reine, une maison, ironise Mathieu Marais, « semblable à ce temple qu'on avait élevé à Rome avec cette inscription : *Deo incognito*, au dieu inconnu ». Peu importait aux candidates l'identité de leur maîtresse. Ce qui comptait, c'était d'obtenir des charges aussi lucratives qu'honorifiques. Les plus importantes allèrent à des personnes de haut rang : Mlle de Clermont, sœur aînée du duc de Bourbon, fut nommée surintendante, Mme de Boufflers, dame d'honneur, et la marquise de Mailly-Nesle, dame d'atour. Nangis fut chevalier d'honneur et Fleury grand aumônier. On désigna douze dames du palais, six « titrées » – c'est-à-dire princesses, duchesses ou maréchales –, et six non titrées, simples marquises parmi lesquelles se glissa Mme de Prie : elle serait ainsi au cœur de la nouvelle cour.

En Alsace, cependant, on s'affole. Pour faire face aux dépenses prévisibles, Stanislas n'a pas un denier. Les bijoux de sa femme et l'argenterie familiale sont en gage chez un prêteur de Francfort. L'emprunt arrivant à échéance, il risque de tout perdre s'il ne rembourse pas. Mais une bonne fée veille sur la nouvelle Cendrillon et le duc de Bourbon, aussitôt avisé par Agnès de Prie via le chevalier de Vauchoux, envoie la somme nécessaire. La maison de Wissembourg se révélant insuffisante pour accueillir les visiteurs qui accourent, la famille se transporte à Strasbourg, où elle est hébergée par la baronne d'Andlau dans son magnifique hôtel particulier. Et tandis que toute la noblesse de la région se presse pour la voir, Marie attend avec impatience qu'arrive le trousseau qu'on prépare en toute hâte pour elle à Paris. Car sa garde-robe personnelle est réduite au strict minimum : lorsqu'on lui demanda de fournir une paire de chaussures de cérémonie pour servir de modèle au bottier parisien, on s'aperçut qu'elle n'en avait qu'une ! Mme de Prie, qui s'était fait déléguer à Strasbourg pour prendre contact avec Marie, n'arriva pas les mains vides. Elle apportait des robes, de la lingerie, des bijoux. Elle apportait aussi des conseils.

Une lettre du duc de Bourbon invitait Stanislas à lui confier sa fille pour une initiation aux pièges de la vie de cour : « ... J'ai pris la liberté d'instruire Votre Majesté de beaucoup de choses sur tout ce qui se passe dans ce pays ; mais, comme la prudence défend de les écrire et que je suis sûr du secret de Mme de Prie, je l'ai chargée d'en rendre compte à Votre Majesté et de ne lui rien cacher, croyant qu'il y a des choses que notre reine future serait peut-être bien aise de savoir. Ce sera à Votre Majesté à en juger, et toute la grâce que je lui demande est de les garder pour Elle seule et pour la princesse sa fille. » Le premier ministre et sa maîtresse tentent visiblement d'assurer leur emprise sur Marie. Non seulement elle sera tenue au devoir de reconnaissance envers les auteurs de son élévation, mais, mieux encore, elle ne verra rien que par leurs yeux et suivra docilement leurs suggestions. Ils comptent avoir à leur dévotion une reine « sous influence », comme nous dirions aujourd'hui, un instrument docile pour les servir auprès du roi – contre leur seul adversaire de poids, le cardinal de Fleury, bien sûr. Que Marie, dans la simplicité de son cœur, se soit laissé aller sans réserve à la sympathie que lui inspirait cette si chaleureuse amie, on peut le comprendre. Mais on s'étonne davantage que Stanislas n'ait pas éprouvé quelque défiance à la lecture de cette lettre, lui si fin, si chargé d'expérience et qui devait bien savoir que toute cour est un panier de crabes. Cette pluie d'or et d'honneurs lui avait un peu tourné la tête.

Il faut dire que, de jour en jour, le miracle se renouvelait. Le ministre avait vu large et dépensé sans compter – les écus ne sortaient pas de sa poche – pour mettre sur pied le cortège chargé d'aller chercher la future reine. Dix carrosses du roi destinés à Marie et à sa famille, une douzaine de carrosses privés pour transporter les dames et leurs bagages, une cinquantaine d'autres occupés par le service de « bouche[1] ». Tous les serviteurs arboraient une tenue neuve. Tandis que la caravane serpentait sur les routes au milieu des vivats populaires, à Strasbourg, la famille Leszczynski avait quitté l'hôtel d'Andlau, jugé trop modeste : elle logeait maintenant au Palais du gouvernement. C'est là que Stanislas reçut le 31 juillet la visite du duc d'Antin porteur de la demande officielle. Invitée à prendre la parole après les remerciements de ses parents, Marie dit très simplement : « Je prie le Seigneur que je fasse le bonheur du roi comme il fait le mien et que son choix produise la prospérité du royaume et réponde aux vœux de ses sujets. » Enfin le 12 août, arriva le

1. La vaisselle d'argent et tout le nécessaire pour assurer le service à la table royale.

duc d'Orléans qui, comme plus proche parent du roi, tiendrait sa place lors du mariage par procuration.

Il n'y avait plus qu'à passer aux cérémonies et festivités.

Le double mariage

Le mariage fut décomposé en deux temps, selon l'usage ancien. Le roi de France, tenu de ne sortir de son territoire que pour la guerre, à la tête de ses armées, ne pouvait venir comme un simple particulier recevoir sa fiancée des mains de son père. La jeune fille lui était donc envoyée. Mais on préférait, si elle avait l'âge requis, qu'elle ne quitte son pays que dûment mariée. Il entrait parfois dans cette pratique un reste de méfiance à l'égard du pays d'accueil, mais surtout le souci de maintenir entre les deux parties une manière d'égalité, de symétrie : chacun tenait à déployer son faste et à participer, dans le cadre de l'Église, à la consécration de l'engagement.

Or dans le cas de Marie Leszczynska, la double cérémonie ne se justifiait guère, puisque son père résidait en France et qu'on eût pu aisément lui faire quitter Wissembourg, non pour Strasbourg, mais pour Paris. On fit d'ailleurs une entorse aux usages pour la signature du contrat, qui aurait dû avoir lieu chez le père de la mariée – celui-ci apportant la dot et veillant à préserver les intérêts de sa fille. Hélas, Stanislas, n'ayant rien à apporter, n'avait rien à préserver. On se passa donc de lui. Le contrat qui fut signé à Versailles, deux jours avant le mariage, était un contrat à sens unique. Il accordait à Marie 50 000 écus « pour ses bagues[1] et bijoux », 250 000 livres pour couvrir ses premiers besoins et une dotation annuelle, non précisée, pour les dépenses de sa maison. Un douaire de 300 000 livres

---

1. Au pluriel, le terme de *bagues*, de la même racine que nos *bagages*, désignait l'ensemble des objets personnels.

par an lui serait assuré en cas de veuvage. Les parents de Marie n'avaient pas été invités à signer.

On avait besoin d'eux en revanche pour la première des deux cérémonies. Car pour que le mariage de Louis XV égalât en prestige celui de ses aïeux, on avait décidé de traiter Stanislas en souverain régnant. L'Alsace, province frontalière rattachée à la France de fraîche date, se prêtait à merveille à cette mise en scène, qui flattait son patriotisme local.

Marie avait choisi de se marier le 15 août, jour de la fête de la Vierge, dont elle portait le prénom. Dès l'aube le parvis de la cathédrale fut pris d'assaut par les curieux. Les notables, arrivés un peu plus tard, avaient pris place de part et d'autre du chœur. Au long de l'allée centrale, les gardes du corps et les Cent-Suisses faisaient la haie. Sur le coup de midi, Marie, en robe de brocart d'argent sertie de diamants et semée de roses de soie, fut accueillie sous le porche par le prince de Rohan, cardinal-évêque, au son des tambours et des trompettes. Précédée du duc d'Orléans, représentant ici Louis XV, elle remonta la nef au bras de son père et s'agenouilla entre ses parents sur une estrade cramoisie semée de fleurs de lis surmontée d'un dais assorti. Assise face à l'autel aux côtés du duc d'Orléans, elle écouta la harangue du cardinal-évêque qui exaltait, à travers son cas, les desseins mystérieux de la Providence. Ne soyons pas choqués, comme certains historiens modernes, par les allusions qu'ils jugent déplacées à la modestie de sa condition présente. Plutôt que de passer cette condition sous silence, mieux valait la souligner car, aux yeux des chrétiens du temps, l'élévation de Marie, si surprenante selon les critères terrestres, n'en marquait que mieux son élection surnaturelle. Après quoi, Rohan reçut l'échange des consentements et donna aux mariés par procuration la bénédiction de l'Église.

Marie rentra au Palais du gouvernement, reçut les visiteurs venus lui rendre hommage, dîna « au grand couvert » pour la première fois, avec ses parents, et ayant manifesté le désir d'assister aux vêpres, elle s'y rendit en grand apparat, tous les membres de sa « maison » remplissant d'ores et déjà leur office. Elle était abîmée en prières, agenouillée, dans un sorte d'état second, oubliant de se relever lorsque le rite l'y invitait. Elle subit encore des harangues, un feu d'artifice tiré de la terrasse du palais, sur l'Ill, et, si elle avait peine à apercevoir la flèche de la cathédrale illuminée, elle pouvait entendre les échos des bals populaires et les cris de *Vive le Roi, Vive la Reine !*

Une brève journée de repos, puis elle dut se mettre en route pour gagner la capitale. À dix heures du matin, elle embrassait ses parents en larmes. Fausse sortie : Stanislas, ne parvenant pas à s'arracher à elle, galopa derrière son cortège et la rejoignit à Saverne, pour un dîner en tête à tête. Le lendemain matin, il suivit encore son carrosse tant qu'il en eut le courage, puis, brusquant les adieux, il choisit de disparaître sans prévenir pour abréger les affres de la séparation. Déjà elle appartenait à son époux.

La longue caravane traîna sur les routes, ralentie par les hommages préparés dans les villes et villages traversés. Elle s'arrêta deux jours à Metz, où la communauté juive se distingua en lui dédiant un défilé de cinquante cavaliers vêtus de velours noir et portant des bannières enluminées des tables de la Loi, ainsi qu'un excellent concert, par des musiciens convoqués tout exprès d'Allemagne. À Châlons, où la Champagne lui offrit des corbeilles remplies de ses meilleurs crus, elle rencontra le duc de Mortemart, qui lui remit un portrait du jeune roi, dans un cadre de diamants, présent de l'époux qu'elle n'a encore jamais vu. C'était un été pourri. Plus le cortège avançait vers l'ouest, plus le mauvais temps redoublait. Tonnerre, éclairs, pluies diluviennes, chemins défoncés, carrosses embourbés. Quiconque mettait pied à terre enfonçait jusqu'aux genoux dans la glaise détrempée et les dames qui avaient eu l'imprudence de descendre pour alléger le poids des lourds carrosses grelottaient, mouillées et crottées. Quelques-unes se rabattirent sur le solide fourgon qui transportait la vaisselle : on déchargea l'argenterie royale dans une grange et elles s'installèrent à sa place sur la paille qui avait servi d'emballage. Lors de ses pérégrinations polonaises, Marie en avait vu d'autres et elle riait de bon cœur. Elle promit de faire immortaliser l'épisode par une peinture de Lancret.

Le roi attendait qu'elle fût assez proche pour aller à sa rencontre. Informé qu'elle avait couché à Montereau, il quitta Fontainebleau. Il avait été devancé auprès d'elle par l'évêque de Fréjus, son grand aumônier, qu'elle trouva à son lever, et qui dit la messe pour elle dans l'église collégiale. Il faisait un peu moins mauvais temps, dans l'après-dîner, lorsqu'elle reprit la route. Sur les hauteurs de Froidefontaine, elle aperçut un rassemblement. Autour d'une masse de cavaliers, des paysans agglutinés chantaient en battant des mains. Un arc-en-ciel du meilleur augure luttait contre les nuages, mais le sol n'était que boue. Lorsque son carrosse s'arrêta, elle se précipita vers le roi qui descendait du sien. Elle voulut se jeter à genoux sur le tapis hâtivement jeté à ses pieds, mais elle ne put qu'ébaucher son geste. Déjà il la relevait, l'étreignait au milieu des acclamations. « Il l'embrassa des deux côtés avec une vivacité qu'on ne lui avait jamais vue », note Barbier, avant de lui présenter les gens de sa suite. Ô miracle, l'adolescent taciturne et maussade se montre gai, animé, presque chaleureux. Partageant son carrosse jusqu'à Moret, il lui fait les honneurs d'une chasse au vol organisée pour elle le long du parcours. Puis il regagne Fontainebleau, où elle doit le rejoindre le lendemain pour la cérémonie.

Au matin du mercredi 5 septembre, elle n'a pas le temps de s'éblouir des merveilles du vieux château, ni de contempler à son aise le jeune roi venu la saluer. La voici prise en main par ceux qui ont mission de l'« accommoder » pour la cérémonie. Il ne leur faut pas moins de trois heures pour lui mettre un peu de rouge sur les joues – pas trop, juste « autant qu'il en faut pour ne pas paraître pâle » –, pour fixer sur ses cheveux la couronne fermée de diamants surmontée d'une fleur de lys, pour lui passer la jupe de velours violet, bordée d'hermine et semée de fleurs de lys d'or, et pour ajuster sur elle le corsage couvert de pierreries aux manches agrafées de diamant. Sur ses épaules, ils posèrent le grand manteau royal du même velours violet fleurdelisé. Il était temps : le roi s'impatientait, il envoya plusieurs fois demander quand la toilette serait finie. Lorsqu'elle parut enfin dans le cabinet où il l'attendait, revêtu d'or des pieds à la tête, un énorme diamant à son chapeau de plumes blanches, tous les assistants furent frappés : était-ce la somptuosité du costume, ou la joie qui rayonnait sur son visage ? Presque tous la trouvèrent plus jolie que prévu.

Par la galerie de François Ier bordée de gardes du corps, le cortège nuptial se rend à la chapelle, musique en tête, tous les dignitaires de la cour en grand apparat précédant le roi. La reine vient ensuite, menée, à la place de son père, par le duc de Bourbon. L'interminable « queue » de son manteau est portée par trois princesses du sang, chacune accompagnée de deux seigneurs, l'un pour lui donner la main, l'autre pour porter sa mante. Dans la chapelle tendue de velours bleu brodé aux armes de la France, où bancs et estrades sont recouverts de velours violet fleurdelisé, il n'y a plus une place libre, toute la cour est là, ainsi que les ambassadeurs étrangers. Louis et Marie vont s'agenouiller sur l'estrade centrale, sous un dais également orné de fleurs de lys. Comme à Strasbourg, c'est le cardinal de Rohan qui officie, assisté de deux évêques. Sa harangue, centrée cette fois sur la personne du roi, évoque les promesses d'avenir dont le jeune couple est dépositaire. Puis vient la bénédiction nuptiale, l'échange des anneaux, le baiser au vieil Évangéliaire enluminé. Rien ne manque à la tradition, ni les treize pièces d'or disposées sur le plateau où étaient présentés les anneaux, ni les vingt-cinq louis d'or cachés au sein du cierge que tient le marquis de Dreux à genoux au pied de l'autel. Ce cierge, le marquis le donne au duc d'Orléans qui le transmet au roi, qui l'offre au cardinal après avoir baisé sa bague, pendant que de son côté la reine en fait autant avec un autre cierge semblable. Autant de symboles de soumission du jeune couple à l'Église, tandis que le poêle de brocart d'argent tendu au-dessus de leurs têtes par les évêques de Fréjus et de Metz représente le toit commun sous lequel il est appelé à vivre, fidèlement uni. Il ne leur reste plus qu'à signer le registre paroissial avant de se retirer au son du *Te Deum*. La reine peut enfin se décharger de ce pesant manteau de cérémonie sous lequel elle a eu un instant de malaise. Mais il lui faut subir le dîner[1] au grand couvert, au milieu de toutes les princesses, puis, sous des centaines d'yeux brillants de convoitise, ouvrir sa corbeille. Elle sait que les bijoux et colifichets qu'elle contient ne lui sont pas destinés. L'usage veut qu'elle les distribue du haut en bas de l'échelle de ses serviteurs. Elle commence sur-le-champ à en gratifier princesses et dames d'honneur, et elle a pour dire sa joie un mot que nul ne lui a soufflé et qui vient du cœur : « Voilà la première fois de ma vie que j'ai pu faire des présents. »

Le moment est venu des divertissements de rigueur. Théâtre avec les comédiens français qui donnent du Molière : *Amphitryon* et *Le Médecin malgré lui*. Souper en musique, avec les princesses. Puis feu d'artifice sur les parterres illuminés. Mais là, le mauvais temps se mit de la partie, le vent soufflait les lampions à mesure qu'on les allumait et les fusées mouillées faisaient long feu – à la plus grande joie du jeune Louis, qui ne rêvait que d'une chose, avoir sa femme à lui tout seul. Il abrégea les festivités, se plia en hâte à la cérémonie du coucher dans sa chambre d'apparat et, escorté par les ducs de Bourbon, de Mortemart et de La Rochefoucauld et par le maréchal de Villars, il rejoignit le lit conjugal où l'attendait Marie. Et, ces

1. Rappelons que le dîner est à cette époque le repas de midi.

messieurs ayant fait demi-tour, les deux époux se trouvèrent seuls.

« On ne respire ici que pour mon bonheur... »

Cette première nuit pouvait être, on l'a vu, une épreuve redoutable. Comme il le confiera bien plus tard à son petit-fils l'infant de Parme sur le point de convoler, Louis XV, contrairement à celui-ci, n'y a pas été préparé : « L'on n'en avait pas usé de même avec moi pour l'instruction au mariage. » Fleury n'avait pas à cet égard la gaillarde liberté de pensée et de parole des siècles antérieurs. Ses enseignements concernant l'autre sexe étaient surtout négatifs. Si donc Louis avait acquis par lui-même une assez bonne connaissance de sa propre physiologie, il n'avait pas la moindre idée sur l'anatomie féminine. Marie reçut-elle de son père ou de son confesseur jésuite quelques informations et quelques conseils ? Nous n'en savons rien. Toujours est-il que, la nature aidant, tout se passa bien. Nos quatre messieurs revenant les surprendre à leur réveil le lendemain, vers dix heures, les trouvèrent d'excellente humeur et le terme consacré de « contents », signifiant que le mariage a été consommé, parut trop faible pour exprimer leur jubilation. « Ils montraient l'un et l'autre une vraie satisfaction de jeunes mariés », dit Villars, qui écrit aussitôt à son ami Lebret, en bon militaire qu'il est resté : « La nuit du 5 au 6 septembre a été pour notre roi une des plus glorieuses, et les cadets d'Aix les plus estimés ne se sont jamais signalés par de plus beaux exploits, ni en vérité plus surprenants. » Le duc de Bourbon confirme, écrivant à Stanislas, que la reine a reçu du roi, pendant la nuit, « sept preuves de tendresse ». « C'est le roi lui-même, ajoute-t-il, qui, dès qu'il s'est levé, m'a envoyé un homme de sa confiance et de la mienne pour me le dire et qui, dès que j'ai entré chez lui (*sic*), me l'a répété lui-même en s'étendant sur la satisfaction qu'il avait de la reine. » L'information a même couru Paris, puisque Voltaire s'en fait l'écho moqueur au moyen d'une autre métaphore, non plus militaire, mais religieuse : « On fait tout ce qu'on peut ici pour réjouir la reine. Le roi s'y prend très bien pour cela. Il s'est vanté de lui avoir donné sept sacrements pour la première nuit, mais je n'en crois rien du tout. Les rois trompent toujours leurs peuples. » Il se peut que ce soit vrai cependant : l'adolescent avait une fringale longtemps réprimée, qui se donnait libre cours. Si l'on en croit Villars, il récidiva : « Les nuits suivantes furent à peu près égales. » Au point que Fleury s'en inquiétera bientôt pour la santé de son pupille et prétendra lui imposer des « nuits de jeûne ». À quoi Marie indignée répliquera que « si l'on voulait un dauphin, il fallait en prendre les moyens ». À l'évidence elle-même est satisfaite de son très ardent époux.

Quant à lui, il se sent désormais un homme. La preuve ? il se fait couper les cheveux et prend la perruque. Plein de gratitude pour celle à qui il doit cette métamorphose, il se délecte à lui faire découvrir les splendeurs de la vie à Fontainebleau : cavalcade dans le parc, concert sur le grand canal, pêche aux cormorans [1], chasse aux cerfs, soupers au grand couvert en musique, comédie tantôt française tantôt italienne. Tous les grands corps du royaume défilent pour la saluer, la soûlant de harangues ampoulées. Tous les poètes semblent s'être donné rendez-vous pour l'« assaisonner d'odes pindariques, de sonnets, d'épîtres et d'épithalames ».

Mais loin de céder au vertige, elle garde les pieds sur terre. Il lui suffit pour cela de penser à son père : « On me dit les choses les plus belles du monde, mais personne ne me dit que vous soyez près de moi. [...] Je subis à chaque instant des métamorphoses plus bril-

---

1. Dans ce genre de pêche, imité de la chasse au vol au moyen de faucons, les cormorans ne sont pas le gibier, mais les pêcheurs : bien dressés, ils rejettent sur la berge les poissons qu'ils ont attrapés.

lantes les unes que les autres ; tantôt je suis plus belle que les Grâces, tantôt je suis de la famille des neuf Sœurs ; hier j'étais la merveille du monde ; aujourd'hui je suis l'astre aux bénignes influences. Chacun fait de son mieux pour me diviniser, et sans doute que demain je serai placée au-dessus des Immortels. Pour faire cesser ce prestige, je me mets la main sur la tête, et aussitôt je retrouve celle que vous aimez et qui vous aime bien tendrement. »

Elle souffre en effet non seulement de l'absence de Stanislas, mais de l'indignité du sort réservé aux siens. Car le duc de Bourbon, cynique, ne songe qu'à les voir disparaître dans les coulisses après avoir joué leur rôle, il n'a rien prévu pour eux que le retour à Wissembourg dans une semi-indigence. Certes, le cas des Leszczynski posait un problème : aucun rang n'a jamais été prévu dans la hiérarchie pour les beaux-parents d'un roi, et l'on n'a nulle envie d'en créer un pour d'aussi peu reluisants que ceux-ci. De plus, un souverain détrôné risque d'être un foyer d'agitation – on en a fait l'expérience avec le prince prétendant Stuart. Personne ne souhaitait donc voir le roi déchu s'installer à la cour, trop près des centres de décision, trop près de sa fille aussi. Mais il y eut au Conseil quelques voix – dont celle de Fleury – pour dire qu'il fallait lui offrir des conditions de vie honorables. Le roi approuva d'enthousiasme. On opta pour Chambord, assez loin de la capitale pour maintenir ses hôtes à distance, mais assez prestigieux pour que cette mise à l'écart ne fît pas figure d'exil. Et c'est ainsi que Stanislas quitta l'hôtel Weber, où il avait si longtemps vécu à l'étroit, pour l'immense château aux trois cent soixante-quatre fenêtres, déserté par la cour depuis plus de vingt ans par raison d'économie, abandonné aux moustiques, aux araignées et aux chauves-souris, mais dont l'architecture n'avait rien perdu de sa splendeur.

Marie exulte. Mais il y a mieux encore. Sur le chemin qui les mènera d'Alsace en Sologne, ses parents feront étape à Fontainebleau et seront présentés à la cour. Et c'est à son époux qu'elle doit cette nouvelle joie. « Mon âme est en paix, écrit-elle à son père au début du mois d'octobre. Je trouve ici un contentement dont je n'osais me flatter, même sur votre parole. Je n'ai de peine que celle de ne pas vous voir, mon chérissime papa, et s'il plaît à Dieu, elle ne durera pas longtemps. On a déjà décidé, dans le Conseil, le cérémonial de votre réception. Sur quelques difficultés que l'on faisait à ce sujet, le roi a dit : "Ce que je ne lui dois pas comme roi, je le lui dois comme gendre." Jugez, mon cher papa, combien ce propos m'a fait de plaisir ; et ce n'est pas le roi qui me l'a rendu[1]. On ne respire ici que pour mon bonheur. »

S'agissant de ses relations avec son époux, ce bonheur, on le sait, ne durera que quelques années. Mais quand on compare son sort à celui de ses consœurs, on se dit qu'elle a eu plus de chance qu'elles. Pour presque toutes, le mariage était un arrachement à leur famille, brutal, définitif. Marie a pu revoir les siens – une fois par an, en moyenne. Et jamais l'amour de Stanislas pour sa petite Maruchna ne fut pris en défaut. Dans une vie de reine, c'est là un privilège rarissime.

---

1. *Rendu* : rapporté. Le mot lui a donc été redit par quelqu'un d'autre et non par le roi, ce qui est une garantie d'authenticité.

CHAPITRE SIX

APPRENTISSAGES

Le 1er décembre 1725, Fontainebleau ferme ses portes jusqu'à l'été suivant. On regagne Versailles. Pour les jeunes mariés, fin de la lune de miel. Leurs relations vont prendre leur vitesse de croisière. Pour la société de cour, fin d'une époque. La longue éclipse des reines est terminée. Chacun s'interroge : de quel poids pèsera la nouvelle venue ? La réponse viendra très vite.

Pour éclairer le drame qui va se jouer dans les quelques mois qui suivent, rappelons la distribution des rôles. Louis n'a pas encore seize ans. Couvé, materné, protégé, tenu à l'écart de la vie, il est mal dégagé de l'enfance. Il reçoit encore de son précepteur des leçons, dont on commence à peine à se douter qu'elles ne se bornent pas aux études classiques et à l'instruction religieuse et dissimulent des ambitions politiques. Qu'importe d'ailleurs ? Fleury a soixante-douze ans ! Depuis la mort du régent, c'est le duc de Bourbon, trente-trois ans, qui gouverne. Il ne fait pas l'unanimité, c'est trop peu dire ! Mais il n'a rencontré de la part du roi aucune résistance. Le jeune souverain remplit docilement les devoirs attachés à sa fonction, la seule activité pour laquelle il se passionne est la chasse. Que deviendra-t-il en mûrissant ? on ne sait.

En tout cas, le mariage semble l'avoir transformé. Loin de rejeter l'épouse choisie pour lui par d'autres, il s'est épris d'elle à sa manière. Il lui sait gré, non seulement de lui offrir les plaisirs de la chair, mais de l'arracher à l'enfance, de lui donner un statut d'adulte, d'homme fait. Quelques gestes significatifs ont imposé silence à tous ceux qui parlaient de mésalliance. Il a installé ses beaux-parents à Chambord, et lors de leur passage à Fontainebleau, il leur a réservé un accueil suffisamment chaleureux, compte tenu de sa froideur habituelle, pour prouver qu'il n'avait pas à rougir d'eux. Lorsqu'il fut question, très vite, de faire un portrait d'apparat de la jeune reine, on fit démarquer[1], pour le cadre, le costume, la pose, celui de la duchesse de Bourgogne peint par Santerre en 1710, familier à tous puisqu'il ornait les murs de Versailles. Quelle fut la part de Louis XV dans ce choix ? Ce qui est sûr est qu'il y souscrivit. Comment l'interpréter ? Il y avait un précédent : le portrait de Marie-Thérèse par Beaubrun pareillement calqué sur celui d'Anne d'Autriche attribué à Nocret. Se conformer à ce précédent offrait un double avantage : souligner la fidélité du nouveau roi au modèle louis quatorzien, mais aussi faire de l'humble « demoiselle polonaise » un maillon dans la chaîne dynastique française et l'égaler à ses illustres aînées[2].

À la cour, tous en concluent qu'il faudra compter avec elle. La différence d'âge devrait lui donner du poids. Villars, par exemple, se réjouit de voir chez elle, à vingt-deux ans, « la vertu, l'esprit et toute la raison qu'on pouvait désirer dans la femme d'un roi qui avait quinze ans et demi », et il l'invite paternellement à « prendre empire sur l'esprit du roi », pour le rendre plus économe des deniers qu'il tire de son peuple. D'autres, moins soucieux du bien public, ont conclu comme Mme de Prie qu'elle pouvait être un moyen de consolider leur position.

Ainsi, sans l'avoir voulu, et même sans s'en douter,

---

1. Ce portrait est de François Stiemart et non de Gobert comme on l'a cru longtemps.

2. Quant à savoir si Louis cherche inconsciemment dans son épouse plus âgée un substitut à la mère trop tôt perdue, cela relève de la psychanalyse posthume, à prendre avec précaution.

elle va se trouver dès son arrivée l'innocent enjeu d'une lutte pour le pouvoir. Or elle y est aussi mal préparée que possible.

Les conseils de Stanislas

Stanislas n'avait pas manqué, en bon père de famille, de consigner par écrit quelques recommandations avant de lâcher Marie dans la vie conjugale. Toujours épris de solennité, il leur avait donné la forme d'un *Avis à la Reine [sa] fille*, qu'il eut la coquetterie de laisser imprimer. Le texte s'ouvrait sur le très célèbre verset du *Psaume XLV* : « Écoute, ma fille, regarde et prête l'oreille ; oublie ton peuple et la maison de ton père, et le roi sera épris de ta beauté. » Le reste de l'opuscule, plus prosaïque, rassemblait un certain nombre de conseils. Il est d'usage, chez tous les historiens, de s'extasier sur leur pertinence, en regrettant que Marie les ait mal suivis.

« Vous devenez reine de France. Rien au-dessus de cela, ni rien de si grand en ce monde si ce n'est votre bonne renommée, vos vertus, vos suffrages. [...] Vous trouverez des personnes qui ne voudraient se faire recommandables que par leurs empressements soutenus de rien, sinon par l'envie démesurée de s'élever. Faites-leur voir que vous les reconnaissez en les regardant avec indifférence. Vous en trouverez qui seront dignes de vos mépris ; vous les rendrez incorrigibles si vous usez de quelque indulgence. [...] Songez qu'un grand roi devient votre époux, qu'il vous tend les bras dans l'espérance de trouver en vous ses délices, une compagne de ses travaux, un soulagement dans ses peines, une amie fidèle, en un mot une bonne femme, une bonne reine. [...] Vous ne devez [votre confiance] tout entière qu'au roi votre époux. Il doit être le seul dépositaire de vos sentiments, de vos désirs, de vos projets, de toutes vos pensées. [...] N'essayez jamais de percer les voiles qui couvrent les secrets de l'État ;

l'autorité ne veut point de compagne. [...] Répondez aux espérances du roi par toutes les attentions possibles. Vous ne devez plus penser que d'après lui et comme lui, ne plus ressentir de joies et de chagrins que ceux qui l'affectent, ne connaître d'autre ambition que celle de lui plaire, d'autre plaisir que de lui obéir, d'autre intérêt que de mériter sa tendresse. Vous devez, en un mot, ne plus avoir ni humeur, ni penchant ; votre âme doit tout entière se perdre dans la sienne. »

Beau programme, mais de la plus extrême banalité : un ramassis de lieux communs, amplifiés par la rhétorique ronflante qu'affectionne Stanislas. Pour conventionnels qu'ils soient, ces conseils présentent cependant un dénominateur commun : ils recommandent à Marie la docilité et la prudence. Est-ce à dire que son père la sait entière, impulsive et prompte à s'enflammer lorsque entre en jeu ce à quoi elle tient ? L'image de douceur et de résignation qu'elle a réussi à donner d'elle plus tard et qu'a retenue l'histoire ne nous paraît pas de nature à remettre en cause cette impression initiale : bien des traits prouvent qu'elle était à l'origine une jeune femme ardente et passionnée. Il lui faudra vieillir et surmonter beaucoup de déceptions avant d'atteindre au renoncement. Hélas, dans l'immédiat, il aurait fallu bien d'autres conseils pour la guider dans son apprentissage de la vie conjugale et de la cour.

S'il connaît sa fille en effet, Stanislas ne connaît ni son gendre, ni la cour de France, si ce n'est par ouï-dire, à travers les comptes rendus partiaux d'un Vauchoux par exemple. Et sa propre expérience en matière de cour est plus que sommaire, puisque la sienne – ou ce qui lui en tient lieu – se limite à une vingtaine de personnes au plus.

Il était superflu de recommander à Marie d'aimer son époux. Avant même de l'avoir vu, elle s'est éprise d'avance, en imagination, du prince charmant qu'un miracle lui envoyait. Les premiers mois de mariage, loin de la décevoir, l'ont comblée. Elle est éperdument amoureuse du jeune roi. Que son père lui enjoigne de se plier à ses volontés, de n'avoir d'autres désirs que les siens, c'est très bien. Mais est-il raisonnable de lui laisser espérer qu'elle pourra par là atteindre à la réciprocité, conquérir sa tendresse, faire ses délices, devenir sa confidente, fondre son âme dans la sienne ? Stanislas fait là un curieux salmigondis, greffant sur l'obéissance traditionnellement exigée de toute épouse chrétienne une rêverie sentimentale autour de la femme idéale, capable d'être pour son mari un autre lui-même – celle que précisément il n'a pas trouvée en Catherine Opalinska. Un objectif auquel peuvent se permettre de viser, à la rigueur, de simples particuliers, mais tout à fait inadapté au cas d'une reine, tant la tradition impose entre le roi et elle un mode de vie distinct et un partage des fonctions. Et dans le cas particulier de Louis XV, cet objectif apparaît encore plus absurde, s'agissant d'un adolescent secret, insaisissable, barricadé dans un mutisme que même l'intimité nocturne ne parvient pas à faire tomber. Partager ses travaux et ses peines ? Oui, à condition qu'il lui en ouvre l'accès. Or il est quasiment impossible de savoir ce qu'il pense. Obéir à toutes ses volontés ? Oui, mais que veut-il ? En dehors de leurs corps, ils ne connaissent rien l'un de l'autre, lui parce qu'il ne cherche pas à savoir, elle parce qu'il ne lui dit rien.

Les conseils concernant les courtisans ne sont pas mieux adaptés. Ils s'attardent sur les ambitieux cherchant à s'élever par la flatterie – les plus faciles à débusquer. Mais ils ne disent mot de ceux, beaucoup plus dangereux, qui détiennent déjà une part du pouvoir et s'appliquent à éliminer leurs rivaux. La véritable plaie des cours, ce sont les clans et les coteries, et surtout les luttes d'influences. Ce qui suppose, pour les bien connaître, une pluralité d'informations. Or celles que détient Stanislas proviennent par des canaux divers d'une source quasi unique, le duc de Bourbon et sa maîtresse Mme de Prie. Il ne jure que par eux, sa correspondance en fait foi. Pourquoi mettrait-il Marie en garde ? Ils ont été les artisans de son mariage : elle leur doit tout. Ce ne sont pas eux qu'il vise sous le nom de dangereux ambitieux : ils n'ont plus à s'élever, le duc est premier ministre. Et vu l'âge du roi, ils semblent avoir l'avenir devant eux. Il aurait fallu à Marie des indications précises, comme celles qu'avait fournies naguère le duc de Savoie à la future duchesse de Bourgogne, un état nominal des forces en présence, un portrait moral des différents personnages et un tableau de leurs relations respectives. Stanislas ne lui apporte rien de tel. Des idées toutes faites, des mots creux. De ce verbiage émerge une seule recommandation judicieuse, toute négative, et d'ailleurs contradictoire avec l'idéal de fusion des âmes évoqué plus haut : ne se mêler de rien et surtout pas de politique.

Cette recommandation, Marie ne la respectera pas. En partie par irréflexion, mais aussi parce que sa fonction de reine va l'obliger à se mêler de quantité de choses. Et qu'on la poussera à s'en mêler.

Ressusciter la cour

Lorsque Marie Leszczynska épousa Louis XV, il y avait quarante-deux ans qu'on n'avait pas vu de reine en France. Bien peu de courtisans pouvaient se targuer d'avoir connu l'insignifiante Marie-Thérèse. Mais on avait le sentiment d'un manque, qui explique qu'une opinion d'abord hostile se soit si vite ralliée à la nouvelle venue. Et l'on se faisait de la reine telle qu'elle devait être une image d'autant plus forte qu'elle reposait sur de très lointains souvenirs. Marie allait devoir faire face à une attente redoutable.

Or pour affronter cette tâche, elle était seule, précisément parce qu'il n'y avait dans la famille royale aucune femme pour l'accueillir et pour l'instruire de ses fonctions. Certes, au fil des siècles, la présence d'une belle-mère, parfois soupçonneuse et jalouse, n'a pas toujours été une bénédiction pour une jeune épousée. Cependant, celle-ci y gagnait, dans l'ombre de son aînée, le loisir d'observer, d'étudier, de prendre la mesure des gens et des choses avant d'assumer elle-même les responsabilités. Marie fut projetée, sans initiation préalable et aux côtés d'un mari trop jeune, à la tête d'une cour à réanimer.

Pour ce faire, les règles ne manquaient pas : il y en avait plutôt trop. Toutes remontaient à Louis XIV et Louis XV, élevé dans le culte de son bisaïeul, tenait à ce que rien n'y fût changé. Installée dans la chambre d'apparat de l'angle sud-ouest, qui avait hébergé tour à tour Marie-Thérèse, la dauphine de Bavière et la duchesse de Bourgogne, la nouvelle souveraine dut parachever son initiation aux subtilités de l'étiquette. Elle connaissait déjà, dans l'ensemble, la répartition des charges et fonctions, avec leurs servitudes et leurs privilèges, elle savait qui devait lui donner sa chemise à son lever, qui jouissait en sa présence du droit très enviable de s'asseoir sur un tabouret, qui était autorisé à monter dans ses carrosses, qui devait céder le pas à qui au franchissement d'une porte. Elle s'astreint désormais à suivre au plus près les prescriptions. Dans la journée, pas une seconde de solitude. Jamais elle n'apparaît autrement que « suivie » de sa dame d'honneur ou de sa dame d'atour et de quatre des douze dames du palais – celles-ci servent « par quartiers », une semaine sur trois –, à moins qu'elle ne se promène dans le parc flanquée de son chevalier d'honneur et de son premier écuyer. Le calendrier de sa vie est calqué sur celui du temps de Louis XIV, lui-même conditionné par les grandes fêtes religieuses. Le programme de ses semaines et l'horaire de ses journées sont déterminés par des usages auxquels elle s'efforce de se conformer.

Ce respect des règles ne va pas sans raideur, sans formalisme. Il ne lui est pas naturel. Elle s'y plie assurément par devoir, mais aussi parce qu'elle se rend compte que c'est le meilleur moyen d'imposer aux courtisans le respect qui lui est dû, et qu'ils lui marchanderaient volontiers en raison de ses origines. Les préventions contre elle sont tombées : on l'aime bien. « Quoiqu'elle ne soit pas grande, dira Luynes, et qu'elle n'ait pas ce qu'on appelle une figure fort noble, elle a un visage qui plaît et beaucoup de grâce. » Mais cela ne suffit pas à lui donner prestance et prestige. Elle reste aux yeux de beaucoup une charmante parvenue. Ce manque de grandeur, de majesté, est sans doute d'origine moins congénitale que psychologique. Elle n'a pas été élevée pour être reine – bien au contraire. Sa simplicité foncière et sa très vive piété la préservent de l'orgueil et de toute volonté de puissance. Elle cherche donc dans les prescriptions imposées un cadre, une armature pour la soutenir dans un rôle auquel elle n'a pas été préparée, en même temps qu'une cuirasse contre les attaques éventuelles. Nul ne pourra dire qu'elle n'exerce pas au mieux ses fonctions de reine.

Avec cependant quelques carences. Elle ne sait pas animer la vie de cour. À sa décharge, aucune reine ou dauphine n'y est vraiment parvenue depuis Anne d'Autriche. Dans la seconde partie de son règne, c'est Louis XIV lui-même qui y suppléait. Hélas, ni Louis XV ni Marie ne goûtent les soirées « d'appartement », figées dans des divertissements de convention qu'ils n'ont pas l'audace de rajeunir. Ils n'y apprécient guère que le jeu, mais leur conscience chrétienne leur reproche les sommes ainsi gaspillées. Quant au fameux « cercle », sorte de super-salon mondain présidé par la reine, que personne depuis Anne d'Autriche n'a été capable de tenir, il ne faut pas compter sur elle pour le « relever ». Elle détient pourtant quelques atouts. Elle parle admirablement le français. Elle est intelligente et ne manque pas d'esprit : « Elle entend avec finesse, dira Luynes, et a des saillies et des reparties extrêmement vives. » Mais le cercle n'est pas pour la reine un endroit où se mettre en vedette. En bonne meneuse de jeu, elle doit diriger les propos, suggérant des sujets, offrant à chacune l'occasion de placer son mot, évitant les dérives. Or Marie « n'a pas le talent de bien conter », et elle le sait : elle manque de cette ressource essentielle pour alimenter en anecdotes une conversation sans danger. Et elle n'aime pas les échanges étroitement contrôlés où l'on parle beaucoup pour peu dire.

En tant que gardienne des usages de l'ancienne cour, elle réussit assez bien cependant. Ses ennuis viendront de ce que les préceptes hérités de Louis XIV n'offrent pas réponse à tout. Arbitrer les querelles de préséance est un art dans lequel le vieux souverain lui-même n'était pas entièrement passé maître. Marie y rencontrera des embarras à répétition. Plus grave encore, son mentor exclusif, Mme de Prie, qui ne la quitte pas d'une semelle et guide ses faits et gestes, se garde bien de lui dire que chaque mot aimable, chaque salut, chaque sourire, accordé à tel ou tel, accroissent le poids social du destinataire et ont par là une portée politique, de même qu'au théâtre un applaudissement d'elle fait et défait les réputations : Adrienne Lecouvreur lui doit d'avoir désormais « enterré la Duclos », sa rivale sur les planches. Louis XIV savait doser méticuleusement la moindre faveur en fonction des services individuels et veillait à ne privilégier aucun clan. Marie, téléguidée par sa protectrice, comble les amis de celle-ci, à l'exclusion des autres. Au point que cette mainmise scandalise les bourgeois parisiens. « Cette princesse est obsédée par Mme de Prie. Il ne lui est libre ni de parler à qui elle veut, ni d'écrire. Mme de Prie entre à tout moment dans ses appartements pour voir ce qu'elle fait, et elle n'est maîtresse d'aucune grâce. » Les « grâces », c'est Mme de Prie qui les attribue, se constituant ainsi une clientèle.

On se contentera ici d'un seul exemple, qui date des tout premiers pas de Marie dans une de ses fonctions attitrées, le mécénat littéraire. Voltaire, encore jeune et désireux de tenter sa chance à la cour, avait proposé en vain pour les fêtes du mariage deux pièces de théâtre de son cru. Il frappe ensuite à la bonne porte, comme il s'en vante lui-même. L'appui de la favorite lui permet de voir programmer à Fontainebleau, à la mi-octobre, deux tragédies, *Œdipe* et *Mariamne*, et une comédie, *L'Indiscret*. La reine, pressentie pour savoir si elle en accepterait la dédicace, lui a fait dire « qu'elle serait bien aise [qu'il prît] cette liberté ». La représentation est un succès. « J'ai été très bien reçu de la reine, elle a pleuré à *Mariamne*, elle a ri à *L'Indiscret*, elle me parle souvent, elle m'appelle "mon pauvre Voltaire". » Mais ledit Voltaire reste pauvre, faute de récompenses plus substantielles, et il continue de pester contre la cour. Ces récompenses viendront un mois plus tard, sous la forme d'une pension de quinze cents livres, prises sur la cassette personnelle de la reine. Décidément, vive l'amitié de Mme de Prie ! Et l'ambitieux d'oublier qu'après tout le goût personnel de la souveraine avait pu jouer en sa faveur. La preuve en est que sept ans plus tard, bien après la disparition de Mme de Prie, Marie prendra fait et cause pour lui à propos de la même *Mariamne*, dans une mini-tempête de cour opposant les princesses aux dames du palais. Se rendait-elle compte que Voltaire ne partageait pas exactement sur la société et sur la monarchie françaises les vues de Louis XV ? En 1732, il avait déjà tâté deux fois de la Bastille et, ne cachant pas son admiration pour le régime anglais, il travaillait aux *Lettres philosophiques*. Savait-elle que sa récente *Histoire de Charles XII* avait attiré les foudres de la censure ? Il est vrai qu'il y avait – très délibérément – flatté pour lui plaire le portrait de Stanislas.

Tout ceci pour dire que rien n'est neutre de la part d'une reine et qu'elle ne peut se laisser aller à ses goûts et à ses sympathies sans s'interroger sur leurs éventuelles répercussions. Faute d'avoir compris qu'elle était le jouet d'une intrigante, Marie commit, au bout de quatre mois de mariage, une imprudence qui devait lui coûter très cher.

Entre l'arbre et l'écorce...

Depuis deux ans qu'il exerçait le pouvoir, M. le duc supportait avec une impatience croissante la présence continuelle de Fleury aux côtés du roi. Le vieux prélat, bien qu'il eût approuvé sa désignation comme premier ministre, s'ingéniait à lui compliquer la tâche. Non seulement il participait à tous les Conseils – où il avait son mot à dire sur les affaires de l'Église –, mais il s'imposait en tiers dans tous les entretiens particuliers que le ministre pouvait avoir avec son maître. « Il était établi, précise Villars, que l'évêque de Fréjus entrait toujours dans le cabinet du roi une demi-heure avant M. le duc, assistant à ce qu'on appelait *travail*, qui était un suprême Conseil pour la distribution de toutes les grâces, grands et petits bénéfices, gouvernements, charges de guerre et de cour : en un mot, M. de Fréjus avait la complaisance de laisser à M. le duc le gros des affaires ; mais lorsqu'il était question de grâces, il se trouvait que quand M. le duc voulait en parler au roi, elles étaient déjà données aux amis de M. de Fréjus, malgré les promesses du premier ministre à d'autres. » Bien souvent, les décisions aussi étaient déjà prises. On conçoit donc sans peine l'exaspération du duc de Bourbon.

Malgré les conseils de Villars, qui tentait de lui faire comprendre que le temps travaillait pour lui – le vieillard finirait bien par rendre l'âme... –, Bourbon s'impatienta et, devant l'amitié et la confiance croissantes que le roi témoignait à la reine, il crut pouvoir se servir de celle-ci pour faire écarter Fleury des fameuses séances de travail. Il lui fallait pour cela rencontrer le roi seul à seul une première fois. Ce ne pouvait être que chez sa femme. Comment Marie accepta-t-elle d'entrer dans ce petit complot ? Plus tard elle s'en expliqua auprès du président Hénault, quand elle se fut liée d'amitié avec lui. Harcelée par le duc qui lui reprochait son ingratitude, elle aurait résisté de toutes ses forces, subi de lui une scène « pleine de violence et d'injures », et n'aurait cédé, en larmes, que parce qu'il affirmait détenir des secrets trop graves pour être confiés à d'autres qu'au roi. Mais cette version rétrospective, qui fait d'elle une « complice très innocente », ne coïncide qu'imparfaitement avec le compte rendu fourni par les *Mémoires* de Villars.

Il est bien naturel qu'après coup la reine ait tenté de minimiser sa responsabilité dans l'affaire. Mais revenons à ce mois de décembre 1725. Tout indique qu'elle partage alors le point de vue du duc de Bourbon sur le rôle de l'évêque de Fréjus auprès du roi. Elle n'est pas la seule : c'est aussi le cas de Villars, des autres ministres et d'une partie des courtisans. On voit à peine plus qu'un domestique dans ce prêtre de modeste extraction, naguère recruté pour enseigner le latin et l'histoire à l'enfant-roi. Et l'on estime que Louis XV, désormais majeur, marié, adulte, n'a plus besoin de précepteur. À soixante-douze ans, ce survivant d'un autre âge est bon pour la retraite. On est d'autant plus tenté de le pousser dehors que l'homme n'est pas sympathique : trop prudent, trop secret, trop plein d'onction et pour tout dire hypocrite. Que veut-il d'ailleurs ? Hénault, Villars l'accuseront de jouer de son influence sur son pupille pour satisfaire une volonté de puissance égoïste. On ne comprend pas et donc on sous-estime l'attachement inconditionnel que lui voue le roi.

Marie ne comprend pas non plus. Elle sait bien que son époux apprécie peu le duc de Bourbon et n'aime que son précepteur : il le lui a dit. Mais elle pense, comme le ministre, que cette affection ne survivrait pas à l'éloignement. Et elle a, elle aussi, sans se l'avouer peut-être, envie de voir s'éloigner Fleury. Il faut dire à sa décharge que celui-ci ne l'a pas accueillie à bras ouverts. Le vieux prêtre professe à l'égard des femmes une méfiance tout ecclésiastique. Puisqu'il fallait au jeune roi une épouse, il a approuvé le choix de celle-ci, pour les mêmes raisons que Mme de Prie : la modestie de sa condition la rendrait docile, inoffensive. Mais il a constaté aussitôt que cette docilité faisait d'elle un instrument au service du duc de Bourbon et de sa maîtresse. Bientôt il s'est aperçu de surcroît qu'elle a réussi à s'attacher son époux et qu'elle risque d'exercer sur lui une emprise importante. Il est donc décidé à briser, si l'occasion s'en présente, les liens qui l'unissent à Mme de Prie.

Tout cela, bien sûr, Marie ne peut pas le savoir. Mais elle est assez intuitive pour sentir que Fleury ne l'aime pas, et elle le lui rend bien. Elle s'agace de le trouver sans cesse sur son chemin, de le voir s'immiscer dans sa vie intime et donner son avis sur la fréquence idéale des rapports conjugaux. Que vient faire entre elle et son jeune époux ce vieillard possessif, plus indiscret et plus jaloux qu'une belle-mère ? Elle ne comprend que trop le duc de Bourbon, elle l'approuve de vouloir travailler seul à seul avec le roi. Objectivement parlant d'ailleurs, le ministre a raison : l'obstruction apportée à l'exercice normal de ses fonctions par un personnage sans responsabilité politique officielle n'est pas tolérable. Marie consent donc à attirer le roi chez elle pour une entrevue en tête à tête.

Un soir de la mi-décembre, elle envoya son chevalier d'honneur dire à son époux qu'elle souhaitait le voir. Celui-ci, sans méfiance, quitta Fleury pour se rendre chez elle. Il y trouva le duc de Bourbon. Comme elle voulait se retirer, le duc lui dit « qu'il croyait que le roi trouverait bon qu'elle restât ». Le roi approuva. Elle comprit alors qu'elle était prise au piège, partie prenante, ne fût-ce que comme témoin silencieux, dans un débat qui la dépassait. Le duc – peu confiant dans sa propre force de persuasion – tira de sa poche une lettre du cardinal de Polignac, venue de Rome, en forme de réquisitoire contre Fleury. Le roi en écouta la lecture avec impatience, mais sans un mot. Décontenancé, le duc renonça à ses commentaires et lui demanda ce qu'il pensait de cette lettre. « Rien. » Quels ordres donnait Sa Majesté ? quelle était sa volonté ? « Que les choses demeurent comme elles sont. – J'ai donc eu, Sire, le malheur de vous déplaire ?

– Oui. » Le duc demanda au roi « s'il n'avait pas de bonté[1] pour lui » : « Non. » Si M. de Fréjus avait seul sa confiance ? « Oui. » Alors il se jeta à genoux en pleurant. Le roi finit par lui accorder un pardon tout sec et sortit sans un regard pour sa femme terrorisée.

Cependant Fleury, inquiet, avait obtenu confirmation de ses craintes en se présentant chez la reine où, comme il le pensait, on lui refusa la porte. Il quitta Versailles en toute hâte en laissant à l'adresse du roi une lettre pleine d'affection et de respect : puisque ses services étaient désormais inutiles, il sollicitait la permission d'aller finir ses jours dans la maison des sulpiciens d'Issy pour y travailler à son salut. Autrement dit, il renouvelait la manœuvre qui lui avait si bien réussi lors de la disgrâce de Villeroy. Mêmes causes, mêmes effets. Le roi, claquemuré chez lui, pleura toute la nuit. Au matin le duc de Mortemart, son premier gentilhomme, lui fit remarquer : « Eh ! quoi, Sire, n'êtes-vous pas le maître ? Faites dire à M. le duc d'envoyer chercher à l'instant M. de Fréjus, et vous allez le revoir. » Aussitôt fait que dit : M. le duc dut avaler une couleuvre de plus, celle de rappeler lui-même son rival et, le lendemain, Fleury reprenait sa place auprès du roi comme si rien ne s'était passé. Mais l'affaire s'était ébruitée. Adversaires du ministre et opportunistes prompts à flairer le vent se pressaient dans l'antichambre du maître de demain.

Marie persiste et s'enferre

La grande scène dont Marie avait été l'imprudent artisan l'avait laissée effondrée. Nul ne sait ce qui se passa ensuite entre elle et son époux. On peut supposer qu'elle implora son pardon et qu'il le lui accorda avec son laconisme habituel. Mais désormais il lui battit froid. Stanislas, aux oreilles de qui est parvenue une

---

1. D'amitié, de sympathie.

version édulcorée de l'affaire, estime que sa fille a eu là « une bonne leçon ». Pour l'avenir, il fait montre de son optimisme coutumier : « La reine a acquis des lumières pour marcher en toute sûreté et sans blesser, parmi tant d'épines, son devoir, son honneur et la justice ; une explication qu'elle a eue avec le roi sur tout cela a établi une amitié et une confiance qui va, grâce au Seigneur ! en croissant. Le roi connaît son bon cœur et le désir qu'elle a de suivre ses volontés aveuglément... » Le feu couve encore, ajoute-t-il, mais la reine, « par la connaissance que l'on a de la droiture de ses intentions, est en état de l'éteindre peu à peu ». En fait, elle se débattait pour essayer de sauver ce qui pouvait l'être. Et tous ses efforts n'aboutissaient qu'à l'enfoncer davantage. Elle avait enfin mesuré le pouvoir de Fleury et elle tenta de l'amadouer. Elle eut avec lui, au lendemain du drame, une longue conversation, dont elle rendit compte à Villars. Mais comme elle s'entêtait à le convaincre de laisser le premier ministre s'entretenir seul à seul avec le roi, elle ne fit qu'accroître la défiance de Fleury.

Bientôt le vieux précepteur passa à l'attaque. À son instigation, le duc de Bourbon fut prié de se séparer de sa maîtresse et des financiers qui la soutenaient. Pour des motifs politiques : ils étaient très impopulaires. L'opinion imputait à leurs spéculations la cherté du pain, à leur rapacité la création d'impôts nouveaux et les perturbations entraînées dans les fortunes par la faillite de Law. Mme de Prie était impliquée dans ce que nous appellerions des « affaires » – c'était aussi le nom qu'on leur donnait à l'époque ; on racontait qu'elle monnayait au plus haut prix ses services. Bref c'étaient des gens qu'il fallait éloigner parce qu'ils compromettaient le duc de Bourbon. En fait, beaucoup comprirent qu'il s'agissait d'une première étape avant l'éviction du duc lui-même.

Marie, alertée par son amie, eut le 27 janvier une longue conversation avec l'évêque de Fréjus, qu'elle conta également à Villars. Elle cherchait à sauver

Mme de Prie et Pâris-Duverney. Elle s'obstina, s'enferra. « "Quelle haine avez-vous donc contre eux pour insister si fort sur leur éloignement ? – Je ne leur en veux point, répondit-il ; et si je presse M. le duc, ce n'est qu'à cause du tort qu'ils lui font. – Mais moi, comment me résoudre à éloigner des personnes dont l'un, secrétaire de mes commandements, demande des juges sur ce qu'on lui reproche, et l'autre que l'on approfondisse les torts qu'on lui donne ? J'avoue que la disgrâce de ces gens-là, dont je suis contente, me fera de la peine." À cela l'évêque ne dit mot, continue Villars. Elle lui parla aussi du changement qu'elle trouvait dans l'amitié du roi. Il répondit assez sèchement : "Ce n'est pas ma faute." Elle lui reparla encore des peines de M. le duc sur le refus des audiences particulières ; mais elle n'y gagna rien. » Ce fut un dialogue de sourds, chacun enfermé dans son point de vue. Il parlait politique, intérêt général, et elle morale, gratitude, amitié. Villars, consterné, tenta de la consoler en l'invitant à compter sur « le chapitre des accidents » – façon plus élégante de dire que l'évêque n'était pas éternel.

« Ce fut un grand crime d'avoir brouillé le roi avec la reine », affirme le président Hénault, d'après les confidences de Marie. « Une grande injustice aussi. » Voire. Car Fleury n'avait rien contre elle *a priori*, sinon l'aveugle entêtement qu'elle mettait à défendre le duc et sa maîtresse. En l'invitant à consentir au renvoi de Mme de Prie, il lui tendait une perche. Et il y avait sûrement joint quelques leçons de réalisme politique : un roi peut être conduit à sacrifier, même injustement, quelques bons serviteurs. Ce qu'il ne lui a pas dit, c'est que les serviteurs en question n'étaient pas bons, qu'il tenait le duc de Bourbon pour un imbécile et sa maîtresse pour une dangereuse intrigante. Sachant bien qu'il faudrait un jour se réconcilier avec l'Espagne, il avait trouvé désastreuse la façon dont le duc avait mené le renvoi de l'infante. Il jugeait aussi sévèrement une politique intérieure indifférente aux accès de fièvre de l'opinion publique. Ce n'est donc pas seulement par appétit du pouvoir, volonté de puissance, comme l'en ont accusé, à la suite des contemporains, bien des historiens, qu'il décida d'abattre le duc, mais aussi dans l'intérêt supérieur de l'État. Il se sentait capable de gouverner la France beaucoup mieux que ce fantoche. La suite montrera qu'il n'avait pas tort.

Marie, pour son malheur, n'avait pas la tête politique. Tout entière mue par les sentiments – affection pour Mme de Prie, aversion instinctive pour Fleury –, elle refusa de comprendre. Dès lors, le vieux prélat se lava les mains de ce qui pourrait lui en advenir : le changement de ministère se fera sans elle, et contre elle.

Le coup de théâtre qui suivit une accalmie trompeuse est bien connu. Le 11 juin 1726, le roi, quittant Versailles pour Rambouillet où il devait souper, convia aimablement son premier ministre à le rejoindre dans la soirée : « Mon cousin, venez de bonne heure, je vous attendrai pour jouer et ne commencerai pas sans vous. » Mais au moment où le duc se préparait à partir à son tour, le capitaine des gardes lui remit un billet d'une implacable brutalité : « Mon cousin, je vous ordonne, sous peine de désobéissance, de vous rendre à Chantilly et d'y demeurer jusqu'à nouvel ordre. » Inutile d'imputer aux enseignements de Fleury, comme le fait Barbier, cette royale capacité de dissimulation. La leçon vient de loin, elle remonte à Louis XIV qui s'y était pris de même en 1652 pour l'arrestation du cardinal de Retz, puis en 1661 pour celle de Fouquet. Et le Grand Roi avait fait école : qu'on se rappelle comment le régent s'était débarrassé de Villeroy. La méthode, présentant le double avantage de la surprise et de la discrétion, rendait la résistance quasiment impossible. Le duc de Bourbon s'inclina, estimant s'en tirer à bon compte : il était confiné sur son très riche domaine de Chantilly, où il pourrait se livrer à son gré aux plaisirs de la chasse. Quelque temps plus tard, son mariage avec une princesse de Hesse lui vaudra l'autorisation de regagner la cour, à l'écart de toute responsabilité politique. Les frères Pâris furent dispersés en province, le plus connu d'entre eux, Duverney, alla tâter pour quelques mois de la Bastille, avant que le besoin de ses services ne l'en fasse tirer. La plus rudement punie fut Mme de Prie, condamnée au tête-à-tête avec son mari dans leurs terres de Normandie. Un an de ce régime, joint à l'effondrement de ses rêves, suffit à la pousser au désespoir : elle mourut d'une mort mystérieuse dans laquelle les gens avertis crurent reconnaître un suicide.

Cinq jours après cette disgrâce spectaculaire, Louis XV avait réuni son Conseil pour l'informer qu'il se passerait désormais de premier ministre et gouvernerait par lui-même. L'évêque de Fréjus assisterait au travail mené avec les responsables des différents services, mais aucun titre officiel ne le distinguait du pair. Les quelques changements opérés parmi les titulaires des principaux postes ne remettaient pas en cause les formes fixées par Louis XIV. « Je veux suivre en tout l'exemple du feu roi mon bisaïeul », ajoutait le jeune roi, oubliant qu'il n'avait pas encore seize ans, alors que son bisaïeul avait attendu d'en avoir plus de vingt et un et d'avoir appris son métier sur le tas sous la houlette de Mazarin. C'était donc à une intronisation de Fleury qu'on assistait, bientôt confirmée par son élévation à la pourpre. Il serait, après Richelieu, Mazarin et Dubois, notre quatrième cardinal-ministre. Et pas le plus mauvais des quatre, tant s'en faut.

« On n'a jamais aimé comme je l'aime... »

Marie n'avait rien vu venir. Partageant l'aveuglement du duc de Bourbon, elle avait pensé que les choses s'apaiseraient et n'avait pas cru devoir prendre ses distances avec Mme de Prie, conformément au désir du roi. La disgrâce du duc la frappa de plein fouet.

À l'heure même où le ministre recevait sa sentence d'exil, elle vit débarquer chez elle Fleury, porteur d'un billet de la même encre : « Je vous prie, madame, et, s'il le faut, je vous l'ordonne, d'ajouter foi à tout ce que l'ancien évêque de Fréjus vous dira de ma part, comme si c'était moi-même. » Suivait la signature toute sèche : LOUIS. Ce que lui dit Fleury, nous ne le savons pas, mais il n'est pas difficile de le deviner. Le prélat était diplomate et possédait, mieux que son maître, l'art d'envelopper les commissions désagréables ; en outre, sachant la reine inexpugnable, il ne tenait pas à engager avec elle une guerre sans issue. Il se borna sans doute à évoquer les nécessités politiques, sans mettre en cause directement la personne de ceux qu'elle avait soutenus. Aussi ne rapporta-t-elle pas ses propos à Villars, quand elle vint chercher auprès de lui secours et consolation. Elle se contenta de lui lire le billet, « avec des sanglots qui marquaient bien sa passion pour le roi ».

Louis a-t-il mesuré à quel point son billet était cruel ? Probablement pas. Il est d'autant plus irrité que la décision de renvoyer le duc de Bourbon a été pour lui pénible à prendre. C'est un timide, pour qui un affrontement ou même une discussion courtoise constituent une épreuve. Comme son trisaïeul Louis XIII, il préfère se décharger sur autrui des démarches désagréables. Dans son égoïsme ingénu d'adolescent, il passe une partie de sa mauvaise humeur sur sa femme, sans se demander un instant ce qu'elle pourra ressentir. Voilà sans doute ce que lui dit Villars, pour la consoler. Mais comment pourrait-elle s'en satisfaire ? Car si le roi n'a pas eu conscience de sa cruauté envers elle, c'est la preuve qu'il ne l'aime pas. Sans quoi, il aurait senti combien il la blesserait. Une évidence aveuglante la transperce : l'amour éperdu qu'elle lui porte n'est pas, n'a jamais été payé de retour. Une violente colère, suivie d'une explication, serait moins douloureuse que cette indifférence glacée, que ce mur dressé entre elle et lui – et qui prend le visage haïssable de Fleury.

L'amitié, la confiance qu'elle avait cru trouver en lui et sur lesquelles s'extasiait Stanislas n'auraient donc été qu'une illusion ?

La vérité, c'est que le mot amour n'a pas le même sens pour lui que pour elle, si tant est qu'il soit même approprié. Villars avait tenté de le lui expliquer après la scène du mois de décembre : « Je crois, madame, le cœur du roi bien éloigné de ce qu'on appelle amour : vous n'êtes pas de même à son égard ; mais, croyez-moi, ne laissez pas trop éclater votre passion : qu'on ne s'aperçoive pas que vous craignez de la diminution dans ses sentiments, de peur que tant de beaux yeux qui le lorgnent continuellement ne mettent tout en jeu pour profiter de son changement. Au reste, il est plus heureux pour vous que le cœur du roi ne soit pas fort porté à la tendresse, parce qu'en cas de passion la froideur naturelle est moins cruelle que l'infidélité. » En clair, Marie a confondu le désir et l'amour. Il n'y a pas une once de sentiment dans la fougue qui porte le jeune roi vers elle. Élevé par Fleury dans la crainte du péché, il n'a pas lu de romans, a peu côtoyé de femmes, il ne sait rien des élans du cœur. Qu'elle se contente de ce qu'il peut lui donner, c'est déjà beaucoup, suggère sagement Villars, car s'il découvre l'amour, ce n'est pas elle qui en sera l'objet.

Dure leçon, que Marie n'est guère en état d'entendre. Elle ne peut ni ne veut dissimuler la passion qu'elle porte à son époux. « On n'a jamais aimé comme je l'aime », s'écriera-t-elle dans une lettre à son père. Ce comportement de femme amoureuse, tout à fait incongru de la part d'une reine, l'expose à la curiosité malveillante des courtisans, qui n'ont alors aucun scandale à se mettre sous la dent. Ils mesurent le temps que le roi passe à son chevet lorsqu'elle est malade – à l'article de la mort, a-t-on dit en août 1726 –, guettent les paroles qu'il lui adresse ou ne lui adresse pas, relèvent qu'il n'est pas allé l'accueillir à son arrivée à Fontainebleau ou ne l'a pas saluée avant de partir pour la chasse. Et ils parlent de froideur, d'indifférence.

En fait, dans l'immédiat, la situation n'est pas si grave qu'on le dit. Louis, une fois sa colère tombée, a cessé de lui en vouloir. Elle n'a jamais été si douce, si humble, si soumise. Il n'est pas mécontent de la dominer, comme il domine maintenant son Conseil. Le rituel de la vie de cour les rapproche pour la messe quotidienne, les dîners au grand couvert, les soirées d'appartement, les escapades à Marly où l'on joue gros jeu. Ils ont des indigestions parallèles, par « sympathie », dit Stanislas, lui pour avoir dévoré trop gloutonnement des « vilenies » au retour de la chasse, elle pour avoir « mangé cent quatre-vingts huîtres et bu quatre verres de bière là-dessus ». Et puis, il continue de fréquenter assidûment son lit, pour le plaisir qu'il y trouve et parce qu'il souhaite vivement avoir un fils. Il reste que depuis ce drame, elle a peur. Peur de lui déplaire, de le contrarier. Peur de le perdre. « Elle a toujours craint le roi », dira plus tard le duc de Luynes. Pas dans les premiers temps, non. Seulement après ces quelques mois difficiles, où elle a mesuré les limites de son emprise sur lui, et que Stanislas appelle son « noviciat ». Et cette peur, qui prive leurs relations de spontanéité, les éloigne insensiblement l'un de l'autre. Elle hésite à lui parler, attend qu'il prenne l'initiative. De quoi parleraient-ils d'ailleurs ? Ils ont peu de goûts, de préoccupations communs. Il ne connaît rien à la musique, dont elle raffole. Il se livre à corps perdu à son divertissement favori, la chasse, où elle ne peut le suivre que de loin, exceptionnellement. Le reste du temps, il s'ennuie, et ce n'est pas elle, hélas ! qui l'arrachera à sa morosité.

Marie est infiniment vulnérable. Stanislas fait écho à Villars sur ce point : « La reine aime le roi à la fureur et n'a d'autres inquiétudes que celles qu'engendre un véritable amour, auquel ce prince répond selon l'expérience qu'il peut avoir de cette passion, et il est bon qu'il ne cherche pas à en acquérir une plus grande. » Qu'elle soit destinée à être une épouse trompée ne fait de doute pour personne. La question est de savoir quand et avec qui. Le roi y mit pourtant le temps. Qui, en cet été de 1726, aurait parié qu'il lui resterait encore fidèle pendant sept ans ? Ce délai de grâce, ces années relativement heureuses, elle aurait été bien surprise si on lui avait dit qu'elle les devait à Fleury.

Sous la tutelle du cardinal

Fleury ne cherche pas à éloigner le roi de la reine pour deux excellentes raisons.

L'une, c'est qu'il ne peut que redouter l'intrusion d'une maîtresse qui, outre qu'elle mettrait en danger l'âme du roi, risquerait de troubler le jeu politique, soit directement, soit en glissant au gouvernement des hommes à elle. L'autre, capitale, décisive, est qu'on attend de Marie un dauphin. Elle n'a été épousée que pour cela. Hélas, rien ne s'annonce dans l'immédiat. Au cours de la première année, deux espoirs fugaces ont été trop précocement déçus pour qu'on puisse parler de fausses couches. Le couple royal serait-il stérile ? Or il y a urgence, pour mettre un terme aux calculs sur une éventuelle succession. Par ses émissaires à la cour de Madrid, le premier ministre – appelons-le ainsi bien qu'il n'en porte pas le titre – est bien placé pour savoir que Philippe V n'a pas renoncé à monter sur le trône de France ou à y mettre un de ses fils, si le roi venait à manquer. Et il lui arrive de jouer de cette corde pour dissuader le souverain espagnol de rien entreprendre contre son pays natal. La priorité des priorités est donc que la reine remplisse le premier de ses devoirs. L'on peut être sûr que le vieux précepteur, après un an de mariage sans résultat, se garde d'y faire obstacle[1]. Et

---

1. Le président Hénault a donc tort d'écrire que Fleury, en « brouillant le roi avec la reine », avait commis le crime d'« enlever à l'État des enfants que cette princesse pouvait encore nous donner ». Car la prétendue « brouille » date de la disgrâce du duc de Bourbon, en 1726, et les relations conjugales entre le roi et la reine ne cessèrent qu'à la fin de 1737, après la naissance de dix enfants. Il est exact qu'à trente-

il veille aux égards dus par le jeune mari à sa femme malade : la brièveté des premières visites de celui-ci à son chevet ayant été remarquée, il prit soin de l'accompagner et ils y passèrent trois quarts d'heure.

Le rôle qu'il se donne est clair : il veut diriger le jeune couple. Son ascendant sur le roi est acquis. Reste à contrôler la reine. Elle a fait l'éclatante démonstration de son incompétence en matière politique. Il veillera à l'en tenir à l'écart – dans l'immédiat elle ne demande que cela. Un seul risque, la voir tomber sous l'influence de quelque autre Mme de Prie. Pour y parer, il s'institue son mentor. C'est à lui qu'elle devra demander conseil sur tous les menus problèmes de sa vie quotidienne. Et comme les maternités l'empêcheront bientôt de suivre la cour dans ses déplacements, ils s'écriront. Leur correspondance, qui nous est parvenue, laisse une impression de malaise. Fleury exerce sur elle une sorte de « direction », non point spirituelle, selon l'usage ordinaire de ce mot à l'époque, mais tout à fait terre à terre. Mais il s'agit bien, par le ton, d'une relation analogue à celle qui unit « directeur » et dirigée, l'autorité morale du premier venant compenser son infériorité sociale. Seulement, dans leur cas, ces assauts d'humilité réciproque sont mensongers, ils dissimulent mal des arrière-pensées qui les dénaturent. Elle le déteste, quoiqu'elle s'en défende par esprit chrétien. Lui n'a pour elle ni sympathie, ni animosité marquée, il la manœuvre en fonction de ce qu'il considère comme l'intérêt du roi et de l'État. Entre eux la partie n'est pas égale. Plus impulsive, moins calculatrice, moins fine aussi, elle n'est qu'un jouet entre ses mains.

Croit-elle vraiment faire sa conquête en le traitant de « chérissime ami », en l'invitant à veiller sur sa précieuse santé et en l'assurant qu'elle ne saurait recevoir d'autres conseils que les siens ? S'il feint d'être dupe

---

quatre ans Marie était encore féconde. Mais Fleury n'est pas responsable de leur séparation à cette date.

et la paie de même monnaie, c'est qu'il en obtient ce qu'il désire, un compte rendu minutieux de toutes ses activités. À lui de dire qui elle doit ou ne doit pas recevoir chez elle ou admettre dans son carrosse, de régler les menues questions d'étiquette, jusqu'au problème posé par la largeur des paniers des dames, dont la jupe empiète sur celle de la souveraine[1], et de trancher dans les querelles violentes qui opposent parfois les titulaires de prérogatives enviables ; on n'en appelle au roi qu'en dernier recours. La pauvre Marie va jusqu'à lui soumettre son emploi du temps. Peut-elle, bien qu'elle soit enceinte, « faire une petite promenade au Cours-la-Reine et de là, descendre aux Tuileries » ? Non, répond l'augure, pas de Tuileries. Pour faire bonne mesure, elle renoncera aux deux : « J'ai tant de confiance en vous, mon cher cardinal, que je ne ferai jamais rien sans votre conseil, étant sûre de cette façon de ne jamais faire de sottises. »

Une seule chose sonne vrai dans cette correspondance, les messages indirects adressés à son époux. Elle n'ose pas écrire à celui-ci, par crainte de l'importuner. Alors, elle écrit à l'autre : « Je suis bien aise d'apprendre que la première chasse du roi ait réussi. Je souhaite qu'elles soient toutes de même. Je vous prie, mon cher cardinal, de le bien remercier de ses marques d'amitié. Pour ce qui est de m'écrire, vous pouvez bien vous imaginer la joie que cela me fera ; mais, si cela l'importune ou le gêne un moment, je le supplie de s'en dispenser, pourvu que, dans ses moments perdus, il songe un peu à une femme qui l'aime tendrement. » « ... Faites-moi le plaisir de le faire souvenir d'une femme qui l'aime plus que sa vie, n'ayant d'autre satisfaction que celle de la passer avec lui. » Pathétiques lettres d'amour, partagées entre le désir de recueillir

1. On imagina d'intercaler un fauteuil entre la reine et ses voisines pour permettre à sa robe de s'étaler. Mais les princesses exigèrent à leur tour un fauteuil pour les séparer des duchesses, et ainsi de suite. Il fallut mettre un terme autoritairement à ces réclamations en chaîne, dont tout Paris fit des gorges chaudes.

quelques miettes de ces chasses qui lui arrachent son mari – « Vous auriez bien dû m'envoyer par la poste un petit morceau du sanglier qu'il a tué... » – et les craintes que lui inspirent les dangers courus, grosse chaleur, fatigue, furie des bêtes sauvages. On peut compter sur Fleury pour filtrer en les transmettant ces messages trop chargés de passion. Il sait bien que le roi n'est pas à l'unisson. Il essaie de s'en tenir dans ses propres lettres au domaine pratique. Elle souffre de sa réserve. Elle lui en veut, surtout, de faire écran entre elle et celui qu'elle a l'imprudence d'aimer à l'excès. Mais sans lui, est-il certain qu'elle eût été plus heureuse ? Le vieux pédagogue, sorte de grand-père adoptif, fort de son âge, de son autorité morale et religieuse, a sans doute retenu son élève sur la pente où Stanislas et Villars le voyaient prêt à s'engager beaucoup plus vite.

Et par bonheur, les enfants tant attendus sont venus. Pas exactement ceux qu'on espérait. Pas tout de suite, en tout cas. Mais les maternités ont fourni à la petite Polonaise la consécration indispensable à toute reine.

Maternités en série

Au début de 1727, Marie eut les meilleures raisons de se juger enceinte. Mais elle se défendait d'y croire, tant elle avait peur d'être à nouveau déçue. En mars, c'est une certitude, la nouvelle est rendue publique : « Pour le coup, la reine est grosse de trois mois, signale Barbier. Le roi a beaucoup de complaisance pour elle et ne va plus tant à la chasse. » Tandis que Stanislas voit déjà en imagination les cabrioles du futur dauphin, les médecins la confinent dans du coton jusqu'à son terme. On lui cache la mort de sa grand-mère, Anne Jablonowska, survenue au début de l'été : pas d'émotions. Elle réussit cependant à surprendre tout le monde. On avait prévu la naissance pour le début septembre. Or le 13 août au soir, « il lui prit un vomissement après avoir mangé des figues et un melon à la glace », on crut à une indigestion – tiens, serait-elle gourmande et coutumière d'abus ? Mais il apparut bientôt que s'annonçait une double naissance, cause de cette avance sur le calendrier. Déception : le lendemain 14 août viennent au monde deux filles. Le jeune père, montrant plus d'émotion qu'on n'en attendait de lui, n'a pas quitté sa femme pendant toute l'épreuve. Il surmonte vite sa déconvenue : « On avait dit que je n'étais pas capable d'avoir d'enfant, j'ai fait coup double », s'exclame-t-il. « Il est charmé de son ouvrage », comme l'adolescent qu'il est encore : il n'a que dix-sept ans et demi.

L'aumônier du roi ondoya aussitôt les deux fillettes, dans la chambre même de la reine, en présence du curé de Notre-Dame qui consigna la chose dans son registre paroissial. Puis elles furent confiées à l'inévitable Mme de Ventadour, qui se faisait bien vieille, mais n'aurait renoncé pour rien au monde à l'honneur de les recevoir des mains de leur père comme elle avait reçu celui-ci des mains du sien. De Stanislas, qui communique à son ami Du Bourg les nouvelles arrivées de Paris, nous tenons quelques précisions. Ce ne sont pas des prématurées, « elles sont venues à terme, puisqu'elles ont des ongles et des cheveux et qu'elles se portent bien ». Lors de leur baptême, en 1737, l'aînée sera prénommée Marie Louise Élisabeth et se verra accorder le titre de Madame, tout court. On nommera la seconde Anne Henriette. Plus tard. Pour l'instant, elles sont Madame Première et Madame Seconde.

Le roi, dans sa joie, n'a pas annulé les *Te Deum* prévus pour un garçon, ni les feux d'artifice et réjouissances offerts aux Parisiens, le vin coule aux fontaines, on s'écrase aux théâtres où les troupes donnent des représentations gratuites. Et l'on fredonne en souriant :

Il faudra donc deux langes
Il faudra deux bonnets ;
Pour nos deux petits anges,

Il faudra deux hochets ;
À cette belle enfance
Que de deux il faudra,
Ah ! Ciel ! que de dépenses,
Mais Dieu y pourvoira.

Cette première naissance est de bon augure pour la fécondité de la reine. Elle se remet bien. Il n'y a plus qu'à recommencer. Il fallut que le médecin, Peyrat, y mît un frein. Il soutint que la reine « ne devait pas voir le roi qu'après un certain temps, sous peine de n'avoir plus d'enfants ». L'heureux grand-père, venu admirer les « petites poupées », s'en désole : « Le roi redouble de tendresse pour la reine. Malheureusement que l'interdit de la Faculté arrête les transports de ces illustres amants, sans quoi, par la grâce du Seigneur, le dauphin serait déjà en campagne. » Plus prosaïque, Villars note : « Cette contrainte attristait la reine et les honnêtes gens de la cour, qui craignaient que le roi, se trouvant sans femme, ne cherchât ailleurs quelque amusement, chose fort naturelle... Ceux qui connaissent le roi, ajoute-t-il, n'y voient pas d'apparence. »

L'interdit fut cependant d'assez courte durée. Les relations conjugales reprirent le 17 novembre et dès l'année suivante, le 28 juillet 1728, avait lieu une nouvelle naissance. « Comme on n'a entendu ni tocsin, ni canon, note Barbier, on s'est douté que c'était une fille, ce qui est en effet. On était d'un très grand chagrin à Versailles, mais le roi a bien pris la chose et a dit à la reine qu'il fallait prendre parole avec Peyrat, son accoucheur, pour un garçon l'année prochaine. » Mais Louise Marie dut se passer des festivités prévues : les « naumachies » préparées sur la Seine en l'honneur d'un dauphin n'auront pas lieu. La reine déçue se tourna vers Dieu, seul en mesure d'exaucer ses vœux. À peine relevée de ses couches, elle projeta de se rendre à Notre-Dame, pour associer à ses prières le clergé et le peuple de Paris. Elle dut attendre le 4 octobre pour avoir les forces nécessaires.

Si étrange que paraisse la chose, Marie était reine depuis trois ans et n'était encore jamais allée à Paris ! Comme la tradition voulait que la ville lui offrît une « entrée » solennelle fort coûteuse, on pouvait penser que cette omission était dictée par un souci d'économie. Mais le roi non plus n'y allait pas. Il n'y avait pas mis les pieds depuis sa réinstallation à Versailles en 1722. Sa bougeotte bien connue le promenait de Fontainebleau à Rambouillet et à Compiègne, de forêt giboyeuse en château, mais du côté de la capitale, il ne dépassait pas le bois de Boulogne. Marie perçut-elle qu'il y avait là une coupure dangereuse entre le couple royal et son peuple ? Elle choisit Notre-Dame, et non pas un des nombreux sanctuaires provinciaux voués à cet office, pour demander à Dieu un dauphin. Et elle tourna l'obstacle financier en annonçant qu'il s'agissait d'un pèlerinage et non d'une entrée. On ne devait faire aucun frais. Ce fut un mélange de simplicité et d'apparat : juste ce qu'il faut de l'un pour faire ressortir l'autre. Elle arriva avec un équipage réduit, elle portait une robe de soie sans or, ni argent, mais dans ses cheveux étincelait un fabuleux diamant, le Sancy. Le long des rues, aux fenêtres et aux balcons se pressait une foule de curieux qui l'acclamèrent. Elle eut droit à quelques harangues, au canon de la Bastille et aux cloches des églises, elle fut reçue par le clergé en grande pompe et assista au *Te Deum* sous un dais fleurdelisé. Mais elle refusa de disputer aux chanoines leur place dans le chœur et alla entendre une simple messe basse dans la chapelle de la Vierge. Puis elle visita Paris. Elle s'arrêta dans diverses églises, salua le recteur du collège Louis-le-Grand et ses pensionnaires, parcourut les vieilles rues populaires du cœur de la ville, se fit montrer le Louvre, les Tuileries et la place Louis-le-Grand. Elle rentra fourbue et ravie. L'avocat Barbier se défend de partager l'enthousiasme général : « Pour sa personne, elle est petite, plutôt maigre que grasse, point jolie sans être désagréable, l'air bon et doux, ce qui ne donne pas la majesté requise à une reine. » Mais à l'évidence elle a conquis le cœur du peuple parisien.

Est-ce l'effet du pèlerinage ? Bientôt on put espérer une nouvelle maternité. À point nommé. Car la santé du roi avait inspiré à la fin d'octobre 1728 de très vives inquiétudes : des boutons apparus sur sa peau firent croire à la variole. Il en était sorti au bout de trois jours et l'on s'était extasié sur cette petite vérole « si heureuse » qu'il en avait « réchappé sans aucun remède ». Le diagnostic était faux, mais on avait eu grand peur. Quand on sut Marie enceinte, les précautions redoublèrent. Elle s'abstient en février des courses en traîneau dans le parc enneigé, renonce en mars à accompagner à l'Opéra son époux désireux de se faire acclamer à son tour par la capitale. Elle se fait oublier jusqu'au soir où s'annonce le grand événement. À trois heures quarante du matin, le 4 septembre 1729, la joie éclate dans l'appartement de la reine où tous les grands ont passé une nuit anxieuse : c'est un garçon ! L'enfant fut aussitôt ondoyé par le cardinal de Rohan. Mais comme de coutume – drôle de coutume ! –, on attendit quelques minutes avant de l'annoncer à la reine, de peur qu'une « émotion trop vive » ne lui cause quelque mal. Comme si l'incertitude sur le sexe de l'enfant n'avait pas de quoi l'inquiéter ! Puis on passa autour du cou du nouveau-né le cordon de l'ordre du Saint-Esprit et on le remit à Mme de Ventadour qui l'emporta, suivie du capitaine des gardes du corps. « C'est le seul cas où mon capitaine des gardes peut me quitter », dit en souriant le roi.

Partout, ce fut du délire. « Nous sommes tous fous », écrit Fleury, pourtant peu porté à l'exaltation, « et il s'y joint encore un accablement d'affaires et de visites auxquelles la joie seule peut faire résister. » Versailles, submergé par le flot de tous ceux qui tenaient à présenter leurs hommages au nouveau « Lys de France », devenait inabordable. Dans la capitale, pendant trois jours, toutes activités suspendues, les Parisiens se gorgèrent d'illuminations, de feux d'artifice, de carillons et de processions, se gavèrent de pain, de cervelas et de vin distribués sur les places publiques, et béèrent devant le défilé de carrosses promenant le roi de réception en réception, de Notre-Dame au Parlement et à l'Hôtel de Ville. Il fallut une ordonnance royale pour remettre tout le monde au travail.

Ce fut un triomphe pour le jeune père qui, rompant avec la fâcheuse série de filles, assurait enfin la continuité de la dynastie. Un triomphe aussi pour Marie, « l'Étoile du Nord », comme disaient les banderoles historiées qui proclamaient : « Elle n'a point trompé nos vœux. » Confinée dans sa chambre, à Versailles, l'héroïne du moment voyait arriver ses parents rayonnants, reçus en grande pompe et logés à Trianon. Elle pouvait admirer le merveilleux ensemble de toilette en argent doré ciselé pour elle par l'orfèvre Germain. Bientôt elle allait pouvoir poser pour le peintre Belle, assise auprès du trône avec l'enfant sur ses genoux – image de maternité terrestre évoquant la maternité divine. Elle avait accompli sa mission, rempli sa tâche. Il ne lui restait plus rien à désirer.

Elle ne s'arrêta pas en si bon chemin. Un an plus tard, le 30 août 1730, consolidant l'avenir, naissait un second fils, titré duc d'Anjou. Radieux, le roi « riait de tout son cœur » en traversant la grande galerie bondée de courtisans. Et Paris chantait :

Je veux à mon maître
Boire comme un trou,
Il vient de nous naître
Un beau duc d'Anjou.
Vertubleu ! quel homme ! quel homme ! quel homme !
Vertubleu ! quel homme que notre bon roi !

De cinq enfants père,
Âgé de vingt ans,
L'aventure est fière...

Buvons, mes enfants.
Vertubleu ! quel homme...

Un trop jeune père ?

Cette virilité qui enchantait le bon peuple chez Louis XV, cette fécondité qui répondait à la vocation traditionnelle des reines chez Marie, avaient cependant leurs revers.

Trop, c'est trop. Après quelques mois de répit, le couple royal retrouva son rythme annuel, interrompu seulement en mars 1735 par une fausse couche. Mais ce sont cinq filles qui lui arrivèrent ainsi à la file, jusqu'à l'été de 1737 – ce qui porta leur nombre total à huit. On numérota les nouvelles venues : Madame Troisième, Madame Quatrième, etc. Lorsque la mort opérait quelques vides dans leurs rangs, on faisait glisser les numéros de l'une à l'autre, tant elles semblaient interchangeables. Elles durent attendre l'adolescence pour avoir une personnalité propre et acquérir leurs noms.

Quant à Marie, comme il était prévisible, au fil des naissances – en dépit ou à cause des naissances – un fossé se creusait insidieusement entre elle et son époux.

Les maternités à répétition ont toujours été pour une épouse royale à la fois un atout et un handicap. La venue d'un fils lui donne le statut de reine à part entière et la rend politiquement intouchable : elle est la mère du futur roi, qui sait ? une future régente. Elle y gagne aussi, de la part de son mari, reconnaissance et tendresse. Mais par la suite les grossesses multipliées contribuent à la séparer de lui. Pour une raison triviale : elles la rendent indisponible, conjugalement parlant, pendant de longues périodes. Au XVIIIe siècle, la Faculté, forte de sa science prétendue, se montre particulièrement tyrannique sur ce point. Trois mois d'abstention avant la naissance, trois mois après, c'est beaucoup pour un homme de vingt ans, soulignent crûment les contemporains. Et comme Marie a un enfant par an, c'est la moitié du temps qui est ainsi frappée d'interdit.

Éloignée de lui la nuit, elle en est aussi écartée le jour. Les médecins lui interdisent de prendre part aux divertissements de plein air, aux promenades, aux voyages. Et comme elle accouche presque toujours en plein été, elle se voit condamnée à se morfondre à Versailles pendant que la cour s'égaie à Compiègne ou à Fontainebleau – d'où ses lettres éperdues à Fleury pour tenter de maintenir le contact. Privée d'exercice, confinée dans l'inaction, elle s'abîme vite d'une maternité à l'autre : préserver la beauté des reines n'est pas le premier souci des médecins. Elle a six ans et demi de plus que Louis. La différence d'âge joue cruellement contre elle. Elle vieillit et se fane pendant que lui émerge de l'adolescence en un homme épanoui, dont chacun s'accorde à reconnaître qu'il est splendide – objet de convoitise pour les coquettes ambitieuses. Les courses de traîneaux dont un début de grossesse l'a privée en février 1729 « ont fait espérer aux dames un peu plus de vivacité au roi pour elles, conte Villars. On a dansé après souper ; et si cela recommence souvent, il n'est pas impossible que quelque belle courageuse ne mette la main sur le roi ».

Dans le cas de celui-ci, on peut aussi se demander si ces paternités nombreuses et précoces n'ont pas joué un rôle ambigu. En principe, pour les mentalités du temps, la fécondité royale est bénédiction, un souverain ne peut que se réjouir d'être comblé d'enfants. Qu'on se rappelle Louis XIV, si fier de sa vaste progéniture, légitime et naturelle ! Mais pour Louis XV, un trop grand nombre de ces naissances se sont accompagnées d'une déception. Surabondance de filles n'est pas un cadeau du ciel, la bénédiction tourne en disgrâce. Il finit par en vouloir à sa femme de lui en donner autant.

Peut-être ressent-il aussi, vaguement, autre chose.

Considérons les dates. À vingt ans – vingt ans et demi, pour être précis –, il est père de cinq enfants. Cinq ! Un exploit, comme le soulignait la chanson populaire. Que sa jeune virilité ait tiré orgueil de la naissance des jumelles, cela se conçoit. Mais ensuite, il est impossible que le poids d'une telle famille ne lui ait pas paru, à certains instants, lourd à porter. Un père de cinq enfants est perçu comme vieux, mûr tout au moins. À l'âge où ses anciens compagnons de jeu commencent tout juste à mordre à la vie, le voici rejeté vers les générations aînées, poussé dans le sens du temps qui passe, talonné par ceux qu'il voit destinés à le remplacer un jour.

Louis XV a tout eu trop tôt, tout fait trop tôt. Roi à cinq ans, il a été privé de son enfance. Père de famille nombreuse à vingt ans, il sent sa jeunesse lui échapper. Et il s'ennuie à en mourir. « Sire, lui dit Villars, un jour qu'une indisposition le tenait au lit, voir un roi de France de vingt-deux ans triste et s'ennuyer est inconcevable ; vous avez tant de moyens de vous divertir ! On ne vous désirera jamais d'autres plaisirs que ceux que permet la sagesse ; mais la comédie, la musique... » Le roi m'a interrompu, ajoute Villars, et m'a dit : « Il ne faut pas discuter des goûts. – Non, ai-je répondu ; mais je vous en souhaite plusieurs. Joignez quelques divertissements à celui de la chasse. D'ailleurs vos affaires sont en si bon état, que ce ne sera jamais un ennui pour Votre Majesté d'y travailler ; et si au divertissement il se joint quelque désir de gloire, quels moyens n'avez-vous pas de le satisfaire ? » Mais à ces exhortations, seuls ont applaudi quelques auditeurs. Elles ont laissé le roi de marbre.

Ce n'est pas Marie, avec sa timide et maladroite sollicitude, qui le tirera de son marasme. Si, pendant quelques années, elle put croire encore à son relatif « bonheur », 1733 marqua dans sa vie une rupture. D'abord parce que cette année-là lui offrit, pour la dernière fois, l'occasion d'intervenir en politique, pour la meilleure des causes : le rétablissement de son père sur le trône de Pologne. Ensuite parce qu'elle éprouva, pour la première fois, le chagrin de voir mourir deux de ses enfants, tout en vivant les affres de l'amour trahi : Louis XV a « sauté le pas ».

CHAPITRE SEPT

LE TRÔNE DE POLOGNE

« Il y a une grande nouvelle dans ce pays-ci, écrit Barbier au début de février 1733. Le roi de Pologne Auguste, électeur de Saxe, est mort subitement le 1er de ce mois. Il avait en tête de grands projets pour faire élire son fils, le prince électoral, roi de Pologne. » Certes cette mort n'était pas une surprise, on savait le souverain malade depuis assez longtemps. Mais elle tombait mal pour Fleury qui, comme l'avaient fait avant lui le régent et Dubois, mettait tous ses soins à maintenir la paix en Europe. Le cardinal-ministre avait réussi, à coups d'interventions diplomatiques et de conférences internationales, à prévenir une attaque de Philippe V sur Gibraltar, qui eût été pour les Anglais un *casus belli*, et à régler, à l'amiable ou au moyen de conflits localisés, les différends opposant le souverain espagnol à l'Empereur au sujet des principautés italiennes. L'ouverture inopinée de la succession polonaise imposait à la France un choix crucial. Stanislas avait des droits sur la Pologne. De deux choses l'une. Ou bien la France le soutenait, et elle s'exposait à une guerre contre l'Autriche et la Russie, qui patronnaient le fils du feu roi. Ou bien elle s'abstenait, et c'était alors aux yeux des autres pays une marque de faiblesse, le signe qu'elle reculait devant un conflit, et à ceux de l'opinion publique française une manière de déshonneur : le roi laissait tomber indignement son beau-père.

Ira-t-il ? N'ira-t-il pas ?

On se souvient que Stanislas avait dû prendre l'engagement, lors de la conclusion du mariage, de ne jamais revendiquer son trône de sa propre initiative. « Cependant, avait-il ajouté, si la France était dans une conjoncture où elle eût besoin que je me donne quelque mouvement, on me trouvera disposé à prendre tel parti qu'on voudra. » Le moment était arrivé, le roi l'invitait à poser sa candidature.

À Versailles on a pris la décision très vite, non sans avoir pesé le pour et le contre. Un vif mouvement d'opinion incline à l'intervention. La fierté nationale y voit le moyen d'effacer le souvenir de la mésalliance. Cette jeune reine qu'on aime bien, qu'on a adoptée, mérite qu'on fasse d'elle une « vraie » fille de roi. L'honneur de Louis XV est en jeu. Les quelques voix bourgeoises qui murmurent que cela coûtera cher, que les impôts augmenteront, sont couvertes par la clameur de l'esprit chevaleresque. S'il faut se battre, on se battra. Ni la noblesse d'épée, depuis longtemps frustrée de gloire militaire par la paix prolongée, ni les munitionnaires et autres financiers dont la guerre est le fonds de commerce, ne s'en plaindront. En haut lieu le ministère, divisé, semble plutôt pencher pour l'action énergique. Fleury, vieillissant, a dû s'adjoindre un collègue, Chauvelin, en charge des sceaux et du portefeuille de la guerre. Celui-ci, aussi brutal, résolu, intransigeant que son collègue est – ou paraît – doux, conciliant, voire timoré, est resté fidèle à la ligne politique traditionnelle anti-autrichienne. Il voit dans la succession de Pologne l'occasion de refaire de ce pays un des bastions avancés de l'influence française en Europe de l'Est, contre les Habsbourg. Et l'éventualité d'une guerre n'est pas pour l'effrayer. Or à cette date c'est lui qui, visiblement, parle le plus haut.

Marie s'était promis de ne plus jamais se mêler de politique, mais voici que la politique la rattrape : son père et son pays natal sont concernés. Sentant le climat favorable, elle n'est pas la dernière à s'exalter. Tout au long de son adolescence, elle a entendu sa mère, aigrie et amère, reprocher à Stanislas d'être un raté, d'avoir gâché sa vie et celle des siens, condamnés à l'exil et à une quasi-mendicité. Son propre mariage, tout en assurant à ses parents une existence décente, ne leur a pas rendu le prestige d'autrefois, ils restent des assistés. Les voir rentrer en Pologne, rétablis dans leurs dignités et leurs biens, régnant à Varsovie non plus seuls, mais sous la protection de la France ? Elle n'aurait jamais osé rêver pareil miracle. Certes elle n'est pas associée aux discussions qui agitent le ministère, mais elle suit de très près le cours des événements. Or, bien que la France ait fait savoir aux ambassadeurs étrangers, vers la mi-mars, qu'elle serait partie prenante dans l'affaire, les événements traînent et la reine s'inquiète. Et comme elle se doute que les réserves viennent de Fleury, elle s'emploie à l'amadouer : « Je suis bien fâchée de ces vilains bruits de guerre ; elle m'aurait toujours fait de la peine, mais je vous avoue, mon cher cardinal, que celle-ci m'en fait encore davantage, quand j'imagine que j'en suis cause, quoique, à la vérité, innocente. » Elle aurait donc des remords à l'idée que la France s'expose à un conflit pour elle ? Allons donc ! Ses confidences à Villars la montrent au contraire passionnée pour cette cause, qui n'est d'ailleurs pas la sienne, mais celle de son père bien-aimé.

Stanislas a reçu, dès le mois de février, un émissaire du roi l'invitant à se porter candidat lors de la prochaine élection. Candidat ? s'indigna-t-il. Mais je *suis* roi de Pologne ! J'ai été dûment élu et couronné, vingt ans d'usurpation ne changent rien à ma légitimité. Cette argumentation ne sortait pas des rêveries nostalgiques de l'exilé, elle se fondait sur des informations récentes : l'archevêque-primat, dès le lendemain de la mort d'Auguste II, lui a fait dire « de se rendre diligemment à Dantzig, persuadé qu'il serait aussitôt reconnu roi de Pologne ». Il en a fait part à sa fille, sous le sceau du secret. Elle n'a donc pas osé en parler, et le Conseil n'a pas été informé de cette démarche. L'eût-il été que cela n'aurait pas changé grand-chose : il sait déjà, par l'ambassadeur de France à Varsovie, le marquis de Monti, que Stanislas dispose en Pologne d'un bon nombre de partisans.

Pas question cependant de l'y expédier à la légère. À Versailles, on discute : a-t-il abdiqué ou non ? Oui, dit Fleury. Non, dit Villars. Doit-il se rendre tout de suite en Pologne ou attendre l'élection ? Le roi tranche : il faut qu'il fasse acte de candidature et soit élu à nouveau. Stanislas, contraint de se soumettre aux vues du ministère, consent à en passer par l'épreuve de l'élection. En attendant, rien ne presse. Là-bas le primat décrète l'interrègne et convoque la diète pour le mois d'août. À coups de proclamations antagonistes, Paris et Vienne se disent déterminés à préserver la « liberté de vote » des Polonais. Monti s'active à Varsovie, déversant sur les électeurs la manne financière habituelle, tandis que des bruits de bottes, en provenance de Vienne, se font entendre du côté de la Silésie. Stanislas, lui, est toujours à Chambord. Mais un temps précieux a été perdu. Autant il lui aurait été facile, au début du printemps, de gagner Varsovie par la voie maritime et de s'y faire acclamer comme souverain légitime, autant il risque gros maintenant à s'y présenter en candidat, devant des électeurs aussi versatiles. Il s'en rend compte. Marie aussi. Et elle en veut à Fleury d'avoir compromis les chances de son père par ses atermoiements. « Ce qui s'est passé à la diète, confiera-t-elle plus tard à Villars, a bien fait voir que le primat raisonnait juste, puisque, pour éviter les oppositions de l'Empereur et de la czarine, qui n'ont paru que depuis, il est indubitable que les Polonais se seraient hâtés de reconnaître Stanislas, et qu'il serait remonté sur le trône dans le moment, par acclamations. » Mais, ajoutait-elle, personne ne posa la question en haut lieu : « Il n'était pas d'usage de délibérer dans le Conseil du roi. »

Certes, en prenant les devants, Stanislas eût été seul

roi reconnu de Pologne. Mais il savait bien, lui – il était payé pour le savoir –, que le problème n'était pas de se faire reconnaître « par acclamations », ni même réélire, mais de conserver ensuite le trône. À quoi bon se demander si l'Empereur et la tsarine auraient ou non le temps de s'opposer à sa reconnaissance ou à son élection, puisqu'ils avaient les moyens de le chasser ensuite par les armes ? Tout était affaire de rapports de forces. Plus réaliste que sa fille, Stanislas aurait dit mélancoliquement : « Je connais les Polonais. Je suis sûr qu'ils me nommeront, mais je suis sûr aussi qu'ils ne me soutiendront pas, de sorte que je me trouverai bientôt près de mes ennemis et loin de mes amis. » Et Varsovie, comme chacun sait, est beaucoup plus loin de Paris que de Dresde, de Vienne ou de Moscou. La vraie question était donc de savoir si la France était prête à maintenir son protégé sur le trône par tous les moyens, à quelque prix que ce fût. Or ce n'était évidemment pas le cas.

Des calculs tortueux

Il fut longtemps d'usage, chez les historiens, de considérer la candidature de Stanislas comme une victoire du va-t-en-guerre Chauvelin contre le prudent Fleury. Ils en sont revenus aujourd'hui et tendent à penser que les deux compères se répartissaient le travail, l'un tempêtant et tapant du poing sur la scène internationale pour permettre à l'autre de négocier ensuite en douceur. Avec cependant une hiérarchie des rôles, puisque, fort de la confiance du roi, l'inamovible Fleury était en mesure de faire renvoyer son collègue – ce qu'il fit une fois l'affaire de Pologne réglée. Ce serait sans doute simplifier à l'excès que d'appliquer ici ce schéma et de supposer chez les deux ministres une parfaite convergence de vues. Mais il est certain que sur un point au moins ils étaient d'accord : tous deux savaient qu'à moins d'un très improbable miracle, il était illusoire d'espérer maintenir Stanislas sur le trône de Pologne face à l'opposition conjuguée des Autrichiens et des Russes. Charles XII de Suède, bien qu'il fût sur place à la tête de ses armées, s'y était cassé les dents. Alors, pourquoi lancer le malheureux dans une aventure perdue d'avance ? Pour des raisons qui lui sont totalement étrangères.

Depuis qu'en 1714 le traité d'Utrecht, consacrant la rupture des liens dynastiques qui unissaient l'Autriche à l'Espagne, avait remanié la carte de l'Europe, la France surveillait avec vigilance, on l'a dit[1], la politique matrimoniale de Vienne. L'empereur Charles VI n'avait que deux filles, très convoitées, l'aînée surtout puisque la Pragmatique Sanction promulguée par son père faisait d'elle l'héritière de tous les États patrimoniaux des Habsbourg. La reine d'Espagne, Élisabeth Farnèse, avait un temps espéré décrocher pour ses deux fils la main des deux archiduchesses, mais au grand soulagement de la France, elle n'avait obtenu ni l'une ni l'autre : l'axe Vienne-Madrid ne serait pas reconstitué. Mais ce qui se profilait à l'horizon ne valait pas mieux. Pour sa fille aînée, Charles VI avait jeté son dévolu sur le jeune duc François de Lorraine.

La Lorraine était alors, comme la Savoie, un de ces États souverains issus du démembrement de la très ancienne Lotharingie et placés en tampons, pour leur malheur, entre la France et les possessions des Habsbourg. Également francophones, toutes deux étaient dirigées par des familles anciennes et prestigieuses, très prolifiques, qui s'étaient alliées aux maisons régnantes de Paris et de Vienne par un nombre considérable de mariages. Leurs peuples étaient d'autant plus attachés à ces familles qu'elles étaient le seul rempart contre les multiples convoitises menaçant leur indépendance. Au début du XVIIIe siècle, la Lorraine était la plus mal en point des deux. Une partie de son territoire, le Barrois, relevait depuis le Moyen Âge de

1. Voir ci-dessus, chapitre 2.

la mouvance française. En 1648 elle avait dû céder définitivement à la France les Trois Évêchés – Metz, Toul et Verdun – annexés un siècle plus tôt par Henri II. Et depuis que Louis XIV s'était assuré la possession de l'Alsace, elle ne subsistait qu'en liberté surveillée quand elle n'était pas occupée par les armées françaises. Il ne lui restait qu'un recours : faisant partie depuis l'origine de l'Empire Romain Germanique, elle pouvait faire appel le cas échéant à l'arbitrage impérial.

La maison de Lorraine était alors très proche par le sang de celle de France. Le duc Léopold avait épousé la nièce de Louis XIV, Élisabeth-Charlotte, fille de Philippe d'Orléans et de Madame Palatine. Mais l'impérialisme français l'avait rejeté du côté de Vienne. Il y avait fait élever son fils aîné François, selon la tradition médiévale, pour le préparer à une carrière dans le sillage de l'Empereur. Déjà on parle de ce prince comme d'un futur gouverneur de Hongrie. Mais bientôt il apparaît qu'il est en outre l'époux désigné de l'héritière Marie-Thérèse. « Le duc de Lorraine est parti de Vienne, note Villars en novembre 1729, après avoir reçu de grands présents de l'Empereur en argent et en pierreries ; et l'archiduchesse aînée lui a donné son portrait enrichi de diamants, ce qui paraît un présent de noces. » Il fera un prince consort idéal. Souverain d'un État de trop modeste envergure pour prétendre y installer sa femme, quasiment autrichien déjà par l'éducation, le mode de vie, la culture, il se fondra sans peine dans la maison de Habsbourg. Et comme tout laisse à penser qu'il sera élu empereur sans difficulté à la mort de Charles VI, cela signifie que par la suite la Lorraine se trouvera intégrée aux biens patrimoniaux de la famille impériale. On conçoit que, depuis quatre ans, Louis XV et ses ministres s'affolent à l'idée de voir pareille épine plantée au flanc oriental de la France et cherchent les moyens d'y parer.

Lequel, de Chauvelin ou de Fleury, eut l'idée de faire du trône de Pologne une monnaie d'échange contre la Lorraine ? On ne sait. Mais ils pesèrent certainement ensemble les chances de l'opération. On imagine volontiers, d'après leur caractère respectif, Chauvelin poussant à la roue et Fleury se faisant l'avocat du diable. Le succès supposait que fussent remplies diverses conditions.

Pour obliger l'Autriche à traiter, il fallait lui faire la guerre et la battre sur le terrain. Son intervention contre Stanislas en Pologne fournirait un bon prétexte pour l'attaquer. Encore fallait-il s'assurer que l'Angleterre et les Provinces-Unies, très pointilleuses sur le maintien de l'équilibre des forces en Europe, ne bougeraient pas. Fleury passa donc une bonne partie du printemps à négocier leur neutralité. On se souvient que les anciens Pays-Bas espagnols – l'actuelle Belgique – avaient été attribués à l'Autriche par les traités d'Utrecht. La France dut promettre qu'aucune armée ne s'aventurerait en Flandre, terrain brûlant, et que les opérations auraient seulement pour théâtre la moyenne vallée du Rhin et le Milanais. Pour le reste, aux militaires de jouer, et de gagner.

Il fallait d'autre part avoir quelque chose de solide à échanger. Autrement dit, que Stanislas pût faire valoir sur la Pologne des droits incontestables. Son élection de 1704 était bien vieille. Avoir laissé Auguste II régner en paix pendant vingt-quatre ans pouvait passer pour une reconnaissance tacite. C'est pourquoi on exigea qu'il se fît élire à nouveau. Il exhiberait un titre tout neuf. Faute de tenir militairement le pays – Chauvelin et Fleury, bien décidés à ne pas lui envoyer de troupes, savaient fort bien qu'il n'y parviendrait pas –, il fallait tout de même qu'il fît peser sur son rival une menace suffisamment forte pour que l'Autriche acceptât de payer son abdication au prix fort. Et la condition essentielle, dont on se gardait de parler mais dont dépendait tout le reste, était qu'il ne lui arrivât pas malheur en route.

Parce que toutes les conditions furent remplies, nous sommes tentés d'admirer après coup la justesse des calculs de nos deux ministres, l'habileté de leurs manœuvres. En réalité, l'affaire était pleine d'aléas, ils ne pouvaient que faire une manière de pari. Mais comme le jeu – la Lorraine – en valait la chandelle, ils acceptèrent d'en courir les risques.

On remarquera que les plus gros de ces risques étaient pour Stanislas. Se souvenant des tentatives d'enlèvement ou d'assassinat de jadis, il les mesurait très bien. À cette différence près qu'on lui avait caché les dessous de l'affaire – faute de quoi il aurait refusé d'assumer ce rôle ou l'aurait mal joué. L'enjeu était donc bien, croyait-il, le trône de Pologne. Il n'en fallait pas moins pour le faire renoncer à la douceur angevine ou aux brumes solognotes. L'éclat de la couronne, le goût de l'aventure – il s'ennuyait un peu à Chambord auprès de sa femme –, la foi dans la bienveillante Providence qui l'avait toujours tiré d'affaire, l'encouragèrent à tenter sa chance. D'ailleurs, la position de la France étant désormais publique, on ne lui laissait plus le choix.

Une affaire de cette importance n'avait pu être engagée sans l'approbation formelle du roi. Mais il n'était pas possible d'en révéler les dessous à Marie, à cause de son père. Elle croit donc de tout son cœur qu'un brillant avenir s'ouvre à nouveau pour lui en Pologne, elle pense que la France le soutiendra, lui enverra des subsides, des armes, des soldats. Elle plaide sa cause avec passion à qui veut l'entendre. Pendant des mois, elle va espérer, elle va se battre, pathétiquement, contre des moulins à vent comme don Quichotte, puisque ce qu'elle prend pour la réalité n'est qu'un leurre. Et malgré l'heureuse issue de l'aventure, il lui en restera au travers de la gorge comme une amertume, le sentiment d'avoir été dupée, trahie.

Dix jours de règne à Varsovie

Le 21 août Stanislas vint faire ses adieux à Versailles. Il était grand temps de gagner la Pologne : la date limite pour l'élection était fixée au 12 septembre, déjà les nobles se rassemblaient dans la capitale. Marie le serra dans ses bras en larmes, le cœur déchiré. Car elle savait bien qu'il se lançait dans une aventure hasardeuse.

Pour arriver à temps, le chemin le plus court – le seul possible à cette date – était la voie terrestre. L'ennui, c'est qu'elle traversait l'Allemagne, terre d'Empire, et que le candidat de la France avait toute chance de s'y faire arrêter. On organisa donc une feinte. Dans un carrosse royal aisément identifiable, un sosie approximatif partit ostensiblement pour Brest, où il s'embarqua sur un vaisseau de l'escadre, dont la destination supposée ne pouvait être que Dantzig. De son côté le vrai Stanislas fit le 25 un départ inaperçu. Bientôt, déguisé en domestique, il brûlait les étapes à bord d'une voiture à deux roues à la mode germanique, légère mais solide, en compagnie d'un Alsacien, le fils de cette marquise d'Andlau qui l'avait naguère hébergé à Strasbourg. Au jeune homme, qui parlait couramment l'allemand, le rôle d'un négociant en quête de marchandises, à Stanislas celui de commis. Par le Hanovre et la Prusse, ils devaient gagner la frontière polonaise à Francfort-sur-l'Oder, où les récupérerait un carrosse du marquis de Monti.

À Versailles, Marie attend, guettant les nouvelles. Sa mère, Catherine Opalinska, a demandé à quitter Chambord, pour ne pas y rester seule et surtout pour être plus proche des sources d'information. On l'a donc installée à Saint-Cyr, dans les appartements de Mme de Maintenon. Quatre longues semaines d'anxiété. Et puis, le dimanche 20 septembre, parvient entre onze heures et minuit une dépêche de Monti. Stanislas, arrivé de justesse à Varsovie le 8 septembre, a été proclamé roi le 12 par les cinquante mille nobles réunis au champ de Kolo. Il a aussitôt reçu les clefs de la ville des mains du gouverneur et repris possession de son palais. Au reçu de cette merveilleuse nouvelle, Louis XV « s'est jeté au cou de la reine, laquelle l'a embrassé de son côté avec des démonstrations de joie parfaite ». Après quoi elle s'est retirée à la chapelle pour rendre grâces à Dieu.

Marie n'eut guère le temps de savourer son bonheur. Une semaine plus tard commence à tomber une pluie de nouvelles désastreuses. Les troupes russes ont passé la frontière. Elles s'apprêtent à traverser la Vistule. Dans Varsovie indéfendable, c'est la panique et l'exode. « On démeuble partout et la terreur est répandue, écrit Monti, une guerre des plus cruelles se prépare. » Le fleuve est franchi, la prise de la ville n'est qu'une question d'heures. Stanislas a tout juste le temps de s'enfuir avec quelques-uns de ses fidèles. Dans la capitale occupée, la diète ou ce qu'il en reste – vieux adversaires de Leszczynski et opportunistes volant au secours de la victoire – a proclamé roi l'Électeur de Saxe, arrivé dans les fourgons russes.

Pour Marie et surtout pour sa mère, ces nouvelles ont un goût de revenez-y, comme si elles se trouvaient reportées une trentaine d'années plus tôt. Certes elles-mêmes ne risquent rien désormais, mais Stanislas est à nouveau seul face aux armées ennemies. Il n'a pas attendu de voir les troupes russes à Varsovie pour appeler son gendre au secours. Et Louis XV a aussitôt fait des plans de campagne. Où donc ? en Italie. C'est là qu'il demande à Villars de prendre la tête de l'armée. Lors du Conseil du 7 octobre, on lut « un manifeste pour déclarer la guerre à l'Empereur, qu'on chargeait d'être l'agresseur, par les secours donnés à l'Électeur de Saxe. Il est cependant réel, ajoute Villars, que les troupes de l'Empereur ne sont pas entrées en Pologne, et que ce sont celles de la czarine ». Le 10 octobre, on déclare officiellement la guerre. À la tsarine ? non point. À l'Empereur seulement. Motif officiel : il s'agit de « tirer vengeance de l'insulte faite par lui sur la personne du roi de Pologne, beau-père du roi de France ». Autrement dit, on déguise l'opération en affaire d'honneur, pour dissimuler qu'on poursuit un tout autre but que le maintien de Stanislas sur le trône. Avec des résultats mitigés sur le Rhin, éclatants en Italie, la France est en position de force face à l'Autriche dès la fin de l'année 1733. Mais en Pologne, Stanislas reste très menacé.

Il passe d'abord un hiver relativement paisible à Dantzig où il a trouvé refuge avec les siens. Vieille ville hanséatique, Dantzig, accoutumée à s'administrer elle-même, est riche et puissante. Elle passe pour imprenable. Outre ses fortifications, elle est protégée des agressions terrestres par les marais du delta de la Vistule. Et elle dispose d'une flotte et d'un port qui lui permettent d'avoir peu à craindre de la disette en cas de siège. C'est par ce port que devraient arriver les secours venus de France. Stanislas, dès son élection, a mis au point avec sa fille une correspondance régulière, qui transite par la Prusse et le Hanovre. Seules ses lettres ont été conservées. Celles de Marie nous manquent, mais nous pouvons en deviner le contenu d'après les réponses. Tous deux se méfient du « cabinet noir » ministériel, qui épluche le courrier. Pour désigner Fleury, ils adoptent donc un nom de code – M. de La Roche –, avant de renoncer bientôt à cette ruse cousue de fil blanc dont ils découvrent l'inanité. Plus réaliste que sa fille, Stanislas a rapidement compris que la France ne s'en prendra pas à la Russie. Aussi préconise-t-il la méthode qui avait démontré son efficacité en 1707 : attaquer l'Électeur de Saxe dans ses États patrimoniaux. Mais devant les arguments diplomatiques opposés à cette idée par Fleury, il songe, dès le mois de décembre, à un accommodement : « Je vous assure, écrit-il à Marie, que si, selon les dires de M. de La Roche, les traités et conventions rendent l'invasion de la Saxe absolument impossible, il vaut mieux, dès à présent, terminer l'affaire à l'amiable. » Mais Marie rêve encore de le voir triompher, puisque son rival, sentant le terrain peu sûr, hésite à prendre possession de sa capitale et tarde à se faire couronner.

Durant l'hiver, la situation reste comme suspendue. À Dantzig, entouré de partisans qui croient encore à sa bonne étoile, Stanislas a formé un gouvernement et réuni une cour. Il a même pris pour maîtresse une cousine, la comtesse Ossolinska, épouse de son grand trésorier. L'ambassadeur de France, Monti, est là et sa tête fourmille de projets. Hélas ! les glaces ont à peine commencé à fondre que les armées russes se réveillent. Elles mettent le siège devant Dantzig à la fin de février 1734 et, tandis qu'Auguste III se fait enfin couronner à Cracovie, Stanislas appelle au secours.

Barouds d'honneur

À Versailles, Marie joue pour lui le rôle d'une sorte de chargé d'affaires, défenseur de ses intérêts. Elle renonce à dissimuler à Fleury une correspondance dont il a depuis longtemps percé le code. C'est lui qui tire les ficelles de toute l'affaire, c'est donc lui qu'elle assiège de ses supplications : il faut envoyer des troupes à son père. Le roi et son ministre, eux, sont plus que jamais convaincus que la Pologne est perdue. Reste à en convaincre Stanislas. Reste aussi à sauver la face à l'égard de l'opinion. Le comte de La Motte est donc expédié vers Dantzig à la tête d'une petite escadre, à peine trois mille hommes et fort peu de munitions. À Copenhague, où il fait escale, il est reçu par le comte de Plélo, ambassadeur de France, un Breton énergique, passionné, épris d'honneur à l'ancienne mode, qui lui prodigue des encouragements. Il met pied à terre aux alentours de Dantzig le 11 mai, mais il se heurte aux Russes et, ne parvenant pas à prendre contact avec les assiégés, il se rembarque. Nouvelle escale à Copenhague. Indignation scandalisée de Plélo : cette retraite déshonore la France, il faut « retourner à la charge ». Quelques subalternes ont beau invoquer les consignes reçues, Plélo insiste, s'exalte. Sans égard pour son mandat diplomatique, il déclare qu'il prendra le commandement de l'expédition et La Motte consent à le suivre. Les voici repartis pour Dantzig.

Avant de quitter le Danemark, l'intrépide Breton avait bombardé la cour de lettres enflammées. Sur le point de périr d'une mort glorieuse, il recommandait sa femme et ses enfants au roi, à la reine, aux ministres. On imagine sans peine la consternation de Fleury à l'annonce de cette équipée. Marie, au contraire, s'est précipitée chez lui, enthousiaste : qu'attend-on pour suivre son exemple ? Le cardinal la gratifie d'une douche froide. Plélo a désobéi : « Il hasarde sa vie et sa fortune. – Oh, pour sa fortune, je m'en charge, quel que soit le succès », réplique-t-elle d'un air de défi.

La suite n'était que trop prévisible. L'attaque des deux régiments français ne parvint pas, malgré une première avancée, à percer les lignes russes, tandis que de leur côté, les assiégés devaient renoncer à les rejoindre. Plélo tomba au premier rang des combattants, criblé de coups. La Motte se replia avec les survivants sur la petite tête de pont qu'il avait établie en débarquant et réussit à se glisser seul jusqu'à la ville, où il rencontra Stanislas. Il lui proposa ce qui était à l'origine le véritable but de sa mission : le rapatrier en France. Stanislas, qui espérait encore l'arrivée d'une flotte française, refusa, incita La Motte à se joindre à lui. Mais celui-ci, lucide et respectueux cette fois des ordres reçus, choisit de traiter avec les Russes qui, en dépit de leurs promesses, l'envoyèrent comme captif en Livonie. L'unique expédition de secours envoyée à Stanislas avait fait long feu. Marie apprit avec consternation que son père avait dû prendre à nouveau la fuite et que nul ne savait ce qu'il était devenu. Les chansonniers parisiens continuent d'ironiser :

Est-il roi, ne l'est-il pas,
Ce prince qu'on déplore ?
Fuit-il ? Va-t-il au combat ?
C'est ce que l'on ignore.
Où est ce pauvre Stanislas ?
Le verrons-nous encore ?

Mais oui, à défaut de le revoir tout de suite, on parviendra assez vite à le localiser. Il est sain et sauf. Mais avant de recevoir de ses nouvelles, Marie a passé de longs jours dans l'angoisse à se ronger les sangs. Car de toutes les entreprises hasardeuses qu'avait jusque-là tentées l'intrépide Stanislas, celle-ci était la plus risquée. Il lui fallait cette fois gagner les terres du roi de Prusse en traversant les lignes russes et la campagne environnante, alors que sa tête était mise à prix.

Après de pathétiques adieux à ses fidèles, laissant à l'intention de la noblesse polonaise et des habitants de Dantzig de nobles et émouvantes proclamations, il était parti le 27 juin, déguisé en paysan. Outre un livre de piété, il portait sur son cœur, en guise de talisman, un portrait de Marie jeune fille. Au lieu de se diriger vers l'ouest, comme il eût été normal, il choisit la direction opposée, la plus improbable. La frontière avec la Prusse orientale était toute proche et la zone moins surveillée en raison des difficultés du terrain. Le 2 juillet, il refaisait surface dans la petite bourgade de Marienwerder : il était chez le roi de Prusse.

Dans ce plat paysage de ciel et d'eau où le sens de l'orientation se perd, il avait erré cinq jours, déjouant la vigilance des patrouilles de cosaques, cahoté sur des chars à bancs, pataugeant dans les marécages, dormant le jour dans des greniers à foin, marchant la nuit à l'aveuglette à la merci de passeurs à la bonne foi ou à la compétence douteuses, trouvant chez les gens du peuple un peu de cupidité et beaucoup de patriotisme, parfois reconnu, mais jamais trahi, il avait fini par franchir victorieusement la Vistule, puis le Nogat[1] sur des embarcations de fortune. Il était hors de danger. Qu'aurait fait de lui la tsarine, qui exigeait qu'il lui fût livré ? Contre quoi aurait-elle négocié un tel otage ? À moins qu'au cours de la traque une balle perdue, un coup de poignard discret ou les marécages du delta ne se fussent chargés de débarrasser Auguste III d'un rival

1. Le bras oriental du delta de la Vistule.

encombrant... Il avait sans doute risqué assez gros. Il avait gagné, il avait sauvé sa peau.

Après coup, l'héroïque épopée du fugitif fut pour Marie et pour sa mère un sujet d'intense fierté. Bien avant que le récit en fût publié en 1769 dans une biographie posthume, elles l'avaient vingt fois racontée à qui voulait l'entendre, y apportant à chaque fois un peu plus de relief et d'éclat, transmuant peu à peu la réalité en légende et métamorphosant la fuite en triomphe. Mais sur le moment les deux femmes, unies dans une même anxiété, suspendues aux nouvelles qui ne venaient pas et craignant à bon droit pour la vie du malheureux, avaient été surtout sensibles à la découverte d'une mortifiante évidence : la France n'avait pas levé le petit doigt pour secourir Stanislas.

Marchandages

Le roi-sergent Frédéric-Guillaume de Brandebourg ne fut pas peu surpris et embarrassé lorsqu'il apprit l'arrivée du fugitif sur ses terres. Que faire de lui ? Il songea d'abord à l'échanger contre des avantages substantiels. Puisque la tsarine le réclamait, ne céderait-elle pas en retour quelques fragments de Pologne sur les bords de la Baltique ? De son côté l'Autriche ne lâcherait-elle pas un morceau de Silésie ? S'étant heurté à des refus, il prit le parti d'accueillir royalement Stanislas, pour se concilier la France. Voici donc le beau-père de Louis XV installé à Kœnigsberg dans l'antique château du grand maître des Chevaliers teutoniques, doté d'une garde de grenadiers prussiens et gratifié d'une pension quotidienne de trois cents thalers par jour.

Il y passera près de deux ans – vingt-deux mois exactement –, ce qui est considérable. Pourquoi un pareil délai, alors qu'il était question, quelques semaines plus tôt, de le rapatrier de Dantzig au plus vite ?

Ni Chauvelin ni Fleury n'avaient évidemment prévu, dans leurs plans, un séjour à Kœnigsberg. Mais ils en mesurent aussitôt les avantages. Là-bas, Stanislas se trouve aux portes mêmes de la Pologne, plus près de Varsovie que ne l'est son rival saxon. Et il est en sécurité, dans un « sanctuaire » idéal pour reprendre la lutte : nul n'oserait se frotter aux armées du roi de Prusse. Dès le 13 août il lance donc une proclamation où il affirme ses droits. Autour de lui s'est regroupée une partie de la noblesse polonaise hostile à Auguste III et il conserve dans le pays des partisans actifs qui y entretiennent une guérilla. Une aubaine pour la politique française : les ministres français auront tout le temps nécessaire pour négocier, cependant que Stanislas fera peser sur son rival une menace autrement puissante que s'il s'était réfugié en France.

Entre Marie et son père, les échanges épistolaires ont repris. Elle apprend avec joie qu'il a reconstitué une cour, que son grand trésorier le comte Ossolinski a pu lui apporter ses archives et son trésor sauvés du désastre. Hélas, les malles de la duchesse n'ont pas suivi, et Stanislas demande à son épouse de lui faire expédier de France des étoffes pour habiller la malheureuse, dont il omet de dire qu'elle est sa maîtresse. À Kœnigsberg, la vie s'organise et l'espoir renaît. À Versailles, Marie, appuyée par sa mère, assiège de nouveau Fleury pour qu'il reprenne en main la cause de son père. Le ministre, bien entendu, n'est pas d'accord. Sur le fond de l'affaire, son point de vue reste le même : le trône de Pologne n'est pas sauvable. En revanche jamais les conditions n'ont été aussi favorables pour le monnayer. Avec Marie, le malentendu persiste, puisqu'il la sait cramponnée à ses espérances, incapable d'entendre le langage de la sagesse. Il la berce de bonnes paroles évasives et mise sur Stanislas pour se résoudre enfin à une solution raisonnable. Cette solution, il faut du temps pour la mettre au point. Que Stanislas, d'ici là, se contente de proclamer bien haut ses droits, de brandir une épée de Damoclès sur la tête de son rival, mais qu'il se garde de déclencher la guerre en Pologne.

Les négociations traînent parce que l'Autriche, battue à plates coutures par les Français dans le Milanais et par les Espagnols à Naples, espère encore une intervention de son alliée l'Angleterre. Devant la défection de celle-ci, elle se résigne au début de 1735 à prêter l'oreille aux propositions présentées par Chauvelin : la Lorraine pour Stanislas en échange de la Pologne ; en prime la France souscrirait à la Pragmatique Sanction faisant de Marie-Thérèse la seule héritière des Habsbourg. Les réactions de Marie ? Nous pouvons les deviner d'après les réponses de son père. Elle s'indigne qu'on l'abandonne. Mais lui, plus réaliste, est d'avis de ne pas laisser passer une aussi belle occasion de sortir du guêpier polonais : « Si le plan de pacification devait donner l'occasion de négociations, lui écrit-il le 21 mars 1735, et qu'on fût obligé, faute de toute ressource, d'abandonner les affaires de Pologne, au nom de Dieu, convenez de bonne heure avec Chauvelin de la Lorraine. » Quelques jours plus tard, Marie semble avoir été convaincue, puisqu'il lui répond : « Je conviens avec vous qu'à défaut de la Pologne, la Lorraine est la seule chose qui me conviendrait... »

Les choses traînèrent encore, du fait de l'Autriche. Le 3 octobre furent signés à Vienne les préliminaires du traité sanctionnant l'échange. On a sauvé la face à Stanislas. Il sera d'abord reconnu par tous les souverains d'Europe comme roi de Pologne. Après quoi il abdiquera, de son plein gré, en faveur d'Auguste III, mais conservera le titre de roi et les prérogatives qui y sont attachées par l'étiquette. Il récupérera ses biens polonais confisqués et il en sera de même pour ses partisans. Il se verra céder les duchés de Lorraine et de Bar par le duc François, qui recevra en échange la Toscane. Et comme il n'a pour héritière que Marie, la Lorraine deviendra française après sa mort.

Cette solution, très avantageuse pour la France, fut rendue publique en janvier 1736. Le 27 Stanislas dut signer, la mort dans l'âme, l'acte officiel d'abdication. Certes il savait bien qu'il se tirait fort honorablement d'unc aventure sans issue qui durait depuis plus d'un quart de siècle. Mais c'était aussi un arrachement, la rupture avec ses racines polonaises, l'effondrement d'une espérance, la fin d'un rêve. Marie, qui avait partagé cette espérance et ce rêve, en éprouva une profonde amertume qu'elle ne sut pas dissimuler à Fleury : « Croyez, madame, lui disait-il, que la jouissance du duché de Lorraine sera bien préférable à celle de la Pologne. – Oui, Éminence, oui, répliqua-t-elle, à peu près comme un tapis de gazon remplace une cascade de marbre. » Allusion acide à un incident qui les avait opposés un peu plus tôt au sujet de Marly. L'admirable mais fragile « escalier d'eau » qui dominait au sud le château partait en mille morceaux et devant le coût des travaux, Fleury, très ménager des deniers du roi au point de passer pour avare, l'avait fait remplacer par une simple pelouse.

Certes. Mais ne vaut-il pas mieux, parfois, un tapis de gazon en bon état plutôt qu'une cascade de marbre en ruine ?

La Lorraine, « terre promise » du roi errant

On prenait son temps au XVIIIe siècle. Stanislas quitta la Prusse orientale au début mai, après des adieux solennels à ses partisans. Le 4 juin, il arrivait à Meudon où il devait loger provisoirement en attendant la passation de pouvoirs en Lorraine. Il pouvait enfin serrer dans ses bras sa femme et sa fille après trois ans de séparation. Sa femme ? Elle a encore vieilli et son humeur ne s'est pas améliorée. L'ultime espoir déçu la laisse brisée : elle ne reverra jamais la Pologne et l'idée de changer une fois de plus de résidence lui pèse. Elle ne tarde pas à s'apercevoir que son époux la trompe : elle s'en doutait un peu, mais la chose est plus difficile à vivre de près que de loin. Marie, elle, est ravie de retrouver sain et sauf son « chérissime papa ». Une fois au moins par semaine, elle se rend en visite à Meudon : « Sa Majesté, dit Luynes, y dîne à une grande table ; elle est au milieu de la dite table dans un fauteuil, le roi son père à sa droite et la reine sa mère à sa gauche, chacun dans un fauteuil. Ces trois fauteuils sont seuls dans un des grands côtés de la table [...]. La table est servie à vingt-neuf plats, sur quoi huit potages que l'on relève. Les dames seulement mangent à cette table selon l'usage ordinaire. » Bref on singe le cérémonial versaillais du « grand couvert ». Le soir, même mise en scène, sauf que Stanislas, qui est un couche-tôt, laisse les dames continuer seules la conversation.

Stanislas est roi, que nul ne l'oublie. En ce début du XVIIIe siècle, où les rois poussent en Europe comme des champignons – en Prusse, en Piémont-Sardaigne... –, il rêve un instant de se faire proclamer roi de Lorraine. Il déchante vite et découvre même avec dépit, lors de la Déclaration de Meudon le 30 décembre 1736, que son titre de duc ne sera qu'une coquille vide. En attendant le rattachement définitif, la France se réserve l'administration du duché. Lui-même ne fera que de la figuration, mais une figuration fastueuse : la liste civile qui lui est allouée est confortable. Et il pourra signer : *Stanislas roi, duc de Lorraine.* Roi sans localisation, roi en soi – un peu de baume sur son amour-propre.

À la mi-février de 1737, François de Lorraine, non sans un pincement de cœur, se décida à signer officiellement sa renonciation au duché en faveur de Stanislas. Celui-ci put bientôt quitter Meudon pour gagner le splendide château de Lunéville, résidence de prédilection du défunt duc Léopold, que venait tout juste de libérer la duchesse douairière. Dix jours plus tard sa femme le rejoignait, pour se claquemurer dans la dévotion et les bonnes œuvres, tandis qu'il mettait sur pied une cour aimable, cultivée, souriante, où s'affirma bientôt sa vocation de souverain « éclairé », voire philosophe, et dont Voltaire et la marquise du Châtelet firent quelque temps l'ornement. À M. de La Galaizière, l'intendant nommé par Louis XV dans les fonctions de chancelier, le soin de collecter les impôts, à Stanislas le privilège d'offrir à ses sujets fêtes et menues faveurs. Les Lorrains ne tardèrent pas à adopter leur nouveau duc.

Le 2 mai 1738 était enfin signé le traité de Vienne [1], entérinant les dispositions mises au point dix-huit mois plus tôt. Selon le jeu de chaises musicales qui prévaut dans les combinaisons diplomatiques depuis le début du siècle, Auguste III de Saxe, le protégé de l'Empereur, recueille la Pologne des mains de Stanislas, qui obtient en échange la Lorraine, abandonnée par son duc, François, lequel reçoit en compensation la Toscane [2], naguère promise à l'infant don Carlos d'Espagne, lequel don Carlos se voit attribuer à la place le royaume de Naples, que l'Empereur consent à abandonner moyennant la reconnaissance de la Pragmatique Sanction. La boucle est bouclée. Seul le roi de Prusse, malgré l'accueil bienveillant réservé à Stanislas, ne gagne rien à l'affaire, mais son fils ne tardera pas à se rattraper.

Et c'est ainsi que Marie, arrivée pauvre entre les pauvres, les mains plus vides qu'aucune des reines qui l'ont précédée, apporta à la France, à retardement, la plus belle dot depuis celle d'Anne de Bretagne trois siècles plus tôt : la Lorraine. Une Lorraine réconciliée, francisée, aux trois quarts assimilée, grâce à l'habileté conjuguée de Stanislas et de La Galaizière, qui parvinrent à faire oublier aux Lorrains l'ancienne dynastie dont ils pleuraient le départ.

La mort d'un roi de Pologne somme toute obscur, Auguste II de Saxe, contribua ainsi à remodeler la carte d'Europe. Elle laissa aussi – la chose est moins connue – sa trace dans les arts : c'est elle qui a valu

---

1. Il ne devint définitif que le 18 novembre, avec l'accession de l'Angleterre et des Pays-Bas.

2. On se souvient que, faute d'héritier direct du dernier des Médicis, la Toscane était revendiquée pour un de ses fils par Élisabeth Farnèse, non sans protestations de la part de l'Empereur.

au répertoire musical l'admirable *Messe en si mineur* de Jean-Sébastien Bach[1].

Marie ne peut que se réjouir d'une issue qui offre à son père une position de repli honorable et qui l'installe à proximité. Chaque automne ses parents, aisément intégrables désormais à la hiérarchie de la cour, viendront faire auprès d'elle un séjour officiel. Logés à Trianon, ils seront reçus en public selon leur rang. Elle pourra aussi organiser avec eux des rencontres familières et, le cas échéant, aller les voir. Aucune reine avant elle, répétons-le, n'a connu pareille chance.

Elle sort cependant de ces quatre années amère et désenchantée. Car le roi s'est éloigné d'elle sans remède. L'infidélité de Louis XV était, on l'a dit, quasiment inévitable. Mais on peut se demander dans quelle mesure les interventions de la reine dans les affaires de Pologne n'ont pas contribué également à ruiner entre eux ce qui pouvait subsister de confiance. Elle s'est mêlée de politique, à bon droit cette fois-ci. Elle était dans son rôle en défendant son père et nul ne songea à lui en tenir rigueur. En parla-t-elle à son époux ? Si timide qu'elle fût face à lui, il est inimaginable qu'elle ne l'ait pas sollicité dans les moments dramatiques : le danger couru par son père la rendait courageuse. Que pouvait-il lui répondre ? La vérité, c'est-à-dire que la France n'avait jamais envisagé d'envoyer en Pologne la moindre armée ? Tel qu'on le connaît, il a dû se dérober et la renvoyer à Fleury. Autant parler à un mur. Alors elle s'aigrit et s'exaspère contre le ministre, parce qu'elle a le sentiment – pas faux – qu'il la trompe et la trahit. Elle veut croire qu'il manœuvre le roi, que, s'il n'y faisait obstacle, la France volerait au secours de Stanislas. Hélas, Louis XV partage les vues de son ministre. Mais, comme il déteste les discussions, il tend à la fuir pour

---

1. Bach, on le sait, était luthérien. S'il a écrit une messe pour le culte catholique, c'est parce qu'il espérait, par cet hommage posthume à Auguste II, se concilier la faveur de son successeur et obtenir de lui un poste officiel.

éviter d'entendre ses plaintes et d'avoir à lui mentir. Ainsi s'élargit de jour en jour entre eux le fossé qui conduira à une séparation de fait.

Le drame de Marie est que, pendant les quatre années où elle s'est battue pour tenter de sauver le trône de son père, elle a traversé, à titre privé, la plus rude épreuve infligée à une femme amoureuse, la trahison conjugale. Et dans les deux cas elle a rencontré sur son chemin, dans le rôle ingrat de porte-parole du roi, Fleury. Toute sa vie, elle gardera la conviction qu'il est responsable du naufrage de son mariage. Vieille rancœur qu'elle confie au président Hénault : si le vieil homme jaloux ne l'avait pas « brouillée » avec son époux du temps de Mme de Prie, celui-ci ne se serait pas éloigné d'elle, elle aurait pu donner d'autres fils à la France. Illusion, bien sûr. Illusion entretenue par le fait que Louis s'est toujours défaussé des messages désagréables sur son ancien précepteur. Illusion renforcée par les faux-fuyants récents de celui-ci dans l'affaire de Pologne. Sur deux points aussi essentiels que son amour conjugal et son amour filial, elle est convaincue que Fleury a joué contre elle, délibérément, par volonté de lui nuire. Et elle lui en veut d'autant plus fort qu'en concentrant sur lui sa rancœur, elle évite inconsciemment de mettre en cause l'époux qu'elle aime. Les ruses du sentiment font de Fleury un parfait bouc émissaire. Et peut-être est-ce bien ainsi. Après tout, sous l'Ancien Régime, n'est-ce pas à cela que devaient servir les ministres – dans le domaine politique plus encore que dans la vie privée ?

Mais on constatera sans peine, en revenant sur cette vie privée à partir de 1733, que le vieux cardinal n'était pour rien dans l'inévitable désastre.

CHAPITRE HUIT

LE DÉLAISSEMENT

En 1733 s'ouvre pour Marie Leszczynska une période de douze années qui aboutit à une séparation de fait entre elle et son époux au profit de maîtresses successives. Période douloureuse, ponctuée de maternités et de deuils, durant laquelle, très mal résignée, elle ne désespère pas de voir l'infidèle lui revenir.

Premiers deuils

Le 23 mars 1732 était née une nouvelle fille, celle qui sera Marie-Adélaïde. Déception. Routine. Peut-être n'avait-elle pas assez remercié le Seigneur de lui avoir accordé deux fils ? En mai, elle put enfin arracher à l'avarice de Fleury les fonds nécessaires pour financer le pèlerinage à Chartres qu'elle souhaitait faire depuis longtemps. En rendant à la Vierge des grâces ferventes, elle ne manqua pas de solliciter un troisième garçon. Hélas, ce sont des chagrins qui s'abattirent sur elle coup sur coup dans l'année qui suivit.

L'hiver avait été mauvais. Une épidémie de rhume sévissait dans le royaume, particulièrement meurtrière pour les enfants en bas âge. Marie en avait six, elle attendait le septième lorsqu'au mois de février mourut à quatre ans et demi Madame Troisième, qu'on eut tout juste le temps de baptiser Louise Marie. Accident statistiquement banal à l'époque. On blâma l'incompétence du médecin, un charlatan nommé par faveur, qui n'hésita pas à pratiquer quatre saignées sur la malheureuse – trois palettes de sang à chaque fois –, puis à lui infliger de l'émétique et des ventouses. Rien d'étonnant qu'elle en mourût, il y avait de quoi tuer un adulte vigoureux. Cependant on la pleura peu : ce n'était qu'une fille.

Mais voici qu'au mois d'avril, le petit duc d'Anjou tomba malade à son tour. À deux ans et sept mois, c'était un charmant bambin, gai et éveillé, à qui son grand-père rêvait déjà de transmettre le trône de Pologne enfin retrouvé. Depuis qu'on le savait souffrant, on l'avait retiré de l'aile des Princes et isolé de ses frères et sœurs pour l'installer au rez-de-chaussée du château, juste au-dessous de l'appartement de sa mère. Elle n'avait qu'un saut à faire pour prendre de ses nouvelles. On ne le croyait pas en danger, mais cependant elle dormait mal. Une nuit, raconte Villars, qui tenait ce détail de Louis XV en personne, « étant couchée avec le roi, son impatience l'a fait sortir de son lit pour faire ouvrir une fenêtre qui donnait sur celles de la chambre de M. le duc d'Anjou, à la porte duquel était un crocheteur. Elle lui a crié : "Comment se porte le duc d'Anjou ?" Le crocheteur a répondu : "Il est mort." La reine a fait un grand cri : heureusement une femme de chambre l'a soutenue, et le roi est sorti du lit pour venir la consoler ».

La consoler ? Facile à dire ! Leur chagrin à tous deux est d'autant plus vif que l'enfant, ondoyé à sa naissance, n'avait pas encore reçu le baptême. Et, bien sûr, comme le souligne Barbier, « il ne reste plus de mâle que M. le dauphin, qui n'a que trois ans et demi ». Pour ne rien arranger, des bruits fâcheux courent dans Paris : le petit garçon aurait été empoisonné par de la terre recueillie sur la tombe du diacre Pâris[1].

---

1. Rumeur liée à l'affaire des « convulsionnaires de Saint-Médard ». Le cimetière de l'église Saint-Médard, où était enterré le diacre Pâris, un janséniste notoire, attirait des illuminés qui s'y livraient, dans l'attente de miracles, à de dangereuses scènes extatiques d'une violence atroce. En 1732 un édit royal l'avait fait fermer, à la grande indignation

C'était faux, mais le climat s'en trouva alourdi. Après ce double drame, Marie ne cessera de trembler pour ses enfants. Sa santé cependant est solide, le choc subi n'a pas compromis la grossesse en cours. Le 11 mai, voici que s'annonce la naissance. Les choses vont si vite que l'accoucheur officiel est pris de court. C'est le médecin ordinaire de la reine, Helvétius – le père du philosophe –, qui mit au monde avec l'aide d'une suivante celle qui sera Madame Victoire. Une déception de plus. Comme dit Barbier : « Cette nouvelle a jeté bien de la tristesse en la cour, la mort de M. le duc d'Anjou ne pouvait être réparée que par la naissance d'un mâle. » Et quand Stanislas, toujours optimiste, parle d'« espérances différées », il ne veut pas dire autre chose.

La disparition brutale du cadet a rappelé à tous la fragilité de l'aîné et les spéculations sur une éventuelle succession sont reparties. À Madrid, apprenant le double deuil qui frappait la famille royale française, Élisabeth Farnèse se serait écriée : « En voilà deux en six semaines ; si cela continue, je verrai un de mes fils roi de France ! » Un héritier ne suffit pas pour éteindre les convoitises, il en faut d'autres pour que la relève soit assurée. Le désir d'avoir à tout prix un garçon de plus commande les relations du couple royal dans les années qui suivent. Triste constatation, la mort du petit duc d'Anjou vaut à Marie un regain d'assiduité de son époux. Mais cette espérance toujours trompée éloigne davantage celui-ci d'une femme que chaque déception attriste et que chaque maternité abîme un peu plus. Et elle, en dépit d'une fécondité exceptionnelle, se sent coupable d'avoir en partie failli à sa mission. Elle s'enfonce dans la dévotion, associée au souvenir des enfants morts : Charles Coypel peindra pour elle *L'Ange gardien qui enlève au ciel Madame Troisième*

---

des habitués, qui y apposèrent la pancarte suivante : *De par le roi, défense à Dieu/De faire miracle en ce lieu.* Certains tentèrent de faire passer la mort du duc d'Anjou pour une punition divine exercée sur le roi.

et *L'Apothéose de Monseigneur le duc d'Anjou*. De son côté Louis cède, non sans scrupules de conscience, aux sirènes de celles qui se proposent de l'arracher à sa morosité. De 1733 à 1744, on le verra passer de l'adultère honteux à l'adultère affiché, de l'infidélité intermittente à la séparation de corps définitive et de la pratique irrégulière à l'abstention des sacrements.

Première trahison

Sur le chemin de croix des reines trompées, la première étape est toujours la plus douloureuse. Bien avant que la rumeur publique n'en fasse état, Marie s'est doutée de quelque chose. « Le roi a été deux jours à Chantilly, conte Villars ; il n'est revenu à Versailles que le 19 août et dès le 20 au soir il a été coucher à la Muette[1]. La reine en a été assez piquée, et m'a fait part de son chagrin. » Répondant à une de ses lettres à la fin de 1733, son père s'efforce de la rassurer : « Ce que vous me mandez de la constance du roi sans espérance de changement me désole. Cependant, je crois que les circonstances présentes, si le bon Dieu les veut heureuses, pourront le ramener. » En clair Stanislas, à qui elle vient d'annoncer une nouvelle grossesse, mise sur la venue d'un fils pour rapprocher les époux. Cela aurait-il suffi ? Impossible de le savoir, puisqu'il arriva une fille de plus – Sophie –, le 27 juillet 1734. Comme dit crûment Barbier : « Le ventre de la reine est furieusement porté de ce côté-là. »

À cette date, la liaison du roi avec Mme de Mailly est certaine, mais tenue secrète. Oh, l'initiative n'est

---

1. La *Muette* était un pavillon de chasse situé aux abords du bois de Boulogne sur l'emplacement actuel de la chaussée de la Muette. Au XVIe siècle, Philibert Delorme l'avait transformé en un petit château pour la reine Margot. Le régent y avait logé sa fille la duchesse de Berry, puis l'avait offert à Louis XV enfant. On l'appelait alors la *Meute* ou la *Meutte*. Le nom viendrait soit des *meutes* de chiens qu'on y abritait, soit des *mues* de cerfs qu'on y conservait.

pas venue de lui. Timide, prude, pieux, il n'osait pas parler aux femmes. Mais, à mesure que son épouse l'ennuyait davantage, il s'était mis à apprécier leur compagnie, leur conversation, leur enjouement. Les parties de chasse, qui se terminaient naguère par des soupers entre hommes où l'on s'empiffrait sans vergogne, finissaient maintenant en repas fins, dans d'aristocratiques demeures dont les maîtres se montraient trop heureux d'égayer la mélancolie du jeune souverain. À Versailles, Louis aimait à descendre, par un petit escalier intérieur, chez le comte et la comtesse de Toulouse, qui occupaient un appartement au-dessous du sien. Un couple très uni, qu'auréolait un roman d'amour : le comte, dernier fils de Louis XIV et de Mme de Montespan, avait longuement patienté avant d'épouser la femme de son choix, veuve d'un simple marquis. Des gens mûrs, posés, de bonne compagnie, qui avaient au suprême degré l'art de recevoir. Leur château de Rambouillet jouxtait la forêt giboyeuse. Louis trouvait chez eux, après l'excitation de la chasse, l'agrément d'une société raffinée, mais point contrainte, où les rigueurs de l'étiquette se relâchaient pour faire place à une simplicité de bon aloi.

Il y avait là des femmes, notamment la sœur du duc de Bourbon, Mlle de Charolais, dite Mademoiselle tout court. Restée célibataire, elle était encore fort jolie, « ayant des grâces en tout, le port noble, l'esprit fin et délicat, d'un commerce aimable [...], fière et douce, mélancolique et enjouée, indolente et vive, quelquefois capricieuse, aimant le plaisir, faisant de la nuit le jour et du jour la nuit, [...] et d'une sensibilité extrême qui la tournait tout entière du côté de l'amour ». Elle quittait parfois les bras de ses nombreux amants pour revêtir quelque temps la bure franciscaine, mais elle n'oubliait pas alors de convoquer le peintre Natoire pour l'immortaliser dans ce costume. Elle avait « toute la hauteur de la maison de Condé, à quoi s'était jointe par bâtardise la folie des Mortemart[1] ». Née parmi le peuple, « elle eût été receleuse, voleuse ou bouquetière », ou eût fait quelque autre vilain métier, disaient les mauvaises langues. Mais elle avait une classe qui faisait tout pardonner. Approchant alors de la quarantaine, elle comprit vite qu'il ne lui appartiendrait pas d'affranchir le jeune monarque qu'elle effarouchait, bien qu'il s'amusât de ses bons mots. Parmi les jeunes femmes d'âge adéquat, la comtesse de Mailly lui parut la plus propre à faire une maîtresse discrète, qui ne troublerait pas les habitudes de la petite société dont elle partageait la souveraineté avec la comtesse de Toulouse. Mademoiselle disposait elle aussi d'une maison située à proximité des terrains de chasse : le château de Madrid, au cœur du bois de Boulogne, accueillerait à son tour des soupers.

La jeune femme qu'on lança ainsi dans les bras de Louis XV était l'aînée des cinq filles du marquis de Mailly-Nesle, héritier d'une des plus anciennes maisons de Picardie. Elle avait exactement l'âge du roi. On l'avait mariée à seize ans à un de ses cousins, ce qui lui valut de conserver son nom, avec le titre de comtesse. À la mort de sa mère, en 1729, elle lui avait succédé dans sa charge de dame du palais. Elle appartenait donc, comme la plupart des maîtresses royales au fil des siècles, à la suite de la reine. Mais à la différence de ses aînées, ce n'est pas chez sa femme que le roi la rencontra – ou en tout cas la remarqua. Il y fallut le cadre plus détendu des petits soupers amicaux où le champagne pétillant lui déliait l'esprit et la langue et où il osait porter une santé *À l'inconnue !* Une inconnue dont on ne savait pas encore si elle existait ailleurs que dans ses rêves.

Selon les critères du temps, Louise-Julie de Mailly n'est pas belle. « Elle a le visage long, le nez de même, le front grand et élevé, les joues un peu plates, la

---

1. Son père était le petit-fils du grand Condé, sa mère la fille de Louis XIV et de Mme de Montespan.

bouche grande, le teint plus brun que blanc, deux grands yeux assez beaux, fort vifs, mais dont le regard est un peu dur. Le son de sa voix est rude, sa gorge et ses bras laids. Elle passe pour avoir la jambe fine, beauté que peut-être elle doit à sa maigreur. Elle est grande, marche d'un air assez délibéré ; mais elle n'a ni grâce, ni noblesse, quoiqu'elle se mette d'un très grand goût et avec un art infini, talent qui lui est particulier, et que les femmes de la cour ont tâché en vain d'imiter. » En somme, elle n'est ni blonde, ni grasse : le reproche ne date pas d'hier. Mais elle est à la fois douce et gaie, spirituelle sans méchanceté. Apaisante, généreuse, désintéressée et dépourvue d'ambition, c'est une femme qui rassure. Et puis, pourquoi chercher à expliquer à tout prix ? C'est à elle que le roi « jeta le mouchoir », voilà tout. Il découvrait les angoisses et les délices du sentiment amoureux.

Les deux amants, comme il est normal pour des débutants, prirent grand soin de cacher leur liaison. Ils se rencontrèrent d'abord hors de Versailles, chez ceux de leurs amis qui étaient dans la confidence. Pour pénétrer leur secret, il fallait la sensibilité en éveil de la reine. Elle perçut un changement dans les habitudes de son mari. Il la rejoignait plus rarement, il quittait de plus en plus souvent Versailles pour aller coucher à la Muette ou à Rambouillet. Elle ignorait le nom de sa rivale, mais elle en avait une, à coup sûr. Auprès de qui se plaindre ? Son père est à Dantzig puis à Kœnigsberg, bien loin, et il a d'autres soucis ; son vieil ami Villars, expédié en Italie pour y commander les troupes, meurt bientôt à Turin. Reste son confesseur polonais, l'abbé Labiszewski, qui ne peut que lui prêcher la résignation. Songea-t-elle à en parler à Fleury dès cette date, comme elle le fit lorsque l'adultère fut public ? Et si ce fut le cas, comment réagit-il ?

On peut lire ici ou là, tantôt que Fleury fut de bout en bout complice des écarts de son pupille, tantôt au contraire qu'il ne les découvrit qu'en 1738 et marqua alors sa réprobation en s'en allant bouder à Issy. Il faut chercher la vérité entre les deux. Comment Fleury, si proche de Louis XV par l'esprit, si introduit dans sa confiance, aurait-il pu ne pas deviner ce qu'il en était ? Mais, réaliste, il jugea sans doute, comme il l'avouera plus tard, que l'inoffensive Mme de Mailly était un moindre mal et que les « amours sans scandale », confinés dans le secret des alcôves, nuisaient moins que d'autres au prestige de la monarchie. On n'est pas un cardinal politique sans quelque tartuferie. En tout état de cause, il n'y pouvait rien.

Contre l'intruse, Marie se sentait donc bien seule. Mais elle entreprit de lutter, avec l'aide de Dieu.

Les scrupules de Louis XV

L'adultère pose pour un roi de France plus de problèmes que pour un simple particulier. Car le sacre lui confère, d'après une croyance très ancienne, le don de guérir les écrouelles par attouchement. Or il ne peut le faire que s'il est en état de grâce, lavé du péché par la confession et sanctifié par la communion. Les pieux éducateurs de Louis XV, renchérissant sur la tradition, lui avaient inculqué l'habitude de communier cinq fois dans l'année, à Pâques, à la Pentecôte, à la Toussaint, à Noël et en l'honneur de la Vierge, soit à l'Assomption, soit le 8 septembre. Après quoi, il pouvait toucher les scrofuleux.

Louis XV n'était assurément pas le premier de nos rois à devoir mettre périodiquement sa conscience en règle. Ses prédécesseurs, qui se contentaient souvent de Pâques, s'en tiraient en éloignant pour quelques jours leur maîtresse et en promettant à leur confesseur de ne plus fauter, moyennant quoi ils bénéficiaient d'un an de tranquillité. Malheureusement pour lui, le climat avait changé. L'Église s'était raidie.

Elle avait longtemps considéré le péché de chair avec une relative indulgence. Jusqu'au dernier quart du XVIIe siècle, elle n'en faisait pas un drame. En 1675 encore, les objurgations de Bossuet n'avaient pas obtenu de Louis XIV le renvoi de Mme de Montespan. Mais sur ses vieux jours, Louis XIV s'était rangé et Mme de Maintenon avait mis la vertu à l'ordre du jour. Et puis, la régence avait réagi, associant le libertinage de la pensée au libertinage des mœurs. Devant la montée de l'impiété, l'Église avait compris la menace : plus question de tolérer en souriant des écarts qui semblent avoir désormais partie liée avec l'incroyance. Parce que nous connaissons le XVIIIe siècle à travers la littérature, nous avons tendance à sous-estimer le poids qu'y conservaient la morale et la religion. L'immense majorité des Français restait fidèle à la foi de ses ancêtres et la bourgeoisie, en pleine ascension, était pétrie de moralité domestique. Face aux quelques trublions qui occupaient le devant de la scène littéraire avec leurs ouvrages subversifs, la censure tentait de monter la garde et les confesseurs, partagés entre tenants et adversaires de la bulle *Unigenitus*, rivalisaient de rigueur envers leurs pénitents. Jadis les confesseurs royaux, traditionnellement issus de la Compagnie de Jésus, se montraient compréhensifs. Mais face aux activistes jansénistes, les jésuites du XVIIIe siècle ne pouvaient se permettre de passer pour laxistes : pas question de laisser Louis XV tricher avec les sacrements.

Y eussent-ils été disposés, d'ailleurs, que lui-même n'y aurait pas consenti. Il a été élevé autrement. Il est trop simple de dire, comme on le fait quelquefois, qu'il a grand peur de l'enfer. C'était bon pour l'enfant qu'il a été. L'homme, lui, est profondément croyant, mais il a la croyance inquiète. Il ne se sent pas aussi assuré que son bisaïeul d'être un bon représentant de Dieu sur la terre et il n'a pas comme lui la certitude d'avoir le Seigneur à ses côtés. Il doute, non du *credo* catholique, mais de la manière dont l'Église le met en œuvre. Comment pourrait-il faire confiance à un clergé divisé qui gaspille ses forces en querelles internes, trouble les consciences et sape l'ordre public en même temps que l'autorité royale ? Il y a en lui une exigence d'honnêteté, de rigueur, nous dirions d'authenticité si le mot n'était pas galvaudé aujourd'hui. Exigence respectable, mais très peu politique. L'être lui paraît plus important que le paraître, dont la vie de cour lui a donné la nausée. Pendant cinq ans cependant, il transige, jouant à chaque fête religieuse la comédie de la repentance, sans pour autant rompre avec une maîtresse à laquelle il est incapable de renoncer.

À ses côtés Marie redouble de ferveur religieuse. À la blessure de la femme trompée s'ajoute chez elle la crainte de le voir se damner. Elle fait ce qu'elle peut pour compenser aux yeux de Dieu les défaillances du roi. Elle ne se dérobe à aucun de ses devoirs d'apparat, ne manque ni une messe ni un sermon, lave pieusement les pieds à treize petites filles pauvres chaque jeudi saint en souvenir de la Cène. À quoi s'ajoutent les œuvres de charité secrètes qu'elle a toujours pratiquées. Elle est une si parfaite incarnation de la bonne reine chrétienne qu'à l'automne de 1736 le pape lui envoie une rose d'or, « par considération pour sa piété et ses vertus ». Honneur insigne, qu'on n'avait pas vu en France depuis 1668 : le souverain pontife ne bénit qu'une rose par an.

Il n'est pas certain que le spectacle de cette piété sans fêlures contribue à la rapprocher du roi. Ils ne sont pas faits pour se comprendre. Mais ils peuvent encore faire ensemble des enfants.

Les années de partage

Comme il se doit, chaque confession, chaque communion ramènent le roi dans le lit de son épouse, dont il espère encore tirer un fils. Le calendrier de sa pratique religieuse coïncide à peu près avec celui de son retour au devoir conjugal, dont les courtisans et jusqu'aux bourgeois de Paris suivent avec intérêt l'évolution.

Après la naissance de Sophie en 1734, l'année suivante ne paraît creuse que par accident. Noël avait réuni les époux. À la fin de mars 1735, Marie, enceinte de trois mois, fut prise d'une forte fièvre. Dûment purgée et saignée à quatre reprises, elle fit une fausse couche et les médecins, comme de coutume en pareil cas, jugèrent bon de déclarer qu'il s'agissait d'un garçon. Sur quoi, elle alla faire une cure à Forges-les-Eaux, une station thermale qui passait pour souveraine contre... la stérilité. Elle espérait que les eaux bienfaisantes influeraient sur le sexe du bébé à venir : « Je prie Dieu, écrit Stanislas, que vous puissiez après cette cure *forger* un duc d'Anjou. » Mais le 16 mai 1736 ce fut une fille qui arriva, une de plus, Félicité. Cette année-là, Louis XV, encore docile, communie et touche les malades à la Toussaint et à Noël.

En 1737, le 15 juillet, nouvelle naissance. Hélas, c'est encore une fille ! L'accouchement a été long et douloureux. Marie, épuisée, a cependant la force de murmurer à son époux déçu : « Je voudrais souffrir encore autant et vous donner un duc d'Anjou. » Il prononça quelques mots d'apaisement, témoigne la duchesse de Luynes. Mais, si l'on en croit d'Argenson, comme on lui demandait, hors de la présence de sa femme, comment on nommerait la fillette, il répondit brutalement : *Madame Dernière*[1]. Des filles, il en avait à n'en savoir que faire. Sur les huit qui lui étaient nées, il en restait sept. Et toujours un seul fils ! À la réflexion, peut-être, encore une fois, fallait-il tenter la chance ?

L'année se terminait. Maternité oblige : on ne l'avait

---

1. Les historiens écartent généralement cette anecdote comme incompatible avec l'aménité de Louis XV au chevet de sa femme et avec ses tentatives ultérieures pour avoir un fils. Mais rien n'empêche qu'il ait eu, sur le moment, un accès de mauvaise humeur provoquant cette violente réplique. – En revanche, le mot qu'on prête parfois à Marie Leszczynska : « Toujours coucher, toujours accoucher ! » est certainement apocryphe, tant il s'accorde mal avec ce qu'on sait de sa personnalité.

pas vu chez la reine depuis Pâques. Aussi lorsqu'il y retourna à la veille de Noël, la nouvelle fit événement : « Comme cela n'était pas arrivé depuis longtemps, on l'a remarqué ; avec préparation de bains, ajoute Barbier, dans le dessein d'avoir un prince, si cela se peut. » La rencontre n'eut pas de suite, sinon qu'il prit froid et que la grippe le dispensa de communier. En 1738 cependant il fit encore ses Pâques et communia à la Pentecôte et le lendemain 26 mai, il rejoignit sa femme. Un mois plus tard, elle lui annonçait qu'elle était enceinte. Vers la mi-juillet, tandis qu'il festoyait joyeusement à Compiègne en compagnie de sa maîtresse, Marie s'en alla rendre visite à la duchesse de Mazarin, marcha longuement, veilla, se fatigua. Les médecins appelés à son chevet le lendemain pour constater l'accident lui dirent qu'elle devait éviter désormais toute maternité, sous peine de risque mortel. Elle se sentait coupable : n'avait-elle pas eu l'initiative de cette imprudente promenade ? Elle n'osa parler au roi de l'interdiction médicale. Mais lorsque, au retour de Compiègne, il se présenta chez elle, il trouva la porte close.

Elle lui fournissait ainsi l'excuse qu'il cherchait depuis longtemps.

Mme de Mailly, quant à elle, piaffait d'être tenue dans une pénombre qui l'exposait aux avanies sans lui offrir la protection d'un statut officiel. Elle n'était qu'une des dames du palais et, qui plus est, non « titrée ». Malignement le duc de Bourbon se permettait de rayer son nom sur la liste des invités à Chantilly. À quel titre s'y rendrait-elle, puisque la reine n'y allait pas ? Cependant le secret de ses amours avait fini par être percé. On ne pouvait la nommer devant le roi sans qu'il rougît. Ses allées et venues attiraient l'attention. Elle disposait d'un modeste logement dans un coin reculé du château, mais chacun avait pu remarquer qu'elle était de tous les soupers que le roi avait pris l'habitude d'organiser pour quelques intimes dans sa petite galerie ou ses cabinets privés. Comme ses fonctions l'attachaient à la reine une semaine sur trois, elle devait se partager, servir celle-ci à table en guettant le moment où elle pourrait s'éclipser. Sous les regards ironiques de ses familiers, Marie tantôt savourait son impatience en feignant de l'ignorer, tantôt lui prodiguait des attentions insultantes : qu'elle ne se fatigue pas à rester debout près d'elle alors que d'autres activités l'attendaient. Un jour que la dame sollicitait un congé pour suivre le roi en voyage, elle lui répondit d'un mot à double entente, qui enchanta les rieurs : « Faites, madame, vous êtes la *maîtresse* ! » Mais elle avait souvent de la peine à réprimer sa colère et lorsque sa rivale était de service, son humeur s'en ressentait.

L'autre, « franche et vraie », dit d'Argenson, « mais haute comme les nues » et vindicative en diable, supporte de plus en plus mal cette situation fausse. Elle se plaint au roi. Excédé, il bat froid à sa femme, ne lui accorde qu'un bref salut avant d'aller souper, affecte de ne pas remarquer sa présence et la laisse debout tandis qu'il poursuit une conversation avec sa maîtresse. Celle-ci, de son côté, commence de traiter la reine avec une coupable désinvolture, faisant crier au scandale les bonnes âmes sincères, mais aussi les ambitieuses qui rêvent de la remplacer. Le roi tient-il vraiment à elle ? Que n'a-t-il alors le courage de la « reconnaître » officiellement comme favorite ! Tout l'été, il court de forêt en forêt, de chasse en chasse, les hommes se déplacent à cheval, les femmes en calèche ou en gondoles, on soupe à la Muette et l'on couche à Madrid, ou l'inverse. Et l'on abat un nombre incroyable de pièces de gibier.

Une initiative maladroite de la reine, en septembre 1738, précipite le dénouement. Pour une fois elle n'est pas enceinte et ne risque pas de l'être de sitôt. Elle prétend donc attaquer la favorite sur son terrain : les divertissements de cour dont son état l'a si longtemps exclue. Elle s'en va d'abord rendre visite à Fleury, retiré pour quelques jours à Issy, espérant que sa qualité d'archevêque et de cardinal le rendra sensible à ses plaintes. Elle l'implore de faire cesser un scandale devenu public. Argument de poids. Il ne peut que la payer de bonnes paroles. Alors elle exige d'être autorisée à suivre le roi dans ses divers déplacements. Comment refuser ? Le cardinal y consent, au grand déplaisir du roi. Certes celui-ci n'aura pas à se priver de Mme de Mailly pendant sa semaine de service, il l'aura continûment à sa disposition. Mais les amants vivront sous l'œil vigilant de la reine. Et comme elle prétend suivre les chasses en amazone, « tout est perdu », ils n'auront pas une seconde de paix. En amazone, sur un cheval, pas dans une voiture légère : quelle surprise ! Tout le monde avait oublié, depuis le temps qu'elle était confinée dans ses maternités, que Marie était bonne cavalière et que son père l'avait initiée aux joies de la chasse. Mais si le roi n'a plus cette échappatoire, tout est perdu pour lui en effet.

À Fontainebleau en octobre, il ne chasse ni ne soupe qu'avec des hommes et se livre à un examen de conscience. Un soir que la maréchale d'Estrées évoquait « la peine que l'on a naturellement à avouer ses fautes », il déclara : « Pour moi, si j'en avais fait quelqu'une, je l'avouerais. » Il a un entretien avec son confesseur, le Père de Linières, mais ne se confesse et ne communie ni à la Toussaint, ni à Noël. À Pâques de 1739, lorsque le samedi saint « le grand prévôt lui demanda s'il lui plairait de toucher les malades des écrouelles [...], il répondit sèchement *non* ». « On gémit à ce scandale, ajoute d'Argenson. On voudrait sauver l'indécence par une messe basse que dirait le cardinal de Rohan dans le cabinet du roi [...]. On tairait avec soin que Sa Majesté ne s'est présentée ni à la pénitence, ni à l'Eucharistie. Mais le roi dédaigne cette ridicule comédie. Il ne veut pour rien au monde renoncer à sa maîtresse. C'est une preuve de la conscience de Sa Majesté de ne vouloir point approcher indignement des sacrements ni jouer une farce plus indigne de son rang qu'il n'est scandaleux de manquer à ce devoir de religion. » Appréciation que reprendra plus tard le cardinal de Bernis en une formule lapidaire : « Il a mieux aimé s'abstenir des sacrements que les profaner. »

Une telle conduite honore l'homme. Reste qu'il est désastreux, aux yeux de l'opinion, que le Roi Très Chrétien s'écarte ainsi des préceptes d'un Dieu qu'il est censé représenter sur terre. « C'est une chose bien triste et bien fâcheuse », confie Fleury au grand prévôt. Et le Père de Linières s'en désole aussi. « Il est dangereux pour un roi de donner un pareil exemple à son peuple », écrit en écho l'avocat Barbier, qui regrette, avec son gros bon sens, qu'on ne pût chercher des accommodements du côté de Rome : « Nous sommes assez bien avec le pape pour que le fils aîné de l'Église eût une dispense de faire ses Pâques[1] en quelque état qu'il fût, sans sacrilège et en sûreté de conscience. » La morale, comme on sait, ne fait pas toujours bon ménage avec la politique.

« Ayant toute honte secouée... »

On peut donc dater de 1738-1739 environ le moment où Louis XV, à l'approche de la trentaine, s'affranchit des contraintes que faisait peser sur lui son éducation en matière de mœurs. Mais il est piquant de constater qu'en s'émancipant ainsi, il ne fait qu'imiter son bisaïeul – le jeune amant de La Vallière, pas le patriarche qu'on lui a proposé comme modèle. « Ayant toute honte secouée », il n'hésite pas à s'afficher avec sa maîtresse, il s'aventure avec elle au bal de l'Opéra, sous l'anonymat transparent d'un masque, elle l'accompagne dans ses déplacements, partage son souper tous les soirs où il peut échapper à la corvée du grand couvert. « La chose est publique », ajoute Barbier. Et les initiés savent que la dame, fort indifférente à l'ar-

1. Il veut dire : une dispense lui permettant de faire ses Pâques – et non de s'en abstenir ! – même en état de péché mortel.

gent, tire cependant des fonds secrets les subsides lui permettant de ne pas exhiber aux côtés du roi des robes élimées.

Marie Leszczynska a perdu la partie. Sa vie conjugale est terminée. Témoin silencieux des diverses amours de son mari, elle gardera l'espoir que le remords le prenne et que l'âge ou la crainte de la mort le ramène assagi vers elle – et surtout vers Dieu. Et en attendant elle aura, devant le naufrage de ses rivales, la consolation de se dire qu'elle n'a pas forcément la plus mauvaise part.

Mme de Mailly avait l'esprit de famille. Même si elle ne l'avait pas eu, les usages du temps lui faisaient un devoir de procurer à ses sœurs un bon « établissement » – entendez une charge à la cour et/ou un mari. Elle était l'aînée de cinq, dont les âges s'échelonnaient entre vingt-huit et vingt et un ans[1]. Grand nom, mais peu de fortune. Peu de beauté aussi : les numéros deux, trois et quatre n'avaient pas trouvé preneur. Seule la dernière, mieux dotée par la nature, avait très tôt décroché un mari de modeste envolée.

Voici donc les sœurs de Nesle implantées à la cour. Celle dont Mme de Mailly s'occupa en priorité était sa cadette immédiate, Pauline, à qui la liait une très forte affection, dont les plus jeunes étaient jalouses. Arrivée à Versailles en décembre 1738, elle a aussitôt l'honneur d'être conviée à souper dans les petits cabinets. On n'eut pas de peine à lui trouver un mari en la personne du marquis de Vintimille, petit-neveu de l'archevêque de Paris. Mais la jeune femme avait d'autres ambitions. Était-elle si laide que le prétend une autre de ses sœurs, qui lui prête « figure de grenadier, col de grue, odeur de singe » ? Sa taille était « gigantesque », son regard « rude et hardi ». Elle avait de l'esprit, « mais aussi brut qu'elle l'avait reçu de la nature », du

---

1. Louise, comtesse de Mailly, 1710-1751. Pauline, marquise de Vintimille, 1712-1741. Diane, marquise de Lauraguais, 1714-1769. Hortense, marquise de Flavacourt, 1715-1739. Marie-Anne, duchesse de Châteauroux, 1717-1744.

courage et de l'ambition à revendre. Elle rêvait d'influence politique. Face aux défenseurs de la paix, elle prit sur Louis XV un puissant ascendant, en flattant chez lui la nostalgie de la royauté chevaleresque et guerrière. Fleury venait tout juste de régler l'affaire de Pologne au mieux des intérêts français. Un jour d'été, à Compiègne, il s'aperçut que sa clef, qui ouvrait la porte arrière des cabinets de travail du roi, ne marchait plus : celui-ci lui expliqua qu'il avait fait changer les gardes de la serrure. Le règne du cardinal touchait à sa fin. Quant à la douce et tendre Mailly, vite éclipsée, elle se trouva réduite au rôle de chandelier – à moins qu'il n'y ait eu partage ou, si l'on préfère, va-et-vient. Plus compréhensif ou plus politique que jadis M. de Montespan, M. de Vintimille avait pris silencieusement ses distances.

Bientôt la jeune femme se trouva enceinte et, à mesure que passaient les mois, l'angoisse croissait en elle. Elle ne se sentait pas bien, son humeur s'altérait, le roi lui reprochait de devenir « aigre et méchante ». Mais à l'approche du terme il multipliait les prévenances. Il l'installa dans l'appartement du grand aumônier, le cardinal de Rohan – mais oui, vous avez bien lu –, et le plus surprenant est que cela semble n'avoir surpris personne, pas même le très bien pensant duc de Luynes, dont les *Mémoires* permettent de suivre jour par jour la suite des événements. L'enfant, un garçon bien constitué, vint au monde le 2 septembre 1741. Mais la mère se remettait mal. Louis fit couper les jets d'eau dont le bruit l'incommodait et tapisser de fumier la rampe longeant l'aile neuve pour amortir les pas des chevaux. Il passait à son chevet le plus clair de son temps libre. L'archevêque de Paris vint voir son arrière-petit-neveu. Il dut insister pour que le grand-père légal de l'enfant lui fît aussi une brève visite. Le père, lui, s'abstint : il se contentera d'assumer l'éducation du rejeton qui portera son nom, bien que sa ressemblance frappante avec le roi lui ait valu plus tard le surnom de « demi-Louis[1] ». Les jours suivants, l'état de la malade empira. Dans la nuit du 8 au 9, une saignée ayant semblé faire bon effet, le roi la quitta pour aller dormir. Mais quelques heures plus tard, la fièvre la reprit, elle appela son confesseur, eut le temps de s'entretenir avec lui, perdit connaissance avant d'avoir communié. Elle mourut à sept heures et quart du matin. Lorsqu'à dix heures La Peyronie pénétra dans la chambre du roi, celui-ci demanda : « Quelles nouvelles ? – Mauvaises », répondit le médecin. Le roi ordonna qu'on dît la messe dans sa chambre et s'enferma derrière les rideaux de son lit qu'il n'entrouvrit qu'à peine pour baiser le corporal[2]. Il se leva dans l'après-midi et s'en alla avec quelques intimes cacher son chagrin à Saint-Léger auprès de la comtesse de Toulouse.

Marie Leszczynska se conduisit avec beaucoup de dignité et de délicatesse. Afin d'éviter à son époux d'avoir à la saluer avant son départ, comme le voulait le protocole, elle s'arrangea, avec l'accord de Fleury, pour être absente à l'heure où il partirait. Elle-même ne tenait pas à se trouver face à face avec lui dans ces circonstances. Qu'auraient-ils pu se dire, qui ne sonnât faux ? Ce qu'elle pensa, elle ne le confia à personne, ou du moins nul ne nous l'a transmis. Mais il n'est pas difficile de le deviner. Elle était trop bonne chrétienne pour se réjouir du malheur arrivé à sa rivale. Mais elle ne put sûrement pas s'empêcher de voir le doigt de la Providence dans le châtiment de la pécheresse. Louis, de son côté, en jugeait de même. Avec cette différence qu'il portait une large part de responsabilité. Elle était morte à cause de lui, des suites d'une maternité qui lui était due, morte sans viatique, damnée peut-être par sa faute. Lorsqu'il regagna Versailles, il restait plongé dans une tristesse profonde, ne mangeait point, refusait

---

1. Le demi-louis était une pièce de monnaie qui avait cours à cette époque.
2. Linge sur lequel est déposée l'hostie pendant la messe.

de chasser. Il s'appliquait à éviter la reine, qui lui facilitait la chose autant qu'elle le pouvait. En revanche, il partageait volontiers la douleur de Mme de Mailly, que le drame avait laissée effondrée. Ils dînaient et soupaient ensemble, ils pleuraient ensemble. Il tenait encore des propos marqués au sceau du repentir, « disant qu'il fallait bien souffrir, qu'il n'en était pas plus exempt qu'un autre et qu'il devait même souffrir davantage », et que rien n'était « pire que le scandale ». Mais il se remit à chasser – et la sœur de la morte suivait la chasse. On le surprit à sourire, bien qu'il crût devoir rougir quand il s'en rendait compte. Bref la vie reprenait le dessus, au bénéfice de l'ancienne maîtresse dont l'avait rapproché l'épreuve traversée en commun.

La faveur de Mme de Mailly atteint donc des sommets au début de l'année 1742. Il a fait installer pour elle[1] dans les pièces mansardées du second étage, au-dessus de sa petite galerie, un appartement tout proche du sien desservi par un escalier intérieur. Il y dîne tous les jours et y soupe quand il n'y a pas « grand couvert », il y apporte du travail, dossiers à étudier, lettres à écrire. Il en fait une sorte de foyer privé, intime. Faute de pouvoir communier à Pâques, il fait maigre tout le carême, s'astreint à suivre ou à pratiquer avec un soin scrupuleux toutes les cérémonies, messes, prières, « Cène », il écoute recueilli les sermons des prédicateurs l'invitant à embrasser la vertu. Cependant, on agrandit et on embellit l'appartement de celle qui fait figure de favorite tout à fait officielle. Coup de théâtre : les travaux y sont à peine finis qu'elle en est chassée du jour au lendemain.

---

1. Le titulaire officiel de l'appartement était le marquis de Meuse, intime confident du roi.

Une nouvelle Montespan ?

On ne sort pas de la famille, puisque cette éviction est le fruit d'un complot ourdi par la dernière des cinq sœurs, avec l'aide d'un lointain cousin.

Parmi les sœurs de Nesle, l'entente n'a jamais été parfaite. Elles se soutiennent ou rivalisent, à deux contre deux. Après Mme de Vintimille, Mme de Mailly avait pris sous son aile la quatrième, mariée depuis trois ans au marquis de Flavacourt, et, se croyant sûre de sa faveur, elle lui avait cédé sa charge de dame du palais. Les deux femmes, chez qui l'ambition n'offusquait pas totalement le sentiment ni le sens moral, faisaient bloc. En revanche, les deux autres, la troisième, mariée depuis peu au marquis de Lauraguais, et surtout la cinquième, veuve du marquis de La Tournelle, étaient prêtes à tout pour parvenir.

Derrière elles toutes gravitait un clan hostile à Fleury, qui guettait la mort du vieux ministre pour mettre la main sur le pouvoir par maîtresse interposée. Au premier plan, le duc de Richelieu, arrière-petit-neveu du grand cardinal, qui avait été à seize ans la coqueluche de la cour dans les dernières années de Louis XIV, tant il montrait de grâce dans l'insolence et de politesse dans l'indiscipline. Aux approches de la cinquantaine, le « jeune étourdi plein d'esprit, de feu, d'ambition, de légèreté, de galanterie », dont souriait Saint-Simon, avait laissé place à un franc libertin sans rien perdre de son charme. Trois séjours à la Bastille, à vrai dire fort brefs, ne lui avaient fait perdre ni le goût de l'intrigue, ni la facilité à tirer l'épée en duel, ni l'habitude de faire des dettes. Il rêvait d'une cour plus gaie, dans laquelle il gouvernerait le roi, grâce aux sœurs de Nesle dont il était l'oncle à la mode de Bretagne. Du même avis était leur tante, la duchesse de Mazarin, que des liens de parenté anciens liaient aussi à la maison de Richelieu. Par son peu d'inclination pour la politique, l'aînée des sœurs avait trompé leurs espoirs. Mme de La Tournelle leur offrait au contraire la partenaire idéale. Elle n'eut pas de peine à obtenir une place dc dame du palais. La reine avait accueilli avec docilité la nomination de Mme de Flavacourt : « Le roi le trouve bon, je le trouve très bien aussi [...], d'ailleurs le roi est le maître. » Elle eut l'élégance – ou la malignité, selon certains – d'approuver ensuite la désignation de celle dont tous soupçonnent qu'elle va évincer Mme de Mailly.

Seule parmi les cinq sœurs, Mme de La Tournelle pouvait prétendre à la beauté. Le portrait que Nattier a fait d'elle vers 1740, sous le travestissement allégorique du *Point du Jour*, nous montre, se détachant sur un fond en subtil dégradé de bleus et de bruns, une éclatante jeune femme au visage rond et régulier, aux joues pleines, à l'opulente gorge très blanche, nonchalamment étendue sur un nuage, tenant dans sa main gauche une torche enflammée – un « flambeau qui n'est, à ce que pense M. le prince de Conti et toute la France avec lui, qu'une faible image du feu de ses yeux ». Un portrait si beau et si ressemblant à la fois, que la conjonction des deux tenait du miracle. Toutes les dames voulurent avoir le leur : Nattier y gagna ses entrées à Versailles comme portraitiste de cour.

À ce feu, à cette force qui rayonnaient d'elle, Louis XV ne tarda pas à se laisser prendre. Elle avait le sens très vif de ses intérêts et peu de scrupules. Elle prit soin de ne rien céder avant d'avoir posé ses conditions. C'est Richelieu, d'après le duc de Luynes, qui se chargea de négocier le marché. Pas question de partage : la première exigence est le renvoi de Mme de Mailly. Celle-ci n'eut guère qu'une semaine pour percevoir le refroidissement du roi et pour verser des larmes que toute la cour remarquait, mais que son ancien amant feignait de ne pas voir. Puis, sous prétexte de franchise, il brusqua les choses : « Je vous ai promis de vous parler naturellement ; je suis amoureux fou de Mme de La Tournelle ; je ne l'ai pas encore, mais je l'aurai. » Suivaient les habituelles protestations d'amitié. Mais bientôt le verdict tombait, brutal, il lui fallait quitter son bel appartement au-dessus de la petite galerie. Plutôt que d'aller se morfondre dans son ancien logement de dame du palais, qu'elle avait d'ailleurs cédé à sa sœur de Flavacourt, elle préféra quitter Versailles. Sans charge officielle et sans amour, qu'y ferait-elle ? Un carrosse du roi l'attendait le dimanche 4 novembre pour la conduire à Paris, où la comtesse de Toulouse lui offrit l'hospitalité. Elle n'avait rien. « Vous pouvez emporter vos meubles, madame », lui avait-il dit. Elle préféra partir les mains vides et couper les ponts. Il eut quelques remords, lui écrivit pour tenter de se justifier, reçut d'elle d'émouvantes lettres et le marquis de Meuse lui fit un récit pathétique de l'état où se trouvait la malheureuse. Elle ne revint jamais. Elle se réfugia dans la dévotion et ne fit plus parler d'elle.

Mme de La Tournelle, fine mouche, continuait de tenir la dragée haute au roi tant que l'abcès Mailly n'était pas définitivement crevé. Bientôt, lors d'un séjour à Choisy, elle put exhiber au chevet de son lit une superbe tabatière qu'on admirait la veille encore dans les mains du roi. Tout le monde avait compris.

La nouvelle favorite n'a jamais eu l'intention d'occuper le petit appartement dont elle a fait chasser son aînée : il sera fermé. Pour elle et pour sa sœur de Lauraguais, qui lui sert de dame de compagnie et assure quelquefois, dit-on, l'intérim auprès de son royal amant, on expulse d'autres courtisans et on arrange dans l'attique du corps central, au-dessus du Grand Appartement, deux vastes logements pour l'agrandissement desquels Louis sacrifie même le cabinet du Tour, où il aimait à travailler le bois et l'ivoire : ne faut-il pas à ces dames une cuisine ? Au début, les deux femmes ne sortent guère, le temps de laisser s'apaiser les remous provoqués par la brusque révolution de palais, se calmer l'indignation des moralistes qui trouvent à cette prédilection du roi pour les trois sœurs un parfum d'inceste, et se tarir la verve des chansonniers, qui s'en régalent :

L'une est presque oubliée,
L'autre est presque en poussière,
La troisième est en pied,
La quatrième attend
Pour faire place à la dernière.
Choisir une famille entière,
Est-ce être infidèle ou constant ?

Mais pour marcher, comme elle prétend le faire, sur les traces de Mme de Montespan, Mme de La Tournelle a besoin de reconnaissance officielle. Bientôt, elle est promue duchesse de Châteauroux – « afin de la récompenser de son attachement pour la reine » ! –, dotée d'un magnifique carrosse, d'une confortable rente, couverte de bijoux et de pierreries, et gratifiée du droit très envié de s'asseoir sur un tabouret en présence de la souveraine. Le jour de la présentation, Marie s'arracha de la gorge une phrase aimable : « Madame, je vous fais compliment de la grâce que le roi vous a accordée », puis se renfrogna bien vite, comprenant qu'il lui faudrait regretter la pauvre Mme de Mailly, qu'elle a tant détestée. Car la nouvelle venue, d'une extrême arrogance, tente d'imposer une sorte de cohabitation avec la famille royale comme celle qu'avait subie jadis Marie-Thérèse. La voici donc qui se pavane à l'Opéra, toute proche du roi, à le toucher, dans la loge voisine de celle où il est assis avec ses filles : « ce contraste » a d'autant plus choqué le public que c'était le jour de la sainte Geneviève, patronne de Paris. Mais il lui faut mieux encore. Elle se voit déjà tirant les ficelles de la politique internationale, gouvernant la France ou même l'Europe, puisque la guerre est à l'ordre du jour.

La succession d'Autriche

Remontons de deux ans en arrière. Le 20 octobre 1740 mourait soudain, à cinquante-cinq ans seulement, l'empereur Charles VI, ouvrant prématurément la succession d'Autriche, lourde de conflits potentiels. Il avait réservé son héritage à sa fille aînée, Marie-Thérèse, récemment mariée, on l'a dit, à François de Lorraine. Mais la jeune femme n'ayant que vingt-trois ans, on pouvait craindre que sa faiblesse supposée n'aiguise les appétits des voisins qui, à des titres divers, se croyaient autorisés à revendiquer tels ou tels de ses territoires patrimoniaux. Certes la plupart des souverains d'Europe s'étaient engagés à respecter la Pragmatique Sanction, qui garantissait ses droits. Mais que vaudrait une promesse faite à un disparu, en face des avantages substantiels que semblait offrir la situation ? D'autre part la couronne impériale, bien que les Habsbourg aient réussi à la fixer dans leur famille de père en fils, restait élective. Puisque le dernier d'entre eux était mort, pourquoi ne pas ouvrir l'élection en opposant d'autres candidats au prince consort époux de Marie-Thérèse ?

À la nouvelle de cette mort, la première réaction de Louis XV avait été d'attendre et de voir venir. Il l'avait spirituellement traduite par une allusion imagée que saisirent aussitôt tous les chasseurs : « Nous n'avons qu'une chose à faire, c'est de rester sur le mont Pagnote [1]. – Votre Majesté y aura froid, car ses ancêtres n'y ont pas bâti », se permit de répliquer aussitôt le marquis de Souvré, bon porte-parole de l'opinion. La noblesse notamment, que la paix prolongée privait de sa fonction naturelle, voyait dans une intervention militaire l'occasion de se couvrir de gloire à la pointe de l'épée. Et la monarchie austro-hongroise, à laquelle ses ancêtres s'étaient affrontés deux siècles durant, lui paraissait un adversaire tout désigné. Comment Fleury aurait-il pu lui faire comprendre que l'Autriche, depuis l'échange de la Lorraine, était moins dangereuse que jamais et que la plus grave menace pour

1. Le mont Pagnote ou Pagnotte est une butte de la forêt d'Halatte, au nord de Senlis, du haut de laquelle les chasseurs pouvaient contempler la curée sans y prendre part.

la France venait de l'Angleterre, dont les intérêts économiques outre-mer contrecarraient les nôtres ?

Le cardinal, très affaibli par l'âge, avait perdu de son influence sur un roi qu'assiégeaient les partisans de la guerre, soutenus par la maîtresse du jour, Mme de Vintimille. Il plaida au moins pour une solution bâtarde : se tenir à l'écart des conflits éventuels, mais appuyer la candidature à l'Empire d'un outsider, l'Électeur de Bavière, pour affaiblir l'Autriche. Déjà, les voisins de Marie-Thérèse présentaient la liste de leurs requêtes. Plus grave encore, au mois de décembre, le nouveau souverain de Prusse, Frédéric II, violant allégrement l'engagement pris par son père de respecter la Pragmatique, s'emparait par surprise et presque sans coup férir de la Silésie. L'héritière dépossédée appelait au secours. Que faire ? La France avait promis, en échange de la Lorraine, de garantir la Pragmatique. Mais elle avait bénéficié, au cours de l'affaire polonaise, de l'appui du roi de Prusse. Une écrasante victoire des troupes de Frédéric II sur les armées de Marie-Thérèse décida les bellicistes français à choisir leur camp : celui du vainqueur. Et le maréchal de Belle-Isle – petit-fils du surintendant Fouquet –, outrepassant allégrement ses ordres, mena en Europe centrale, sous prétexte de soutenir le candidat bavarois, une campagne hardie qui commença brillamment mais se termina en désastre. Ses éclatantes victoires en Bohême permirent l'élection à l'Empire de Charles de Bavière, qui prit le nom de Charles VII. Mais bientôt, assiégé dans Prague, aux abois, il ne dut son salut qu'à une périlleuse retraite, tandis que le nouvel empereur, à peine élu, voyait ses États personnels occupés par l'ennemi.

Sur ces entrefaites Fleury mourut à près de quatre-vingt-dix ans, le 29 janvier 1743. Louis XV le pleura comme le grand-père qu'il avait été pour lui. Marie Leszczynska avait fini par se réconcilier avec lui, en le voyant sincèrement désolé de la menace que constituaient les ambitions politiques de Mme de Vintimille, puis de sa sœur de La Tournelle. Ils n'en étaient pas à chanter ensemble les louanges de la « bonne Mailly » – mais presque. La reine comprit-elle qu'avec lui disparaissait le seul rempart protégeant le roi des intrigues et des coteries ? Ce n'est pas sûr, car elle-même était devenue, depuis que l'adultère du roi était public, le point de ralliement des dévots attachés à le ramener dans le giron de l'Église. La guerre larvée entre eux et le clan des maîtresses allait désormais empoisonner la vie de la cour, sur fond de guerre étrangère.

Plus belliqueuse encore que sa sœur, Mme de La Tournelle veut pour amant un héros. Le moment est bien choisi. Louis XV, décidé à ne pas remplacer Fleury, a redit, en prenant lui-même les affaires en main, qu'il tenait à imiter autant qu'il lui serait possible « le feu roi son bisaïeul ». Il prendrait conseil en toutes choses, avait-il ajouté, « cherchant à connaître le meilleur pour le suivre toujours ». Restait à identifier correctement ce meilleur conseil. À cette date, la France, se bornant à envoyer des secours à son allié bavarois, n'était pas officiellement entrée dans la guerre et Louis ne pouvait donc paraître à la tête de ses armées. Sa maîtresse lui répétait – ce qui n'était pas totalement faux – que la gloire militaire est indispensable à l'image d'un roi. Il ne serait pleinement lui-même qu'après avoir conduit ses troupes à la victoire. Or précisément, au printemps de 1744, la situation s'est tellement dégradée sur le terrain que l'attentisme n'est plus de mise, sous peine de passer pour faiblesse. La France déclare donc la guerre à l'Angleterre, puis à l'Autriche et le souverain se prépare à prendre la direction des opérations.

Celles de Flandre tout d'abord – à vrai dire les moins risquées. L'apparition de Louis XV, galvanisant les troupes, entraîne des victoires. La campagne prend des allures triomphales. N'y a-t-il pas lieu d'y associer la cour ? Comme de coutume, on cherche des suggestions dans l'histoire de l'inévitable bisaïeul. Au printemps de 1667, lors de la guerre de Dévolution, en

Flandre précisément, Louis XIV avait fait suivre les dames, pour leur offrir le spectacle des villes soumises. Ceux qui ont bonne mémoire se souviennent aussi qu'il y trouva lui-même, entre deux combats, le fameux repos du guerrier. C'est au cours de cette campagne, comme chacun sait, qu'il avait conquis Lille et Mme de Montespan.

Qui accompagnerait cette fois-ci son arrière-petit-fils ? Et avant tout, la reine irait-elle ? Le duc de Luynes lui posa la question : « Je pris la liberté de lui demander si elle ne désirerait pas d'aller sur la frontière ; elle me dit qu'elle le souhaitait extrêmement. J'ajoutai : "Cela étant, madame, pourquoi Votre Majesté ne le dit-Elle pas au roi ?" Elle me parut embarrassée d'avoir à parler au roi, et croire en même temps que le roi, de son côté, serait embarrassé de l'écouter et encore plus de lui répondre. Enfin elle ne trouva point d'autre expédient que de lui écrire. » Comme il était alors à Choisy et elle à Versailles, la démarche paraissait normale. Mais elle expliqua qu'elle préférait attendre son retour pour éviter que sa lettre ne « fasse une nouvelle [1] ». Elle finit par avouer que, dans l'impossibilité de lui parler le matin à son petit lever tant il y avait de monde, elle avait pris l'habitude de lui écrire quand elle avait une question à lui poser : si profond était devenu entre eux le fossé, et si épais le silence. « Je n'ai point vu cette lettre, ajoute Luynes, mais j'ai ouï dire qu'elle lui offrait de le suivre sur la frontière, de quelle manière il voudrait [2], et qu'elle ne lui demandait point de réponse. Vraisemblablement ce dernier article sera le seul qui lui sera accordé. »

Pronostic exact. Le 1er mai, il rend à sa femme, en public, la brève visite quotidienne exigée par le protocole, s'entretient un moment avec le dauphin et gagne ses appartements. Le lendemain au réveil, on apprit

1. Ne soit remarquée et commentée.
2. De la manière qu'il voudrait.

qu'il était parti à trois heures du matin, quasiment seul, à l'insu de tous. Il laissait quelques lettres à sa femme, à sa fille aînée et à la vieille Mme de Ventadour. À la reine, il se contentait de dire que ce serait une trop grande dépense que de la faire venir jusqu'à la frontière ; qu'elle reste donc à Versailles et use à son gré de Trianon. Il chargeait sa fille de dire à ses autres enfants que chacun aurait droit tour à tour à une lettre de lui. Il y avait beaucoup de tendresse en revanche dans le billet destiné à « Maman Ventadour » : c'est qu'elle était vraiment très vieille et qu'il craignait de ne pas la retrouver à son retour.

Marie n'ira donc pas à Lille. La rebuffade est dure à accepter, mais si personne n'y va, il n'y a rien à redire. Le roi fait son métier, entouré de militaires et d'ecclésiastiques. Hélas, on apprend vite que le duc de Richelieu, nommé depuis peu premier gentilhomme de la chambre, projette, pour contrebalancer les influences hostiles à son clan, de faire venir la favorite. Quelques princesses se chargent d'ouvrir le chemin. Bientôt Mme de La Tournelle et sa sœur se préparent à gagner Lille, où des maisons attenantes au Palais du gouvernement sont prêtes à les accueillir. Elles ne peuvent partir sans rendre à la reine une visite dont chacun feint d'ignorer le véritable motif. Marie, qui a maintenant appris à se maîtriser, est superbe d'aisance et de naturel. Cependant elle passe le lendemain sa colère sur une autre candidate au départ, qui n'en peut mais : « Cela ne me fait rien. Qu'elle fasse son sot voyage comme il lui plaira ! »

L'effet produit en Flandre n'est pas très heureux. Louis XV n'a pas pour imposer sa maîtresse l'autorité qu'avait Louis XIV, ses officiers et ses soldats ont l'esprit plus acéré que leurs aînés. Mais comme la campagne s'est bien terminée, les dames peuvent, sans subir trop de quolibets, accompagner l'armée qui abandonne la Flandre pour aller défendre l'Alsace, que menace dangereusement l'armée autrichienne commandée par le prince Charles de Lorraine. Il est grand temps, les ennemis sont à Saverne.

Or à peine arrivé à Metz, le roi tombe gravement malade.

Aux « portes de la mort » : les « scènes de Metz »

Le 7 août, par un soleil de plomb, il a inspecté les fortifications de la place. C'est à la chaleur qu'on impute la fièvre qui se déclare le lendemain. Mais un bruit court à Paris, incriminant les sœurs de Nesle : elles avaient festoyé en sa compagnie le soir, passé la nuit enfermées avec lui, et au matin il crachait le sang d'épuisement. La seule certitude qu'on puisse tirer de cette rumeur invérifiable, c'est que la maîtresse est très impopulaire. L'état du roi était assez grave, en tout cas, pour qu'on avertît sa femme. La nouvelle arriva à Versailles le 9 au soir, peu avant minuit. Dès lors, chaque jour Marie guette avec angoisse l'arrivée des messages qui disent les progrès du mal. Bloquée à Versailles, qu'elle ne peut quitter sans un ordre de lui, elle bombarde le comte d'Argenson de billets insistants : « ... Vous assurerez le roi de la peine où je suis d'être éloignée de lui et de l'envie que j'ai de l'aller trouver. J'attendrai ses ordres avec soumission et impatience. Continuez à me mander comment il est. Ma pauvre tête s'en va. »

Que lui a-t-on dit au juste de ce qui se passe là-bas ? Elle sait qu'on craint pour sa vie. Mais il est peu probable qu'on l'ait informée précisément de l'âpre lutte que se livrent à son chevet partisans et adversaires de la duchesse de Châteauroux. Il ne s'est pas confessé depuis cinq ans. S'il se décide à le faire, la première marque de repentir exigée de lui sera le renvoi de sa maîtresse. Aussi cette dernière s'efforce-t-elle, avec l'aide du duc de Richelieu, d'écarter tous les visiteurs, au grand scandale de ceux à qui leur rang donne « entrée » à sa chambre. Le 11 août, voyant que la fièvre résiste aux saignées et aux émétiques, La Peyronie, chef de l'équipe médicale, indique au premier aumônier, Mgr de Fitz-James, évêque de Soissons, qu'il le croit en danger de mort. Dès le lendemain, les « entrées » sont rétablies, le groupe des dévots est admis dans sa chambre et l'évêque l'incite à se confesser. Ce sera pour plus tard, il se sent trop faible. Mais déjà il repousse les baisers de la duchesse en murmurant : « Il faudra peut-être nous séparer. » Le 13, après une nuit agitée, il se croit perdu, fait appeler son nouveau confesseur, le jésuite Pérusseau, et soulage enfin sa conscience. Et il fait dire à sa maîtresse de s'éloigner, sans l'obliger cependant à quitter Metz.

Mgr de Fitz-James et l'évêque de Metz, Mgr de Saint-Simon, crurent devoir faire alors un coup d'éclat. L'Église allait prendre sa revanche du mépris dans lequel le roi l'avait tenue en restant si longtemps à l'écart des sacrements. Et le public verrait bien qui, du pouvoir temporel et du pouvoir spirituel, a la prééminence. Dans tous les lieux de culte bondés de fidèles en prière pour la guérison du roi, ils firent lire une proclamation tonitruante signifiant que toute communion serait suspendue tant que la concubine et sa sœur seraient encore dans les murs de la ville. Scandale énorme. Les deux femmes durent s'enfuir dans un carrosse aux stores baissés, poursuivies par les injures populaires. Après quoi le roi put recevoir la communion. Mais l'évêque de Soissons exigea de lui une déclaration publique : il demandait pardon à Dieu et à ses peuples du scandale qu'il avait donné ; il reconnaissait qu'il était indigne de porter le nom de Roi Très Chrétien et de fils aîné de l'Église ; il promettait d'exécuter toutes les conditions que l'évêque de Soissons avait exigées de lui – allusion très claire au renvoi de la duchesse.

Le duc de Richelieu, médusé de le voir s'humilier ainsi, maîtrisait mal son indignation. Mais dans l'ensemble l'opinion se montra satisfaite. « Le scandale ayant été public, disait-on à Paris, il fallait que la réparation le fût aussi. » On avait déjà entendu cela textuellement : les survivants du règne précédent pouvaient y reconnaître les paroles mêmes que ses directeurs de conscience avaient exigées de Louise de La Vallière demandant pardon à Marie-Thérèse. Mais Louis XIV s'était bien gardé de s'y associer ! La réaction saine et sensée, on la trouve sous la plume de l'avocat Barbier, qui juge cette mise en scène indécente : « Il faut respecter la réputation d'un roi et le laisser mourir avec religion, mais avec dignité et majesté. À quoi sert cette parade ecclésiastique ? Il suffisait que le roi eût, dans l'intérieur, un sincère repentir... » Et il fallait chasser discrètement les maîtresses au lieu d'attirer l'attention sur la double liaison. Bref ce bourgeois lucide discerne, derrière le prétendu désir de sauver l'âme de leur pénitent, la volonté de puissance de ces prélats ravis de tenir un roi à leur merci. Ajoutons aussi que c'étaient des imbéciles. Le Père Pérusseau, lui, avait été assez sage pour se tenir à l'écart de l'affaire, faute de pouvoir l'empêcher.

Si le roi était mort, les « scènes de Metz », comme on prit très vite l'habitude de les nommer, eussent été vite oubliées. Mais il ne mourra pas. Le 14 août, on croit sa dernière heure venue, le 15 il reçoit l'extrême-onction. Les médecins patentés l'abandonnant, on laisse intervenir un amateur, ancien chirurgien des armées. Est-ce l'effet de ses soins ? Il y a un mieux, suivi d'une très mauvaise nuit. Le mal se met ensuite à régresser lentement. Lorsque la reine arrive, le 17 au soir, la fièvre a baissé, l'espoir renaît. Le lendemain, on le sait hors de danger.

Les illusions de Marie

La reine ne pouvait tomber plus mal. Et elle pouvait difficilement se conduire avec plus de maladresse. À sa décharge : elle ne savait rien du climat qui avait entouré le roi à Metz lors des journées les plus dramatiques.

Depuis l'annonce de la maladie, les courriers lui apportent quotidiennement, avec les deux jours de décalage exigés par le trajet, des nouvelles en dents de scie : il y a parfois quelque rémission le soir, mais les nuits sont mauvaises. Dans chacun des billets qu'elle adresse en retour à d'Argenson, elle sollicite la permission de se rendre à Metz, quel que soit le pronostic : « Mandez-moi la volonté du roi. Je lui demande en grâce celle de l'aller voir. » Ce que chacun sait, mais que personne n'ose dire, c'est qu'il n'est pas question que l'épouse et la maîtresse se rencontrent au chevet du malade. Marie ne sera autorisée à y aller que si la duchesse en a été chassée. Ce qui suppose, chacun le sait aussi, que le roi se sente à la dernière extrémité.

Le 14 août à neuf heures du soir, elle reçut une lettre du 13 au matin indiquant que la nuit avait été fâcheuse, que le roi « avait eu des agitations si violentes pendant la messe », qu'il avait demandé à se confesser et qu'il devait recevoir le viatique le soir même. Elle était invitée non pas à se rendre à Metz, mais à s'avancer jusqu'à Lunéville, chez ses parents ; le dauphin et les aînées de ses sœurs devaient s'arrêter à Châlons. Nul ne douta alors que le roi ne fût perdu. En se hâtant, peut-être pourrait-elle le revoir une dernière fois et recueillir son ultime soupir. Au matin du 15 août, elle prit le temps d'entendre la messe avant de sauter dans un carrosse léger qui l'emporta vers l'est. À chaque relais l'attendaient des informations. Sans aller vraiment mieux, il n'était pas mort. Dernière consigne : elle pouvait aller jusqu'à Metz, les enfants, eux, devraient s'arrêter à Verdun. Soutenue par son père, qui la rejoignit à Vitry-le-François, elle arriva à destination deux jours plus tard, peu avant minuit.

Elle le trouva moins mal qu'on ne pouvait le craindre : la fièvre était tombée, il somnolait calmement. On l'introduisit seule dans sa chambre. À son entrée il s'éveilla, la vit, l'embrassa : « Je vous ai donné, Madame, bien des chagrins que vous ne méritez pas ; je vous conjure de me les pardonner. – Eh ! ne savez-vous pas, Monsieur, que vous n'avez jamais eu besoin de pardon de ma part ? Dieu seul a été offensé ; ne vous occupez, je vous prie, que de Dieu. » Le lendemain au matin, l'amélioration se confirmant, les médecins le disent sauvé. « Je n'ai rien de plus pressé que de vous dire que je suis la plus heureuse des créatures, écrit Marie à Maurepas. Le roi se porte mieux, Dumoulin affirme qu'il est presque hors d'affaire. [...] Il a de la bonté pour moi, je l'aime à la folie... » Comment ne croirait-elle pas à un miracle ? Le retour aux sacrements, coïncidant avec une grande fête religieuse, l'Assomption, qui est aussi sa fête à elle, ne pouvait que l'inciter à voir la main de la Providence dans cette guérison, à la fois physique et spirituelle, qui préludait à une double réconciliation. Elle retrouvait l'amour de son époux, un époux moralement régénéré par l'épreuve et qui marcherait du même pas qu'elle dans les voies tracées par l'Église. Elle serait son ange gardien. On conçoit sans peine qu'elle se berce de cette rêverie idyllique. Car c'est la version de l'événement que se charge de propager le clergé, à l'occasion des *Te Deum* ou des actions de grâces célébrés partout en France pour la guérison du roi. Bientôt les poètes prennent le relais : chacun y va de sa plume dans un recueil collectif. Le roi y a gagné son surnom : il est désormais *Louis le Bien-Aimé*. Aimé de Dieu, de sa femme, de ses enfants, de son peuple. Prisonnier, aussi, de l'image qu'on vient de dresser de lui.

Il n'est pas facile de revenir des portes de la mort en quasi-miraculé. Plus sa convalescence avance, plus il a le sentiment d'être pris au piège, tant on anticipe sur son comportement à venir. Nul ne doute qu'il ne reprenne les relations conjugales. Marie rayonne d'espérance. Elle croit devoir renouveler sa toilette pour la mettre en accord avec la nouvelle lune de miel qui se prépare et dans son lit, ses femmes de chambre tiennent un second oreiller tout prêt. Elle ne fait, hélas !

que raviver par comparaison dans le cœur de son époux le souvenir de la duchesse de Châteauroux.

A-t-elle eu raison, d'autre part, de lui tenir lors de leurs retrouvailles le langage des gens d'Église ? Ceux-ci lui ont assez répété qu'il devait implorer le pardon de Dieu. De sa part à elle, un vrai pardon, simple, personnel, sincère, l'aurait sans doute touché davantage. Car il l'a bel et bien offensée et c'est à elle qu'il demande l'absolution. Sa réponse si conventionnelle l'éloigne de lui, la rejette dans le camp des prêcheurs de morale dont il redoute d'être la proie. À mesure qu'avec les forces lui revient l'alacrité intellectuelle, il rumine sur l'humiliation subie. Aucun de ses prédécesseurs mourants n'a été contraint de battre publiquement sa coulpe. On se contentait de renvoyer par la petite porte la maîtresse régnante et tout rentrait dans l'ordre. Les péchés du roi – et il y en avait sûrement bien d'autres que celui de chair – devaient rester ensevelis dans le secret du confessionnal comme ceux de tout un chacun. L'Église n'avait d'ailleurs jamais encouragé les confessions publiques, sachant trop bien à quelle dérive elles pouvaient donner lieu. Louis a donc l'impression, pas entièrement fausse, d'avoir été manœuvré à des fins politiques, au bénéfice du parti dévot.

Il lui vient d'autres réflexions, encore plus désagréables. En autorisant, contraint et forcé, la venue de sa femme, il avait bien précisé que le dauphin ne devrait pas dépasser, dans un premier temps Châlons, dans un second Verdun. Or le duc de Châtillon, gouverneur de l'enfant, avait pris sur lui de foncer directement sur Metz et ils avaient fait une telle diligence qu'ils y étaient arrivés bien avant Marie, dans l'après-midi du 17 août. Visiblement, ils pensaient le trouver mort ou en tout cas moribond. Comme il allait mieux, on dissimula leur arrivée : le dauphin ne parut devant son père que le 21. L'accueil fut frais, il était revenu aux oreilles du roi que son fils avait critiqué sa liaison avec la duchesse. La découverte de la vérité n'arrangea rien. La précipitation à recueillir l'héritage, « comme un gentilhomme gascon venu dans son village pour y enterrer son père et pour prendre possession de sa maison », fit un effet désastreux. À quinze ans, l'enfant était entièrement soumis à l'influence de sa mère et de son gouverneur, tous deux très pieux. S'il accédait au pouvoir, les dévots trouveraient en lui un instrument docile. Louis XV put se dire que quelques-uns d'entre eux avaient souhaité sa mort.

D'ailleurs avait-il été aussi gravement malade qu'on l'a dit, et qu'on le lui a dit ? Nul ne sait au juste ce qu'il a eu, sinon une très forte fièvre. À trente-quatre ans, est-ce un mal insurmontable ? N'aurait-on pas dramatisé son état pour lui arracher un retour dans le droit chemin conjugal et religieux ? S'il eut des doutes, il ne les confia à personne. Mais le fait que d'autres, à l'époque, se soient posé la question incite à penser que lui-même y a également songé.

Il n'est donc pas besoin des conseils du duc de Richelieu pour le détourner de la voie où on le pousse. Le rusé courtisan, qui entretient une correspondance avec la duchesse de Châteauroux, est d'accord avec elle pour ne pas l'indisposer par une hâte excessive. Tous deux le connaissent assez pour savoir qu'il ne supportera pas longtemps la sujétion qu'on tente de lui imposer. Dès la fin septembre, on note déjà « quelque diminution » dans ses « sentiments de religion ». Avec la santé revenue, il aurait dû reprendre l'habitude de faire ses prières en public, à son coucher. Ce n'est pas le cas. On suppose qu'il les fait dans son lit, mais l'impact politique n'est pas le même. D'autre part, il a renoncé peu à peu à ses entretiens avec son confesseur. Bref il prend ses distances.

Il les prend aussi avec Marie. « Le froid est aussi grand que jamais. » Elle est désormais associée dans son esprit au clan dont elle s'est faite imprudemment l'auxiliaire, et peut-être même à l'indiscrète course contre la mort du gouverneur du dauphin. Sincèrement et profondément pieuse, elle n'a sans doute pas mesuré que le salut de l'âme du roi n'était pas la seule préoccupation de ses amis dévots. Une fois de plus, elle se fait piéger par la politique, faute d'avoir compris que chez une reine, la moindre parole, le moindre geste s'inscrivent dans un réseau de rapports de forces et peuvent avoir des conséquences étrangères à leur propos. Elle a gâché sa dernière chance de rétablir le contact avec son époux. L'indifférence fait place chez lui au ressentiment. Il lui en veut d'avoir été partie prenante dans un drame dont le souvenir lui fait horreur.

Durant sa maladie, le maréchal de Noailles avait réussi, grâce à l'armée arrivée de Flandre, à vider l'Alsace des troupes ennemies, mais il les avait laissées filer intactes vers la Bohême où elles avaient battu notre allié Frédéric II. Un roi malade, des troupes mal commandées : le prestige de la France se trouvait entamé. Dès qu'il put reprendre une vie normale, Louis XV remplaça Noailles par Coigny et décida de se porter en personne sur la frontière du Rhin, à Fribourg, pour y glaner quelques lauriers. Richelieu eut l'habileté d'encourager ce projet, en assurant son maître qu'il était conforme aux vœux de Mme de Châteauroux : « Elle voulait y suivre Votre Majesté. Vous devez lui annoncer qu'en remplissant ses projets, vous espérez qu'elle ne détruira pas les vôtres. Voilà ce qu'Henri IV eût mandé à la belle Gabrielle... »

La reine assistait aux préparatifs sans savoir ce qui l'attendait. Elle osa cependant dire à son époux que, « ayant appris qu'il allait à Saverne et Strasbourg, elle espérait qu'il lui permettrait de l'y suivre ». C'était présenter la chose comme une sorte de pèlerinage sur les lieux de sa jeunesse. Il répondit sèchement : « Ce n'est pas la peine. » Elle dut se contenter d'une brève visite chez ses parents. Profitant de la détente créée par l'accueil chaleureux de Stanislas, elle insista et s'attira la même réponse : « Ce n'est pas la peine, je n'y serai presque pas. » Il quitta bientôt Lunéville pour l'Alsace en oubliant de saluer sa belle-mère. Marie dut obéir à l'ordre qui lui intimait de repartir pour Versailles trois jours plus tard. Pour achever de l'accabler, la nouvelle lui parvenait alors qu'une de ses filles, Félicité, Madame Sixième, âgée de sept ans et demi, venait de mourir. Évoquant sa récente déception et son deuil, elle écrit à d'Argenson : « Les plaisirs, même les plus innocents, ne sont pas faits pour moi ; aussi n'en veux-je plus chercher dans le monde. Je fonds en vous écrivant, je ne sais pas un mot de ce que je vous dis. Je sais seulement que mon cœur parle et qu'il est dans la douleur... »

Solitude

Elle regagna Paris au milieu des acclamations, d'autant plus triste qu'elle les savait mal fondées : elle n'avait nullement ramené Louis XV à ses devoirs. Le 13 novembre celui-ci rentre à son tour. Il s'est couvert de gloire à Fribourg et les troupes, sous ses yeux, se sont surpassées. La place forte est prise, il est un héros. Accueil solennel dans la salle du trône des Tuileries. À sa rencontre s'avance la reine encadrée du dauphin et de ses sœurs. Embrassades. Salutations diverses, travail avec Maurepas, jeu, souper au grand couvert, dans un silence meublé par les violons. Brève conversation familiale. Après quoi chacun se retira dans son appartement. Cette nuit-là, rapporte Luynes qui dit le tenir des femmes de chambre, « on vint trois fois gratter à la porte de communication de la chambre du roi à la chambre de la reine. Les femmes de la reine l'en avertirent, mais elle leur dit qu'elles se trompaient et que le bruit qu'elles entendaient était causé par le vent. Ce bruit ayant recommencé une troisième fois, la reine, après quelque temps d'incertitude, dit qu'on ouvrît, et l'on ne trouva personne ». Ultime tentative de rapprochement de la part de Louis XV ? Marie elle-même n'y croyait pas, ou ne voulut pas y croire. Et il est probable en effet qu'elle avait raison.

Dans la capitale, lors des quatre jours de festivités

qui suivirent, le roi et la reine remplirent consciencieusement, côte à côte, leurs obligations protocolaires. Noyée au milieu du public qui les regardait défiler en tenue d'apparat, Mme de Châteauroux contemplait celui dont elle semble être tombée vraiment amoureuse : « Vous ne savez pas, écrit-elle à Richelieu, ce qu'il m'en a coûté de le savoir si près, et de ne pas recevoir la moindre marque de ressouvenir. [...] Croyez-vous qu'il m'aime encore ? [...] Je me suis mise de manière à n'être pas reconnue, et j'ai été sur son passage ; je l'ai vu, il avait l'air joyeux et attendri ; il est donc capable d'un sentiment tendre ! je l'ai fixé longtemps, et, voyez ce que c'est que l'imagination, j'ai cru qu'il avait jeté les yeux sur moi et qu'il cherchait à me reconnaître. Sa voiture allait si lentement que j'ai eu le temps de l'examiner longtemps. Je ne puis vous exprimer ce qui se passa en moi ; je me trouvais dans la foule très pressée, et je me reprochais quelquefois cette démarche pour un homme par qui j'avais été traitée si inhumainement. Mais, entraînée par les éloges qu'on faisait de lui, par les cris que l'ivresse arrachait à tous les spectateurs, je n'avais plus la force de m'occuper de moi. Une seule voix, sortie près de moi, me rappela à mes malheurs en me nommant d'une manière bien injurieuse. » Fallait-il y voir un mauvais présage ? « Je crois que tôt ou tard il m'arrivera quelque malheur, ajoutait-elle. J'ai des pressentiments que je ne puis éloigner... »

Tout annonçait pourtant son prochain retour en grâce. Le duc de Châtillon s'était vu signifier un ordre d'exil, en compagnie de quelques comparses également compromis. Suivront bientôt les évêques de Soissons et de Metz. La duchesse a-t-elle reçu une visite nocturne de son amant dans sa maison de la rue du Bac ? La chose est controversée. Ou se rendit-elle un soir à Versailles, incognito ? C'est plus probable. En tout cas, le 25 novembre, Maurepas en personne lui apportait un billet du roi la suppliant de regagner la cour. Et aussitôt elle fit part de son triomphe à ses amies, Mmes de Modène et de Boufflers, qui s'empressèrent de répercuter la nouvelle, mettant Versailles en ébullition.

Elle n'eut pas le loisir de reparaître cependant. Depuis quelques jours, elle ne se sentait pas bien. Elle avait pris froid – en guettant immobile le passage du cortège royal, peut-être ? La fièvre montant, elle s'alita, se mit très vite à se tordre dans des convulsions et à délirer. Le roi se rongeait d'anxiété. La reine, par égard pour lui, bannissait de ses activités tout ce qui pouvait « avoir l'air d'une partie de plaisir ». Tous deux faisaient dire des prières pour elle, l'un officiellement, l'autre en secret. Ni saignées, ni neuvaines ne vinrent à bout du mal. Elle expira le 8 décembre au matin. Bien qu'elle se soit crue empoisonnée, les historiens penchent aujourd'hui pour une congestion pulmonaire, sans qu'il soit possible de trancher. Elle n'avait que vingt-sept ans.

Ainsi se dénouaient tragiquement les liens qui avaient lié Louis XV aux sœurs de Nesle. Il n'avait décidément pas de chance avec ses maîtresses. Seules s'en tiraient Mme de Lauraguais, confinée dans le rôle de comparse, et Mme de Flavacourt, qui avait servi fidèlement la reine et s'était appliquée à le fuir. Quant à celles qu'il aima, deux étaient mortes, l'autre brisée. Les amateurs de morale y trouvaient leur compte. Et lui-même ne put s'empêcher d'en être frappé et troublé.

D'autant que cette mort venait s'ajouter à d'autres, qui l'avaient atteint en profondeur. Fleury a disparu au début de 1743, le privant du seul être en qui il eût pleine confiance, et sur l'intelligence de qui il pût compter. Huit jours après la duchesse de Châteauroux s'éteignait, de vieillesse comme Fleury, la bonne Maman Ventadour. Il la pleura, comme il avait pleuré son précepteur. Avec eux, c'étaient son enfance et sa jeunesse qui s'en allaient. Vide affectif, vide politique. Le roi est désormais seul face à la vie et face à ses responsabilités.

La solitude est aussi le lot de Marie Leszczynska. Le roi ne sera ni bon chrétien, ni bon époux comme elle l'espérait. La tentative faite à Metz pour le circonvenir a produit l'inverse du résultat escompté. Malgré un entretien avec son confesseur, il ne communie pas et ne touche pas les écrouelles pour Noël. Et la rupture avec sa femme est définitivement consommée. Respectueux l'un de l'autre, mais séparés, ils mèneront désormais des vies parallèles.

CHAPITRE NEUF

VIES PARALLÈLES

« Je n'aime pas défaire ce que mes pères ont fait », disait volontiers Louis XV. Restait donc à s'adapter. Or Versailles ne s'y prête guère. Ce fabuleux château, édifié par un monarque mûrissant, a été conçu pour un mode de vie déterminé, régi par une « mécanique » qui s'est durcie au fil des années. Le pavillon champêtre qui avait abrité les tendres escapades avec La Vallière est devenu un théâtre où offrir en spectacle au monde ébloui la vie quotidienne du « plus grand des rois », un temple où célébrer le culte du représentant de Dieu sur la terre, lui-même à demi divinisé. Louis XIV jeune aurait-il supporté le type d'existence dont il léguait le cadre et les règles à son arrière-petit-fils ? Il est permis d'en douter. Louis XV en tout cas ne le supporte pas.

Par fidélité, il s'abstient, dans la mesure du possible, de toucher à ce cadre et à ces règles. Le voudrait-il d'ailleurs, que le poids de son entourage l'en empêcherait. Autour du monarque gravite toute une société hiérarchisée, farouchement attachée aux charges et privilèges qui définissent l'état et l'identité de chacun, peu disposée à renoncer à l'honneur d'assister à son lever ou de le servir à table. Il est prisonnier de sa propre cour.

Comment s'y soustraire ? Il n'est de solution que dans la fuite. Une fuite à l'intérieur du château, en passant derrière le décor, dans les coulisses. Une fuite à l'extérieur, dans les relais de chasse ou les maisons amies. Louis XV mène donc double vie. Il sacrifie pour partie, dans les Grands Appartements, au rituel mis en place par Louis XIV, mais il se fait aménager en retrait des espaces privés. Partageant son temps comme il a partagé les lieux, il consacre les matinées aux activités officielles et c'est surtout le soir, au retour de la chasse, qu'il s'échappe après avoir fait deux ou trois petits tours sur la scène, pour aller se divertir à sa guise dans ses cabinets. À moins qu'il ne déserte carrément Versailles pour courir d'un château à l'autre.

Une autre nouveauté tient à la place occupée par Marie Leszczynska. La monarchie, on le sait, assigne à la reine une fonction capitale aux côtés du roi. Certes la pauvre Marie-Thérèse l'avait fort médiocrement remplie et, morte un an après le transfert à Versailles, elle n'avait guère contribué à la mise en place de la fameuse mécanique. Mais on se souvenait cependant que son époux, tout au long de leur vie conjugale, rejoignait son lit chaque nuit – parfois fort tard il est vrai. Et, à défaut de la concerner, les idées de Louis XIV sur les devoirs des reines avaient été mises en application avec la dauphine de Bavière, puis la duchesse de Bourgogne, toutes deux enrôlées, de gré ou de force, dans le grand spectacle permanent que donnait la cour.

Or voici que la monarchie est incarnée par un couple officiellement séparé – une séparation soulignée, à partir de 1738, par l'attitude du roi face aux sacrements. Jamais Louis XIV, aux plus scandaleux moments de sa vie amoureuse, n'aurait commis pareille imprudence ! Son héritier, formellement fidèle aux usages, impose à Marie Leszczynska toutes les servitudes de la représentation, et elle s'en acquitte à merveille. Mais en même temps, sachant qu'elle en a horreur autant que lui, il desserre les liens qui la ligotent, il lui accorde, comme il s'accorde à lui-même, un espace autonome.

De sorte que dans cette cour d'apparence inchangée tout est à double face, tout a un endroit et un envers, parallèlement à la vie officielle se déroule une vie privée dérobée aux regards. Ou plutôt deux vies privées, puisque les époux désassortis s'y livrent en parallèle aux activités de leur choix. Situation entièrement inédite aux conséquences incalculables.

Un rituel qui se veut immuable

À plusieurs reprises, Louis XV a déclaré ne vouloir « rien changer ni innover à ce qui se pratique à [sa] cour ». Toutes les cérémonies importantes y sont calquées sur celles du passé jusqu'aux moindres détails. Les visiteurs, ambassadeurs présentant les hommages de leur souverain ou harengères venues offrir leurs vœux, sont reçus tour à tour chez le roi et chez la reine. Grand-messes, fêtes du jour de l'an, naissances, fiançailles, mariages, célébrations diverses rassemblent le couple royal pour des festivités rigoureusement ordonnées. Si les grandes audiences publiques ont lieu dans la chambre du roi, le « grand couvert » est servi dans l'antichambre de la reine. Et c'est même dans sa salle des gardes que se tiendront les « lits de justice » lorsque Louis XV – c'est là une innovation – convoquera les magistrats à Versailles pour leur imposer ses volontés. Marie n'est donc nullement rejetée à l'écart de la vie officielle au château, au contraire.

L'horaire des journées du roi reste, en principe, semblable à ce qu'il était sous le règne précédent. D'abord les deux levers – petit et grand –, accompagnés des « entrées » correspondantes, la toilette, une collation, la prière. Suivent les séances du Conseil et les audiences diverses. Messe, puis dîner : il prend son repas seul, comme son aïeul. L'après-midi, chaque fois que le temps le permet, il chasse. Le soir, il y a quelquefois « grand couvert », c'est-à-dire souper d'apparat, public, en compagnie de la famille royale. Les divertissements qui meublent la soirée épousent le calendrier traditionnel, que ce soit à Versailles ou pendant le séjour automnal de Fontainebleau : « mardi tragédie, jeudi comédie française, samedi italienne, précise Luynes en 1738 ; lundi et mercredi musique, vendredi et dimanche jeux. La comédie et la musique commencent à six heures ».

Mais à l'intérieur de ce schéma se glissent des distorsions.

D'abord, en fin de journée, le roi s'évade souvent. C'est la reine alors qui assure, si l'on ose dire, la permanence. Tantôt elle ne s'habille point, et entend la musique de dedans sa chambre ; tantôt elle trône sur son fauteuil dans la pièce où se font les concerts, à moins qu'elle ne patronne les jeux dans le salon de la Paix[1]. Mais qu'elle préside ou non à la musique, à la comédie, aux tables de jeu, sa présence ne suffit pas à motiver la plupart des courtisans pour qui les divertissements ne sont que prétextes à rencontrer et à accrocher le regard du maître : à quoi bon y venir, s'il n'est pas là ? Inutile de s'attacher à une reine sans influence. Les relations de Marie avec le roi se réduisent au minimum exigé par l'étiquette, sans qu'ils se parlent jamais en particulier. Elle vient le saluer au petit lever, perdue au milieu des multiples « entrées[2] », il fait le soir une brève apparition publique chez elle après souper. Chacun a bien compris qu'elle n'a aucun pouvoir – tant que ses enfants sont petits en tout cas. Dans ces conditions, la cour perd beaucoup de son attrait et manque à sa fonction première, qui est d'attacher les grands au service du souverain.

Le rituel se détraque aussi pour des questions d'horaire. Louis XIV marchait à l'horloge et au calendrier. Ses habitudes étaient si strictement réglées, disait Saint-Simon, qu'on pouvait présumer à distance, sans risque de se tromper, ce qu'il était en train de faire à un jour et à une heure donnés. Louis XV, au contraire,

---

1. Ce salon, à l'extrémité sud de la galerie des Glaces, fait pendant au salon de la Guerre, à l'extrémité nord. Il avait été intégré aux appartements de la reine, grâce à une cloison mobile qui le séparait à volonté de la galerie. Il prit aussi le nom de salon des Jeux.

2. Le terme désignait à la fois le privilège d'entrer dans la chambre du roi et, par abréviation, les personnages qui le détenaient.

est incapable de se plier à une régularité. La ponctualité n'est pas son fort. Lorsque apparaissent dans sa vie les maîtresses, il leur consacre les soirées et une partie des nuits. Et, bien entendu, il rattrape le matin le sommeil perdu. Le cérémonial du lever et du coucher varie donc au gré de ses fantaisies et au grand dam de l'étiquette. Las de l'attendre debout au fil des heures, les aumôniers s'effondrent de fatigue sur des tabourets à l'intérieur du sacro-saint balustre[1] et, pis encore, il arrive aux laquais de s'étendre à l'abri des rideaux du lit – ce lit que naguère à toute heure du jour chacun en passant était tenu d'honorer d'une révérence. Quant au lever, serviteurs et courtisans ont bien de la chance s'il prend la peine de le fixer la veille – rarement avant onze heures. Les périodes de carnaval donnent lieu à d'importants bouleversements. Veut-on un exemple ? En 1746, le roi assiste au bal de l'Opéra à Paris le lundi gras, rentre à Versailles à sept heures et demie du matin – avec, il est vrai, l'excuse d'un accident de carrosse –, entend la messe et se couche pour ne se relever qu'à cinq heures du soir. Mais il n'est pas exceptionnel de le voir faire de même, hors carnaval, après un souper privé en compagnie de Mme de Mailly.

La reine mène quant à elle une vie régulière. Elle se lève chaque jour pour assister à un office privé à huit heures, sans préjudice de la messe officielle qu'elle suivra plus tard. Ce décalage horaire, joint au fait que les époux dorment séparément, soulève parfois de burlesques difficultés, dont le duc de Luynes se fait le greffier vigilant. Un jour de décembre 1737, par exemple, la reine projette d'aller faire ses dévotions matinales à la chapelle. La coutume oblige la garde française et suisse à battre tambour lorsqu'elle traver-

---

1. Il s'agit de la balustrade qui partage l'espace de la chambre en deux parts, l'une où pénètrent les visiteurs, l'autre réservée au roi, sauf circonstances exceptionnelles. En l'occurrence, l'entorse grave faite à l'étiquette par les aumôniers s'explique, précise Luynes, par la proximité de la cheminée.

sera l'avant-cour. Lorsque le roi partageait sa chambre, dont les fenêtres donnent sur l'autre façade, vers le midi, la garde pouvait tambouriner sans crainte de l'éveiller. Mais maintenant qu'il dort au-dessus de la cour de marbre, il risque d'être dérangé par le bruit. Les gardes font donc demander à la reine l'autorisation de s'abstenir, qu'elle accorde. Alors, ils s'interrogent : iront-ils dans la cour, où leur présence est devenue sans objet ? Ils n'en ont aucune envie, car il fait froid. Mais ils tiennent à s'en faire dispenser expressément. Or Marie leur fait répondre étourdiment de suivre « l'usage ordinaire » – ce qui équivaut à un refus –, avant de s'enfermer chez elle en priant qu'on ne la dérange pas. Hélas, l'usage ordinaire les contraint de battre également tambour chaque fois qu'ils entrent dans la cour. D'où un dilemme crucial, dont il échut à la dame d'honneur de discuter avec le commandant des gardes. « Si la garde entrait, dit celui-ci, il fallait qu'elle battît, que la reine pouvait bien ordonner ou qu'elle n'entrât point, ou qu'étant entrée elle ne battît point à son passage, mais que pour eux ils ne pouvaient pas entrer sans battre, à moins qu'il n'y eût un ordre du roi » – lequel, bien sûr, n'était pas accessible. On ergota, on invoqua des précédents du temps du feu roi. Et l'on finit par opter pour la solution la moins rationnelle : « La garde est entrée en battant, quoique le roi ne fût point éveillé, et elle n'a point battu quand la reine est passée. » Tant pis pour le sommeil du malheureux : les règles étaient sauves.

Ce ne sont là que détails, mais détails significatifs. À observer les institutions à la lettre sans en respecter l'esprit, on aboutit à des absurdités.

La tentation de la vie privée

Dans cet immense palais où déambulent ministres, courtisans et serviteurs et où se glissent parfois des curieux – car le parc, ne l'oublions pas, est ouvert au public –, Louis XIV s'offrait aux regards en même temps qu'il regardait, soleil rayonnant d'où émanaient et vers qui convergeaient toutes choses. À peine s'était-il réservé, sur le tard, un appartement intérieur pour y voir librement sa famille. Mais cette enfilade de pièces, donnant sur la cour de marbre et la cour royale, restait à l'étage noble – le premier – et n'avait rien d'intime, ni dans les dimensions, ni dans le décor. Il lègue donc à son héritier un cadre convenant aussi mal que possible à cet agoraphobe, qui redoute les foules, craint les visages nouveaux, éprouve un besoin vital de quant-à-soi. Ajoutons que tout en jouissant d'une excellente santé, Louis XV n'oppose pas aux courants d'air la même résistance que son aïeul.

Il mit du temps cependant à oser déserter la grande chambre d'apparat où celui-ci avait fini par se fixer en 1701. Située dans l'axe du bâtiment, le dos à la galerie des Glaces, elle s'ouvrait vers l'est et recevait tout droit les premiers rayons du soleil : lieu sacré, centre cosmique où se déroulait matin et soir le cérémonial symbolique du lever et du coucher de l'astre royal. Hélas, elle était glaciale en toute saison autre que la canicule et parfaitement impossible à chauffer avec son plafond trop haut et sa cheminée encline à fumer – comme toutes ses pareilles à l'époque. L'hiver, Louis XV y enchaîne rhumes sur bronchites. Il songe d'abord à émigrer les jours de grand froid dans le cabinet du Conseil voisin, qui comporte un lit de repos. Il y renonce, dit-il, par égard pour ses domestiques : « Lorsque je me lève avant qu'on soit entré, j'allume mon feu moi-même et je n'ai besoin d'appeler personne. Si je passais dans mon cabinet, il faudrait appeler ; il faut laisser dormir ces pauvres gens, je les en empêche assez souvent. » Sa bonté pour eux était bien connue. Mais ne peut-on percevoir aussi dans cette réflexion l'envie d'échapper à leur encombrante présence ? Quel délice pour un roi de faire lui-même, seul, les choses simples dont on croit devoir le dispenser[1] !

En 1738, il adopte enfin une solution radicale. Il se fait installer dans l'ancien appartement intérieur de Louis XIV une chambre confortable. Elle donne sur la cour de marbre, mais en plein midi et une alcôve douillette y abrite le lit. Du décor antérieur, il ne reste guère que la cheminée. Le reste est au goût du jour, marqué du plus extrême raffinement. Et l'on y dispose de « commodités ignorées du siècle précédent ». Désormais confort implique hygiène. Dès son retour à Versailles, le jeune roi avait réclamé des bains, dont l'emplacement variera avec le temps, tandis qu'il s'en créera d'autres ici ou là, notamment chez la reine. Autre nouveauté : ouvrant discrètement sur l'alcôve de la nouvelle chambre, on trouve un « cabinet de garde-robe ». Très fonctionnel, muni d'une chasse d'eau « à l'anglaise », mais décoré tout de même de marqueteries sorties de l'atelier de Boulle et enrichi de bibelots précieux, l'endroit offre l'avantage d'être vraiment privé ; sa porte ferme. Adieu les séances publiques de chaise percée ! Le roi y va tout seul, selon la formule familière qui fera fortune. Il s'y enferme aussi à l'occasion pour pleurer en paix, comme après la mort de Fleury.

La grande chambre solennelle reste réservée au cérémonial. Louis n'y séjourne que le temps de subir les hommages du lever et du coucher. Il s'y glisse le matin pour recevoir les « entrées » admises à assister à son prétendu réveil. Et le soir, à peine les courtisans ont-ils tourné les talons qu'il regagne le lit où il passera la nuit. Le roi ne dort pas là où il est censé dormir. Il ne vit pas non plus, du moins pendant une large part de son temps, là où il est censé vivre : il se réfugie dans ses cabinets.

La description des « cabinets » de Louis XV est pour

---

1. Cette anecdote partout répétée me paraît poser un problème : comment est-elle compatible avec le fait, largement attesté, que le roi n'était pas seul dans sa chambre puisqu'un de ses domestiques, servant « par quartier », y dormait sur un lit de camp ?

les historiens de l'art un redoutable casse-tête, tant il s'est appliqué, au fil des années, à les transformer, à les redistribuer, à les truffer de passages discrets, de petits escaliers, de galeries, à en doubler le volume en y créant de faux plafonds et des entresols, à en modifier la destination au gré des besoins. Un « réduit délicieux », disent ses amis, un « labyrinthe », disent d'autres, des « trous à rats », grogne le marquis d'Argenson indigné des sommes dépensées pour décorer des lieux que personne n'est admis à voir. Personne ? Pas tout à fait. Des gens choisis. Le mystère qui les entourait leur a valu, aux yeux du public et de la postérité, un parfum sulfureux : « Les cabinets du roi ont cent issues pour éviter le scandale », colporte cette mauvaise langue de d'Argenson. Ils ne méritaient qu'à demi cette fâcheuse réputation. Certes, Louis XV y reçut et y hébergea ses maîtresses, mais sans en faire pour autant des lieux de débauche crapuleuse. Il y cherchait avant tout un refuge accueillant où abriter une vie privée, protégée.

Colonisant tout l'espace disponible sur l'arrière et au-dessus du décor, diverses pièces s'étagent jusqu'aux terrasses égayées de jardins suspendus et de volières, d'où le roi, passionné d'astronomie, peut observer le ciel. On y trouve la bibliothèque, l'atelier où il s'amuse à tourner de petits objets d'argent ou d'ivoire, un cabinet de travail où il étudie paisiblement ses dossiers et où il reçoit ses informateurs secrets, d'autres locaux à la fonction mal définie. Mais surtout, il y crée des appartements, au sens quasi moderne du terme, aménagés pour recevoir, à dimensions humaines. L'étiquette de cour ne concevait les réceptions qu'à grande échelle, dans de vastes salles, et on servait les repas dans les chambres ou les antichambres, sur des tréteaux démontables, face au public. Dans les coulisses au contraire, il y a, grande innovation, de vraies salles à manger, une d'hiver au second étage, une d'été ouvrant sur les toits, assorties de leurs cuisines toutes proches – peut-être a-t-on alors quelques chances de manger chaud ? Et il vient un moment, en fin de repas, où l'on peut congédier les domestiques grâce à des tables roulantes contenant tout le nécessaire. Même liberté dans les salons, où la cafetière toute prête permet à chacun, le roi compris, de se servir lui-même du breuvage à la mode. Après quoi l'on installe les tables de jeu et chacun peut s'asseoir, sans façon, même ceux qui ne jouent pas.

On conçoit sans peine que les invitations dans ces lieux enchanteurs fussent convoitées avec passion. Hélas, nul souci chez Louis XV de les doser savamment comme le faisait Louis XIV pour les séjours à Marly. Le choix de ses convives – de sept ou huit jusqu'à la trentaine – n'obéit qu'aux impératifs de l'amitié. Sur la liste que l'huissier lit à sa porte, ce sont presque toujours les mêmes qu'on retrouve, compagnons de ses chasses ou complices de ses amours. Le duc de Croÿ a laissé le témoignage de l'émerveillement qu'il ressentit en 1747 devant l'élégance de ces soirées où la liberté ne nuisait pas à la décence. « La salle à manger était charmante et le souper fort agréable, sans gêne. [...] Le roi était gai, libre, mais toujours avec une grandeur qui ne le laissait pas oublier. Il ne paraissait plus du tout timide, mais fort d'habitude[1], parlant très bien, se divertissant beaucoup et sachant alors se divertir. »

Si enchanté qu'il fût, le duc pressentit cependant, avec raison, qu'un tel souper relevait encore du domaine semi-public, si l'on peut dire, comme les pièces de réception dans une maison privée. Et il devina, par-derrière, l'existence de lieux plus retirés : « Il me parut que ce “particulier” des cabinets ne l'était pas, ne consistait que dans le souper et une heure ou deux de jeu après le souper, et que le véritable “particulier” était dans les autres petits cabinets, où très peu

---

1. « Qui ne le laissait pas oublier » : qui empêchait d'oublier qu'il était le roi. « Fort d'habitude » : fort naturel, comme on se comporte face aux gens avec qui on a habitude, qu'on fréquente familièrement.

des anciens et des intimes courtisans entraient. » En somme, à l'intérieur de son domaine, le roi avait établi une série de cloisons étanches permettant de filtrer puis de bloquer l'invasion des indésirables et réussi à se créer, au plus profond du château de ses pères, un gîte où il se sentait à l'aise.

Ses diverses escapades répondent au même besoin. « Le roi n'aime point Versailles », note Barbier dès 1725. Et en 1760 : « Il est toujours hors de Versailles. » « Il n'y reste jamais plus de quatre ou cinq jours de suite, ordinairement deux ou trois jours », souligne Luynes en 1753. Et les historiens ont pu calculer que certaines années, entre 1728 et 1733 notamment, il y avait couché à peine plus d'une centaine de nuits. S'il le délaisse moins par la suite, c'est qu'il y a amélioré ses appartements intérieurs. Et l'on constate qu'il tend à transposer, dans les autres châteaux royaux où se déplace périodiquement la cour, le type de double vie récemment mis en place : Fontainebleau et Compiègne voient ainsi des petits soupers venir concurrencer les repas au « grand couvert ». Du temps de Mme de Pompadour, il sera repris par son goût pour les déplacements. Et il poursuivra sa fuite loin des fastes officiels, bâtissant, achetant ou faisant acheter par elle des résidences secondaires purement privées, ouvertes aux seuls familiers. À Choisy, dit Luynes, il apparaît « presque comme un simple particulier qui fait avec plaisir les honneurs de son château ». Dans la salle à manger, perfectionnement suprême, une table « volante » mue par des contrepoids, y surgissait du parquet à la demande pour apporter les plats. « Le roi veut être servi en tout comme son bisaïeul », disait l'orfèvre Germain. En tout ? Dans de la vaisselle d'or peut-être, mais sans domestiques !

Hélas, ce mode de vie engendre chez tous les exclus un sentiment de frustration, vite tourné en amères critiques. En réalité, quand on compare le temps qu'il donne au public à celui qu'il lui dérobe, on ne constate pas de criante disparité. Tout est affaire de perspective.

Quand Louis XIV s'isolait avec Mme de Montespan ou Mme de Maintenon, on s'en apercevait à peine, tant il occupait jusqu'à saturation l'espace public. Louis XV accomplit correctement son métier, mais il le fait visiblement sans goût et, taciturne, il semble comme absent des lieux où il officie. D'où l'impression de creux, de vide que donne le cérémonial qui a fait les beaux jours du règne précédent. Chacun sent que l'essentiel est ailleurs. Sur le devant de la scène s'agitent des simulacres, la vraie vie se passe derrière le décor, dans les coulisses. Dans le pire des cas, cette vie secrète est perçue comme scandaleuse. Dans le meilleur, on juge qu'elle convient à un particulier, non à un roi.

Servitude de la reine

Longtemps Marie Leszczynska demeura en marge de cette évolution vers une existence moins assujettie à l'étiquette, pour des raisons diverses, qui tiennent surtout à la tradition et à l'influence de Fleury.

Dans la tradition monarchique française, une règle d'or voulait qu'on surveillât de très près les épouses royales, sur le plan des mœurs mais surtout sur celui de la politique. C'est la raison pour laquelle on éliminait, à l'exception des confesseurs, tout le personnel venu de leur pays natal. Sous prétexte d'aider ces étrangères à s'acclimater, on leur imposait la compagnie de dames respectables prêtes à se muer de conseillères en espionnes. Il leur était interdit de choisir à leur gré dame d'honneur, dame d'atour et même dames du palais. Comment auraient-elles pu le faire d'ailleurs, ne connaissant personne ? Et de toute façon la question ne se posait pas : à leur arrivée, elles trouvaient leur « maison » toute constituée. La pauvre Marie n'avait pas amené de servantes ni de femmes de chambre, et pour cause. Mais elle était un enjeu dont Mme de Prie avait tenté de s'emparer par entourage interposé. On comprend donc que Fleury ait ensuite tenu à contrôler cet entourage.

Lorsque des places s'y libérèrent, généralement par décès, Marie proposa parfois des noms. Elle souhaitait avoir la duchesse de Mazarin pour dame d'honneur ? On nomma celle de Luynes. Elle eut la chance de trouver en celle-ci une amie des plus sûres ; mais c'était là une heureuse surprise. Moribond, le vieil homme cherchait encore – en vain cette fois – à lui imposer quelqu'un dont elle ne voulait pas.

Dans un domaine particulièrement sensible, celui des enfants, elle ne put faire prévaloir ses volontés.

Marie était bonne mère. À vrai dire, elle avait une prédilection bien compréhensible pour le dauphin. Après la mort du duc d'Anjou, on la voit multiplier les visites à Meudon où on a expédié les petits, parce que l'air y est meilleur. Elle surveille leur travail scolaire, leurs progrès, et se désole en constatant que ses filles sont plus appliquées que son fils. Des anecdotes, il est vrai peu nombreuses, nous la montrent en compagnie du garçonnet à un spectacle de marionnettes pour son passage « aux hommes », puis pour son huitième anniversaire ou, un peu plus tard, organisant chez lui une modeste séance de danse – on n'osa dire un bal « à cause de la misère présente » – où l'on servit quelques pâtisseries : si lourd était le poids de l'étiquette qu'elle se priva de manger le petit chou dont elle avait grande envie, parce que la serviette lui avait été présentée par un autre que le dauphin. Elle veilla à son éducation morale et religieuse, comme il se doit, tint à ce qu'on réprimât sévèrement ses colères, sa violence. Elle voulait en faire « un prince selon le cœur de Dieu ». Bref elle s'occupa beaucoup de lui, et nul n'y trouvait à redire.

Les filles en revanche suscitaient moins d'intérêt. Soyons honnêtes : leur mère leur tenait sans doute inconsciemment rigueur des déceptions qu'elles lui avaient values. Elles avaient peu d'individualité, sauf les aînées. Les plus jeunes, presque interchangeables, n'inspiraient à leurs parents qu'un intérêt limité. Elles étaient trop nombreuses surtout – il en restait sept au total – et menaçaient de devenir encombrantes. En 1738, le vent étant aux économies – on disait aux « retranchements » –, Fleury décide d'en faire élever cinq au couvent de Fontevrault, au motif qu'elles « embarrassent le château de Versailles et causent de la dépense ». Là-bas, observe Barbier, l'abbesse sera surintendante de leur éducation, le personnel sera réduit, « cela renvoie un grand nombre de femmes et de domestiques ». Pour le coup, on s'éloignait des traditions léguées par Louis XIV. Certes l'usage de faire élever les filles dans des couvents était assez répandu dans la très haute société, imitée par la grande bourgeoisie, au point que des établissements religieux s'étaient spécialisés dans cette tâche, tous situés à Paris ou dans les environs pour que les fillettes ne soient pas coupées de leurs familles. Mais jamais les enfants royaux n'avaient été soumis à ce régime. Au XVIe siècle et au début du XVIIe, on les élevait dans des châteaux, Blois, Amboise ou Saint-Germain-en-Laye, réputés plus sains que le vieux Louvre. Mais Louis XIV avait gardé auprès de lui toute sa descendance légitime – il est vrai que c'étaient des garçons. À Versailles, il y avait assurément place pour des enfants : il avait même fait construire pour eux, sur le flanc sud du bâtiment, l'aile dite des Princes. Pourquoi n'y aurait-on pas gardé les petites princesses, en réduisant la dépense ?

C'est que justement, sur place, la dépense était impossible à réduire, à moins de violer les règles régissant la composition de leur domesticité. Pas question d'amputer le vaste service auquel chacune avait droit, ou, s'agissant des plus petites, d'éconduire les candidates à ces fonctions. Le seul moyen de se débarrasser de cette nuée de prétentions était d'envoyer les fillettes assez loin pour qu'aucune de ces dames n'ait envie de les y suivre. Le roi, direz-vous, aurait pu taper sur la table et imposer une restriction de personnel ? Mais cela eût fait une révolution de palais. Et d'ailleurs, à cette date, il avait d'autres soucis en tête. La reine, désolée, n'osa rien dire. La révolte vint de Madame Troisième, qui avait du caractère, et de sa gouvernante, Mme de Tallard, qu'elle détestait, mais dont les intérêts coïncidaient pour une fois avec les siens. L'audacieuse se présenta devant le roi à la sortie de la messe, se jeta à ses pieds en sanglotant. Cédant à l'attendrissement général, il versa lui-même quelques larmes et lui promit qu'elle ne partirait pas.

Restèrent donc à Versailles les jumelles, qui approchaient de onze ans, et Adélaïde, qui n'en avait que six. Le 16 juin, un lourd carrosse à huit chevaux emportait les benjamines – cinq, quatre et deux ans et onze mois tout juste – pour un voyage de treize jours. Fontevrault avait beau être le couvent le plus prestigieux de France par la qualité des dames qui y avaient fait profession, il était si loin que ce choix équivalait à un exil. Trois d'entre elles y passeront plus d'une dizaine d'années avant de revoir leurs parents ; l'avant-dernière n'en reviendra pas. Dans le cœur de Marie, prise par d'autres tourments, leur souvenir s'estompait. Sa piété ardente jointe à ses chagrins personnels lui fit voir, dans la mort de Félicité en 1744, une bénédiction pour cette innocente, entrée tout droit au paradis : « Elle est bien heureuse ; je l'envie. »

Elle fut profondément émue, cependant, lorsque trois ans plus tard elle put contempler le visage des trois survivantes, fixé sur la toile par le délicat pinceau de Nattier. Le roi avait voulu lui en faire la surprise. Elle avait quitté des bébés, elle découvrait deux adolescentes et une exquise fillette de dix ans. « Les deux aînées sont belles réellement, mais je n'ai jamais rien vu de si agréable que la petite ; elle a la physionomie attendrissante et très éloignée de la tristesse ; je n'en ai pas vu une si singulière ; elle est touchante, douce et spirituelle. » Et à la différence des deux autres, Louise avait aussi une personnalité ardente et profonde. Mais on ne s'en apercevrait que beaucoup plus tard.

Un cadre raffiné

Indépendamment des contraintes subies, la servitude de Marie était pour une large part volontaire, parce qu'elle se faisait un devoir de remplir au mieux le rôle qu'on attendait d'elle. Son époux lui en savait gré et il tenta d'y introduire pour elle quelques agréments. Dans les premiers temps de leur mariage, il avait tenu à lui offrir un cadre de vie attrayant. Plus tard, lorsque la tendresse initiale fit place au remords, il tenta de se faire pardonner. Il aimait le confort, avait des goûts raffinés. Elle en bénéficia.

La chambre de la reine devint une pure merveille. Dès avant son arrivée, il a fait faire quelques travaux, notamment sur l'ancienne cheminée. Au fil des années, la décoration est modernisée, égayée par des teintes plus douces, des lignes plus souples, des motifs nouveaux. Marie aime les enfants et les fleurs. Boucher en répandra sur son plafond, pour servir de cadre à une allégorie des Vertus que son pinceau ne parvient pas à rendre austères. Des fleurs, on en mettra partout pour lui plaire, brodées, découpées ou peintes sur les sièges, les panneaux muraux et les montants des meubles, à moins que, naturelles, elles ne remplissent les vases d'opulents bouquets. Les jardiniers avaient prévu un tapis de gazon sur le parterre de l'Orangerie : elle le fit remplacer par des massifs floraux. Il est tenu compte de ses préférences : quelle innovation par rapport à Louis XIV ! Chaque fois qu'il est question de changer ce qu'on appelle le meuble – c'est-à-dire tout ce qui est en tissu : rideaux, tentures, garnitures de lit, fauteuils, tabourets, coussins, paravents... –, on la consulte et les manufactures de Lyon, dont l'activité s'en trouve stimulée, tissent pour elle des chefs-d'œuvre. En 1737, elle a choisi sur cartons, précise P. Verlet, les soieries « dont les dessins lui plaisent davantage » et notamment un brocart de Lallié dont le fond cramoisi, presque « feu », est enrichi de fleurs d'or. Le décor, régulièrement renouvelé, évoluera avec la mode, mais il restera marqué par ce souci de grâce, de gaieté, de fantaisie élégante qui caractérise pour nous l'art du XVIIIe siècle.

Ses appartements privés bénéficient des mêmes efforts de décoration. Car elle a, elle aussi, sur l'arrière de ses pièces d'apparat, des appartements privés, hérités du temps de Mme de Maintenon et de la très jeune duchesse de Bourgogne. Attention, ne confondons pas : ces cabinets dits privés ne le sont qu'à peine. Ils lui permettent d'échapper à la foule des courtisans, mais ne la débarrassent pas des dames rituellement attachées à son service. Ils lui offrent cependant un havre de relative tranquillité. Donnant sur les cours intérieures, mais orientés au nord, ils manquent de chaleur et de lumière. Trois campagnes de travaux, l'une suivant de près son arrivée, l'autre consécutive en 1737-1738 aux premières infidélités ouvertes, la troisième due à l'influence de Mme de Pompadour, y introduisent des éléments de confort – bains, garde-robe moderne –, les agrémentent de terrasses et les dotent d'un très riche décor. Plus encore que dans sa grande chambre, le choix lui est laissé des peintres et des sujets traités. Elle n'a pas grand goût. Elle recourt à des artistes de second ordre pour traiter des scènes – *Sainte Thaÿs dans sa cellule* ou *Sainte Azelle à la porte de son ermitage s'occupant à la lecture* – où le souci d'édifier l'emporte sur les considérations esthétiques. L'année du jubilé, elle introduisit dans son oratoire une de ces têtes de mort enrubannées connues sous le nom de « belles mignonnes », censées rappeler au chrétien, comme tant de *Memento mori* picturaux, la vanité des choses humaines. Elle se plaisait à croire que c'était celle de Ninon de Lenclos. Bref elle vivait dans un cadre à sa convenance, où la piété n'excluait pas quelques douceurs.

La chapelle du château était plus glaciale encore qu'il n'est normalement permis à une église. Du temps de Louis XIV, Mme de Maintenon et les princesses se réfugiaient dans les chapelles latérales, relativement protégées des courants d'air que supportait sans gêne aucune leur seigneur et maître. Mais pour un roi et une reine frileux, que l'étiquette contraint à siéger toujours au centre, à la tribune aussi bien qu'en bas, on décida de créer des caissons de bois. Ces espèces de niches démontables comme un décor de théâtre, richement décorées et sans cesse perfectionnées, devaient donner aux cérémonies une allure étrange, puisqu'elles dérobaient aux yeux celui sur qui se focalisait naguère l'attention, si l'on en croit une page célèbre de La Bruyère. C'était sans doute tant mieux pour la santé des souverains – pas pour celle du reste de l'assistance. Tant mieux aussi pour le recueillement de chacun, mais tant pis pour la monarchie solaire de type louisquatorzien. La piété même devenait affaire privée.

Un quotidien presque supportable

Outre l'estime qu'il n'a jamais cessé de porter à Marie et les reproches qu'il pouvait se faire à son endroit, Louis avait une autre raison de lui réserver des égards. Il savait bien qu'elle détestait autant que lui la vie de cour. Mais en s'y dérobant lui-même, il se déchargeait sur elle d'un bon nombre de corvées. Il avait besoin d'elle pour faire tourner la machine en son absence. Il fallait bien que quelqu'un fût là, le soir, pour présider à la comédie : s'ils n'y étaient ni l'un ni l'autre, on annulait la représentation. Les musiciens pouvaient à la rigueur jouer sans elle, si on la savait en train de les écouter de sa chambre voisine. Mais comment animer un « jeu d'oie » dans le parc sans sa présence ? À défaut d'enfourcher un des ces volatiles en carton-pâte, elle choisit une chaise pour tenter de décrocher les bagues qui servaient d'enjeu : elle en prit un grand nombre, dit-on.

Veut-on un exemple de cette répartition des rôles entre eux ? La plupart du temps, c'est elle qui préside seule aux bals organisés en petit comité pour entraîner les enfants à danser. Lors des grandes festivités en revanche, ils sont là tous les deux, mais à horaires décalés. Lorsqu'on inaugure en janvier 1739 le salon d'Hercule ont lieu deux bals successifs. Le bal *rangé* ou *paré*, tout d'abord. Le roi y fait acte de présence au début. Marie trône en grande tenue, robe à fond blanc rehaussé d'or et d'un semis de fleurs nuées de soie, corsage rebrodé de pierreries, collier de diamants, avec le *Sancy* en pendentif et le *Régent* dans ses cheveux. Poids total non précisé par les documents, mais considérable. Devant le couple royal, les princes et princesses, associés deux à deux, font leur tour de piste en suivant l'ordre que leur impose le roi : « M. le dauphin et Madame ouvrirent le bal ; ensuite M. le dauphin prit Henriette, qui prit M. de Penthièvre, qui prit Madame, qui prit M. le dauphin... » Aux autres, il laisse quartier libre – « Prenez qui vous voudrez » – et s'éclipse vers neuf heures, laissant sa femme assister seule aux évolutions des danseurs jusqu'à son repas, une demi-heure plus tard. À onze heures, c'est le bal *masqué*. La reine y fait son entrée à minuit, dans un costume fort simple, le visage dissimulé par un domino qu'elle changera en cours de soirée. Elle quitte les lieux définitivement vers quatre heures pour se rendre à la messe. Son époux, lui, ayant soupé en galante compagnie, n'est réapparu que sur le coup de deux heures, déguisé en chauve-souris. Ravi de son incognito, « il parut s'y amuser d'autant plus qu'il ne fut pas reconnu ». Il dansa même avec une partenaire inconnue. « Il s'amusait à demander où était le roi », mais il évitait de parler davantage. Sage prudence : sa voix rauque, voilée, était reconnaissable entre mille. Il folâtra joyeux, parmi les masques, jusqu'à sept heures du matin.

Qu'a fait Marie durant quatre heures au milieu de la cohue ? Les chroniques n'en disent rien. Elle dansait fort bien naguère et son époux, quelques années plus tard encore, protestera lorsqu'elle prétendra avoir passé l'âge. A-t-elle tenté de reconnaître sous les déguisements son infidèle et celle qui le lui a pris ? S'est-elle laissé aller à danser, sous le couvert de son domino ? S'est-elle contentée de regarder danser les autres en tâchant d'écouter les violons malgré le brouhaha ?

Car on sait qu'elle était très musicienne. Le roi, lui, n'y connaissait rien ; il chantait faux et en fait de musique il n'appréciait guère que les sonneries de chasse. Il la laissa régner sur les programmes musicaux. Prudente, elle se cantonnait pour les concerts publics dans le répertoire que lui suggéraient les responsables de la « Chambre du roi[1] ». Un répertoire marqué au coin du conservatisme : tout ce qu'on jouait ou presque – les opéras de Lully notamment – avait pu être entendu par Louis XIV. Mais en privé, elle se faisait jouer autre chose. Et lorsqu'elle reçut le renfort de ses enfants et de sa bru, ses activités musicales prendront, on le verra, une importance capitale.

Restait le jeu, le plus prisé des divertissements de cour. Marie en raffola. Elle ne pouvait s'en passer. En plus des soirées qui lui étaient expressément consacrées, elle faisait dresser les tables dès que s'annonçait un moment creux dans son emploi du temps. Sa piété s'accommodait tant bien que mal d'une activité réprouvée par l'Église. On sait que celle-ci, depuis toujours, condamnait comme immoraux les jeux où l'on engageait de l'argent. Faute de pouvoir les éliminer, elle introduisit entre eux de subtiles distinctions, proscrivant ceux de pur hasard, autorisant ceux qui faisaient intervenir adresse et intelligence. Périodiquement le roi faisait paraître une déclaration à l'appui. Celle de 1741 interdit sous peine de prison, même dans les maisons royales, le *mormonique*, le *quinquenove*, le *passe dix*, les *trois dés*, le *tope et tingue*, les *deux dés*, la *bassette*, le *pharaon*, le *biribi*, la *dupe*, le *quinze*, les *petits paquets*, le *pair ou non*, et autres jeux semblables. Mais pour tourner la loi, on inventait des variantes,

---

1. Cet important service, chargé de veiller à la vie quotidienne du roi, avait haute autorité sur les musiciens de la Chambre (musique profane), mais non sur ceux de la Chapelle (musique sacrée).

d'où une perpétuelle floraison de noms plus pittoresques les uns que les autres. Marie peut être tranquille, la déclaration royale a pris soin de ne pas nommer son cher *cavagnole*, récemment importé d'Italie, qui ressemble comme un frère au *biribi* prohibé[1]. Elle règne en souveraine sur les tables où s'étalent les tableaux et où s'empilent les mises. Elle choisit ses partenaires, qui trouvent parfois les parties monotones mais doivent feindre d'être honorés. Elle perd des sommes considérables, se le reproche, sans parvenir à renoncer. Le jeu de la reine reste une quasi-institution.

Marie n'est donc pas, comme on le dit souvent, réduite à l'inconsistance, vouée à jouer les utilités dans une vie de cour dont la force vive se situerait ailleurs. La vérité est qu'il n'y a plus de force vive, que la cour somnole, à mesure que s'essouffle l'impulsion donnée par Louis XIV et que son successeur n'a pas relayée. Si elle ne défraie pas la chronique, c'est qu'elle est sage et bonne et qu'il y a peu à dire sur elle. N'en concluons pas qu'elle compte pour rien. Dans l'intervalle des grandes fêtes qui passionnent encore son époux, c'est elle qui tient à bout de bras une cour qui tourne à vide, prête à éclater en une juxtaposition de cellules privées. Et il y a des moments où elle finit par baisser les bras.

« Une liberté inconnue jusqu'alors aux reines de France... »

Comparée à ses aînées, Marie, en dépit des servitudes du métier de reine, n'aurait pas été malheureuse si elle n'avait aimé d'amour l'époux que la politique lui avait donné. Ses plus grands chagrins datent des premières infidélités, de la faveur des arrogantes sœurs

1. Le cavagnole, qui se jouait avec des cartons et des boules qu'on tirait, a quelque analogie avec notre loto, mais en plus compliqué. On déposait des mises sur les numéros figurant sur son carton.

de Nesle, de ses efforts pour leur reprendre le cœur du roi, de ses espoirs définitivement enterrés après l'affaire de Metz. Sa passion pour lui s'est émoussée. « On peut croire qu'elle ne l'aime plus autant ; cependant il n'est pas bien décidé qu'elle ne l'aime plus [1] qu'elle ne le croit elle-même », note finement le duc de Luynes en 1749. Elle l'aime autrement, en tout cas et, après une dernière bouffée de jalousie à l'arrivée de la Pompadour, elle se résigne à s'installer dans une existence où il n'aura pas sa place. À défaut de bonheur, elle y gagne la paix. Lui, de son côté, sait qu'il n'a aucun mouvement d'humeur à redouter de sa part. Jamais il n'a cherché à l'asservir. Et comme Fleury n'est plus là pour le pousser à la tenir en lisières et que Mme de Pompadour l'incite à la ménager, il lui accorde une part de liberté proche de celle qu'il s'adjuge à lui-même.

Les contemporains n'ont pas manqué de percevoir ce laxisme insolite. Écoutons le même Luynes, proche entre les proches, de par les fonctions de sa femme auprès d'elle : « Sa piété et sa vertu l'ont mise à portée de jouir d'une liberté que jamais reine n'avait eue jusqu'à présent : elle a au moins deux heures de temps à être dans ses cabinets le matin, et trois ou quatre les après-dîners, les jours qu'elle ne va point l'après-dîner à l'église ; dans ses heures particulières, elle voit qui elle veut, hommes et femmes à son choix ; mais quoiqu'elle aime le ton de galanterie [2] accompagné d'esprit et de prudence, et qu'elle entende parfaitement ce langage, elle n'a nulle idée du mal, elle n'en a que l'horreur. »

Cinq à six heures de liberté par jour ! Cinq à six heures pendant lesquelles gérer librement son temps ! On n'avait rien vu de tel à la cour de Louis XIV. À quoi les occupe-t-elle ? Elle lit beaucoup. Lorsqu'elle

---

1. On peut se demander si elle ne l'aime pas plus...
2. Attention : le mot de *galanterie* suggère encore à cette date élégance, raffinement, et non pas légèreté de mœurs.

a dû choisir une devise, elle s'est donné des airs d'intellectuelle : *quinque linguarum perita*, savante en cinq langues – français, polonais, allemand, italien et latin. Les livres devenant envahissants, elle a fini par faire entresoler une pièce pour agrandir sa bibliothèque. Que lit-elle ? Des livres de piété surtout. Mais elle s'aventure aussi dans la philosophie avec les œuvres de Malebranche, auxquelles on murmure qu'elle ne comprend pas grand-chose. Elle entretient ses modestes talents musicaux au clavecin, à la guitare, à la vielle. Quand un séjour à Dampierre, dans le château champêtre des Luynes, lui permet de rencontrer le très célèbre castrat Farinelli, elle en profite pour se faire donner quelques leçons de chant et s'exercer avec lui au clavier. Pour dessiner et peindre, elle se fait aider par un professionnel, qu'elle nomme son teinturier : à lui la composition, les lignes générales, les personnages... et les retouches ; à elle les draperies, les menus objets et parfois un coin de paysage ou un fragment de visage. « Je suis bien aise de vous dire, écrit-elle au président Hénault en lui envoyant un de ses tableautins, que mon teinturier n'y a que très peu de part et que tout est *presque de ma main*, la figure surtout, ciel, lointain et l'ovale. » Elle se risque même à copier une toile d'Oudry, un peintre très coté, qu'elle admire. Sur cette *Ferme* qui a eu l'heur de plaire à son fils, elle appose naïvement sa signature : *Marie Reine de France fecit, 1753* – plus par amitié pour le destinataire que par vanité d'auteur. Il lui arrive aussi de mêler son pinceau à celui des maîtres pour illustrer sur les panneaux laqués de son Cabinet chinois l'œuvre évangélisatrice des jésuites. Pourquoi ricaner ? Elle ne se prenait pas pour l'artiste qu'elle n'était pas. Elle pratiquait, pour son plaisir, ces arts mineurs que pratiquèrent durant des siècles d'innombrables femmes de la bonne société, ouvrages de dames au même titre que la tapisserie et la broderie.

Elle peut choisir désormais son entourage, tant pour les fonctions officielles – elle fera de la duchesse de Villars sa dame d'atour – que pour les relations informelles. Avec elle, le terme consacré de « cercle de la reine » cesse de désigner le plénum des dames de la cour rassemblées autour de la souveraine pour une conversation d'apparat. Il s'applique au petit groupe d'intimes qu'elle réunit dans ses cabinets pour de libres conversations. C'est entendu, on n'y trouve que des femmes d'âge mûr, dévotes et laides, ou du moins défraîchies, d'âge en rapport avec celui de la maîtresse des lieux, mais souvent pleines d'esprit. Et surtout, comme le souligne Luynes qui fait partie de ce cercle, des hommes y ont accès. Et pas n'importe quels hommes. Ne croyons pas qu'il s'agisse uniquement de bigots rassotés. Certes les philosophes trop mal pensants en sont exclus. Mais l'exclusive est loin d'être féroce. Il faudra la publication du livre *De l'Esprit* pour qu'Helvétius, fils de son médecin attitré et lui-même maître d'hôtel chez elle, soit banni de sa maison. Ses familiers sont des gens d'esprit, de condition sociale diverse, sur le modèle des fameux salons parisiens, si caractéristiques de l'époque. Elle est en bons termes avec Maurepas, avant que la disgrâce ne le confine en province. Et l'on peut penser que la plus mauvaise langue de la cour, qui s'illustrera en collectant les chansons satiriques les plus osées, ne dépose pas tous ses piquants au vestiaire lorsqu'il se joint aux amis de la reine. Le comte d'Argenson, longtemps ministre, une des têtes du parti dévot, est moins caustique, mais point sot. L'aimable président Hénault, très éclectique, ami de Mme du Deffand, de Fontenelle et de Voltaire, fait le lien avec les salons parisiens ; homme du monde par excellence, « sachant paraître s'occuper avec plaisir de ce qu'il sait plaire à ses amis », c'est une mine d'anecdotes, de bons mots, de madrigaux charmants. On badine. Le comte de Tressan, « le plus aimable des vauriens », lui confie ses fredaines et elle lui impose en guise de pénitence de composer quelques strophes édifiantes pour les demoiselles de Saint-Cyr. On se donne des surnoms. Mme de Villars est *Papète*, Mme de Luynes *la Poule*. Tressan a eu l'imprudence de répondre, un jour qu'elle lui demandait comment allait son moral : « Je vais mon petit train. » Il est désormais *le Petit Train*. Le comte d'Argenson est, on ne sait pourquoi, *Cadet*. Moncrif, aimable auteur du *Moyen de plaire*, qui, parti de très bas, doit à son esprit souple et prudent de s'être ouvert les portes du beau monde, est *le Fauteuil*, à moins qu'on ne rappelle, à travers son sobriquet d'*historio-griffe*, qu'il a commis aussi une *Histoire des Chats*. S'y ajoutent quelques hommes d'Église, antijansénistes, tout étonnés de se trouver là plutôt qu'au milieu de leurs diocésains. Vouant à Marie une adoration toute platonique veille sur tout ce petit monde son chevalier d'honneur, le marquis de Nangis – celui qu'on avait voulu jadis donner comme amant à la duchesse de Bourgogne –, dont la mort lui arrachera des torrents de larmes.

Derrière cette part semi-apparente de sa vie s'en cachent deux autres. Ses relations avec son père sont connues du public par les visites annuelles qu'il lui rend, d'abord avec son épouse, puis seul, à chaque fin d'été. Mais on ignore à l'époque ce que nous ont révélé les papiers de Stanislas : une correspondance régulière entre lui et sa tendre Maritza, son « cher Cœur ». Et l'on regrette une fois de plus que seules les lettres de l'ex-roi de Pologne nous soient parvenues. On y voit un père et un grand-père au naturel, évoquant avec une bonhomie bourgeoise les progrès de ses petits-enfants ou échangeant avec sa fille, aussi gourmande que lui, des considérations culinaires. En imaginant d'arroser le kugelhof de rhum, il avait inventé le baba et son pâtissier, un nommé Nicolas Stohrer, qui avait suivi la jeune mariée à Paris, y avait bientôt fait souche en exploitant la fameuse recette. Il propose un peu plus tard de dédier à Marie le nouveau gâteau créé par sa cuisinière ; hélas, la reine a déjà gratifié de son nom des bouchées ; ce sera donc cette simple servante qui, selon la légende locale, léguera son prénom aux madeleines de Commercy. À la mort de sa femme, il expédie à Marie un cuisinier nommé Najac qui mitonne des ragoûts d'une saveur incomparable. Naturellement on parle aussi de politique dans cette correspondance. Stanislas commente doctement les nouvelles, mais ses vues en la matière sont courtes et gâtées tant par le manque de fraîches informations que par son inaltérable optimisme. On y verra en tout cas la preuve indirecte que Marie ne reste pas étrangère aux grandes affaires du temps. Mais ce qui frappe le plus dans ces lettres, c'est l'intense affection que lui porte son père et qui est pour elle un soutien inestimable. On ne redira jamais assez de quel prix, très rare pour une reine, fut le maintien du contact avec sa famille. Songeons que lorsque l'âge interdit à son père le voyage jusqu'à Versailles, c'est elle qui put, en 1765, se rendre auprès de lui à Lunéville. Aucune de ses aînées n'eut pareille chance.

L'autre face cachée de la vie de Marie, ce sont les œuvres de charité. Pas plus que sa vertu n'est revêche, sa piété n'est ostentatoire. Elle ne passe pas son temps, comme naguère Marie-Thérèse, à rendre aux divers couvents des visites mondaines qui commencent en commérages et s'achèvent en grignotage de friandises. Elle ne s'abîme pas en prières dans son oratoire pendant des heures – sauf lors du jubilé. Sa charité est pratique, souvent directe et personnelle. Elle aide les œuvres de Saint-Sulpice ou de Saint-Vincent de Paul, les hospices, les asiles, les prisons, avec un sens des besoins concrets, un goût du détail qu'elle tient de son adolescence besogneuse. Beaucoup de dons modestes, en argent ou en nature, accompagnés si elle le peut d'un mot d'encouragement.

Comme toutes les reines, elle manque d'argent. La dotation qui leur est allouée est par principe calculée au plus juste, et elle s'abstient d'en demander l'augmentation. Elle est capable, pour préserver ses aumônes, de mettre un frein à sa frivolité, se privant de robes, de parures, de bibelots qui la tentent. Une anecdote illustre cette retenue. Devant un séduisant bijou qu'on lui proposait, elle dit au marchand : « Il me plairait assez, mais pour en bien juger, il me faudrait mes yeux de demain. » Mais quand l'homme, le lendemain, demanda à voir Sa Majesté : « Oh ! s'exclama-t-elle, ce n'est point à ma majesté qu'il en veut, ce n'est qu'à ma fantaisie : vous lui direz qu'elle est partie. » Que ses pieux biographes aient ajouté quelques embellissements à la vie de leur modèle, c'est plus que probable. Mais il est certain qu'elle vécut intensément sa foi et que sa charité fut profonde. Si l'on tient cependant à jeter une ombre sur la trop édifiante image, on rappellera qu'elle succomba volontiers au péché de gourmandise et que, si elle était prête à sacrifier à ses bonnes œuvres les dépenses que lui soufflait sa coquetterie, elle ne sut jamais renoncer à sa passion du jeu. Ce n'était pas une sainte, comme est tenté de nous le faire croire son premier biographe, le bon abbé Proyart, mais une simple femme, qui ne se voulait pas différente des autres.

« Les délices de l'amitié »

À mesure que les années passent, les obligations officielles lui pèsent de plus en plus et elle se permet à leur égard quelque distance. En avril 1745, dans le climat d'exaltation patriotique qui prélude à la campagne contre l'Autriche, elle refuse d'aller passer les troupes en revue. « Mme de Luynes prit la liberté de lui représenter qu'il lui paraissait convenable qu'elle ne s'éloignât pas des occasions de représentation. » Mais ce jour-là, ni sa dame d'honneur, ni le maréchal de Noailles ne purent la faire changer de résolution. Un mois plus tard, elle finit par s'y décider, à contrecœur : « Elle avait toujours dit qu'elle y irait à la paix, ne pouvant voir sans une peine extrême, pendant la guerre, tant de braves gens dont plusieurs vraisemblablement ne seraient plus à la fin de la campagne. »

Peu à peu elle modifie certaines de ses habitudes.

Dans ses appartements intérieurs, il ne lui est pas possible d'organiser, comme le fait son mari dans les siens, des soupers réservés à des hôtes privilégiés. Il lui faut y subir, sans compter les domestiques, la présence des dames du palais qui sont « de quartier ». Alors elle s'en va souper chez ses familiers qui, eux, sont libres d'accueillir qui ils veulent. Bientôt elle prend l'habitude de « sortir » presque tous les soirs. Sortir ! le mot a une résonance étrangement moderne, si peu louisquatorzienne ! Dans la seule année 1747, elle a soupé chez les Luynes cent quatre-vingt-dix-huit fois ! Il devient plus enviable d'être invité chez eux que chez elle, car la société y est en effet plus choisie. Là, pas de règles, de rangs, d'étiquette. Elle dépose le masque de reine. On dîne sans façon, on finit la soirée en conversant librement ou en sacrifiant à l'inévitable cavagnole. D'autres soirs, chez la maréchale de Villars, qui est veuve, elle rejoint un petit groupe de sept ou huit dames qui poussent l'aiguille à tapisserie en bavardant autour d'un grand feu, comme dans une veillée d'autrefois. Cette micro-société mène ainsi, en marge des hiérarchies officielles, une sorte de vie bourgeoise où l'on s'invite et se reçoit sur un pied de quasi-égalité, dans une simplicité bon enfant. « Elle veut bien que l'on ne fasse pas de préparatifs pour la recevoir, et la plupart du temps on est incertain si elle viendra souper, jusqu'au moment où elle arrive. » Un certain soir même, après avoir pris son repas chez elle, elle éprouva soudain à l'improviste l'envie de passer un moment avec Mme de Villars. La voici donc qui se met en route vers dix heures, chaperonnée comme de coutume par l'abbé de Broglie. À l'arrivée, porte close : la maréchale, non prévenue, s'est déjà mise au lit. Marie tambourine, un laquais arrive enfin, elle lui prend des mains la clef de la chambre de sa maîtresse, ouvre elle-même, constate que celle-ci dort du sommeil du juste, et se retire sur la pointe des pieds. Elle se rabattra, pour finir sa soirée, sur la maréchale de Berwick !

Elle parvient ainsi à se créer, comme son mari mais d'une autre manière, un espace de vie purement privé, où se soustraire comme lui à la vie de cour : une sorte de foyer intime, dont le rayonnement tire sa source non de l'amour, comme pour lui, mais de l'amitié.

Beaucoup des lettres ou billets qu'elle adressait aux Luynes ont été conservés par le duc dans son *Journal*. Ils sont souvent élégants, bien tournés, spirituels, mais on sent qu'ils visent avant tout au simple et au vrai. Ils constituent un extraordinaire hymne à l'amitié. La petite vérole de M. de Luynes, une fluxion sur l'œil de Mme de Luynes sont l'occasion de billets pleins d'affectueuse sollicitude. « Il est tout simple d'être en peine des gens qu'on aime, et très naturel d'aimer ceux qui sont aimables. » « Est-il vrai qu'elle [Mme de Luynes] a mal à un œil ? Dites-lui de ma part que je finirai par faire une prière pour elle comme celles que les Juifs de Metz firent pour le roi, où tous les membres et artères furent compris, afin de ne rien oublier. » « Si deux lettres que j'ai reçues hier de mon *papa* n'étaient pas moitié en polonais, je vous les enverrais, car elles ne sont remplies que de la joie de savoir Mme de Luynes guérie. » Citons enfin ce cri du cœur, au sortir d'une représentation lyrique où l'héroïne chantait les affres de la solitude : « Ce qui n'est qu'une misère dans l'opéra est une réalité pour moi : c'est que l'univers sans mes amis, c'est un désert. » Les « délices de l'amitié », comme elle les appelle, seront la consolation de sa vie.

L'amitié vraie suppose la réciprocité et l'abolition des distances. Face à ceux qu'elle aime, elle dit et répète qu'elle n'est plus qu'une « particulière ». Son rejet de la pompe et de l'artifice est profond et il vient de loin. C'est en particulière en effet qu'elle a exigé de poser devant Nattier en 1748, pour le dernier portrait qu'elle ait laissé prendre d'elle. Une robe de velours rouge bordée de fourrure, un nœud de rubans en guise de plastron, un bonnet de dentelles blanches fixé par une « marmotte » de dentelles noires : rien ne désigne en elle la souveraine. Il faut y regarder de très près pour apercevoir les riches bijoux – boucles d'oreilles et collier ; quant au médaillon représentant saint Jean Népomucène, un de ses saints de prédilection, il ne saute pas vraiment aux yeux. En revanche, c'est visiblement sur un Évangile ouvert qu'elle laisse reposer son bras gauche, dans une pose détendue, l'autre main abandonnée devant elle. Nattier, comme à son habitude, a sans doute discrètement flatté ce visage, raffermi les contours, atténué le nez trop fort. Mais les visiteurs du Salon où il fut aussitôt exposé s'accordèrent à louer la ressemblance. Dans le regard rêveur qui se perd au loin sur la gauche, dans le sourire à peine esquissé qui anime la bouche, on retrouve ce fond de mélancolie et de gaieté mêlées et surtout cette bonté toute simple qu'on lui reconnaissait comme signe distinctif majeur.

Ainsi Louis XV et son épouse, parallèlement, ont cédé tous deux à la tentation de la vie privée, contribuant l'un et l'autre à faire basculer le centre de gravité de la vie de cour telle que l'avait conçue Louis XIV. En menant, dès qu'ils en avaient le loisir, l'existence de simples particuliers, ils tendaient à désacraliser la monarchie, désormais incarnée par des êtres que rien dans leur nature ne différenciait des autres. Mais tandis qu'on le pardonnait à Marie, mieux même, qu'on lui en savait gré, parce que son comportement était digne, l'opinion accumulait contre le roi, bientôt soupçonné de tous les vices, des rancœurs qui allaient éclater au tournant du siècle. Il ne lui reste que peu d'années à être le Bien-Aimé : le temps de marier sa fille aînée et son fils et de remporter la victoire de Fontenoy.

CHAPITRE DIX

MARIAGES ESPAGNOLS (BIS)

Lors du grand bal de janvier 1739, une rumeur circulait de bouche à oreille : le roi s'apprête à marier sa fille aînée. Comment, déjà ? Mais oui. Elle va sur ses douze ans. Le temps qu'on apprête la cérémonie, elle aura atteint l'âge fixé par les canons de l'Église. Vers la fin de février, la nouvelle devient officielle : Louise-Élisabeth de France va épouser l'infant d'Espagne don Philippe au mois d'août. Et pour ne pas faillir à la coutume des mariages franco-espagnols croisés, son frère le dauphin épousera une infante. Mais pas tout de suite : il n'a encore que dix ans. L'histoire semble bégayer.

Il faut ici remonter en arrière, à l'année 1738, date du traité de Vienne, qui avait mis fin à la guerre de succession de Pologne et donné la Lorraine à Stanislas.

Politique matrimoniale et politique tout court

Depuis que le petit-fils de Louis XIV régnait à Madrid, la France et l'Espagne entretenaient des relations aigres-douces, tout en sachant qu'elles pouvaient difficilement se passer l'une de l'autre. L'orgueil national espagnol, la nostalgie de Philippe V pour son pays natal et les ambitions de son épouse n'avaient cessé de faire obstacle à l'amitié qui aurait dû normalement rapprocher les deux branches des Bourbons. À deux reprises la France s'était opposée à ses cousins en les empêchant de se lancer dans des aventures militaires italiennes et elle les avait mortellement offensés en renvoyant l'infante promise à Louis XV. Les redistributions territoriales opérées par le traité de Vienne n'avaient pas satisfait Élisabeth Farnèse, puisqu'elles mettaient un terme à ses vues sur la Toscane et sur le duché de Parme, qui revenaient à l'Autriche. Mais elle avait dû se résigner : son vieux rêve d'alliance avec Vienne était mort, ses fils n'épouseraient pas les filles de l'Empereur. L'aîné d'entre eux, don Carlos, obtenait le royaume de Naples, ce qui n'était pas si mal. Restait à caser le second. L'appui de la France était nécessaire pour lui trouver un point de chute.

D'autres considérations, purement politiques celles-là, incitaient à un rapprochement entre les deux pays. Tous deux se heurtaient à la volonté d'expansion britannique sur les mers et sur le continent nord-américain. L'Espagne, gênée dans son commerce avec l'Amérique latine, exaspérée de voir les Anglais s'incruster chez elle en deux points stratégiques – Gibraltar et Port-Mahon, clefs de la Méditerranée occidentale –, ne rêvait que d'en découdre. Fleury, lui, restait attaché à la paix. Mais la fragile alliance franco-anglaise, que lui avait léguée le cardinal Dubois et qu'il avait préservée à grand-peine, venait de perdre à Londres son meilleur défenseur, Walpole ; on la savait condamnée, tant les sources de litiges étaient nombreuses. Le moment était donc bien choisi pour négocier avec Madrid un traité, dans lequel de flatteuses clauses matrimoniales pallieraient quelque peu la mollesse du soutien politique et militaire.

On négocia un double mariage. L'un allait quasiment de soi. Le fils unique du roi de France épouserait la fille du roi d'Espagne. Ne chipotons pas, elle n'est pas l'aînée, comme l'aurait voulu la tradition. L'aînée ? c'est cette Marie-Anne-Victoire jadis promise à Louis XV et si indignement renvoyée aux siens ! Celui-ci aura pour bru la sœur de son ancienne fiancée. Les souverains madrilènes récupèrent ainsi, pour la seconde de leurs filles, le trône de France qui avait échappé à la première. Un beau dédommagement. Mais la réalisation doit en être différée : si l'infante, à treize ans, est déjà nubile, le dauphin, lui, n'a que dix ans. Et ce genre d'engagement à terme, toujours révisable, a laissé à Madrid quelques souvenirs cuisants. Il faut donc trouver, pour sceller solidement le contrat, un autre mariage immédiatement réalisable. Par parenthèse, cela aussi rappelle des souvenirs.

Une fille de France pour un fils d'Espagne ? Versailles ne manque pas de filles, un peu jeunottes cependant. Mais les jumelles sont mariables. Priorité à celle qui a vu le jour la première, Louise-Élisabeth. Hélas, il n'y a qu'un infant disponible, don Philippe. Aucun espoir de le voir jamais accéder au trône. Sur la liste des successeurs potentiels de Philippe V, il ne vient qu'en troisième position, après ses aînés Ferdinand et Charles. Et le traité de Vienne vient de compromettre ses chances d'obtenir une principauté italienne. Il n'a rien, il n'est rien qu'un cadet voué à vivre dans l'ombre d'un de ses frères. Disons-le tout net : il s'agit pour l'aînée de Louis XV d'une quasi-mésalliance. Qui s'en désole le plus ? Marie Leszczynska. C'est qu'il y a mésalliance et mésalliance. Celle dont elle a bénéficié autrefois ne compense pas celle dont sa fille va être victime.

Si encore on avait pu décrocher don Carlos, récemment casé à Naples [1] ! Hélas, il vient de convoler. Disgrâce supplémentaire aux yeux de la reine : avec une fille de celui qui vient tout juste d'évincer définitivement Stanislas à Varsovie. L'ambassadeur d'Espagne était dans ses petits souliers lorsqu'il dut lui annoncer la nouvelle. « Madame, le roi de Naples se marie. » La reine devint très pâle et répondit : « Tant pis ! avec la princesse de Bavière ? – Non, Madame, avec la fille aînée de l'Électeur de Saxe. – Encore, s'écria Marie ; c'est affreux ! Ô mon Dieu, comment faites-vous ça ?

---

1. Après la mort de son frère Ferdinand VI, il sera même roi d'Espagne de 1759 à 1788, sous le nom de Charles III.

– Madame, parce que les filles de Votre Majesté n'ont pas l'âge. – J'en suis très fâchée. » L'adroit diplomate avait pris soin de parler d'Électeur de Saxe et non de roi de Pologne ; il laissa entendre à Marie que d'autres alliances viendraient bientôt la consoler. Elle finit, après s'être fait prier, par adresser à Madrid des félicitations et souhaiter beaucoup de bonheur à don Carlos – elle n'a pas pu se résoudre à écrire aux deux époux.

C'est la mort dans l'âme qu'elle se résigne à voir sa fille aînée faire un mariage plus que modeste avec l'infant Philippe. Elle n'est pas seule à le déplorer, c'est aussi l'avis de beaucoup de Français. « Il paraît étonnant que la fille aînée de France n'épouse pas une tête couronnée », bougonne Barbier, qui se console en pensant qu'il doit y avoir sous roche quelque accord secret. La malheureuse fut-elle « sacrifiée », comme on le dit souvent, aux impératifs de la politique ? Oui et non. Il est exact que ce mariage, utile au rapprochement franco-espagnol, la voua à une condition peu conforme à ses espérances. Mais cet impératif politique n'est pas venu contrarier un autre projet préférable. Des partis plus brillants, d'âge assorti ? il n'y en avait pas un seul disponible dans l'Europe catholique. Si l'on ne voulait pas descendre à d'obscurs princes allemands, le choix était entre Philippe et le célibat. Cette pénurie de candidats éclatera bientôt aux yeux lorsque grandiront les autres filles de France : elles ne trouveront pas de maris. Resterait à savoir qui, de l'aînée ou des cadettes, a eu le sort le meilleur. Mais la question n'est pas du ressort de l'historien. Ce qui intéresse directement celui-ci, en revanche, c'est que le désir de procurer à son gendre un établissement convenable pèsera très lourd dans la politique ultérieure de Louis XV.

Le mariage de « Madame Infante »

Le roi déteste les servitudes quotidiennes de la vie de cour, mais il aime les fêtes à grand spectacle. Pour effacer les rancœurs et flatter la vanité des Espagnols, pour faire oublier le peu d'enthousiasme de la reine et les réserves de l'opinion, il tint à conférer aux cérémonies un éclat exceptionnel. Pour rivaliser avec les fêtes données par l'illustre bisaïeul, les documents abondaient. On ne s'étonnera donc pas de trouver, dans le détail des spectacles offerts, diverses références aux mariages du règne précédent, voire aux splendeurs de l'*Île enchantée*. De quoi éblouir le marquis de La Mina, ambassadeur extraordinaire de Sa Majesté Philippe V. Seul Fleury grommelait devant la dépense. Et quand il découvrit que le trousseau de la jeune femme avait coûté plus de cent mille écus, il ne put s'empêcher de déclarer que « c'était apparemment pour marier toutes Mesdames ». Le roi, dit-on, ne goûta pas cette plaisanterie, mais il en aurait fallu davantage pour lui gâcher la fête.

Le mariage avait été fixé au 26 août, douze jours seulement après le douzième anniversaire de la fillette. Bien développée pour son âge, elle ressemblait beaucoup à son père, sans avoir hérité de sa beauté ni de son charme. Elle tenait de lui ses yeux noirs et ses épais sourcils sombres qui alourdissaient un visage rond, déjà lourd, souvent gâté par des rougeurs et que la graisse envahirait bientôt. Un large nez retroussé, un cou épais la privaient d'élégance. Décidément, elle était laide et promise à le rester. Mais elle était vive, intelligente, énergique. Bien que la perspective de quitter tout ce qu'elle aimait lui ait causé « plus d'affliction que de joie », elle supporta stoïquement toutes les épreuves imposées par le protocole. Le 25 août, parée de la lourde robe or et noir dont sa sœur jumelle portait la traîne, elle traversa lentement la galerie des Glaces tapissée de courtisans et illuminée de toutes ses girandoles, en direction du salon de l'Œil-de-Bœuf où l'attendait son père, plus ému et plus pâle qu'elle, pour la signature du contrat. Le lendemain 26 à midi, elle se rendit à l'autel menée par son jeune frère le dauphin. À ses côtés se tenait le duc d'Orléans, qui avait procuration pour représenter l'infant – celui-là même qui représentait le roi quatorze ans plus tôt pour le mariage de la reine à Strasbourg. Et l'officiant aussi était le même, le cardinal de Rohan, grand aumônier de France, pour bénir cette nouvelle union. Mélancolique bouffée de souvenirs pour Marie qui mesurait ainsi le temps écoulé et les espoirs enfuis.

Le parc avait été pris d'assaut dès le matin par les curieux et dans le château la cohue était indescriptible. Il fallut que le roi s'en mêlât pour faire reculer les hommes et libérer une place aux dames de la cour. On joua en attendant que la tombée de la nuit permît de tirer le feu d'artifice attendu. Les frères Slodz, rivalisant avec le défunt Vigarani, avaient dressé sur le bassin de Latone des portiques en forme de colonnades et des îles artificielles, avec en arrière-plan un palais de style rocaille, comme le voulait la mode. La foule s'écrasait sur les gradins, où beaucoup ne purent trouver place. Tous se tordaient le cou pour tenter d'apercevoir, au balcon central du château, la frêle mariée qui se dépensait en sourires et en révérences. Le lendemain, Madame Infante – tel serait désormais son titre – dut honorer de sa présence la réception donnée par l'ambassadeur d'Espagne. Elle échappa au bal de l'Hôtel de Ville, mais contempla du Louvre la fête nautique avec feu d'artifice qui embrasa la Seine couverte de bateaux enrubannés et de monstres marins jetant des étincelles par les yeux. Le clou du feu d'artifice fut une fusée dessinant dans le ciel le chiffre des deux époux.

Pendant cinq jours, elle avait tenu le coup sans broncher face aux compliments, aux hommages, aux cadeaux, soûlée de cris, de tapage, de couleurs, de lumières, dans le tourbillon qui l'emportait. Elle craqua au moment des adieux. Après la liesse, les pleurs.

Émotion bien naturelle : quel mariage y échappe tout à fait ? Les mariages princiers y sont plus exposés que d'autres, puisque la séparation risque d'être définitive. Dans la famille royale, nul ne cacha sa tristesse. Une demi-heure durant, mère et fille sanglotèrent dans les bras l'une de l'autre, ayant à peine la force de parler. Pour la recevoir dans son cabinet, le roi s'était entouré d'Henriette et d'Adélaïde. Il blêmit quand elle entra. Ses filles pleuraient. La séparation des deux jumelles fut déchirante : « C'est pour toujours ! mon Dieu ! c'est pour toujours ! » Le dauphin versa lui aussi beaucoup de larmes.

C'est le roi qui se chargea de faire avec elle un bout – un tout petit bout – du chemin. Il lui donna d'ultimes conseils : « Vous devez regarder le roi d'Espagne comme votre oncle et comme votre père ; avec une humeur aussi douce que la vôtre, il y a lieu d'espérer que vous lui plairez. Pour votre propre bonheur, vous ne devez jamais avoir d'autre application et d'autres soins que de chercher à lui plaire. » Qu'elle ne sollicite de lui aucun faveur, ajouta-t-il, avant d'avoir atteint l'âge de vingt-cinq ans – on était loin du compte. Puis, sachant combien Philippe V restait nostalgique de ses années d'adolescence, il lui recommanda de répondre patiemment à toutes les questions qu'il ne manquerait pas de lui poser sur Versailles : c'était le meilleur moyen de se faire apprécier de lui.

Le convoi s'arrêta à un carrefour proche de Sceaux. Ils descendirent tous deux, très émus, ils s'embrassèrent deux fois sans un mot. Mais elle fondit en larmes lorsqu'elle remonta seule dans son carrosse. Brusquant les choses, il cria brutalement au cocher : « À Madrid », et regagna sa propre voiture qui l'attendait. À Versailles, craignant de s'attendrir lui-même, il n'eut pas le courage d'affronter le chagrin de sa femme, fit appeler Henriette qui se trouvait auprès de sa mère et l'embrassa en hâte avant de partir cacher sa peine à Rambouillet chez la comtesse de Toulouse. Mme de Mailly l'accompagnait.

Madame Infante cependant roulait avec une sage lenteur vers les Pyrénées, en s'arrêtant au passage dans les villes traversées. De toutes les réceptions données en son honneur, la fête navale de Bordeaux, sur la Gironde, fut la plus magnifique ; elle put même y assister au lancement d'un bateau. On avait décidé de lui faire passer la frontière non pas à l'Île des Faisans, comme de coutume, mais à Roncevaux, pour la raison, dit Luynes, que par là le trajet est plus beau du côté espagnol. Il est probable cependant que des motifs autres que touristiques ont dicté ce choix. Le souci d'économie à coup sûr. Composée d'un salon à peine aussi grand qu'un des petits salons de Marly, et de deux petits cabinets, la maison de bois qu'on bâtit sur les confins des deux royaumes ne coûta certainement pas aussi cher [1] que l'édifice d'apparat jadis installé sur la rivière : le changement de lieu évitait les comparaisons fâcheuses. D'autre part, il y avait un précédent. C'est par ce chemin qu'avait été réexpédiée la première fiancée de Louis XV. Espérait-on que la cérémonie nouvelle effacerait, jusque sur le sol même de Roncevaux, le souvenir de l'offense ancienne ? En offrant l'aînée de ses filles à l'Espagne, la France lui faisait un honneur. Aussi les Français n'eurent-ils pas à répondre par des cadeaux à ceux que leur firent leurs homologues : « On regarde le présent que nous faisons de la princesse comme devant tenir lieu de tout. »

La cérémonie fut sans histoire. On fit tout pour arrondir les angles. La maison était censée être à cheval sur la frontière. Comme on ne put se mettre d'accord sur l'emplacement de l'unique fauteuil – côté français ou côté espagnol ? –, on le supprima et la jeune femme se tint debout pendant les trois quarts d'heure que durèrent les harangues et les signatures attestant sa « délivrance » entre les mains de ses nou-

1. Selon Luynes, le coût fut de 14 000 livres. Mais comme le roi lui a parlé de 7 000, il se demande s'il s'agit de la quote-part de la France ou du total.

veaux compatriotes. On la fit passer d'un pays à l'autre, on la déshabilla, suivant l'usage, pour la revêtir de vêtements à la mode de Madrid, elle prit congé de sa suite et fit la connaissance de ses caméristes. Et elle se mit en route pour Alcala où, le 25 octobre, eut lieu à nouveau le mariage, dans sa version espagnole. Il ne lui restait plus qu'à s'acclimater.

L'infant Philippe était un garçon de dix-neuf ans assez falot, ni très beau, ni très intelligent, qui s'accommodait de sa médiocrité. Elle ne s'entendit pas trop mal avec lui et fit la conquête de ses beaux-parents à l'humeur pourtant difficile : « Elle réussit fort bien dans ce pays, confirme Luynes. On est extrêmement content de son maintien et de sa figure. » Mais elle eut du mal à supporter l'ennui pesant de la vie dans les palais madrilènes et surtout l'absence de toute initiative, de toute indépendance. Elle mit au monde un premier enfant, une fille, à la fin de 1741. À trente et un ans, Louis XV était grand-père : un très jeune grand-père. Puis elle employa son énergie, qui était grande, à conquérir pour son mari un trône ou une principauté quelconque. Nous aurons donc l'occasion de la retrouver chaque fois qu'il sera question de modifier si peu que ce soit la carte de l'Europe.

Le mariage du dauphin

Lorsque sa sœur partit pour Madrid, le jeune « fiancé » de dix ans avait adressé à sa future épouse un dessin de sa main – une main un peu guidée par des professionnels – tout enguirlandé de fleurs de lis et de dauphins au symbolisme très apparent. Depuis, le projet de mariage dormait dans les cartons des chancelleries en attendant qu'il grandît, lorsque la situation internationale remit à l'ordre du jour l'impérieuse nécessité d'une alliance avec l'Espagne. On a dit plus haut[1] que Louis XV avait cru pouvoir ne se mêler qu'indirectement de la guerre de succession d'Autriche en apportant à l'Électeur de Bavière un appui militaire. Mais après les graves revers subis, tout indiquait que le conflit allait s'étendre et que la France devrait intervenir directement. D'où la signature d'un nouveau « pacte de famille » avec l'Espagne à la fin de septembre 1743. Le dauphin, quatorze ans, était-il en état d'être marié ? Il suffisait de faire traîner un peu les préparatifs, toujours fort longs en ce domaine. On convint que la cérémonie aurait lieu en février 1745, juste avant le carême.

Échaudés par l'expérience antérieure, les souverains espagnols n'auraient pour rien au monde envoyé leur fille à Versailles prématurément. Ils ne la laisseraient partir que dûment mariée. La nouvelle que le roi se mourait à Metz les jeta un instant dans les affres. L'accession au trône du dauphin risquait de remettre en cause les engagements antérieurs. Aussi accablèrent-ils leur ambassadeur de recommandations : courtiser la reine, qui avait beaucoup d'influence sur son fils, lui souffler les noms appropriés pour le futur ministère et travailler à conclure sans retard le mariage en suspens. La future dauphine, elle, terrorisée à la perspective de régner tout de suite, mêlait ses larmes à celles de Madame Infante. Ce n'était qu'une fausse alerte, mais à Madrid on hâta les choses.

Le contrat fut signé le 11 décembre. Les procurations étaient là : le prince des Asturies représenterait le dauphin. À cause du cousinage, il fallait une dispense pontificale : elle était là aussi. Le mariage eut lieu le 18 décembre dans le grand cabinet du roi, selon le rite espagnol. Le patriarche demanda trois fois à l'infante si elle acceptait Mgr le dauphin comme époux. Comme le voulait l'usage, à la première elle ne répondit rien ; à la seconde elle mit un genou en terre pour baiser la main de ses parents, qui l'embrassèrent ; à la troisième

1. Page 248.

elle dit *oui* en rougissant. Puis on posa la question au prince, qui dit *oui* aussitôt, et le patriarche les bénit.

Marie-Thérèse-Raphaëlle se mit en route pour la France, accompagnée d'une suite importante, dont elle savait qu'elle aurait à se séparer au passage de la frontière. Elle n'était autorisée à amener aucun serviteur espagnol, pas même son confesseur : déjà on lui avait assigné un jésuite. Cette entorse à la coutume se justifiait sans doute par le fait qu'elle parlait couramment le français et qu'elle retournait au pays de ses ancêtres. Tout au long du chemin, elle écrivait chaque jour à ses parents. Rêvait-elle d'amour ? Elle se fit très discrète sur la lettre du dauphin, pourtant fort conventionnelle, et sur son portrait. Elle passa les Pyrénées sur la Bidassoa, fut prise en main par sa suite française et remonta vers Paris à petit train, rituellement fêtée au passage par les villes étapes.

À Versailles, dans l'aile des Princes, les imaginations galopaient. Comment était-elle ? « Son portrait n'en donnait aucune idée, avait dit l'ambassadeur, il était impossible de se représenter ses grâces. » Une lettre d'un officier qui l'a vue à Bayonne apporte au duc de Luynes quelques précisions : « Elle est très bien [...] Elle n'est ni grande, ni petite, ni grasse ni maigre ; elle marche très bien et de fort bonne grâce, les épaules fort bien placées, le dos fort plat. » Elle est un peu trop large de hanches, semble-t-il. Mais elle a de fort beaux yeux, le plus beau teint du monde, un sourire extrêmement agréable. Le visage est un peu long, mais il suffira d'abaisser un peu sa coiffure sur le front pour y remédier. Elle ne boit que de l'eau. Sa peau s'empourpre facilement. Mettra-t-elle du rouge, selon l'usage de France ? Il lui faudra l'autorisation de son mari et de ses beaux-parents. À Paris, l'opinion s'interroge aussi : « On dit qu'elle a beaucoup d'esprit, note Barbier, qu'elle sait plusieurs langues et qu'on lui a donné une éducation au-dessus de son sexe. Elle a près de dix-neuf ans, et est par conséquent en âge de penser et de parler ; elle est haute avec dignité. »

Toutes ces informations préalables n'empêchèrent pas la surprise et, il faut le dire, la très vive déception : « Elle est fort blanche, dit Luynes après l'avoir vue, blonde jusqu'aux sourcils mêmes, et a les yeux vifs. Ce qui la dépare le plus est son nez, qui est grand et peu agréable et qui paraît tenir à son front, sans qu'il y ait ce qui s'appelle la racine du nez. » En somme, elle a ce que nous nommons le profil grec. Luynes, précis sur ce point, glisse comme tout le monde sur l'autre défaut, plus grave. C'est l'insolente Adélaïde, devant qui on loue la blancheur de son teint, qui mange le morceau : « Je le crois bien qu'elle est blanche ! parce qu'elle est extrêmement rousse » – d'un roux très clair, plutôt carotte que cuivre, dirions-nous aujourd'hui [1]. Une particularité passant pour rédhibitoire que l'ambassadeur, qui tenait à ce que le mariage se fît, avait dissimulée à Louis XV. Celui-ci lui en fera le reproche, mais il était trop tard, et son fils n'y trouvait rien à redire.

En ce qui concerne l'éducation en revanche, elle fit la meilleure impression. Le roi et son fils étaient allés l'attendre au dernier relais précédant Étampes. Elle n'eut pas le temps de se jeter à genoux, déjà le roi la relevait, l'embrassait, lui présentait le dauphin qui à son tour l'embrassa sur les deux joues. Après quoi ils la prirent dans leur carrosse. Pour la réconforter, le roi lui dit : « Voilà une bonne journée de passée. » Elle répondit gracieusement : « Sire, ce n'est pas celle que je redoutais le plus ; je me flattais que vous me recevriez avec bonté. Je crains plus celles de demain et après-demain, tous les yeux seront ouverts sur moi et je n'y trouverai peut-être point des dispositions aussi favorables. » Près de Longjumeau où la reine les attendait, mêmes génuflexions, mêmes embrassades. Ce

1. C'est la raison pour laquelle elle refusa énergiquement de se laisser maquiller : le rouge généreusement étalé sur ses joues aurait juré avec ses cheveux roux.

soir-là on la laissa se reposer à Sceaux, après lui avoir présenté tous les gens « titrés ».

Le lendemain mardi 23 février, elle arriva à Versailles vers dix heures et fut confiée aux femmes chargées de sa toilette. Dans sa somptueuse robe toute de brocart d'argent, constellée de perles, elle rejoignit le dauphin en habit et manteau d'or. Ils traversèrent la grande galerie bondée de spectateurs qu'on avait pris soin de contenir derrière des barrières et se rendirent à la chapelle où le cardinal de Rohan, après une éloquente homélie de trois quarts d'heure, procéda à l'échange des consentements. Une révérence au roi et à la reine avant de dire *oui* : ils étaient mariés pour de bon. On célébra ensuite la messe. La famille royale dîna au grand couvert. Le reste de la journée fut occupé par un spectacle qui prétendait renouer avec l'âge d'or du règne précédent : une comédie-ballet. On n'en avait pas vu depuis un demi-siècle.

Versailles n'avait pas de théâtre, les grandioses projets architecturaux de Louis XIV ayant été chaque fois contrariés par les dépenses militaires. On avait donc aménagé en salle de spectacle, grâce au talent des frères Slodtz, le manège de la grande écurie : une décoration très réussie, une acoustique déplorable. Voltaire était parvenu à se faire agréer comme poète officiel. Il se prenait pour Molière, et il prenait Rameau pour Lully. Il démarqua *La Princesse d'Élide* en transportant la scène de la Grèce dans l'Espagne du Moyen Âge. L'action était aussi artificielle, mais il y manquait la poésie. Quant aux allusions à l'actualité, elles parurent très lourdes. Il est vrai qu'on ne supportait plus les louanges outrées qui fleurissaient dans les prologues ou les finales au temps du Roi-Soleil. Au dénouement de cette *Princesse de Navarre*, l'Amour, descendant sur un char son arc à la main, sommait les Pyrénées de s'effacer devant l'union des deux familles :

Reconnaissez ma voix et l'ordre de Louis,
Disparaissez, tombez, impuissante barrière...

Sur quoi la montagne s'enfonçait dans le sol pour laisser place au temple de l'Amour. Le *Mercure de France* n'hésite pas à dire qu'on a trouvé cette fin ridicule et l'ensemble de la pièce bien plat. Ce fut aussi l'avis de la dauphine, qui assistant quelques jours plus tard au *Thésée* de Lully, livret de Quinault, fit remarquer que le texte en était bien meilleur. Elle avait non seulement de l'esprit, mais du goût.

Il était minuit, on conduisit les jeunes mariés à la chambre nuptiale. Le lit avait été tendu de neuf pour la circonstance, dans une soierie cramoisie parsemée de fleurs d'or. On avait mal pris les mesures, on s'aperçut trop tard qu'il en manquait pour les côtés. On récupéra dans le garde-meuble une pièce d'étoffe du temps de Colbert, brodée de fleurs de lis qu'on décousit rapidement pour les remplacer par des dauphins d'argent. La jeune épouse, épuisée de fatigue et d'émotions, n'était pas en état de remarquer ces détails. Elle reçut sa chemise des mains de la reine tandis que son époux recevait la sienne des mains du roi, et les rideaux se refermèrent sur eux.

Le bal des Ifs

Suivit une semaine de festivités, dont on abrégera ici le récit puisqu'elles ressemblent comme des sœurs à celles qui ont accompagné le mariage de Madame Infante, à cette différence près que la mauvaise saison interdit les spectacles de plein air : on force donc sur le théâtre, qui alterne avec la danse dans la salle du manège, transformable à volonté. À nouveau Louis XV a vu grand, pour honorer l'Espagne et pour l'éblouir. Et puisqu'on est en guerre, ce faste est aussi un message à l'intention des divers belligérants : la France est riche et puissante. Bal paré, bal masqué, dîners au grand couvert, ballet, opéra, comédies – on donne *Les Précieuses ridicules* –, cantate par les demoiselles de Saint-Cyr... Partout, des flots de musique : seule la messe quotidienne du roi doit s'en passer parce que tous les musiciens sont mobilisés pour les répétitions. Il faut attendre le mardi gras pour que soit mis fin aux réjouissances sur un dernier bal masqué : le lendemain, mercredi des cendres, s'ouvrait le carême.

Parmi toutes ces fêtes, une cependant fit date, le grand bal masqué du jeudi soir 25 février. À la différence du bal paré de la veille, pour lequel avaient été envoyés des cartons, on n'avait pas lancé d'invitations nominatives : une façon de consoler le public frustré par l'hiver des feux d'artifice et joutes navales. Tous pourraient accéder au château et croire, le temps d'un soir de carnaval, que les hiérarchies vont cul par-dessus tête. Les huissiers avaient pour consigne de laisser entrer ceux qui se présenteraient, à la condition que, dans chaque groupe, quelqu'un découvre son visage et dise son nom. Mais bientôt débordés, ils renoncèrent à filtrer le flot des arrivants. La cohue devint indescriptible. Plusieurs orchestres étaient répartis dans la grande galerie et les salons. On dansait partout. Les buffets avaient fait l'objet de soins particuliers, puisqu'ils devaient être consommés dans les premières heures du vendredi. Composés « en maigre », ils offraient une extraordinaire variété de poissons, servis en tranches et accommodés en pâtés, si appétissants qu'ils furent pris d'assaut : on dénombra près de cinq cents personnes assises par terre à se goberger.

Vers minuit la reine fit son apparition en robe blanche semée de bouquets de perles, le visage nu. À ses côtés, le dauphin et la dauphine en jardinier et en bouquetière. Mais où était donc le roi ? Voici que s'ouvrent les portes de son appartement et il en sort d'étranges silhouettes : des ifs vert sombre, taillés à la manière de ceux du parc en forme de vase reposant sur un socle ; à la place des yeux, deux trous noirs. Ils sont huit, parfaitement identiques. L'idée venait de Louis XV lui-même : « Comme cela, personne ne me reconnaîtra. » Oui et non : il y a là un subtil jeu de dédoublement. Car loin d'être perdu dans la foule indifférenciée des masques, il sera instantanément repéré : il est un des huit. Oui, mais lequel ? Il bénéficiera à la fois de l'intérêt qu'il suscite en tant que roi, et de la couverture que lui procure son déguisement. Le piège, car c'en est un, fonctionne à merveille. Les ifs sont très entourés. Bourgeoises ou grandes dames, « la foule des prétendantes est infinie », dit l'abbé de Bernis, car on croit le cœur du roi à prendre, depuis la mort de Mme de Châteauroux. On ose sous le masque, dans la folie du carnaval, ce que l'on n'oserait jamais à découvert. Il peut observer le manège de toutes les ambitieuses qui ne demandent qu'à succomber. L'une d'elles, dit-on, suivit un if dans les petits appartements avant de s'apercevoir, trop tard, que ce n'était pas lui. Pendant que ses sosies drainent dans leur sillage les papillons fascinés, il danse avec celle qu'il a choisie et dont on commence à murmurer le nom dans les coulisses de Versailles, la jeune et ravissante Mme Le Normant d'Étiolles, que Cochin n'hésite pas à faire figurer à ses côtés sur la gravure immortalisant ce bal : il est vrai que lorsque l'artiste grave sa plaque de cuivre, Mme d'Étiolles est déjà devenue, pour les contemporains et pour la postérité, la marquise de Pompadour.

Le roi avait toujours aimé les bals masqués, qui permettent d'échapper à la paralysante étiquette des bals parés. Mais en ces premiers mois de 1745 il montre pour eux un goût plus vif que jamais. On le soupçonne de fréquenter, à Versailles même, mais hors du château, ceux qui se donnent dans la salle dite du Petit Écu, ou dans des maisons particulières. Le dimanche 28 il va à Paris de celui de l'Opéra à celui de l'Hôtel de Ville, que son fils vient de quitter de très mauvaise humeur : il y avait tant de monde et le désordre était tel qu'on y étouffait. Il y retrouve, dans un cabinet privé fourni par le prévôt des marchands, Mme d'Étiolles, qu'il reconduira chez elle au petit matin avant de regagner Versailles sur le coup de huit heures et demie. Dès le mois de mars, le nom de la nouvelle élue est sur toutes les lèvres, dès avril sa faveur est de notoriété publique, elle est installée dans l'ancien appartement de Mme de Mailly.

Ces fêtes ont laissé le dauphin réprobateur et la dauphine mal à l'aise. Elle s'est tirée brillamment de l'épreuve consistant à ouvrir le bal paré du mercredi soir : elle maîtrise fort bien menuets et passe-pieds. Mais le bal masqué, dont elle ne soupçonne pas les dangers, lui vaut une petite mésaventure. Un de ses cavaliers sans visage s'était montré si averti de toutes les particularités de la cour, tant de Madrid que de Versailles, qu'elle l'avait pris pour un grand d'Espagne. Le lendemain, elle en parla innocemment, on se renseigna et on découvrit que c'était le cuisinier espagnol d'un des seigneurs de la cour. Les éclats de rire qui accueillirent sa méprise la dégoûtèrent à tout jamais des divertissements aussi risqués. Quant à son époux, il en avait toujours eu horreur.

Le baptême du feu

On avait choisi pour ces fêtes le temps des quartiers d'hiver. Avec les beaux jours, la guerre allait reprendre. Mais au tout début de l'année, la mort de l'empereur Charles VII – le Bavarois élu à grand-peine sous la pression française – remettait en question la stratégie antérieure. Car son fils, réaliste, renonçait à tenter l'aventure impériale et se déclarait prêt à voter pour le candidat autrichien. La guerre en Allemagne n'avait plus d'objet. Restaient les Anglais qui, pour avoir les mains libres outre-mer, voulaient réduire la France à merci. Leurs armées, appuyées sur le Hanovre, possession personnelle de leur roi George II, stationnaient en Flandre et menaçaient notre frontière du nord. C'est donc là que Louis XV décida de porter l'offensive.

L'année précédente, il n'avait pas cédé au dauphin, qui le suppliait de l'emmener – il est vrai que Mme de Châteauroux avait obtenu de l'y suivre. Cette année au contraire, il pensa que le baptême du feu ferait du bien à ce garçon timide qui, bien qu'il dépassât son père par la taille et en dépit de son récent mariage, était encore terriblement puéril. Il souhaitait l'arracher à l'influence débilitante de ses éducateurs et de sa mère, qui mettaient l'accent sur la piété et l'étude au détriment des qualités viriles. Et il sentait également, si indifférent qu'il fût à l'opinion, que leur réputation à tous deux en sortirait grandie : le Bien-Aimé et son fils au combat faisaient une excellente image d'Épinal.

Louis XV ne prétendait pas commander ses armées lui-même. Il confia la direction des opérations au comte Maurice de Saxe, promu maréchal depuis peu. Étonnant personnage, pour un type de carrière qui nous étonne, mais dont on a vu d'autres exemples dans l'Europe du XVIIIe siècle, celle de ces fils cadets ou illégitimes de très grande famille, dépourvus d'héritage, qui s'en allaient mettre leur épée et leurs talents au service des souverains demandeurs : tel le fameux prince Eugène de Savoie-Carignan, fils d'Olympe Mancini, qui, éconduit par Louis XIV, avait fait à Vienne une carrière éblouissante. Maurice de Saxe était le fils naturel de l'Électeur Frédéric-Auguste Ier, devenu Auguste II roi de Pologne, et de sa maîtresse en titre Aurore de Königsmarck. Il en avait reçu un nom, avec le titre de comte, mais il se sentait à l'étroit dans les États paternels. Autour de sa mère flottait un parfum de romanesque sulfureux. C'était une fille de l'aristocratie militaire suédoise, aussi intrépide que belle, dont le frère avait défrayé la chronique à Hanovre en séduisant l'épouse du souverain. Elle avait remué ciel et terre pour retrouver ce frère brusquement disparu – en vain, puisqu'il ne reparaîtra qu'un siècle plus tard, à l'occasion de travaux, sous la forme d'un squelette muré dans la maçonnerie. Elle s'était rendue célèbre, aussi, pour avoir tenté de jouer de ses charmes sur Charles XII de Suède, au temps où celui-ci tentait d'arracher la Pologne à Auguste II. En vain également, puisqu'il tourna les talons à sa vue ; mais elle put se vanter d'être la seule à avoir fait reculer l'intrépide conquérant. Son fils avait hérité d'elle, à défaut de la beauté, l'intelligence, la hardiesse et le goût de l'aventure. Engagé dans le métier des armes à douze ans, il avait fait ses classes en Serbie, sous le prince Eugène, dans les armées impériales affrontant les Turcs. Vers 1720, il cherchait du service et en avait trouvé en France. Il figurait parmi les familiers du régent qui, à défaut d'employer ses talents à la guerre – on était en paix –, partageait avec lui chasses et ripailles. Quoique ses lumières « fussent bien éloignées d'être supérieures », il avait « de la justesse dans l'esprit », il allait droit au but et prenait le meilleur parti sans se laisser détourner de son objectif ; à l'armée, il était « exact dans la discipline », sans y mêler « aucune humeur ». Il y était « craint, aimé et estimé ». Bref c'était un réaliste et un homme d'action. Et en plus, un bon vivant. Il aimait la bonne chère, le bon vin, les femmes, non sans des excès qui l'usèrent prématurément. Le conflit entre la France et la Saxe autour de Stanislas Leszczynski n'avait pas altéré son humeur ni modifié sa situation. Disponible il restait, au service de Louis XV, chaque fois qu'il y avait des armées à commander quelque part. Et il les commandait bien. Le seul reproche qu'on pût lui adresser était de ne pas anéantir celles des ennemis, pour être sûr d'avoir encore quelqu'un à combattre l'année suivante.

Envoyé sur le terrain dès le début d'avril, il avertit le roi dans les premiers jours de mai qu'il avait repéré, aux alentours de Tournai dont il faisait le siège, un emplacement propre à une bataille décisive. Louis XV décida de se mettre en route aussitôt. Bien qu'il ait tout fait la veille pour donner à la soirée un air naturel, il ne put éviter les larmes au moment du départ. Toute la sollicitude des femmes allait, comme il se doit, à l'apprenti guerrier qui s'envolait du nid pour la première fois. La dauphine avait ordonné qu'on la tirât du lit à cinq heures du matin, mais elle fut incapable de se rendre au lever du roi, tant elle sanglotait en se séparant de son époux. Marie Leszczynska guettait son fils au détour d'un couloir, laissant libre cours à son émotion : « Elle l'a rappelé, l'a embrassé vingt fois, fondant en larmes. » Des larmes encore, mais plus sobres, chez le roi, où l'accompagnent ses sœurs. À sept heures et quart, un simple carrosse emportait les futurs héros et les femmes pouvaient pleurer à leur guise dans leurs appartements respectifs.

Leur anxiété fut de courte durée. La bataille eut lieu le 11 mai, près du village de Fontenoy. La guerre a fait des progrès depuis le temps où François Ier fonçait en personne sur les rangs ennemis à la tête de sa cavalerie et se faisait prendre. On n'expose plus le roi. Louis XV et son fils suivent les opérations du haut d'une colline. Ils ne sont pas à l'abri des boulets cependant, et nul ne sait ce qui peut arriver à la fin d'un combat. De là-haut, ils n'entendent pas le dialogue célèbre échangé par les capitaines de première ligne : « Messieurs les gardes françaises, tirez », dit l'Anglais ; à quoi son homologue français répond : « Messieurs, nous ne tirons jamais les premiers, tirez vous-mêmes. » Mais ils voient les Anglais déclencher le tir et leurs gros bataillons enfoncer le centre des lignes françaises, qui se débandent. Maurice de Saxe, incapable de mettre un pied par terre à cause de la goutte, s'est fait faire une légère voiture d'osier attelée de quatre chevaux gris – son « berceau », dit-il – dans laquelle il arpente le terrain. Devant l'imminence d'un désastre, il incite à se retirer le roi qui refuse. Il aperçoit alors la faille dans la marche de l'ennemi, ordonne l'attaque, stoppe l'avancée. Après une heure de flottements, ayant réussi à rallier l'infanterie, il lance à l'assaut toutes les réserves. Les troupes anglaises submergées s'enfuient en lui abandonnant un terrain couvert de morts, sur lequel le dauphin fait connaissance avec le sang, dans l'ivresse du triomphe : « Voyez ce que coûte une victoire, lui dit son père pour tempérer son excitation. Le sang des ennemis est toujours le sang des hommes. La vraie gloire, c'est de l'épargner. »

De Flandre à Paris, le trajet n'est pas long. Le lendemain sur les six heures du soir, un courrier apportait à la reine des lettres griffonnées à la hâte, sur un tambour :

> *Du champ de bataille de Fontenoy, ce 11 mai à deux heures et demie*
>
> *Les ennemis nous ont attaqués ce matin à cinq heures. Ils ont été bien battus. Je me porte bien et mon fils aussi. Je n'ai pas le temps de vous en dire davantage, étant bon je crois de rassurer Versailles et Paris. Le plus tôt que je pourrai je vous enverrai le détail.*
>
> LOUIS

> *Ma chère maman,*
>
> *Je vous fais de tout mon cœur mon compliment sur la bataille que le roi vient de gagner. Il se porte Dieu merci à merveille et moi, qui ai toujours eu l'honneur de l'accompagner. Je vous en écrirai davantage ce soir ou demain, et je finis en vous assurant de mon respect et de mon amour.*
>
> LOUIS
>
> *Je vous supplie de vouloir bien embrasser ma femme et mes sœurs.*

Le dauphin écrivit ensuite à Marie-Thérèse une lettre qui ne nous est pas parvenue, ainsi qu'une autre, plus longue et très tendre, à sa mère et une autre encore à son grand-père Stanislas. Le compte rendu détaillé, ce fut d'Argenson qui s'en chargea dans une grande missive à la reine dont nous avons tiré les détails ci-dessus.

« Il n'est pas douteux, conclut-il, que les dispositions de M. le maréchal [de Saxe], son intrépidité et son attention à se trouver partout ont décidé de la victoire. » Les historiens ajoutent que, sans la présence du roi, qui refusa de quitter son poste, jamais les troupes n'auraient fourni l'effort nécessaire pour l'emporter.

La victoire de Fontenoy ouvrait à Louis XV toutes les places de Flandre. Il les cueillit une à une, se fit acclamer dans Gand et dans Bruges, puis, laissant le maréchal consolider les résultats obtenus, il rentra dans la capitale sous les acclamations. Le 8 septembre, toute la cour l'attendait aux Tuileries. Effusions générales. Dans sa joie le dauphin prodigue au hasard les embrassades. Le lendemain, *Te Deum* à Notre-Dame, réception à l'Hôtel de Ville, feu d'artifice, souper, concert, promenade dans les rues illuminées. Après quoi la cour rentra à Versailles et retrouva ses habitudes.

Le roi avait-il oublié sa conquête du bal des Ifs ? Oh non ! Mais l'aventure de Metz avait servi de leçon. Mme d'Étiolles avait passé un été discret à la campagne, dans la propriété de son oncle. Du roi elle avait reçu non pas seulement un communiqué de victoire, comme la reine, mais des lettres quotidiennes. Elle était dissimulée dans la foule lors de son entrée à Paris. Le soir de la fête à l'Hôtel de Ville, elle se préparait à le recevoir dans un cabinet particulier à l'étage supérieur. Il ne vint pas. Mais elle ne perdait rien pour attendre : il se préparait à la doter d'un titre et à la faire présenter à la cour.

Les chagrins secrets de la dauphine

La dauphine est triste. Et l'on commence à douter d'elle. Pourtant ses débuts ont été parfaits : seule fausse note, elle avait tardé à distribuer le contenu de son coffre de mariage, mais c'était parce qu'elle n'y trouvait rien qui convînt à ses belles-sœurs et attendait de s'être procuré des cadeaux dignes d'elle. Voici soudain qu'elle a changé. Sa gaieté, son souci de plaire semblent contrariés par une invincible timidité. « Elle voit tant de monde et en connaît si peu, plaide Luynes, qu'elle craint peut-être de parler mal à propos. » L'ennui, c'est qu'elle néglige « les marques de bonté et de politesse dont la reine est si prodigue » : elle souffre de la comparaison. Elle finit par déplaire : « On prend son silence pour indolence et même pour hauteur. »

Personnellement, Marie a tout fait pour l'aider à s'acclimater. Les deux femmes, que vient de rapprocher l'épreuve de l'angoisse vécue ensemble, s'entendent très bien en dépit de l'absence de goûts communs : Marie-Thérèse-Raphaëlle est une couche-tôt et déteste le jeu. Mais avec le roi, la dauphine reste sur la défensive et tous les égards qu'il a pour elle se heurtent à un mur. Est-elle satisfaite des dames qu'il a placées auprès de lui ? Pas de réponse. Puisqu'elle s'intéresse aux sciences – les expériences de l'abbé Nollet sur les phénomènes électriques semblent la passionner –, lui serait-il agréable de visiter ses cabinets de collectionneur, de voir ses livres, ses tableaux ? Elle lui fait faux bond deux fois avant de s'y résoudre. Elle montre quelque curiosité pour la chasse à courre, qu'elle ignorait, participe à la chasse à tir, le temps de montrer qu'elle y est experte. Mais elle s'en détourne, disant que cela ne l'intéresse pas. Elle refuse de se promener pour la raison, pas fausse, que sa peau ne supporte pas le soleil. Elle s'enferme volontiers en compagnie de ses femmes de chambre, à l'écart de ses « dames ». Il lui vient parfois, au contraire, une furieuse envie de voir du monde : « Quand elle désire être seule, elle voudrait être dans les déserts de la Thébaïde, mais pour le temps qu'elle aime à voir du monde, elle aime à en voir beaucoup. » Bref, elle est instable et l'on saura plus tard qu'elle pleure en secret. L'ambassadeur d'Espagne, qui la questionne au mois de mai, n'en tire pas grand-chose : « Le roi, dit-elle, lui a marqué beaucoup d'amitié et l'a exhortée à lui parler à cœur ouvert et avec confiance [...]. Elle a beaucoup de peine à prendre ce ton de confiance et d'ouverture avec le roi. Elle dit que sa timidité l'empêche totalement de lui parler. À l'égard de la reine, elle est si touchée de l'amitié que la reine lui marque qu'elle l'aime autant que la reine sa mère. »

À la source de ce malaise, on peut discerner deux raisons, l'une passagère, l'autre durable.

La première est d'ordre intime. Le dauphin, si sincèrement épris qu'il soit, n'a pas réussi à consommer son mariage. Oh, la chose ne se crie pas sur les toits. Mais tout se sait dans une cour assoiffée de commérages. On n'a pas manqué de remarquer qu'aucun communiqué triomphal n'a suivi la nuit de noces. Le dauphin garde-t-il le lit quelques jours pour un rhume, au mois de mars ? Aussitôt le bruit se répand « que la véritable cause de son incommodité est qu'on lui a fait une petite opération qui était nécessaire pour le mettre en état d'avoir des enfants ». L'honnête Luynes, qui rapporte l'incident, nous fait part de ses doutes sur la réalité de l'opération, tandis que le rhume, lui, est avéré. Mais il ne nie pas que le problème ne se pose.

À quinze ans et demi, une défaillance de cet ordre n'a rien d'inquiétant. Il suffit d'attendre. En revanche il est insupportable de sentir ainsi la cour aux aguets. Heureusement, le séjour aux armées suspendit les supputations et, aux alentours du 20 septembre, le jeune mari, ses seize ans accomplis, put mettre fin aux cancans : « L'on était affligé de savoir que l'on ne pouvait avoir aucune espérance que Mme le dauphine pût devenir grosse, de sorte que c'est une nouvelle d'hier, et assez intéressante pour que l'on ait dépêché un courrier à Madrid, de savoir que cette possibilité existe actuellement. » On peut préférer la saine verdeur du temps d'Henri IV à cette prose entortillée, mais enfin l'essentiel est dit, et clairement dit.

Dès lors, le jeune couple vit une sorte de lune de miel. « Tous les jours qu'il ne va point à la chasse, il dîne avec Mme la dauphine ; ils paraissent vivre tous deux dans la plus grande union, et M. le dauphin est, je crois, le seul en qui Mme la dauphine ait une confiance entière. L'après-dînée, ils montent ensemble dans les cabinets de Mme la dauphine, où M. le dauphin lui fait la lecture pendant une heure ou une heure et demie. » Une lecture instructive : à leur programme en ce mois d'octobre, les *Mémoires* de Sully, en édition abrégée, par bonheur. Parviendra-t-elle à apprivoiser ce garçon obsédé de dévotion, fuyant le monde comme un ermite, qu'elle compare en riant à un hibou ? Pour l'instant, c'est lui qui déteint sur elle en la plongeant jusqu'au cou dans les tensions qui déchirent en profondeur la famille royale.

À mesure que le temps passe en effet – et c'est la seconde source du malaise évoqué plus haut –, la jeune femme se rétracte de plus en plus face à Louis XV. Elle a reçu une éducation morale et religieuse fort stricte. Elle est fille d'un père qui a érigé la fidélité conjugale en dogme. Or elle tombe entre deux conjoints séparés, elle voit le roi dit « Très Chrétien » s'abstenir des sacrements. Le drame de Metz est tout récent, les plaies sont encore ouvertes. La froideur du roi pour la reine est patente, palpable. Si discrète que soit celle-ci, la jeune femme ne peut pas ne pas deviner ce qui se cache derrière son silence, derrière la crainte qui la paralyse face à son époux. Rien n'est plus contagieux que la peur, elle n'a pas besoin de mots pour passer de l'un à l'autre. Marie-Thérèse se met, par capillarité, si l'on peut dire, à avoir peur du roi. D'ailleurs, si la reine ne parle pas, ses enfants parlent pour elle. Le dauphin Louis, prenant fait et cause pour sa mère, n'a pas caché son mépris et sa haine pour Mme de Châteauroux. Les entretiens du père et du fils à Metz ont été plus que froids et la disgrâce de son gouverneur a blessé le jeune garçon : non qu'il aimât particulièrement le duc de Châtillon, mais c'était là le signe d'une volonté de reprise en main. La « maison » de la dauphine a été composée à l'instigation de la duchesse, qui a placé à sa tête comme dame d'honneur une de ses affidées, Mme de Brancas. Comment Marie-

Thérèse pourrait-elle répondre au roi qu'elle est contente de ses « dames », alors que son époux voit en elles des ennemies ?

Mme de Châteauroux est à peine enterrée que déjà entre en scène sa remplaçante. À la réprobation morale s'ajoute alors le préjugé social : Mme d'Étiolles est née Jeanne Poisson. La dauphine assiste à son irrésistible ascension. Face à elle ses yeux bleus se durcissent et se glacent, elle se fige dans une raideur qui se veut insultante. Elle se permet un jeu de mots, pas très spirituel, sur le patronyme de la favorite. La voyant s'approcher de l'étang des carpes, elle aurait murmuré : « Si elle tombait, ce serait un poisson qui retourne à son élément. » S'entraînant l'un l'autre, elle et son mari tendent à s'isoler de la vie de cour, ils fuient des divertissements qui les ennuient et qu'ils réprouvent, ils se replient sur le cocon douillet où la jeune femme a toutes les raisons de s'enfermer puisqu'il apparaît bientôt qu'elle est enceinte.

Comme en hibernation, ils passent ensemble la mauvaise saison dans l'attente, disparaissant de la scène. Au printemps, le roi s'en va rejoindre en Flandre le maréchal de Saxe, dont le froid n'a pas interrompu la campagne et qui s'est emparé de Bruxelles. Le dauphin, lui, est consigné à Versailles jusqu'à la naissance de l'enfant, prévue vers le début de juillet 1746.

D'une dauphine l'autre

À la mi-juin, le roi quitte l'armée à regret et rejoint Versailles pour assister aux couches de sa belle-fille. Déjà tout le château est en révolution. Où installera-t-on le précieux nouveau-né ? On déloge Mesdames ses tantes, puis on opère une série de glissements successifs, qui font grincer quelques dents, mais en silence. La layette est prête, elle est superbe. Le tour de berceau et le couvre-pieds en dentelle sont de purs chefs-d'œuvre. L'ensemble aurait coûté deux cent mille livres : de quoi faire se retourner dans sa tombe le vieux Fleury. Cependant l'enfant se faisait attendre. Une triste nouvelle arriva soudain de Madrid le 18 juillet : Philippe V était mort. La dauphine aimait beaucoup son père. Fallait-il le lui dire ou non ? On pesa le pour et le contre et on opta pour le silence. Donnée à tous, du haut en bas du château, la consigne fut scrupuleusement respectée. Le temps passait, l'enfant n'arrivait toujours pas et le roi, n'osant pas s'éloigner de Versailles, s'impatientait : « [Il] commence à s'ennuyer beaucoup de ce qu'elle n'accouche point ; il disait il y a quelques jours qu'il aimerait mieux qu'elle n'accouchât que d'une fille et que ce fût tout à l'heure [1]. » Fallait-il qu'il fût exaspéré de cette immobilité forcée pour renoncer à l'espoir d'un garçon ! Fallait-il aussi qu'il fût secrètement irrité contre cette bru dont l'hostilité à son égard n'avait pas désarmé ?

Le mardi 19 juillet enfin, à dix heures du soir, elle commença à ressentir des douleurs, qui se prolongèrent toute la nuit, « fréquentes, mais pas assez vives pour la faire crier ». Au matin, le processus s'accéléra et vers dix heures et quart, l'enfant faisait son apparition. Le roi s'exclama, à l'instant même : « Cet enfant est bien gros ; il a la tête fort grosse et le corps fort long. » On put croire un instant que c'était un garçon. Mais à la grimace de la gouvernante, Mme de Tallard, la jeune mère comprit que c'était une fille. Le reste du jour, elle fut assez fatiguée, eut quelques malaises. Le jeudi, elle allait bien. Le vendredi matin, elle se sentit mal, demanda à se confesser. On la saigna. Vers neuf heures elle perdait connaissance. On pratiqua une nouvelle saignée et il ne vint que quelques gouttes de sang. À onze heures et demie, elle expirait. De quoi était-elle morte ? L'autopsie permit de conclure que l'accouchement lui-même n'y était pour rien. Alors quoi ? Les

---

1. *Tout à l'heure* : tout de suite.

médecins parlèrent de « suppression générale[1] » et affirmèrent qu'elle avait été étouffée par la montée surabondante de son lait. À la vérité, ils n'en avaient pas la moindre idée. Détail étrange : le corps de la morte conserva sa chaleur plus longtemps que de coutume ; on dut donner quelques coups de lancette aux pieds pour s'assurer qu'elle ne vivait plus.

Toute la famille royale, à qui l'usage interdit de séjourner dans une maison où se trouve un cadavre, partit aussitôt pour Choisy. La favorite suivit. Au milieu des larmes et des lamentations, on arrêta les mesures pour la veillée funèbre et le convoi. La cérémonie des obsèques donna lieu à une contestation, pour savoir qui, des princes ou des ducs, jetterait l'eau bénite en premier sur le cercueil. Et le roi trancha en supprimant l'aspersion. On drapa de violet ou de noir les appartements, les carrosses et jusqu'aux chaises à porteurs : le même deuil servirait pour Philippe V et pour sa fille. Puis la vie reprit lentement son cours. Ne nous indignons pas avec Luynes que le dauphin se soit laissé aller à rire avec ses sœurs une quinzaine de jours après : cela ne veut pas dire que son chagrin était léger, mais seulement qu'après des jours de tension, il décompressait. Il garda de son infante rousse aux yeux bleus un souvenir qui survécut aux années, puisqu'il demandera en mourant que son cœur soit placé auprès du cercueil de sa première épouse. Mais pour l'instant, il fallait songer à l'avenir de la dynastie.

Dès que le nouveau roi d'Espagne, Ferdinand VI, apprit que Marie-Thérèse laissait un jeune veuf, il proposa ce qu'on est tenté d'appeler un échange standard : une autre de ses sœurs, l'infante Maria-Antonia, était disponible. Louis XV pensait aussi à remarier son fils : « Voilà un furieux vide pour lui, qui était jour et nuit avec elle ; nous tâcherons de le lui rendre le plus court

---

1. *Suppression* : en médecine, suspension d'une évacuation accoutumée, comme par exemple une rétention d'urine. Ici, suspension de toutes les évacuations.

possible. » Cependant, il ne veut pas de l'Espagnole : l'Église de France, dit-il, réprouverait un mariage avec la sœur d'une femme dont on a eu un enfant. Authentique scrupule religieux, prétexte, obscure appréhension liée au souvenir des sœurs de Nesle, mauvais souvenir laissé par la défunte qui lui battait froid ? On ne sait. Mais il se montre très résolu. Alors qui d'autre ? Il souhaitait une Savoyarde. Mais le roi de Sardaigne, après avoir semblé y consentir, posa des conditions politiques inacceptables : il avait choisi le camp autrichien.

Parmi les princesses possibles figurait Marie-Josèphe de Saxe, la nièce du maréchal. Celui-ci saisit la balle au bond, s'entremet. L'entreprise ne manque pas de hardiesse : elle est la fille d'Auguste III, le rival victorieux de Stanislas dans le dernier conflit polonais ! Mais puisque ledit Stanislas a trouvé en Lorraine un agréable point de chute, pourquoi entretenir contre le légitime roi de Pologne une animosité qui n'a plus de raison d'être ? Autant renouer des relations amicales avec ce pays qui occupe en Europe de l'Est une position stratégique. Les circonstances s'y prêtent. Maurice de Saxe vient de remporter à Raucoux sur les troupes autrichiennes une victoire qui le rend maître des Pays-Bas et ouvre le chemin aux pourparlers de paix. On ne peut rien lui refuser. Le projet prend forme dès la fin octobre. À la cour il n'est bruit que de ce mariage. Il sera déclaré, dit Luynes, dès que sera dite à Notre-Dame la messe à la mémoire de la défunte.

Deux ans après son mariage avec Marie-Thérèse-Raphaëlle, six mois après l'avoir mise en terre, le dauphin Louis se trouvait en possession d'une nouvelle épouse. Mais avant de faire plus ample connaissance avec cette nouvelle venue, il nous faut revenir sur l'installation à la cour de la belle Mme d'Étiolles et sur ses relations avec la famille royale.

CHAPITRE ONZE

« LA PLUS CHARMANTE FEMME QU'IL Y AIT EN FRANCE »

Ce fut d'abord une silhouette entrevue sous les futaies de la forêt de Sénart, une dame en rose qui passait et repassait dans une calèche bleue. De Fontainebleau à Sénart, un vaste domaine de chasse s'étendait presque en continu, interrompu seulement par la Seine que l'on traversait sur un bac à Soisy. Tous les automnes, Louis XV venait y traquer le cerf. Pour dédommager les châtelains d'alentour des désagréments que pouvait leur causer la présence de ses équipages et de ses meutes, il les autorisait à suivre ses chasses et leur faisait porter des pièces de gibier. Bref un tel cadre permettait d'approcher en douceur, sans l'effaroucher, ce roi si fermé aux nouveaux visages.

Car la présence de la charmante promeneuse sur les allées forestières n'avait rien d'innocent. Son triomphe fut le fruit d'une longue patience. En 1743 déjà, elle hantait les lieux et l'on parlait d'elle en termes assez élogieux pour inquiéter la maîtresse régnante. « Elle est encore plus jolie que d'habitude », s'était exclamée un jour une de ses amies, en présence du roi et de Mme de Châteauroux. Imprudente remarque qui lui avait valu de la part de la duchesse un vigoureux coup de pied sur le moment et un aigre reproche par la suite : « Ne savez-vous donc pas qu'on veut donner au roi la petite d'Étiolles ? » Le temps avait passé, la duchesse était morte, sa place était à prendre. Autour de la jeune femme, les entremetteurs s'activaient. Elle avait des antennes à la cour parmi les proches serviteurs du souverain. Le premier valet de chambre du dauphin, Binet, était un de ses cousins ; celui du roi, Le Bel, un ancien amant de sa mère. Derrière elle – époux mis à part –, ses proches étaient complices, tant la fonction de favorite officielle était prometteuse de crédit et de pouvoir !

Dans les débuts, le secret fut bien gardé. Nul ne sait au juste où, quand et comment se nouèrent ses amours. Encore fallait-il qu'elle parvînt, une fois conquis le cœur du roi, à se faire « déclarer ». Et la chose n'allait pas de soi. Car Jeanne-Antoinette Poisson était incontestablement une parvenue aux origines douteuses.

Les aventures de François Poisson

L'histoire de son père, pour peu qu'on lui rajoute un brin de merveilleux, ne ferait pas mauvaise figure parmi les contes de Perrault – *Petit Poucet* ou *Chat botté*. Et elle illustre fort bien les moralités désabusées qui leur servent d'épilogue. Elle ne s'explique que par les guerres de la fin du règne de Louis XIV, qui offrirent à des hommes du peuple astucieux et entreprenants l'occasion de se rendre indispensables. Certes il n'était pas question pour eux de faire carrière dans l'armée, où ils eussent été confinés parmi la piétaille. Mais il n'existait pas à l'époque de service spécifique équivalant à ce que nous appelons l'intendance. Le ravitaillement des troupes était donc sous-traité à divers « munitionnaires », qui prélevaient leur bénéfice au passage.

François Poisson était né au village de Provenchères, près de Langres, neuvième et dernier enfant d'une famille de tisserands – pauvre ou aisée ? On ne sait. Il s'engagea très jeune comme conducteur de chevaux, mais rien ne prouve qu'il fut laquais, comme on le prétendit. Il trouva assez vite sa voie auprès des frères

Pâris, dont il devint l'homme à tout faire. Ces quatre frères venaient alors d'entamer leur très brillante carrière. Fils d'un aubergiste aisé et bien achalandé au bourg de Moirans en Dauphiné, homme important dans sa province, ce n'étaient pas des gens de rien, contrairement à une tradition dix fois répétée. Deux d'entre eux avaient fait des études de droit, s'étaient frottés au monde des affaires. Ce n'est peut-être pas tout à fait par hasard qu'ils avaient eu l'occasion, au mois de février 1702, de manifester leurs talents. L'armée du duc de Vendôme, qui se rendait en Italie, était arrêtée faute de vivres sur l'autre versant des Alpes. Ils réunirent les approvisionnements requis et les lui firent passer, « par des chemins fort difficiles, mais courts », sans perdre un seul de leurs mulets, le tout dans un délai record. « Les munitionnaires en chef les récompensèrent, ajoute Saint-Simon d'un ton pincé, leur donnèrent de l'emploi, et, par la façon dont ils s'en acquittèrent, les avancèrent promptement, leur donnèrent leur confiance, et leur valurent de gros profits. Enfin ils devinrent munitionnaires eux-mêmes, s'enrichirent, vinrent à Paris chercher une plus grande fortune et l'y trouvèrent. » Ils diversifièrent alors leurs activités, se répartirent les tâches, et bientôt chargés de responsabilités officielles auprès de la cour, ils rejoignirent les rangs des financiers puissants et respectés sans le crédit desquels la monarchie française n'aurait plus eu qu'à mettre la clef sous la porte.

On ignore tout de la rencontre entre Poisson et les frères Pâris. Ce qui est sûr, c'est qu'ils le prirent à leur service et l'apprécièrent. Ils trouvaient en lui deux qualités rarement réunies chez leurs subordonnés, une très vive intelligence jointe à une fidélité sans failles. En 1712 le voici donc garde-magasin à Bapaume, fournisseur de vivres lors de la campagne victorieuse de Villars à Denain. Telle est la branche pour laquelle il montre des talents incomparables. Le retour de la paix cependant ne le réduit pas au chômage. Il s'occupe, avec succès, d'approvisionner la Provence mise en quarantaine lors de la peste de 1720, puis cinq ans plus tard, d'assurer l'acheminement des blés vers Paris pendant la disette de 1725. Il lui arrivait aussi de circuler, pour le compte des Pâris, en Allemagne et en Europe du Nord. La mise à l'écart momentanée de ses protecteurs, lors de l'expérience de Law, n'avait qu'à peine écorné leur fortune, et ils s'étaient grassement refaits après la chute de l'Écossais en organisant la liquidation du « système ». En revanche la disgrâce du duc de Bourbon en 1726 leur coûta cher[1]. Étaient-ils malhonnêtes ? Pas plus que d'autres assurément. Mais la nécessité de réunir très vite les fonds réclamés par le roi entraînait des risques importants, qu'il fallait bien compenser par des profits, et lors des passations de marchés, tout n'apparaissait pas au grand jour. Bref, ils étaient vulnérables. Lorsque la justice commença de mettre le nez dans leurs comptes, François Poisson consentit à jouer le rôle de ce que nous appelons un « fusible ». Certaines opérations frauduleuses lui ayant été imputées, il fut déclaré redevable au trésor royal d'une somme de 232 430 livres, 8 sols et 3 deniers – n'oubliez surtout pas les 3 deniers ! –, qu'il était évidemment incapable de payer. Fut-il en outre, comme le diront plus tard les libelles, condamné à être pendu ? On n'en a trouvé aucune trace dans les archives. En tout état de cause, il n'avait pas attendu le jugement pour « s'absenter » : les frères Pâris l'avaient fait filer en Allemagne, où ils disposaient de nombreux correspondants. Il continua de mener là-bas leurs affaires, dans la plus grande discrétion.

Il avait tout de même la nostalgie du pays. En 1736, ses démarches furent couronnées de succès. Il reçut l'autorisation de rentrer, moyennant le versement d'une caution sans doute payée par ses patrons. Il réclama ensuite la révision de son procès. Le cardinal Fleury, qui n'aimait pas les Pâris, se fit tirer l'oreille. Mais quoi ? ils étaient puissants, avaient

1. Voir ci-dessus, chapitre 6.

beaucoup d'amis. Il céda. En 1739, le montant de sa dette fut révisé à la baisse. En 1741, la sentence le condamnant fut cassée. La reprise de la guerre rendant indispensables les services des munitionnaires, Poisson, qui parlait couramment l'allemand et connaissait tous les négociants en céréales de Rhénanie, fut officiellement chargé d'assurer les subsistances à l'armée du maréchal de Belle-Isle. Dès avant la rencontre de sa fille avec le roi, il était donc rentré en grâce, sans qu'elle y fût pour rien.

Les Pâris ne s'étaient pas contentés de faire la carrière de leur protégé : ils l'avaient aidé à s'établir. Revenons un peu en arrière. Avant même la mort de Louis XIV, François Poisson avait acheté, peut-être de ses propres deniers, près de Château-Thierry, une maison bourgeoise et une grosse ferme dite « le fief de Vandières », qui pouvait le cas échéant lui fournir un nom. De quoi obtenir la main d'une fille de la bourgeoisie d'affaires parisienne, qui le laissa veuf très vite. On lui trouva alors un très beau parti, qui le rapprochait un peu plus du cercle des hauts financiers, pour le meilleur et pour le pire. En 1718 il épousa Madeleine de La Motte, fille du « boucher [1] » des Invalides, éclatante brune à la peau très blanche, « une des plus belles femmes de Paris, dit Barbier, avec tout l'esprit imaginable ». Elle ne manquait pas de soupirants en haut lieu, et il semble bien que son mariage avec un aussi modeste personnage ait été destiné à servir de couverture aux amours peu avouables du ministre de la guerre, Le Blanc, à moins que Pâris-Montmartel lui-même n'en ait été le bénéficiaire. Un mari complaisant donc, que sa profession amenait à voyager souvent. À cette date, François Poisson n'était pas en état de refuser.

Le couple s'installa confortablement, changeant de domicile à mesure que lui venait plus d'aisance. Qu'en

---

1. Le responsable de l'approvisionnement en viande.

fut-il au juste de leurs relations ? Nul ne le sait. Le 29 décembre 1721 leur naquit une fille, la future Mme de Pompadour, que portèrent sur les fonts à Saint-Eustache Jean Pâris de Montmartel et sa jeune nièce et future épouse Antoinette Justine Pâris : d'où les prénoms donnés à l'enfant. Deux ans plus tard leur vint une seconde fille, morte en bas âge, puis en 1725 un fils, Abel François, qui sera appelé grâce à sa sœur à une grande fortune. Qui fut réellement le père de Jeanne-Antoinette ? Les libelles s'en sont donnés à cœur joie, anticipant sur les futurs amants de sa mère, et les historiens ont suivi. La vérité est qu'on n'en sait rien, faute de connaître avec précision le calendrier des liaisons de la trop belle Mme Poisson. Une chose est sûre, c'est que François Poisson avait la fibre paternelle, qu'il considéra toujours les deux enfants comme siens et les aima d'un amour sans mélange – ce qui en soi ne prouve rien. Quant à Mme de Pompadour, elle ne douta pas une seconde qu'il ne fût son père. Loin de lui inspirer des soupçons, les couplets injurieux ne faisaient que l'ancrer dans sa conviction. Jamais, au plus fort de son élévation, elle ne fut tentée de le renier. Refusant de rougir de sa très modeste origine, elle l'entoura jusqu'à sa mort de sa protection et de sa tendresse.

Sa mère constituait un fardeau plus lourd à assumer. Discrète dans ses amours tant que la fortune lui sourit, Mme Poisson avait basculé dans la galanterie lorsque la condamnation et la fuite de son époux la laissèrent sans ressources, après saisie de tous leurs avoirs. Elle obtint un arrêté de séparation de biens et mena alors ouvertement la vie de femme entretenue. Parmi ses protecteurs successifs, l'un surtout compta : Charles Le Normant de Tournehem, très riche fermier général resté veuf sans enfants, qui prit en charge les siens, s'attacha à eux et assura leur éducation. Était-il leur père par le sang ? On le sait ami de François Poisson dès l'époque de son premier mariage et il le resta d'ailleurs jusqu'à sa mort. Les dates rendent sa paternité plausible, sans fournir de certitude. En tout cas, choyée par deux hommes également attentionnés et poussée par une mère désireuse de la voir réaliser ses propres rêves inaboutis, Jeanne-Antoinette reçut une éducation très soignée, mais ouverte sur le monde et, par la force des choses, dégagée de bien des préjugés.

La jeunesse de Jeanne-Antoinette

Avant de s'enfuir, Poisson a tenu à mettre en sécurité sa chère *Reinette*. Quoi de mieux qu'un couvent pour abriter une enfant fragile ? Il se trouve qu'une sœur de sa femme et une cousine sont entrées en religion chez les ursulines de Poissy, une maison d'éducation réputée, où la bonne bourgeoise fait élever ses filles. À cinq ans, la petite est un peu jeune, mais vu les circonstances, on ferme les yeux. De loin, le père s'informe, envoie de l'argent – pas toujours en suffisance. Il est vrai que Mme Poisson en prélève une partie au passage. Aussi les sœurs lui recommandent-elles de le leur faire parvenir directement. Elles réprouvent visiblement la conduite de la mère, préfèrent que les sorties de la fillette se passent chez son grand-père La Motte ou chez des cousins. D'ailleurs Jeanne-Antoinette ne s'ennuie pas. À la fois douce et gaie, elle s'adapte bien. Lecture, écriture, couture, broderie alternent avec les exercices de piété et les récréations. Elle est bientôt capable d'écrire elle-même à son père, qui s'inquiète pour sa santé, particulièrement délicate. Mais il peut être tranquille, tout le monde est aux petits soins lors de la très longue coqueluche qui lui déchire les bronches à l'automne de 1729. Hélas ! Mme Poisson, désormais renflouée, n'a de cesse de la récupérer. Elle prend prétexte d'un rhume pour la garder plus longtemps que prévu. Elle ne la rendra plus. « L'on nous a dit qu'elle n'a plus de fièvre, écrit la supérieure des ursulines à M. Poisson, qu'elle se porte bien, qu'elle est fort aise d'être auprès de madame sa mère.

Il y a apparence qu'elle y va rester. Ainsi, monsieur, nous ne saurons plus des nouvelles si certaines ; nous ne laisserons pas que de nous en informer souvent, y prenant beaucoup d'intérêt et l'aimant tendrement. Elle est toujours très aimable et d'un agrément qui charmait tous ceux qui la voyaient. »

Autres lieux, autres mœurs. Les malheurs de Mme Poisson, ainsi que ses brillantes relations dans les milieux financiers, lui ont donné accès ici ou là. Voici Jeanne-Antoinette parisienne, bientôt mêlée à tout ce que la société de sa mère offre de plus brillant. Adieu les poupées, qu'elle dorlotait encore dans les premiers temps. Déjà elle porte un corps et des fourreaux d'indienne à la mode. Elle est accueillie chez Mme de Saissac, née Luynes, apparentée à la dame d'honneur de la reine, qui connaît depuis longtemps les grands-parents La Motte. Chez son parrain et chez Tournehem, elle ne rencontre guère que des gens austères. Mais dans le salon de Mme de Tencin, elle découvre la fine fleur des écrivains, mêlés aux gens du monde se piquant d'ouverture d'esprit. Chez l'extravagante aventurière désormais sur le retour se côtoient Fontenelle et Montesquieu, Marivaux et l'abbé Prévost, Duclos et Piron, le président Hénault, le duc de Richelieu et de nobles voyageurs d'outre-Manche comme Chesterfield ou Bolingbroke. À les écouter, elle se cultive en direct et non par les livres, elle s'initie à la conversation sous sa forme la plus raffinée, elle acquiert à la fois liberté de jugement et sens de la mesure – plus l'art de donner à tous sujets, même les plus sérieux, ce tour léger qui les débarbouille de tout pédantisme.

Dans la riche maison que Mme Poisson a pu acquérir grâce à l'héritage de ses parents, la jeune fille reçoit les meilleures leçons. Dessin, maintien et danse, déclamation sous la houlette du vieux Crébillon le père, chant sous la direction du célébrissime Jélyotte, qui fait alors les beaux jours de l'Opéra. Elle commence à se produire, à l'occasion, dans quelques airs de Lully. Et chacun de se récrier : elle est parfaite. Il ne reste plus, pour la débarrasser de sa roture, qu'à lui trouver un mari à particule.

Le bon Tournehem s'en charge. À vingt ans, il lui fait épouser son propre neveu, Charles-Guillaume Le Normant, à qui, faute de fils, il destine son héritage. Non qu'il raffole de ce garçon de vingt-quatre ans sans talents particuliers ; mais par scrupule rétrospectif à l'égard de son frère – le père de Charles-Guillaume – qui, bien qu'il fût l'aîné, avait été écarté à son profit de la succession paternelle pour cause d'incapacité notoire. Sous sa direction éclairée les affaires avaient encore prospéré. Il était richissime. La famille avait été anoblie deux générations plus tôt par l'achat d'une charge dans la magistrature. La possession d'un domaine en bord de Seine, au nord de Corbeil, permettait d'adjoindre au patronyme du jeune homme une rallonge flatteuse : il pouvait se dire seigneur d'Étiolles. Lors du mariage, célébré le 9 mars 1741, l'oncle Tournehem avait bien fait les choses. Non seulement ses apports l'emportaient de beaucoup sur ceux des Poisson, mais il s'engageait à loger et à entretenir le couple. Ce mariage était aussi une manière d'assurer l'avenir de la petite Poisson, qu'il aimait beaucoup. Il y gagnait de la garder auprès de lui : elle jouerait chez lui le rôle d'une brillante maîtresse de maison.

Rien ne permet de penser qu'à cette date il la destinait à autre chose. Sans être éprise du mari qu'on avait choisi pour elle, elle se montrait bonne épouse et lui donna rapidement deux enfants, un fils qui mourut très vite et une fille, Alexandrine, ainsi nommée en hommage à Mme de Tencin. Elle était sage, modeste, posée. Elle jouissait de son nouvel état, qui lui ouvrait des portes naguère fermées. Mme Geoffrin, par exemple, avait éconduit Mme Poisson lorsque celle-ci avait cru pouvoir se présenter chez elle : on ne reçoit pas une femme aussi décriée. Désormais, elle ne demandait qu'à accueillir dans son salon la charmante Mme d'Étiolles. Celle-ci put bientôt y venir seule, sa mère étant atteinte du cancer qui devait l'emporter. Un pas de plus sur le chemin de la réussite : elle fréquente des gens qui fréquentent la cour. L'été, à Étiolles, elle est la reine d'une petite société aimable et brillante – hommes et femmes du monde mêlés à des écrivains de renom – pour qui elle joue des comédies à la mode sur le théâtre édifié tout exprès par Tournehem, à moins qu'elle ne s'attendrisse en compagnie de ses hôtes sur les malheurs de la « belle, blanche et douce » Paméla, la vertueuse héroïne de Richardson, à laquelle on ne manque pas de la comparer. Pourquoi ne pas se satisfaire de cette vie ? Elle est « maîtresse chez elle » : et le prudent Barbier de se demander « si cet état n'est pas préférable, pour une bourgeoise de cette espèce, à la qualité de maîtresse du roi ». Que va-t-elle donc faire dans cette périlleuse galère qu'est la cour ?

« Une violente inclination »

Il est peu probable qu'elle ait crié sur les toits la prédiction d'une diseuse de bonne aventure chez qui l'avait traînée sa mère, et qui lui avait promis l'amour du roi. Aux sceptiques qui voient là une prophétie inventée *a posteriori*, on opposera un document : une liste de pensions et gratifications de la marquise où figure, à côté d'une bonne sœur du couvent de Poissy, une Mme Lebon, « pour lui avoir prédit à l'âge de neuf ans qu'elle serait un jour la maîtresse de Louis XV ». On peut donc penser que la fillette, encouragée par sa mère, en a longuement rêvé. Comme tant d'héroïnes de romans et de contes frustrées par leur modeste condition sociale, elle attend le prince charmant. Mais son prince à elle a un nom, un visage, et l'on sait où le trouver. Il est marié ? Peu importe. Dans le milieu fort libre où elle est élevée, la fonction de favorite royale n'a rien de déshonorant, au contraire. D'ailleurs, ne vaut-il pas mieux être maîtresse qu'épouse ? La maîtresse, elle, a le privilège d'être aimée.

D'après Voltaire, à qui elle fit plus tard quelques

confidences, c'est seulement quand elle fut châtelaine d'Étiolles et se sentit en mesure d'approcher le roi que son rêve commença de prendre corps. Elle mit alors toute son énergie à l'accomplissement de ce qu'elle croyait être sa destinée – et qui le fut en effet. Elle se sentait attirée vers lui par une « violente inclination » – irrésistible. Dans cette fascination exercée par le roi sur la jeune femme, comment faire la part de l'ambition ? Aucune des favorites royales n'en a jamais été exempte – sauf sans doute Louise de La Vallière, exception qui confirme la règle. Faut-il voir en elle, pour autant, une intrigante délibérée, avide seulement d'honneurs et de pouvoir ? Pourquoi exclure tout sentiment sincère ? Elle donna à Louis XV maints témoignages d'un amour vrai – il ne s'y trompait pas – et tenta de le rendre heureux. Heureux d'un bonheur qu'elle ne pouvait concevoir autrement qu'avec elle : mais existe-t-il beaucoup d'amours désintéressés jusqu'au sacrifice ? Faute de pouvoir sonder les replis de son cœur, l'honnêteté exige qu'on lui laisse au moins le bénéfice du doute.

L'oncle Tournehem n'était probablement pas au courant des chimères qu'elle caressait lorsqu'il lui fit épouser son neveu. Se joignit-il aux entremetteurs qui lui ouvrirent ensuite les voies ? On aimerait croire que non. Mais il clamait un peu trop fort que sa nièce était « un morceau de roi ». S'il ne fut pas à l'origine du complot, il comprit aussitôt l'intérêt qu'il trouverait à y concourir. Une maîtresse royale dans une famille, c'était la promesse d'un pactole. Au moment opportun, il expédie donc son neveu en voyage d'affaires, le temps de voir comment tourne l'idylle naissante. Il voit très vite. Les amants ont cessé de se cacher. « On dit qu'elle aime éperdument le roi et que cette passion est réciproque », note Luynes dans son journal à la date du 27 avril. Lorsque l'époux revint, il trouva sa femme envolée. Il tenait à elle, il poussa d'abord les hauts cris, parla de la reprendre de force. Son oncle se chargea de le convaincre qu'il ne pouvait que s'effacer. Il consentit à une séparation de biens venant entériner celle de corps. Mais il garda toujours rancune à l'infidèle et ne manqua aucune occasion de le lui faire savoir.

Le roi, quant à lui, semblait subjugué.

Il faut dire qu'elle était infiniment séduisante, dans tout l'éclat de ses vingt-trois ans. La voici, vue par Dufort de Cheverny : « Elle était d'une grande taille de femme, sans l'être trop. Très bien faite, elle avait le visage rond, tous les traits réguliers, un teint magnifique, la main et le bras superbes, des yeux plus jolis que grands, mais d'un feu, d'un spirituel, d'un brillant que je n'ai vu à aucune femme. Elle était arrondie dans toutes ses formes, comme dans tous ses mouvements. » Empruntons quelques précisions à un lieutenant des chasses de Versailles, qui a le coup d'œil précis et sûr : il loue ses cheveux plutôt châtain clair que blonds, son nez parfaitement formé, ses dents très belles et son délicieux sourire ; mais ce sont ses yeux qui le frappent le plus : « Ils avaient un charme particulier, qu'ils devaient peut-être à l'incertitude de leur couleur ; ils n'avaient point le vif éclat des yeux noirs, la langueur tendre des yeux bleus, la finesse particulière aux yeux gris ; leur couleur indéterminée semblait les rendre propres à tous les genres de séduction et à exprimer successivement toutes les impressions d'une âme très mobile. » Ajoutons, pour compléter le portrait, un badinage de l'abbé de Bernis sur ses fossettes :

Ainsi qu'Hébé la jeune Pompadour
À deux jolis trous sur la joue,
Deux trous charmants où le plaisir se joue,
Qui furent faits par la main de l'Amour. [...]
L'enfant ailé, sous un rideau de gaze,
La vit dormir et la prit pour Psyché.

Assurément Cheverny traduit bien la réaction masculine devant tant de charmes lorsqu'il s'exclame : « Tout homme l'aurait voulu avoir pour maîtresse. »

D'autres relèvent ses qualités d'esprit et de cœur.

Elle avait « l'âme haute, sensible et généreuse », selon Bernis ; elle était, selon Voltaire, « bien élevée, sage, aimable, remplie de grâces et de talents, née avec du bon sens et du cœur ». Le même Voltaire fait aussi l'éloge de sa culture : « Elle a plus lu à son âge, écrit-il au président Hénault, qu'aucune dame du pays où elle va régner, et où il est bien à désirer qu'elle règne. » Elle chante, elle danse, elle joue la comédie, elle dessine et grave sur cuivre à la pointe sèche. Que dire encore ? Elle est la perfection incarnée.

À Louis XV lassé des femmes de la cour, toutes sorties du même moule, dévorées d'orgueil, obsédées par le souci de leur rang, elle apporte une bouffée de spontanéité et de fraîcheur. Elle est sans prétentions. Et puis, elle arrive d'ailleurs, elle a rencontré d'autres gens, lu d'autres livres, vu autre chose. Les quelques fausses notes qui émaillent son langage passent aux yeux de son royal amant pour fautes vénielles, inséparables du climat de gaieté et de liberté dans lequel elle l'entraîne à sa suite. Il se sent rajeuni de dix ans. C'est à lui que nous laisserons ici le dernier mot avant d'en terminer avec le portrait de sa bien-aimée. Comme elle quittait un soir la scène du petit théâtre où elle venait de briller, il eut ce cri : « Vous êtes la plus charmante femme qu'il y ait en France ! »

Une ascension fulgurante

Rarement promotion fut aussi rapide que la sienne. En l'espace de six mois, elle franchit tous les obstacles. On ne commence à parler d'elle pour de bon que lors du carnaval, au cours des fêtes qui suivent le mariage du dauphin. On la revoit à la mi-carême, trônant dans une loge d'avant-scène, non loin du roi et de la reine, lors d'un spectacle de comédie italienne donné dans la petite salle de la cour des Princes. Elle a beau faire dire qu'elle ne vient à Versailles que pour quémander une place pour son mari, nul n'en croit mot. Au mois de mai, on sait qu'elle y a un pied-à-terre dans l'ancien appartement de Mme de Mailly, mais elle ne l'occupe encore que par intermittence. Elle est séparée de son mari. Pour la débarrasser de ce nom d'Étiolles qui n'est pas le sien, il faut lui en trouver un autre, qui lui apporte un titre authentique – condition *sine qua non* pour paraître à la cour. Elle a appris par hasard, auprès d'une châtelaine de son voisinage, que celui de Pompadour – un joli nom, très féminin, un nom qui rime avec Amour – va bientôt tomber en déshérence, faute d'héritier mâle. Louis XV demande à la dernière descendante l'autorisation de le *relever*. Quant à la terre de Pompadour en Limousin, elle est récemment passée entre les mains du prince de Conti, qui n'a que faire du marquisat afférent. On la lui rachète – c'est Montmartel qui avance les fonds. À la fin du mois de juin, Jeanne-Antoinette Poisson est marquise de Pompadour. Son crédit est si grand que, bientôt, le nonce croit devoir en faire part au saint-père.

La campagne de Flandre crée une parenthèse dans sa carrière. Pendant que son amant cueille des lauriers, elle promène sa mélancolie à la campagne en compagnie du cher abbé de Bernis, qui tourne si bien le madrigal :

On avait dit que l'enfant de Cythère
Près du Lignon avait perdu le jour,
Mais je l'ai vu dans le bois solitaire
Où va rêver la jeune Pompadour.

Ses familiers savent que l'idylle se poursuit en secret et Voltaire, sentant fort bien d'où souffle le vent, célèbre avec une insistance un peu indiscrète la Cléopâtre qui stimule la vaillance de ce nouveau César.

Au retour du héros il reste à parfaire ce qui a été si bien commencé. Si la toute fraîche marquise veut quitter les coulisses et paraître ouvertement à la cour, elle doit être *présentée*. Il lui faut une marraine de haut rang. Pour cette mission épineuse, c'est peu de dire que les candidates ne se bousculent pas. La vieille princesse douairière de Conti se risqua à affronter l'ire de son fils, elle se laissa forcer la main en échange du paiement de ses dettes de jeu, fort lourdes. Pour sauver la face, elle affecta de faire la fine bouche, disant qu'elle ne connaissait pas la postulante, à moins qu'elle ne choisît d'en plaisanter. Comme un naïf ecclésiastique demandait en sa présence : « Quelle est la putain qui pourra présenter une telle femme à la reine ? », elle éclata de rire : « L'abbé, n'en dites pas davantage, ce sera moi. »

La cérémonie eut lieu le 14 septembre à six heures du soir. Cornaquée par la princesse et par trois autres dames, Jeanne-Antoinette, vêtue d'une grande robe de cour noire, devait se rendre chez le roi, puis chez la reine. Dès que la « marraine » aurait débité les phrases d'introduction, il lui faudrait échanger tour à tour avec chacun des souverains un simulacre de dialogue. Épreuve redoutable, où la guettait une cour hostile, toute prête à faire des gorges chaudes du moindre faux pas. La « présentation » au roi fut brève, l'un et l'autre ne pensant qu'à abréger un entretien où tout sonnait faux. C'est sur la visite à la reine que se concentrait la curiosité. Jeanne, malgré son trac intense, ne rata pas ses révérences et baisa avec grâce le bas de la robe de la souveraine. Mais elle laissa échapper un de ses gants et l'attache de son bracelet se brisa. Il appartenait à Marie Leszczynska de diriger la conversation. Elle se cantonnerait, pensait-on, à quelques banalités sur sa toilette, « sujet fort ordinaire aux dames quand elles n'ont rien à dire ». Mais non, Marie mit son point d'honneur à surprendre. Astucieusement, elle a trouvé un sujet de conversation aimable et naturel : elle lui parle d'une relation commune, Mme de Saissac, qu'elle a rencontrée la veille à Paris et dont on lui a dit qu'elle avait connu la jeune femme tout enfant. On entendit celle-ci murmurer : « J'ai, Madame, la plus grande passion de vous plaire et vous assure de mon profond respect. » Le reste de l'échange parut fort long

– une douzaine de phrases au moins ! estima-t-on –, mais il fut mené assez bas pour décevoir les oreilles trop curieuses. L'intronisation était réussie.

Jeanne-Antoinette échangea les petites pièces occupées jadis par Mme de Mailly pour le vaste et confortable appartement à neuf fenêtres sur le parterre nord, qui avait été celui de Mme de Châteauroux. Elle y dispose de tout ce qui peut faciliter la vie quotidienne – salle à manger, cuisines, bains – et elle hérite même de la « chaise volante » de la défunte duchesse : une sorte d'ascenseur lesté de contrepoids qu'on manœuvrait à la main au moyen d'une simple corde et qui vous hissait directement du rez-de-chaussée au second étage. Elle s'accommode pour l'instant de la décoration des lieux, somptueuse il est vrai : elle se réserve de l'améliorer peu à peu, à son goût. Elle s'entoure de quelques amies : une de ses cousines du côté Le Normant, Mme d'Estrades, quelques jeunes femmes rieuses qu'elle appelle ses petits chats. Elle recrute comme femme de chambre une compagne d'enfance devenue veuve, Nicole du Hausset, qui lui sera fidèle jusqu'au bout. Sa santé exige la présence d'un médecin personnel : la charge sera occupée à partir de 1749 par Quesnay, qui est également chirurgien et, à ses heures perdues, économiste, chef de file des Physiocrates. En somme, elle s'organise pour durer. Elle est là pour longtemps. La cour n'a plus qu'à en prendre son parti.

Au mois d'octobre, le renvoi du contrôleur général des finances, Philibert Orry, qu'on lui attribua aussitôt, vint donner la mesure de son pouvoir tout neuf. En fait, elle y eut beaucoup moins de part qu'on ne l'a dit. Après seize ans de bons et loyaux services, Orry était politiquement usé. C'était une créature de Fleury. Obéissant aux consignes du cardinal, il avait opéré dans les finances un redressement spectaculaire, en donnant un tour de vis féroce aux dépenses. Acrimonieux, sec, cassant, il s'était fait beaucoup d'ennemis. Après la mort de son protecteur, les rancœurs se donnèrent libre cours. On lui reprochait pêle-mêle son avarice, sa brutalité, son népotisme. On s'indignait qu'il eût réservé à des membres de sa famille les plus fructueuses des charges récemment créées en Lorraine. Chose plus grave, son collègue chargé de la guerre, Maurepas, le rendait responsable de nos échecs en Amérique : s'il n'avait pas honteusement marchandé les crédits, nos troupes n'auraient pas été contraintes d'abandonner aux Anglais le poste stratégique de Louisbourg. Comme on pouvait s'y attendre, il s'était attiré l'animosité des fameux frères Pâris – ils n'étaient plus que deux à cette date –, aussi durs que lui en affaires. Certes il était dans son rôle lorsqu'il discutait âprement avec Montmartel le montant des contrats de subsistances. Mais il y ajoutait des paroles blessantes que le financier supportait mal. « Piqués au vif », les Pâris guettaient donc l'occasion d'avoir sa peau. À la fin de 1745, le moment leur parut favorable : le contrôleur général était très critiqué ; la France, engagée dans la guerre de succession d'Autriche, ne pouvait se passer de leurs services ; enfin leur protégée, Mme de Pompadour, avait l'oreille du roi. Ils firent savoir qu'ils refuseraient dorénavant de traiter avec Orry.

Celui-ci comprit qu'il ne pèserait pas lourd en face d'eux. Il prit les devants, invoqua son âge et sa santé – il devait mourir deux ans plus tard – et sollicita sa mise à la retraite. Louis XV y consentit à regret, il fit tout pour lui sauver la face, accompagnant son congé d'une lettre « remplie d'estime et de bonté ». La favorite était-elle intervenue ? Les contemporains l'ont affirmé. Mais il ne s'agissait au mieux que d'un appoint. Les irremplaçables Pâris n'avaient pas grand besoin d'elle en ces circonstances : leur menace de rupture suffisait. Avant de les montrer du doigt, et Mme de Pompadour avec eux, écoutons l'hommage que leur rend à cette date Maurice de Saxe, dans une lettre à son frère le roi de Pologne : « Ce sont deux personnages qui ne veulent point paraître et qui, dans le fond, sont considérables dans ce pays-ci, parce qu'ils font mouvoir toute la machine. Ce sont mes amis intimes de tous les temps, et ce sont les plus honnêtes gens et les meilleurs citoyens, ce que sont peu de Français. » Orry les traitait comme de méprisables agioteurs. On comprend leur réaction. Ils n'en avaient d'ailleurs qu'à sa personne, puisqu'ils ne tentèrent pas de peser sur le choix de son successeur : c'est sur le conseil même du contrôleur sortant que fut nommé Machault d'Arnouville, peu suspect de complaisance aux malversations.

L'affaire fit néanmoins grand bruit, au détriment de la favorite : on commença de murmurer qu'elle faisait et défaisait les ministres. Et son rôle pernicieux dans le renvoi d'Orry fut accrédité par le fait qu'elle s'adjugea une partie de ses dépouilles. Dans ses attributions figurait entre autres la charge de directeur des bâtiments. Dissociée du contrôle des finances, cette charge considérable fut attribuée dès le mois de décembre à l'oncle Le Normant de Tournehem. À la mort de celui-ci, la « survivance » en était assurée au jeune Abel Poisson, qu'on appelait désormais le seigneur de Vandières. Rien que de très banal dans cette promotion : toutes les favorites ont pour premier souci de caser leur famille. Mais elle souleva des tonnerres de protestations. À tort en l'occurrence. Tournehem apporta dans le service des bâtiments le sens de l'organisation, l'autorité et la compétence financière qui avaient fait sa fortune, et il régna sur les beaux-arts avec un goût raffiné. Quant au jeune Poisson, sa sœur eut la bonne idée de l'envoyer se dégrossir et se polir en Italie. Il y passa près de deux ans, y apprit beaucoup et se trouva en mesure de remplacer dignement Tournehem lorsque celui-ci disparut en 1751.

Elle n'oublie pas son père, elle poursuit sa réhabilitation, pour le mettre à l'abri du danger au cas où elle-même tomberait. On lui refait une virginité : c'est maintenant le trésor qui est censé lui devoir de l'argent, pour les « bons et loyaux services » qui avaient failli lui valoir la corde. En remboursement de quoi le roi lui achète la terre de Marigny en Brie et lui accorde en

1747 des lettres de noblesse. On lui fourbit un blason, « de gueules à deux poissons, en forme de barbeaux d'or adossés, l'écu timbré d'un casque de profil orné de ses lambrequins d'or et de gueules ». Voici donc son père marquis ? Que non ! Il réserve tout cela à son fils : « M. de Gesvres[1], écrit-il à celui-ci, veut que vous preniez le nom de Marigny ; car pour moi, je m'appelle François Poisson. » Elle fut assez sage pour le tenir à l'écart de la cour, et lui assez intelligent pour ne pas s'en offusquer. Il coula en gentilhomme campagnard une vieillesse heureuse. Elle le rabroua parfois lorsqu'il la sollicitait abusivement pour des cousins éloignés : « Je ne demande jamais quelque chose d'injuste. » Mais elle casa tous ceux qu'elle jugeait recevables.

Rien que de très décent dans tout cela. Le vieux Poisson pouvait être fier de sa Reinette. Pour une belle ascension, c'était une belle ascension. Et elle avait la tête assez solide pour n'en pas abuser.

« Autant celle-là qu'une autre... »

Face à la nouvelle favorite, Marie Leszczynska, instruite par l'expérience, avait toutes griffes rentrées, mais elle n'en pensait pas moins. Elle appréhendait les affronts qui ne manqueraient pas de venir. Le souvenir de ceux que lui avait infligés l'arrogante Châteauroux lui donnait encore des cauchemars : « J'ai eu un rêve affreux cette nuit, j'ai cru apercevoir son fantôme. » Oh ! surprise, celle-ci est douce, humble et prévenante. « Tout le monde s'accorde à reconnaître, concède Luynes, qu'elle est remplie de tout le respect possible pour la reine, que son caractère est la gaieté et la douceur, qu'elle est jolie et a un fort bon maintien. » Ces égards imprévus plongent Marie dans l'embarras. Elle

---

1. Le premier gentilhomme de la chambre, chargé des questions de protocole.

aimerait mieux ne pas avoir à estimer une femme que ses principes moraux et religieux la conduisent à mépriser. Elle a du mal à ne pas lui marquer ce mépris, surtout lorsqu'elle ne peut, devant son éclatante beauté, se défendre d'une bouffée de jalousie.

Une anecdote. La marquise sait qu'elle aime les fleurs ; elle fait piller les parterres de Fontainebleau pour lui en envoyer. D'abord ravie, la reine s'informe de leur provenance, s'irrite. De quel droit se permet-elle ? La jeune bourgeoise ignore les règles du vieux code aristocratique. Un sujet n'a pas à faire de cadeaux à son roi. On échange des dons entre égaux. Mais en cas d'inégalité, c'est le supérieur qui donne, pas l'inverse. Il est humiliant pour la reine de recevoir ainsi des présents de la favorite. Elle ne manquera pas, si elle le peut, de remettre l'impudente à sa place. Voici justement une occasion. La marquise, croyant bien faire, se présente chez elle avec une immense corbeille de fleurs dans les bras. Marie s'extasie devant la grâce de la bouquetière, s'attarde longuement sur ses charmes avec une insistance appuyée. L'autre attend, ployant sous le poids de la corbeille. La reine alors de demander : « Faites-nous donc entendre, comme vous êtes là, cette voix magnifique... » Mme de Pompadour tente de se dérober, puis, devant un ordre formel, elle se lance dans un des morceaux les plus célèbres du répertoire. Tiré de l'*Armide* de Lully, c'est le grand air où la magicienne clame son triomphe sur le héros Renaud :

Enfin, il est en ma puissance,
Ce fatal ennemi, ce superbe vainqueur. [...]
Qui croirait qu'il fût né seulement pour la guerre ?
Il semble être fait pour l'amour.

Sourires en coin des dames de l'assistance. Marie a tenté de la rabaisser, a manqué son coup. C'est un jeu qui ne lui convient guère et pour lequel elle n'est pas douée. La favorite a montré qu'elle savait se défendre.

Après s'être testées mutuellement, les deux femmes sont assez sages pour comprendre qu'elles n'ont pas intérêt à défrayer la chronique par de ridicules affrontements. Elles concluent tacitement un pacte de non-agression. Puisqu'il en faut une, « autant celle-là qu'une autre », dira la reine.

Car indépendamment des cadeaux directs, qui sont mal venus, elle doit à l'influence de la marquise sur son époux des attentions dont elle avait perdu l'habitude. Au lendemain de la présentation, par exemple, le roi, parti pour Choisy avec sa maîtresse, s'y était senti mal, fiévreux et on l'avait saigné. À Versailles la reine, informée, s'inquiétait, guettait les nouvelles. Le roi, qui entrait alors en convalescence, lui écrivit de sa propre main une lettre l'invitant à venir l'y voir, « lui mandant qu'elle y trouverait un bon dîner, des vêpres et le salut[1] ». Elle y alla le lendemain et ce fut un succès. Toutes les dames dînèrent avec elle, même Mme de Pompadour. Elle visita la maison, suivit l'office à la paroisse et s'en alla ravie en promettant de revenir. Un mois plus tard, elle fit en effet étape à Choisy au retour de Fontainebleau. Le roi la reçut « d'un air fort agréable », lui montra sa chambre en cours de rénovation, qu'on s'apprêtait à tapisser d'un « satin blanc brodé de chenille, entouré de broderie d'or ». Le « dîner-souper » servi à cinq heures, « tout en maigre » parce qu'on était vendredi, lui parut délicieux. Elle put s'installer ensuite à une table de jeu. Puis elle eut une conversation détendue avec son époux, ce qui la changeait du mutisme habituel. Elle parla à Mme de Pompadour, laquelle se montra « fort respectueuse et point empressée ». Elle se sentait si bien qu'elle s'écria en riant : « Je ne m'en irai d'ici que quand on me chassera. » Lorsqu'elle regagna tout de même, vers minuit, son appartement de Versailles, elle trouva sa chambre nettoyée, ses rideaux de lit disposés à la nouvelle

1. Il s'agit bien sûr de la cérémonie religieuse accompagnant la venue du soir.

mode, aux murs une nouvelle tapisserie « représentant plusieurs sujets de l'Écriture sainte ». Allons, la nouvelle favorite avait du bon.

Marie doit à son intervention discrète la tabatière d'or émaillé que lui offre le roi en guise d'étrennes pour 1746, et dont elle ignore – heureusement ! – qu'elle était commandée pour Mme Poisson, qui vient de rendre l'âme. Elle lui doit, deux ans plus tard, une pendule agrémentée d'un carillon à musique. C'est sans doute la marquise qui suggéra au roi l'idée d'offrir à sa femme les portraits des exilées de Fontevrault, peints par Nattier. Et c'est elle assurément qui s'avisa que Marie avait accumulé au fil des années d'énormes dettes de jeu dont elle n'osait souffler mot – une bagatelle de 40 000 livres ! L'ardoise fut effacée dès 1746 et, par la suite, il fut veillé à ce qu'elle ne manquât d'argent ni pour ses aumônes, ni pour son cavagnole. Bien que le roi et son épouse demeurent des étrangers l'un pour l'autre, la contrainte lourde de reproches informulés cède le pas à la politesse et le climat entre eux est plus détendu.

La marquise crut pouvoir en profiter pour gagner du terrain. Pourrait-elle assister au coucher de la reine ? Oui, mais la permission ne valait que pour un soir, à Marly. Quant à avoir ses *entrées* régulières, il n'y fallait pas songer. Aurait-elle l'insigne honneur de monter dans le carrosse de la souveraine lors du prochain voyage ? Marie commence par refuser, sous le prétexte fallacieux que toutes les places sont promises. Puis elle réfléchit que ce refus risque d'irriter le roi, qui a sûrement approuvé la demande. Alors elle biaise : elle est prête à y consentir s'il se produit une défection. Elle provoque la défection désirée et la marquise a gain de cause. Mais, là encore, une fois n'est pas coutume.

Et il est un domaine où Marie Leszczynska ne transige pas. Mme de Pompadour a sollicité la faveur de la servir lors de la « Cène » du jeudi saint, elle souhaiterait être une des quinze dames qui lui présentent les objets nécessaires à laver et à nourrir les treize petites filles pauvres. Elle s'attire une fin de non-recevoir à peine déguisée : il n'y a pas de place disponible, il n'y en aura pas. L'autre revient à la charge : ne pourrait-elle quêter à la chapelle le jour de Pâques ? Même refus, discrètement motivé cette fois. Comment une femme installée dans l'état de péché, éloignée délibérément des sacrements, peut-elle prétendre participer aux cérémonies de la sainte Église ? Il est un territoire sur lequel la reine se refusera toujours à laisser empiéter la favorite. « Elle est sur la religion d'une sévérité bien importante dans le siècle où nous sommes, écrit son ami le président Hénault. Elle pardonne tout, elle excuse tout, hors ce qui pourrait y porter atteinte. » Jeanne-Antoinette se le tient pour dit, mais elle garde de cette exclusion une blessure profonde, dont on pourra constater les effets plus tard.

« L'amusement du maître »

Louis XV était, de notoriété publique, « l'homme du royaume le plus difficile à amuser ». À son arrivée, la Pompadour avait trouvé l'institution des petits soupers et s'était glissée facilement dans ce cadre, ne modifiant qu'à peine le recrutement des invités. La plupart des habitués ne voyaient nul inconvénient à la voir remplacer Mme de Châteauroux. Elle se contenta donc d'y introduire quelques-unes de ses amies, si possible gaies et spirituelles, pour animer la conversation. Mais comment occuper les longues après-midi d'hiver, lorsque le mauvais temps interdisait la chasse ? Elle créa le théâtre dit des Cabinets ou des Petits Appartements.

L'idée n'était pas originale. Elle s'inspirait, non du théâtre de cour tel que l'avaient pratiqué les siècles antérieurs, mais de la mode parisienne la plus actuelle. L'engouement pour les théâtres privés fut à cette époque ce que nous appellerions un phénomène de société. Chacun voulait avoir le sien. Il y en avait partout, des plus riches demeures jusqu'aux antichambres des salons bourgeois. Dans des salles de spectacle construites en dur, dignes de rivaliser avec les théâtres patentés, ou sur des tréteaux montés à la diable dans un couloir ou un escalier, des amateurs se produisaient dans un cadre restreint, devant un petit cénacle de spectateurs choisis. On restait entre soi, on se donnait le plaisir de tendre, à la micro-société dont on se flattait de faire partie, un miroir où s'admirer et se railler tour à tour. La jeune Mme d'Étiolles s'y était formée lorsqu'elle se produisait dans la résidence d'été de l'oncle Tournehem et elle y avait même acquis une certaine notoriété. Elle n'était donc pas une débutante lorsque lui vint l'idée d'acclimater la formule à Versailles. Le roi boudait les très conventionnelles soirées de comédie, dont il connaissait par cœur le répertoire et où il sentait peser sur lui la présence écrasante des courtisans. Pourquoi ne pas transposer au théâtre la formule qui faisait le succès des petits soupers ? Sur la scène rien que des amateurs, des amis ; dans la salle rien que des familiers, en très petit nombre. À côté de quelques classiques éprouvés, des œuvres récentes, celles qui faisaient courir tout Paris, voire même – pourquoi pas ? – des créations. Faute de goûter la musique, le roi s'enchanterait de voir sa bien-aimée parée de tous les prestiges de la fable ou du roman et brillant de tout l'éclat de ses charmes.

L'entreprise ne dura que trois saisons[1] : 1747-1748, 1748-1749 et 1749-1750. Ses débuts furent modestes. On s'installe dans l'étroit espace de la petite galerie, au cœur des appartements privés. Dans la salle, quatorze places seulement, pour des invités nommément désignés par le roi. On s'amuse à mimer les troupes officielles, on met sur pied des statuts fixant les attributions et les devoirs de chacun. On est *sociétaire*, comme à la Comédie-Française, on est titulaire d'un

1. La saison théâtrale, relativement courte, commençait à l'automne, s'interrompait pour le carême et reprenait ensuite pour cesser avec les beaux jours.

emploi, il y a des règles à respecter, plus souples pour les femmes que pour les hommes : elles seules peuvent se permettre d'être en retard et le choix des programmes leur est dévolu. On fixe une périodicité : tous les lundis. Avec la comédie vient bientôt rivaliser l'opéra, qui se taille la part du lion : deux pièces sur trois pour l'ensemble des trois saisons. Mme de Pompadour, dans les deux cas, se réserve le rôle titre, ou du moins le plus flatteur. Ainsi est-elle Dorine, dans *Tartufe*, qui ouvre la première saison, le 16 janvier 1747. Le roi, certes, ne monte pas sur la scène, comme le faisait jadis Louis XIV dans les grands ballets de cour : il a passé l'âge et il n'est pas doué. Mais il participe, par maîtresse interposée, à la joyeuse excitation qui accompagne la préparation du spectacle : c'est bien autre chose que de contempler du fond de son fauteuil le produit fini.

L'amateurisme est d'abord de règle. Le petit théâtre a pour directeur le duc de La Vallière, pour sous-directeur Moncrif – le même qui est lecteur chez Marie Leszczynska –, pour secrétaire et souffleur le propre bibliothécaire de la marquise. Le cadre reste étroit. Mais très vite, on étouffe dans la petite galerie, l'embryon de machinerie est notoirement insuffisant. Pour la seconde saison, on s'installe dans l'escalier des ambassadeurs. Les techniciens font merveille : quarante-six heures pour transformer l'escalier en théâtre, dix-sept seulement pour le rendre à sa destination première, c'est de la prestidigitation. Il y a là tout ce qu'il faut, scène, gradins, balcons, fosse d'orchestre et machines pour faire descendre des cieux le nombre requis de divinités. La salle pourrait accueillir une centaine de spectateurs. Le cercle des élus s'élargit un peu. Mais pas assez pour apaiser les frustrations : il semble que la volonté du roi les limite à une quarantaine.

On s'est vite rendu compte, notamment pour l'opéra, que le concours de professionnels était indispensable. Des musiciens réputés, des chanteurs virtuoses comme Jélyotte, les petits rats de l'Opéra, des actrices du Français y voisinent donc avec les grands noms de France, les ducs d'Orléans, d'Ayen, de Nivernais, de Duras et autres nobles personnages. Et l'on met à contribution, pour les décors, les incomparables frères Slodtz. Ce sont maintenant de vrais spectacles, qui peuvent rivaliser avec ce que Paris offre de meilleur. On donne en trois saisons quatre-vingt-quinze représentations, dont quarante-cinq œuvres différentes. Sans snober les grands anciens – Molière ou Lully – le répertoire est accueillant aux modernes. Peu de tragédies, en dehors de l'*Alzire* de Voltaire, reçue par amitié. Des comédies, plutôt tendres et légères que franchement satiriques, des opéras débordants de romanesque : rien qui puisse troubler ou attrister. Ce n'est pas seulement le goût de la marquise, c'est celui du temps. Elle joue, elle danse, elle chante à ravir. Sa voix n'a pas « un grand corps », dit Luynes, mais elle a de l'étendue et elle en use avec goût. Et puis, elle est si belle dans *Acis et Galatée* de l'indémodable Lully, sanglée dans sa grande jupe de taffetas blanc, « drapée de gaze d'eau argent et vert à petites raies », avec mante assortie et « tout le vêtement orné de glands et barrières de perles » ! Face à elle se succèdent chaque fois, dans des intrigues romanesques rappelant sa propre histoire, des amoureux divers qui la courtisent et la conquièrent, comme par procuration, en lieu et place du roi : de sorte que son triomphe est aussi celui de son royal amant.

Hélas, ces spectacles sont réservés à un très petit nombre de privilégiés, dont la désignation ignore la hiérarchie officielle et ne prend en compte que l'amitié. Bien entendu, les hauts dignitaires de la cour s'irritent que leur rang et leur fonction ne leur en ouvrent pas automatiquement les portes. Le duc de Noailles, gouverneur de Versailles, s'indigne non sans quelque raison de n'être pas invité à la première séance. Le duc de Richelieu, premier gentilhomme de la chambre à partir de 1749 et chargé à ce titre des Menus-

Plaisirs[1], enrage de voir qu'on passe par-dessus sa tête pour commander aux magasins décors et costumes ; et il s'ingénie à contrarier l'activité des techniciens. Source de colère supplémentaire : le travail en commun gomme les hiérarchies ; le roi invite maintenant aux petits soupers, non seulement ses compagnons de chasse et les complices de ses amours, mais quelques-uns de ceux dont il a admiré les prestations sur la scène. Et le marquis d'Argenson, tenu à l'écart lui aussi, de tempêter contre ce mélange « d'officiers généraux et de baladins, de grandes dames de la cour et de filles de théâtre » : « Le roi passe ses journées à voir exercer la marquise et les autres personnages par tous les histrions de profession, qui se familiarisent avec le monarque d'une façon sacrilège et impie. »

Louis XV et sa maîtresse ont en partie mesuré le danger qu'il y avait à créer ainsi, en concurrence avec les représentations officielles, un théâtre entièrement privé, objet de suspicions et de commérages. Ils ont tenu à obtenir la caution de la reine. Sa présence sera un certificat de décence et bonnes mœurs. La chose n'allait pas sans poser quelques problèmes. Comment la convier à venir admirer le triomphe de sa rivale ? Certes. Mais d'un autre côté, il était insultant de l'exclure. On décida donc de l'inviter. Oui, mais que se passerait-il si elle refusait ? Le camouflet serait rude. L'invitation fut donc quasiment un ordre et fit, dit-on, l'objet d'un marchandage tacite : elle souhaitait le bâton de maréchal pour un de ses protégés, elle l'aurait ; en lui annonçant la bonne nouvelle, « le roi l'embrassa et lui dit qu'il n'avait pas voulu lui proposer d'assister au dernier petit divertissement de ses cabi-

---

1. L'expression consacrée de *Menus-Plaisirs* prête à contresens. Le mot *menus* n'y est pas un adjectif qualifiant les plaisirs, mais un nom. Le service des *Menus* était chargé de fournir les innombrables *menus objets* nécessaires à la vie courante de la cour. Celui des *Plaisirs* s'occupait des fêtes, bals, spectacles, concerts. Leurs activités n'avaient rien de frivole. Le théâtre relevait en principe du second, mais pour les décors, costumes et accessoires, il devait s'adresser au premier.

nets, parce qu'il avait trouvé que la pièce qu'on y jouait était trop libre et ne lui convenait pas, mais qu'on en jouerait une autre samedi qui pourrait l'amuser et qu'elle lui ferait plaisir d'y venir ». Elle y vint le 18 mars 1747. Au programme, *Le Préjugé à la mode*, de Nivelle de La Chaussée : un moindre mal, par rapport à toutes les œuvres célébrant des aventures extra-conjugales. Le héros en était un mari amoureux de sa femme et craignant de le laisser voir, par crainte d'être moqué. « Le ridicule que l'on y voit donner à l'amour conjugal, dit prudemment le bon Luynes, a fait naître quelques réflexions sur la présence de la reine à un spectacle où Mme de Pompadour joue avec toutes les grâces et l'expression que l'on peut désirer. » Le bref opéra mythologique qui suivit prêtait moins à redire et la séance fut dans l'ensemble fort réussie. Les portes de la petite salle furent désormais ouvertes à Marie Leszczynska, qui s'y rendit quelquefois, sans qu'on pût savoir si c'était seulement une corvée ou si, en excellente musicienne qu'elle était, il lui arrivait d'y prendre plaisir. Hélas, sa présence ne pouvait suffire à soustraire le petit théâtre aux critiques.

Il fit l'objet d'une campagne de dénigrement telle que, dès 1750, Mme de Pompadour dut jeter l'éponge. Une campagne née de son succès même. Il dressa contre lui tous ceux qui, à la cour, n'avaient pas eu l'honneur d'y être admis. Et c'était la grande majorité. Le roi, une fois de plus, se dérobait. Depuis longtemps, il réduisait au minimum les repas publics au grand ou petit couvert pour s'en aller souper avec ses familiers dans ses cabinets. De même, voici qu'il créait en marge des divertissements officiels, dont chacun dénonçait l'ennui, une salle de spectacle intime, brillante, moderne – et fermée. Ce fut vécu comme une trahison. Et c'en était une en effet, par rapport aux normes fixées par Louis XIV, qui voulaient que le roi vécût en public, mangeât en public, se divertît en public – appartînt au public. Louis XV prétendait n'appartenir qu'à lui-même et à ceux qu'il aimait. Avec eux, il prétendait

1. Louis XV sur son trône en grand costume royal,
peint par Hyacinthe Rigaud au moment de son avènement, en 1715.
L'enfant-roi, portant les insignes de ses écrasantes fonctions.
Châteaux de Versailles et de Trianon. *Ph. RMN - Gérard Blot.*

2. Marie-Anne-Victoire de Bourbon, infante d'Espagne, par Alexis Simon Bel
L'infante reine, fiancée à Louis XV, qui vécut à Versailles de 1722 à 1725.
« La plus jolie enfant que j'aie vue de mes jours », disait Madame Palatine.
Châteaux de Versailles et de Trianon. *Ph. RMN - Arnaudet.*

3. Louis XV en 1748, pastel de Maurice Quentin de La Tour.
À trente-huit ans, il passait encore pour le plus bel homme du royaume.
Musée du Louvre. *Ph. Giraudon.*

4. La reine Marie Leszczynska tenant sur ses genoux le dauphin,
par Alexis Simon Belle, vers 1730-1731.
L'enfant, encore vêtu d'une robe selon l'usage,
porte en sautoir le cordon bleu de l'ordre du Saint-Esprit.
Châteaux de Versailles et de Trianon. *Ph. RMN - P. Bernard.*

5. Stanislas Ier Leszczynski, roi de Pologne,
par Jean-Baptiste Van Loo.
Un héros de roman d'aventures.
Châteaux de Versailles et de Trianon. *Ph. Lauros-Giraudon.*

6. Marie-Anne de Mailly-Nesle, marquise de La Tournelle,
puis duchesse de Châteauroux, maîtresse de Louis XV,
peinte par Jean-Marc Nattier en 1740,
sous les traits allégoriques du *Point du Jour.*
D'où l'étoile du matin au-dessus de sa tête
et la torche enflammée de l'Aurore dans sa main gauche.
De l'autre main, elle verse la rosée matinale.
Châteaux de Versailles et de Trianon. *Ph. RMN - Arnaudet.*

7. La marquise de Pompadour vers 1754,
pastel de Maurice Quentin de La Tour exposé au Salon de 1755.
La favorite est représentée en protectrice des arts et des lettres.
On aperçoit, sur la droite, le tome III de *L'Esprit des Lois*
et le tome IV de l'*Encyclopédie*.
Musée du Louvre. *Ph. RMN - Gérard Blot.*

8. Marie-Thérèse-Raphaëlle, infante d'Espagne, dauphine de France,
peinte en 1745 par Louis Tocqué.
Première épouse du dauphin, morte en couches en 1746.
Elle était rousse — grave défaut —, mais le peintre l'a faite blonde.
Châteaux de Versailles et de Trianon. *Ph. RMN - J.-J. Schormans.*

9. Maurice de Saxe, maréchal de France,
pastel par Maurice Quentin de La Tour.
Le vainqueur de Fontenoy et l'oncle de la dauphine de Saxe.
Musée du Louvre. *Ph. Giraudon.*

10. Marie-Josèphe de Saxe, dauphine de France,
peinte par Jean-Marc Nattier en 1751
et exposée au Salon de la même année.
Portrait d'apparat, qui laisse entrevoir en elle une future reine.
Elle a les cheveux poudrés et les joues fardées
— trop ? —, comme l'exigeait la mode.
Châteaux de Versailles et de Trianon. *Ph. RMN - Arnaudet.*

11. Madame Infante en habit de chasse,
portrait posthume par Jean-Marc Nattier, exécuté en 1760,
d'après des études de visage antérieures.
Pour une fois, Nattier n'a pas flatté son modèle :
la fille aînée du roi est dévorée d'embonpoint.
Mais le regard est intelligent et volontaire.
Châteaux de Versailles et de Trianon. *Ph. RMN.*

12. Madame Henriette de France, jouant de la basse de viole, portrait par Jean-Marc Nattier, commencé en 1748 et achevé en 1754, après la mort de la princesse. Évocation des concerts familiaux où Madame Henriette, excellente musicienne, tenait brillamment sa partie. Châteaux de Versailles et de Trianon. *Ph. RMN - Arnaudet.*

13. Madame Adélaïde de France, faisant des nœuds,
portrait par Jean-Marc Nattier, 1756.
Un de ces travaux de salon, parfaitement inutiles,
à quoi les princesses occupaient leurs jolis doigts.
Châteaux de Versailles et de Trianon. *Ph. RMN - Arnaudet.*

14. Louise-Marie de France, dite Madame Louise,
portrait peint par Jean-Marc Nattier à Fontevrault en 1747.
Marie Leszczynska, découvrant ici sa dernière fille, âgée de dix ans,
lui trouva « une physionomie singulière : touchante, douce et spirituelle ».
Louise entrera au Carmel en 1770.
Châteaux de Versailles et de Trianon. *Ph. Giraudon.*

15. Marie Leszczynska en habit de ville,
portrait peint par Jean-Marc Nattier et exposé au Salon de 1748.
Pour ce portrait, la reine avait demandé expressément
à paraître en tenue de ville, comme une simple particulière.
Elle a renoncé au maquillage et porte la coiffure convenant à son âge :
bonnet de dentelle blanche et marmotte de dentelle noire.
Sous son coude gauche, les Évangiles.
Châteaux de Versailles et de Trianon. *Ph. RMN - Franck Raux.*

16. Madame de Pompadour en 1763,
portrait par François Hubert Drouais.
À quarante-deux ans, la marquise accepte son âge.
Bien qu'elle ait renoncé à se faire dévote,
elle a pris pour modèle Mme de Maintenon.
Orléans, musée des Beaux-Arts. *Ph. Giraudon.*

17. Le Roi en son Conseil déclare son mariage
avec Marie-Anne d'Espagne le 14 septembre 1721.
Almanach pour l'année 1722.
Paris. *BNF.*

18. Réception de la Sérénissime Infante le 2 mars 1722.
Première rencontre de deux enfants
fiancés pour des raisons politiques.
Paris. *BNF.*

19. Réception faite à la reine par Sa Majesté à Moret, le 4 septembre 1725.
Louis XV accueille Marie Leszczynska.
En bas, en médaillon, le mariage.
Paris. *BNF.*

20. « Les vœux de la France renouvelés dans les églises ».
Visite de la reine aux églises et couvents de Paris, le 4 octobre 1728,
pour demander à Dieu de lui donner un fils.
Paris. *BNF.*

21. « La Joye de la France » : naissance du dauphin le 4 septembre 1729.
Au centre de la gravure, le dauphin, qu'on est en train d'ondoyer.
En arrière-plan, le lit où se repose sa mère.
Paris. *BNF.*

22. Dantzig assiégé par les troupes russes en juin 1734.
Stanislas quitte la ville le 27 juin.
Paris. *BNF.*

23. La Lorraine réunie à la France (gravure allégorique).
Au centre, en médaillon, le cardinal Fleury, artisan de cette réunion.
Paris. *BNF.*

24. Le petit théâtre de Mme de Pompadour, installé dans l'escalier des Ambassad
(gravure de Lalauze d'après une aquarelle de Cochin, aujourd'hui disparue).
La gravure est d'un seul morceau. Sur sa partie gauche figure la scène,
où se joue un épisode de l'opéra de Lully, *Acis et Galatée*.
Sur la falaise, au-dessus du couple d'amoureux formé par le berger Acis
et la nymphe Galatée, on aperçoit le cyclope Polyphème qui, fou de jalousie,
s'apprête à faire rouler un rocher qui écrasera Acis.
Mme de Pompadour incarnait Galatée.

25. Sur la partie droite de la gravure, on aperçoit la salle.
Sur l'original, on pouvait identifier au balcon le roi en gris, la reine en noir,
ainsi que Mesdames Henriette, Adélaïde et Victoire.
Sur la gravure on ne peut que les deviner.
Ph. RMN - Blot.

26. Mariage de Madame Première
avec l'infant d'Espagne don Philippe, le 26 août 1739.
Elle sera désormais appelée Madame Infante
et deviendra duchesse de Parme en 1748 au traité d'Aix-la-Chapelle.
Paris. *BNF.*

27. Louis, dauphin de France.
Le seul fils survivant de Louis XV,
qui mourra avant son père le 20 décembre 1765.
Paris. *BNF.*

28. Bal paré à la cour en l'honneur du mariage du dauphin,
donné le 24 février 1745 dans la salle du manège.
Les couples dansent tour à tour, seuls en piste
devant les regards convergents de toute la cour.
Paris. *BNF.*

29. Bal masqué à la cour en l'honneur du mariage du dauphin,
donné le 26 février 1745 (Estampe de Cochin, détail).
C'est le fameux « bal des Ifs », où Louis XV, costumé en if bien taillé,
était indiscernable de ses compagnons.
Ph. RMN - Michèle Bellot.

30. Rentrée et séance du parlement de Paris le 2 septembre 1754, pour l'enregistrement de la déclaration du roi, dite « du silence », qui tentait de mettre fin aux querelles en imposant le silence sur les questions religieuses.
Paris. *BNF.*

31. L'horrible attentat de Damiens (gravure populaire).
Ph. Roger-Viollet.

32. La proscription des jésuites (gravure satirique hostile à la Compagnie).
Ph. Roger-Viollet.

vivre autrement. Comme l'écrit magistralement Philippe Beaussant, « dans la société de cour, tout est public, parce que tout geste est chargé de signification. Lorsque quelque élément que ce soit cesse d'être public, l'ensemble du système de significations est ébranlé. Le caractère privé du théâtre de Mme de Pompadour, le fait que d'autres règles que celle de l'étiquette, fussent-elles celles de l'amitié ou de la communauté de goûts, président au choix des participants et des invités est une fêlure dans la structure même du système ; et il n'est pas insignifiant que ce soit un duc [Richelieu] qui s'y oppose. Louis XV fragilise son autorité en lui donnant tort ».

Allons plus loin. Le repli sur un espace privé était mal supporté pour les petits soupers. Au moins avaient-ils l'excuse d'être liés à des escapades amoureuses : on peut concéder au roi le droit de s'isoler pour faire l'amour. Mais le théâtre est une activité éminemment sociale, il n'est pas fait pour être savouré dans l'intimité, il suppose que tout un groupe communie dans une même émotion, un même plaisir. Ce plaisir, le roi est coupable de ne pas le partager avec sa cour. Elle lui en veut de cette dérobade-là plus encore que des autres. Et il n'est pas insignifiant, pour reprendre le terme de Philippe Beaussant, que l'initiative de ce théâtre privé vienne d'une Parisienne, d'une bourgeoise, à qui la spécificité de la société de cour reste étrangère, même si elle parvient à en assimiler en partie les usages. Comment comprendrait-elle, comment admettrait-elle que ce qui est permis à un simple particulier soit interdit au roi ?

Il est probable que Louis XV s'en est rendu compte et qu'il a senti combien le petit théâtre faisait de tort à l'institution monarchique telle que la lui avait léguée son ancêtre. La raison officielle de sa suppression fut qu'il revenait trop cher. On ne discutera pas ici sur son coût, qui varie selon les éléments qu'on prend en compte. Ce qui est certain, c'est qu'après la paix d'Aix-la-Chapelle, une violente campagne d'opinion relayée par des libelles dénonça les gaspillages. On y incluait, bien entendu, les dépenses occasionnées par le théâtre privé. D'où venaient les informations, sinon de Versailles ? Petites causes, grands effets. À la marée d'impopularité qui commençait de monter contre Louis XV, le petit théâtre de la Pompadour apporta sans aucun doute sa modeste contribution.

Maisons de plaisance

Si bien installée qu'elle soit dans les appartements du second étage ou, plus tard, du rez-de-chaussée, la marquise n'a jamais été à l'aise à Versailles. Pour la raison qu'elle y occupe une position fausse et qu'on le lui fait sentir. Elle n'assume qu'à demi sa condition de favorite. Elle n'est pas du bois dont on fait les grandes courtisanes à la splendeur insolente. Éperdument avide de respectabilité, elle souffre de sa situation, comme elle avait souffert, jeune fille, de celle de sa mère. Ses efforts pour se faire accepter de la reine ne sont pas seulement de bonne politique, pour éviter les conflits ; ils marquent chez elle un désir de se fondre dans la masse des dames de la cour, semblable aux autres, assimilée, intégrée. Sa vraie vocation aurait été d'être une épouse, de diriger en femme accomplie le foyer de son seigneur et maître. Pas n'importe lequel, bien sûr. Celui du roi. Elle l'avouera un jour à sa confidente Mme du Hausset : quelle chance a eue Mme de Maintenon d'être veuve, et que la reine Marie-Thérèse fût morte ! Faute de pouvoir être épousée par Louis XV – l'eût-il fait d'ailleurs ? on peut en douter –, elle rêve de disposer d'une maison à elle, où elle puisse mener avec lui, le temps de quelques séjours, la vie privée d'un couple ordinaire. Or ce rêve rejoint celui du roi.

Dans les appartements privés de Versailles, leur intimité reste menacée : quand on le sait sur place, il est tenu d'en sortir pour se plier à la part immuable de rituel. D'autres châteaux ou maisons de plaisance

– Choisy par exemple – donnent au couple, pour quelques jours, l'illusion d'être chez lui pour de bon. Mais Choisy appartient au roi et la reine y a sa chambre. Il lui faut donc des maisons à elle. Elle en aura beaucoup. Mais elle en fait un usage assez particulier.

Toutes les maîtresses royales, même celles qui sont de très grande naissance comme la Montespan, ont pour premier souci de se faire donner une propriété et des terres qui les mettent à l'abri du besoin en cas de disgrâce ou de mort du roi. Elles les laissent en friche ou les décorent à leur guise suivant les cas ; et Diane de Poitiers, en femme d'affaires avisée, s'entendait en outre à les faire fructifier. Mme de Pompadour ne déroge pas à la règle. Bornons-nous à ses principales acquisitions. Dès 1746, elle achète le château de Crécy, près de Dreux, et en 1748 celui de La Celle-Saint-Cloud. En 1748-1750 elle fait construire celui de Bellevue à Meudon. Son dessein est d'y recevoir le roi chez elle. La géographie de ses achats vaudrait d'être comparée aux itinéraires habituels de Louis XV. On verrait qu'ils constituent des étapes sur les chemins qui mènent de Versailles à Fontainebleau ou à Compiègne, ou qu'ils offrent des relais de chasse à proximité des forêts giboyeuses. Ainsi s'explique qu'elle loue, à l'occasion, des demeures à Champs ou à Saint-Ouen. Un peu plus tard elle achètera une maison à Versailles, l'Hôtel des Réservoirs, et une autre à Paris, l'Hôtel d'Évreux, qui est aujourd'hui l'Élysée, toujours pour y accueillir le roi.

Elle y fait faire des travaux considérables. Plus que pour l'architecture proprement dite, elle se passionne pour l'aménagement intérieur. Elle a un vrai talent de décoratrice. Ce qu'elle préfère, c'est le temps des travaux : redistribuer les espaces, commander les boiseries ouvragées, les tentures, les panneaux peints pour orner murs et dessus de portes, le mobilier, les bibelots à disposer ici et là. Elle tient compte du caractère de l'endroit. Elle se fait campagnarde à Crécy où elle installe, bien avant Marie-Antoinette, une laiterie et un poulailler et où elle joue les châtelaines rurales en dotant généreusement le village et en composant pour les enfants du pays la chanson de *Nous n'irons plus au bois*... « Je l'aime à la folie », dit-elle. Mais elle lui préfère finalement Bellevue, une création entièrement originale, grosse maison bourgeoise plutôt que château, où elle règne en maîtresse, y transposant le mode de vie des appartements privés de Versailles et y transportant même son petit théâtre : c'est là qu'elle se produira pour la dernière fois en 1753 dans *Le Devin de village* de Jean-Jacques Rousseau.

Elle a une façon très moderne de justifier ses dépenses : « On se moque partout de ma folie de bâtir ! Pour moi, je l'approuve fort, cette prétendue folie qui donne du pain à tant de malheureux ; mon plaisir n'est pas de contempler de l'or dans mes coffres, mais de le répandre. » Très moderne aussi sa manie d'acheter, puis de revendre, quand l'endroit cesse de lui plaire ou de lui être utile. Elle ne garde La Celle-Saint-Cloud que deux ans, Bellevue neuf ans, Crécy onze ans. D'une maison à l'autre, les mêmes fonds resservent, l'argent tourne. On a tenté de faire le décompte des sommes qu'elle y consacra. Bien qu'il soit difficile de déceler, derrière les signataires des contrats, l'origine véritable des fonds, les historiens estiment aujourd'hui que ses dépenses furent moins élevées que ne le crurent les contemporains, et qu'elles ne ruinèrent pas le trésor. Sans compter que deux de ces maisons devinrent propriété du roi à sa mort, l'Hôtel des Réservoirs, qui lui fit retour, et l'Hôtel d'Évreux, qu'elle lui légua. Le seul investissement personnel fut le château de Ménars, en bord de Loire, qu'elle acheta en 1760 dans la pensée de s'y retirer et qu'elle laissa à son frère.

Au bout du compte, elle fut déçue. Une fois retombée l'excitation de créer, sa plus grande joie était l'inauguration, la surprise du roi découvrant les merveilles amoureusement préparées pour l'accueillir. Ensuite, la vie risquait d'y devenir monotone et il lui fallait proposer autre chose, dans d'autres lieux. Le roi vint assez peu dans certains de ces châteaux, faute de temps et de liberté. Elle-même renonçait à y aller seule et s'en désintéressait. Elle fit décorer somptueusement Ménars et n'y mit pratiquement pas les pieds. Ils ne remplirent vraiment qu'un seul de leurs offices, celui de faire travailler les artistes qu'elle recrutait avec un goût très sûr et qui imprimèrent sa marque à tout le milieu du siècle. Mais hélas ! de la plupart de ces chefs-d'œuvre – La Celle, Crécy, Bellevue – il ne reste rien. Sauvés du désastre, quelques panneaux peints pour elle par Boucher sont aujourd'hui dans les musées américains.

Outre ces demeures faites pour recevoir, elle fit bâtir ce qu'elle appelait des ermitages : de petits pavillons nichés dans un coin du parc des châteaux royaux. Il y en eut un à Versailles, un à Fontainebleau, un à Compiègne, un à Choisy. Ils offraient bien ce que promettait leur nom, des lieux de retraite où se soustraire à la vie de cour, où se cacher, où se reprendre. Ils correspondent à ce désir croissant d'intimité, de repli sur soi que traduisait chez Louis XV l'existence, au plus profond des entrailles de Versailles, de pièces ultra protégées. Mais il arrive à la marquise d'y aller sans lui, lorsqu'il est appelé en des lieux où elle ne peut le suivre. À Bellevue même, elle a reproduit chez elle cette répartition des espaces. Vaste, imposante, faite pour accueillir de nombreux hôtes, la maison surplombait la Seine, et la vue, superbe, s'étendait au loin. Et puis, au bas des jardins, au bord du fleuve, il y avait un pavillon, surnommé Brimborion, puis Babiole, où l'on pouvait aussi accéder par bateau, à l'abri des curieux. Un lieu où se cacher, qui se prête le cas échéant à des entretiens secrets : c'est là que se traitera, quelques années plus tard, le « renversement des alliances ».

Ces bâtiments, si luxueux que soient certains d'entre eux, ne relèvent pas chez elle du seul désir de paraître. Ce ne sont pas non plus des investissements, des placements. Ils ne témoignent pas davantage de cette sorte de passion charnelle pour la terre qui anime bien des possédants : c'est une fille de financiers, pas une terrienne. Il n'est pas une seule de ces demeures à laquelle elle s'attache durablement, où elle s'enracine. Toutes trahissent une même double hantise. Ne pas quitter le roi. Se protéger. Ce sont des refuges, des abris provisoires – elle en change souvent –, des haltes, des gîtes d'étape dans la course qui l'entraîne à la suite d'un homme en perpétuel mouvement, incapable de se fixer, emportant avec lui son incurable mélancolie.

Un mal profond

Ne croyons pas que le XVIIIe siècle, qui se présente à nous à travers son art sous les seules espèces de la légèreté et du plaisir, ait été exempt d'inquiétude. « C'est une époque, écrit l'historien du *Bonheur*, Robert Mauzi, où les euphories artificielles savaient admirablement endormir ou masquer le malaise des âmes. » Mme de Pompadour est passée maîtresse dans l'art de dispenser ces euphories à son amant. Elle le fait assurément pour le retenir. Mais est-elle pour autant, comme on le lui reproche, le mauvais génie qui le détourne de ses devoirs de roi en l'occupant à des futilités ?

Le fond du caractère de Louis XV est la tristesse. Cette tristesse n'a rien à voir avec le vague à l'âme où se complaira le Romantisme. Elle plonge ses racines dans les malheurs précoces qui l'ont privé de ses parents et de son enfance, dans son éducation étouffante, dans les charges trop lourdes assumées trop tôt. Peut-être sa complexion naturelle, dominée par la bile noire, selon la théorie des humeurs, le portait-elle à la mélancolie. Comme l'a magnifiquement démontré son meilleur biographe, Michel Antoine, il est ce que nous appelons aujourd'hui un dépressif. Et dans son cas la vie s'est chargée d'en rajouter.

Depuis longtemps, il est rongé par l'ennui, contre lequel il n'a trouvé d'autre remède que la chasse, poussée à un tel paroxysme qu'elle en devient une drogue : trois cerfs quand Louis XIV se contentait d'un, c'est une fuite en avant où s'étourdir, dans la surexcitation nerveuse de la traque et l'ivresse sanglante de la curée. Mais, à la date où il rencontre Mme de Pompadour, il a des raisons supplémentaires de broyer du noir. Il est encore sous le coup des épreuves traversées. La mort de deux maîtresses successives a sonné comme un coup de semonce de la Providence. Lui-même s'est cru perdu à Metz, il en est sorti humilié, blessé. Il en gardera des obsessions morbides. Anecdote. Il fait arrêter un jour son carrosse devant un cimetière de campagne, envoie un postillon voir « s'il y a quelque fosse nouvellement faite ». « Oui, dit l'homme, il y en a trois toutes fraîches. » Une des voyageuses s'écrie : « En vérité, c'est à faire venir l'eau à la bouche. » Silence du roi et de Mme de Pompadour. Autre anecdote. « Où vous ferez-vous enterrer ? » demande-t-il à brûle-pourpoint au marquis de Soubie. L'autre, qui ne manque pas d'esprit, répond : « À vos pieds, Sire. » On ne revient pas des « portes de la mort » sans en garder quelques séquelles.

Il a aussi, à cette date, une autre raison d'angoisse : la disparition de Fleury. Louis XV a choisi, suivant l'exemple de son bisaïeul, de se passer de premier ministre. Mais à l'usage, l'exercice se révèle plus difficile qu'il ne l'avait prévu. Fleury lui mâchait la besogne et lui donnait l'illusion de décider en lui présentant des dossiers préalablement débroussaillés. Certes les affaires roulent sur leur lancée, les bureaux assurent le suivi de la politique préconisée par le cardinal. Mais, dès avant sa mort, le roi a conscience de s'être laissé imposer par son entourage un engagement dans la guerre de succession d'Autriche, qu'il réprouve. Au cours des opérations militaires, il a pu constater que ses généraux, notamment Belle-Isle, n'en font qu'à leur tête. Ce flottement dans la conduite des affaires, que remarquent tous les historiens, coïncide avec l'arrivée de Mme de Pompadour. Mais il ne lui est pas imputable. Il est dû, à retardement, à l'absence de Fleury. Tout va bien pour quelque temps encore, Louis XV rentre de Fontenoy auréolé de lauriers. Mais il est assez intelligent pour sentir que certains leviers de commande lui échappent. Son intelligence très critique et ses scrupules l'amènent à douter de ses capacités. « Il ne présumait pas assez de lui-même, dira le duc de Croÿ. [...] La modestie était une qualité qui fut poussée au vice chez lui. » Louis XIV avait placé la barre très haut. Son arrière-petit-fils doute de l'égaler jamais, il ne se croit pas à la hauteur de la tâche qui est la sienne. Et sa mélancolie naturelle s'en accroît d'autant.

Mme de Pompadour essaie de l'en distraire. Les heures qu'il consacre à des frivolités en sa compagnie sont-elles volées à la politique ? Ce n'est pas sûr. Michel Antoine a démontré que, contrairement à une idée reçue, il travaillait beaucoup. Mais ce travail ne se voyait pas. C'était un homme de dossiers, il a annoté des milliers de documents, écrit des centaines de lettres – tant de textes précieux dont rien ne nous est parvenu. Était-il nécessaire qu'il y passât davantage de temps ? Il lui manquait l'aptitude à décider, à trancher, et à imposer ensuite ses décisions. Ce n'est pas avec des exhortations au travail qu'on pouvait espérer venir à bout d'une faille du caractère, lourdement aggravée par la vie.

Redonner confiance en lui-même à un homme miné par le doute est une tâche quasi surhumaine. Mme de Pompadour a très bien compris que l'essentiel était là. S'est-elle trompée sur les moyens ? Elle a cru l'apaiser, l'arracher à sa morosité en lui offrant des divertissements, au sens quasi pascalien du terme. Après tout, un peu de bonheur n'est peut-être pas une mauvaise thérapie. Hélas ! la malchance a voulu que les divertissements qu'elle lui propose le poussent à délaisser, comme il n'y est que trop enclin, non pas le travail de gouvernement – il s'y applique dans le secret de son cabinet –, mais les fonctions de représentation, devant lesquelles il a toujours renâclé.

Et puis, il y a des divertissements qui font partie des usages et d'autres pas. Le jeu est à la cour une institution, qui résiste à toutes les condamnations de l'Église. Louis XV aime tous les jeux, de préférence ceux qui font appel à l'intelligence. Il mise gros. Il joue vite et bien, et gagne assez souvent. Il n'est pas bon, assurément, que le roi encourage par son exemple une passion nocive pour lui et pour ses courtisans. Mais nul ne sait gré à la marquise de l'en détourner en lui proposant autre chose. On aimerait mieux le voir attablé à une table de lansquenet, d'hombre, de piquet ou trictrac, que de le savoir en train d'assister à des séances privées de comédie. Même si ces séances, comme le note le duc de Croÿ, l'aident à « secouer sa timidité », le « dégourdissent », le font gagner en aisance et en sociabilité. Le tort de Mme de Pompadour n'est pas de l'arracher aux affaires d'État, mais d'occuper le temps qu'il lui consacre à autre chose qu'aux divertissements ritualisés qui rythment la vie de la cour.

Les « voyages », en revanche, sont réellement nuisibles au travail. Mais Mme de Pompadour n'en a pas l'initiative. Elle se contente de se plier, non sans peine, au goût du roi pour le nomadisme. On a grand tort d'évoquer parfois à propos de ses déplacements la « monarchie itinérante » des siècles antérieurs. Rien de commun avec les grandes caravanes où la famille royale, partant sur les routes de France avec armes et bagages, ministres et courtisans, s'en allait exhiber sa majesté dans des villes décorées d'arcs de triomphe, au milieu des harangues et des acclamations. Mis à part les séjours d'agrément à Fontainebleau ou Compiègne, les voyages de Louis XV sont des sauts de puce qui le conduisent d'un gîte à l'autre, l'espace de deux ou trois jours. Il a beau s'être fait faire un bureau transportable, avec pieds pliants, le travail en souffre parce que les ministres ne suivent pas, ne savent pas toujours où le joindre et ne se permettent de le déranger que pour motif grave. Un seul de ces voyages le conduit hors de l'Île-de-France. Un déplacement semi-officiel : bien qu'il ait recours, le long de la route, à l'hospitalité de châteaux amis, il est reçu à Rouen, puis au Havre par le gouverneur et les municipalités et Mme de Pompadour a l'honneur de placer la première cheville à un navire en construction. Hélas, ce n'est pas comme s'il promenait avec lui la reine. Lorsqu'il parla de s'arrêter au retour chez l'archevêque de Rouen, le prélat fit la sourde oreille et il dut y renoncer. Pour le public, il n'était pas le roi allant au-devant de son peuple, mais un homme comme les autres qui emmenait sa maîtresse découvrir la mer.

Est-il équitable d'imputer à Mme de Pompadour l'entière responsabilité de ces maladresses ? Elle répondait à l'attente de Louis XV. « Elle avait, note Dufort de Cheverny, le grand art de distraire l'homme du royaume le plus difficile à amuser, qui aimait le particulier par goût et sentait que sa place exigeait le contraire ; de sorte que, dès qu'il pouvait se dérober à la représentation, il descendait chez elle par un escalier dérobé, et y déposait le caractère de roi. » On ne saurait mieux dire. Le tort de la marquise est de le pousser dans le sens de sa plus grande pente. Mais c'est ce qu'il goûte en elle. En le rappelant à ses devoirs de représentation, en le rejetant dans la sphère publique, elle sait qu'elle le perdra. Il faudrait qu'elle fût héroïque pour l'y inciter. Sans résultat probablement, tant la nature de Louis XV y répugnait. Elle se contente donc de chercher à lui plaire et à le rendre heureux. Mais en l'aidant à mener une vie d'homme privé, elle creuse chaque jour davantage le fossé entre lui et sa cour, entre lui et son peuple, et attise par là des conflits récurrents qui alimentent son anxiété. Cercle vicieux. Et comme on cherche pour tout ce qu'on réprouve un bouc émissaire, c'est sur elle que se concentre l'animosité de la cour d'abord, de l'opinion publique ensuite.

À qui la faute si le roi n'est pas ce qu'il devrait être ? Elle est entraînée dans une lutte permanente avec ce qu'on appellerait aujourd'hui l'*establishment*, où elle usera ses forces et où elle nuira beaucoup, politiquement, à celui qu'elle voulait soutenir.

CHAPITRE DOUZE

« UN COMBAT PERPÉTUEL »

Aucune des trois sœurs de Nesle n'avait eu le temps ou l'énergie nécessaires pour s'installer durablement dans l'emploi de favorite en titre. La première fut à deux reprises congédiée au bénéfice de l'une de ses sœurs – exemple à méditer. La mort faucha les deux autres en pleine ascension. Contre toute attente, Mme de Pompadour, elle, tiendra vingt ans et se serait sans doute maintenue davantage si elle n'était morte à son tour. Pour cette femme qui n'a jamais été vraiment acceptée, ni par la cour, ni par l'opinion publique, cette pérennité est un tour de force, le fruit d'une lutte de chaque instant. Sa vie, comme elle l'a écrit un jour à son frère, fut « un combat perpétuel ».

L'intruse

En devenant la maîtresse du roi, Jeanne-Antoinette Poisson a pénétré par effraction dans un milieu qui n'est pas le sien et violé une des lois non écrites qui régentent la cour. Une loi impitoyable. Le roi n'a pas le droit de lui dérober ses repas ou ses divertissements. Il n'a pas le droit de choisir hors de son sein sa favorite déclarée. Nul n'imagina que la jeune femme pût être pour lui autre chose qu'une passade sans lendemain. « Si le fait était vrai, dit Luynes qui, par amitié pour la reine, veut encore douter, ce ne serait vraisemblablement qu'une galanterie et non pas une maîtresse. »

Cette petite Mme d'Étiolles, qu'on appelle par dérision *la Bestiole*, ne saurait durer.

Lorsqu'elle fut munie d'un titre et présentée officiellement, la cour commença de s'inquiéter. On la surveille, on relève le moindre manquement. « Ne pouvant avoir eu une extrême habitude du langage utilisé dans les compagnies avec lesquelles elle n'a pas coutume de vivre, elle se sert souvent de termes et expressions qui paraissent extraordinaires dans ce pays-ci [1]. » Ne s'avise-t-elle pas de qualifier d'*outil* ou d'*engin* un personnage excentrique ? Et tous de s'esclaffer devant une telle vulgarité. Qualifie-t-elle de *grassouillettes* les cailles qui figurent au menu ? Voltaire – qui lui-même n'est pas irréprochable à cet égard – lui fait gentiment la leçon :

Grassouillettes, entre nous, me semble un peu caillette.
Je vous le dis tout bas, belle Pompadourette.

Caillette, c'est le terme dont on désigne les petites femmes de Paris, au babil et au minois charmants, mais sans consistance. Quelques-uns se disent scandalisés. D'autres plus indulgents sourient, convaincus que le roi se lassera vite. Mais le roi ne se lasse pas et, de jour en jour, on constate que la caillette se forme et s'améliore. Les fautes de ton ne sont bientôt plus qu'un souvenir. Alors, c'est l'union sacrée contre l'intruse, l'usurpatrice.

Un bon nombre de ceux qui la snobent sont des descendants de robins, eux-mêmes fils de bourgeois enrichis ayant acheté des charges de judicature. Après avoir pontifié de longues années sous le bonnet carré, ils faisaient l'acquisition d'une terre dont ils prenaient le nom et ils obtenaient du roi des titres de noblesse – une noblesse dite de robe, par allusion à leur tenue de magistrats. Les plus importants d'entre eux finissaient par s'agréger à la noblesse d'épée, par le biais

---

1. L'expression *ce pays-ci* désigne, en langage codé, la cour.

des mariages de leurs filles notamment. Mais leur ascension était lente. Il y fallait deux ou trois générations, pendant lesquelles leurs femmes, les robines, étaient traitées avec condescendance et volontiers moquées. Louis XIV avait précipité le mouvement en élevant les familles de ses grands commis – les Colbert ou les Le Tellier par exemple. Mais au XVIIIe siècle, vieilles familles d'épée et promus de plus fraîche date, inquiets des bouleversements de fortune qu'entraîne l'évolution économique, s'unissent pour verrouiller la porte derrière eux. On n'a jamais été si pointilleux sur les fameux quartiers[1] sans lesquels nul ne peut se dire noble. Mme de Pompadour va trop vite. Elle escalade d'un coup tous les échelons. Ce faisant, elle porte atteinte à la hiérarchie sociale dont la noblesse de cour constitue la fine pointe. Elle se décrasse, direz-vous, elle se polit, acquiert bientôt les manières et le langage qui servent à Versailles de passeport, de signe de reconnaissance ? Cela n'arrange rien, au contraire. Car cela veut dire que les qualités que la noblesse prétendait transmises par le sang, à titre héréditaire, sont accessibles par d'autres voies. Que Jeanne-Antoinette Poisson soit sans reproche, selon les critères de ce pays-ci, est une insulte aux dames de la cour, qui seules méritent d'être déclarées belles – sur ce point on transige un peu, par la force des choses – et surtout parfaitement bien éduquées. On la hait pour ce qu'elle est, non pour ce qu'elle fait. On la hait quoi qu'elle fasse. On la courtise parce qu'il le faut, quand on s'aperçoit que c'est elle qui dispense grâces et faveurs. Mais on s'en trouve d'autant plus humilié. Et la plupart de ceux qui se disent ses amis sont prêts à la lâcher à la première alerte.

Ce qui aggrave son cas est qu'elle sort d'une catégorie sociale bien déterminée, celle de la bourgeoisie d'affaires, des gros financiers, détenteurs de richesses

---

1. Les *quartiers* sont le nombre d'ascendants nobles figurant dans une généalogie.

et par là de pouvoirs considérables : voyez les Pâris. Des gens dont on perçoit qu'ils incarnent l'avenir dans un monde où industrie et commerce ravissent le premier rôle à l'exploitation traditionnelle de la terre. Ces nouveaux riches ont l'esprit plus ouvert, plus libre. Ils sympathisent avec le vaste mouvement de pensée qui s'interroge sur le fonctionnement des institutions. Non qu'ils épousent les hardiesses de tous les philosophes dans leur hostilité à l'Église. Montesquieu est leur homme, pas Diderot. Mais ils n'acceptent plus comme dogme la fixité de l'ordre établi. Ils aspirent à un changement, qu'ils voudraient voir se faire en douceur, par leur accès aux instances dirigeantes. L'ascension de Mme de Pompadour n'est pas seulement une victoire personnelle, elle est leur victoire, elle symbolise en haut lieu l'avènement d'une classe nouvelle, fille du commerce et des Lumières, au sein du Tiers-État. La jeune femme aura beau se modeler sur la société de cour, en assimiler les usages et jusqu'aux manières de penser et de sentir, elle ne se lavera jamais de ce péché originel.

Elle est comme un corps étranger qui, introduit dans un milieu spécifique, y produit de violentes réactions de rejet. « Tout le parti courtisan, dit d'Argenson, craint beaucoup son arrivée, et véritablement il est capable de donner de bons coups de collier pour la gloire et la sûreté du royaume, pour chasser la maîtresse roturière et tyrannique de la cour, et en donner une autre. »

Tous les coups sont bons

Le moyen le plus simple paraît être de la supplanter dans le lit du roi : menace classique, redoutée de toutes les favorites. Une demi-douzaine de grandes dames nommément désignées sont prêtes à payer de leur personne, plus toutes celles que nous ignorons. Et les courtisans épient sur le visage de Mme de Pompadour les ravages que peut y produire l'anxiété. Bal masqué dans la grande galerie en 1747. La favorite a le visage nu. À ses pieds un masque anonyme. « Je ne reconnus le roi, conte le duc de Croÿ, qu'à l'inquiétude qu'elle laissa s'échapper en le voyant passer sur les banquettes. Mme de Forcalquier y était. » Mais ni la ravissante comtesse de Forcalquier ni l'altière princesse de Rohan ne parviennent à la détrôner.

Alors on use de la calomnie. Une dénonciation anonyme l'accuse de glisser des espions auprès des enfants royaux. Le billet qui l'incrimine – vengeance de Mme de Tallard, leur gouvernante, pour une place refusée – circule dans tout Versailles. La marquise conjure la duchesse de Luynes, dame d'honneur de la reine, de la justifier auprès de celle-ci. Heureusement Marie est trop droite pour apprécier les lettres anonymes. « Je viens de parler à la reine, madame, transmet la duchesse ; je l'ai suppliée avec instance de me dire naturellement si elle avait quelque peine contre vous ; elle m'a répondu du meilleur ton qu'il n'y avait rien et qu'elle était même très sensible à l'attention que vous avez de lui plaire en maintes occasions. » La réponse de la favorite est à la mesure de l'émotion ressentie : « Vous me rendez la vie, Madame la duchesse. [...] On m'a fait des noirceurs considérables auprès de M. le dauphin et de Mme la dauphine ; ils ont eu assez de bonté pour moi pour me permettre de leur prouver la fausseté des horreurs dont on m'accusait. On m'a dit [...] que l'on avait disposé la reine contre moi ; jugez de mon désespoir, moi qui donnerais ma vie pour elle, dont les bontés me sont tous les jours plus précieuses. Il est certain que plus elle a de bontés pour moi et plus la jalousie des monstres de ce pays-ci sera occupée à me faire mille horreurs... »

La reine refusant d'entrer dans le jeu, on en appelle à l'opinion. Et les couplets injurieux circulent ouvertement. À la fin de 1745, lorsque survient la mort de sa mère, voici ce que la favorite peut lire en guise d'épitaphe :

Ci-gît qui, sortant d'un fumier,
Pour faire une fortune entière,
Vendit son honneur au fermier
Et sa fille au propriétaire.

Paris est bientôt inondé de ces libelles auxquels, en souvenir des célèbres *Mazarinades* du temps de la Fronde, on donne le nom de *Poissonnades*. Sur le thème proverbial de la caque qui sent toujours le hareng – ou la halle le poisson –, on s'en donne à cœur joie. Il y a des couplets de tous les goûts, même du plus mauvais, comme celui qui raille l'affection très intime – une leucorrhée – dont elle souffrit vers 1749. La source de ces ragots ne peut être qu'à Versailles, tant par la précision des détails invoqués que par l'insistance sur ses origines roturières. À sa demande, on engage des poursuites, on pourchasse jusqu'en Hollande les plumitifs auteurs d'un roman satirique intitulé *Melotta Ossonpi, histoire africaine*, transposition des amours de sa mère [1]. Mais on ne tarit pas le flot, dont les vrais responsables sont intouchables. À des courtisans qui lui demandent pourquoi il ne débusque pas les auteurs de cette campagne, le ministre de la police, Berryer – pas si sot que le prétendent ses détracteurs –, répond finement : « Je connais Paris autant qu'on le puisse connaître, mais je ne connais pas Versailles. »

L'ennui, c'est qu'une fois l'élan donné, la satire s'emballe. Elle prend assez vite un tour politique. Comment d'ailleurs pourrait-on viser la favorite sans éclabousser en même temps le roi ? On chante sur l'air des *Trembleurs* dans l'*Isis* de Lully :

Les grands seigneurs s'enrichissent,
Les financiers s'avilissent
Et les Poissons s'agrandissent.
C'est le règne des vauriens, rien, rien.

---

1. Le nom de la prostituée noire héroïne de l'histoire était l'anagramme de celui de sa mère : Poisson, née La Motte.

On épuise la finance
En bâtiments, en dépense,
L'État tombe en décadence.
Le roi ne met ordre à rien, rien, rien. [...]

Si, dans les beautés choisies,
Elle était des plus jolies,
On passerait les folies,
Quand l'objet est un bijou, jou, jou.
Mais pour sotte créature
Et pour si plate figure
Exciter tant de murmures,
Chacun juge le roi fou, fou, fou.

Dénier à Mme de Pompadour, contre l'évidence même, beauté et intelligence, simplement parce qu'elle est roturière, cela vient tout droit de la cour. Mais les gens d'esprit qui s'égaient à ses dépens se rendent-ils compte qu'ils scient la branche sur laquelle ils sont assis ? Il suffira que l'issue de la guerre déçoive et que s'enveniment à nouveau les conflits avec les parlements et le parti janséniste pour que prenne le relais une nouvelle campagne, alimentée par la première, mais autrement dangereuse. Auprès du public populaire, l'accusation de ruiner le trésor fait mouche. Les harengères prennent la relève des duchesses pour dénoncer la *sangsue* qui suce le sang du peuple. Il ne se passera pas beaucoup de temps avant que la monarchie elle-même ne se trouve attaquée. Lorsque Louis XV lira un pamphlet intitulé : *Réveillez-vous, mânes de Ravaillac*, il en aura froid dans le dos.

On n'en est pas encore là dans l'hiver 1748-1749. Mais Mme de Pompadour tremble, perd le sommeil, redoute un attentat lorsque lui parvient un envoi d'origine inconnue et, de crainte d'être empoisonnée, elle refuse de toucher aux mets la première. Cependant il suffirait, pense-t-elle, de frapper le vrai responsable – elle le connaît – pour faire retomber toute cette boue.

Hélas, le roi tergiverse et temporise. L'abcès crèvera au mois d'avril.

La disgrâce de Maurepas

À Versailles, il y a des gens qu'elle exaspère tout particulièrement. Ce sont les détenteurs de responsabilités importantes, grands officiers de la couronne ou ministres. Outre leurs préjugés nobiliaires, ils ont pour la détester des raisons personnelles, tout à fait justifiées : elle empiète sur leurs prérogatives. Non qu'elle prétende s'occuper des grandes affaires – ce sera pour plus tard. Mais elle met son grain de sel partout. « Elle se mêlait de beaucoup de choses, dit le duc de Croÿ, sans en avoir l'air ni en paraître occupée ; au contraire, elle affectait, soit naturellement ou par politique, d'être plus occupée de ses petites comédies ou d'autres bagatelles que du reste. » Elle entre en politique sur la pointe des pieds, par le biais d'une foule de menus services qu'elle rend au roi. S'agit-il de choisir les Parisiennes qu'on invitera à un bal ? il lui en laisse le soin puisqu'elle les connaît mieux que lui. Elle décide de l'ordonnance des cérémonies, comme le ferait une bonne épouse. Elle supervise la liste des convives aux petits soupers. Elle ne nomme pas encore aux grands postes, mais elle dispense les faveurs et les grâces qui font le sel de la vie de cour. Son antichambre se remplit de quémandeurs qu'elle accueille avec le sourire. Elle n'a pas la prudence de Mme de Maintenon, qui répétait qu'elle n'avait aucun pouvoir et éconduisait les solliciteurs. Il est vrai que Mme de Maintenon, épouse secrète de Louis XIV, sentait sa position assurée, et elle savait d'autre part que le roi ne tolérerait pas qu'elle se mît en avant. Mme de Pompadour, elle, a besoin de se créer une clientèle. Polie et obligeante, elle cherche à plaire à tout le monde et elle brasse beaucoup d'air. Les silences de Louis XV laissent s'installer l'idée que c'est elle qui fait tout. Paralysé par sa légendaire timidité, il est souvent incapable de formuler un compliment, de dire une aimable banalité. Elle s'en charge à sa place et traite avec les plus grands personnages sur un ton de grande familiarité. Évoquant avec un jeune officier les victoires de Maurice de Saxe, elle s'exclame : « Mon maréchal est donc bien content ! Qu'il doit être beau à la tête d'une armée, sur un champ de bataille ! » Elle lui écrit – sur ordre ? – un charmant badinage destiné à lui faire avaler une amère pilule, la nomination du prince de Conti comme généralissime : « Ne dites mot de cela à âme qui vive. Adieu, mon cher maréchal, je vous aime autant que je vous admire. C'est beaucoup dire. »

Passons sur l'agacement que nous inspirent ces coquetteries de langage, cette façon de traiter des affaires comme si elle causait dans un salon. C'est la mode. Ses contemporains y sont accoutumés. Mais ce que ne tolèrent pas les hommes en place, c'est qu'elle piétine allègrement leurs plates-bandes. Parmi eux, le marquis d'Argenson, ministre des affaires étrangères, le maréchal-duc de Richelieu, premier gentilhomme de la chambre, et le comte de Maurepas, ministre de la marine, également chargé de la maison du roi.

Elle n'eut pas l'occasion de se heurter avec d'Argenson, qui fut congédié dès janvier 1747 pour désaccord avec Louis XV sur la politique européenne. Bien qu'elle n'y fût pour rien, l'amour-propre du marquis préféra croire qu'il devait son éviction à la favorite plutôt qu'à sa propre incapacité, et il la poursuivit d'une haine féroce, la décriant tant et plus, épiant avec une joie maligne les stigmates que la fatigue infligeait à sa beauté : elle maigrit, son teint devient jaune, elle n'a plus de gorge, elle va bientôt cesser de plaire. Et par son *Journal*, la postérité a recueilli le fruit de sa hargne.

Le maréchal de Richelieu, qui rentre d'une campagne navale en Méditerranée pour prendre son service de cour, voit d'un très mauvais œil, on l'a dit, qu'elle se passe de lui pour son petit théâtre. Aux préventions contre la bourgeoise parvenue se joint chez lui le dépit de voir échapper la fonction de favorite à sa nièce de Lauraguais, une des survivantes de la tribu de Nesle. Mais lorsqu'il vint récriminer auprès de Louis XV, il reçut un accueil ironique : « Au fait, combien de fois avez-vous déjà été à la Bastille ? – Trois fois, Sire. » Et le roi de lui en rappeler les circonstances. Le rusé courtisan n'insista pas, préférant laisser Mme de Pompadour tomber d'elle-même ou sous les coups d'un autre. Comme il déteste Maurepas, il ne serait pas fâché de lui voir assumer la besogne, avec les risques qu'elle comporte.

Maurepas, précisément, la supporte de plus en plus mal. Depuis la mort de Fleury, Louis XV prétendait se passer de premier ministre et les détenteurs des différents portefeuilles avaient pris l'habitude d'une assez grande liberté. « Il s'en rapportait à eux sur presque tout, dit encore Croÿ. Chacun dans son département faisait presque tout ce qu'il voulait. » La marquise, soudain investie de la confiance du roi, débarque comme un chien dans un jeu de quilles. Elle n'hésite pas à s'interposer entre eux et le roi. Un jour que Maurepas prolongeait un entretien, elle se permit de le congédier sous prétexte qu'il fatiguait le maître : « Allons, monsieur de Maurepas, il suffit. Vous voyez bien que vous faites venir au roi la couleur jaune. Allons, adieu, monsieur de Maurepas. » On conçoit sans peine la fureur de l'intéressé. Certes sa gestion du département de la marine appelait de sérieuses réserves. Mais il était bien vu du roi dont il partageait les curiosités scientifiques. Il avait l'oreille de la reine et celle du dauphin. Il se croyait intouchable. Et il aimait jouer avec le feu. Ainsi s'explique qu'il ait pris, pour tenter d'éliminer la favorite, des risques très graves.

Le chef d'orchestre de la campagne de libelles, c'est lui. Il est orfèvre en la matière. Cet homme intelligent, fin, spirituel, raffolait des chansons satiriques et grivoises, se délectant à la lecture des polissonneries, faute de pouvoir les pratiquer, à ce qu'on murmurait. « Il était gai, d'une gaieté bruyante, dit Luynes ; et quoique l'on puisse être fort gai sans rire beaucoup, et rire beaucoup sans être fort gai, il réunissait l'un et l'autre. À la vérité, il ne riait que de ce qu'il disait et jamais de ce que disaient les autres. » C'était un de ces hommes prêts à se damner pour le plaisir de faire un bon mot. Il prenait volontiers la plume pour trousser des épigrammes à la pointe acérée – et la vulgarité n'était pas pour l'effrayer. Le quatrain sur le malaise intime de la marquise, qui fut « aussi diffusé que si l'on avait employé la presse », était presque certainement de lui. Se sentant soutenu par la cour complice, il cherchait l'affrontement. La favorite prit les devants, se déplaça pour le voir : « On ne dira pas que j'envoie chercher les ministres. » Comme il avait dans ses attributions des fonctions de police, elle lui posa la question directe : « Quand donc saurez-vous les auteurs des chansons ? – Quand je le saurai, je le dirai au roi. – Vous faites peu de cas, monsieur, des maîtresses du roi. – Au contraire, madame, je les ai toujours respectées, *de quelque espèce qu'elles fussent.* » Non content de lui avoir lancé à la face ce camouflet, il s'en vanta : il avait porté malheur, disait-il, à toutes les maîtresses du roi, il annonçait la chute prochaine de celle-ci. Mais ce fut lui qui tomba. Le verdict prit la forme d'une de ces lettres glaciales dont le roi avait le secret :

> *Monsieur de Maurepas, je vous ai promis que je vous avertirais lorsque vos services ne me seraient plus agréables. Je vous demande, par celle-ci de ma main, la démission de votre charge de secrétaire d'État et, comme votre terre de Pontchartrain est trop près de Versailles, mon intention est que vous vous retiriez à Bourges dans le courant de cette semaine, sans voir personne que vos plus proches*

parents. Je ne veux point de réponse. Adressez votre démission à M. de Saint-Florentin[1].

LOUIS

Maurepas en prit pour vingt-cinq ans. Jamais, du vivant de Louis XV, il ne fut autorisé à revenir à la cour. Le dauphin, venu plaider sa cause, s'entendit seulement répondre : « J'ai été indulgent et n'ai pas puni trop vite. Sachez que M. de Maurepas a mérité bien davantage. » Le disgracié dut attendre l'arrivée au pouvoir de Louis XVI pour être tiré de son purgatoire et se voir confier à nouveau des responsabilités. Sentence d'une extrême sévérité, donc. Mais conclure, comme le dit Pierre de Nolhac, que l'imprudent paya de vingt-cinq ans d'exil « le crime d'avoir chansonné une favorite », c'est méconnaître la véritable portée de l'affaire. À travers sa maîtresse, il insultait le roi. Plus grave encore : par sa campagne de dénigrement, il essayait de le contraindre à la renvoyer. Et comme il se vantait haut et fort d'y parvenir, c'était une sorte de défi qu'il lançait au souverain – presque un crime de lèse-majesté. Or il était ministre, au service du roi. Réfléchissons une seconde : quel chef de gouvernement d'aujourd'hui pourrait tolérer un tel manquement à l'indispensable respect que lui doit son équipe ? Le grand tort de Louis XV n'est pas de l'avoir renvoyé, mais, comme il l'a dit à son fils, de ne pas être intervenu beaucoup plus tôt, avant que l'affaire ne prît cette tournure, comme il le fit avec Richelieu. Seulement voilà, avec Richelieu, un familier complice de ses anciennes amours, Louis XV est à l'aise et parle sans crainte, avec esprit. Tandis qu'il hésite à attaquer de front Maurepas, qu'il sait prêt à lui répliquer et doté d'une aisance de parole supérieure. Alors, il patiente, jusqu'au moment où l'autre, se croyant tout permis,

1. Secrétaire d'État.

dépasse les bornes. Et, sans lui avoir donné de semonce préalable, il frappe avec une grande brutalité.

On voit ici pour la première fois, à nu, un processus qui se reproduira à maintes reprises, chaque fois que Louis XV se trouvera confronté à une situation conflictuelle. La patience dans ce cas n'est pas vertu, mais faiblesse, et l'indulgence est coupable. Il fallait étouffer dans l'œuf la campagne d'insultes, avant qu'elle ne prît une ampleur incontrôlable. La chose n'était pas très difficile : Maurepas aurait fort bien compris le langage de la fermeté. Hélas, quand Louis XV s'est décidé à sévir, politiquement le mal était fait. Mme de Pompadour était désormais livrée à la vindicte d'une opinion publique prête à la rendre responsable de tous les maux. La sévérité du châtiment, mal comprise, faisait passer Maurepas pour une victime. Et, plus grave que tout, c'est désormais une idée reçue que le roi jongle avec ses ministres pour complaire aux humeurs de sa maîtresse. Son autorité n'en sort pas grandie.

Chagrins intimes

Dans l'immédiat cependant, la disgrâce de Maurepas, mettant une sourdine aux commérages, a renforcé la position de Mme de Pompadour. Tous savent qu'il faut compter avec elle. Et comme elle n'affiche aucune arrogance, qu'elle continue de se montrer aimable et douce, elle se fait quelques véritables amis, sinon tout en haut de l'échelle, du moins parmi les gens de rang intermédiaire, qui n'ont qu'à se louer de son entremise. Les autres en prennent leur parti. Écoutons encore le duc de Croÿ : « Ce qu'il y avait de plus considérable à lui reprocher, c'étaient les dépenses considérables pour des riens et le dérangement que cela paraissait mettre dans les finances. Tout le reste parlait en sa faveur : elle protégeait les arts et en général faisait du bien et point de mal. » Et devant une tentative pour la supplanter auprès du roi, ajoute le même, « tout le monde s'était intéressé pour elle, car, puisqu'il en fallait une, on était plus content de celle-là que des autres, dont on aurait craint pis ». C'était exactement, formulé dans les mêmes termes, l'avis de la reine.

Mais elle n'a pas conquis la sérénité pour autant. En s'en prenant à ses ennuis de santé, d'Argenson et Maurepas frappaient férocement, mais juste ; et c'est pourquoi cela lui avait fait si mal. Jeanne-Antoinette Poisson a toujours été fragile. Ses bronches, déjà atteintes lorsqu'elle séjournait chez les ursulines de Poissy, souffrent terriblement du froid et des courants d'air. « On vous mandera de Paris que je crache le sang, écrit-elle à son frère. Cela est aussi vrai que toutes les fois qu'on l'a dit. » Elle était sujette à de violentes migraines qui la clouaient au lit et auxquelles on ne trouvait d'autre remède que la saignée.

À cela s'ajoutent, depuis qu'elle est la maîtresse du roi, des troubles gynécologiques à répétition, qu'elle s'efforce dans toute la mesure du possible de dissimuler. Il semble bien qu'elle ait fait, entre avril 1746 et avril 1749, trois fausses couches, dont il est impossible de savoir si elles furent naturelles ou provoquées. La double spécialité de Quesnay, qui cumulait médecine et chirurgie ordinairement distinctes, alimentait les ragots. Comme ce très honnête homme, fort attaché à elle, était la discrétion même, nous en sommes réduits à des conjectures. Mais il est une chose que personne ne se demande jamais, et qui est pourtant capitale : Louis XV souhaitait-il avoir des enfants d'elle ? Avec Louis XIV, la question ne se serait pas posée. Avec lui, si. Le souvenir de Mme de Vintimille pesait lourd. Et la manière dont il avait abandonné le fils de celle-ci à son père légal ne laissait pas bien augurer de ses désirs de paternité. Était-il prêt à affronter une nouvelle fois, dans le climat tendu de la cour, la naissance publique d'un enfant adultérin ? Elle-même en avait-elle le désir, dans ces conditions-là ? Répétons-le, nous n'en savons rigoureusement rien, et nous n'avons aucun moyen de le savoir. Mais il n'est pas invraisemblable, comme il l'eût été sous Louis XIV, qu'elle ait eu recours à des avortements. Le bruit en courait en tout cas, et c'est à eux qu'on imputait les divers troubles et dérèglements dont elle fut bientôt affligée.

Peu sensuelle, elle n'avait jamais apporté beaucoup de fougue à l'amour. Elle se désolait de ne pas répondre aux ardeurs de son amant. Et, quoiqu'il le dît en plaisantant, elle souffrait de s'entendre comparer à une *macreuse* – un volatile proverbialement cité pour la froideur de son sang. En ce domaine, il n'est pas possible de feindre longtemps de façon convaincante. Elle tenta de réveiller ses sens par des aphrodisiaques. Elle se gavait de potages au céleri et de truffes, elle se gorgeait de chocolat vanillé et ambré. Sans autre résultat que de se détraquer la santé. Une amie, alertée par sa femme de chambre, s'empara du mirifique élixir de charlatan qu'elle s'apprêtait à absorber et le vida dans la cheminée. Elle dépérissait à vue d'œil. Quesnay la requinqua en lui prescrivant repos et grand air. Mais il n'avait pas de solution miracle pour la transformer en amoureuse volcanique. Et comme, par surcroît de malchance, les médecins de Louis XV conseillaient à celui-ci de s'abstenir tant qu'elle serait affligée de malaises suspects, elle voyait venir avec terreur le jour de l'abandon. Et la reine, qui ne comprenait que trop ses angoisses, s'offrait le luxe de la plaindre.

Ses ennuis, étant de notoriété publique, ranimèrent les espoirs des prétendantes à la succession. On vit donc à nouveau tourner autour du roi les tentatrices. L'aventure de l'une d'elles, parvenue jusqu'à nous à cause des conséquences politiques qu'elle entraîna, est instructive. Mme de Pompadour avait pour amie très proche sa cousine Élisabeth d'Estrades, qu'elle avait introduite à la cour et qui lui devait tout. Or à partir de 1750, Mme d'Estrades fut courtisée par le comte d'Argenson, ministre de la guerre, frère cadet du marquis dont il a été question plus haut et qui, bien que pas toujours d'accord avec son aîné, partageait ses préventions contre la favorite. Devenu son amant, il la convainquit d'entrer dans un complot pour susciter à celle-ci une rivale. La candidate pressentie était une nièce de Mme d'Estrades, la petite comtesse de Choiseul-Romanet, dont Mme de Pompadour avait patronné le récent mariage, qu'elle avait fait admettre aux petits soupers et nommer dame de compagnie de Mesdames de France. Sans être très jolie, la jeune femme était vive, piquante, elle amusait le roi. Bientôt, la marquise s'alarma. À l'automne de 1751, lors du séjour à Fontainebleau, l'affaire semblait sur le point d'aboutir. Nous tenons de Marmontel, qui le tenait lui-même d'un témoin oculaire, le récit de la scène où les conjurés, réunis dans l'attente du dénouement, virent arriver Mme de Choiseul-Romanet échevelée et rayonnante : « Oui, c'est fait, je suis aimée ; il est heureux ; elle va être renvoyée, il m'en a donné sa parole. » Seul Quesnay, qui était là par hasard, ne se mêlait pas à la joie générale. « Docteur, rien ne change pour vous, lui dit d'Argenson, et nous espérons bien que vous nous resterez. – Monsieur le comte, répondit le médecin, j'ai été attaché à Mme de Pompadour dans sa prospérité, je le resterai dans sa disgrâce. » Et il tourna les talons. Mme d'Estrades rassura les autres : « Je le connais, il n'est pas homme à nous trahir. » Qu'aurait-il pu faire, d'ailleurs, sinon attrister la victime sans porter remède à son malheur ?

Or il apparut que quelqu'un y pouvait quelque chose. Le comte de Stainville, appelé plus tard à passer dans l'histoire sous le nom de duc de Choiseul, eut vent de l'incident par son beau-frère. Il n'avait nul attachement particulier pour la marquise, mais, à tout hasard, il s'informa. Il n'avait pas besoin d'être grand clerc pour pressentir que cette intrigue risquait d'avoir des retombées – oui, mais lesquelles ? – sur toute sa famille. Il rencontra d'abord l'époux de la hardie mignonne – un cousin éloigné – et lui conseilla d'emmener sa femme en province ; l'autre, écrira-t-il dans ses *Mémoires*, fit mine de gémir sur son honneur perdu, mais montra vite, « soit par bêtise, soit par infamie, qu'il n'avait point de goût pour s'éloigner et [paraissait] en avoir pour être favori du roi ». Alors le rusé Stainville interrogea l'intéressée. Et cette écervelée lui conta tout, avec une légèreté qui ne plaidait pas en faveur de son intelligence. Il comprit aussitôt qu'elle n'avait aucune chance de s'implanter comme maîtresse officielle. Il lui tira sans peine les vers du nez. Il finit, en jouant le doute, par se faire montrer les lettres que le roi lui avait écrites, à vrai dire de courts billets, dont il n'eut pas de peine à retenir le libellé. Après quoi il s'en alla raconter le tout à Mme de Pompadour, sous prétexte de protéger l'honneur familial. Il lui avait fourni de quoi perdre l'imprudente : elle n'eut qu'à répéter le texte des fameuses lettres. Louis XV avait en horreur autant l'indiscrétion que la vantardise. La jeune femme, enceinte – de son mari, et du lendemain de ses noces –, dut suivre celui-ci en province où elle mourut bientôt des suites de ses couches. Le comte de Stainville, lui, avait misé sur le bon cheval. Il eut désormais en Mme de Pompadour une amie sûre, dont la gratitude facilitera grandement sa carrière ultérieure.

Tel est le genre de vaudeville qui se jouait alors, non sur la scène des Italiens, mais pour de bon, à la cour, dans l'entourage même du roi. Il aide à comprendre, sinon à excuser, le recours à celles qu'on a appelées les « petites maîtresses », dont l'installation malencontreuse dans un quartier de Versailles dit le Parc-aux-Cerfs a ouvert les vannes aux élucubrations les plus délirantes.

Le Parc-aux-Cerfs

Revenons au point de départ. L'épisode Choiseul-Romanet, dont les détails nous sont parvenus par hasard, ne représente que la partie émergée de l'iceberg. Aux yeux de tous l'heure de déboulonner la marquise avait sonné. Elle résista. Elle n'était pas disposée à quitter la place. Sa santé pouvait s'améliorer. À trente ans, elle n'était pas encore condamnée à la retraite. Elle réagit comme l'avaient fait avant elle toutes les maîtresses royales déclarées, qui barraient la route aux rivales dangereuses en laissant le roi chercher son plaisir parmi des femmes de condition trop humble pour prétendre les remplacer. Les précédents ne manquaient pas. Il arrivait à Mme de Montespan par exemple, lors des nombreuses maternités qui la rendaient indisponible, de se faire suppléer par l'une ou l'autre de ses chambrières. Ce qui distingue le cas de Louis XV, c'est que la chose fut organisée, planifiée, et qu'il en fit une institution, qui fonctionna une quinzaine d'années, entre 1751 et 1765 environ. Faut-il attribuer, comme on le fait souvent, à la seule Mme de Pompadour la conception et la mise au point de cette entreprise ? Faut-il la montrer sous les traits d'une « maquerelle » « se faisant l'intendante des plaisirs particuliers du roi », en lui « procurant » de jeunes maîtresses qu'elle « tirait » de milieux modestes ? Pour ce métier-là, il y avait dans les coulisses de Versailles suffisamment de professionnels : cela entrait dans les attributions des valets de chambre, elle était mieux placée que personne pour le savoir. Peut-on l'imaginer complotant avec Bachelier ou Le Bel pour jeter à l'improviste de jeunes beautés dans les bras d'un Louis XV agréablement surpris ? C'est les supposer à ses ordres, ce qui n'était pas le cas. C'est surtout faire bien peu d'honneur à l'intelligence du roi, que nul ne songe plus aujourd'hui à nier. Tout ceci pour dire qu'il était pleinement d'accord.

Avouons-le, cette histoire nous choque profondément. Dès le XVIIIe siècle et tout au long du XIXe, elle alimenta la légende noire de Louis XV. Le XXe siècle, en le réhabilitant, a fait justice des affabulations ineptes qui s'étaient greffées là-dessus. Mais face au fait lui-même, nous renâclons encore, à juste titre, et quelques-uns sont tentés, pour disculper le roi, de rejeter la responsabilité sur son « mauvais génie », la Pompadour. Ne vaudrait-il pas mieux essayer de comprendre comment lui-même pouvait en juger ?

Les poursuites dont il est l'objet de la part des femmes de la cour l'ont sans aucun doute amené à quelques réflexions.

D'abord, est-il vraiment prêt à renvoyer Mme de Pompadour, comme il l'a promis imprudemment à la petite Choiseul-Romanet dans un moment de faiblesse ? Entre eux les liens charnels se sont distendus, mais il tient à elle par toutes les fibres de l'habitude. Et chacun sait qu'il est, ô combien ! un « homme d'habitude ». Auprès d'elle, dans l'intimité de son petit cabinet, il se sent détendu, apaisé, déchargé pour un temps de cette royauté qui pèse si lourd sur ses épaules. Il n'est qu'un homme, bavardant librement avec une femme aimée – le même verbe convient à l'amitié comme à l'amour. Elle a compris que l'amitié peut créer des liens aussi forts, et plus sûrs, parce que non soumis aux turbulences de la passion. Il sait aussi qu'il peut se reposer sur elle, on l'a dit, pour de multiples besognes de la vie quotidienne. Qui régnera sur ses soupers, sur ses voyages ? Qui se chargera d'assurer ce que nous appellerions ses « relations publiques » – un mot aimable à dire, une faveur à accorder ou à refuser –, toutes corvées auxquelles il répugne tant ? Elle lui allège le poids de sa tâche en la partageant. Elle a fini par prendre une telle place dans le tissu même de son existence qu'il ne saurait plus se passer d'elle. Et, de fait, il ne s'en séparera jamais.

Il a découvert d'autre part que, derrière les candidates à ses faveurs, se cachent des coteries qui espèrent le gouverner par maîtresse interposée : celle de d'Argenson par exemple, derrière Mme de Choiseul-Romanet. Or c'est là une idée qui lui est insupportable. Mme de Pompadour le gouverne, objectera-t-on. En partie, c'est exact. C'est même une des raisons qui attisent les ambitions : la manière dont il la laisse s'immiscer dans les affaires autorise tous les espoirs. Mais s'il est vrai qu'elle exerce sur lui une profonde influence, nul ne la gouverne, elle. Elle n'est manipulée par personne ; elle a pris ses distances avec le milieu qui l'a portée au pouvoir – elle se brouillera même avec Pâris-Montmartel. Elle s'efforce d'adopter en tout et pour tout le point de vue du roi. Il lui arrivera de se tromper, bien sûr, dans ses amitiés comme dans ses haines. Mais jamais elle ne s'asservira à un clan ou à l'autre. Il le sait, tout comme il sait qu'une maîtresse de haut rang risque de le livrer aux pressions d'une coterie. Non, décidément, les dames de la cour sont infréquentables.

Comme il est incapable de se priver des plaisirs de la chair, il ne lui reste qu'une solution, la prostitution de luxe. Nul besoin de l'inventer, elle existe – elle est de tous les temps. En se décidant à y recourir, il ne fait que suivre l'exemple de maints grands seigneurs. Péché mis à part, il n'a pas le sentiment de commettre un acte répréhensible, pas plus que Mme de Pompadour, qui est certainement avertie et complice. Après de probables tâtonnements initiaux, sur lesquels manquent les informations, il s'adonne aux petites maîtresses avec une application méthodique prouvant qu'il s'agit bien, de sa part, d'une conduite délibérée.

Pas de professionnelles : on craint les maladies. On lui procure d'assez jeunes filles, en principe vierges, mais nubiles – seize à vingt ans – et toutes consentantes. Les pourvoyeurs savent où s'adresser. Ils ont le choix, le marché existe. Ils peuvent éviter de descendre trop bas. Des parents bourgeois ou des nobliaux de province acceptent d'assurer ainsi la fortune de leur fille ; des malheureuses vouées au célibat par la pauvreté y voient le moyen de gagner leur dot ; il ne manque pas de Manon Lescaut prêtes à se vendre pour échapper au couvent. Avec le roi, pas de déshonneur : ainsi raisonnent les femmes de la cour. Pourquoi pas les autres ? Dépourvues de vulgarité, les petites maîtresses proposées à Louis XV ne sont pas seulement de la chair fraîche à consommer, il peut à l'occasion bavarder avec elles, elles ont parfois de la culture et du goût. L'une d'elles était peintre et fit son portrait. La plus piquante de toutes, venue d'une famille de réfugiés irlandais tombée dans la misère, fut Marie-

Louise O'Murphy, dite Morphise, aussi belle que sa sœur dont Boucher peignit sur un sofa les capiteuses rondeurs, et non dépourvue d'esprit. Elle l'amusait assez pour que Mme de Pompadour en fût inquiétée.

Pas de débauche crapuleuse, comme au temps du régent. Louis XV n'en a qu'une à la fois. S'il semble en faire une assez grande consommation – les historiens en ont identifié au moins huit –, c'est qu'il les congédie lorsqu'elles deviennent enceintes, quitte à les reprendre éventuellement après. Mais huit ou peut-être dix en quinze ans, ce n'est pas énorme. Par un des nombreux escaliers secrets qui truffaient les murs de Versailles, les valets de chambre les lui amenaient, deux fois par semaine en moyenne, dans une petite pièce entresolée au-dessus de son appartement intérieur, qu'on gratifia du surnom évocateur de « trébuchet[1] ». Que faire d'elles le reste du temps ? Il tenait à éviter les commérages. Quand le secret s'éventa et qu'il devint difficile de continuer à les dissimuler dans un recoin du château, il acquit sous un prête-nom une modeste maison dans un quartier récemment loti et livré à la construction : de quoi fournir un gîte à la jeune personne et aux deux ou trois domestiques affectés à son service. Ce n'était pas un nid d'amour : comment aurait-il pu s'y rendre et y séjourner sans attirer l'attention ? Cela ressemblait plutôt à une prison. C'est du moins ce que pensa l'une d'entre elles, Mlle de Romans, qui refusa de s'y enfermer et se fit installer à Passy. Le malheur voulut que le lotissement versaillais où se trouvait la petite maison fût situé sur l'emplacement d'un ancien enclos servant à élever du gibier. Le nom de Parc-aux-Cerfs lui était resté. S'il avait tiré son nom de l'église Saint-Louis, qu'on édifia bientôt en son centre, bien des turpitudes auraient été épargnées à la réputation de Louis XV ! Hélas ! la

1. Un *trébuchet* est un piège à prendre les petits oiseaux : une cage dont la partie supérieure, couverte de grains pour les attirer, bascule lorsqu'ils s'y posent, de manière à les faire tomber dans la partie inférieure, qui se referme.

seule dénomination de Parc-aux-Cerfs suffit à faire de lui, dans les imaginations intempérantes, un satrape libidineux poursuivant à travers les taillis un troupeau de biches effarouchées.

En réalité, il les traitait bien. Les conditions étaient claires, et il les respectait. Elles savaient à quoi s'attendre. Rien ne les autorisait à rêver d'une promotion mirobolante. Mais il s'engageait à assurer leur avenir et celui de leurs enfants. « C'était discret, ignoble et décent », dit Pierre de Nolhac. Assez triste aussi, pour lui comme pour elles, ajouterons-nous, mais parfaitement correct. Mme de Pompadour, consciente peut-être de ce que leur isolement avait d'inhumain, leur envoyait sa fidèle Nicole du Hausset pour s'informer de leurs besoins ou leur porter secours en cas d'urgence. Et ce faisant, elle ne croyait pas commettre une ignominie, mais plutôt un acte de charité. Très vite, leurs grossesses amenèrent le roi à prendre des mesures appropriées. Respect envers sa famille ? préjugé nobiliaire ? crainte d'introduire dans le royaume des lignées collatérales génératrices de troubles ? Jamais il n'envisagea de reconnaître leurs enfants. Elles accouchaient à Versailles ou à Paris – les informations divergent –, mais les enfants étaient déclarés dans la capitale sous des noms d'emprunt, avec ce détail plaisant que le père supposé se prénommait toujours Louis. Il ne fit exception que pour celui d'Anne Couppier de Romans, issue de bonne famille dauphinoise, qui fut déclaré fils d'un Louis de Bourbon, sans autre précision. À toutes – sauf une qui démérita, on ne sait en quoi –, il procura des mariages, souvent plus qu'honorables, notamment avec des nobles désargentés qui se trouvaient flattés de lui succéder et pour qui une confortable dot était la bienvenue. Un notaire, chargé des questions financières, veillait à leur verser leur dû et supervisait l'éducation de leur progéniture – en majorité des filles. Bref, en matière de prostitution de luxe, on avait vu – et on voit encore – infiniment pis.

L'institution fonctionna jusqu'à la mort de Mme de

Pompadour en 1764, et même un peu au-delà. Un an plus tard la petite maison du Parc-aux-Cerfs fut désaffectée et l'on n'entendit plus parler d'amours clandestines. Est-ce parce que la marquise, comme on le dit parfois, n'était plus là pour tirer les ficelles ? Sa disparition a peut-être joué aussi un rôle bien différent. Il semble que Mlle de Romans, forte du fils donné au roi, ait caressé alors l'espoir de se faire reconnaître et se soit mêlée à des intrigues politiques. Une liasse de lettres qu'il lui avait adressées fut récupérée par hasard, et l'affaire fut étouffée. Mais Louis XV s'aperçut que les petites maîtresses elles-mêmes ne le mettaient pas à l'abri des manœuvres tortueuses.

Répétons-le, tout au long de sa vie, il a pu voir que l'amour qui s'offrait masquait mal l'ambition et que derrière les candidates à ses faveurs s'agitaient des clans et des coteries. Or, par manque d'assurance dans ses capacités, il se savait vulnérable aux influences et il tâchait donc, par avance, de se prémunir contre elles. Avide d'être estimé et aimé, il se laissait volontiers aller à la confiance, dans un premier mouvement. Mais il ne se livrait jamais totalement. Il éprouvait toujours le besoin de conserver un refuge, un coin secret dont l'accès n'appartenait qu'à lui seul. Et il suffisait qu'il se sentît l'objet d'une pression pour qu'il se rétractât, échappant à qui croyait le tenir. Auprès de lui un des atouts de Mme de Pompadour était son isolement : elle était seule, il avait acquis la certitude qu'elle ne travaillerait pas pour d'autres, qu'elle ne le trahirait pas. Il avait en elle une *amie* sûre. C'est à ce titre qu'elle doit de s'être maintenue, contre vents et marées, en dépit de l'amour perdu.

La « fièvre de jubilé »

Un seul adversaire lui restait, mais le plus redoutable de tous : l'Église. « À juger de l'état présent des choses, écrivait en 1751 l'ambassadeur d'Autriche

Kaunitz, il semble qu'on puisse affirmer que la faveur de la marquise est au-dessus des événements. Il n'y a que la seule religion du roi qui pourrait lui enlever son cœur. Aussi lui a-t-elle déjà causé des frayeurs mortelles. » On a dit plus haut, à propos des sœurs de Nesle, pourquoi l'Église se montrait soudain, face à l'adultère royal, beaucoup plus sévère qu'au cours des siècles précédents. Les catholiques, divisés sur le dogme par la bulle *Unigenitus*, se livraient à une surenchère en matière d'exigence morale : nul ne pouvait se risquer à être taxé de laxisme. D'autre part le haut clergé s'inquiétait du progrès des idées nouvelles, fourrières de l'impiété. Or, à la différence des sœurs de Nesle, Mme de Pompadour ne se contentait pas d'ancrer le roi dans le péché, elle passait à la cour, de par ses origines et ses amitiés, pour l'ambassadrice de ces idées nouvelles. Certes il y avait dans l'entourage du roi de francs libertins, comme le duc de Richelieu, dont la foi et les mœurs offraient bien davantage à redire. Mais ils étaient moins voyants. La maîtresse officielle était le point de mire des regards.

Avant même qu'elle eût pris pied à la cour, le très rigoriste Mgr Boyer, précepteur du dauphin, avait flairé le danger : cette Mme d'Étiolles, fille d'une femme publiquement entretenue, élevée dans un milieu que hantaient les écrivains subversifs, risquait de pervertir l'esprit du roi. Il s'arma d'autorité et alla voir Binet, cousin de la dame et valet de chambre du dauphin, et il menaça de le faire chasser s'il s'obstinait à favoriser cette idylle. Mal lui en prit : averti par Binet, le roi furieux n'en fut que plus attaché à sa nouvelle conquête et en garda rancune au prélat. Lequel fut confirmé dans ses craintes et ne désarma pas : nous le retrouverons plus tard comme directeur de conscience du clan familial.

Lors de ses débuts à la cour, Mme de Pompadour « pense »-t-elle « philosophiquement », comme on le murmure ? Au tout début de sa liaison, il est probable qu'elle pense peu et qu'elle se contente de se repaître de son bonheur tout neuf, sans se poser de questions métaphysiques. Mais il est certain que son catholicisme est plus que tiède. Son séjour enfantin chez les ursulines n'a laissé en elle qu'une vague religiosité sentimentale. Elle n'a pas été, comme le roi, imprégnée d'enseignement religieux et pliée à une pratique assidue. Bien qu'elle suive sans répugnance ni ennui visible la messe quotidienne à Versailles, elle mange gras les vendredis de fort bon appétit. Elle s'accommoderait sans états d'âme de sa condition de pécheresse qui l'écarte des sacrements – au fait, les fréquentait-elle beaucoup lorsqu'elle vivait chez sa mère ? –, si l'hostilité persistante du clergé et surtout les scrupules récurrents de son amant ne l'amenaient à s'interroger.

Louis XV a été très profondément croyant et régulièrement pratiquant jusque vers la trentaine. Puis il a basculé dans l'adultère, non sans angoisse ni remords. Avec le temps, ses remords se sont émoussés, mais ils reparaissent par intermittence, lors d'un choc affectif notamment. Bien qu'il s'abstienne de se confesser et de communier, il respecte à la lettre tous ses autres devoirs religieux, observe scrupuleusement le jeûne prescrit, accomplit, parallèlement à sa femme, la cérémonie de la Cène le jeudi saint, réprouve les conversations trop libres, veille à ne nommer aux plus hautes fonctions ecclésiastiques que les prélats les plus vertueux – qui, par parenthèse, sont parfois les plus fanatiques, mais cela, il ne le découvrira qu'à l'usage. Les mots, les gestes familiers déclenchent en lui comme des réflexes conditionnés, et il a alors des crises dépressives. On remarque, souligne fielleusement d'Argenson, « que ces vapeurs noires prennent volontiers au roi aux grandes fêtes, quand il manque de faire ses dévotions et de toucher les malades ; qu'il craint le diable ou, si vous voulez, le monde, quand le moment de ce scandale arrive ; qu'alors sa posture d'être à genoux irrite sa bile et la porte à la tête ». Louis XV est une conscience tourmentée, déchirée.

Non content d'écouter en public les prédicateurs

contemporains rappeler, sur un air connu, le double adultère de David et de Bethsabée, il lui arrive de revenir en privé, dans le silence de sa bibliothèque, aux grands orateurs sacrés du siècle précédent – d'une qualité littéraire très supérieure. Un jour de mai 1746, conte Luynes, il monta chez Mme de Pompadour « rempli d'un sermon du Père Bourdaloue ; il lui fit part des réflexions que ce sermon lui avait fait faire, et lui demanda si elle voulait qu'il lui fît la lecture du reste de ce sermon, qu'il n'avait pas achevé. Mme de Pompadour ne parut pas goûter cette proposition. "Hé bien ! lui dit le roi, je m'en vais donc chez moi continuer ma lecture", et il descendit aussitôt. Mme de Pompadour resta seule, fondant en larmes. » On comprend qu'elle ait tremblé à l'approche du jubilé, qui devait marquer le milieu du siècle.

L'Église annonce à son de trompe qu'elle offre aux croyants l'occasion d'effacer leurs fautes passées et de gagner des indulgences en participant à une série de cérémonies étalées à partir de Pâques sur toute l'année 1751, bref de faire d'un seul coup le grand ménage dans leur âme. La reine et ses enfants s'y préparent fébrilement : ils ne manqueront pas une des « stations » qui jalonnent l'itinéraire de la pénitence. Le roi lui-même a cru devoir modifier le calendrier de ses chasses pour écouter les sermons de carême du Père Griffet et a renoncé à ses voyages. Va-t-il se « convertir » ? Marie Leszczynska veut y croire, et elle prie de toutes ses forces, relayée par les jésuites qui font dire des messes quotidiennes pour lui dans leurs maisons parisiennes. Assiégé par ses confesseurs, pressé par sa famille, harcelé par tout ce que la cour compte de dévots, il est troublé, et Mme de Pompadour vit dans les transes, rongée par ce que la malignité publique appelle la « fièvre de jubilé ».

Sur ce intervient, pour raviver encore les remords du roi, la mort de Mme de Mailly : murée dans une retraite de pénitente, elle a réglé ses comptes avec le monde, payé toutes ses dettes et elle a demandé à être enterrée comme les pauvres, avec une simple croix de bois. Et comme bien on pense, la propagande pieuse s'empare de cet exemple édifiant pour opposer la bonne Mailly, si désintéressée, à la sangsue qui s'incruste maintenant auprès du roi. Comment celui-ci pourrait-il résister à des appels aussi clairs ? Même ce sceptique de d'Argenson est près d'y croire : « Certes la dévotion du roi rendrait la cour plus triste, mais cela profiterait beaucoup au bien public, car les dévots sont économes, et l'économie pourrait seule aujourd'hui sauver le royaume.

Or Louis XV ne cède pas. Et en matière d'économie, il en juge autrement que d'Argenson. Autant qu'à des mobiles d'ordre privé, son refus obéit à des considérations politiques. Certes, il ne veut pas renoncer aux plaisirs de la chair, certes il tient à Mme de Pompadour, certes il a horreur de sentir qu'on cherche à lui imposer une décision, et le spectacle de la reine courant de processions en homélies n'est pas fait pour le réconcilier avec la dévotion programmée. Mais à cette date l'essentiel n'est pas là. Car le renvoi de la Pompadour n'est qu'un aspect, somme toute mineur, de l'affrontement qui l'oppose depuis plus d'un an au clergé de France.

Dès la paix d'Aix-la-Chapelle en effet, il a entrepris, avec son ministre Machault d'Arnouville, de remettre de l'ordre dans les finances de l'État. Première étape : une réforme de la fiscalité, connue sous le nom d'impôt du vingtième. Réforme modérée dans ses effets sur la bourse du contribuable moyen – 5 % du revenu –, mais révolutionnaire dans son principe : l'impôt serait équitablement levé sur tous, y compris sur les revenus ecclésiastiques. Tollé dans l'Assemblée du clergé de 1750, qui s'indigne à l'idée de voir le fisc procéder à un inventaire de ses biens et déclare vouloir s'en tenir à la contribution volontaire, dite *don gratuit*, qu'elle vote au roi tous les cinq ans et qui est comparativement dérisoire. Et devant l'édit qui crée autoritairement l'impôt du vingtième, les gens d'Église, refusant d'ouvrir leurs livres de comptes, s'installent dans la résistance passive. Bref, mus par des motifs qui ont peu à voir avec la charité évangélique, ils s'arc-boutent sur leurs privilèges fiscaux. Ce qui ôte beaucoup de force à leurs leçons de morale au roi et à sa maîtresse, d'autant plus mal venues qu'on commence à savoir, et que les accusés s'emploient à faire savoir, qu'il n'y a plus rien de charnel entre eux.

En fait les reproches adressés aux mœurs du roi ne dissimulent qu'à demi la réprobation qu'inspire aux dévots sa trop grande ouverture à une relative modernité, qu'ils imputent à l'influence de la favorite. Si elle était des leurs, n'auraient-ils pas pour elle plus d'indulgence ? Les exemples de discrimination de ce genre ne manquent pas dans le passé, et l'on en verra bientôt un autre avec Mme du Barry. La Pompadour est coupable de soutenir la politique financière de Machault, elle apparaît auprès du roi comme le garant des idées nouvelles. D'où les coups dirigés contre elle en même temps que contre l'impôt.

Or, sur l'impôt, le roi finit par céder. Lorsque se clôt le jubilé, à la fin de décembre 1751, une très discrète circulaire avertit l'épiscopat que l'affaire est enterrée. Il tente de dissimuler sa défaite – en vain. « Le clergé a eu le dessus, commente Barbier, et l'autorité du roi aussi bien que les droits réels de l'État en souffriront. Il faut convenir que la gent ecclésiastique a le bras long et qu'elle est à craindre... » Pour Louis XV, se séparer de Mme de Pompadour dans de telles conditions ferait figure de capitulation en rase campagne et compromettrait sans remède le délicat équilibre qu'il essaie de maintenir entre les différentes forces qui s'affrontent dans le royaume. Il ne la lâchera pas. Et comme il a besoin, dans les combats qui se préparent, des forces qu'elle est censée incarner, il la laissera assumer cette modernité dont elle est bon gré mal gré le symbole. Voici à cet égard deux messages clairs.

L'année même qui suit le jubilé, Louis XV lui accorde le 12 octobre 1752 un privilège insigne, le *tabouret* de duchesse, qui fait d'elle l'égale des plus hautes dames de la cour. « Très haute et très puissante Dame, duchesse marquise de Pompadour » pourra être assise au grand couvert du roi, chez la reine et les enfants de France, ses carrosses couverts d'écarlate pourront pénétrer dans toutes les cours intérieures des maisons royales ; placée sur le même pied que les épouses des ducs et pairs, elle précédera celles des grands officiers de la couronne. On ne saurait monter plus haut. Ceux qui se souviennent du règne de Louis XIV cependant, savent qu'il s'agissait alors pour les maîtresses royales – La Vallière, Fontanges – d'un cadeau de rupture, pour solde de tous comptes. Ils comprennent ici que cela n'est pas le cas – au contraire. Mais le sens de cette promotion n'est pas sans rapport avec l'usage ancien. C'est comme si Louis XV disait explicitement : Mme de Pompadour n'est plus ma maîtresse. Mais il ajoutait : j'en suis d'autant plus libre de la conserver auprès de moi.

L'autre indice très significatif est le suivant. Au début des années 1750, elle avait sollicité Quentin de La Tour pour faire son portrait. Les choses traînèrent, par la faute du peintre, et l'on ne sait au juste quand il se mit à l'ouvrage – en 1754 probablement. Selon l'usage, le pastelliste a disposé auprès d'elle des accessoires, évidemment choisis avec intention. Que trouve-t-on ? Un globe terrestre, une partition de musique, des planches illustrées, mais surtout des livres. Elle se pose en femme cultivée, curieuse de tout, voire en intellectuelle. Or le titre des livres est aisément déchiffrable. Et quel programme ! À côté du *Pastor fido* de Guarini[1], figurent *La Henriade* de Voltaire – poème à la gloire d'Henri IV et de l'esprit de tolérance dont témoignait l'Édit de Nantes –, *L'Esprit des Lois* de Montesquieu et un tome de l'*Encyclopédie*, le quatrième, dernier paru. Une profession de foi, presque une provo-

1. *Le Berger fidèle*, une célèbre tragi-comédie pastorale du poète italien Guarini (1538-1612), qui conte les amours, contrariées par les prêtres de Diane, d'un berger et d'une nymphe. Dénouement heureux, grâce à la fidélité du berger.

cation dans le cas de ce dernier titre, car c'est le moment où bat son plein l'offensive des dévots contre le fameux Dictionnaire, dont les hardiesses font scandale. Mais elle ne fait pas retoucher le tableau. Et elle le laisse exposer. Quand il fut présenté au Salon de 1755, les habitués purent se rappeler y avoir admiré sept ans plus tôt Marie Leszczynska appuyée sur une table où s'étalait un Évangile ouvert. Louis entre le vice et la vertu, la tradition et la modernité : les deux femmes ne sauraient échapper, même si elles le voulaient, à cette charge de significations symboliques accumulées sur leur tête. La marquise de Pompadour assume crânement la sienne. Et il n'est pas imaginable qu'elle le fasse, dans ce climat de tensions exacerbées, sans l'assentiment de Louis XV.

La « conversion » illusoire

Que penser, alors, des tentatives de « conversion » qu'on lui prête, précisément dans ces années cruciales 1750-1755 ?

D'abord, ne nous méprenons pas sur ses amitiés avec les philosophes. Elle n'est pas disposée à les suivre dans un combat partisan. Elle n'a rien d'un esprit fort. Elle patronne depuis le début l'*Encyclopédie*, mais prend soin d'inviter Diderot à plus de prudence : elle le lâchera s'il s'en prend à la religion elle-même. Son caractère et son éducation la font pencher vers la tolérance – ce n'est pas un hasard si on la voit intervenir en faveur des protestants du Midi. Elle n'est pas l'ennemie des dévots par principe, mais parce qu'ils la rejettent. Elle ne demanderait qu'à se réconcilier avec l'Église, d'autant plus que, souffrant de sa situation fausse, elle a toujours été en quête de respectabilité. Or il y a dans le passé proche une femme qui a dû vivre elle aussi une situation fausse et qui l'a surmontée magnifiquement, c'est Mme de Maintenon. Certes une différence capitale les sépare : Mme de

Maintenon était mariée à Louis XIV. Mais comme ce mariage restait secret, sa position à la cour pouvait passer – et passa même un certain temps – pour celle d'une maîtresse. Et elle trouva le moyen de s'y faire respecter. Un exemple dont Mme de Pompadour cherche ouvertement à tirer les leçons.

Elle a toujours été charitable. Elle a prodigué gratifications, pensions, aumônes à un très grand nombre de particuliers et d'institutions religieuses. On en épargnera ici la liste au lecteur. Ce genre de charité est de tradition. Mais à défaut de briller par la foi, elle voulut briller par les œuvres – des œuvres visibles.

Sa première entreprise importante, contemporaine des débuts de sa liaison, n'obéissait encore à aucune arrière-pensée politique. Elle s'intéressa, par goût, à la manufacture de porcelaine de Vincennes, en pleine déconfiture financière. Elle la fit transporter à Sèvres, au pied de son château de Bellevue, et s'attacha à la développer. Mais très vite elle en fit une sorte de vitrine pour son mécénat artistique. Non contente d'en soutenir le financement, elle surveillait de près le travail, exigeant la qualité, faisant profiter les maîtres faïenciers de son goût très sûr, encourageant les initiatives, créant des modèles et surtout, ce qui est très nouveau, assurant ce que nous appellerions la promotion de cette production. La vaisselle plate d'or et d'argent était jusque-là le signe irremplaçable de la grandeur et de la richesse. Profitant des difficultés financières imposées par la guerre de Sept Ans, elle mit à la mode à la cour la vaisselle de porcelaine. Ce fut, comme l'écrit très bien Danielle Gallet, « un acte politique autant qu'une manifestation du génie féminin ». La France se libéra de la concurrence étrangère et bientôt toute l'Europe s'arracha services de table, vases et figurines de biscuit, tandis que la marquise donnait son nom à une nuance particulière de rose. Elle avait à ses ordres et à ses pieds tous les artistes du royaume.

Vers 1750, elle se montre de plus en plus fascinée par le modèle Maintenon et décide de faire, pour les garçons, ce que son aînée avait fait pour les filles. Elle charge Pâris-Duverney, bon connaisseur des choses militaires, de proposer au roi la construction d'un Collège académique, qui accueillerait cinq cents gentilshommes pauvres, de préférence fils d'officiers tués ou blessés à la guerre, afin de former pour l'armée des cadres de qualité. « Approuvé, le projet, approuvé, petite bien-aimée, puisque vous le voulez absolument », lui écrit le roi en janvier 1751. Jacques-Ange Gabriel, l'architecte, a vu grand, très grand. Il fallut en rabattre, faute de moyens, et la marquise dut parfois puiser dans sa cassette personnelle pour assurer le paiement des ouvriers : « Je ne laisserai pas périr au port un établissement qui doit immortaliser le roi, rendre heureuse sa noblesse et faire connaître à la postérité mon attachement pour l'État et pour la personne de Sa Majesté », écrit-elle à Duverney. L'École militaire put enfin ouvrir en 1760, dans les bâtiments que nous connaissons aujourd'hui.

Ces deux fondations d'esprit assez moderne, plus soucieuses que Saint-Cyr d'utilité publique, devraient lui concilier l'opinion. Mais elle voudrait surtout régulariser, si l'on peut dire, sa situation à l'égard du roi, cesser d'être regardée comme coupable et de constituer pour lui un boulet à traîner. Ils ne sont plus amants. Ils ne veulent plus payer le prix d'un péché qu'ils ne commettent plus. Leur présent sans reproche doit effacer leur passé. Elle est disposée, s'il le faut, à réformer sa vie. « Son système, dit Croÿ, était de gagner l'esprit du roi et, suivant à la lettre Mme de Maintenon, de finir par être dévote avec lui. » Dévot, dévote ? n'allons pas jusque-là. Mais ils sont décidés à tout faire pour que l'Église accorde sa bénédiction tacite à leur désormais chaste amitié – à une réserve près cependant : ils n'envisagent pas une seconde de se séparer. Toutes leurs démarches convergent vers un seul but : se faire accepter, obtenir de l'Église le geste qui permettrait à Mme de Pompadour et surtout à Louis XV, le jour où il le voudrait, de retrouver le chemin de l'eucharistie.

Ils cherchent d'abord à créer en leur faveur un mouvement d'opinion. Ainsi s'explique la très large publicité faite autour de leur relation nouvelle. Sur ce point très intime, qu'il serait naturel de cacher, s'organise quelque chose comme une campagne non pas de presse, mais de bouche à oreille, qui se prolonge sur sept ou huit ans. Quelques exemples parmi d'autres. – D'Argenson, 1751 : « La marquise jure ses grands dieux qu'il n'y a plus que de l'amitié entre le roi et elle. Aussi fait-elle faire pour Bellevue une statue que j'ai vue, où elle est représentée en déesse de l'amitié. » En effet, lors d'une visite de la reine à Bellevue, on guide discrètement ses pas vers le bosquet où le pudique marbre tout juste sorti de l'atelier de Pigalle vient de remplacer celui qui évoquait les amours anciennes. « Comment se nomme ce bosquet ? demande à point nommé Marie. – Madame, répond le jardinier, on l'appelait auparavant le bosquet de l'Amour, et c'est à présent le bosquet de l'Amitié. » Une scène charmante, un peu arrangée pour les besoins de la cause, mais si propre à frapper les esprits ! – L'abbé de Bernis à Stainville, 1757 : « Notre amie ne peut plus scandaliser que les sots ou les fripons. Il est de notoriété publique que l'amitié depuis cinq ans a pris la place de la galanterie. C'est une vraie cagoterie de remonter dans le passé pour noircir l'innocence de la liaison actuelle. Elle est fondée sur la nécessité d'ouvrir son âme à une amie sûre et éprouvée... »

« Cagoterie » ou non, les confesseurs jésuites refusent de céder et imposent le tout ou rien. Mme de Pompadour doit quitter le roi, la réconciliation avec l'Église est à ce prix. Mais puisqu'il n'y a plus rien entre eux ? plaide-t-on. D'ailleurs il existe un précédent. En 1675, Mme de Montespan, consentant à se séparer de Louis XIV, a été autorisée à rester à la cour. Justement, réplique-t-on : « On s'était trop moqué du confesseur du feu roi quand M. le comte de Toulouse était arrivé au monde... » Mais en l'occurrence le risque de rechute n'existe pas, puisqu'on sait la séparation acquise pour des raisons physiologiques. Il n'importe : la faute a été publique, il faut que la réparation soit publique – thème connu. Ils multiplièrent alors les consultations, tentant d'obtenir des uns l'autorisation que refusaient les autres. Ils firent interroger de saints prêtres étrangers à toute coterie. Ils s'adressèrent à la Sorbonne, dont les théologiens passaient pour ennemis des jésuites. Ils songèrent même à en appeler au pape, comme en témoigne un mémoire préparé par Mme de Pompadour, dont on ne sait s'il fut envoyé. En pure perte. La marquise avait un époux, sa place était auprès de lui. Tel était le verdict sans appel.

Or en 1754, elle eut à affronter un très grand malheur. C'est elle qui s'était chargée d'élever la fillette qu'elle avait eue de son mari en 1744. Elle avait concentré sur la petite Alexandrine toutes sortes d'espérances. Elle lui faisait donner, au couvent de l'Assomption, une éducation de choix, pour la préparer à un brillant mariage. Pourquoi pas le fils naturel de Louis XV et de Mme de Vintimille ? Le silence glacial du roi l'avait un peu refroidie et elle avait rabattu de ses prétentions. Mais à huit ans, elle venait de lui trouver un brillant parti, qui en avait onze. Hélas, au mois de juin 1754, une crise d'appendicite aiguë emporta la fillette en quelques heures. Son chagrin fut immense, aggravé encore par la disparition du vieux François Poisson, qui ne survécut que dix jours à cette enfant qu'il adorait. Elle traversa alors une crise religieuse. Dans la chapelle de l'Assomption, puis dans la crypte du couvent des capucines où reposait le cercueil d'Alexandrine, elle venait souvent prier, dans les larmes, désemparée, prête à abandonner un combat désormais sans enjeu et à se préparer à la mort. On la vit mettre un frein à sa coquetterie, adopter des mises plus modestes. Passant « de la toilette au métier », elle occupait ses jolis doigts à des ouvrages de tapisserie et elle faisait scrupuleusement maigre les jours d'obligation. Elle se mettait à ressembler à Mme de Maintenon.

Cependant une chose était sûre : elle n'envisageait pas de s'en aller.

Le roi a besoin d'elle, plaide-t-elle. Ce n'est pas faux. Elle joue de plus en plus, comme on le verra, le rôle d'un premier ministre. D'autre part, sa retraite serait pour lui un désaveu. Ou, s'il y consentait, une défaite. Car l'intransigeance des autorités ecclésiastiques en a fait une question de principe, et donc un enjeu politique. S'il cédait, une partie de l'opinion y verrait un nouvel abandon d'autorité, une nouvelle victoire du parti clérical. Elle ne peut pas partir. Très évidemment ce bras de fer prolongé n'était bon pour personne, ni pour l'Église, ni pour le roi. C'est finalement un jésuite qui trouva la solution. Mais ce ne pouvait être qu'une solution bâtarde.

Le Père de Sacy, vers qui l'orienta le ministre Machault, était simple chapelain dans la maison de Soubise, mais il occupait dans la Compagnie de Jésus d'importantes fonctions, puisqu'il la représentait en France et coiffait toutes ses missions en Amérique latine. Il avait le sens politique qui semblait faire défaut aux confesseurs royaux. Il prit comme une donnée qu'elle ne partirait pas. Comment alors autoriser sa présence à la cour ? Puisque le seul argument solide invoqué maintenant contre elle était sa situation d'épouse séparée, il lui suggéra de faire une démarche auprès de son mari en offrant de reprendre la vie commune. M. d'Étiolles gardait une solide dent contre sa femme, mais il mangeait joyeusement son bien en compagnie de filles d'opéra ou de bourgeoises à la cuisse légère. Il avait refusé l'ambassade de Constantinople pour ne pas s'éloigner de ses plaisirs accoutumés. La perspective de voir débarquer dans sa vie son ex-épouse ne lui souriait nullement. Il se guinda dans les grands sentiments, mais, ironie mise à part, sa réponse était telle qu'on pouvait la souhaiter :

> *Je reçois, madame, la lettre par laquelle vous m'annoncez le retour que vous avez fait sur vous-même et le dessein que vous avez eu de vous donner à Dieu. Je ne puis qu'être édifié par une pareille résolution. Je ne suis point étonné de la peine que vous vous feriez de vous présenter devant moi et vous pouvez aisément juger de celle que je ressentirais moi-même. Je voudrais pouvoir oublier l'offense que vous m'avez faite. Votre présence ne pourrait que m'en rappeler plus vivement le souvenir ; ainsi le seul parti que nous ayons à prendre l'un et l'autre est de vivre séparément. Quelque sujet de mécontentement que vous m'ayez donné, je veux croire que vous êtes jalouse de mon honneur, et je le regarderais comme compromis si je vous recevais chez moi et que je vécusse avec vous comme ma femme.*

C'était donc lui qui ne voulait plus d'elle. Au prix d'une petite couleuvre à avaler – quelques phrases insultantes – elle était libre.

Restait à justifier sa place à la cour où, normalement, elle n'avait rien à faire. Qu'à cela ne tienne : il suffisait de lui trouver une fonction. Une duchesse à tabouret ne pouvait être une subalterne ? On ferait d'elle une dame du palais. Aucune des douze places n'était disponible ? Elle serait surnuméraire, pour faire face aux défaillances éventuelles des titulaires. Solution bien préférable, car sa santé lui interdisait d'assurer un service complet : il n'était que trop vrai que sa respiration commençait à siffler de façon inquiétante dès qu'elle montait un escalier. La réponse de son mari était du 6 février 1756. Le lendemain 7 parvenait à la reine un billet du roi la nommant treizième dame du palais. C'était là le résultat de tractations antérieures. Lorsque le roi en avait parlé une première fois à Marie Leszczynska, celle-ci s'était récriée, pour le motif très officiel que la candidate était en rupture de devoir conjugal : « Sa Majesté peut ordonner ce que bon lui semble, je me ferai toujours un devoir d'obéir, mais j'espère que le roi aura trop d'égards pour la famille royale pour me faire un affront pareil. » Le motif invoqué étant tombé, elle était prise au piège. La marquise lui fit dire qu'elle n'avait rien demandé et n'acceptait cette place que sur les injonctions de son confesseur. Marie soupira et fit répondre à son époux : « Sire, j'ai un roi au ciel qui me donne la force de souffrir mes maux, et un roi sur la terre à qui j'obéirai toujours. » D'ailleurs, ajouta-t-elle à l'intention de ses familiers, ce ne serait pas la première fois qu'elle aurait pour suivante une maîtresse de son mari : elle en avait déjà eu deux ! La nomination de Mme de Pompadour fut donc annoncée, à la surprise générale, le 8 février, et elle tint à assurer aussitôt son service. « Elle parut au souper du grand couvert parée comme en un jour de fête. » La reine la reçut très froidement, et les courtisans plus encore. « Le roi est blâmé universellement », prétend d'Argenson. Pas tant que cela, puisque beaucoup s'y habituèrent très vite.

Elle devenait inexpugnable, sauf en cas de conversion radicale ou de mort du roi. Sans avoir la bénédiction de l'Église – on sait que le Père de Sacy fut désapprouvé par l'épiscopat –, elle bénéficia auprès de tous ceux qui n'appartenaient pas au parti clérical d'une sorte de consensus, fondé moitié sur l'intérêt, car elle était très influente, moitié sur le sentiment que les confesseurs intransigeants en demandaient trop et que ses péchés passés bénéficiaient de la prescription. Où irait-on, n'est-ce pas, s'il fallait payer jusqu'à la mort, au prix fort, les fautes périmées ? Sur ses sentiments profonds, les avis, elle le savait, restèrent partagés. « Le parti de dévotion que j'ai pris, après de très mûres et très longues réflexions, écrivit-elle à Stainville, me fera accuser de finesse, d'habileté, de prévoyance et même de fausseté. Je ne suis pourtant qu'une pauvre femme qui cherche depuis dix ans le bonheur et qui croit l'avoir trouvé... » D'Argenson, en effet, cria à l'hypocrisie pure et simple, comme beaucoup d'autres. Notons cependant que ceux qui la connaissaient penchaient pour la sincérité. « Comme elle n'a jamais paru fausse en rien, dit le duc de Croÿ, les apparences étaient qu'elle était de bonne foi. » De même le très honnête duc de Luynes, ami de la reine, tout en diminuant le mérite d'une « conversion » où les ennuis de santé ont leur part, concède qu'elle « paraît de très bonne foi ». Faute de pouvoir sonder, *a posteriori*, les reins et les cœurs, nous laisserons ici au lecteur toute liberté d'apprécier son attitude. Et si l'on nous demande notre avis, nous dirons que la vérité était sans doute, comme si souvent, dans l'entre-deux. Pourquoi ne pas admettre que, devant le déferlement de haine et sous les coups du malheur, il ne lui soit pas arrivé de regretter la voie qu'elle avait choisie et d'être tentée de demander secours à une foi chrétienne qu'elle n'a pas totalement perdue ? La preuve en est qu'elle chercha et trouva à Paris, pas à Versailles, un confesseur qui consentit à lui accorder l'absolution et lui permit de faire ses Pâques à titre privé, dans la plus grande discrétion. Mais elle comprit qu'elle n'obtiendrait jamais sa réintégration dans la communauté pratiquante de la cour. Jamais elle ne serait autorisée à communier à la même table que la reine. Elle en tira les conclusions. Une fois surmontée la crise intérieure provoquée par la mort de sa fille, voyant sa situation consolidée, mais se sachant en butte à l'hostilité irréductible des dévots, elle renonça à se faire dévote : à quoi bon ? L'enjeu n'était pas religieux, mais politique. Dans la partie qui se jouait, elle n'était qu'un pion à éliminer, parce qu'il barrait l'accès au roi. Raison de plus pour qu'elle décide de s'accrocher.

Mme de Pompadour offre ainsi l'exemple, unique dans l'histoire, d'une favorite ayant survécu à la désaffection de la chair et conservé sa place en cessant d'être la maîtresse du roi, parce qu'elle lui offrait ce bien si rarement accordé aux souverains, une amitié sûre et solide. Elle donna à la politique le temps qu'elle ne consacrait plus à l'amour. D'ordonnatrice des plaisirs royaux, elle glissa vers le rôle de premier ministre non déclaré. Elle fut, pendant près de quinze ans, aux commandes des affaires de la France.

Mais en face d'elle se dresse la reine, incarnation de la légitimité, championne de l'ordre, de la tradition, de la vertu, de la foi. Et la montée en puissance de la maîtresse-douairière, loin de se faire aux dépens de l'épouse délaissée, s'opère en parallèle avec un regain d'influence de Marie Leszczynska, forte de ses enfants qui accèdent l'un après l'autre à l'âge adulte, centre vital d'un clan familial qui pèse désormais d'un poids imprévu. C'est avec cette nouvelle génération d'acteurs qu'il nous faut maintenant faire connaissance, avant d'aborder le récit des grands ébranlements qui secoueront les années suivantes.

CHAPITRE TREIZE

LE CLAN FAMILIAL

Lorsque Mme de Pompadour fut admise à la cour à l'automne de 1745, elle dut être présentée non seulement au roi et à la reine, mais au dauphin et à Mesdames de France, lesquelles n'étaient alors que deux, Henriette, la seconde des deux jumelles, et Adélaïde. Elle reçut de tous trois un accueil glacial : comme c'est souvent le cas dans les familles déchirées par les dissentiments parentaux, les enfants avaient pris fait et cause pour leur mère. Elle était trop fine pour ne pas sentir la menace qu'ils représentaient pour elle. Elle savait que Louis XV souffrait de leurs préventions et entreprit de les désarmer. Mais eux, de leur côté, bientôt renforcés par le retour à Versailles des exilées de Fontevrault, se donnèrent pour tâche de l'éliminer : le fils s'enfermant dans son attitude hostile, les filles cherchant à faire la conquête de leur père. De sorte que Louis XV fut, entre maîtresse et enfants, l'enjeu d'une lutte passionnée, tantôt ouverte et tantôt feutrée.

Les petits soldats de Marie Leszczynska

La reine n'était pas directement responsable de l'état d'esprit de ses enfants. Jamais elle ne se serait permis de proférer devant eux la moindre plainte contre leur père. Elle se contentait d'incarner à la perfection son personnage de victime résignée. Mais il est des choses qui se sentent sans se dire. Du temps des sœurs de

Nesle, la tristesse et l'amertume irradiaient de toute sa personne. Si Adélaïde était trop jeune pour en déceler la cause, les deux aînés comprirent vite. Ils entendaient autour d'eux assez de bonnes langues pour être informés. Dans l'enseignement de leurs éducateurs, ils étaient capables de saisir – le dauphin surtout – les mises en garde contre l'exemple paternel. D'ailleurs, élevés dans un strict respect des pratiques religieuses, ils n'avaient besoin de personne pour constater qu'aux grandes fêtes, tandis que maman communiait avec recueillement, papa restait cloué à sa place. La mort de Mme de Châteauroux leur avait apporté un espoir, avec le sentiment qu'il y avait une justice et que le ciel punissait les méchants. On comprend sans peine que l'irruption de Mme de Pompadour les ait hérissés de colère. Ils sont jeunes, ils sont entiers, ils ne sont pas prêts aux demi-mesures et déplorent la passivité résignée de leur mère. Ils combattront à sa place. Ils ne savent pas encore comment.

Dans l'immédiat, ils se rapprochent de Marie. Elle n'a jamais été une mère tendre, démonstrative. Non qu'elle n'aimât pas ses enfants. Mais elle avait des principes sévères en matière d'éducation : il ne fallait pas les gâter en les dorlotant. De plus l'habitude de réfréner la vivacité de son tempérament était devenue comme une seconde nature. La contrainte qu'elle s'infligeait à chaque instant de son existence, pour ne rien laisser paraître de ses sentiments et pour offrir aux regards l'image attendue, avait fini par brider ses élans et créer en elle cette contenance artificielle que relève d'Argenson, disant qu'elle « n'a rien à elle dans ce qu'elle dit et ce qu'elle prétend sentir ». Mais cette réserve qu'elle s'imposait face à ses enfants quand ils étaient plus jeunes tombe bientôt devant l'affection qu'ils lui prodiguent dans sa nouvelle épreuve. Elle mène en leur compagnie, « dans une confiance réciproque », une vie pleine de douceur, égayée par la musique que les deux filles notamment pratiquent avec goût et talent. Un bloc s'est créé autour d'elle, une petite société chaleureuse et détendue. « Les jours que le roi soupe dans ses cabinets, la reine s'établit dans la ruelle de son lit avec M. le dauphin, Mme la dauphine[1] et Mesdames, et la conversation est extrêmement vive et gaie. Avant-hier, ajoute Luynes, elle dura près de trois quarts d'heure ; de sorte même que dans le salon tout le monde attendait avec impatience l'arrivée de la reine ; mais Madame Adélaïde la retint tant qu'elle put. » L'intimité entre elle et le jeune couple est si grande – « elle leur parle beaucoup tout bas et rit volontiers avec eux » – qu'on la soupçonne de les « refroidir par rapport au roi » et de mal parler de lui. Pure calomnie : elle n'a nul besoin de les monter contre Louis XV, ils ne le sont déjà que trop.

Adieu la charmante spontanéité d'autrefois face à « papa-roi ». Ils sont maintenant paralysés par un mélange de réprobation et de crainte. Et le fait de voir leur mère trembler à la seule idée de lui adresser la parole ne les encourage pas à en faire autant. Or le roi en souffre profondément. Peu attaché aux très jeunes enfants, comme la plupart de ses contemporains, il avait laissé sans trop de peine partir pour Fontevrault les quatre benjamines. L'amour paternel ne s'est vraiment développé en lui que lorsqu'il a vu grandir les aînées. S'il manque d'atomes crochus avec son fils – on y reviendra –, il fond de tendresse devant ses filles. Durant son séjour aux armées, il n'oublie jamais de demander de leurs nouvelles et encourage les progrès d'Adélaïde en équitation : « Le Pâté est-il aussi joli que Griseldin ? » « Le Pâté est donc encore mieux avec vous que Griseldin, je vous en fais mon compliment, mais ni l'un ni l'autre ne savent galoper... » « Je suis bien aise que votre cheval Griseldin soit content de vous ; je vous prie de l'en remercier pour moi ! » Il desserre peu à peu le carcan de l'étiquette qui les condamnait à ne lui rendre, matin et soir, que quelques

1. L'épisode se passe en février 1746. Il s'agit de la première dauphine, Marie-Thérèse-Raphaëlle.

minutes de visites protocolaires : il les verra de plus en plus, assez librement. « On comprend qu'il se sente malheureux lorsque ses enfants lui battent froid, lorsqu'il les voit d'accord pour refuser d'adresser la parole à la Pompadour, lorsqu'il lui revient aux oreilles qu'ils tiennent sur elle de "mauvais discours" et ne la nomment entre eux que "maman-putain". »

À l'évidence, il y a une rude pente à remonter.

Monseigneur le Dauphin

Bien qu'il ne l'ait jamais avoué, le dauphin fut sans doute pour Louis XV une lourde déception. Il était son exacte antithèse. Les témoignages du temps se partagent entre une impitoyable sévérité et une bienveillance qui s'évertue à lui trouver quelques qualités pour équilibrer ses trop visibles défauts. Quelle fut dans la formation de sa personnalité la part de la nature et celle de l'éducation ? Insoluble débat, également ouvert par les contemporains, et qui laisse à penser que les deux y concoururent.

Dans son enfance, il se montrait orgueilleux, violent, autoritaire. Le moyen qu'il en soit autrement quand on est le seul garçon parmi huit filles et qu'on se sait promis au trône de France ? Il n'avait pas encore sept ans qu'il s'indignait qu'une de ses sœurs se permît, à table, de se servir avant lui : « J'aurais cru, Madame, que quand je suis ici, c'est à moi que les honneurs sont dus. » Il se prenait très au sérieux, faisait l'important, pontifiait déjà à l'occasion. Lorsqu'on lui demandait auquel de ses ancêtres il aimerait ressembler, il répondait sans fausse honte : « À saint Louis. Je voudrais bien devenir un saint comme lui. » Beau programme, mais qui ne se réalise pas sur commande. Sa mère, qui lui vouait une prédilection passionnée, comprenait bien qu'il fallait rabattre sa suffisance. Elle se montrait sévère, l'obligeait à faire des excuses à ceux qu'il avait insultés, elle alla jusqu'à le fouetter elle-même, au grand scandale d'une partie du personnel qui s'occupait de lui.

Ses éducateurs parvinrent à le dompter par les voies de la religion. Si les rois sont seuls maîtres sur terre, ils doivent s'incliner devant le roi du ciel, leur maître à tous. L'ardeur passionnée qui habitait l'enfant fut déviée vers le service de Dieu. Il devint éperdument dévot. D'une dévotion sèche, étroite, formaliste, plus préoccupée d'obéissance aux commandements de l'Église que d'amour du prochain et de charité. La faute en incombe sans doute à ceux que Fleury avait choisis pour le régenter. Lorsque l'enfant était passé « aux hommes », un peu avant sept ans, Louis XV se débattait dans les affres d'un premier adultère. Comme beaucoup de pères dans ce cas, il avait laissé son vieux précepteur choisir pour son fils un gouverneur et un précepteur propres à le maintenir dans les sentiers de la vertu, dont lui-même avait mauvaise conscience de s'écarter. Le vieux cardinal avait-il élu délibérément des gens sans éclat, peu susceptibles de lui porter ombrage ? Vu son âge, il ne risquait pas grand-chose, mais qui sait ? Toujours est-il qu'il avait privilégié, pour éduquer le roi, la vertu plus que l'intelligence et l'ouverture d'esprit. Il devait cependant avoir en haute estime Mgr Boyer, évêque de Mirepoix, puisqu'il lui confia, outre la charge de précepteur du dauphin, une responsabilité politique capitale : tenir la « feuille des bénéfices », autrement dit, trancher en dernier ressort sur toutes les nominations ecclésiastiques.

Sur un garçon médiocrement doué – sa mère se lamentait de voir ses sœurs assimiler plus vite les leçons –, une telle éducation ne pouvait avoir que de médiocres résultats. D'abord, le dauphin, élevé dans un cocon protecteur qui le coupait du monde, resta très longtemps « enfant », par-delà même le mariage. Ne se permit-il pas, par exemple, dans l'appartement tendu de noir après la mort de sa grand-mère polonaise, de convier ses sœurs et sa femme[1] à des espèces de « jeux interdits » puérils ? Ils se glissèrent sous les tentures de deuil pour y entamer à la bougie une partie de cartes, puis pour y fredonner *mezza voce* une « leçon de ténèbres ». Hélas, il n'avait pas six ou huit ans, mais dix-huit. Le bon Luynes, qui ne demande qu'à lui trouver du mérite, fait encore confiance à l'avenir : « Sa piété est éclairée et d'un caractère qui doit faire espérer qu'elle sera solide ; mais l'enfance est grande en lui, et lorsqu'on lui tient quelques discours de médisance, [...] il les répète avec peu de discrétion. [...] Il est fort fâcheux que la raison ne soit pas encore assez avancée en lui pour lui faire sentir les conséquences ; ce n'est pas cependant qu'il manque d'esprit, mais il est vif et ne fait pas assez de réflexions. »

De cette vivacité, on cherche en vain les marques. À moins qu'elle ne consiste à « passer promptement d'une chose à l'autre. » En fait, il ne s'intéresse à rien. « Il n'aime aucun amusement ; la chasse à courre et à tir l'ennuie ; il ne peut pas souffrir le jeu ; il n'aime point les spectacles. Jusqu'à présent il paraît qu'il n'y a que la musique pour laquelle il a assez de goût ; il joue du violon, il chante, il joue de l'orgue et du clavecin ; il lit des livres de piété, mais il paraît qu'en tout il ne s'occupe pas assez. » D'ailleurs, constate Luynes l'année suivante, la musique même ne parvient pas à le retenir : « Le goût du violon a entièrement passé, celui de la musique diminue beaucoup, et on n'en voit aucun autre qui ait pris sa place. » Comme si ses goûts prétendus et ses répulsions n'avaient d'autre motif que de prendre point par point le contre-pied de ceux de son père. Qu'il fuie la chasse, passe encore : un fusil à la main, c'est un danger public. Mais il répugne même à la promenade. Il a horreur de l'exercice physique, ne se plaît qu'en un même lieu, sans bouger, à « végéter », comme il le dit sans en mesurer le ridicule. « Ce qu'il aime par-dessus tout, c'est se coucher de bonne heure.

1. Il s'agit là de la seconde, la très jeune Marie-Josèphe de Saxe.

Dimanche dernier, le roi lui demanda ce qu'il comptait faire pour son amusement les jours gras[1] : “Me coucher à dix heures, répondit-il, au lieu que je ne me couche ordinairement qu'à onze heures.” On a peine à comprendre, ajoute Luynes, que l'on puisse penser ainsi à l'âge de M. le dauphin. »

À ce régime, il grossit, prend un embonpoint inquiétant, s'alourdit de corps et d'esprit. Il ne sort de son apathie que pour la pratique religieuse. À la veille du 15 août 1748, il se lève aux aurores alors que tout dort encore dans le château de Compiègne, il se confesse, assiste à une messe au cours de laquelle il communie, puis en entend une autre. Sa dévotion prend une tournure exaltée et s'accompagne de manifestations ostentatoires. Sa première épouse eut de la peine à lui ôter l'habitude de se signer chaque fois qu'il passait devant la salle de théâtre, lieu de perdition. Il se croit investi d'une mission sacrée : se faire l'apôtre de la vertu, dénigrer par sa conduite édifiante le mauvais exemple que donne son père, défendre l'Église menacée par le flot montant de l'impiété. Noble programme. Mais comme il n'a pas l'étoffe qu'il y faudrait, il devient le jouet du parti dévot qui mise sur lui pour assujettir la monarchie à l'Église. Et sa piété étroite et bornée lui vaut dans le public une solide réputation de bigoterie fanatique : le contraire même de celle qu'il souhaitait acquérir.

Louis XV s'efforce en vain de l'arracher à ces influences. Il a réussi, en l'emmenant à la guerre, à nouer avec lui quelques liens. Le jeune garçon se départit peu à peu de cette timidité respectueuse qui le paralysait face à lui. Il ose un jour lui avouer sans façons : « J'ai une grande affaire à vous dire ; j'ai des dettes : en voilà le mémoire, elles montent à 22 594 livres 10 sols ; je n'ai plus d'argent ; j'ai grand besoin que vous me secouriez. » Le roi se garda de l'interroger sur l'origine de ces dettes. Il savait que son

1. Pendant le carnaval.

fils « donnait prodigieusement » : à qui ? à des œuvres de charité, bien sûr ; il ne demanda pas lesquelles. Il paya, en ajoutant de son propre chef une large rallonge ; mais il précisa : « pour boire » – ce qui voulait dire « pour ses menus plaisirs ». Une façon discrète de l'engager à se distraire un peu. Et pour tenter de l'initier aux affaires, il le fit entrer au Conseil dès 1750 – avec voix consultative seulement. Mais il n'en retira pas les bénéfices attendus. Le dauphin se montrera toujours aussi rigide et intransigeant en politique que partout ailleurs, muré dans ses certitudes, qu'il refuse de confronter aux réalités concrètes. Écrasé par un père qui lui est infiniment supérieur par l'intelligence, il essaie comme il peut d'exister face à lui, l'admirant, le blâmant et n'osant le haïr, tel un adolescent hargneux incapable de sortir des affrontements de l'âge ingrat ; contre les mesures que le roi tente de faire prévaloir, il se fera le champion du « bon combat », entraînant à sa suite sa mère et ses sœurs fascinées. Telle est la triste conséquence d'un amour réciproque déçu, qui les déchire tous les deux.

Mesdames aînées

Avec Mesdames, tout se passe mieux. D'abord parce qu'elles sont filles, tout simplement. Henriette et Adélaïde sont jolies, pour l'instant du moins. Pas si jolies que ne nous le laisseraient croire les portraits de Nattier, mais assez pour plaire. Elles ont reçu l'autorisation de se maquiller[1] et doivent porter pour paraître en

1. Depuis longtemps les femmes se fardaient d'un peu de rouge aux joues pendant la période où elles étaient en âge de plaire : en gros de la puberté à la ménopause. Mais il s'y ajoute au XVIIIe siècle une signification sociale. D'où des excès qui excitent la verve des critiques d'art ou des dessinateurs comme Cochin : « On sait assez, écrit celui-ci, que le rouge n'est que la marque du rang ou de l'opulence ; car on ne peut pas supposer que personne ait cru s'embellir avec cette effroyable tache cramoisie. »

public une large jupe à paniers. En voyant les gamines se transformer en adolescentes chez qui perce la future femme, le roi, comme beaucoup de pères, se sent pris de fierté et s'attendrit.

Henriette est brune aux yeux noirs. Sur elle, les témoignages ne tarissent pas d'éloges. « Sa figure est noble, son visage ne déplaît point, et même est agréable quand elle a du rouge. D'ailleurs une grande piété, un maintien très convenable, beaucoup de douceur, de politesse, d'attention, parlant très à propos et d'une manière obligeante et convenable à chacun. » Bref une jeune personne parfaitement bien élevée qui ne défraie pas la chronique. C'est la préférée du roi, mais sa cadette n'y trouve rien à redire.

Adélaïde, plus jeune de cinq ans et demi, est une blonde aux yeux clairs et au nez retroussé, turbulente et indocile, qui ne cesse de faire des siennes. Elle se console mal de n'être qu'une fille et ne voit pas pourquoi on lui interdirait ce qui est permis aux garçons. En juillet 1743, on ne parle que de la guerre contre les Anglais. Que ne peut-elle s'en mêler ? elle les inviterait tour à tour à goûter et les tuerait l'un après l'autre. La voici qui se met en campagne. Pas sans munitions : à la table de jeu de sa mère, elle subtilise une pile de louis d'or qu'elle fourre dans sa poche. Le lendemain, à peine le jour commence-t-il à poindre qu'elle s'habille en cachette et se met en route pour rejoindre l'ennemi. Elle traverse sans encombre le château endormi, descend vers les jardins, croit la partie gagnée lorsqu'elle tombe sur une tournée de gardes. Interrogée, elle avoue fièrement son projet, indique sans honte la source de son petit pécule et révèle le nom de celui qu'elle a désigné comme chevalier servant : le garçonnet chargé de soigner l'ânesse dont on lui fait boire le lait chaque jour. Ses parents en eurent un tel fou rire qu'ils n'eurent pas le courage de sévir. Mais on invita ses femmes de chambre à la surveiller mieux.

À quatorze ans, la voici vent debout, en train d'arpenter les couloirs, la bouche pleine de ces petites dragées venues d'Italie qu'on appelle des *diavolos*. Que se passe-t-il donc ? Le roi a décrété que l'éducation de ses deux filles aînées était terminée. Elles vont être, en la circonstance, habillées, meublées, pourvues à neuf de toutes choses nécessaires. Elles n'ont plus besoin de gouvernante. Or ladite gouvernante, comme elle en a le droit à sa sortie de fonction, vient de s'approprier tous les meubles et objets qui ont servi au cours de leur enfance : elle a emporté jusqu'à une tabatière à laquelle Adélaïde tient beaucoup et dont elle use comme drageoir. D'où la consommation intensive de dragées : « Il faut bien que je les mange, clame la fillette furieuse, puisque je n'ai plus de boîte pour les mettre ! »

Quatre mois plus tard, autre incident, plus sérieux. On la surprend à lire l'*Histoire de Dom B[ougre], portier des chartreux*, un roman érotique qui, dit Luynes, « est regardé avec horreur par les hommes et les femmes les moins scrupuleux », d'autant qu'il est « rempli d'estampes abominables ». Après s'être repue en secret de cette très instructive lecture, elle n'a pas résisté au plaisir d'en faire part à son frère et à sa sœur. La chose s'ébruita et pour le coup, on s'émut. On fit une enquête et la dame de compagnie qui lui avait prêté le livre fut renvoyée. Pas assez vite ni assez discrètement, cependant, pour empêcher la coupable de révéler, avant de partir, la cause de son renvoi. De sorte, dit Choiseul, que la cour et toute l'Europe surent que les filles du roi lisaient *Le Portier des Chartreux* et en firent des gorges chaudes.

Forte tête que cette Adélaïde. La détermination et l'énergie viennent atténuer le fossé que crée entre elle et sa sœur la différence d'âge. Elle voue à son aînée une affection passionnée et jalouse, mais on peut se demander si, des deux, ce n'est pas elle qui mène le jeu. Car pour faire pièce à la favorite, elles ont leur tactique à elles. Elles jugent en effet, contrairement à leur frère, qu'il est peu efficace de lui faire la tête et de lui tirer la langue dans le dos. Elles se proposent de lui arracher le roi en offrant à celui-ci des divertissements de substitution. Il prend plaisir à les voir, à bavarder avec elles. Elles l'y encouragent. Pourquoi ne trouverait-il pas dans le cercle familial, désormais égayé par la jeune génération, de quoi souper, de quoi jouer, de quoi passer ses soirées dans une compagnie digne de lui ? Nous ne croyons pas, comme d'Argenson, que la reine soit le maître d'œuvre de ce plan, ni qu'il s'y ajoute le projet de donner au roi une maîtresse issue des rangs de la cour. Mais on discerne clairement chez ses filles la volonté de faire sa conquête.

Or il se trouve que Mme de Pompadour, pour conserver l'amour du roi, estime qu'il lui faut le réconcilier avec ses filles et se faire accepter d'elles. Elle multiplie donc les amabilités à leur égard, comme elle l'a fait à l'égard de la reine. Pourquoi opposer à ses avances des refus qui irriteront le roi ? pensent Mesdames. Plutôt se servir d'elle lorsqu'elle est utile. Aussi Henriette et Adélaïde n'hésitent-elles pas à solliciter son aide lorsque la détestable Mme de Tallard – l'ex-gouvernante au drageoir – postule la place de dame d'honneur dans leur nouvelle « maison ». Et la favorite ravie se fait un plaisir de leur faire obtenir satisfaction [1]. Il est très probable aussi que c'est sur les conseils de Mme de Pompadour que le roi associe davantage ses enfants à sa vie. Il les emmène à la chasse. Tandis que le dauphin boude, Mesdames, bonnes cavalières, sont toujours partantes. Il les invite aussi aux spectacles du petit théâtre, les convie à quelques-uns des soupers dans ses petits cabinets, les y fait monter le soir, en robes d'intérieur, pour le plaisir de bavarder avec elles. Une façon de leur montrer que ces cabinets ne sont pas un repaire de débauche ; une façon aussi de les flatter en les traitant comme des

1. Ce qui lui valut de la part de Mme de Tallard la dénonciation dont il a été question au chapitre précédent, qui accusait la favorite de l'évincer pour placer auprès de Mesdames des créatures à sa solde. On comprend que cette dénonciation n'ait trouvé aucun crédit auprès de la reine !

grandes personnes. Et si le dauphin se dérobe à ces invitations, les filles, elles, sont enchantées.

Mesdames cadettes

Au mois de mars 1748, Victoire, qui approche de quinze ans, quitte Fontevrault et rejoint les siens après une décennie d'absence. C'est maintenant une jeune fille séduisante, avec « une agréable figure, un beau teint de brune, les yeux grands et fort beaux », sombres sous des sourcils très marqués. Elle est restée étrangère aux drames qui ont divisé sa famille, elle n'a pas partagé, comme ses aînées, les chagrins de leur mère, elle aborde le roi avec simplicité, sans être inhibée par la timidité qui a longtemps glacé les autres. C'est un atout, pense le clan familial, qui compte sur son appui pour la reconquête. Mme de Duras, chargée d'aller la chercher à l'abbaye, lui recommande d'être « plus libre et moins embarrassée que ses sœurs avec le roi et de lui marquer plus d'amitié ». Conseil superflu : Victoire fut très à l'aise lors de l'entretien en tête à tête qu'elle avait sollicité de son père ; ils restèrent trois quarts d'heure ensemble ; elle a dit « qu'elle ne s'était pas ennuyée un moment et qu'elle avait trouvé le temps trop court ». De quoi éveiller la jalousie d'Adélaïde, qui redoute un instant de la voir supplanter Henriette. Mais l'alerte est vite passée. La nouvelle venue n'a pas accès à la vie des grandes : l'après-midi, il lui faut subir leçons et devoirs et elle n'a pas le privilège de souper avec ses aînées.

Lorsque rentreront enfin à leur tour, deux ans plus tard, Sophie et Louise, elles formeront sous la direction de Victoire une petite société à trois, soupant ensemble et partageant la plupart des divertissements. À cette réserve près que les deux plus grandes, suivant l'exemple de leurs aînées, ont fermement refusé de jouer au cavagnole, qui les ennuie mortellement, tandis que la benjamine semble y trouver de l'agrément : parce qu'elle ne connaît pas encore les autres jeux ? ou par charité pour sa mère, comme le dauphin ? D'apparence très enfantine malgré ses treize ans, petite, le dos déformé par la scoliose, Louise a un visage extraordinairement lumineux, « qui plaît beaucoup plus que si elle était belle », dit Mme de Pompadour. Silencieuse et secrète, elle reste très étrangère au monde qui l'entoure. Elle vit à part. Quant à Sophie, elle est grande, grasse, bien faite, et ressemble au roi de profil « comme deux gouttes d'eau » ; mais de face, elle a la bouche « plate », « désagréable ». C'est trop peu dire. Avec son menton trop marqué et son visage tout en longueur, elle « était d'une rare laideur », dira plus tard Mme Campan. Une laideur encore accentuée par l'absence d'éclat de ses yeux. Elle est sotte et ne peut jouer qu'un rôle de figurante dans la partie que joue Adélaïde.

Ce sont donc les deux aînées qui mènent la troupe des filles de France. Mais même si les plus jeunes ne prennent pas une part active dans le combat dont le roi est l'enjeu, elles pèsent sur lui par leur simple présence, elles contribuent, parfois par des riens, à l'attirer dans le cercle familial, elles parviennent mieux que les autres peut-être à lui arracher, par leur simplicité et leur naturel, les témoignages de l'amour qu'il leur porte. Voici, très instructive à cet égard, l'histoire de l'arrachage d'une dent, racontée tout au long par le duc de Luynes. Le dentiste avait prononcé son verdict : on devait arracher une dent à Victoire le jour de Pâques.

« Madame Victoire remettait de demi-heure en demi-heure, et enfin la journée se passa sans qu'on pût la déterminer. Le lendemain, même incertitude, mêmes délais. M. le dauphin et Mesdames renouvelèrent leurs instantes sollicitations. Enfin le roi prit le parti d'y aller après les vêpres et y resta deux heures et demie. M. le dauphin se mettait à genoux devant Madame Victoire, et à toutes les exhortations que la religion et l'amitié lui inspiraient, il ajoutait des réflexions touchantes sur la bonté du roi, qui aurait pu ordonner qu'on la tînt et qu'on la lui arrachât par force, et qui cependant voulait bien attendre et compatir à sa faiblesse et à sa déraison ; mais qu'il ne fallait pas cependant abuser de cette bonté. En effet, le roi ne pouvait se résoudre à donner ordre qu'on arrachât la dent ; il différait toujours, et Madame Victoire lui faisait pendant ce temps-là mille amitiés. Elle proposa au roi de la lui arracher lui-même. On pourrait dire que c'était une espèce de scène tragi-comique. La reine avait été chez Madame Victoire au sortir de la chapelle, et voyant que le roi ne pouvait se résoudre à prendre le ton d'autorité, elle lui représenta la nécessité indispensable de s'en servir ; et Madame Victoire, voyant enfin qu'elle n'avait plus qu'un quart d'heure à se résoudre, après quoi on la tiendrait par force, se laissa enfin arracher sa dent, mais elle voulut que le roi la tînt d'un côté, la reine de l'autre, et que Madame Adélaïde lui tînt les jambes. La reine ne tint pas longtemps la main, et ce fut Madame qui la remplaça. Lorsque cette opération fut faite, Madame Victoire disait : "Le roi est bien bon, car je sens que si j'avais une fille aussi déraisonnable que je l'ai été, je ne l'aurais pas souffert avec tant de patience." »

Nul ne s'étonnera, après avoir lu cette page, que Mesdames comptent bien circonvenir leur père à force de tendresse, de câlineries, de supplications et de larmes. Elles ont mesuré à quel point il était faible en face d'elles et elles sont décidées à s'en servir, pour son plus grand bien, pensent-elles – mais cela, c'est une autre histoire.

Le retour de Madame Infante

Dans les tout derniers jours de 1748 avait débarqué à Versailles une autre revenante, qu'on croyait ne jamais revoir : la fille aînée du couple royal, Élisabeth, dite Babette, officiellement Madame Infante, qui avait épousé neuf ans plus tôt l'infant don Philippe. Elle était suivie, à quelques jours de distance, par sa fille Isabelle. Le roi, qui avait « grand empressement de la voir », alla à sa rencontre au château de Villeroy et l'emmena faire étape à Choisy. Avec des larmes de joie elle y retrouva son frère et ses sœurs. Le 31 décembre, elle arriva à Versailles, juste au moment où la reine s'apprêtait à aller entendre les vêpres à la chapelle. Priorité au service religieux : elle eut droit à une brève embrassade, les effusions durent attendre la fin de la cérémonie. Le public put admirer, lors du souper, la tendre union de la famille royale, « coup d'œil touchant » pour tous les « bons Français ». « C'était une joie parfaite, noble et aisée du roi, conte le duc de Croÿ, de se voir ainsi avec sa famille, qui en témoignait une parfaite. L'infante riait aux anges [...] et plaisanta avec la gentille Madame Adélaïde, étant toutes deux très vives et spirituelles. L'infante rapportait un très grand accent gascon qui faisait, avec sa vivacité, un plaisant effet. Après le souper, le roi les tint toutes longtemps embrassées, les couvant des yeux, avec un air de tendresse charmante. Aussi faut-il avouer que le roi était le meilleur père, le meilleur ami et le plus honnête homme que l'on puisse voir. »

On trouve l'infante « mieux » qu'à son départ. C'est maintenant une jeune femme épanouie – un peu trop sans doute selon nos critères –, avec un beau teint, les yeux petits, mais le visage assez agréable. Elle s'est efforcée de ne pas paraître trop espagnole dans ce temple du bon goût qu'est Versailles. Pour l'accent gascon, le mal est sans remède : c'est ainsi qu'on parle le français à Madrid. Mais elle a abandonné le toupet de cheveux maintenu par un peigne au sommet de la tête et s'est fait coiffer à la mode de Paris. Et la joie la transfigure.

Que vient-elle donc faire en France ? Rien de particulier, en principe. Sur le chemin qui la mène de Madrid à Parme, que le traité d'Aix-la-Chapelle a accordé à son époux, elle fait un détour – un très grand détour ! – pour remercier son père. Et il est vrai que sans celui-ci, l'infant Philippe n'aurait jamais rien obtenu.

La guerre de succession d'Autriche, dans laquelle

Louis XV ne s'est engagé qu'à contrecœur, avait comporté, parallèlement aux campagnes d'Allemagne et de Flandre, une offensive en Italie, parfois nommée « guerre des duchés » parce qu'elle visait à arracher à l'Autriche, au bénéfice de l'infant d'Espagne surnuméraire, un ou plusieurs des duchés qu'elle détenait encore dans la Péninsule. D'abord victorieuse, cette offensive avait ensuite tourné au désastre, puisque les ennemis, non contents de reprendre la Lombardie, s'étaient avancés en Provence jusqu'aux portes de Toulon. Les victoires de Flandre avaient finalement permis de signer une paix, qui aurait pu être beaucoup plus favorable à la France si Louis XV avait voulu les exploiter. Mais il estimait n'avoir pas besoin d'agrandir son territoire et il voulut traiter « non en marchand, mais en roi ». « Il lui parut plus beau, dit Voltaire admiratif, de ne penser qu'au bonheur de ses alliés, plutôt que de se faire donner deux ou trois villages de Flandre, qui auraient été un éternel objet de jalousie. » La paix d'Aix-la-Chapelle, signée le 18 octobre 1748, était pour la France une paix blanche, un retour au point de départ : le roi restituait ses conquêtes. Mais elle renforçait son influence en Italie. Ses alliés italiens recouvraient leurs possessions. L'infant don Philippe obtenait, à défaut de Milan dont rêvait sa femme, les modestes duchés de Parme, Plaisance et Guastalla. L'opinion publique comprit mal qu'après les conquêtes de Maurice de Saxe, on ne conservât pas au moins un morceau de Flandre : le roi de Prusse, lui, gardait bien la Silésie ! Elle jugea le traité stupide et en fit un dicton : « Bête comme la paix. » Et l'on commença de gronder : le roi avait fait tuer des milliers d'hommes et dépensé des millions à seule fin de procurer un trône à son gendre.

Le fait est que le gendre en question était bien incapable de s'en procurer un tout seul. Tout au long de la campagne, il s'était montré d'une extrême puérilité. Le maréchal de Belle-Isle l'avait surpris, pendant les temps morts, à jouer aux barres, à cligne-musette et aux quatre coins. Et sur le champ de bataille, il ne fallait pas compter sur lui. Il se serait bien contenté de son sort sans son épouse, qui avait de l'ambition pour deux. Restée seule à Madrid durant toute la guerre en compagnie de l'impérieuse Élisabeth Farnèse, puis de la nouvelle reine, qui l'avait prise en grippe, elle rongeait son frein en rêvant d'un État bien à elle, sur lequel elle régnerait en maîtresse aux côtés d'un époux passif. Le duché de Parme, ni vaste, ni riche, ne comblait pas ses vœux, mais c'était mieux que rien. Elle venait maintenant, sous prétexte de remerciements, quémander des subsides pour remettre en état le château ducal resté à l'abandon, et accessoirement, jeter quelques jalons en vue de marier brillamment sa fille : la petite n'avait que sept ans, mais les mariages princiers sont œuvre de longue haleine.

Le roi fut ravi de faire connaissance avec l'aînée de ses petites-filles. La seconde, née du premier mariage du dauphin, était morte quelques mois plus tôt, tuée par les médecins qui avaient soigné à coups d'émétique une crise de convulsions causée par la percée de cinq grosses dents, au lieu d'inciser la gencive comme le suggérait le chirurgien. À vrai dire sa disparition était passée quasiment inaperçue : à deux ans, les bébés ne comptent guère, surtout quand leur mère n'est plus là. L'infante Isabelle, au contraire, avait déjà la grâce d'une petite femme et la dignité d'une future souveraine : elle enchanta toute la cour.

Tandis que l'opinion publique vitupérait Louis XV, il jouissait de la présence de sa fille, à qui le liaient des affinités chaque jour découvertes. Elle se sentait beaucoup plus proche de lui que de sa trop pieuse mère, avec qui elle s'ennuyait. Elle recherchait sa conversation. Lui, de son côté, se réjouissait de découvrir chez elle intelligence, énergie, sens politique. Ils avaient en commun le goût des mathématiques et des sciences, dont ils discutaient longuement. Rempli de remords à l'idée de l'avoir si mal mariée, il la comblait de cadeaux. Elle se trouvait si bien qu'elle joua de tous les prétextes pour prolonger un séjour d'abord prévu pour une quinzaine : elle ne gagnerait Parme, où l'attendait un époux aussi peu doué pour le gouvernement d'un État que pour la guerre, que lorsque l'Autriche aurait satisfait à tous ses engagements. Elle resta donc dix mois, pendant lesquels sa présence mit beaucoup d'huile dans les rouages familiaux. Elle regardait du haut de son expérience de la vie ses sœurs si puériles, enfermées dans leur univers étriqué. Elle avait mesuré au premier coup d'œil l'influence de Mme de Pompadour et jugé plus utile de se la concilier que de mener contre elle un combat sans espoir. La favorite commençait à se mêler de politique étrangère : mieux valait l'avoir de son côté. Leurs relations furent cordiales, sans plus. Le temps que le roi consacrait à sa fille était pris sur celui naguère dévolu à sa maîtresse, qui en ressentit quelque jalousie. Au bout du compte, même si le dauphin et ses sœurs se trouvaient contraints, puisque leur aînée pactisait avec l'ennemie, de mettre une sourdine à la guérilla, il était évident que son séjour était bénéfique : Henriette et Adélaïde jugeaient qu'il leur serait aisé de combler auprès de leur père le vide qu'allait créer le départ de Madame Infante.

Celle-ci dut partir en effet. Elle quitta finalement Versailles, au mois d'octobre. Les adieux furent déchirants : elle avait le sentiment d'être chassée du paradis. Elle trouva le moyen d'y revenir trois ans plus tard, et d'y passer une année entière. On l'y reverra à nouveau de 1757 à 1759.

Querelles autour d'un appartement

Le séjour de Madame Infante avait achevé de convaincre Mme de Pompadour que le rapprochement entre le père et ses enfants, qu'elle avait encouragé, pouvait constituer pour elle un danger. C'est pourquoi elle tenta une contre-offensive.

Dans l'immense château de Versailles, les différents logements étaient soigneusement hiérarchisés, selon des règles complexes où le confort – l'orientation par exemple – n'était pas le critère dominant. Comptait avant tout la distance par rapport au saint des saints, les appartements royaux du premier étage. Pour des raisons de prestige, bien sûr, mais aussi pour des raisons très matérielles : on avait plus de chances de voir le roi si l'on vivait à proximité. Reste qu'il était plus flatteur d'être près de lui par-dessous au rez-de-chaussée – étage moins noble que le premier, mais très recherché tout de même –, plutôt que par-dessus, au second ou sous les combles, logis réservé aux amours discrètes. Rien n'était plus délicat que d'apporter dans la répartition des locaux des changements qui risquaient d'entraîner des glissements en chaîne. On n'entrera pas ici dans le détail des différents appartements qui abritèrent Mesdames de France, grosses consommatrices d'espace depuis que les aînées avaient une « maison » à elles et que les deux dernières allaient bientôt rentrer de Fontevrault. Disons seulement que Mesdames avaient toutes une idée fixe, quitter la lointaine aile des Princes, où l'on confinait les enfants, pour accéder au corps de bâtiment central.

Or le départ de Madame Infante créait un vide, pas seulement psychologique : matériel. La comtesse de Toulouse, très âgée, s'était retirée dans sa maison de Versailles pour céder à la visiteuse une partie des pièces qu'elle occupait avec ses enfants, le duc et la duchesse de Penthièvre, à l'angle nord-ouest du rez-de-chaussée. C'était le fameux appartement des Bains, aménagé pour Mme de Montespan juste sous celui du roi, à qui le reliait un petit escalier intérieur : une voie dont Louis XV avait usé quotidiennement pour aller voir sa fille aînée. Mme de Pompadour se douta aussitôt que les deux autres revendiqueraient cet appartement et elle prit les devants.

Le moment lui convenait. Elle se faisait à l'idée que le temps des amours était fini. Il lui faudrait donner à l'amitié toute neuve un statut officiel décent. « Le roi, écrit-elle à une amie, m'a donné le logement de M. et Mme de Penthièvre, qui me sera très commode. Ils passent dans celui de Mme la comtesse de Toulouse, qui en garde une petite partie pour venir voir le roi le soir. Ils sont tous très contents et moi aussi. » Tous ? Les co-occupants peut-être. Mais Mesdames sont furieuses. Henriette tenta vainement de faire revenir son père sur cette décision et se répandit en récriminations : « Que la marquise loge en haut ou en bas, le roi mon père n'ira pas moins ; il faut autant qu'il descende pour remonter que de monter pour descendre ; tandis que moi, Dame de France, je ne puis loger en haut dans les cabinets. » Hé oui ! mais précisément, Mme de Pompadour tenait à être en bas, pour bien montrer à la cour que son statut avait changé, mais qu'elle était plus puissante que jamais. À position plus honorable, appartement plus prestigieux.

Elle disposait, sans compter les cabinets de service, d'une magnifique enfilade de cinq pièces ouvrant par de vastes baies sur le parterre du nord, et secrètement reliées au premier étage par le fameux petit escalier. Elle s'occupa aussitôt d'en améliorer le confort : on insonorisa sa chambre en glissant de la bourre sous le plancher du très bruyant salon de Mars, situé au-dessus. Elle les décora et les meubla avec son goût exquis : tentures jaunes dans sa chambre, chaise longue, fauteuil, tables à jeu, travailleuses pour ranger ses ouvrages d'aiguille, clavecin, bibelots de porcelaine où Sèvres se taillait la plus belle part. C'est là qu'elle passera le reste de son existence. Madame Adélaïde gagnera du terrain, jusqu'à devenir sa voisine, mais ne parviendra pas à la déloger et devra attendre sa mort pour occuper les lieux avec sa sœur Victoire. Mme de Pompadour a donc marqué un point. Mais la violence de la réaction d'Henriette, réputée si douce, prouve bien que la paix entre la favorite et les filles du roi n'est pas pour demain. Dans cette affaire – chose surprenante – la reine a pris le parti de la marquise contre Mesdames. Parce qu'elle est « fort jalouse du crédit de ses enfants », explique Luynes. N'est-ce pas aussi qu'elle craint de les voir, par leurs initiatives intempestives, compromettre sa tranquillité. Vaut-il la peine de contrarier gravement le roi pour un appartement ? Mieux vaut se réserver pour le bon combat.

La guerre sainte

Le bon combat, le seul qui vaille aux yeux de Marie Leszczynska la peine d'être mené, c'est la défense de l'Église. Or il est exact que, à la charnière du siècle, le haut clergé fait l'objet d'attaques virulentes ou sournoises de la part des jansénistes d'une part, de la « secte » philosophique de l'autre. Autour de la reine et du dauphin se regroupent tous ceux qui reprochent au roi de manquer de fermeté contre les coupables. « Sans le vouloir, la reine a donc un parti, écrit d'Argenson. Le dauphin et Mesdames ont en elle une confiance d'enfants mal élevés ; et comme la nature est maligne chez les femmes et chez les enfants, on parle du roi, dans leurs entrevues, plus en mal qu'en bien. On y gémit de ses amours, et l'on y maltraite ses maîtresses. Les prêtres, les moines et les dévots s'y réunissent. La jalousie de la reine et la bulle *Unigenitus* sont les mots d'ordre de cette cabale. Quelques ministres y pénètrent par des vues coupables : elles supposent toujours le plus grand des malheurs pour l'État, qui serait la mort du roi [1]. Mais Sa Majesté ne le trouve pas mauvais. Ces ministres, au sortir du Conseil, vont dire à la reine les *secrets de l'État* ; ils se rendent nécessaires pour accommoder quelquefois des tracasseries de ménage. » Tout cela est d'une insigne méchanceté, comme souvent avec d'Argenson, mais ce n'est pas tout à fait faux.

Un des prêtres visés par le mémorialiste est Mgr Boyer, ex-évêque de Mirepoix, maître à penser du clan familial, qui fait la pluie et le beau temps auprès

---

1. Ce qui veut dire que les ministres travaillent dans l'hypothèse où le roi viendrait à mourir et qu'ils cultivent le dauphin, pour le jour où il régnera.

de la reine et de ses enfants. Il a sur eux l'autorité que lui confère un don inné pour la parole, un désintéressement parfait et des mœurs irréprochables. « Il ne manque ni d'intelligence, ni de volonté, écrit fort justement P. de Nolhac, mais l'intelligence est courte et la volonté têtue. » Il fait partie de ceux qui, par leur intransigeance, réveillent les querelles religieuses que Fleury avait eu tant de peine à assoupir. Or Mgr Boyer, on l'a dit, a identifié d'emblée en Mme de Pompadour une ennemie. Et toute une série d'événements, parfois mineurs, le persuadent que le roi, contaminé par elle, se détache du catholicisme. Sous son influence, toute atteinte à un des membres du parti dévot est donc interprétée par la famille royale comme un pas de plus vers le triomphe du Mal.

Après le renvoi du marquis d'Argenson, la disgrâce de Maurepas, surtout, jeta la consternation chez la reine, dont il était un familier et qui avait coutume de lui parler deux ou trois fois par semaine en tête à tête. Elle en pleura. Elle voyait se démanteler le réseau d'amis qu'elle entretenait dans le ministère et qui la mettaient au courant des affaires. Elle se permit de lui écrire, dit Luynes, au grand déplaisir de son époux. Elle se serait même hasardée à le recevoir secrètement la nuit qui précéda son départ quand il se glissa dans son ancien bureau pour y récupérer des papiers. Son fils osa protester, en vain. Dès lors chacun essaie de placer ses pions et lorsqu'il y a compétition pour un régiment, par exemple, entre un candidat du dauphin et celui de la marquise, c'est le premier qui l'emporte. À chacun sa clientèle.

Faute d'atteindre directement la favorite, on peut s'en prendre à ses protégés. C'est qu'elle a de bien mauvaises fréquentations. Tenez, par exemple, ce mauvais sujet de Voltaire, dont les *Lettres philosophiques* ont été condamnées par le Parlement à être brûlées de la main du bourreau et dont le roi cependant n'a pas cassé la récente élection à l'Académie française. N'a-t-elle pas osé l'introduire au jeu de la reine, en compagnie de sa maîtresse la marquise du Châtelet ? Il y a fait scandale en murmurant à celle-ci, qui n'arrêtait pas de perdre, que la cour était un repaire de tricheurs. Il l'a dit en anglais, croyant n'être pas compris, mais il oubliait que cette langue était alors assez répandue – on l'avait même fait apprendre au dauphin. Deux mois après, nouvel esclandre : pour remercier Mme de Pompadour d'avoir fait jouer sur son théâtre *L'Enfant prodigue*, où elle tenait brillamment un des rôles principaux, il lui a offert un madrigal associant les conquêtes de Louis XV en Flandre et celles que la favorite s'assurait sur les cœurs. C'en était trop, et l'on vit Madame Adélaïde parcourir la grande galerie en brandissant le texte incriminé et en prenant tout un chacun à témoin de l'insolence. Voltaire était indéfendable. Sa protectrice le laissa tomber. Il se réfugia, devinez où ? À Lunéville, chez Stanislas, qui posait alors au « despote éclairé » et se piquait de philosophie. Et il écrivit de là au président Hénault pour le prier de plaider sa cause auprès de la reine : le crime de « lèse-cavagnole » était-il sans rémission [1] ?

En novembre 1748, incident beaucoup plus grave. Lors de la révolution de 1688, les Anglais, écartant du trône les Stuart catholiques, avaient accordé la couronne à leurs lointains cousins de Hanovre, qui étaient réformés. Depuis, la France avait toujours soutenu et hébergé le souverain déchu Jacques II, puis son fils et son petit-fils, le prétendant Charles-Édouard. Au cours de la dernière guerre, elle avait encouragé les efforts de ce dernier pour reconquérir son royaume. Sans succès : débarqué en Écosse, il avait subi à Culloden une défaite sans appel. Au traité d'Aix-la-Chapelle, Louis XV avait dû reconnaître George II comme souverain légitime de Grande-Bretagne

---

1. Il avait fait sur ce thème un joli quatrain :

> *On croirait que le jeu console,*
> *Mais l'ennui vient à pas comptés*
> *S'asseoir entre des majestés*
> *À la table d'un cavagnole.*

et s'était engagé à expulser le Prétendant. Il ne faisait que s'incliner devant l'évidence : les Anglais ne voulaient pas d'un retour des Stuart. Mais cette clause fut interprétée comme une trahison de la cause catholique. Et par malheur pour Louis XV, Charles-Édouard, qui menait à Paris fort joyeuse vie, refusa de partir, même lorsqu'une lettre de son père lui en donna l'ordre exprès. Comptant sur un mouvement d'opinion en sa faveur, il affirmait tenir du roi et de ses ministres des promesses écrites qu'il eût été bien en peine de produire, et il menaçait d'attenter à ses jours si on l'expulsait de force. Comment l'arrêter par surprise, sans qu'il ait le temps de passer à l'acte ? On ne trouva rien de mieux que le cueillir à l'entrée de l'Opéra. Il se débattit et on dut l'attacher – avec des rubans de soie ! – pour le jeter dans la voiture qui le conduisit à Vincennes. Bien qu'on eût pris soin de faire le vide sur la place du Palais-Royal, tous les détails de l'arrestation furent très vite connus. Ils soulevèrent dans Paris un mouvement de pitié et à Versailles le dauphin pleura, si l'on en croit d'Argenson. Le désaccord entre le roi et sa famille quittait le plan strictement privé pour prendre une tournure politique.

Un an plus tard, la famille s'engageait à fond, contre Machault d'Arnouville, pour faire capoter le projet d'imposition du vingtième. On a dit plus haut[1] comment le clergé, par la voix de son assemblée de 1750, résolut de faire obstacle à toute enquête sur ses revenus, invitant le roi à se contenter du *don gratuit* qu'il voulait bien lui consentir. L'affaire suscita de vifs mouvements d'opinion, un échange de libelles, et l'on vit se durcir les positions des uns et des autres face aux exigences cléricales, qui semblaient n'avoir que peu de rapport avec l'orthodoxie du dogme ou la morale évangélique. Mgr Boyer, épaulé par les confesseurs jésuites et autres ecclésiastiques fréquentant la reine, n'eut pas de peine à enrôler celle-ci sous la bannière de ce qu'elle croyait être la défense de la religion

1. Voir pages 391-392.

menacée. Quand l'Église était en jeu, Marie était toujours prête à payer de sa personne. Le dauphin, alimenté par ses conseillers en textes juridiques et mémoires, fourbissait ses arguments pour discuter avec son père. La combativité naturelle d'Adélaïde faisait merveille au service d'une aussi noble cause : « La cabale, bien unie et bien ravitaillée, écrit P. Gaxotte, se donna le meilleur commandant qu'elle pouvait choisir, un général de dix-huit ans, Madame Adélaïde, ardente, passionnée, instruite, sans mesure dans la haine qu'elle portait à Mme de Pompadour et à tout ce qui sentait la nouveauté. » On était en période de jubilé, l'exaltation religieuse battait son plein. Louis XV, lorsqu'il venait chercher un peu de paix et de détente auprès de ses enfants comme il en avait pris l'habitude, trouvait en eux des combattants qui le sommaient de renoncer à son pernicieux projet, faute de quoi il allait abattre la religion, perdre le royaume et se damner de surcroît. Des adversaires d'autant plus difficiles à contredire, pour un homme qui les aimait, qu'ils étaient éperdument sincères.

Machault faisait face comme il pouvait à cette coalition déchaînée. On avait réussi à le faire passer pour un impie, bien qu'il fût très bon catholique, parce qu'il refusait de mêler religion et fiscalité. Il avait pour lui Mme de Pompadour, la plupart des ministres, des intendants et des grands financiers : tous gens qui savaient combien les intérêts matériels savent se cacher derrière les nobles principes. Il avait aussi les philosophes et les économistes – mais de cette aide compromettante, il se serait volontiers passé.

Finalement, le roi céda. Il prit en compte assurément d'autres éléments que les pressions familiales. Mais il est certain que les objurgations de sa femme et de ses enfants ont joué un rôle dans sa reculade. Une reculade qui a pesé très lourd dans le destin de la monarchie. Comme quoi Marie Leszczynska s'était laissé, une fois de plus, rattraper par la politique dont elle s'était promis de ne jamais se mêler. Dans une vie de reine, il n'est rien qui ne soit politique.

Cette éclatante victoire renforça le parti dévot qui trouva bientôt un autre combat où s'illustrer. Cette même année 1750 avait vu le lancement d'un *Prospectus* annonçant la publication d'un ambitieux Dictionnaire qui se voulait la somme de toutes les connaissances acquises à ce jour. D'inspiration scientifique et technique, l'*Encyclopédie* répondait à l'attente du public cultivé curieux des progrès et découvertes récents. Pour financer l'édition, les futurs lecteurs étaient invités à souscrire à l'ensemble des volumes promis. Le premier tome parut le 1er juillet 1751 et les lecteurs attentifs s'aperçurent vite que l'ouvrage, d'inspiration rationaliste – le *Discours préliminaire* était de Diderot –, partait en guerre contre la « superstition » et invitait à une libre critique des idées reçues. Mgr Boyer fut un des premiers à sonner l'alarme. Il n'est pas question de raconter ici les péripéties qui jalonnèrent la publication des volumes successifs, allant d'une condamnation aisément tournée à une interdiction définitive, qui ne tua pas l'entreprise, mais l'amena à se faire imprimer à l'étranger. Mme de Pompadour y était favorable, le clan familial, comme on s'en doute, violemment hostile. La reine tempêta contre « les mauvais livres dont le public était inondé » et Mesdames firent chorus. Qu'en pensait le roi tout au fond de lui-même ? Il hésitait sans doute entre l'intérêt pour le côté scientifique de l'ouvrage et la défiance pour les idées qui en animaient les auteurs. Il ne s'alarma pas des premiers volumes. C'est le public qui arbitra le conflit en faisant un triomphe à l'ouvrage. Et Mesdames n'y pouvaient rien.

La vocation du célibat ?

Au fait, que faisaient donc les filles de Louis XV dans le sillage de leurs père et mère, montant lentement en graine à mesure que passaient les années ? Des filles de France auraient dû être mariées depuis longtemps.

Jamais on n'en avait vu rester pour compte. Mais en l'occurrence, pour toutes sortes de raisons, il était très difficile de leur trouver des époux.

Leur qualité interdit de descendre trop bas. Le mariage de Madame Infante constitue à cet égard un précédent instructif. Il leur faut des princes. Hélas, l'Europe est à cette date très pauvre en princes célibataires d'âge approprié. Il n'y en a pas à Madrid, ni à Vienne. L'appartenance à la religion réformée oblige d'exclure tous ceux d'Europe du Nord. Le tour des partis possibles est vite fait. On songe au fils de l'Électeur de Bavière pour Henriette, au prince de Piémont ou au prince de Saxe pour Adélaïde, mais ce ne sont là qu'hypothèses en l'air : on n'entame pas de pourparlers. Pour Victoire, on lorgne vers le roi d'Espagne, Ferdinand VI, dont la femme est, dit-on, mourante. En cas de veuvage, il ferait l'affaire. Aussi l'ambassadeur de France transmet-il régulièrement des bulletins de santé détaillés : la reine Maria Barbara « peut finir d'un instant à l'autre », mais elle peut aussi durer. Elle durera assez pour que son époux, malade, ne soit pas en état de se remarier. Pour Sophie, on était à bout d'imagination, aucun nom ne fut prononcé. Quant à Louise, qui se dissimulait dans l'ombre de ses sœurs, elle avait depuis longtemps son idée. Lorsqu'elle sentait qu'on s'interrogeait sur son avenir, elle faisait saillir très fort sa colonne vertébrale déviée, pour bien montrer qu'elle n'était pas mariable.

L'inconsistance de tous ces projets s'explique par deux raisons. L'une est bassement matérielle : le roi n'a de dot à leur donner, ni en terres, ni en écus, et au sortir d'une guerre décevante, son prestige est écorné ; nul n'est prêt à prendre gratis une de ses filles dans le seul but de se procurer son appui. L'autre est psychologique : aucune d'entre elles n'a vraiment envie de se marier. Entendons-nous. Elles ne rechignent pas devant le mariage en soi. Mais elles ne sont pas disposées, comme les dociles princesses d'autrefois, à se laisser jeter, loin de leur patrie, dans les bras d'un monsieur qu'elles n'ont jamais vu. Elles sont de leur temps, elles rêvent de bonheur et de liberté. L'exemple de leur mère et celui de leur sœur les a instruites sur les périls du mariage. Elles ont vu souffrir la première des infidélités d'un époux trop aimé. Elles ont entendu les lamentations de la seconde, liée à un homme médiocre qu'elle n'aime pas, et vouée à mener près de lui une vie terne et besogneuse dans un duché d'opérette grand comme un mouchoir de poche. Si encore elles pouvaient choisir, et rester sur place !

La tendre Henriette crut trouver un instant l'âme sœur en la personne de son cousin Louis-Philippe d'Orléans, duc de Chartres, un petit-fils du régent. Un garçon doux et paisible, encore svelte quoique visiblement promis à l'obésité. Les deux jeunes gens ébauchèrent une idylle sur laquelle Louis XV sembla d'abord jeter un regard favorable. Sur quoi ses ministres lui firent observer qu'une telle alliance détruirait en France le fragile équilibre entre les maisons d'Orléans et de Bourbon-Condé et donnerait à la branche espagnole de la famille l'impression d'être écartée de ses droits à la succession. Le duc de Chartres se risqua pourtant à faire sa demande : « Sire, j'avais une grande espérance. Votre Majesté ne l'avait pas ôtée à mon père. [...] Je contribuais au bonheur de Madame Henriette qui serait restée en France avec Sa Majesté. [...] M'est-il permis encore d'espérer ? » Il eut pour toute réponse un silence navré, accompagné d'une étreinte des deux mains. Et il en épousa une autre.

La bouillante et romanesque Adélaïde laissa passer sans y répondre les hommages que le prince de Conti lui prodigua lors de sa petite vérole. Mais elle se distingua en jetant les yeux sur un jeune garde à la figure particulièrement avenante. Elle lui envoya un billet anonyme accompagné d'une jolie tabatière, en lui laissant entendre qu'il en saurait bientôt la provenance. Par malchance, le roi découvrit l'affaire en reconnaissant dans les mains du garçon l'objet qu'il avait récemment offert à sa fille. L'heureux élu dut quitter la cour, avec une confortable pension pour acheter son silence, et Adélaïde fut grondée. Elle était assez fantasque cependant, et assez piquante, pour faire rêver un marchand de dentelles et un chanoine, qu'on renvoya l'un à son négoce, l'autre à l'asile de fous.

Sur ces entrefaites, en février 1752, Madame Henriette tomba malade. Elle refusa d'en rien dire et accompagna ses sœurs à Trianon, mais la migraine et la fièvre l'obligèrent à rentrer au château. Elle était déchirée par une toux rauque. Durant la semaine qui suivit on la purgea, on la saigna, sans parvenir à faire baisser sa température. Le mercredi elle demanda à communier. Le jeudi matin elle était si mal qu'on alla éveiller le roi et la reine. Elle avait perdu connaissance lorsqu'on lui administra l'extrême-onction. Elle ne reprit conscience que quelques minutes, pour remercier le prêtre, et elle s'éteignit. « Fluxion de poitrine », « fièvre putride » ? Ces mots témoignent de l'ignorance des médecins. Plutôt que d'incriminer le chagrin d'amour consécutif à son idylle brisée, on penche aujourd'hui pour une tuberculose.

Le chagrin du roi fut extrême. Henriette était, avec sa jumelle de Parme, sa fille préférée. Il se laissa emmener passivement à Trianon, abîmé dans une douleur muette. Madame Louise gémissait : « Pourquoi ne m'a-t-on pas laissée à Fontevrault ? Je ne l'aurais jamais connue. » Marie Leszczynska cherchait une consolation dans la prière. Mais à Paris, dans les rues, le peuple criait au châtiment du ciel : « Voilà ce que c'est que d'offenser Dieu ! »

Si triste qu'elle soit, Madame Adélaïde ne perd pas le nord. Désormais pourvue, en tant que fille aînée, du titre de *Madame* tout court, elle réclame l'appartement du rez-de-chaussée qui a été refusé à Henriette. Avec un argument sans réplique : elle ne supporte plus de vivre dans celui où sa sœur est morte. Mme de Pompadour appuie donc chaleureusement sa demande. Mais elle ne cède pas un pouce du terrain qui lui appartient. C'est en décalant d'un cran le logement des Penthièvre qu'on parvient à en créer un pour Adélaïde : demi-victoire, dont celle-ci devra se contenter jusqu'à la mort de la favorite.

Après la disparition d'Henriette, rien ne sera tout à fait comme avant. Certes le roi fera tout pour complaire aux quatre filles qui restent près de lui et qu'il appelle familièrement, selon l'exaspérante mode des surnoms qui sévit alors, *Torche, Coche, Graille* et *Chiffe*. Mais jamais Adélaïde, trop emportée, trop impérieuse, trop imprévisible, ne prendra dans le cœur de son père la place qu'ont occupée les jumelles. Son empire ne s'exercera que sur Victoire et Sophie, qu'elle entraînera à sa suite et qui partageront ses passions, ses haines, son amour pour la musique et sa boulimie. Elles meublent ensemble le vide de leurs journées à faire des « nœuds[1] » ou autres ouvrages de dame au goût du jour. Elles épaississent, vieillissent, se fanent ensemble, gardiennes des traditions dont elles se veulent les dépositaires sans concessions. Elles feront à ce titre pas mal de dégâts. Deux d'entre elles, dont l'indomptable Adélaïde, survivront à leur frère, à leur mère, à leur père, à leur neveu, seront jetées sur les routes par la tempête révolutionnaire et connaîtront une fin misérable. Réfractaire à leur influence, la petite dernière leur a échappé. Partie pour Fontevrault à un an, Louise ne s'est jamais sentie chez elle ailleurs que dans le cloître. Elle regarde avec pitié les vains efforts de ses sœurs pour reconquérir leur père. Ce n'est pas avec des prévenances et des caresses qu'on l'arrachera à ses démons. Les armes spirituelles sont autrement puissantes. Elle y songe chaque jour et sent mûrir en elle la vocation qui la conduira, des années plus tard, au Carmel.

Tandis que Mesdames restent ainsi au bord du chemin, vieilles filles royales sans exemple dans l'histoire de France, le centre de gravité de la famille s'est déplacé vers la dauphine de Saxe, sur qui reposent tous les espoirs de la dynastie. C'est elle, bientôt mère de quatre fils, qui incarne l'avenir.

---

1. Cette façon de s'occuper les doigts en faisant des nœuds, aussi serrés que possible, sur un cordon de lin, de chanvre ou de soie, à l'aide d'une navette, est illustrée par Nattier dans un des portraits qu'il a faits d'Adélaïde.

CHAPITRE QUATORZE

MARIE-JOSÈPHE DE SAXE

Le remariage du dauphin avec une princesse de Saxe ne remuait pas seulement les souvenirs du vieux conflit autour du trône de Pologne, il s'inscrivait dans la lutte très actuelle entre le clan familial et la nouvelle favorite.

Ce projet, parce qu'il était encouragé par Mme de Pompadour, avait suscité une contre-offensive en règle au bénéfice de la candidate espagnole. Le principal intéressé n'en voulait pas. Sa mère, ses sœurs, son précepteur, les membres du clan dévot, tous le poussaient à la résistance. « Toute la cour avait pris parti en faveur du mariage d'Espagne, dit d'Argenson. On avait fait croire au dauphin qu'il était amoureux de l'infante, sans l'avoir jamais vue. La reine y était portée par un entêtement sans mesure. On avait effrayé le roi de tout ce qui pouvait l'intimider. » Aux tendres supplications de sa fille aînée qui, de Madrid, lui écrivait lettre sur lettre, se joignaient les pressions du souverain espagnol, qui passait des offres aux instances, puis aux menaces. Les dévots s'en mêlaient, prophétisant les plus affreux malheurs si l'on n'optait pas pour l'infante. On n'est pas obligé de suivre jusqu'au bout les divagations du ministre disgracié, qui voit derrière l'affaire un vaste complot clérical à l'échelle européenne. Mais il y a bel et bien un différend familial grave, dans lequel l'autorité du roi est mise en cause. L'Espagne, on le conçoit sans peine, ne voulait pas voir le trône de France lui échapper une fois de plus. Quant à la famille royale, elle redoutait qu'une dauphine appuyée par Mme de Pompadour ne vînt perturber l'équilibre du clan. Elle escomptait que la jeune Maria-Antonia, au contraire, montrerait à la favorite la même hostilité que son aînée.

Le comte de Loss, ambassadeur de Saxe, ne croyait pas devoir s'inquiéter, à cause du « peu de crédit » que la reine avait sur le roi. Mais Maurice de Saxe, sachant combien Louis XV était sensible aux pressions de ses enfants, insistait pour qu'on saisît l'occasion aux cheveux. « Pour l'amour de Dieu, écrit-il à Dresde, concluez et n'apportez ni délais, ni difficultés. » Promettez tout ce qu'on voudra, quitte à en prendre et en laisser par la suite ! Car avec Louis XV on n'est jamais sûr de rien.

Dans ce cas particulier cependant, Louis XV était très résolu à écarter l'Espagnole : il avait gardé un trop mauvais souvenir de sa sœur. Mais il risquait de lanterner, comme de coutume. Par chance, exaspéré qu'on tentât de lui forcer la main, il se fâcha : « En voilà trop ! » s'écria-t-il au reçu d'une lettre où Madame Infante redoublait d'insistance. Il décida d'en finir. On entamait le mois d'octobre ; si le mariage ne se faisait pas avant le carême, la reprise estivale des opérations militaires obligerait à le remettre à l'automne. La demande officielle fut donc expédiée sur-le-champ et le maréchal put envoyer à son demi-frère un communiqué triomphal : « Nous avons vaincu : le maître et la favorite étaient pour nous. » En même temps partait pour Madrid une lettre qui assénait au roi d'Espagne ce que d'Argenson appelle « le coup de pistolet » marquant l'écroulement de ses espérances.

Après un haut-le-cœur, Marie Leszczynska – la seule qui eût des raisons personnelles de souffrir de ce choix – se résigna. Son fils bouda. Ses filles décidèrent d'embrigader leur jeune belle-sœur dans le camp des opposants à la Pompadour. C'est dire que Marie-Josèphe de Saxe, débarquant dans ce climat tendu, n'allait pas avoir la tâche facile.

« Une princesse saine et féconde »

Pour fermer la bouche aux partisans de l'alliance franco-espagnole, on avait trouvé un argument qu'on faisait sonner bien haut : « Il fallait une princesse saine, féconde ; ses qualités personnelles intéressaient plus que les conditions politiques de son alliance », dit d'Argenson. « La santé et la fécondité paraissent préférables à des raisons politiques », confirme Maurice de Saxe.

Pas de motivations politiques dans ce mariage ? Oh que si ! Mais elles sont confuses, comme est confuse la configuration de cette Europe centrale où l'irruption du nouveau roi de Prusse vient de bouleverser la donne. Louis XV commence à soupçonner que Frédéric II n'est pas un allié sûr et qu'il vaudrait mieux compter sur d'autres appuis pour défendre les intérêts de la France dans cette région. Or l'Électeur de Saxe, élu roi de Pologne sous le nom d'Auguste III, est demandeur. Traditionnellement inféodé aux puissants Habsbourg de Vienne pour d'évidentes raisons de voisinage, il s'était risqué, lors de l'ouverture de la succession autrichienne, à revendiquer au nom de son épouse une part de l'héritage[1]. Il avait donc rejoint les adversaires de Marie-Thérèse d'Autriche, parmi lesquels la Prusse. Ce qui n'avait pas empêché cette dernière d'envahir ses États, le contraignant à se réfugier en Bohême sur le territoire de ladite Marie-Thérèse, avec qui il avait dû traiter. Mais comme il tenait à garder de bonnes relations avec Louis XV – autre membre de la coalition –, il s'était engagé à ne pas porter les armes contre lui. Bref, il louvoyait au plus juste entre les belligérants. Mais il se sentait menacé et jugeait que seule la France pouvait freiner les appétits de Frédéric II. Il tenait donc à un rapprochement qui, dans l'immédiat,

---

1. Il avait épousé l'archiduchesse Marie-Josèphe-Bénédicte de Habsbourg, fille de l'empereur Joseph Ier, que la Pragmatique Sanction avait dépossédée de ses droits à l'héritage autrichien au profit de sa cousine germaine Marie-Thérèse.

ne semblait pas rapporter grand-chose aux Français. « Alliance inutile, [le] père [de la dauphine] était déjà notre allié », dira Choiseul. Mais Louis XV voyait plus loin. Il s'apprêtait à signer la paix avec l'Autriche. Se lier avec la Saxe lui offrait un prétexte pour surveiller de près la situation en Europe centrale et y justifier d'éventuelles interventions. C'était aussi le moyen de réactiver en Pologne le parti pro-français, avec l'espoir secret de faire tomber un jour la couronne élective sur la tête du prince de Conti. Mais de tout cela il ne fallait surtout pas parler. On mit donc l'accent sur les qualités personnelles de la princesse.

Auguste III, sachant sa royauté polonaise fragile, n'avait jamais voulu déserter pour Varsovie ses États patrimoniaux : il avait laissé sa famille chez lui, en Saxe. Marie-Josèphe-Caroline-Éléonore-Françoise-Xavier naquit donc à Dresde – comme tous ses frères et sœurs [1] – le 4 novembre 1731 entre 6 et 7 heures du matin, et c'est à Dresde qu'elle fut élevée, comme eux. Elle n'était que le huitième enfant et la dernière fille du couple électoral. Adieu le temps où l'on tenait, pour le fils aîné du roi de France, à obtenir la main d'une princesse aînée ! On s'accommoda de ce qu'on trouvait. La plus âgée de ses sœurs était déjà mariée au roi des Deux-Siciles. On aurait préféré la suivante, mais elle était promise au duc de Bavière. On se rabatit donc sur la plus jeune. Excellente solution : elle avait l'âge qui convenait – deux ans de moins que son futur mari. Comment savoir si elle serait féconde ? On avait alors coutume de fonder un pronostic sur l'hérédité. Sa mère ayant mis au monde onze enfants, dont la plupart survivaient, tous les espoirs lui étaient permis. Et en ce qui concerne la santé, elle présentait toutes les garanties. Elle avait traversé sans dommages la variole, qui ne laissa sur son visage que très peu de marques, la rougeole et une petite vérole « volante », elle avait échappé à la plupart des rhumes, fluxions, ou fièvres

1. Ou dans les environs immédiats.

qui décimaient alors les rangs de l'enfance. Lorsqu'aux approches de quinze ans elle fut présentée aux envoyés de France, elle paraissait une jeune fille en tous points accomplie.

À quoi ressemble-t-elle ? Prudence ! Mieux vaut prévenir les déceptions ! Sur la teinte de ses cheveux cependant, on peut s'avancer sans crainte. Non, elle n'est pas rousse : « Elle est blonde, d'une couleur qui n'est pas suspecte. » Elle a de grands yeux bleus, ou plus exactement oscillant entre le bleu et le vert, le nez trop gros, la bouche et les dents « ni bien ni mal », le teint assez blanc, quoique un peu brouillé. Elle n'est « point grande », mais bien faite, a la taille « bien », le port « noble et agréable ». Au total, « une figure qui, quoique point jolie, n'a rien de choquant ni de rebutant, et ne déplaît pas ». Au moral, elle est parfaite : « douce, polie, prévenante, attentive, parlant à propos pour dire des choses obligeantes », cultivée, aimant la lecture plus pour l'instruction que pour l'amusement. Bref, c'est un ange. L'ambassadeur de France à Dresde confirme galamment : « Elle n'est point jolie, mais j'ose dire que je serais fâché qu'elle le fût davantage si elle devait l'être aux dépens des grâces qui sont en elle. » Le maréchal de Richelieu, envoyé en ambassade extraordinaire pour la ramener en France, est agréablement surpris : « Je l'ai trouvée charmante ; ce n'est point du tout cependant une beauté, mais c'est toutes les grâces imaginables : un gros nez, de grosses lèvres fraîches, les yeux du monde les plus vifs et les plus spirituels... » Bref, « s'il y en avait de pareilles à l'Opéra, il y aurait presque à y mettre l'enchère ». Une appréciation de connaisseur, qui a de quoi émoustiller Louis XV, très désireux que son fils ne fasse pas la fine bouche devant l'épouse qu'on lui impose.

Une éducation simple, mais soignée, a fait d'elle une fille saine, pas une poupée de cour, une fille aimant la vie et disposée à y mordre sans fausse honte, « point délicate de corps et d'esprit », accoutumée à un cérémonial réduit. Les six prénoms sont bons pour l'état civil, mais dans la vie courante celui, usuel, de Marie-Josèphe est familièrement abrégé en Pépa. On saura tout sur ses habitudes. On apprend qu'elle boit habituellement « de l'eau fraîche de fontaine », mais ne crache pas à l'occasion sur une chope de bière ou un verre de bon vin ; qu'elle mange de tout, sans excès, frugalement ; qu'elle est active et énergique, aime la marche à pied, l'équitation, la chasse, mais aussi le jeu, le théâtre et la musique ; qu'elle est en tout franche et sincère. De tout cela on peut déduire qu'elle n'est pas sotte, et comme elle déborde de bonne volonté, il est probable qu'elle s'adaptera. Bien qu'elle comprenne le français, « elle le parle mal et avec peine ». Mais elle a « une extrême envie » de le bien apprendre et demande « qu'on la reprenne sur les mauvais mots qu'elle pourra dire ». Consciente de tout ignorer sur l'histoire de son futur pays, elle réclame qu'on lui procure des livres et bientôt on la voit potasser avec ardeur l'*Histoire de France* de Mézeray et la *Chronologie* du président Hénault.

Est-elle pieuse ? Assurément. « On dit qu'elle a de la religion », affirme Luynes. Elle amènera son confesseur jésuite, le Père Croust. Mais nous n'en saurons pas davantage. Elle est catholique, bien sûr. Sa famille l'est devenue une cinquantaine d'années plus tôt, lorsque son grand-père, Auguste II, a dû se convertir en 1696 pour obtenir les suffrages des Polonais. Mais il n'a pas tenté d'imposer sa foi à ses sujets saxons, qui restent en majorité luthériens. La jeune fille et son jésuite ont donc vécu, par la force des choses, dans un climat de relative tolérance – un point qui n'est sans doute pas fait pour déplaire à Louis XV, excédé des querelles entre tenants et adversaires de la bulle *Unigenitus*. Il espère que cette fraîche Allemande communiquera à son fils un peu de sa vitalité et l'arrachera à sa dévotion maladive. Séduit par tout ce qu'on dit d'elle, il en attend visiblement beaucoup.

Cérémonies et festivités

Les cérémonies du mariage s'accomplirent en deux temps, selon le rituel coutumier. À Dresde, le 7 janvier 1747, la demande officielle est faite par le maréchal de Richelieu, qui donne en cet honneur réception et concert. Le 9, signature du contrat, financièrement équilibré : la Saxe offre deux cent mille écus en numéraire et en joyaux, la France cinquante mille écus de bijoux et un douaire de vingt mille écus par an. Le franchissement du Rhin à Strasbourg marquera le partage des frais du voyage.

Le 10, à cinq heures du soir, mariage par procuration. Marie-Josèphe et son frère, le prince Xavier de Saxe, représentant le dauphin, échangeant leurs consentements en latin. Le soir, la jeune épouse, encadrée de son père et de sa mère, préside à un festin pantagruélique, suivi d'une « danse aux flambeaux » typiquement locale, dont Louis XV tint à se faire envoyer la description. Deux jours de festivités encore et ce sont les adieux, arrosés de larmes comme il se doit. La jeune femme n'est pas seule, sa gouvernante l'accompagnera, ainsi que divers grands personnages, jusqu'à la frontière. Elle a tout juste quinze ans. Elle épouse l'héritier du plus prestigieux trône d'Europe. La joie l'emporte sur le chagrin.

Le cortège serpente deux semaines durant sur les routes enneigées d'Allemagne, s'arrêtant au passage pour moissonner acclamations et hommages. À Francfort, ville impériale, elle rencontre, bien que la paix ne fût pas encore signée entre Paris et Vienne, un accueil flatteur – preuve que l'Empereur voit dans son mariage le signe avant-coureur d'un possible renversement des alliances ? Le 27 janvier, elle parvient aux portes de Strasbourg où l'attendent plusieurs escadrons de cavaliers chamarrés. Faute de disposer d'un ponton sur le Rhin pour la « remise » officielle – la violence du fleuve ne s'y prête pas –, on a choisi hors les murs une maison proche de la frontière. On lui présente les dames chargées de la chaperonner et de la servir, elle troque ses vêtements contre ceux qu'on lui a envoyés de Paris, on fixe à son poignet un bracelet de diamants orné d'un portrait du dauphin en médaillon, on modifie sa coiffure, on lui barbouille les joues de rouge. La voici transformée en princesse française. L'ensemble est de fort bon goût, Mme de Pompadour ayant présidé elle-même au choix des moindres détails.

Entrée à Strasbourg, réception au palais épiscopal, feu d'artifice sur l'Ill, avec cygnes et dauphins en pyrotechnie. Le lendemain messe à la cathédrale, repas en public, danses folkloriques. Puis départ pour la capitale, à toutes petites étapes, ponctuées de fêtes. Anxieuse à l'idée de l'épreuve qui l'attend au bout du chemin, elle supporte mal la lenteur du trajet, plus mal encore le flot de louanges dithyrambiques qui ne font que le prolonger. Un mot du dauphin, que la duchesse de Brancas a eu la maladresse de lui communiquer, achève de la démoraliser : « En dépit de tous les charmes qu'elle peut avoir, écrivait-il, elle ne me fera jamais oublier Marie-Thérèse. »

Le mardi 7 février, enfin, a lieu la rencontre. En se jetant aux pieds du roi, qui la relève aussitôt, elle a un cri du cœur qui ne doit rien au protocole : « Oh ! Sire, je demande à Votre Majesté de bien vouloir m'accorder son amitié. » On lui a tant dit qu'il est charmant, qu'il aime les enfants, qu'il déborde de tendresse pour sa famille. Elle sait que c'est sur lui qu'elle doit d'abord compter. Entre eux la sympathie est immédiate. Il est touché, et quelques attentions bien venues achèvent de faire sa conquête. Faisant mine de chercher son portrait parmi les présents qu'on lui remet, elle s'écrie : « C'est de tous les cadeaux celui qui me serait le plus agréable. » Le dauphin, quant à lui, fait grise mine et ne desserre pas les dents.

Ce soir-là, les uns et les autres couchèrent à Choisy, mais pas du même côté de la Seine : les convenances étaient sauves. Le lendemain, non loin de là, sur la route de Versailles, premier contact avec la reine et ses filles. La présence de Mme de Pompadour, toutes grâces dehors, n'arrangeait rien. Les embrassades furent dépourvues de chaleur. Marie-Josèphe s'y attendait. Elle dit à la reine « combien elle désirait avec passion de mériter ses bontés, qu'elle la suppliait de vouloir bien l'avertir des fautes qu'elle pourrait faire, et qu'elle lui demanderait toujours ses conseils avec le plus grand empressement » : une phrase préparée d'avance et correctement récitée. Mais on s'aperçut que la jeune femme était aussi capable d'improviser. Comme on lui disait qu'Henriette était fort sérieuse et Adélaïde fort gaie, elle répliqua : « Je prendrai donc conseil de la première et me divertirai avec la seconde. » Les deux belles-sœurs, qui campaient sur la défensive, trouvèrent tout de même le mot bien venu.

Ce soir-là, tout le monde se retira, laissant Marie-Josèphe se reposer à Choisy. Le jeudi 9 février à l'aube, elle gagne Versailles à son tour pour se livrer aux mains des femmes préposées à sa toilette. On la baigne – le roi a insisté pour qu'on n'omît pas cette étape –, on la parfume, on la sangle dans le « corps » qui affine la taille, on lui passe tour à tour les différentes pièces de la tenue de cérémonie constellée de diamants, « aussi lourde qu'une cuirasse », déclare Maurice de Saxe après l'avoir soupesée d'une main experte. On la coiffe, on la maquille, on couvre de bijoux sa tête, ses oreilles, son cou, ses bras, ses poignets, ses doigts. Il ne faut pas moins de trois heures, c'est prévu, pour venir à bout de la parer. Le dauphin, dans un costume également rutilant, vient la chercher pour la mener chez le roi et la reine. Longeant la galerie des Glaces tapissée de courtisans, tous se rendent à la chapelle où les attend le coadjuteur de Strasbourg pour la bénédiction nuptiale. Agenouillés sur des « carreaux » de velours rouge, les époux renouvellent leur consentement. Le dauphin n'a pas manqué de solliciter du regard, comme le veut l'usage, un signe d'approbation de son père. Il passe l'anneau au doigt de sa femme. Les voici mariés pour de bon. Après la messe et le dîner vient l'interminable corvée des félicitations et serments de fidélité. Le soir, bal paré dans le manège de la Grande Écurie. Marie-Josèphe, qui a une engelure à un pied, ne danse pas. Elle se rattrapera plus tard. Vient alors le souper au grand couvert, puis la cérémonie du coucher public, prélude à la nuit de noces.

La duchesse de Brancas, chargée de l'entretien préalable destiné à instruire la jeune fille, eut plaisir à proclamer qu'elle l'avait trouvée « très innocente ». On la mit ensuite au lit, dans la chemise rituellement présentée par la reine. Le dauphin, ayant reçu sa chemise des mains du roi, l'y rejoignit, avec la bénédiction de l'évêque, sous les yeux inquisiteurs d'une centaine de personnes admises à la cérémonie. Le spectacle était dans la salle, dit Maurice de Saxe fasciné par la foule des assistants. Les deux malheureux offerts aux regards se sentaient au supplice. La dauphine, stoïque, attendait sans broncher, échangeant quelques mots avec son oncle pour se donner une contenance. Le dauphin cachait son visage sous le drap et l'on pouvait deviner qu'il pleurait. Le rituel n'était pas nouveau, mais pour la première fois, il choqua. Sans doute parce que chacun se souvenait que deux ans auparavant, presque jour pour jour, on avait vu mettre pareillement au lit l'infante Marie-Thérèse-Raphaëlle. Chacun savait que ce second mariage, prématuré, navrait le cœur du jeune veuf. Chacun plaignait de tout son cœur la charmante enfant à qui il faisait si mauvais visage. C'est le rude maréchal de Saxe, vieux libertin pourtant difficile à attendrir, qui prononça le mot qui nous vient à l'esprit, à nous modernes, devant ce rituel archaïque imposé à des adolescents : « Tout le monde sortit avec une espèce de douleur, car cela avait l'air d'un *sacrifice* [1], et elle a trouvé le moyen d'intéresser tout le monde pour elle. Votre Majesté rira peut-être de ce que je lui dis là, écrit-il à son frère, mais la bénédiction du lit, les prêtres, les bougies, cette troupe brillante, la beauté

1. C'est nous qui soulignons.

et la jeunesse de cette princesse, enfin le désir que l'on a qu'elle soit heureuse, toutes ces choses ensemble inspirent plus de pensées que de rires... » Il s'attendait à trouver la cérémonie ridicule. Elle était tragique.

Le fantôme de la défunte dauphine

Les rideaux du lit avaient été refermés, mais les larmes du dauphin coulaient toujours. « Donnez, monsieur, lui dit-elle, donnez libre cours à vos pleurs, et ne craignez pas que je m'en offense : ils m'annoncent ce que j'ai droit d'espérer moi-même si je suis assez heureuse pour mériter votre estime. » D'autres versions de la même phrase, à quelques variantes près, nous ont été rapportées, suggérant qu'il s'agit d'un « mot » un peu arrangé, à l'usage du public. Mais il est vraisemblable que Marie-Josèphe a dû prononcer des paroles de ce genre. Car elle avait au moins une chance dans son malheur : on l'avait dûment prévenue qu'elle serait mal accueillie. Pas de faux espoirs, pas de déception.

Elle ne s'étonna donc pas et fit sans doute preuve de compréhension lorsque son jeune époux se montra incapable de remplir ses devoirs cette nuit-là. « Il ne s'est rien passé cette nuit malgré les entreprises de M. le dauphin, écrit Maurice de Saxe à son frère, et tout a abouti à beaucoup se tracasser et à ne point dormir. » Le maréchal, rassurant, met sur le compte de la fatigue plutôt que du chagrin un échec qui selon lui sera bientôt réparé. Un post-scriptum nous apprend que les choses sont allées plus vite encore qu'il ne l'espérait. Il tient la nouvelle de Louis XV lui-même, qui lui a confié, radieux : « L'affaire est faite : elle est Madame la dauphine, cela s'est passé cet après-midi. » Les détails, révélés par une femme de chambre, puis transcrits en métaphores militaires, se ramènent à l'attaque surprise d'une forteresse qui, après une vigoureuse défense, juge opportun de se rendre. La jeune femme « a témoigné du parfait contentement de la reddition et de la joie qu'en a éprouvée le vainqueur ».

Une étape importante est donc franchie. À dix-sept ans le dauphin, encore très enfant selon l'avis général, mais doté d'un tempérament exigeant, a pris possession de sa nouvelle épouse. Mais il en faudrait davantage pour créer entre eux la moindre sympathie. Car tout conspire à lui rappeler celle qu'il a perdue.

Les lieux d'abord. Deux ans plus tôt, on lui avait installé et décoré à neuf un bel appartement au premier étage de l'aile du midi. C'est là que l'infante avait mis sa fille au monde et qu'elle était morte. Louis XV sentait bien qu'il fallait loger le nouveau couple ailleurs. On entreprit donc de rénover pour eux l'appartement qui avait abrité le dauphin entre sept et quinze ans. Hélas, la cadence des travaux n'avait pas suivi le rythme effréné des négociations matrimoniales. En février 1747 – c'était l'hiver –, les plâtres étaient loin d'être secs. Il y en avait encore pour plus de six mois. Les nouveaux mariés durent donc s'accommoder des lieux où traînait le fantôme de la défunte. Certes, les services du garde-meuble ont fait de leur mieux. On a changé tentures et rideaux de lit. Des tapisseries nouvelles sont venues garnir les murs : on a commandé tout spécialement aux Gobelins une *Histoire d'Esther* pour habiller ceux de la chambre. On a décoré la cheminée du grand cabinet d'un charmant amour de bronze doré brandissant une flèche. Tout cela ne suffit pas à conjurer chez le dauphin l'irruption des souvenirs.

D'autant qu'autour de sa femme, les gens sont les mêmes. Comment frustrer de leurs importantes fonctions les grandes dames recrutées deux ans plus tôt pour servir la première dauphine ? On a conservé pour la seconde la même « maison », sur laquelle règne Mme de Brancas en tant que dame d'honneur. Plus ou moins calquées sur les précédentes – tradition oblige –, les festivités, elles aussi, invitent à comparaisons. Bal paré, bal masqué, dans la même salle du manège, aménagée de façon presque identique ; illuminations contrariées par le vent ; fêtes populaires parisiennes ; déferlement d'épithalames en vers de mirlitons ; chasse ; théâtre. Sur ce dernier point, une modeste innovation. Voltaire n'étant plus *persona grata*, Rameau a pu bâtir sur les vers d'un obscur librettiste les *Fêtes de l'hymen et de l'amour*, en adaptant un opéra-ballet à thème égyptien qu'il avait en chantier. Le sujet est pauvre, la musique est bonne. Mais le dauphin et la dauphine ont-ils l'esprit assez libre pour l'apprécier ?

Les ressemblances soulignent les différences. Et celles-ci ont tout pour heurter le nouveau marié. Deux ans plus tôt, le nom de Mme d'Étiolles ne se murmurait qu'entre initiés ; on pouvait encore espérer que le roi se rangerait. Cette fois-ci, la marquise de Pompadour règne en souveraine. Pas un détail des cérémonies, pas un élément de décor, pas un costume, pas une liste d'invitations qui n'ait été concerté entre elle et les responsables du service approprié. Ce mariage est son œuvre, son chef-d'œuvre. De quoi écœurer le dauphin qui la hait.

Entre la première et la seconde épouse d'autre part, le contraste est éclatant. Marie-Josèphe est aussi vive, gaie, ouverte, que l'autre était renfermée. Et elle a infiniment plus de charme et de grâce. Elle n'a pas les traits assez fins pour complaire au goût de l'époque. Mais le duc de Croÿ résume bien l'impression générale en disant que ce « joli laideron » « plaît infiniment ». Et le dauphin n'est pas enchanté de ce succès. Car elle plaît par des traits qui lui déplaisent, à lui. Elle apprécie tous les divertissements, lui préfère la vie renfermée. Elle aime chasser. À Dresde, elle a appris à tirer. Elle découvre avec plaisir, en compagnie du roi, la grande chasse à courre. Hélas, c'est une activité que le dauphin déteste ! Elle aime le jeu, elle ne s'en cache pas, il ne lui répugne pas de miser gros. « Cela ne convient pas à des gens comme nous, lui rétorque son mari, il y a trop d'inconvénients. » Par bonheur, la reine donne sur ce chapitre le mauvais exemple, et Marie-Josèphe est quasiment tenue de l'imiter.

Il reste que les deux jeunes gens sont d'humeur très opposée et qu'il leur faudra faire bien du chemin l'un vers l'autre pour aboutir à une réelle intimité. De ce chemin, c'est Marie-Josèphe qui fera la plus grande part. Elle parviendra par là à dérider un peu son rigide époux. Mais dans l'immédiat, il la traite comme une enfant et s'efforce de prendre barre sur elle. Pour des raisons complexes. Il n'ignore pas qu'on le disait gouverné par sa première femme, de quatre ans son aînée. Celle-ci a deux ans de moins que lui : il en profite pour s'affirmer à ses dépens, d'autant plus désireux de se montrer le maître qu'il pressent en elle une forte personnalité. Et puis, il y a la guérilla qu'il mène contre la favorite en compagnie de ses sœurs. Ils ont perdu avec la défunte dauphine une de leurs meilleures alliées. La nouvelle est issue de l'autre camp ? Raison de plus pour la plier à leurs volontés et pour l'enrôler de force dans leurs rangs. C'est à ce prix qu'elle pourra exorciser le fantôme.

Disons tout de suite qu'ils ne parviendront pas à leurs fins. Mais il y fallut l'intervention du roi.

Au cœur des tensions familiales

Marie-Josèphe avait été fort bien informée sur la famille dans laquelle elle allait entrer. Le comte de Loss, ambassadeur de Saxe à Paris, lui avait fait, en langage diplomatique, un portrait quelque peu idéalisé de ses principaux personnages de la cour. Mais le maréchal de Saxe, qui avait son franc-parler, ne s'était pas privé de mettre les points sur les *i* en écrivant à son frère. Il est donc plus que probable que la jeune fille avait reçu de son père, avant de partir, puis de son oncle, à son arrivée, quelques informations et conseils très précis.

Recommandation générale : « Il ne faut, pour réussir

ici, ni hauteur, ni familiarité. La hauteur tenant cependant de la dignité, Marie-Josèphe peut plus aisément pencher de ce côté-là. » Pas de gentillesse excessive. Elle devra se faire respecter. Autre consigne : se défier des femmes de la cour, pleines d'esprit, mais « méchantes comme des diables », qui chercheront « à l'embarquer dans les querelles qu'elles ont quotidiennement ensemble ». Quelles femmes ? Pour l'instant le maréchal ne précise pas, elle jugera sur pièces. Elle devra en tout cas ménager Mme de Pompadour, à qui elle est redevable de son mariage. « L'amitié dont le roi l'honore, dit Loss, l'intérêt qu'elle a témoigné pour l'alliance de Son Altesse M. le dauphin avec une princesse de Saxe, les insinuations [1] qu'elle a faites au roi pour fixer son choix, tout cela vous obligera à des attentions et à de bons procédés. La marquise a un excellent caractère, elle s'attachera à vous plaire. Et vous ferez votre cour à Sa Majesté en témoignant de l'amitié à une dame que la reine comble de politesses. » Si Marie-Josèphe n'a pas compris, à quinze ans, ce qui se cache derrière ces périphrases ambiguës, c'est qu'elle est bien sotte ! Or nous savons que ce n'est pas le cas. La reine est une « brave femme », avait d'ailleurs écrit Maurice de Saxe, « qui a voulu mettre Monseigneur le dauphin en jeu quelquefois », mais sans succès. Allons, Marie Leszczynska n'est pas à craindre, quelques amabilités suffiront pour se la concilier.

Les deux personnages clefs qui décideront du sort de la jeune femme sont le dauphin et le roi. Or leurs relations sont mauvaises, avec des hauts et des bas. Le dauphin réprouve ostensiblement les écarts de conduite de son père : « J'ai vu qu'on lui avait donné l'an passé de l'éloignement pour le roi », écrit le maréchal. Qui *on* ? sinon, entre autres, la précédente dauphine, dont Marie-Josèphe doit se garder de suivre l'exemple. « Il faut, pour le bien de l'État et pour le bien de toute

1. Ce terme ne comporte à l'époque aucune nuance péjorative.

chose [...], que la princesse travaille sans relâche à la concorde et à l'union entre le père et le fils. Elle s'en trouvera bien, et s'attirera la confiance de l'un et de l'autre et le respect de tout le monde. » Le dauphin ? Rien ne lui sera plus facile que de gagner son cœur, « par la tendresse », dit Loss, il l'a montré en s'attachant à sa première femme, « quelque triste et d'une laideur extrême qu'elle ait été ». Mais le dauphin n'est que peu de chose à côté du roi, dont elle doit à tout prix conquérir l'affection : « C'est la seule personne de la cour, écrit le maréchal, avec laquelle elle ne doit avoir aucune réserve. Elle doit le regarder comme son asile, son père, et lui tout dire, bien ou mal, comme cela viendra, et ne lui rien déguiser. Avec tout cela, et de la réserve [1], il l'adorera. »

Assurément toutes les jeunes princesses sont invitées, en se mariant, à reporter sur leurs beaux-parents les sentiments qu'elles vouaient à leurs père et mère. Mais la lettre de Maurice de Saxe surprend, d'abord parce qu'elle exclut Marie Leszczynska du traditionnel transfert affectif, ensuite parce qu'elle suggère bien autre chose qu'une affection convenue. Tout se passe comme si le maréchal, qui connaît bien Louis XV, avait mesuré combien celui-ci souffre de l'hostilité manifestée par ses enfants, et comme s'il cherchait à lui offrir une fille de substitution, capable peut-être, par le biais du dauphin son mari, d'ouvrir une brèche dans le mur d'incompréhension qui le sépare d'eux. Une rude tâche qu'il assignait là à sa nièce ! Il est miraculeux qu'elle y ait très largement réussi. Mais le roi l'y a beaucoup aidée : preuve qu'elle arrivait pour lui au bon moment et comblait en son cœur une absence.

Car il y eut, très peu après son mariage, un incident d'apparence mineure, mais dont les répercussions se firent entendre jusqu'à Dresde. Le 24 février, lors

1. Attention : le mot de *réserve* signifie dans le premier cas *réticence, refus de se livrer*, mais dans le second, *absence de familiarité excessive*.

d'une partie de chasse, les enfants royaux, contraints de partager un carrosse avec Mme de Pompadour, décidèrent de l'ignorer. Et celle-ci, voyant ses tentatives de conversation se heurter à un mutisme glacial, « enrageait et rugissait » au fond d'elle-même. La dauphine n'avait osé s'opposer à ce petit complot et n'avait pas ouvert la bouche. On sut bientôt que, mécontent qu'elle ait admiré la Pompadour sur son petit théâtre, son mari l'obligeait à refuser les invitations en se faisant porter malade. Elle semblait disposée à rejoindre la coterie des ennemis de la marquise. Or l'insulte publique avait fait du bruit. Le comte de Loss crut devoir avertir son maître que la jeune femme prenait un mauvais chemin. Maurice de Saxe fut plus explicite : « Nous appréhendons la jalousie de la reine et son mauvais caractère, ainsi que les artifices de sa chère favorite, Madame Henriette, qui est une *caillette*[1] ; nous craignons que Mme la dauphine ne se laisse emporter par des caresses déguisées que ces deux rivales emploient pour s'emparer de son esprit et lui faire donner dans le panneau. » Et Maurice de Saxe précise, à l'adresse de son frère : il faut la réprimander, parce qu'elle « ne se gare pas des personnages qui ont intérêt à ce qu'elle n'ait pas le crédit que je prévois qu'elle aura ». En clair, il la croit appelée à jouer en France un rôle important – ne sera-t-elle pas reine ? –, qu'elle ne doit pas compromettre en s'inféodant à un clan sans avenir. Elle se fait donc gronder par les siens.

Sur quoi, chose étonnante quand on connaît sa répugnance pour les démarches de ce genre, Louis XV intervient. Il convoque sa fille Henriette pour lui « laver la tête ». Il la prie « de ne point donner des impressions fausses à Mme la dauphine, de l'aimer et de la respecter, mais de ne point s'aventurer à lui donner des avis et à la conseiller ». La jeune fille, peu accoutumée à ce genre d'algarade, en versa des larmes amères, mais se le tint pour dit. De son côté, Mme de Pompa-

1. Cf. plus haut, page 366.

dour, mandatée par le roi, fit savoir à Marie-Josèphe qu'elle pouvait compter sur lui en toutes circonstances. Sur elle aussi, cela allait de soi. Auguste III put donc respirer, l'alerte était passée. « Surtout que le roi continue d'en paraître satisfait : je souhaite que, jeune comme elle est, elle ne se laisse pas séduire par de fausses insinuations, à faire des faux pas ; ce qui vient d'arriver devrait servir d'avertissement pour s'en garantir à l'avenir. » Message bien reçu. Quelques semaines plus tard, Louis XV accordait à ses enfants – le jeune couple et les deux Mesdames – un entretien privé de plus d'une heure. Nul ne sait ce qui y fut dit, mais le maréchal affirme que Marie-Josèphe y tint la plus grande place et qu'elle y parla sagement. Visiblement, elle plaît de plus en plus au roi.

Durant la campagne de l'été suivant, il lui envoie de nombreux billets tout chargés d'affection : « Je vous embrasse, chère Pépa », écrit-il en lui demandant l'autorisation d'user de ce diminutif. Ou bien, un peu plus tard : « Les bonnes nouvelles que vous me donnez de votre santé me font plaisir. [...] Adieu, ma très chère Pépa, je vous embrasse de tout mon cœur, et je vous prie de ne pas douter de ma tendresse extrême. » La confiance et l'amitié du roi lui sont acquises.

Elle a donc subi une espèce d'épreuve d'initiation, analogue à celle qui fut fatale à Marie Leszczynska. Plus intelligente et plus fine, elle s'en est beaucoup mieux tirée et en a été quitte pour la peur. Et elle a beaucoup appris. Elle continuera d'apprendre au fil des mois, non seulement le français et l'art de faire la révérence, mais le métier de future reine, dans lequel on commence à pressentir qu'elle dominera son époux. Les leçons de son oncle lui ont été, pour se conduire à ses débuts, d'un secours inestimable. Elle fut une excellente élève. Lorsqu'en 1750 le maréchal s'éteignit à Chambord dans les bras d'une des nombreuses filles d'opéra qu'il avait pour maîtresses, elle le pleura du fond du cœur. Marie Leszczynska, toujours pieuse, fit un mot d'esprit : « Il est bien fâcheux de ne pouvoir dire un *De Profundis* pour un homme qui nous a fait chanter tant de *Te Deum !* » Il était luthérien de naissance et libre penseur de conviction. Ses dernières paroles furent pour dire que la vie est un songe : « Le mien a été beau, mais il est court. » Sa disparition prématurée, à cinquante-quatre ans, fut un désastre pour Louis XV, qui ne retrouva chez aucun de ses généraux un génie militaire de cette classe. Marie-Josèphe, elle, n'avait plus besoin de lui. Elle savait très bien se conduire. Et la maternité venait de lui apporter son indispensable consécration.

Le devoir de procréer

Le dauphin connaissait ses devoirs. Et comme il n'était pas mécontent, bien qu'il ne voulût pas se l'avouer, d'avoir à nouveau une femme dans son lit, il se mit à la tâche avec ardeur. Marie-Josèphe fut donc chaque mois l'objet d'une surveillance inquisitrice, à l'affût des signes de grossesse. Hélas, elle était très jeune. Rien ne venait. Mais elle avait la malchance d'être mal réglée. De sorte que le moindre retard jetait son entourage dans des espérances prématurées, vite démenties. Et l'on parlait, un peu à la légère, de fausses couches. Et l'on en tirait parfois des conclusions fâcheuses sur ses aptitudes à la maternité. Ballottée au rythme de son cycle physiologique incertain, elle finissait par ne plus penser à autre chose. Elle se rongeait d'angoisses et de doutes. Heureusement le roi s'efforçait de la réconforter. Rentrant de l'armée à l'automne, il la trouve désolée, l'embrasse avec chaleur et rassure l'ambassadeur de Saxe : « Il n'y a pas de quoi s'alarmer. » Et comme l'autre réplique qu'en effet l'air de Fontainebleau est propice – c'est là que la reine a conçu la plupart de ses enfants –, il répond en riant : « C'est vrai, mais jusqu'à présent l'air de Fontainebleau n'a produit que des filles ! »

Pendant toute sa première année de mariage, tous

les soupçons de grossesse, concède le duc de Luynes, « n'étaient fondés que sur le désir et l'impatience » que l'on en avait. Les médecins lui firent prendre alors de la limaille de fer, probablement diluée dans un sirop. C'est à ce remède qu'ils attribuèrent ce qu'ils prirent en mars 1748 pour un succès. Elle se croyait grosse « depuis dix ou douze jours », lorsqu'elle s'aperçut du contraire. Elle le dit à la reine, qui en discuta avec la sage-femme tandis que le médecin en rendait compte au roi et à Mme de Pompadour. Comment, dans ces conditions, envisager de garder le secret ? Le lendemain toute la cour défile devant la chaise longue où elle se prélasse, sans avoir du tout « l'air d'une personne qui a fait une fausse couche ». Cependant on a tiré d'elle un aveu de culpabilité : elle s'est tordu le pied quelques jours plus tôt, à la chapelle, dans le petit trou qui sert à bloquer la crémone d'une porte ; mais comme elle ne croyait pas être enceinte, elle n'en avait rien dit. La Faculté y voit la confirmation de son diagnostic – cette fois c'était bien une grossesse – et croit déceler la cause de l'échec – c'est sa faute à elle ! « L'accident d'hier engagera à de grands ménagements lorsqu'il y aura le moindre soupçon. »

La malheureuse aurait mieux fait de se taire. L'année suivante, au premier signe d'espoir, elle est condamnée à l'immobilité complète : on la pousse de pièce en pièce sur un fauteuil à roulettes. Jamais les médecins n'ont été aussi tyranniques que depuis qu'ils se croient un peu plus savants. Mais le résultat n'est pas meilleur. En janvier 1749, puis en avril, bien qu'elle n'ait rien à se reprocher, le scénario est le même. Alors on recourt aux grands moyens. On l'envoie faire une cure à Forges-les-Eaux. Un mois à absorber chaque jour lentement, en déambulant – c'est la règle – un grand verre d'eau tiré des différentes sources de la station. Cette médication est censée faire miracle contre la stérilité. Elle s'ennuie et s'inquiète. Car elle sait que sa présence est nécessaire si elle veut conserver le début d'influence qu'elle exerce sur le dauphin.

Elle rentre en pleine forme, épanouie, charmante. Ne plus subir la pression de l'entourage lui a fait du bien. Médecins et sages-femmes croient devoir cependant retarder les retrouvailles, pour laisser à la cure le temps d'agir. Enfin, au début de l'année suivante, la grande nouvelle commence à filtrer : elle est enceinte pour de bon, on attend la naissance pour la fin août. Le 26, depuis le milieu de la matinée, toute la famille royale est sous les armes pour assister à l'événement – sauf Mesdames, qui sont encore filles. Le roi, plus ému que quiconque, lui tient la main « en suant à grosses gouttes » – il est vrai qu'il fait chaud. Elle trouve la force, « malgré ses douleurs », de lui dire « des choses tendres ». Dans l'antichambre s'entassent les courtisans. Vers midi, on la saigne au bras, et les choses semblent s'accélérer. À cinq heures, le roi a fait ouvrir les portes à deux battants, laissant se ruer dans la chambre « un monde prodigieux ». Mais il a préjugé du temps nécessaire. Il fallut attendre une heure encore avant de voir poindre l'enfant. Hélas, c'était une fille ! Marie-Josèphe le comprit aussitôt en voyant les visages se renfrogner. Mme de Tallard s'en empara pour la langer. Puis on l'ondoya. Le baptême, comme de coutume, aurait lieu plus tard : elle se nommerait Marie-Zéphirine.

Le roi eut quelque peine à digérer sa déception, qui lui rappelait de mauvais souvenirs, mais il la garda pour lui. Le dauphin se montra plein d'attentions pour son épouse ; il passait la journée auprès d'elle, occupé de tout ce qui pouvait l'amuser, alarmé au moindre malaise. La jeune mère plaisantait sur sa fille avec une pointe d'humour tendre : « Elle est fort petite et encore plus délicate, elle est fort laide, on dit qu'elle me ressemble comme deux gouttes d'eau, du reste fort volontaire et méchante comme un petit dragon. » Nous dirons qu'elle criait sans doute beaucoup. L'opinion fut déçue. On avait trop misé sur la venue d'un garçon.

Le peintre Natoire y croyait si fort qu'il avait anticipé. Sans attendre la naissance, il avait brossé un tableau allégorique où l'Hyménée, sous la protection bienveillante de Junon, offrait le nouveau-né à la France. Et il n'avait pas craint de placer sur la poitrine de l'enfant le cordon bleu de l'ordre du Saint-Esprit, qu'il dut effacer en hâte, mais dont la trace reste décelable sous la retouche. Paris tira quand même un feu d'artifice : « C'est l'usage pour un premier enfant, précise Luynes ; c'est ce que l'on appelle l'ouverture du ventre. » Mais le cœur n'y était pas. Allons, ce n'était que partie remise !

L'année suivante est la bonne. Marie-Josèphe est à nouveau enceinte, mais on a la sagesse d'en parler moins. Elle s'est bien juré d'ailleurs d'échapper dans la mesure du possible à la curiosité. Servie par un horaire favorable, elle réussit au-delà de toute espérance, si l'on en croit le récit du duc de Luynes. Le 12 septembre au soir on l'avait vue encore marchant et riant. Elle avait soupé de bon appétit et « pris médecine ». Elle confondit peut-être les premières douleurs avec des coliques, mais surtout, elle voulut attendre le dernier moment. Peu après minuit, elle sentit que le terme était proche et envoya chercher l'accoucheur, un nommé Jard, qui mit du temps à venir parce que nul ne savait où se trouvait sa chambre. Il arriva en chemise et pantoufles juste à temps pour recevoir l'enfant. Pas de témoins ! C'était contraire à toutes les règles de la monarchie[1] ! L'accoucheur laissa donc le nouveau-né sous la couverture, sans couper le cordon ombilical, pour qu'on puisse constater qu'il tenait encore à sa mère. D'ailleurs il fallait bien le garder au chaud : la layette n'était pas là. Marie-Josèphe lui demanda alors de le pousser un peu : « Il me donne des coups de pied ! »

Cependant le dauphin, affolé, s'était rué dans le cou-

1. Rappelons que les naissances publiques avaient pour but de prévenir les substitutions d'enfants.

loir pour rameuter des gens. « Il fit entrer tout ce qu'il rencontra, jusqu'à la sentinelle même des gardes du corps, à qui il dit : "Mon ami, entrez vite là-dedans pour voir accoucher ma femme." » Les dames, réveillées, commençaient à s'agiter. La reine eut beau se hâter, elle arriva beaucoup trop tard. Quant au roi, il jouait au piquet à Trianon en compagnie de Mme de Pompadour et s'apprêtait à se mettre au lit, lorsque débarqua un Suisse échevelé criant que Mme la dauphine était accouchée d'un duc de Bourgogne. On crut un instant à une mauvaise plaisanterie, mais la confirmation arriva. Le roi se rua dans le premier carrosse venu et débarqua chez sa belle-fille au moment où le curé de Notre-Dame s'apprêtait à ondoyer le bébé, qui était en effet, comme put le constater le grand-père radieux, un superbe petit garçon. Et il lui passa au cou le cordon bleu.

Il était cinq heures du matin. Le roi voulut qu'on chantât le *Te Deum* aussitôt. Après quoi la famille entendit la messe. Comme le dauphin, après s'être beaucoup agité, était en nage, le médecin voulut l'empêcher d'y aller : il risquait de s'enrhumer. Mais celui-ci, impatienté, répondit : « Bon, j'ai un fils, je ne suis plus si cher. » Une pointe d'amertume venait traverser sa joie : il cessait d'être le seul dépositaire des destinées dynastiques. S'il venait à manquer, la branche aînée des Bourbons se perpétuerait sans lui.

Il reste que, tout de même, un fragile nouveau-né n'est pas une garantie suffisante contre les coups du sort. Il faut à cet enfant des frères de rechange. Le dauphin est d'autant plus disposé à reprendre la tâche qu'il souffre depuis longtemps de sa chasteté forcée. Dans les premières semaines de la grossesse, il avait fait passer discrètement à l'accoucheur un billet laconique : « Puis-je voir Pépa ? » Et Jard avait retourné le billet avec une réponse plus laconique encore : « Non. » Les relevailles vont-elles enfin mettre fin à son jeûne ? Objection de la Faculté ! La cour est sur le point de quitter Versailles pour son séjour automnal à

Fontainebleau. Or, si la dauphine se trouve enceinte là-bas, on sera obligé de l'y laisser, puisqu'on s'interdit de la transporter dans cet état : il lui faudra y passer toute sa grossesse ! Ce n'était pas envisageable ! On demanda donc à son époux « de donner sa parole qu'elle ne serait pas exposée à l'être ». « Cette parole, commente Luynes, est une preuve de la force que M. le dauphin a sur lui-même, car il aime beaucoup Mme la dauphine, et est fort aise de vivre avec elle. » On peut craindre cependant qu'il n'ait pas tout au long de sa vie une pareille force sur lui-même. Marie-Josèphe, socialement et politiquement grandie par ses maternités, risque d'avoir à en payer un jour, sur le plan privé, l'inévitable rançon.

Car ses maternités se succèdent désormais avec régularité. Elle peut presque rivaliser en nombre avec Marie Leszczynska – sept contre dix –, mais elle fait mieux en qualité puisqu'elle a des fils. Après le duc de Bourgogne s'enchaînent, à intervalles d'un ou deux ans, quatre autres garçons, respectivement titrés duc d'Aquitaine, duc de Berry, comte de Provence et comte d'Artois. La mort du premier d'entre eux, emporté par la coqueluche à six mois, est compensée par l'arrivée des trois autres[1]. L'aînée des filles meurt, mais deux autres, Marie-Clotilde et Élisabeth, viennent la remplacer dans la nursery. Le bilan est brillant. La jeune Allemande « saine et féconde » a bien rempli son contrat.

Elle a aussi conquis l'estime et l'affection de toute la famille. Pour le roi, c'était déjà fait. Mais d'année en année, il ne l'aima que davantage. Avec la reine et avec ses jeunes belles-sœurs, elle trouva finalement pas mal de terrains d'entente, dont l'un fut une commune passion pour la musique.

---

1. Le duc de Bourgogne mourra à l'âge de dix ans. Ses trois frères seront respectivement Louis XVI, Louis XVIII et Charles X.

Au royaume de la musique

Les maternités avaient rapproché Marie-Josèphe de sa belle-mère. Marie Leszczynska était vite revenue de ses préventions devant la simplicité et la délicatesse de cette bru qui faisait tout pour lui plaire. Puis elle avait compati à l'impatience anxieuse de la jeune femme, recueilli ses confidences à chaque espoir envolé, partagé sa déception lors de la première naissance. Elle ne comprenait que trop son désir éperdu d'avoir des fils. Elle était bonne, elle n'avait pas auprès d'elle de fille mariée à travers qui revivre les émotions maternelles. Elle s'attacha tout naturellement à Pépa.

Or les contraintes imposées par les médecins conduisirent celle-ci à mener une vie très sédentaire. Adieu la chasse, les promenades, les visites à Paris ou à Saint-Cyr, les spectacles. Que faire lorsqu'on est cloîtrée dans ses appartements pour neuf mois ? De la musique ! Marie-Josèphe arrivait d'un pays où la musique était l'indispensable accompagnement de la vie quotidienne. Sous l'impulsion de ses Électeurs, la Saxe était accueillante aux musiciens. C'est à Leipzig que Jean-Sébastien Bach passera les vingt-sept dernières années de son itinérante carrière. La cour de Dresde, quant à elle, préférait les productions plus souriantes de Hasse, intarissable auteur d'opéras à la manière italienne, bien oubliés aujourd'hui, mais dont la jeune Pépa raffola. Non contente d'avoir une culture musicale étendue, celle-ci, très douée, était une brillante exécutante. Elle avait eu pour maître de clavecin Wilhelm Friedemann Bach, un des fils du Cantor.

Rameau ne s'y trompa pas. Il reconnut en elle un connaisseur. En 1747, alors qu'elle venait tout juste d'arriver à la cour, il improvisa pour elle une pièce de clavecin. Il n'avait rien publié pour cet instrument depuis dix-sept ans. Il transcrivit aussitôt et garda manuscrite cette charmante pièce dite *La Dauphine*, brève synthèse « où se retrouvent tous les styles et toutes les techniques », écrit Philippe Beaussant, et qui joint « la vieille tradition de la toccata » à des procédés préfigurant la forme sonate. Il nous paraît aussi que Rameau a tenté de faire passer dans cette pièce tout à la fois la vivacité, le charme et la mélancolie de sa dédicataire : c'est un portrait musical, à rapprocher de ce frais visage que Nattier jettera trois ans plus tard sur la toile.

Alors, autour des femmes de la famille royale, auxquelles se joint le dauphin, c'est le règne de la musique. On en écoute et on en fait. Lorsque Pépa est immobilisée, les concerts émigrent de la chambre de la reine dans la sienne. On choisit les programmes en fonction des goûts du jour et non dans le répertoire du bisaïeul. On invite les meilleurs interprètes. Jean-Baptiste Forqueray, le plus grand violiste du temps, a pour élève Madame Henriette, à qui il dédie des *Pièces de viole avec la basse continue*. Et à la dauphine, il offre d'autres pièces de viole transposées pour clavecin. Tantôt on se borne à écouter en silence les concerts où alternent musique de chambre et morceaux de chant. Tantôt l'orchestre familial, soutenu par les professionnels, s'aventure dans des œuvres plus faciles. Henriette n'est pas très brillante et ne sait pas chanter. Mais Adélaïde joue correctement du violon et a une ample voix de contralto, presque masculine. Le dauphin supervise le tout. Et à travailler ensemble des œuvres qu'on aime, on apprend à se connaître et à s'apprécier. La musique apaise les tensions familiales.

Il reste que Marie-Josèphe surpasse de très loin, en compétence, le reste de la troupe et que souvent son goût prévaut. Que pensa-t-elle de la fameuse Querelle des Bouffons, qui partagea l'opinion vers 1752-1754 entre les partisans de la tragédie lyrique française et ceux de l'*opera buffa* italien, après que *La Serva padrona* de Pergolèse eut mis le feu aux poudres ? On sait que les tenants de Lully et de Rameau se rassemblaient à l'Opéra dans le « coin du roi », au-dessous de la loge de Louis XV : ils avaient pour eux le souverain et sa maîtresse. Symétriquement, les tenants des Italiens se retrouvaient en vis-à-vis, dans le « coin de la reine », sans qu'on sache si celle-ci s'était permis de prendre parti, contre son maître et seigneur, dans une aussi grave affaire. On peut penser que la dauphine fut assez prudente pour ne pas se laisser piéger dans un conflit où il n'y avait que des coups à recevoir. Elle était d'ailleurs très capable de mesurer l'absurdité d'une querelle où l'on s'obstinait à comparer deux genres qui n'avaient rien de commun. Et son goût était assez formé pour lui permettre d'apprécier les réussites dans l'un et l'autre. Mais il est probable qu'elle gardait de son éducation à Dresde un secret penchant pour la musique italienne, si prisée là-bas.

Rameau et les autres Français ne pouvaient remplacer entièrement ceux qui avaient charmé sa jeunesse. Dès 1750, elle avait fait venir à Versailles son cher Hasse, qui amena son épouse, la Faustina, une diva réputée. Beaucoup plus tard, en 1763, elle fera jouer à Fontainebleau la *Didone abandonata* qu'il lui avait jadis dédiée pour son dixième anniversaire. Et c'est avec son approbation, sans aucun doute, qu'on invite au cours de la même saison un petit prodige de sept ans nommé Wolfgang Amadeus Mozart. Une longue lettre de Léopold Mozart à sa femme restée à Salzbourg nous offre un témoignage sans apprêt sur la vie de cour à cette date. Faveur inouïe : « Les filles du roi [...] se sont arrêtées à la vue de mes enfants [1], s'en sont approchées et non seulement se sont laissé baiser la main, mais les ont embrassés et se sont fait embrasser par eux un nombre incalculable de fois. Mme la dauphine a également fait de même. Mais le plus extraordinaire pour les Français a eu lieu au *grand couvert*, le soir du jour de l'an, où l'on a dû non seulement nous faire place jusqu'à la table royale, mais où mon Wolfgang a eu l'honneur de se tenir tout le temps près de la reine avec qui il put converser et s'entretenir, lui

1. Léopold Mozart a également emmené dans cette tournée des cours d'Europe sa fille Marie-Anna, dite Nannerl, âgée de onze ans.

baiser la main et prendre la nourriture qu'elle lui donnait de la table et la manger à côté d'elle. La reine parle allemand comme vous et moi ; mais comme le roi n'y entend rien, elle lui traduisit tout ce que disait notre héroïque Wolfgang... » L'enfant ne se contentait pas de jouer, il composait. Il dédia à Madame Victoire l'*Œuvre 1*er de ses sonates gravées. Pour approcher la famille royale, la musique est donc un incomparable sésame. Seules déceptions de Léopold : la modicité des gratifications reçues, eu égard au coût de la vie à Versailles, et la médiocrité de la musique française, qui ne vaut rien en dehors des chœurs de la chapelle. Mais grâce au ciel – et au génie de son fils –, il croit pouvoir prédire que d'ici dix ou quinze ans il n'en restera pas trace.

Il n'est pas mauvais prophète. À la date indiquée, Marie-Josèphe de Saxe n'est plus de ce monde. Mais une autre dauphine, bientôt reine, Marie-Antoinette, également originaire d'Europe centrale, se charge de faire triompher sur la scène française les opéras de Christoph Willibald Gluck.

Un couple solide

Les premiers pas de Marie-Josèphe dans la vie conjugale ont été difficiles. Deux mois après son arrivée, elle désespérait de survivre aux fatigues et aux épreuves. Une lettre où elle remerciait son frère de n'avoir pas oublié « la pauvre Pépa », avait pour conclusion : « À toi jusqu'à la tombe, où je serai bientôt. » Mais elle avait surmonté assez vite cette bouffée de mal du pays. Elle avait réussi, grâce à l'appui du roi, à trouver sa juste place dans le clan familial et surtout à se concilier un époux revêche.

On l'avait prévenue, d'emblée, qu'elle épousait un veuf inconsolé. Ce fut peut-être une chance pour elle. Car elle ne put se bercer des rêveries sentimentales dans lesquelles on avait coutume d'entretenir imprudemment les princesses à marier. Non, elle n'épouse pas le prince charmant. Elle aura affaire à un adolescent encore immature qu'il lui faudra apprivoiser et à qui elle devra s'imposer. Par la douceur, mais non sans fermeté. Maurice de Saxe ne lui a jamais conseillé, comme naguère Stanislas à Marie, l'obéissance passive, qui n'est d'ailleurs pas dans son caractère. Son mari tenta bien, au début, de la dominer. Elle ne se laissa pas faire. Elle disposait sur la défunte d'un avantage inestimable : c'est elle, bien vivante, fraîche et appétissante, qu'il rejoignait tous les soirs dans son lit. Il en devint très vite « amoureux », nous dit-on. Presque « trop » ! Chez ce garçon de vingt ans au tempérament sanguin, les satisfactions de la chair priment sur le sentiment. Mais il s'ensuit un attachement solide. Et le fait qu'elle lui résiste quelquefois ne nuit pas, au contraire, à l'affection qu'il lui porte. De leurs menues querelles, c'est elle qui sort victorieuse. Écoutons Maurice de Saxe : « Le dauphin l'aime beaucoup, mais c'est encore un enfant ; il lui rend quelquefois la vie un peu dure. » Mais, ajoute-t-il, « il y a des bouderies et des colères dont elle sait très bien profiter ». Il la respecte. Et du jour où elle fait de lui un père comblé, elle en obtient à peu près tout ce qu'elle veut.

De son côté, l'aime-t-elle ? Oui, sans doute. L'hagiographie du temps s'est plu à faire d'elle la vivante image de l'amour conjugal. Ce n'est pas faux, à condition de ne pas se méprendre sur le sens de ce terme. Rien qui ressemble à ce que nous appelons aujourd'hui amour. Pas trace de passion dans une relation qui se veut sage et raisonnable. Le mot qu'elle emploie dans ses lettres, quand elle parle de faire la conquête de son époux, est toujours celui d'*amitié*. Elle a très vite pris la mesure de son compagnon. Visiblement elle n'éprouve pour lui aucune admiration : c'est le roi qu'elle admire. Mais à celui qui lui est confié, dont elle a la charge et dont elle se sent solidaire pour le meilleur et pour le pire, elle est prête à offrir sans compter dévouement et tendresse. N'est-ce pas ainsi que nos ancêtres concevaient la bonne épouse, celle qui fait les bons ménages ?

La preuve en est que leur couple résiste aux écarts de conduite du mari. C'est vrai, il la trompe. Ou plutôt il essaie de la tromper. Car la chose n'est pas si facile que l'on pourrait croire. On doit à cette mauvaise langue de d'Argenson le récit[1] d'une de ses premières tentatives, vers 1750 ou 1751 : « M. le dauphin est devenu amoureux de la femme d'un commis de la finance nommé Boudrey, [...] la plus belle femme du temps. [...] M. le dauphin est dévot, à la vérité, mais la nature est bien forte et il a grand tempérament. Mme la dauphine, étant grosse, a des intervalles de repos nécessaire. » Hélas, le pauvre ne dispose pas du personnel approprié : « Il n'a point près de lui d'officier propre à le servir dans ses amours. » Que faire ? « Il n'a su autre chose que d'écrire à cette dame. » Laquelle dame a porté la lettre à son mari. Dans une première version de l'affaire, le mari avait montré la lettre à la Pompadour, et l'on supposait que le roi avait grondé son fils. La seconde version est plus piquante. La dame aurait reçu en même temps la lettre du fils et un rendez-vous du père. « Elle donna à son mari la lettre du dauphin et le chargea d'y faire réponse. [...] Cependant elle alla au rendez-vous avec le roi, comme capable de la mieux payer ; mais, ajoute d'Argenson, ce monarque rata la dame », qui dut se rabattre sur une plus modeste conquête. L'histoire ne dit pas, cette fois, si le dauphin fut réprimandé.

Il n'est pas facile, quand on a vingt ans et qu'on a reçu l'éducation la plus stricte, de s'adonner tout d'un coup au libertinage. Surtout si l'on vise les mêmes proies que son père : « Le père et le fils sont parfois rivaux et font voile pour Cythère sur la même embarcation. » C'est ainsi, dit-on, que le dauphin aurait égale-

---

1. L'anecdote présente quelques variantes, notamment sur la date, parce que le *Journal* de d'Argenson en parle à deux reprises, soit que le narrateur ait reçu un supplément d'informations, soit que la tentative se soit renouvelée.

ment convoité, en vain, la petite Mme de Choiseul-Romanet dont on a conté plus haut la mésaventure. Aucun psychologue averti ne s'étonnera de cette convergence, qui ne doit rien au hasard. C'est parce que le père les désire que le fils les veut aussi : exutoire détourné pour une rivalité globale refoulée qui ne peut se manifester autrement. Et dans ce cas, l'échec du dauphin est fatal, tant l'emporte en séduction ce père tout juste quadragénaire, qui a par-dessus tout l'irremplaçable atout d'être le roi. Quelle figure pourrait faire à la cour, on vous le demande, la maîtresse de ce garçon morose sans influence ni prestige, qui n'aime aucun divertissement et se laisse doucement glisser vers l'obésité ? Trois ou quatre noms ont couru. Peut-être a-t-il trouvé quelques dames compatissantes. Pas de quoi défrayer la chronique en tout cas. Le plus probable est qu'il a recouru, comme son père, à des amours plus ou moins ancillaires.

Marie-Josèphe est fâchée, bien sûr. « Il y a longtemps que je suis informée de la mauvaise conduite de M. le dauphin, et des visites matinales qu'il reçoit. Cela est scandaleux, et j'en suis tout à fait inquiète. Je ne l'en recevrai pas plus mal demain, ajoute-t-elle cependant, car il faut dissimuler. » Ce ne sont pas là les mots d'une amante jalouse : ils sonnent plutôt comme ceux d'un éducateur face aux fautes de son pupille ! Sagement, elle se garde de lui faire des reproches, tant que l'essentiel est sauf. Elle a raison. Elle sait qu'il ne s'agit que de passades, qui bénéficient de toutes les circonstances atténuantes. C'est d'ailleurs l'avis des confesseurs, auprès de qui le dauphin n'a pas rencontré les mêmes problèmes que son père. Il s'avoue coupable, sans aucun doute, promet plus ou moins sincèrement de s'amender, rechute. Il n'affiche aucune maîtresse officielle, il ne s'écarte pas des sacrements, il ne porte nulle atteinte à l'ordre établi.

Quant à son épouse, même s'il y a blessure intime, elle n'a pas à en souffrir socialement. Une maîtresse officielle entraînerait sa mise à l'écart. Les galanteries discrètes, dont chacun sait que c'est un pis-aller, la confortent au contraire dans sa situation exclusive, inexpugnable, d'épouse respectée de tous. Aucune des épreuves subies par Marie Leszczynska ne lui est infligée. Elle tient son époux, et le tient bien. Plus encore que par la force de l'habitude, le sentiment paternel, les scrupules religieux, il lui est attaché par la certitude peu à peu acquise qu'il peut se fier à elle, s'appuyer sur elle. Elle lui est devenue indispensable. Des deux elle est la plus forte, la plus équilibrée et la plus intelligente, si l'on entend par là non l'aptitude au maniement des idées abstraites, mais la capacité d'adaptation au réel.

« Une âme forte »

Au mois de novembre 1747, le jeune couple a pu enfin prendre possession du logement qui lui était destiné, au rez-de-chaussée du bâtiment central, dans l'angle sud-ouest. Chacun dispose de son appartement personnel. Un étroit couloir fait communiquer le grand cabinet du dauphin avec la chambre de sa femme. Il y a là des pièces d'apparat, d'autres plus petites et plus intimes, à la décoration également raffinée, et, donnant sur les cours intérieures que le dauphin tente désespérément de transformer en jardins bien qu'elles ne voient jamais le soleil, on trouve toutes les commodités modernes. De quoi vivre de façon confortable et agréable.

Marie-Josèphe bénéficie de l'espace de liberté acquis au fil des ans par la reine et ses filles. Elle est libre de son temps du dîner jusque vers six heures du soir. Elle a fait un tri entre les diverses obligations de cour, elle rabroue parfois sa dame d'honneur, Mme de Brancas, qu'elle considère comme une vieille radoteuse. Elle s'efforce de protéger son existence contre les curieux et les importuns. Le rez-de-chaussée est évidemment plus exposé aux incursions que les étages.

Elle finit par s'exaspérer de voir sa première antichambre servir d'asile aux mendiants durant l'hiver et, en toute saison, de lieu de passage à tout le monde, y compris aux chaises à porteurs avec laquais, livrées et flambeaux : elle en fit fermer l'accès. Sur le perron du parterre occidental le dauphin, pour écarter les indiscrets, fit placer une grille face à ses fenêtres, qu'on put alors ouvrir sans crainte. Aux pièces d'apparat, le couple préférait néanmoins les espaces plus réduits : « J'ai vu la dauphine assise devant un métier, conte Dufort de Cheverny, travaillant au tambour, dans une petite pièce à une seule croisée, dont le dauphin faisait sa bibliothèque. Son bureau était couvert des meilleurs livres, qui changeaient tous les huit jours. [...] Le dauphin se promenait ou s'asseyait. Je me suis surpris plusieurs fois causant avec lui, comme si j'avais été dans une société bourgeoise. » Ces appartements n'étaient pas très éloignés de l'aile des Princes, où l'on élevait les enfants. Ils pouvaient les voir à leur guise, et promener main dans la main dans le parc le petit duc de Bourgogne – celui qu'elle appelle son « chou d'amour ». En somme, elle parvient à offrir à son époux ce dont tous rêvent dans cet inhabitable château, les agréments d'une vie familiale privée.

Elle se montre également à la hauteur dans les moments dramatiques, telle la mort d'Henriette au début de 1752. Une fois oubliés les incidents du début, les deux jeunes femmes avaient beaucoup sympathisé, et Marie-Josèphe savait gré à sa belle-sœur d'avoir incité le dauphin à se rapprocher d'elle. La voir soudain gravement atteinte, la savoir condamnée furent pour elle un vrai chagrin. Mais elle ne perdit pas pour autant la tête. Et quoique le roi tînt à la ménager parce qu'on la croyait enceinte, ce fut elle qui prit le maximum de responsabilités. La famille royale, chassée de la chambre de la mourante, était réunie pour attendre l'annonce de la fin. Afin d'éviter les paroles inutiles, Pépa avait pensé à s'entendre avec le premier gentilhomme de la chambre : il était convenu qu'il se contenterait de gratter à la porte et de lui faire un signe. Ce qui fut fait. Mais il fallait alors, selon l'étiquette, que la famille quittât le château au plus vite. Les carrosses étaient prêts. Pour aller où ? Le temps passait, nul n'osait intervenir. « Mme la dauphine, dit Luynes, était la seule à portée de demander la volonté du roi ; mais lorsqu'elle a cru pouvoir faire cette question, le roi lui a répondu : "Où l'on voudra." » C'est elle qui opta pour Trianon et qui organisa le départ. À qui confier ensuite le soin de régler les cérémonies funèbres ? « C'est moi, malheureuse, écrit-elle à sa mère, que le roi a chargée d'ordonner tout pour le transport de son corps et pour le deuil... » On conçoit qu'elle en ait eu des « rages de tête » et qu'elle ait dû être saignée. Mais elle avait accompli sa tâche.

Six mois plus tard, nouvelle alerte, très grave. Au début d'août, le dauphin fut saisi d'une violente fièvre accompagnée de vomissements. Ses médecins ordinaires furent assez inquiets pour que le roi, puis la reine, décident de quitter Compiègne où ils séjournaient et de regagner Versailles. Ils diagnostiquèrent très vite la petite vérole, et les sommités parisiennes appelées à la rescousse confirmèrent. Il arrive au malade de délirer, et on le croit perdu, mais il reste conscient la plupart du temps. Pour ne pas l'affoler, on convient de lui cacher son état. Le roi s'abstient donc de venir le voir – ce qui serait signe de danger mortel. On lui refuse les miroirs, pour l'empêcher de voir son visage. Il tente alors de se servir d'une assiette, mais on devine son intention : celle qu'on lui fournit est vieille et toute dépolie. On lui donne à lire de fausses éditions de la *Gazette*, tirées tout exprès, où l'on imprime de faux bulletins de santé. Il a néanmoins quelques doutes.

Dès le début, Marie-Josèphe s'est installée à son chevet. Ne nous extasions pas trop. Nos ancêtres n'avaient pas, face aux maladies, les mêmes comportements que nous, et ils ne disposaient pas à leur sujet des mêmes connaissances. Il était quasiment de règle que les femmes de la famille, même les princesses, se fissent gardes-malades. Sauf, dans le cas de la variole qu'on savait contagieuse, si elles ne l'avaient pas eue : c'est pourquoi Adélaïde fut tenue soigneusement à l'écart. Mais Marie-Josèphe était immunisée depuis sa jeunesse. Elle s'établit donc dans la chambre de son mari, dormant sur un lit de camp, se nourrissant au hasard de ce qu'on lui apportait, répondant au moindre appel. Bien entendu, elle ne se charge pas de toutes les besognes serviles qu'impliquent les soins, les saignées, les purgations et autres remèdes. Mais c'est elle qui, sur consigne des médecins, dirige l'équipe soignante. Et peu à peu, comme l'éruption commençait à bien « sortir », elle vit le danger s'écarter et respira.

Une fois la peur dissipée, les anecdotes commencèrent de fleurir. La simplicité de la mise de Marie-Josèphe prêtait à quiproquos. M. Pousse, le spécialiste venu de Paris en consultation, « ne connaissait ni le roi, ni la reine, ni Mgr le dauphin, ni par conséquent Mme la dauphine. Il appelle toujours le roi Monseigneur ; enfin, ce matin, il l'a pris par le bouton[1] en lui disant : "Monseigneur, Monseigneur, je ne sais pas comment on vous appelle, le prince est bien." C'est ainsi qu'il appelle Mgr le dauphin. Il ne savait qui était cette petite jeune femme qui se donnait tant de mouvement dans la chambre, et cette petite bonne femme qui y venait souvent : c'étaient Mme la dauphine et la reine ». Un autre médecin, ayant déclaré le malade en bonne voie, vit Marie Leszczynska lui sauter au cou et l'embrasser chaleureusement. Il l'avait identifiée, lui, et il s'écria : « Messieurs, vous êtes témoins que la reine me prend de force ! » Et comme il se confondait en politesses avec Marie-Josèphe, elle protesta : « Ici, je ne suis plus dauphine, je ne suis qu'une garde-malade. »

La jeune femme est aussitôt proposée en modèle à toutes les infirmières de France et de Navarre et trans-

1. Le bouton de son habit !

formée en héroïne du dévouement conjugal. « On entend parler de tous côtés de la fermeté, du courage, des soins et de la tendre amitié de Mme la dauphine. » L'écho des louanges se répercute jusqu'à Dresde. « Ah ! madame, quelle princesse nous avez-vous donnée ! écrit Mme de Brancas à l'Électrice de Saxe ! C'est un don du ciel que la France ne peut jamais assez reconnaître ! » Le comte de Loss renchérit : « Mme la dauphine continue de donner des marques d'une âme supérieure. La fermeté et la sagesse de sa conduite n'ont pas peu contribué à soutenir Mgr le dauphin dans son état dangereux. [...] Dans les moments les plus désespérés, elle n'a rien perdu de sa présence d'esprit. » Et lorsqu'il l'appelait pour l'embrasser, elle n'avait aucun recul de dégoût devant ce visage couvert de pustules.

On notera que, dans tous ces éloges, l'accent est mis sur son énergie plutôt que sur sa douceur. Luynes souligne qu'il lui arrive de montrer de l'impatience et de la mauvaise humeur quand on la contrarie. Mais elle sait se dominer. Bref elle est la forte femme selon l'Écriture. Elle aura de l'autorité. Sera-t-elle, aux côtés de son indolent époux, la reine dont la France aurait besoin ? C'est l'avis de d'Argenson, qui ne craint pas d'affirmer : « C'est elle qui gouvernera quand il sera roi. »

CHAPITRE QUINZE

LA MONTÉE DES PÉRILS

« Si M. le dauphin était mort de la petite vérole, c'en était fait d'elle ; elle allait être chassée, comme la cause de la colère de Dieu sur le royaume. » Qui, *elle* ? La Pompadour, bien sûr, source de tous les maux. Le marquis d'Argenson, qui pourtant déteste les dévots, se frotte les mains de satisfaction à l'idée qu'ils parviendront peut-être à faire passer aux yeux du roi la mort de sa fille aînée et la maladie de son fils pour des avertissements du ciel. Il prend ses désirs pour des réalités. Jamais la marquise ne sera plus puissante que pendant la vingtaine d'années qui suivent. Tolérée, à défaut d'être pleinement adoptée, par la famille royale, elle est associée aux deuils et aux joies. Elle accueille les dernières revenantes de Fontevrault comme si elles étaient ses nièces. Elle se pâme lors de la naissance du duc de Bourgogne et s'extasie sur le nouveau-né comme la grand-mère qu'elle est par la main gauche : « Il a les yeux de son grand-père : ce n'est pas maladroit à lui. » Le dauphin même, sous l'influence de sa femme, se montre pour elle moins déplaisant. On entre dans une période de coexistence pacifique.

À la cour, sa position est apparemment très forte. Elle fait quasiment fonction de premier ministre. Une fonction à hauts risques, malgré des débuts d'apparence prometteuse. Car la situation va en se détériorant, tant sur le plan intérieur que sur le plan international. Le « ministériat » de la marquise correspond à une des périodes les plus noires du règne de Louis XV. De quoi donner raison, rétrospectivement, à d'Argenson. De quoi faire d'elle, aux yeux des contemporains et à ceux des historiens, un excellent bouc émissaire. Pour déterminer son rôle exact et ses responsabilités, nous voici condamnés à faire à ses côtés un bout de chemin dans la découverte des forces politiques en présence.

« Un si joli premier ministre »

Premier ministre ? Le terme lui-même pose problème, car Louis XV, comme l'on sait, a toujours mis son point d'honneur à n'en pas avoir. Ce ne sont pas seulement les historiens pourtant qui l'ont appliqué à Mme de Pompadour. On le trouve sous la plume des contemporains. Et le duc de Croÿ notait avec humour : « Il était fort agréable d'avoir affaire à un si joli premier ministre, dont le rire était enchanteur. » Encore faut-il s'entendre sur ce qu'il voulait dire par là. Très vite, elle avait eu la haute main sur tout ce qui touchait à l'organisation de la vie quotidienne et sur les divers emplois à la cour. Elle était devenue la grande dispensatrice des faveurs et des grâces, des nominations et des gratifications. Le seul domaine qui échappât à sa compétence était l'Église, sur laquelle régnèrent tour à tour deux prélats détenteurs de la « feuille des bénéfices ». Cela lui laissait un vaste champ d'action dont elle usait sans vergogne pour se faire de nouveaux obligés ou placer des amis. Elle avait ainsi fait nommer le comte de Stainville à l'ambassade de Rome en souvenir du service naguère rendu à titre privé. Sans avoir forcément médité sur toutes les implications politiques de ses choix, elle était en mesure d'infléchir par ce biais les orientations intérieures du gouvernement. Mais ce n'était pas son but principal. Elle ne pensait qu'à une chose : conserver sa place. Elle ne se sentait donc pas concernée par la politique étrangère, la seule qui fût à l'époque dotée de quelque prestige. En ce sens on pouvait dire qu'elle ne faisait pas de politique.

C'est ce qu'explique à Frédéric II au début de 1751 le baron Le Chambrier, ambassadeur de Prusse à Paris : « La marquise de Pompadour est toute-puissante pour ce qui s'appelle grâces et bienfaits en argent, en charges, tant militaires que de la cour et de la robe, et en général pour tout ce qui regarde l'intérieur du royaume. Elle n'a aucune influence dans les affaires politiques, que celle de placer un ministre dans les cours étrangères pour lesquelles elle s'intéresse [...] ; mais pour ce qui regarde les négociations que les puissances étrangères peuvent faire avec la France, la marquise de Pompadour ne s'en mêle pas. Elle n'aime point ces sortes d'affaires ; elle ne les entend pas. » Inutile donc de la cultiver, concluait l'envoyé prussien. À cette date, il voyait juste. Elle n'éprouvait aucun attrait pour les spéculations politiques. Rien dans son caractère ne l'y portait, rien dans son éducation ne l'y préparait, et le rôle qu'elle s'était assigné auprès du roi, celui d'ordonnatrice de ses plaisirs, l'incitait au contraire à lui parler d'autre chose que des soucis qu'il s'efforçait précisément d'oublier lorsqu'il venait chez elle. Ce n'est que peu à peu qu'elle se métamorphosa en femme politique.

Sur le plan intérieur, le glissement était inévitable. Questions de personnes et questions de principes y étaient en effet étroitement liées. Lorsqu'elle gratifiait tel ministre de son amitié ou poursuivait tel autre de ses rancœurs, elle ne pouvait pas se désintéresser totalement de l'action qu'ils menaient. Impossible d'en soutenir un ou d'en décrier un autre sans se fonder sur leurs mérites ou démérites dans leur département. Elle s'informait donc et observait, sur quelques sujets essentiels comme la fiscalité, dans quel sens penchait la volonté du roi et elle s'y ralliait très opportunément. Ainsi avait-elle apporté son appui à Machault d'Arnouville dans sa tentative de réforme, lors de l'affaire du vingtième, bien qu'il ne fît pas partie de ses créatures. Comme de surcroît elle détestait ses adversaires, elle se fit une joie de le soutenir. Son action restait empirique et opportuniste et, lorsqu'elle le pouvait, elle préférait s'abstenir.

En revanche son incursion dans le domaine réservé de la politique extérieure fut volontaire et calculée. Elle y fait ses débuts, et ce n'est pas un hasard, lorsque sa liaison avec Louis XV devient platonique et se transforme en amitié. L'ambassadeur de Prusse commente : elle cherche à se faire valoir auprès du roi « en développant des talents dont il ne l'avait pas crue capable jusqu'à présent ». « Elle-même l'avait cru au-dessus de ses forces », ajoute-t-il. Aussi la suppose-t-il, à tort, manœuvrée par quelqu'un d'autre. Une chose est sûre : elle a acquis la conviction « qu'il fallait qu'elle se rendît nécessaire au roi de France par ses intérêts les plus importants, pour suppléer au besoin qu'il n'avait plus si fortement de sa personne... » *Exit* l'amoureuse, place à l'égérie : c'est assez bien vu.

Une raison supplémentaire la pousse d'ailleurs, à cette date, à chercher de nouveaux moyens de se rendre indispensable à son ex-amant. C'est l'époque où les filles du roi ont décidé de lui offrir, dans le cercle familial, une vie privée de substitution. Il commence à goûter leur conversation, il aime à souper avec elles, il s'attache à sa bru. La réconciliation avec les siens, à laquelle la marquise a tant travaillé, est en train de se retourner contre elle. La politique est un moyen de répondre à la concurrence que Mesdames tentent de lui faire. Car sur ce plan-là elle se sait capable, si elle s'en donne la peine, de surclasser aisément ces jeunes personnes sans expérience, qui répètent les leçons dictées par leur confesseur. La seule qui soit dotée de quelque compétence, Madame Infante, est repartie dans son lointain duché de Parme et ne saurait lui porter ombrage. La place est libre pour la maîtresse douairière dans son nouveau rôle de confidente et de conseillère. Un rôle d'autant plus utile que les affaires du royaume se gâtent et qu'il devient difficile d'arracher le roi à ses soucis : mieux vaut lui permettre de se soulager le cœur en en parlant. Et l'on voit à nouveau se profiler derrière elle l'ombre portée de Mme de Maintenon, dont chacun sait qu'elle a conquis et retenu le maître par la sagesse de sa conversation et la pertinence de ses conseils. Si elle avait pu, pour mieux imiter cet illustre modèle, agrémenter son personnage d'un parfum de dévotion, c'eût été encore mieux. Du moins affiche-t-elle dans sa conduite une décence, une dignité convenant à la fonction.

Elle est assez intelligente pour savoir qu'on ne s'improvise pas femme politique. Il faut apprendre. Elle s'y applique par tous les moyens. Chacun a encore présente à l'esprit l'image de Mme de Maintenon tirant l'aiguille au fond de sa niche pendant que, dans sa chambre, les ministres venaient tour à tour débattre avec Louis XIV des affaires de leur département. À la fin de 1750, Mme de Pompadour se concerte donc avec le marquis de Puisieux pour que celui-ci suggère au roi « qu'il était du bien de son service qu'elle fût présente au travail qu'il aurait l'honneur de faire avec lui ». La voici admise en tiers dans l'élaboration de la politique étrangère. Et en quatre ans elle brûle toutes les étapes. « J'ai pris toutes les précautions possibles pour être instruite du bien de l'État », confiera-t-elle à Stainville au printemps de 1755.

Les ambassadeurs étrangers ne s'y trompent pas, qui commencent à la courtiser. Frédéric II, avec sa lourdeur habituelle, n'y va pas par quatre chemins et veut l'acheter. Ce serait de l'argent perdu, lui répond le successeur de Le Chambrier, qui n'ose pas contrarier son maître en lui disant qu'elle n'est pas vénale, mais prétend qu'elle trouvera toujours des échappatoires lui permettant de ne rien faire pour lui. Non seulement le roi de Prusse ne parviendra pas à la gagner, mais en la couvrant de quolibets et en l'accusant d'être à la solde de l'Angleterre où elle aurait, dit-il, placé des millions, il s'en fait une ennemie implacable.

L'ambassadeur autrichien, plus adroit, joua de son charme et de son esprit. Le comte de Kaunitz, « aussi frivole dans ses goûts que profond dans ses affaires », dira le roi de Prusse, défrayait alors les bavardages de la cour par le soin raffiné mis à sa toilette, qui ne nécessitait pas moins de quatre valets de chambre et de quatre miroirs, et par les « lacets d'amour » délicatement poudrés qui remplaçaient sur sa perruque les habituelles frisures. Le temps ne lui coûtait guère. Il disposait de loisirs forcés : la France et l'Autriche, sortant tout juste d'une guerre qui les avait opposées et n'ayant pour l'instant aucun centre d'intérêt commun, n'avaient rien à se dire. Il employa ces loisirs à poser des jalons pour l'avenir. Il était souriant, fin, spirituel, et paraissait inoffensif. Il ne se lassait jamais d'écouter et savait à merveille provoquer les confidences. Il plaisait infiniment aux femmes. Devinant combien Mme de Pompadour était blessée du mépris dans lequel la tenait la noblesse française, il lui montrait des lettres de l'impératrice Marie-Thérèse « remplies des expressions les plus flatteuses pour elle » en même temps que de déclarations d'amitié pour le roi. Et tous deux se lamentaient du malentendu qui séparait deux souverains faits pour s'entendre. Elle n'était pas totalement dupe, puisqu'elle comparait la frivolité ostentatoire du diplomate autrichien à la célèbre ruse d'Alcibiade, faisant couper la queue de son chien pour détourner l'attention des Athéniens de ses menées ambitieuses. Mais les égards qu'il lui prodiguait étaient un baume doux à son amour-propre d'écorchée vive.

L'entrée de Mme de Pompadour en politique – la grande, s'entend, la politique étrangère – n'est pas passée inaperçue de la cour, dont la hargne croît à proportion. Selon d'Argenson, « elle a plus de crédit que jamais, et s'en vante. C'est, dit-on, un cardinal de Fleury et demi ». Ou encore : « Elle dispose de tout. [...] Elle se croit reine. » Que la tête lui ait un peu tourné, c'est probable. Elle a pris goût à cette politique pour laquelle elle ne se croyait pas douée et qu'elle découvre soudain. Elle se sent flattée d'avoir accès aux grandes affaires, d'être courtisée par les ministres et par les ambassadeurs étrangers, et pas seulement par les quémandeurs en quête de faveurs. Mais elle sait bien qu'elle n'est pas reine. Et qu'elle n'est même pas premier ministre.

D'abord parce que le roi est loin de tout lui dire. C'est ainsi qu'elle n'eut jamais accès, quoiqu'elle en eût la plus grande envie, aux tractations mystérieuses connues des historiens sous le nom de *Secret du Roi*. Elle voyait le prince de Conti, puis plus tard le comte de Broglie arriver avec une serviette bourrée de dossiers et s'enfermer avec lui pour des séances de travail de plusieurs heures, où il n'était pas question qu'elle fût admise : elle ne savait même pas de quoi l'on y parlait. Maigre consolation : les ministres ne le savaient pas non plus, et nos ambassadeurs à l'étranger avaient parfois la surprise de recevoir des consignes parfaitement contradictoires, transmises par des voies également autorisées. À cette réserve près, il est exact que tout le monde ou presque est contraint de passer par elle pour accéder à Louis XV, et elle fait par là figure de premier ministre. Mais dans quelle mesure pèse-t-elle sur ses choix ? Il nous est à peu près impossible de le déterminer avec certitude. Mais si l'on prend la peine de se poser la question à propos des plus grandes décisions du règne, on constatera que, sur la politique à tenir face aux parlements comme sur le renversement des alliances, elle n'a fait qu'adopter les vues de Louis XV, lui servant d'intermédiaire et de porte-parole. À aucun moment il ne lui concède une quelconque délégation de pouvoir : tout au plus peut-on dire qu'il écoute ses conseils au coup par coup et cède à certains de ses désirs. Ce qui n'a rien à voir avec les vraies responsabilités politiques qu'impliquerait un ministériat.

La fonction de premier ministre, Louis XV, hypnotisé par le modèle de son ancêtre, se l'est réservée. Il ne la délègue à personne. Mais la vérité est qu'elle n'est pas remplie, parce qu'il n'est pas en mesure, faute d'autorité sur ses ministres, d'obtenir d'eux une action coordonnée. Chacun a beau faire du bon travail dans sa partie, les résultats sont décevants parce qu'il y manque un minimum de cohérence et, disons le mot bien qu'il ait une résonance trop moderne, de solidarité. Loin de les associer à une entreprise commune, il semble encourager chez eux les dissensions, car la haine qu'ils se portent mutuellement empêche que l'un d'eux ne se détache du lot et ne le domine, lui, en même temps que ses collègues. Il ne cesse de les laisser s'opposer entre eux, ou s'opposer à Mme de Pompadour, quitte à leur donner tort alternativement aux uns ou aux autres. Dans ces conditions, il ne peut avoir de bons ministres. Chacun gaspille en efforts pour se maintenir en place et pour faire écarter rivaux et favorite une énergie qui serait mieux employée au service de l'État. Louis XV use les hommes et les rejette, souvent avec brutalité. L'histoire intérieure de son règne regorge de ministres de grand talent qui n'ont pas pu donner leur mesure, faute d'être tenus en main fermement et protégés contre leurs propres faiblesses – c'est le cas de Maurepas – ou, dans le cas des meilleurs, faute de trouver chez le souverain un appui sans faille – ce sera le cas de Machault.

Louis XV a l'esprit vif, clair, juste. Il a pris la mesure des réformes à faire pour réorganiser le royaume. Avec l'aide de fonctionnaires compétents et zélés, il remédie à beaucoup de tares et parvient à jeter les bases d'institutions bien conçues qui ont survécu jusqu'à nos jours, entre autres l'École des Ponts et Chaussées, l'École royale du Génie (qui servira de moule à Polytechnique), l'École de Marine (qui deviendra celle du Génie maritime), les écoles vétérinaires d'Alfort et de Lyon. C'est un excellent administrateur. Mais ce n'est pas un politique. Dès que ses réformes se heurtent à une opposition – ce qui est le propre de toutes les réformes de fond –, rien ne va plus. Car l'intelligence n'y suffit pas. Il y faut la volonté, l'autorité naturelle, le « charisme » comme nous disons aujourd'hui, et aussi la connaissance des hommes, le sens du réel, la juste perception du possible et l'aptitude à négocier, voire à transiger. Toutes qualités dont Louis XV est naturellement dépourvu et que rien, ni dans son éducation, ni dans la vie qu'il mène depuis, n'a contribué à développer. Ces qualités, personne ne peut les lui conférer d'un coup de baguette magique. Et personne ne peut se substituer à lui dans l'exercice de la fonction souveraine.

Mme de Pompadour moins que quiconque. Le fait qu'elle soit femme et d'origine roturière la disqualifie doublement, selon les préjugés du temps, pour toute fonction officielle. Tout ce qu'elle fait prête par principe le flanc à la critique. Non que la politique qu'elle appuie soit forcément mauvaise. Le désastre, c'est que ce soit elle qui la fasse, et non le roi. On objectera qu'il s'agit là d'une apparence et qu'elle n'est que le porte-parole du roi. Mais en la matière, l'apparence est tout. Le rôle d'intermédiaire, d'interlocuteur privilégié qu'il lui laisse prendre passe à juste titre, même si elle agit en plein accord avec lui, pour une forme de démission de sa part. Pendant un certain temps, les haines se concentrent sur elle ; son renvoi apparaît comme l'objectif premier à atteindre ; le roi est épargné. Mais bientôt celui-ci se voit entraîner par la vague d'hostilité qui s'enfle autour d'elle à mesure que s'accumulent mécontentements et déceptions. Tout bascule vers 1750, à la charnière du siècle. Il suffit de quelques années pour que le Bien-Aimé devienne le Bien-Haï. Et c'est dans la capitale, bien sûr, que l'impopularité bat son plein. Au point que, par crainte de se faire huer dans les rues lorsqu'il traverse la ville pour aller de Versailles à Compiègne, il fait tracer par Saint-Denis un itinéraire de contournement bientôt surnommé la « route de la révolte ».

L'hostilité de l'opinion

Pourquoi en 1750, tout d'un coup, ce basculement de l'opinion ? Les raisons du malentendu entre

Louis XV et ses sujets sont multiples et viennent de très loin. Mais c'est la paix d'Aix-la-Chapelle qui, en 1748, sert de détonateur.

Louis XV s'était laissé entraîner à contrecœur dans la guerre de succession d'Autriche. Il savait bien qu'il n'aurait pas dû s'y engager. Pourtant cette erreur l'a d'abord servi. L'amour-propre national a été agréablement flatté par la victoire de Fontenoy et la conquête des Pays-Bas. La France tient Bruxelles, Gand et toutes les places de ce qui est aujourd'hui la Belgique. Elle a même donné un coup de dent, à Maastricht, dans le territoire des Hollandais. Mais la désinvolture avec laquelle Louis XV parut brader ces triomphes en annula tout le bénéfice moral : il avait tout abandonné, tout rendu à l'ennemi séculaire autrichien, pourtant battu à plates coutures ! À cet abandon présidaient certes d'excellents motifs d'ordre stratégique : jamais l'Angleterre ne consentirait à laisser entre nos mains les côtes de la mer du Nord qui lui font vis-à-vis ; on se serait donc exposé pour les conserver à une guerre sans merci. Mais ces arguments réalistes n'étaient pas bons à dire, parce qu'ils dissimulaient mal un aveu de faiblesse. Louis XV s'était donc drapé dans l'attitude, pas totalement feinte, du grand seigneur magnanime qui répugnait à monnayer sa victoire. Eut-il raison, eut-il tort ? La réponse relève de l'histoire-fiction. Il est certain que Frédéric II, confronté à une situation du même genre avec la Silésie, choisit de conserver à ses risques et périls la province conquise et finit par emporter la mise. Seulement Louis XV n'était pas Frédéric II, il n'avait ni son tempérament de joueur, ni ses talents de stratège, ni son absence de scrupules. Mieux valait sans doute pour lui ne pas s'engager dans une partie qu'il n'était pas armé pour gagner. Mais les Français, humiliés, lui en voulurent d'avoir tiré les marrons du feu pour autrui et d'être resté les mains vides.

Leur rancœur s'aviva lorsqu'ils découvrirent que cette victoire illusoire avait un prix. Le contrôleur général Machault d'Arnouville, qui s'était contenté de financer les campagnes militaires au moyen des expédients habituels, entreprit de réformer la fiscalité pour combler les trous creusés dans le budget par la guerre et pour le soustraire dans l'avenir aux difficultés chroniques. De là était née l'idée du fameux vingtième, appliqué à l'ensemble des contribuables.

Tous convenaient de bonne foi que le système fiscal était totalement inadapté. Il datait d'un temps où le roi était censé vivre des revenus de ses domaines propres et où ses sujets n'étaient appelés à délier les cordons de leur bourse qu'à titre exceptionnel, pour financer les guerres. Ses sujets roturiers seulement. Car les nobles, seuls appelés à se battre, payaient pour la défense commune « l'impôt du sang ». Quant au clergé, en théorie il ne possédait rien, l'Église étant seulement « dispensatrice » des biens déposés entre ses mains et réservés au service de Dieu et des pauvres : il ne devait donc rien à l'État. Au fil des années l'inépuisable imagination des responsables du fisc avait inventé un nombre considérable d'impôts et de taxes qui parvenaient à toucher des catégories de contribuables de plus en plus nombreuses. Des levées dites exceptionnelles et provisoires étaient devenues ordinaires. Mais il y avait encore beaucoup d'exemptions. Et, bien que tous en reconnussent la nécessité, le seul mot de réforme fiscale provoquait une levée de boucliers. Chacun fourbissait ses armes pour préserver bec et ongles ce qu'on nommait alors privilèges et que nous appelons de nos jours avantages acquis.

On commença donc, comme il se doit, à inviter le gouvernement à balayer devant sa porte en donnant l'exemple des économies – on disait des retranchements. Et l'on critiqua l'opacité des finances publiques. Le contribuable n'avait-il pas le droit de savoir où passaient ses deniers, voire d'en contrôler l'utilisation ? À quoi servait par exemple la cour, conservatoire d'un passé révolu, bastion de parasites accrochés à leurs prébendes et confits dans le culte d'une étiquette anachronique ? L'image était fausse, bien sûr. Beaucoup de courtisans, même parmi les plus haut placés, y avaient un emploi où ils fournissaient du travail. Et derrière le décor d'apparat, la vie qu'on y menait ressemblait de plus en plus à celle de tout un chacun. Il n'empêche. C'était un monde à part, coupé de la ville. Et le roi se dérobait doublement, aux nobles réunis à Versailles pour le servir, qu'il fuyait dès qu'il le pouvait ; à ses sujets, notamment parisiens, à qui il négligeait de se montrer. En offrant la favorite en pâture au mécontentement populaire, certains des courtisans crurent faire coup double : ils échapperaient eux-mêmes aux reproches ainsi concentrés sur l'intruse et finiraient par avoir sa peau. C'est bien de Versailles, on l'a vu, que provenaient au début la plupart des chansons attaquant la Pompadour. Mais ils jouaient les apprentis sorciers. Car les pamphlets dépassèrent vite l'étroite cible qui leur était assignée pour viser l'institution monarchique elle-même.

Depuis la mort de Louis XIV la France a profondément changé. Et avec elle les mentalités. On est passé d'une culture exaltant la guerre à une autre, qui fait de la paix le souverain bien. Louis XV, imprégné par Fleury de certains des idéaux féneloniens, est un pacifiste résolu. Avec la paix est revenue la prospérité : la France est plus riche qu'elle ne l'a jamais été. Mais cette prospérité a procédé, sur le plan social, à des redistributions. Du temps de Louis XIV, la société était étroitement hiérarchisée et cloisonnée, chacun s'y définissant par son *état*. Les ascensions y étaient lentes. Au XVIIIe siècle, tout bouge trop vite. Il y a de nouveaux riches et de nouveaux pauvres – ou du moins des appauvris. La noblesse d'épée, ne trouvant plus à s'employer, s'est reconvertie dans la politique où elle vient concurrencer la noblesse de robe. L'une et l'autre s'allient pour faire barrage aux ambitions de la bourgeoisie montante, souvent opulente, qui se bouscule au portillon. Une nouvelle sociabilité a vu le jour, transversale, qui rapproche dans les salons et les cafés parisiens des gens d'origine sociale diverse : le phénomène n'est pas nouveau, c'est son extension qui fait date. Et la prospérité a créé des besoins et des aspirations, élargi le champ de ceux qui accèdent à la lecture, multiplié vertigineusement les moyens d'information – ou de désinformation.

Et avec l'extension des connaissances ont crû l'esprit critique, le besoin de comprendre, le refus d'obéir aveuglément, le désir d'être partie prenante dans un destin jusque-là subi. Et faute de discerner le sens des choix politiques que le roi, fort de ses prérogatives de droit divin, ne se croit pas tenu de justifier, on commence à se poser des questions sur ces prérogatives, bref à s'interroger sur les sources de sa légitimité. Interrogations pour l'instant timides, mais qu'encouragent d'autres interrogations sur l'autorité pontificale suscitées par les querelles qui déchirent l'Église. Rien encore de très grave. La diffusion des grandes œuvres qui surgissent entre 1734 et 1755 – *Lettres philosophiques, Esprit des Lois, Lettres sur les aveugles, Discours sur les Sciences et les Arts*, puis sur *L'Origine de l'Inégalité* – reste étroite et leur influence ne sera sensible que plus tard. Mais on peut y voir les symptômes d'un courant de pensée en plein essor.

Louis XV conçoit fort bien le danger que représente ce courant pour le Trône et pour l'Autel. Sans doute rêve-t-il un moment de faire le tri entre l'apport proprement scientifique des têtes pensantes de son temps et les élucubrations philosophico-politiques, qu'il récuse. Ainsi s'expliquerait son hésitation initiale devant l'*Encyclopédie*. Mais à aucun moment il n'envisage d'intervenir dans le débat autrement que par la surveillance de la librairie. Mme de Pompadour n'a jamais pu le persuader de cultiver les écrivains et de les enrôler à son service – ce qui permet, par parenthèse, de mesurer les limites de son influence. Il ne s'oppose pas, au contraire, à ce qu'elle les fréquente en privé. C'est un moyen de montrer qu'il n'est pas inféodé au clan dévot. Mais il ne va pas plus loin. Il a l'esprit rigoureux d'un scientifique, il n'apprécie pas la littérature. Et il aime encore moins ceux qui en font profession. C'est infiniment dommage pour lui, car elle avait raison. Ni Catherine de Médicis, ni Richelieu, ni Louis XIV, qui savaient ce que propagande veut dire, ne l'auraient démentie sur ce point. À la décharge de Louis XV, il faut cependant reconnaître que les écrivains de son temps sont particulièrement insupportables. Dans leur grande majorité, ils « pensent mal ». Chez le plus courtisan d'entre eux, Voltaire, la servilité est mâtinée d'insolence, comme pour compenser les courbettes que lui imposent ses ambitions. Chez d'autres, c'est le refus radical : on ne peut écrire que si l'on est libre. Or Louis XV, avec son honnêteté intellectuelle et sa modestie foncière, répugne au dirigisme culturel, qui engendre les louanges outrées dont affectait de se régaler son bisaïeul. Mais il ne peut davantage consentir au libre exercice de la raison, qui conduit à poser sur les fondements mêmes de la monarchie de redoutables questions. Alors, il préfère ignorer les écrivains, dont tout le sépare. Politique de l'autruche, qui lui vaut un réveil brutal.

Vers 1750, ils prennent soudain conscience qu'en face d'eux il n'y a rien. Rien que la censure. Une censure qu'ils se font un plaisir de braver, avec la complicité même de ceux qui, comme Malesherbes, sont chargés de la faire appliquer. Une censure qui leur permet, lorsqu'elle échoue à leur imposer le silence, de s'attirer à bon marché la sympathie de tous ceux qui sont prêts à prendre le parti du hardi franc-tireur qui ose narguer le méchant gendarme. Il n'y a pas une plume digne de ce nom pour défendre la conception traditionnelle de l'autorité royale. Tous les meilleurs écrivains sont du côté des « philosophes ».

Mais il y a plus grave pour Louis XV. La liberté dont se sont emparés ainsi les gens de plume fonctionne sans les garde-fous qu'une presse vraiment libre se doit de s'imposer à elle-même. Elle a pour corollaire l'apparition d'un espace public dégagé des clivages sociaux traditionnels, où s'élabore à travers livres, journaux, conversations, ce qu'on nomme l'*opinion* : un ensemble composite d'idées qui sont « dans l'air ». C'est en un sens un progrès. Mais par malheur, l'opinion charrie le meilleur et le pire. Les fausses nouvelles, les raisonnements spécieux, les attaques personnelles diffamatoires y contribuent au même titre que les livres sérieux et les informations authentiques. Et les manipulateurs ont désormais sous la main, grâce aux officines d'édition installées hors du territoire, les moyens de mener sans danger n'importe quelle campagne de presse. Jamais Louis XV ne parviendra, ne disons pas à bâillonner l'opinion – ce ne serait pas souhaitable –, mais à obtenir d'elle un minimum d'objectivité et les moyens d'exercer face à elle un droit de réponse. Ses adversaires, eux, vont s'en donner à cœur joie.

La guerre d'usure des parlements

Contre la fiscalité, c'est tout naturellement le parlement de Paris qui mène le branle, relayé par ceux des différentes provinces. Qu'il soit bien entendu, une fois pour toutes, que ces parlements n'ont rien à voir avec les assemblées représentatives élues que nous désignons actuellement sous ce nom. Ce sont des tribunaux, qui équivalent à ce que sont nos cours d'appel. Mais le parlement de Paris, parce qu'il est censé descendre de l'ancienne cour des pairs du temps de Charlemagne – d'où le fait que sont appelés à y siéger tous les pairs du royaume –, a des attributions supplémentaires. Il est chargé de *vérifier* les édits et ordonnances royaux – c'est-à-dire d'en apprécier la conformité au droit – et de les *enregistrer*, faute de quoi ils ne sauraient être exécutoires. Il n'a jamais été habilité, au cours des siècles antérieurs, à modifier lui-même la teneur des textes qui lui étaient soumis, mais il pouvait solliciter du roi les modifications souhaitées par le biais de très humbles *remontrances*, renouvelables une fois dans le cas d'un premier refus. Après quoi, il devait obtempérer. Si le roi tenait à obtenir l'enregistrement immédiat, sans discussion possible, il venait en personne présider une séance qui prenait le nom de *lit de justice*.

Le Parlement n'avait donc aucun pouvoir en matière législative. Et il ne disposait en matière judiciaire que de celui que lui déléguait le roi, également maître de l'exécutif. Ce principe étant posé, on constate que, dans la pratique, la procédure de vérification et d'enregistrement lui donnait un droit de regard sur les lois nouvelles et lui permettait d'exprimer des avis motivés. Elle pouvait éventuellement faire de lui le porte-parole des revendications du public. Le roi avait le choix, selon les circonstances, soit de tenir compte des remontrances et d'associer ainsi le Parlement, au moins en apparence, à l'œuvre législative, soit de passer en force en dépit de ses récriminations. L'habileté consistait pour lui à jouer au mieux de cette relation ambiguë. Les rois encore peu assurés de leur pouvoir comme Henri IV avaient parfois utilisé le Parlement pour lui faire partager la responsabilité de mesures impopulaires. Louis XIII, à l'instigation de Richelieu, et surtout Louis XIV, instruit par la Fronde, avaient surtout cherché à le museler. Car les magistrats qui le composaient, propriétaires de leurs charges par suite de la vénalité des offices et pouvant les transmettre à leurs descendants, avaient mis à profit cette relative indépendance pour tenter de s'opposer au renforcement du pouvoir royal. Pour y couper court Louis XIV avait supprimé, en 1673, le fameux droit de remontrances.

L'usage est de dire que le malheureux Louis XV doit ses ennuis au régent, qui a eu l'imprudence de rétablir ce droit parce qu'il avait besoin du Parlement pour casser le testament de Louis XIV. C'est exact, le régent l'a rétabli, non sans y introduire, un peu plus tard, d'importantes restrictions. Mais à qui la faute, sinon à l'auteur de ce testament injustifiable au regard des règles de la monarchie[1], et qui savait d'ailleurs parfaitement ce qu'il en adviendrait ? À la vérité, il est plus sage de les décharger tous deux de cette responsabilité et de regarder en face la situation. Le Parlement, au fil des siècles, a toujours profité des défaillances de l'autorité royale pour s'immiscer dans la pratique législative. Une fiscalité impopulaire, un gouvernement hésitant : quelle meilleure occasion de récupérer le terrain perdu ! Il y a gros à parier que, si on ne lui avait pas rendu le droit de remontrances, il l'aurait repris de lui-même, ou aurait trouvé d'autres artifices juridiques pour retarder indéfiniment l'enregistrement d'édits qui lui déplaisaient, puisqu'il n'hésitait pas à récuser des textes promulgués en lit de justice.

Le vrai problème n'est pas de forme, mais de fond. Il n'y a plus, dans la monarchie française, aucun moyen d'expression pour la moindre revendication populaire. L'institution existe pourtant, mais elle est tombée en désuétude parce qu'aucune périodicité n'en fixait les réunions, laissées à l'initiative du roi. C'est dommage. Les États généraux, élus par les trois ordres du royaume, chargés de réunir et d'apporter au souverain les *doléances* de ses sujets, offraient à celui-ci une moisson d'informations inestimables. Et ils pouvaient constituer un embryon d'assemblée représentative. Dieu sait que les élections étaient surveillées ! Dieu sait que le vote par ordre garantissait – clergé et noblesse contre Tiers-État – une majorité conservatrice ! Ils parurent cependant assez redoutables aux rois successifs pour qu'aucun ne se soit risqué à les convo-

---

1. Rappelons que le testament de Louis XIV instituait un Conseil de régence de quatorze personnes dont Philippe d'Orléans devait être le « chef » nominal, mais où toutes les décisions seraient prises à la majorité des suffrages. Cette dernière disposition était contraire au principe selon lequel, dans une monarchie, le pouvoir ne peut se partager. Voir plus haut, chapitre 1.

quer depuis 1614[1]. La réunion suivante aura lieu, comme chacun sait, en 1789.

Les parlements se sont rendus complices de cette mise à l'écart. En l'absence des États généraux, ils se prétendent en effet habilités à en tenir lieu. Ils se posent en défenseurs du peuple, dont ils se disent les porte-parole. Et ils en sont follement acclamés. Les historiens n'ont pas de peine à démontrer qu'ils usurpent ainsi une fonction qui ne saurait leur appartenir, puisqu'ils ne tirent pas leur légitimité d'une élection. Mais c'est un critère moderne – qui relève d'ailleurs d'un point de vue démocratique ! Pour eux, la question n'est pas là. Ils affirment voler au secours des malheureux qu'on veut écraser d'impôts, ils tentent d'imposer des barrières à la montée de ce qu'ils appellent le despotisme. Ils s'installent dans l'illégalité, pour suppléer à une lacune légale, l'absence d'institution représentative. Et il est imprudent d'invoquer contre eux cette illégalité, car, en bons juristes ergoteurs qu'ils sont, ils se plongeront dans les archives du royaume et finiront par en extraire de quoi justifier, fût-ce en vertu de chartes mérovingiennes, leurs interventions dans la politique fiscale de Louis XV.

Certes des historiens ne manquent pas de nous dire d'autre part que sous couleur de protéger le pauvre peuple, ils se battent pour préserver leurs intérêts personnels, directement visés par les réformes fiscales. Et c'est tout à fait exact. Mais cette motivation condamnable se mêle à d'autres qui ne le sont pas. Tous ne sont pas des monstres, des cyniques, des hypocrites drapant leur égoïsme dans le manteau du dévouement

---

1. La France du haut Moyen Âge avait connu diverses formes d'assemblées politiques. Les États généraux furent créés en 1302 par Philippe le Bel, pour s'en faire un appui dans sa lutte contre le pape. Mais ils représentaient un facteur de résistance à l'autorité royale. Réunis cinq fois au XIVe siècle et quatre fois au XVe (pour voter la création de la taille notamment), ils ne furent plus convoqués au XVIe (quatre fois entre 1560 et 1588) que pour tenter de mettre fin aux conflits religieux. La réunion de 1614, sous la régence de Marie de Médicis, fut la dernière.

au pays. Les meilleurs d'entre eux ont le sentiment de défendre quelque chose d'essentiel, de proposer un idéal de monarchie limitée, tempérée, face aux dérives de l'autorité royale. Qu'ils se trompent sur les vraies intentions de Louis XV est un malentendu tragique. Faute d'avoir pénétré leur psychologie – que n'avait-il lu les *Mémoires* du cardinal de Retz ! –, le roi s'exaspère, les traite par le mépris, les renvoie sans les entendre. Les magistrats, eux, connaissent leur Fronde sur le bout du doigt. Ils se gardent de toute violence. Leur arme préférée est la grève, qui, sans compter qu'elle suspend le cours de la justice, met aussitôt sur le pavé de Paris, sans ressources, tout le petit monde des avocats et de la basoche, près de vingt mille personnes au bas mot. Le roi réplique par des sentences d'exil contre les meneurs. Alors, comme toujours dans ce cas, les modérés se solidarisent avec leurs collègues et c'est l'escalade. Les extrémistes prennent la direction du mouvement, la situation s'envenime jusqu'au point où personne ne peut reculer sans perdre la face. Et celui qui finit par reculer, contraint et forcé, c'est toujours le roi. Et il perd la face. Et les magistrats, enivrés de leurs succès et devenus totalement irresponsables, creusent le tombeau de la monarchie qui les emportera eux-mêmes.

On ne lassera pas ici le lecteur avec les interminables chicanes de procédures, remontrances, arrêts du roi cassés et rétablis, lits de justice, grèves, exils, rappels, ordres, contrordres et autres épisodes qui jalonnent la guerre obstinée menée contre le roi par ses parlements. Toute la fin du règne en sera empoisonnée. Entre 1730 et 1733, Fleury avait réussi, non sans peine, à désamorcer un conflit qui avait pour objet la bulle *Unigenitus* et la paix s'était maintenue depuis. Mais au tournant du siècle, au moment même où se prépare la réforme du vingtième, vient d'être nommé à l'archevêché de Paris un prélat de choc, Mgr Christophe de Beaumont, dont le zèle parvient à ranimer en moins de temps qu'il ne faut pour le dire les querelles religieuses assoupies. De quoi offrir aux parlements un *casus belli* de plus.

« La Bulle est au centre de tout »

Dans les dernières années de son règne, Louis XIV avait voulu éradiquer le jansénisme. Il pensait ainsi mettre un terme définitif à une querelle théologique qui avait agité tout le XVIIe siècle. Hélas, il léguait à son successeur une redoutable bombe à retardement. Nous avons du mal à comprendre aujourd'hui comment des distinguos doctrinaux parfois ténus comme des pointes d'épingle ont pu enflammer les Français dans un siècle qui est pour nous celui des Lumières, du scepticisme souriant, de la douceur de vivre et de la quête du bonheur. Nous oublions, d'une part, que la France était encore très profondément chrétienne et nous négligeons, d'autre part, les implications politiques qui se cachaient derrière le conflit théologique. Il faut, pour comprendre la nature des enjeux, remonter un peu en arrière.

Louis XIII et Richelieu ne s'y étaient pas trompés. Ils prirent d'emblée position contre le jansénisme, et tous leurs successeurs en firent autant. Au souci d'orthodoxie religieuse se mêlait chez eux la certitude que, par son individualisme foncier, la nouvelle doctrine risquait de devenir un danger pour la monarchie. Certes les théories sur la grâce divine, fleurant la Réforme par le peu de place accordée au libre arbitre humain, prêtaient à discussion. Mais ce qui parut plus dangereux encore sur le plan politique est que les « disciples de saint Augustin », comme ils avaient choisi de se nommer, étaient prêts, pour défendre leurs convictions, à résister au roi et au pape. À l'obéissance sans condition à l'autorité civile ou religieuse, ils opposaient l'autonomie de la conscience. Alors que la monarchie tentait de mettre en place une conception centralisatrice de l'État, enrôlant les individus au service du souverain, ils introduisaient dans la société un ferment de contestation d'autant plus actif qu'ils offraient aux âmes en quête de spiritualité une autre morale, plus exigeante et plus pure, et, en la personne des religieuses de Port-Royal, d'incomparables modèles.

Or, instruit par la Fronde, Louis XIV avait tout fait, après sa prise de pouvoir personnelle, pour s'assurer l'appui sans réserve de son clergé. Il veillait à le tenir bien en main. Il avait pour cela d'autant plus de facilité que la France jouissait dans l'Europe catholique d'un statut particulier. La doctrine dite « gallicane », élaborée au temps où les papes prétendaient encore commander aux rois, avait soustrait celui de France à l'autorité pontificale. Le roi, « fils aîné de l'Église », y tenait son pouvoir directement de Dieu, Rome n'avait pas à interférer dans la conduite des affaires de son pays. Et comme le concordat de Bologne, en 1516, lui avait concédé le droit de nommer les titulaires de toutes les hautes fonctions ecclésiastiques, il était maître chez lui. De même, l'Église de France n'acceptait pas de se soumettre docilement aux directives doctrinales ou disciplinaires de Rome : elle n'y consentait qu'après les avoir approuvées, par la bouche de ses prélats. Le gallicanisme permit ainsi à la France d'échapper à l'Inquisition, instituée par le concile de Trente. Bref notre pays faisait bande à part.

À ces « libertés de l'Église gallicane », qui flattaient leur orgueil et accroissaient leur pouvoir, étaient conjointement attachés non seulement le roi et le haut clergé, mais les parlements, que des querelles de compétence opposaient souvent aux juridictions ecclésiastiques et qui en profitaient pour grignoter du terrain. S'y ajoutait la Sorbonne, faculté de théologie, habilitée aussi bien que Rome à trancher sur les matières de dogme. Louis XIV avait donc pu entrer en conflit avec le pape lors de l'affaire de la régale, en 1684, appuyé par tout ce que la France comptait de théologiens et de magistrats.

Mais tout à la fin de son règne, il fit un pas dans

l'autre sens. Un très grand pas. La Révocation de l'Édit de Nantes avait débarrassé le royaume des protestants, ou du moins ceux qui restaient se faisaient invisibles. Le jansénisme, lui, survivait et semblait même renaître de ses cendres. Le cardinal de Noailles, archevêque de Paris, le protégeait presque ouvertement. En faisant raser le monastère de Port-Royal, Louis XIV ne réussit qu'à transformer les dernières moniales en martyres. Désespérant d'en venir à bout, il finit par faire appel au pape qui, en 1713, condamna dans la trop fameuse bulle *Unigenitus* une série de cent une propositions tirées des *Réflexions morales* du Père Quesnel. Ce faisant, le roi rompait avec les principes qui avaient guidé auparavant son règne : il abandonnait la ligne gallicane pour se faire ultramontain. Ce virage brutal choqua tous ceux qui, sans être jansénistes de conviction, tenaient dur comme fer aux fameuses « libertés » de l'Église de France. Ils y virent un abus de pouvoir, visant à assujettir plus étroitement le pays aux forces conjuguées du trône et de l'autel. Et le jansénisme, dont ils se réclamèrent, devint un parti politique d'opposition.

La conjonction du gallicanisme avec le jansénisme était grave, car la doctrine gallicane contenait, elle aussi, un ferment contestataire. Y figurait le mot « libertés ». Au pluriel, certes, et au sens strictement juridique[1]. Mais elle impliquait une mise en cause de l'autorité du pape. À qui revenait le dernier mot en matière de dogme ? aux prélats réunis en concile plutôt qu'aux pontifes. Longtemps le roi bénéficia de cette interprétation et en tira un surcroît d'autorité. Mais du jour où il sollicita l'appui du pape pour rétablir l'ordre dans son clergé, les interrogations sur la légitimité de l'autorité pontificale s'étendirent à la sienne. « Dans l'esprit public [...], note d'Argenson, s'établit l'opinion que la nation est au-dessus du roi comme l'Église uni-

1. En droit le mot désigne les exemptions par rapport à la norme générale, les privilèges propres à telle ou telle catégorie.

verselle est au-dessus du pape. » Et si, en matière de gouvernement civil, on cherche un équivalent au concile, on le trouve sans peine dans les États généraux ou quelque autre institution représentative à créer. Les débats sur l'autorité monarchique ne proviennent donc pas uniquement des « philosophes ». Elles surgissent au sein même des milieux catholiques, divisés par l'*Unigenitus* en « constitutionnaires » partisans de la Bulle, et en « appelants », ainsi nommés parce qu'ils faisaient appel devant le Parlement des décisions prises contre eux par les autorités ecclésiastiques.

Fleury avait mesuré le danger et tenté d'y couper court, en 1730, en faisant de la Bulle non plus seulement une loi de l'Église, mais une loi de l'État. Il déclencha trois ans de troubles et eut beaucoup de peine à obtenir qu'on fît silence sur le débat théologique. Mais il s'arrangea, par le biais du renouvellement naturel des hommes, pour épurer peu à peu le haut clergé de tout élément janséniste. Mgr Boyer, précepteur du dauphin, puis premier aumônier de la dauphine, qui détenait la feuille des bénéfices, c'est-à-dire gérait les nominations, s'acquitta fort bien de la tâche que lui avait confiée le défunt cardinal. Vers le milieu du siècle, le haut clergé était nettoyé de toute trace de sympathie pour la doctrine condamnée. Il entreprit alors d'aller plus loin, s'attaquant à certaines institutions charitables, au bas clergé et aux milieux parlementaires, qui en étaient largement contaminés. La nomination à la tête du diocèse de Paris de Mgr Christophe de Beaumont, en 1746, donna le signal des hostilités. Il était jeune – quarante-trois ans –, entier, intrépide et parfaitement désintéressé. Comme Mgr Boyer, c'était un homme sincère aux mœurs irréprochables, à la foi ardente, aux convictions arrêtées, mais « ses lumières, dira Bernis, n'étaient pas aussi grandes que ses vertus » : « Comme il me parlait sans cesse de sa conscience qui lui défendait de se prêter à aucun tempérament, ajoute l'ironique mémorialiste, il m'échappa de lui dire que sa conscience était une lanterne sourde qui n'éclairait que lui. » À l'évidence il leur manquait à tous deux le sens politique et peut-être aussi l'esprit de charité. Ils s'engagèrent dans la lutte contre le jansénisme comme dans une croisade. Leur zèle intempestif parvint en un rien de temps à ranimer les cendres quasi éteintes du jansénisme et à mettre Paris en ébullition avec l'affaire des billets de confession. Et Louis XV, qui avait insisté pour que Beaumont acceptât l'archevêché de Paris, eut tout le loisir de s'en mordre les doigts.

Dès le lendemain de sa nomination, Mgr de Beaumont prescrivit à son clergé de refuser l'extrême-onction à quiconque ne présenterait pas un billet de confession certifiant qu'il avait reçu l'absolution des mains d'un prêtre « approuvé », c'est-à-dire constitutionnaire. Et l'on sait qu'à l'époque, l'extrême-onction était considérée comme l'indispensable « viatique » sans lequel on ne pouvait se présenter devant le Créateur avec quelque chance d'être sauvé. L'archevêque vouait donc les réfractaires à la damnation. Cette exigence au parfum d'inquisition choqua un esprit libre comme Barbier, qui préconisa de l'abolir : « La liberté est chère à tous les hommes ; on n'aime point cette contrainte de billets de confession qui, dans le vrai, est fort inutile pour le bien de la religion. » Il parlait d'or. Mais l'archevêque persista, déclenchant bientôt des scandales habilement exploités par l'opposition. D'année en année, le conflit s'amplifia. Des plaintes furent déposées auprès du Parlement contre les prêtres qui, faute de billets, refusaient les sacrements aux mourants. Le Parlement les condamnait, donnait l'ordre de les arrêter et, pendant que se déroulaient les batailles de procédure, les moribonds trépassaient sans viatique, à la grande indignation des fidèles.

Louis XV tenta de raisonner, vainement, Mgr de Beaumont. Mais il ne pouvait, sans se déjuger, lâcher son clergé fidèle à la Bulle qui était devenue « constitution » d'État. Il cassait donc les condamnations du Parlement. Cependant ses ministres, divisés, hésitaient entre répression et temporisation. Lui-même désapprouvait l'usage des billets : rien ne devait être aussi libre que la confession, déclara-t-il à la reine qui plaidait en leur faveur. Il déplorait que l'Église n'eût pas trouvé un meilleur terrain pour l'aider dans sa lutte contre les magistrats rebelles. Mais il se sentait mal à l'aise, encore sous le coup de sa reculade sur l'impôt du vingtième, de ses vains efforts pour faire admettre son amitié nouvelle avec la Pompadour, puis des pressions morales qui avaient suivi la mort de sa fille. Le clan familial ne désarmait pas, offrant aux deux prélats un appui résolu. Marie Leszczynska entretenait avec l'archevêque des relations régulières. « La reine, conte d'Argenson, a dit à l'archevêque de Paris, à la dernière visite qu'elle a reçue de lui : “Mon cher papa (c'est ainsi qu'elle l'appelle), tenez bon pour la Bulle ; autrement la religion est perdue en France.” » Selon le même d'Argenson le roi serait intervenu pour empêcher le dauphin d'aller à Paris dîner chez l'archevêque, en lui disant : « Vous ne savez pas encore vous conduire. » La remarque ne visait pas seulement l'entorse au protocole, mais aussi le gage public qu'une telle visite aurait donné à un prélat qui, fort de sa cause, désobéissait lui aussi aux consignes d'apaisement. Et le roi avait parfois le sentiment pénible que le clan dévot, misant sur son fils, souhaitait en secret sa disparition.

Il tenta de distribuer équitablement ses coups entre les deux camps. Il exila le Parlement et tenta de lui substituer une chambre de remplacement. Puis il fit marche arrière. Il avait trop besoin de lui pour le lancement d'un emprunt de 2 400 000 livres nécessaires à la guerre qui se profilait à l'horizon. Il exila l'archevêque et le consigna en résidence surveillée à Conflans : une façon de le soustraire aux poursuites du Parlement, qui l'avait décrété d'arrestation – mais oui ! –, un moyen aussi de l'éloigner de Paris. Conflans, puis Lagny ne paraissant pas assez loin, le roi l'envoya prendre quelques vacances dans sa famille en Périgord. Et il promulgua un édit imposant le silence sur les matières religieuses. Il eut alors de la chance, la mort le débarrassa de Boyer, qu'il remplaça par un modéré, le cardinal de La Rochefoucauld, pour la feuille des bénéfices. Et il s'appuya sur la requête d'un groupe de prélats raisonnables pour demander au pape un texte d'apaisement. Très sagement, Benoît XIV lui ôta une grosse épine du pied en décrétant, à la fin de 1756, que les billets de confession n'étaient pas nécessaires. Il était temps, car la France s'engageait alors, sur le plan international, dans une aventure qui requérait toutes ses énergies.

Le renversement des alliances

Entre les deux femmes qui entourent Louis XV, l'épouse et la maîtresse, il semble que les événements se fassent un malin plaisir à tracer une frontière infranchissable, les cantonnant chacune dans sa sphère. Tout au long des querelles religieuses, Mme de Pompadour, si soucieuse qu'elle fût de rester en bons termes avec la reine, s'était vue rejetée dans le camp adverse, puisqu'on ne voulait pas d'elle parmi les dévots. En politique étrangère, elle va se trouver, presque par hasard, associée à un bouleversement de notre système d'alliances traditionnel entièrement opposé aux vues des ministres qui ont l'oreille de Marie Leszczynska.

Entre la France et l'Angleterre, la paix d'Aix-la-Chapelle n'avait rien réglé. La présence française en Amérique du Nord et aux Indes faisait obstacle à l'irrésistible expansion britannique. La colonie française du Québec était reliée à celle de Louisiane par une ceinture de forts le long de la vallée de l'Ohio, qui empêchait les colons britanniques de s'étendre vers l'ouest. D'incessants accrochages meurtriers laissaient pressentir qu'on s'acheminait vers la guerre. Au début de 1755, Louis XV espérait qu'il pourrait l'éviter, en se contentant de montrer les dents. « Il n'y a rien encore de décidé sur la guerre, écrit Mme de Pompadour à Stainville au mois d'avril ; quelle que chose qui arrive, elle ne sera pas avant l'année prochaine. » Mais déjà dans ses propos se fait jour un nationalisme belliqueux. « Ne me parlez pas de guerre, petit animal que vous êtes ! Elle me désole. Cela ne m'empêche pas de penser avec toute la hauteur qui convient à une bonne Française. » Elle est prête à « se battre de toutes ses forces », quand il s'agit de venger les affronts infligés au roi sur l'Ohio. C'est là dans sa bouche un ton nouveau, que ses détracteurs habituels relèvent, en l'assortissant d'une explication malveillante : elle était pacifiste naguère lorsque la guerre terrestre risquait d'éloigner d'elle son amant, elle devient belliqueuse dès lors qu'il est exclu qu'il s'en aille jouer sur mer les amiraux. Peut-être... Mais il se peut aussi qu'elle se contente de répercuter le point de vue du roi. Car Louis XV, lucide, pressentait que, à la différence de la précédente, cette guerre-ci était inévitable. Seulement, il avait besoin d'une année au moins pour la préparer.

Or quelques semaines plus tard, il arriva en Amérique infiniment plus grave que les habituelles frictions. Les vaisseaux – armés en flûtes [1] – que la France expédiait au Canada pour y amener des renforts tombèrent dans une embuscade à l'entrée du Saint-Laurent. Trois d'entre eux, égarés dans le brouillard, se virent entourés par la flotte de l'amiral Boscawen, qui les canonna sans préavis. Le *Royal-Dauphin* put s'échapper, mais l'*Alcide* et le *Lys* tombèrent aux mains des Anglais. S'ajoutant à la piraterie systématiquement exercée sur les navires de commerce français, c'était une provocation. La guerre n'était pas pour l'année prochaine, mais pour tout de suite.

Le précédent conflit est encore dans toutes les mémoires. On pense que celui-ci se déroulera dans le cadre des mêmes alliances : Autriche et Provinces-

---

1. Il s'agit bien de vaisseaux de guerre, mais utilisés comme transports de troupes et armés seulement du tiers de leur artillerie.

Unies aux côtés de l'Angleterre, Espagne et Prusse aux côtés de la France. Les Français détestent l'Autriche : on ne se débarrasse pas aisément de sentiments enracinés dans les cœurs par deux siècles de luttes sans merci. Ils raffolent de la Prusse. Sa puissance militaire en fait aux yeux des ministres une alliée précieuse, à laquelle nous sommes d'ailleurs liés par traité venant à échéance en 1756. Quant aux écrivains faiseurs d'opinion, ils n'ont pas assez de louanges pour le « despote éclairé » ouvert à la modernité, le mécène féru de littérature et de musique, le souverain philosophe qui les honore de son « amitié ». Bref la France est « toute prussienne ». Pas Louis XV, choqué par le cynisme de Frédéric II, par son irréligion, par ses mœurs et par son manque de respect de la parole donnée. Ni Mme de Pompadour. Il est vrai que le roi de Prusse, faute de pouvoir l'acheter, a répandu ses sarcasmes et ses calomnies sur celle qu'il appelle Cotillon III – les Cotillons I et II étant l'impératrice Marie-Thérèse et la tsarine Élisabeth, englobées dans un même mépris pour les femmes.

C'est dans ce climat que, le 30 août, la marquise reçut la visite de l'ambassadeur d'Autriche, qui lui remit une lettre d'introduction émanant de son prédécesseur, le si aimable Kaunitz, devenu à Vienne le tout-puissant chancelier :

> *Madame, j'ai désiré souvent me rappeler à votre souvenir : il s'en présente une occasion qui, par les sentiments que je vous connais, ne saurait vous être désagréable. [...] M. le comte de Starhemberg a des choses de la dernière importance à proposer au roi, et elles sont d'espèce à ne pouvoir être traitées que par le canal de quelqu'un que Sa Majesté Très Chrétienne honore de sa confiance et qu'elle assignerait au comte de Starhemberg. Nos propositions, je pense, ne vous donneront pas lieu de regretter la peine que vous aurez prise*

> *à demander au roi quelqu'un pour traiter avec nous, et je me flatterai, au contraire, que vous pourrez me savoir quelque gré de vous avoir donné par là une nouvelle marque de l'attachement et du respect avec lequel j'ai l'honneur d'être...*

Il s'agit donc de faire passer au roi un message confidentiel. Par quel canal ? Kaunitz avait laissé à son ambassadeur le choix entre le prince de Conti et la marquise. Celle-ci était sur place, elle savait se taire : rapidité et silence assurés. C'est à elle qu'il remit le billet suivant, qu'elle transmit à Louis XV :

> *Je promets, foi d'impératrice et de reine, que, de tout ce qui sera proposé de ma part au Roi Très Chrétien par le comte de Starhemberg, il ne sera jamais rien divulgué et que le plus profond secret sera gardé à cet égard et pour toujours, soit que la négociation réussisse ou ne réussisse point ; bien entendu néanmoins, que le Roi Très Chrétien donne une déclaration et promesse pareille à celle-ci.*
>
> *Fait à Vienne le 21 août 1755.* MARIE-THÉRÈSE

Louis XV comprit aussitôt la signification du message. Une telle solennité, jointe à un tel luxe de précautions, prouvait qu'il s'agissait d'une offre d'alliance.

Cette offre allait dans le sens de ses vœux secrets. L'Autriche n'était plus une menace depuis que l'Espagne en avait été disjointe. Louis XIV lui-même, à l'extrême fin de son règne, avait songé à une réconciliation et Fleury était convaincu de sa nécessité. Le contentieux entre Philippe V et l'empereur Charles VI, qui revendiquait encore le trône de Madrid, la rendit longtemps impossible. Mais tous deux étaient morts, et Marie-Thérèse avait fait son deuil du rêve hégémonique des Habsbourg : ses principales visées étaient en

Europe centrale. Rien ne l'opposait plus à Louis XV. Il éprouvait de l'estime pour son courage et sa sagesse, elle était catholique, comme lui, elle partageait sa conception paternaliste du pouvoir. Il la préférait cent fois à Frédéric II. Mais il répugnait à trahir son engagement avec la Prusse et hésitait à prendre à contre-pied une opinion française déjà suffisamment montée contre lui. Il tenait à connaître, cependant, ce que proposait l'Impératrice.

Ni Marie-Thérèse ni lui n'envisagèrent un instant de confier à Mme de Pompadour cette délicate négociation. Il y fallait un interlocuteur qualifié ayant si possible quelque expérience diplomatique. Le nom de Bernis s'imposa. Le charmant abbé de cour était un familier de la marquise, dont il avait chaperonné l'idylle naissante avec le roi. Elle l'appelait son pigeon pattu, parce que ses jambes maigrichonnes supportaient une bedaine rondelette. Voltaire le surnommait Babet la Bouquetière, pour son art de trousser des madrigaux fleuris. « Il ne devait sa fortune qu'au beau sexe, parce qu'il possédait au suprême degré l'art de dorloter l'amour. » Toujours aimable et toujours impécunieux, il s'était peu à peu poussé dans le monde, il avait été élu à l'Académie française, sans se décider à faire pour de bon la carrière ecclésiastique programmée par sa famille, mieux pourvue en quartiers de noblesse qu'en biens-fonds. Lorsque sa vieille amie, devenue favorite, avait enfin pensé à « faire quelque chose » pour lui, elle lui avait fait confier l'ambassade de France à Venise, une prestigieuse sinécure où la plupart de nos représentants se laissaient endormir au balancement des gondoles ou enivrer aux débordements du carnaval. Il trouva le moyen d'y travailler beaucoup le jour, tout en partageant la nuit avec Casanova les faveurs de quelques belles moniales qui faisaient, si l'on peut dire, couvent buissonnier. Il y avait gagné une réputation d'habileté qui le faisait figurer en bonne place, quoiqu'il fût encore jeune, dans les rangs de nos diplomates. Il rentrait de Venise, s'apprêtait à repartir pour Madrid. On le connaissait peu à la cour, ses allées et venues passeraient aisément inaperçues.

Lorsque Mme de Pompadour annonça à Bernis ce qu'on attendait de lui, il s'étonna, puis s'affola, mesurant d'un coup d'œil les risques de l'affaire. Et s'il s'agissait d'un piège, destiné à nous faire rompre avec la Prusse pour nous laisser ensuite seuls face à l'Europe entière ?

« Comme je finissais ces réflexions, conte-t-il dans ses *Mémoires*, le roi, à qui je n'avais jamais parlé d'affaires, entra, et me demanda brusquement ce que je pensais de la lettre de M. de Starhemberg. Je répétai à Sa Majesté ce que je venais de dire à Mme de Pompadour. Le roi m'écouta avec impatience et, quand j'eus fini, il me dit, presque en colère : "Vous êtes comme les autres l'ennemi de la reine de Hongrie[1]." Je répondis au roi que personne n'admirait plus que moi cette princesse ; que je savais qu'elle avait envoyé à Versailles le comte de Kaunitz dans la vue de faire un traité d'alliance ; [...] que j'avais ouï dire que l'empereur Charles VI, son père, lui avait conseillé, en mourant, de s'unir avec la France si elle voulait bien conserver ses domaines ; mais que toutes ces raisons ne m'empêchaient pas de m'arrêter aux deux réflexions dont je venais d'instruire le roi et que je soumettais à son jugement. [...] "Eh bien ! répliqua le roi avec un peu d'émotion, il faut donc faire un beau compliment à M. de Starhemberg et lui dire qu'on ne veut rien écouter. – Ce n'est pas mon sentiment, Sire, répondis-je ; Votre Majesté a tout à gagner à s'instruire des intentions de la cour de Vienne ; mais il faut prendre garde à la réponse qui lui sera faite." Le visage du roi devint plus serein ; il m'ordonna d'écouter M. de Starhemberg en présence de Mme de Pompadour, qui ne devait assister qu'à la première conférence. »

---

1. C'est le nom par lequel on avait pris l'habitude de désigner Marie-Thérèse pendant les trois années antérieures à l'élection de son époux à l'Empire. Il avait fini par perdre la nuance péjorative qu'on lui avait donnée au début.

Les efforts de Bernis pour qu'on lui adjoignît un ministre furent vains. Il demanda alors à être accrédité par un pouvoir signé du roi, que celui-ci lui remit aussitôt.

Pour les rencontres, la marquise offrit sa propriété de Meudon. Non pas le bâtiment principal, bien en vue au sommet de la falaise, mais le petit ermitage de Babiole, en bord de Seine, qu'une épaisse charmille protégeait des regards. Bernis et elle étaient convenus de rester impénétrables pendant toute la durée de l'entretien, bien que Starhemberg cherchât à chaque instant sur leur visage l'effet produit par des propositions qui avaient de quoi les surprendre. Le projet de Marie-Thérèse[1], obsédée par le désir de récupérer la Silésie que lui avait arrachée Frédéric II, était de constituer une ligue entre Autriche, Russie, Pologne, Saxe et autres principautés allemandes pour ramener la Prusse à ses frontières du siècle antérieur ; elle ne demandait pas à la France d'engagement militaire, une contribution financière tout au plus, pourvu qu'elle rompît son alliance avec la Prusse. Pour prix de cette amicale neutralité, elle offrait d'abandonner les riches Pays-Bas[2] au gendre de Louis XV en échange de sa misérable principauté de Parme. Double cerise sur le gâteau : pour aider la France dans sa lutte contre l'Angleterre, elle mettrait à sa disposition immédiatement les places de Nieuport et d'Ostende sur la mer du Nord, et elle soutiendrait la candidature du prince de Conti lors de la prochaine élection polonaise.

Assurément elle avait furieusement besoin de la France devant les appétits de Frédéric II. Mais c'était presque trop beau pour être vrai. La réponse de Louis XV fut d'une extrême prudence : « Fidèle aux engagements et aux lois de l'honneur, le roi ne peut, sans les motifs les plus graves et les preuves les plus claires, non seulement rompre avec ses alliés, mais

---

1. Bernis, respectueux du secret diplomatique, n'en reproduit pas les termes dans ses *Mémoires* ; nous les connaissons aujourd'hui par les documents d'archives.

2. La Belgique actuelle.

mettre leur bonne foi en doute et les croire capables d'infidélité et de trahison. » Marie-Thérèse fut déçue. Elle croyait le roi de France plus perspicace et plus réaliste. Des preuves de la duplicité du roi de Prusse, elle n'en avait pas, mais des soupçons à foison. Et Louis aurait pu se souvenir que par deux fois son allié, l'abandonnant, avait signé des paix séparées à sa seule convenance. Mais il tenait à se montrer chevaleresque. Et peut-être cette grandeur d'âme n'était-elle que le masque derrière lequel s'abritait sa répugnance à décider. Il perdit donc un temps précieux.

Lorsque le duc de Nivernais débarqua en grande pompe à Berlin le 12 janvier 1756, afin de négocier avec Frédéric II le renouvellement ou l'abandon du fameux traité d'alliance, ce fut pour apprendre que celui-ci venait de traiter en bonne et due forme avec les Anglais, à Westminster, le 1er janvier précédent ! Revirement très explicable. Quelques mois plus tôt le roi d'Angleterre s'était allié avec les Russes, afin d'avoir en Europe centrale un allié susceptible d'écarter les agresseurs des vastes territoires qu'il détenait dans le Hanovre par héritage familial. Pris en tenailles, Frédéric II avait pris contact avec George II. Lequel jugea que pour protéger son cher Hanovre, les troupes prussiennes valaient mieux que celles de la tsarine. Le renversement d'alliances, qui inspirait tant de scrupules à Louis XV, avait donc été opéré à son insu par son cynique partenaire.

Bernis dut poursuivre les négociations sur des bases nouvelles. Marie-Thérèse n'avait plus le moindre intérêt à faire des sacrifices pour amener la France à une rupture désormais accomplie. C'est Louis XV au contraire qui avait besoin d'elle pour assurer ses arrières sur le continent, pendant qu'il mènerait énergiquement la guerre maritime contre les Anglais. Il finit par signer le 1er mai 1756 le traité dit de Versailles. Il n'y était plus question, bien sûr, de l'offre d'échange pour l'infant de Parme. Mais pas davantage du projet de ligue visant à reprendre la Silésie à la Prusse. L'alliance était purement défensive. Les deux souverains se juraient « amitié et union sincère et constante », et s'engageaient à se porter secours « contre les attaques de quelque puissance que ce soit », à une importante réserve près : l'accord ne concernait pas « la présente guerre entre la France et l'Angleterre ». Une clause secrète spécifiait cependant que l'Autriche soutiendrait la France si celle-ci était attaquée sur son territoire par les Anglais ou leurs auxiliaires, et réciproquement.

Il fut facile de dénoncer après coup, au vu des événements, le caractère déséquilibré de ce traité, qui contraignait la France à secourir l'Autriche en cas de besoin, mais dispensait celle-ci d'aider la France dans le seul conflit qui la menaçât, celui qui l'opposait à l'Angleterre sur mer et dans ses colonies. Mais sur le moment, l'on croyait la situation stabilisée en Europe centrale, l'alliance autrichienne avait surtout valeur de dissuasion, nul ne pensait qu'il faudrait un jour voler au secours de Marie-Thérèse. Quant à la guerre maritime, on ne pouvait demander à l'Autriche d'y prendre part, puisqu'elle était dépourvue de flotte. Aussi Louis XV put-il se féliciter de ce traité, qu'il considérait comme un succès : « C'est mon ouvrage. Je le crois bon. » Il y voyait la garantie d'une paix durable sur le continent.

L'heure de gloire de Mme de Pompadour

Le renversement des alliances n'est donc pas imputable à Mme de Pompadour. Il fut voulu par Louis XV et négocié par lui jusque dans ses moindres détails. Mais la réduire au rôle de simple « boîte aux lettres » est excessif et injuste. D'abord la présence d'une jolie femme, dans un cadre raffiné, apporte du liant aux conversations diplomatiques, même les plus sérieuses ; elle les maintient sur le ton de la plus extrême courtoisie ; elle est comme une promesse d'amitié. De plus, comme le dit Pierre de Nolhac, « son intervention a empêché de découvrir le roi, l'Autriche a ignoré que, dès la première heure, celui-ci était décidé à écouter ses propositions » ; l'entremise de la marquise lui donnait une marge de manœuvre et des délais de réflexion, lui permettait de discuter et, le cas échéant, de faire le difficile. C'est dans ce but qu'il l'a incitée, en marge des négociations de Bernis, à recevoir en privé l'ambassadeur. Et puis, elle lui apporta un soutien moral. Jusqu'à la publication du traité de Westminster, il avait tenu ses ministres en dehors de la confidence, les préjugés anti-autrichiens étaient partout si forts qu'il ne pouvait guère rencontrer d'interlocuteur non prévenu. Il trouva en elle, qui partageait sa défiance de Frédéric II et sa sympathie pour l'Impératrice, une approbation chaleureuse. Enfin, bien qu'elle n'ait eu aucune influence sur sa décision initiale, elle était en mesure d'infléchir la manière dont il gérerait ensuite les conséquences du traité. Deux de ses amis sont investis de responsabilités essentielles : l'abbé de Bernis entre au Conseil, où il dirige les affaires étrangères, bientôt le comte de Stainville sera expédié auprès de Marie-Thérèse en qualité d'ambassadeur. Elle peut donc peser d'un grand poids sur l'avenir des relations franco-autrichiennes : une donnée dont Vienne a aussitôt saisi l'importance.

Pour maintenir l'insaisissable Louis XV dans le droit chemin de l'alliance, l'Autriche compte sur elle. C'est du moins ce que lui répète Starhemberg, qui sait que son pays veut pousser plus loin l'association. Il espère l'attacher ainsi à la poursuite de la grande œuvre si magistralement commencée. « Mme de Pompadour, écrit-il à Kaunitz au lendemain de la signature du traité, est enchantée de la conclusion de ce qu'elle regarde comme son ouvrage, et m'a fait assurer qu'elle ferait de son mieux pour que nous ne restions pas en si beau chemin. » Quelques jours plus tard, il précise : « C'est à présent que nous avons le plus besoin d'elle », et il demande qu'on lui témoigne quelque reconnaissance : « Il est certain que c'est à elle que nous devons tout, et c'est d'elle que nous devons tout attendre dans l'avenir. Elle veut qu'on l'estime, et elle le mérite en effet. Je la verrai plus souvent et plus particulièrement, lorsque notre alliance ne sera plus un mystère, et je voudrais avoir pour ce temps-là des choses à lui dire qui la flattassent personnellement. »

De l'estime et des flatteries ? L'Impératrice ne les lui ménagea pas. Certes elle ne lui écrivit jamais la moindre lettre de sa main, les convenances le lui interdisaient. Celle qui circula dans toute l'Europe et où elle appelait la favorite *ma cousine* et *mon amie*, est un faux grossier sorti des officines de Frédéric II pour les déconsidérer toutes deux. La marquise elle-même n'écrivit qu'une seule fois à Marie-Thérèse, des années plus tard, une lettre conventionnelle très respectueuse, pour la remercier de lui avoir offert une écritoire de grand prix. Entre les deux femmes que séparait un abîme social, Kaunitz servait d'intermédiaire. Il se faisait le porte-parole de sa souveraine pour des louanges dithyrambiques dont voici un échantillon : « L'on doit absolument à votre zèle et à votre sagesse, madame, tout ce qui a été fait jusqu'ici entre les deux cours. [...] Je ne dois pas même vous laisser ignorer que Leurs Majestés Impériales vous rendent toute la justice qui vous est due et ont pour vous tous les sentiments que vous pouvez désirer. Ce qui est fait doit mériter, ce me semble, l'approbation du public impartial et de la postérité. Mais ce qui vous reste à faire est trop grand et trop digne de vous pour que vous puissiez vous dispenser de tâcher de contribuer à ne point laisser imparfait un ouvrage qui ne pourra que vous rendre chère à jamais à votre patrie. Aussi suis-je persuadé que vous continuerez vos soins à un objet aussi important. En ce cas, je regarde le succès comme certain, et je partage déjà à l'avance la gloire et la satisfaction qui vous en doivent revenir... » Ah ! qu'en termes galants ces choses-là sont dites ! Le français était alors la langue internationale des élites et le comte de Kaunitz avait appris à bonne école à tourner le compliment.

Pendant que Jeanne-Antoinette Poisson savourait à longs traits les paroles de miel qui lui promettaient une glorieuse entrée dans l'histoire, le renversement des alliances provoquait dans l'opinion déconcertée des mouvements divers. Le duc de Luynes, bon reflet des sentiments de la reine, restait dans l'expectative. Les gardiens de la tradition, les survivants des précédentes guerres contre l'Autriche s'indignaient qu'on trahît les solides maximes héritées du cardinal de Richelieu. Le marquis d'Argenson, toujours disposé à prêter aux grandes choses de petits motifs, affirme sans rire que la réconciliation avec Vienne n'a qu'un but, faire de l'infante de Parme Isabelle, petite-fille de Louis XV, une impératrice en la mariant avec le fils aîné de Marie-Thérèse[1]. Mais l'idée finit par prévaloir que la nouvelle donne politique garantirait la paix sur le continent, laissant à la France les mains libres pour régler ses comptes avec l'Angleterre. « Chacun s'imagina, écrit l'académicien Duclos, que l'union des deux premières puissances tiendrait l'Europe en respect. »

Une opération navale réussie en Méditerranée acheva de rendre les Français euphoriques. Au printemps de 1756, en réponse à l'agression de l'Angleterre, une attaque navale impromptue permit au maréchal de Richelieu d'emporter la place de Port-Mahon, dans l'île de Minorque, que les Anglais avaient arrachée à l'Espagne en 1713. À Londres, on n'hésita pas à fusiller l'amiral Byng, coupable de s'être laissé surprendre. En France, où l'on chantait des *Te Deum*, la marquise, toute rancune abolie, prit la plume pour féliciter le vainqueur. Elle pavoisait.

Deux mois plus tard, de terrifiantes nouvelles tombaient à Versailles comme la foudre. Le 28 août à l'aube Frédéric II, sans déclaration préalable, s'était jeté sur la Saxe à la tête de ses armées. Il avait occupé

1. Le mariage aura lieu en effet, en 1760, mais la jeune femme mourra trois ans plus tard avant l'accession de son époux à l'Empire.

sans coup férir tout l'Électorat, dont le souverain, abandonnant sa femme dans Dresde occupée, avait eu tout le juste le temps de se réfugier avec ce qui lui restait de troupes dans la citadelle de Pirna. Or l'Électeur était le père de la dauphine Marie-Josèphe.

La guerre était de retour.

CHAPITRE SEIZE

« LE ROYAUME EN COMBUSTION »

La brutale intervention de Frédéric II n'a pas seulement pour effet de contraindre la France à une intervention militaire. Elle brise net le fragile renouveau de confiance qu'ont valu à Louis XV un traité prometteur de paix et une victoire sur l'Angleterre. Les troubles intérieurs reprennent de plus belle, atteignant à la fin de 1756 un paroxysme. Et l'on peut dire, selon le mot de Mme de Pompadour à Stainville quelques mois plus tôt, que le royaume tout entier est « en combustion ».

Main basse sur la Saxe

Le roi de Prusse raisonne juste. Et vite. Et il agit en conséquence, ne s'embarrassant d'aucun scrupule quand ses intérêts sont en jeu. Et pour le coup, cette fois, ce sont des intérêts vitaux. Il a compris que le traité entre Paris et Vienne était une machine de guerre montée contre lui par l'Impératrice. Lorsqu'il vit la tsarine Élisabeth Ire prête à rejoindre l'alliance, ainsi que l'Électeur de Saxe et roi de Pologne Auguste III, il s'inquiéta sérieusement. Jetons un coup d'œil sur une carte : seul à l'ouest, le Hanovre britannique échappait à l'emprise de ses ennemis, mais la France, via les Pays-Bas autrichiens, pouvait aisément y porter la guerre. Ses États étaient cernés. Il décida de prendre les devants. Est-il le brigand sans foi ni loi, le « Mandrin[1] couronné », que dénonce Barbier, le « tyran » contre qui vitupère Mme de Pompadour, le « prince factieux perturbateur de la paix », « violateur des lois de l'Empire » qui soulève la colère en Autriche ? Par les méthodes employées, sans aucun doute. Par ses ambitions expansionnistes lors de la précédente guerre, peut-être – encore qu'il fût loin d'être le seul. Mais en l'occurrence, c'est de sa survie qu'il s'agit : il n'y a pas place en Allemagne pour deux États puissants aspirant à l'hégémonie. Entre Marie-Thérèse et lui, c'est une rivalité à mort, avec comme pomme de discorde la Silésie, lestée d'autant de charges passionnelles qu'en comportera plus tard l'Alsace-Lorraine par exemple. Nos négociateurs français en ont-ils mesuré la force explosive ?

Conquérir la Saxe n'est pas l'objectif du roi de Prusse. Il vise Vienne. Mais pour mener l'opération avec quelques chances de succès, il lui faut jouer de la surprise. Regardons encore la carte : le plus court chemin de Berlin à Vienne passe par Dresde. Au-delà se trouve Prague, capitale de la Bohême qui appartient à l'Impératrice et qu'il lui faut soumettre avant d'atteindre son ennemie au cœur. Il n'hésite donc pas à jeter ses armées à travers la Saxe. Ce faisant, il prend un risque calculé. Il sait qu'il trouvera en Louis XV, moralement contraint de soutenir le père de sa bru, un adversaire de plus. Mais il rend aux Anglais un service important en obligeant celui-ci à ouvrir un second front ; il compte bien que les Anglais en retour lui apporteront leur soutien du côté du Hanovre. Tout bien pesé, la partie lui paraît jouable, à condition de choisir son moment et de brusquer les choses. Il attaque fin août. La France n'a pas d'armée en état de marche. Il a des chances de venir à bout de celle d'Autriche en

---

1. Mandrin est le fameux brigand dont les exploits en Dauphiné défrayaient alors la chronique.

quelques semaines, avant l'arrivée de l'hiver, qui gèlera toute contre-offensive.

Il pensait ne rencontrer de la part d'Auguste III aucune résistance. Il avait même mis au point une fiction selon laquelle il n'était chez lui qu'en transit, avec son accord. Un accord qu'il a omis de demander, mais que le malheureux dut feindre de lui donner *a posteriori*, sa capitale étant aux mains des troupes prussiennes. Cependant Auguste III, contrairement à la réputation de lâcheté que s'est acharné à lui faire son adversaire, n'a pas du tout abandonné la partie. Sur les conseils du comte de Broglie, représentant du *Secret* de Louis XV, il se retira avec ses fils dans la forteresse de Königstein, puis regroupa ses troupes dans le camp voisin de Pirna, à une vingtaine de kilomètres au sud-est de Dresde. Furieux, Frédéric entreprit de piller la ville. Est-ce là le comportement d'un voisin autorisé à traverser un territoire neutre ? L'Électeur se répandit en vaines protestations : « Les troupes de Votre Majesté font des exactions, s'emparent de mes caisses, viennent de démolir une partie de ma forteresse de Wittenberg et arrêtent mes officiers généraux. [...] J'en appelle aux sentiments de justice et de probité de Votre Majesté. » L'envahisseur ne faisait qu'en rire. Cependant le temps passait, et la présence des troupes saxonnes à Pirna bloquait sa progression. Il les attaqua et les vainquit sans peine, tant la disparité des forces était grande. Mais elles l'avaient arrêté six semaines : assez longtemps pour que l'opération sur la Bohême et sur Vienne fût manquée. Marie-Thérèse avait pu se mettre en défense.

Auguste III avait dû alors se replier avec ses fils sur Varsovie, laissant son épouse seule face au vainqueur. Telles étaient les nouvelles qui parvenaient à Versailles, au compte-gouttes, chacune ajoutant un tourment de plus aux angoisses de la dauphine, qui vivait par procuration le calvaire des siens.

La dauphine aux cent coups

L'agression contre la Saxe suscite à Versailles une indignation unanime et chacun compatit au chagrin de Marie-Josèphe – heureuse cependant en ceci que le sac de sa ville natale soit imputable aux ennemis et non aux Français, comme ce fut naguère le cas pour Madame Palatine. Mais elle est seule à faire face au flot des images qui affluent. Pour elle le pillage de Dresde n'est pas une information abstraite, ce sont ses souvenirs d'enfance qui partent en fumée, comme ce pont August Brücke, dont l'incendie lui fait « beaucoup de peine » : car « je l'aimais », dit-elle. Et le mal du pays vient soudain lui tordre le cœur. Dans le palais électoral sa mère, devant les exigences des grenadiers de Frédéric, a tenté de faire front, elle leur a refusé la clef du cabinet où sont entreposées les archives. Alors, ils l'ont repoussée, ont brisé les scellés et ont enfoncé la porte. Et ils sont partis en s'emparant de tous les précieux documents de l'État. Le trésor est vide : Frédéric II a raflé le contenu des caisses. Il s'est approprié les bijoux personnels de la reine. Elle est prisonnière avec ses filles d'honneur, sans la moindre ressource. Et à Varsovie son époux, qui n'a rien pu emporter, n'est pas en mesure de la secourir. Quant au premier ministre, Bruhl, qui a suivi son maître en Pologne, il n'est riche que de dettes. Une lettre de la souveraine captive donne à sa fille des précisions désolantes : « Notre pauvre Saxe est quasi sans ressources, [...] les Prussiens ayant tout ravagé, jusqu'aux grains pour semer, et mettent des impôts et des contributions au double de ce que ce pauvre pays porte et peut donner. On prend les hommes pour les faire soldats, tout le blé, le foin, le bétail, le gibier... »

Marie-Josèphe s'inquiète pour sa mère, qui n'est plus jeune et dont elle craint, avec raison, qu'elle supporte mal l'épreuve. Et bien qu'elle s'incline pieusement devant la volonté de Dieu, qui « fait tout pour le mieux », elle demande à ses dévots correspondants de se souvenir dans leurs prières de sa famille et de sa patrie. Il lui faut cependant songer à leur procurer des secours terrestres. Or elle ne trouve en face d'elle que des ministres évasifs, qui lui expliquent que la France ne peut rien faire dans l'immédiat – pas avant le printemps, dans la meilleure des hypothèses –, faute d'oser lui dire qu'ils préféreraient ne rien faire du tout. Pour l'instant, ils se bornent à rompre les relations diplomatiques avec la Prusse. Mieux vaut s'adresser au bon Dieu qu'à ses saints, au roi qu'à ses ministres. Elle s'en va supplier Louis XV, qui promet d'agir : « Je voudrais, Sire, que ce fût plutôt aujourd'hui que demain. » Mais elle sait bien que l'intervention la plus efficace serait celle de Mme de Pompadour. Cas de conscience : faut-il implorer la favorite que le dauphin continue de regarder comme une incarnation du diable ?

Le point de vue d'Auguste III, de son ministre, de son représentant à Versailles est sans équivoque : qu'elle frappe à la bonne porte, sans s'embarrasser de considérations morales. Il y a longtemps déjà qu'ils la pressent d'user du crédit moral dont elle dispose en France pour exercer sur les affaires une influence favorable à son pays natal. Mais elle s'est toujours refusée à prendre parti sur quoi que ce soit, très sagement, pour éviter d'avoir à choisir entre son beau-père et son époux, qui ne sont jamais d'accord. Dans un but d'apaisement, elle a ménagé la favorite, sans avoir avec elle autre chose que de courtoises relations de convenance. Cette fois-ci, Bruhl la somme de solliciter son appui. Non seulement elle s'y décide, mais elle parvient à persuader le clan familial que l'urgence de la situation justifie quelques courbettes.

Hélas, Marie-Josèphe n'a pas fini de verser des larmes sur les malheurs de la pauvre Saxe. La Pompadour ne peut pas faire de miracles et, en cette fin d'année 1756, la France a vraiment d'autres soucis.

L'épreuve de force

En rouvrant les opérations militaires, Frédéric II fournissait des arguments aux adversaires du traité de Versailles. On oubliait volontiers qu'il était le premier responsable du renversement des alliances, on préférait regretter le temps où ses puissantes armées se battaient dans le même camp que nous. Il restait au ministère des nostalgiques de l'alliance franco-prussienne, notamment le comte d'Argenson, en charge de la guerre, conseiller politique de la reine, et Rouillé, en charge des affaires étrangères. Le roi, en revanche, accordait toute sa confiance à Machault, que soutenait également Mme de Pompadour. En 1750, elle avait chaleureusement appuyé sa nomination comme garde des sceaux lorsque Louis XV, pour remplacer le très vieux d'Aguesseau, démissionnaire, avait cru devoir dissocier d'emblée la chancellerie et les sceaux, traditionnellement liés. Elle avait applaudi des deux mains à son projet d'impôt du vingtième et avait déploré qu'on ait dû y renoncer. Contraint de quitter le contrôle des finances après cet échec et recasé à la marine, il y faisait d'excellent travail. Avec l'intempérance de langage qui la caractérise depuis qu'elle a accédé aux plus hautes affaires, elle chantait ses louanges sur le mode épique : « Oui, messieurs ! La marine du roi est en bonnes mains et nos côtes sont maintenant bien défendues. Ce n'est pas pour elles que je crains, et je donnerais beaucoup pour que les Anglais y vinssent. [...] Il ne faut pas mettre les armes bas avant d'avoir écrasé les Anglais. La principale chose que doit rechercher une grande puissance, n'est-ce pas l'honneur ? Il vaut mieux périr que de laisser porter atteinte à celui de la France. » Mais pour y parvenir il fallait réduire au silence les « mauvais citoyens » qui osaient parler de notre manque de moyens, alors que le ministère faisait un travail admirable...

Les mauvais citoyens, c'étaient évidemment ceux qui se livraient contre le roi à une stratégie de harcèlement systématique et démoralisaient le pays en prétendant que tout allait mal : les parlementaires. En cet été de 1756, où se pose la question du financement de la guerre terrestre à laquelle il faudra bien participer au printemps suivant, c'est à Machault, en tant que garde des sceaux, que le roi confie le soin de préparer les mesures appropriées. Or le parlement de Paris, fort de ses précédentes victoires, est plus décidé que jamais à imposer son contrôle en matière de fiscalité. On ne racontera pas ici le détail des escarmouches sans cesse renouvelées qui précédèrent l'épreuve de force. Mais on notera que la révolte fait tache d'huile. Administrativement, parce que les juridictions inférieures se mettent à suivre le mouvement. Géographiquement, parce que les parlements de province prétendent désormais ne former avec celui de Paris qu'une seule et même « classe », et que le moindre litige à Bordeaux, Montauban ou Rennes ameute, par solidarité, l'ensemble du pays. Sociologiquement enfin, parce que des nobles, et non des moindres – le prince de Conti, le duc d'Orléans –, commencent à faire cause commune avec les magistrats parisiens : Louis XV ne leur a-t-il pas interdit d'aller siéger au Parlement, comme les y autorise, comme les y invite même, une tradition multiséculaire ?

C'est donc dans un climat tendu que Machault proposa, au début de juillet, diverses ordonnances fiscales qui soulevèrent des protestations véhémentes et ne purent être enregistrées qu'en lit de justice. Mais l'agitation fut relancée par l'arrivée de l'Encyclique de Benoît XIV qui, tout en condamnant l'usage des billets de confession, interdisait toute ingérence des magistrats dans les affaires ecclésiastiques [1]. Louis XV voulut y couper court et faire rentrer dans leur devoir les récalcitrants. C'est encore Machault qui fut chargé d'élaborer les textes qui feraient l'objet d'un nouveau lit de justice. Il tint à l'écart les autres ministres, dont

1. Voir plus haut, page 496.

il se défiait : notamment le comte d'Argenson, avec qui il s'entendait si mal que les deux hommes ne s'adressaient plus la parole. Il travailla tout seul dans son coin, avec l'aide de deux juristes de ses amis. Parmi les trois textes proposés, l'un, décrétant une amnistie qui tirerait un trait sur toutes les poursuites liées aux affaires religieuses, ne rencontra pas d'opposition. Le second, un édit supprimant deux des cinq chambres des enquêtes – celles qui comportaient les magistrats les plus jeunes et les plus remuants –, fut, comme on pouvait s'y attendre, mal accueilli. Le troisième était une « déclaration de discipline » rappelant les règles de fonctionnement du Parlement, interdisant la grève, limitant l'usage des remontrances à la quinzaine suivant le dépôt d'un texte, après quoi la décision du roi serait applicable sans discussion ni délai. Bien que cette déclaration ne fît que reprendre des dispositions antérieures, elle fut ressentie comme une provocation.

Le 13 décembre 1756, les magistrats du Parlement écoutèrent dans un silence de plomb la lecture des trois textes, ravalant leur « rage muette ». Le roi avait à peine tourné les talons qu'ils explosèrent. Et cette fois ils ne se bornèrent pas à suspendre leurs activités : leur riposte fut une pluie de démissions. Le roi exila les plus excités, ce qui eut pour effet d'envenimer les choses. Les quelques hauts personnages qui refusaient de s'associer au mouvement furent réduits à l'inaction par la désertion des avocats et des procureurs. La justice se trouvait paralysée plus gravement que jamais. Ce désastre est imputable à Machault, qui n'a pas su apprécier correctement ce qui était possible politiquement et ce qui ne l'était pas. Son collègue le comte d'Argenson, qui, de par ses fonctions, était à même de prendre le pouls de l'opinion, s'est bien gardé de lui crier casse-cou et l'a vu s'enferrer sans déplaisir. Hélas, plus que le ministre, c'est le roi qui est atteint, de plein fouet, par cet échec cuisant. Et Mme de Pompadour n'est pas près de le pardonner à son ancien allié.

Il est illusoire de prétendre apprécier en termes rationnels les responsabilités des uns et des autres dans cette affaire. Louis XIV en avait imposé autant et même davantage à ses magistrats. Mais les circonstances ne sont plus les mêmes. Louis XV a pleinement raison, dans le cadre de la conception de la monarchie qu'il a héritée de ses pères. Or ses adversaires, au fil d'un conflit qui dure depuis des mois et des mois, en sont venus à remettre en cause cette conception. Ils ne se réfèrent plus aux mêmes normes et ne parlent plus le même langage. Les concessions de Louis XV, comme ses coups d'éclat, n'ont d'autre effet que de renforcer chez eux la conviction qu'il faut modifier la nature du gouvernement, en tenant compte des aspirations de ce qu'on commence à appeler la « nation ». Il serait certes désastreux de laisser les seuls parlements accaparer le pouvoir pour établir leur dictature arbitraire. Mais il n'est plus possible, à ce stade d'érosion de l'autorité royale, de revenir à la monarchie théoriquement absolue, en fait très débonnaire, qui a prévalu jusque-là. Faute de regarder le problème en face, on s'expose à des épreuves de force à répétition, dont rien de bon ne peut sortir.

En cette fin d'année 1756, le climat est détestable. « On est dans des circonstances très critiques, note Barbier au lendemain du lit de justice, le fanatisme est général dans Paris contre l'autorité souveraine, et la plupart des hommes et femmes raisonnent sur ce ton-là, sans aucun principe de droit public. » Et il ajoute, le 30 décembre : « Il est certain que le fanatisme augmente tous les jours et que le vœu général serait de faire en tout reculer le roi. »

Le coup de canif de Damiens

Les fêtes avaient amené une sorte de trêve, qu'on n'appelait pas encore « des confiseurs ». Après Noël et le jour de l'an, on s'apprêtait à tirer les rois. Le froid étant très vif, la cour s'était transportée à Trianon, plus facile à chauffer. Tout le monde se trouvait là-bas, y compris Mme de Pompadour, à l'exception de Madame Victoire qui, grippée, gardait le lit dans sa chambre du grand château. Dans l'après-midi du mercredi 5 janvier, le roi, accompagné du dauphin, s'en alla prendre de ses nouvelles et la distraire un peu. Vers six heures, il la quitta et descendit par le « petit degré » ou « degré du roi », pour rejoindre sa salle des gardes et, de là, le passage voûté où l'attendait son carrosse. La nuit était tombée. Devant lui des porteurs de torches, à sa gauche le dauphin, en retrait le duc d'Ayen, capitaine des gardes, et sur les côtés le grand et le premier écuyer. Il atteignait la dernière marche lorsque surgit de derrière la haie de gardes un individu au visage à demi dissimulé par un chapeau, qui se rua sur lui et le bouscula violemment avant de battre en retraite. « Duc d'Ayen, on vient de me donner un coup de poing », s'écria-t-il. Mais lorsqu'il porta la main à son côté droit, il la retira pleine de sang. « Je suis blessé, et c'est cet homme qui m'a frappé. » « Qu'on le garde et qu'on ne le tue pas », dit-il à ceux qui, avant même de savoir la gravité de son geste, avaient saisi ce rustaud qui semblait ignorer qu'on n'approche pas du roi sans ôter son chapeau. Il repoussa ceux qui s'offraient à le soutenir : « Non, j'ai encore la force de remonter. »

Ses appartements étaient vides : tout le service s'était transporté à Trianon. Pas de valets de chambre, pas de médecins, pas d'aumôniers. Le lit même était dépourvu de draps et il n'y avait pas de linge de rechange. On allongea le blessé sur son matelas, on le déshabilla et un flot de sang s'échappa de la blessure. « Je n'en reviendrai pas », dit-il, et il réclama un prêtre et un chirurgien. M. Hévin, chirurgien de la dauphine, qui arriva le premier, ne trouva pas d'autre remède, après l'avoir pansé sommairement, que de pratiquer une saignée. Ce qui eut pour effet de l'affaiblir encore davantage : il perdit connaissance. Il se reprit à temps pour accueillir un obscur aumônier de service, qui lui donna l'absolution sous réserve d'une confession ultérieure détaillée et partit chercher les saintes huiles pour l'extrême-onction. Alors arriva de Trianon son chirurgien personnel, La Martinière. Il sonda la plaie, qui se trouvait entre la quatrième et la cinquième côte et se montra aussitôt très soulagé. Les couches de vêtements empilés en raison du froid avaient amorti le coup. L'entaille, longue de quatre pouces mais superficielle, n'avait entamé que les chairs. Malgré la violence de l'hémorragie, elle était sans gravité. À moins que... ? À moins que la lame ne fût empoisonnée. Tous y pensaient, sans oser le dire.

Sur ces entrefaites débarquèrent à leur tour de Trianon la reine et ses filles. Celles-ci, grimpant l'escalier les premières, déboulèrent dans la chambre d'où le sang n'avait pas été épongé et s'évanouirent. Arrivant sur leurs talons, la reine, à qui on n'avait pas précisé de quoi souffrait son époux, se trouva mal à son tour. D'après le témoignage tardif de Mme Campan, on vit alors surgir un très vieil écuyer, commandant de la vénerie, que le roi aimait beaucoup. « Faites sortir toutes ces pleureuses, j'ai besoin de vous parler seul. » « Allons, dit-il, votre blessure n'est rien, vous aviez force vestes et gilets. » Puis, découvrant sa poitrine : « Voyez, lui dit-il en lui montrant quatre ou cinq grandes cicatrices, voilà qui compte ; il y a trente ans que j'ai reçu ces blessures ; allons, toussez fort. » Le roi toussa. Puis prenant le vase de nuit, il enjoignit à Sa Majesté, dans l'expression la plus brève, d'en faire usage. Le roi lui obéit. « Ce n'est rien, dit Landsmath, *moquez-vous* de cela ; dans quatre jours nous forcerons un cerf. – Mais si le fer est empoisonné ? dit le roi. – Vieux contes que tout cela, reprit-il ; si la chose était possible, la veste et les gilets auraient nettoyé le fer de quelques mauvaises drogues. » Le roi fut calmé et passa une très bonne nuit, ajoute Mme Campan – ce qui suffit à prouver que son récit doit beaucoup à l'imagination du vieil écuyer et à la sienne. Car les autres témoignages indiquent que le roi passa au contraire une mauvaise nuit. Mais l'anecdote a le mérite de montrer ce qu'il aurait fallu dire à Louis XV dans cette épreuve, et que son entourage n'était pas d'humeur à lui dire, au contraire.

Car l'entourage, passé le premier moment d'affolement, ne se souciait pas de le rassurer. Il ne songeait qu'à exploiter cette alerte pour le ramener dans le droit chemin de la vertu et de la pratique religieuse, au cas où il en réchapperait. L'Église eut donc le pas sur la Faculté. Après le premier confesseur intervenu dans l'urgence, on lui en trouva un second, qui passa trois quarts d'heure enfermé auprès de lui sous les rideaux du lit, en attendant l'arrivée du troisième, le Père Desmarets, titulaire de la charge, qui s'entretint longtemps avec lui en tête à tête. Nul ne sait ce qu'il lui dit, mais il semble l'avoir préparé à la mort, car le blessé fit ensuite à ses proches, en présence des courtisans qui se trouvaient là, une sorte de déclaration testamentaire, « demandant pardon à ses enfants du scandale qu'il avait pu leur donner et à la reine des torts qu'il avait eus envers elle. Il dit à M. le dauphin qu'il allait régner et que le royaume serait en bonnes mains. Tous fondaient en larmes ».

Vers minuit cependant les médecins vinrent changer le pansement. Aucun doute : l'aspect de la plaie, saine, prête à se cicatriser, écartait toute crainte de poison. Cela confirmait les dires de l'agresseur, un homme du peuple nommé Robert François Damiens. On l'avait fouillé, on avait trouvé dans sa poche l'arme du crime, un petit canif à deux lames. Il avait utilisé la plus courte, qui mesurait une huitaine de centimètres. Il affirmait avoir voulu seulement « rappeler le roi à ses devoirs », mais non pas le tuer. Dans la salle des gardes au rez-de-chaussée, où l'on avait commencé par le tabasser, Machault donna l'ordre de lui brûler les pieds avec des pincettes rougies au feu. On croyait à une conspiration, on voulait lui arracher le nom de ses complices. Mais il soutint qu'il avait agi seul, de sa propre initiative. Tout danger était écarté. On renonça à l'extrême-onction, devenue superflue. Dès le lendemain, Louis XV aurait pu reprendre une vie normale. Mais il était moralement très atteint. Lorsqu'il entendit les médecins lui répéter que sa blessure était peu profonde, il se récria : « Elle l'est plus que vous ne le croyez, car elle va jusqu'au cœur. » Et il ajouta « qu'il voudrait qu'il lui en eût coûté un bras et que ceci ne fût pas arrivé ». Il se claquemura dans son lit derrière les rideaux bien clos, perdu dans ses pensées, « n'ouvrant la bouche que pour demander des choses indifférentes ». Cheverny, qui put l'entrevoir lorsqu'on lui glissa une tasse de bouillon, fut frappé par son « regard de chagrin ». « Il semblait qu'il voulût dire : "Regardez votre roi, qu'un misérable a voulu assassiner et qui est le plus malheureux de son royaume." [...] Il faisait ses réflexions : elles étaient tristes. Obsédé par sa famille et ses enfants, il se souvenait parfaitement de Metz. [...] Il craignait que sa conduite privée ne lui eût fait perdre l'amitié de son peuple. »

La situation est lourde de souvenirs en effet. Sa guérison ne résout rien, au contraire. Une nouvelle épreuve de force se prépare. Il sait qu'on attend de lui le renvoi de la Pompadour. Et, pour l'y contraindre, il y a maintenant, aux côtés de sa femme, ses filles, qu'il aime profondément et chez qui le désir de l'arracher à ses démons, pur de toute jalousie, est d'une évidente sincérité. Tous les instruments nécessaires à l'extrême-onction restaient exposés dans sa chambre, pour que leur vue lui inspirât la crainte de Dieu. Comme quelqu'un disait que cette crainte risquait de retarder sa guérison, sa dernière fille Louise rétorqua « que sa santé n'était rien en comparaison du salut de son âme » : c'était la future carmélite.

« Le second tome de Metz »

À la nouvelle de l'attentat, la marquise désespérée a quitté elle aussi Trianon et s'est réfugiée dans son bel appartement au rez-de-chaussée du château, juste au-dessous de celui du roi. Elle n'en ressent que davantage son exclusion. Le dauphin a donné ses ordres. Dans la chambre du blessé on installe des lits de camp pour son épouse et ses filles. En dehors de la famille, seuls y pénètrent les médecins, les prêtres, et les ministres amis. Dans les antichambres, dans l'Œil-de-Bœuf, on fait sentir aux proches de la favorite que leur temps est fini, son frère se fait chasser, Bernis, quoique membre du Conseil, n'en mène pas large.

Il lui reste quelques fidèles, qui la renseignent. Vers minuit Quesnay, à qui ses fonctions de médecin ouvrent toutes les portes, vient la rassurer : le roi va aussi bien que possible. Elle peut respirer. Le billet qu'elle adresse à Stainville le jeudi à cinq heures du soir pour lui conter l'attentat la montre encore sous le coup de l'émotion :

> *Le roi est bien, très bien ; à peine a-t-il un peu de fièvre. Quel monstre abominable l'enfer a vomi hier à six heures du soir pour donner au meilleur de tous les rois un gros coup de canif dans le dos, comme il allait monter en carrosse pour revenir à Trianon ! Il n'est entré que dans les chairs. Vous ne pouvez vous imaginer à quels excès le roi a porté le courage et la présence d'esprit. Il a fait arrêter le scélérat et ordonné qu'on ne lui fît point de mal. Il est remonté sans secours dans son appartement, a demandé un chirurgien et un prêtre, se croyant blessé dangereusement, consolant sa famille, ses sujets, réduits au désespoir. Avant-hier les parlementaires disaient des horreurs de lui ; aujourd'hui, ce n'est que cris, que prières à la ville, à la cour. Tout le monde*

l'adore. Je ne vous parle pas de moi, vous pouvez juger de ma situation, puisque vous connaissez mon attachement pour lui. Je me porte bien. Bonsoir.

Mais le temps passe et le roi ne lui adresse aucun signe. Elle lui a fait parvenir un billet, qu'il a laissé sans réponse. Rien, que le silence qui s'épaissit, terrifiant. Elle sait qu'elle est menacée. Son sort est l'enjeu d'une lutte qui se livre au chevet du roi et dans sa conscience. Résistera-t-il aux pressions ? Plus prudent que ses confrères de Metz, le Père Desmarets s'est abstenu de faire claironner dans les églises l'amende honorable de son pénitent et il n'a pas exigé le renvoi de la favorite pour confirmer l'absolution accordée à l'instant du drame. Aucun ordre d'exil n'a été transmis à la marquise. S'est-il contenté d'une promesse de continence ? c'est ce que suggère le fait que fut démeublé le fameux trébuchet où étaient accueillies les « petites sultanes ». La marquise, n'étant plus sa maîtresse depuis longtemps, ne se trouvait pas visée par cet engagement. Le confesseur espère-t-il cependant que le roi prendra de lui-même la décision de se séparer d'elle ? L'entourage en tout cas y compte bien et, pour plus de sûreté, s'efforce d'inciter la favorite à prendre les devants.

« Madame craignait le sort de Mme de Châteauroux, conte sa femme de chambre Nicole du Hausset. Ses amis venaient à chaque instant lui donner des nouvelles. Son appartement était, au reste, comme une église, où tout le monde croyait avoir le droit d'entrer. On venait voir la mine qu'elle faisait, sous prétexte d'intérêt ; et Madame ne faisait que pleurer et s'évanouir. » Que fait-elle encore à Versailles ? Elle ne comprend donc pas que sa place n'est plus ici ? Le clan dévot s'impatiente, assiège le roi. Celui-ci semble près de céder. Il répugne à procéder à l'exécution lui-même : pas de ces ordres d'exil en forme de couperet dont il a l'habitude. Mais il consent qu'on lui conseille de partir. Qui se chargera de la très déplaisante et très périlleuse commission ? D'Argenson, selon les *Mémoires* de Bernis, se récuse au motif que, « ayant eu le malheur de déplaire à la maîtresse, il y aurait une sorte de barbarie à lui faire porter cet ordre par une bouche ennemie ». Et il suggère le nom de Machault, un protégé de la victime. Lequel Machault, dont la finesse n'est pas la qualité dominante, donne dans le piège tête baissée.

Elle croyait avoir en lui un ami. En réalité il s'est appuyé sur elle, lorsque son concours lui était utile ; mais il en garde comme une sorte de remords ou de fausse honte, car il la méprise, pour des raisons morales et sociales à la fois. C'est un très honnête homme. Il pense sincèrement que son départ est indispensable à la tranquillité du royaume. Alors il n'hésite pas. Elle, sachant qu'il s'était entretenu longuement avec le roi, attendait de sa part une visite amicale. Il ne vint pas. Puis soudain le voici qui débarque avec des allures de père noble, cuirassé de rigueur glacée. Rien n'a filtré de leur conversation. Mais il la laisse en larmes, effondrée. Elle donne aussitôt à ses gens l'ordre de préparer ses malles, de tenir ses carrosses attelés et de mettre son hôtel parisien en état de la recevoir. « Ah ! mon pauvre ami, il faut que je m'en aille », gémit-elle avec des cris et des sanglots dans les bras de Bernis accouru. Celui-ci tenta de la calmer : « Je la priai avec fermeté de rassembler toutes les forces de son âme, [...] lui ajoutant qu'elle ne se livrât point à des conseils timides, qu'amie du roi et n'étant plus sa maîtresse depuis des années, elle devait attendre ses ordres pour s'éloigner de la cour, qu'étant dépositaire des secrets de l'État, des lettres de Sa Majesté, elle ne pouvait disposer de sa personne. » Le bon apôtre sait bien que si elle s'en va, c'en est fait de lui. Une amie, la maréchale de Mirepoix, vient à la rescousse. « Qu'est-ce donc que toutes ces malles ? Vous partez ? » Elle demande des précisions : qui vous l'ordonne ? le garde des sceaux, de la part du roi ?

« Il veut être le maître, votre garde des sceaux, il vous trahit. » Le frère de la marquise, Marigny, qui lui aussi a gros à perdre avec son départ, s'exclame : « Qui quitte la partie la perd. » Ordre est donc donné de ranger les malles. Elle attendra un ordre formel du roi.

Elle resta sur le gril, dans les transes, non pas onze jours, comme on lit ici ou là, mais huit. C'est déjà beaucoup. Louis XV ne disait rien. Il n'avait plus besoin de médecins, ni de confesseurs, mais son humeur était toujours aussi sombre. « Il était aisé de voir que sa tête était plus malade que son corps. » Il avait commencé de sortir du lit et, assis sur un fauteuil dans son cabinet, il daignait recevoir d'un air morose les hommages de ses courtisans. Le jeudi 13 janvier, il était presque deux heures lorsque le cabinet se vida : chacun allait dîner. Restaient la dauphine, qu'il congédia d'un geste amical, le dauphin, et quelques attardés, dont le marquis de Cheverny, à qui nous devons le récit de la scène. Imaginons le roi en robe de chambre et bonnet de nuit, une canne légère à la main. Dans la suite de la dauphine, qui s'en allait, il arrêta au passage Mme de Brancas : « Restez un moment. » Puis : « Donnez-moi votre mantelet. » Et le voilà qui jette sur ses épaules le mantelet de la dame et, faisant demi-tour, s'achemine vers l'intérieur de la pièce. Son fils, qui depuis l'accident ne le quitte pas d'une semelle, se précipite sur ses talons. « Ne me suivez pas ! » Tandis que le dauphin se retire, Cheverny et trois autres curieux se concertent : la chose est assez intéressante pour qu'on lui sacrifie le repas.

Ils furent récompensés de leur abstinence. « Le roi revint entre trois et quatre heures. Ce n'était plus le même homme : au lieu d'un regard triste et sévère, son air était calme, son regard agréable ; il avait le sourire sur les lèvres et causait sans humeur. Il nous adressa la parole à tous, fit des plaisanteries sur le mantelet dont il s'était affublé et nous quitta en disant qu'il allait dîner et qu'il nous exhortait à en faire autant. Il rentra. Nous n'eûmes pas de peine à deviner qu'il avait été faire une visite à Mme de Pompadour. Une seule conversation d'une amie, intéressée à sa conservation plus que personne de son royaume, avait guéri son esprit, plus malade que tout le reste. »

Sur ce qui s'est passé entre eux, nous ne savons que ce qu'en a entrevu Nicole du Hausset – fort peu de chose. Les contemporains s'accordent sur le fait que la marquise sut le rassurer. Son entourage entretenait sa mauvaise conscience en lui répétant qu'il s'était attiré la haine de son peuple par le scandale de sa vie privée. Elle lui soutint le contraire. Damiens n'était qu'un fou isolé et nulle conspiration ne le menaçait. L'émotion répandue dans le royaume à la nouvelle de l'attentat prouvait au contraire qu'il était aimé. Et nul ne se risquerait à renouveler un geste dont on avait mesuré l'horreur. Dans ces arguments, il y avait du vrai. Mais le roi ne pouvait être totalement dupe. Il connaissait les pamphlets haineux qui traînaient partout – on en avait trouvé jusque dans le berceau du duc de Bourgogne – et dont le comte d'Argenson lui apportait encore une moisson quotidienne. Sur l'amour de son peuple il conservait des doutes. La certitude que l'attentat n'avait pas été commandité n'aurait donc pas suffi à le remplir d'allégresse.

Croit-on sérieusement, d'ailleurs, que leurs premières paroles furent pour débattre de politique lorsqu'elle le vit déboucher dans cet accoutrement grotesque, au pied du petit escalier si plein de souvenirs, comme un *deus ex machina* de théâtre tombant du ciel pour la sauver ? Elle se jeta dans ses bras, bien sûr, elle pleura et manqua de s'évanouir. La fidèle Nicole du Hausset alla chercher un cordial qu'il versa lui-même dans un verre et lui fit boire. Puis ils demeurèrent seuls. « Elle ne lui laissait sans doute ignorer qu'une chose, le supplice qu'elle avait enduré en doutant de lui », dit Pierre de Nolhac. Pourquoi lui prêter encore des calculs, en cet instant où sa vie se jouait ? Elle ne s'était pas préparée à cet entretien, la surprise jouait à plein. Elle fut submergée par l'émotion.

Comment aurait-elle pu lui cacher à quel point elle avait souffert en se croyant abandonnée ? Il en a été bouleversé. Et il s'en est voulu. Et il s'est efforcé de la consoler. De la protéger aussi contre la meute des ennemis qui s'acharnaient. Elle avait besoin de lui. Et face à cette faiblesse, il se sentait à nouveau un homme. Il en avait assez d'être traité comme un enfant qu'il fallait remettre dans le droit chemin, au prix d'une surveillance de tous les instants. On le tenait « en lisière ». On le chambrait, on l'épiait, on l'étouffait, on le ligotait dans les mailles d'un amour protecteur, possessif. On le jugeait, et l'on pesait ses progrès sur le chemin de la vertu en même temps qu'on observait la cicatrisation de sa plaie. Et tandis que sa chair se refermait, on mettait son âme à vif. Depuis longtemps il ne supportait plus la douceur étudiée de sa femme, ses airs de martyre, sa foi du charbonnier ignorant doutes et angoisses, sa docilité envers ses confesseurs. Il goûtait la compagnie de ses filles, mais pas quand il sentait peser sur lui des regards où la réprobation le disputait à la tendresse. Huit jours suffirent pour que le climat familial dans lequel on prétendait le confiner lui parût irrespirable. Il s'enfuit, il s'évada comme un prisonnier qui fuit sa geôle. Et il remonta ragaillardi, ressuscité.

Le lendemain la cour retrouva ses habitudes. Quinze jours après le drame, le duc de Luynes note laconiquement dans son *Journal* : « Le roi a repris le même train de vie et Mme de Pompadour aussi. Toute la cour et tous les ministres étrangers étaient chez elle hier. Le roi y va souvent. » Bientôt elle se décide à reparaître chez la reine. « Il serait bien difficile de prévoir quelle sera la suite de tout ceci. Le roi paraît prier avec beaucoup de dévotion et Mme de Pompadour continue d'entendre la messe tous les jours. » De l'épreuve traversée il leur reste un regain d'attachement l'un pour l'autre et une piété accrue, dont l'alliage intrigue les contemporains. « Le crédit de la favorite est à présent plus décidé que jamais, écrit un peu plus tard à son maître l'ambassadeur de Saxe ; le roi ne la voyait plus que sur le pied d'amie ; mais depuis l'assassinat, ils ont recouché ; il est pourtant craintif et jeûne comme un anachorète. Voici les Pâques passées comme les autres. On n'y comprend rien. » À notre connaissance aucun autre témoignage ne confirme ce prétendu retour de flamme. La seule chose certaine est que le roi émerge difficilement de la phase dépressive qu'il vient de traverser et que Mme de Pompadour est plus résolue que jamais à prendre en main la conduite des affaires. « Le second tome de Metz », selon l'expression dont elle use dans une lettre à Stainville, se termine comme le premier, par le triomphe de la favorite. Après avoir eu largement le temps de méditer sur son néant pendant cette terrible semaine, « elle se rassit sur le trône, dit Bernis, avec autant d'assurance et peut-être plus qu'auparavant ».

Le roi en avait réchappé, mais le drame eut des répercussions, l'une tout en bas et les deux autres tout en haut de l'échelle sociale. Il coûta la vie au malheureux Damiens et leur place aux deux principaux ministres.

Une enquête bâclée

Le sort de Damiens fut scellé rapidement. C'était un homme d'une quarantaine d'années, proprement vêtu, qui gagnait sa vie comme laquais après avoir abandonné femme et enfants dans sa Picardie natale. Un faible d'esprit, un instable, un peu illuminé. « On va parler de moi, dit-il aussitôt après son arrestation. Je vais, comme Jésus-Christ, mourir dans les tourments. » Les témoignages qu'on recueillit vinrent surtout de compagnons de rencontre, à qui il disait sa certitude que le roi allait être assassiné, pour le mal qu'il faisait au royaume. Il affirma d'ailleurs aux juges que son geste était un premier avertissement, « pour que Dieu puisse toucher le roi et lui remettre toute chose en place et la tranquillité dans ses États », afin d'éviter le pire. Il n'avait pas de complices.

La nouvelle de l'attentat avait provoqué à Paris une vive émotion, « la consternation était générale, tout le monde était en pleurs dans les églises ». Le roi, encore honni la veille, y gagna un regain de popularité. Mais on voulait des coupables. L'opinion, peu satisfaite de n'avoir qu'un pauvre bougre à se mettre sous la dent, se déchaîna. Premiers accusés, les jésuites. N'avaient-ils pas tout à gagner à l'avènement du dauphin, qui gouvernerait selon leurs vœux ? Il y eut des cris hystériques contre ces « coquins », ces « scélérats », qui voulaient « un roi cagot ». On alla même jusqu'à accuser l'archevêque de Paris. Au lieu de prêcher l'apaisement, Mgr de Beaumont, du fond de son exil, jetait sur le feu de l'huile qui, pour être sainte, n'en était pas moins très corrosive : il imputait l'attentat aux « erreurs du temps », aux principes pernicieux « qui portaient les sujets à la désobéissance » et il mettait dans le même sac, parmi les coupables, les jansénistes rebelles à la Bulle et les philosophes amis de la Pompadour.

Les enquêteurs cependant, à la recherche d'instigateurs précis, avaient fouillé dans le passé de Damiens et découvert qu'il avait servi chez des parlementaires, notamment les plus forcenés d'entre eux. En écoutant les conversations de ses maîtres, en traînant dans la grande salle du palais de justice, il s'était farci le crâne de toutes les thèses du parti janséniste accusant le roi de trahir son peuple. Certes nul ne l'avait payé pour assassiner le roi, ni même ne l'y avait incité. Mais le milieu ambiant avait suffi à l'y porter. C'était un de ces meurtriers qu'engendrent spontanément les climats de haine, un de ces exaltés terriblement réceptifs aux influx extérieurs et en qui viennent se cristalliser les émotions collectives. Un frère lointain de Ravaillac, qui lui aussi, dans les pires tortures, au seuil de la mort, avait toujours soutenu qu'il avait agi seul. Le crime de Ravaillac devait son inspiration à l'ancien parti ligueur, qui hurlait à la mort contre Henri IV, coupable de s'engager dans une guerre impie. Ce n'était pas la première tentative. Derrière Jean Châtel, qui l'avait blessé en 1594, on avait cru trouver les jésuites et l'ordre avait payé sa prétendue complicité d'une expulsion temporaire. Mais en 1757, ce qu'on découvrit derrière Damiens, ce n'étaient pas les jésuites, c'étaient les fanatiques du parti janséniste.

Le zèle du Parlement se trouva fort refroidi quand il s'aperçut que l'enquête risquait d'aboutir dans ses propres rangs. Il se hâta de conclure, mettant dans le respect des formes tout le soin qu'il renonçait à apporter au fond, et il condamna Damiens à l'horrible supplice des régicides – main droite brûlée, membres tenaillés, plomb fondu versé dans les plaies, et écartèlement à quatre chevaux. Louis XV, miséricordieux, envisageait de lui faire grâce : après tout, il n'avait été que très légèrement atteint. Mais le Parlement n'aurait pas consenti à lâcher sa proie. Il lui fallait une victime expiatoire, pour emporter avec elle dans l'autre monde les mauvaises pensées qu'il préférait pour sa part refouler. Et une grâce eût été interprétée de la part du roi comme une faiblesse – une de plus. Le malheureux, abandonné à son sort, périt le 28 mars dans des souffrances abominables.

Coup de balai au ministère

Mme de Pompadour avait évoqué, dans une lettre à Stainville, « toutes les horreurs qui s'étaient passées dans la chambre du roi » et dénoncé la volte-face de la plupart de ses obligés. « La première grâce que j'ai demandée au roi, ajoutait-elle, a été de ne les pas punir. » Et il est vrai que, si l'on avait voulu exiler tous les ingrats, cela risquait de faire beaucoup de monde. Restait cependant le cas des deux principaux ministres, qui s'étaient engagés à fond contre elle.

Était-il possible de les conserver dans leurs fonctions si elle reprenait la direction des affaires ?

Elle avait eu avec d'Argenson deux violentes altercations. Les deux avaient pour objet les libelles injurieux qui continuaient de déferler. L'attentat n'y a pas mis fin. Mais la source parlementaire est presque tarie : les magistrats, gênés, gardent le profil bas. En provenance du parti dévot, ils prolifèrent au contraire. Le drame récent en a à peine modifié le contenu : on prédisait au roi des malheurs s'il ne réformait pas sa conduite ; on lui dit maintenant – variation sur un thème proposé par l'archevêque – qu'il y a urgence, parce que les malheurs ont commencé. Réformer sa conduite veut dire renvoyer la Pompadour. Et c'est pourquoi d'Argenson, pilier du parti, se fait un plaisir de mettre ces libelles sous les yeux du souverain, sous prétexte d'information : une pression de plus s'ajoutant aux instances amicales de la famille. La marquise a mesuré le danger. Pendant la semaine où son sort demeurait en suspens, elle avait donné l'ordre aux services de la Poste de les soustraire du lot qu'on communiquait au roi. Mais d'Argenson, chef de ces services, avait cassé cet ordre. Alors, elle avait demandé à le rencontrer et, prenant argument du marasme où était plongé le blessé, elle l'avait prié de lui épargner ce chagrin supplémentaire. Il s'était refusé à expurger la livraison quotidienne, la traitant de très haut, comme si elle n'était plus rien. Elle avait alors explosé : « Je vois très clairement l'espérance que vous avez de ma sortie de cette cour et l'avantage insultant que vous en tirez. Il y a cinq jours que je n'ai vu le roi, peut-être ne le reverrai-je de ma vie ; mais si je le revois, soyez sûr qu'il vous renverra, vous ou moi. – Madame, répondit-il, n'avez-vous plus rien à me dire ? » Et il était sorti, glacial. La seconde altercation, un peu plus tardive, porte sur le même sujet. Le retour en faveur de la marquise n'a pas fait baisser les armes à ses adversaires : les libelles continuent. D'Argenson, à peine plus poli que la première fois, refuse à nouveau d'en épargner la lecture au roi. Au point où il en est avec elle, il est inutile de feindre un raccommodement mensonger. C'est la guerre. Il ne désespère pas de la gagner. Il a pour lui le parti dévot, le haut clergé, les jésuites. Il peut compter sur le clan familial et notamment sur le dauphin. Or le dauphin, que son père a investi du pouvoir aux premières heures du drame et qui a montré sang-froid et sagesse, va occuper au gouvernement une place accrue : il siégera au Conseil à part entière. En attendant que les forces montantes se chargent d'éliminer la favorite, d'Argenson, serein, guette la chute de son collègue détesté : « Le Machault fait son paquet, confie-t-il à Bernis ; la marquise ne veut plus le voir ; c'est une affaire de huit jours au plus. »

Machault en effet paraît très menacé. Il n'a plus personne, lui, pour le soutenir. L'affaire du vingtième l'a brouillé avec l'Église. La déclaration de discipline l'a brouillé avec le Parlement. L'imprudente démarche faite auprès de Mme de Pompadour l'a brouillé avec sa protectrice, qui voit en lui un traître. Il est perdu, il le sait. C'est un très honnête homme, droit, intègre. Il ne cherche pas à se maintenir dans un poste qu'il n'a jamais convoité et qu'il a accepté par dévouement pour l'État. Il se dispose à partir dignement.

Le roi, plus silencieux que jamais, est ravagé de tristesse. Suspens. Le 1er février au matin, des allées et venues semblent présager que quelque chose se prépare : une lettre de cachet pour Machault, à l'évidence. Mais d'Argenson n'a pas le temps de se réjouir. Déjà débarque chez lui un messager porteur d'une lettre symétrique. Les deux ministres sont renvoyés, ensemble, le même jour.

Les contemporains ne manquèrent pas de voir dans ce renvoi l'œuvre de Mme de Pompadour. Et les historiens ont longtemps adopté sans la discuter cette interprétation fondée sur de nombreux témoignages et qui allait dans le sens de leurs préventions contre l'influence nocive de la favorite. Il est hors de doute qu'elle a dû exiger la tête des deux ministres. Cependant Louis XV ne les a pas congédiés uniquement pour lui complaire. Il avait d'impérieux motifs politiques pour le faire. Mais il convient, à cet égard, de dissocier leurs deux cas.

Il se sépare du comte d'Argenson sans regrets. Il n'a rien à lui reprocher, sur le plan technique ; ce fut un excellent ministre de la guerre compétent et efficace. Mais ses récentes prises de position politiques sur des sujets brûlants font qu'il n'a plus sa place dans l'équipe dirigeante. Il est au gouvernement l'œil du parti dévot, il est le confident de la reine, l'ami de l'archevêque, il est membre du groupe de pression, comme nous dirions aujourd'hui, qui a mis à mal la réforme fiscale et qui, profitant de l'émotion suscitée par l'attentat, cherche à se hisser au premier plan. Il est aussi un adversaire déclaré de l'alliance autrichienne, dans laquelle la France est désormais engagée. Il y a plus grave. Lors des troubles récents, loin d'user de ses pouvoirs sur les services de sécurité parisiens pour mettre un terme à la campagne de libelles, il l'a laissée sciemment se développer. Le roi ne l'aime pas, il n'a jamais aimé ce grand seigneur arrogant et indocile qui prétend jouer son propre jeu, ce donneur de leçons de morale à l'usage exclusif d'autrui, peu regardant sur les moyens, ironique et méprisant, qui n'a pour lui, à l'évidence, qu'un respect de pure forme. Mme de Pompadour n'a pas eu à en dire beaucoup pour emporter la décision. L'inimitié perce sous chaque mot de la sentence d'exil :

> *M. d'Argenson, votre service ne m'étant plus nécessaire, je vous ordonne de me remettre la démission de votre charge de secrétaire d'État de la guerre et de vos autres emplois, et de vous retirer à votre terre des Ormes.*
>
> LOUIS

Comme naguère Maurepas, le comte s'est cru tout permis, il a perdu : le verdict est tombé.

Le cas de Machault est bien différent. Le roi se désole de devoir s'en séparer. « Ils ont tant fait, écrira-t-il à sa fille de Parme, qu'ils m'ont forcé à renvoyer Machault, l'homme selon mon cœur ; je ne m'en consolerai jamais. » Faut-il englober dans ce *ils* Mme de Pompadour ? Si l'on y tient. À condition de préciser qu'elle est en très nombreuse compagnie. La vérité est que Machault a échoué, par deux fois, et par deux fois a compromis l'autorité du roi par son échec : une première fois face au clergé, une seconde fois face au Parlement. Il est brûlé. Quoi qu'il entreprenne, il soulèvera un ouragan de protestations. Le roi l'aimait, pour sa droiture foncière, et aussi parce qu'il trouvait chez lui la fermeté dont il se sentait lui-même dépourvu. Hélas, c'est cette fermeté même, cette rigidité, cette obstination à passer en force qui avaient conduit au désastre. On passe ou on casse : il a cassé. Les réformes les meilleures, sur le papier, ne valent rien si l'on n'a pas les moyens de les traduire dans la pratique. Il n'est donc pas sérieux de citer Machault comme le type même du « bon ministre » que Mme de Pompadour a fait renvoyer. D'abord parce que ce n'est pas elle qui l'a fait renvoyer. Ensuite parce que ce n'était pas un bon ministre – politiquement parlant, s'entend. Il manquait par trop de doigté. Mais on comprend aisément le chagrin du roi. La lettre de destitution est toute pleine de regrets :

> *M. de Machault, quoique je sois persuadé de votre probité et de la droiture de vos intentions, les circonstances présentes m'obligent de vous redemander mes sceaux et la démission de votre charge de secrétaire d'État à la marine ; soyez sûr de ma protection et de mon amitié. Si vous avez des grâces à demander pour vos enfants, vous pouvez le faire en tout*

temps. Il convient que vous restiez quelque temps à Arnouville.

LOUIS

Je vous conserve votre pension de ministre de 20 000 livres et les honneurs de garde des sceaux.

Ni l'un ni l'autre ne revint au pouvoir. D'Argenson se morfondit en Poitou jusqu'à la mort de Mme de Pompadour, que la sienne suivit de peu. Machault, sur ses terres patrimoniales, s'accommoda fort sagement de l'oubli dans lequel il tomba bientôt et seule la Révolution mit fin à sa vie de gentilhomme campagnard pour l'envoyer mourir en prison à Rouen.

Au ministère, leur double départ laisse un grand vide. Dans la foulée, Rouillé va bientôt sauter, laissant les affaires étrangères à Bernis. Le vieux maréchal de Belle-Isle reprendra la guerre. Louis XV gardera pour lui les sceaux. Quant au contrôle général des finances, la valse des titulaires y repart de plus belle ; un seul d'entre eux laissera un souvenir, non pas dans l'histoire, mais dans la langue de tous les jours, le très éphémère et fugitif M. de Silhouette. Il ne reste personne pour contrebalancer l'influence de la favorite.

La marquise et le président

Mme de Pompadour a changé. Ce n'est plus la mondaine frivole qui charmait Louis XV sur la scène du petit théâtre. Elle n'a que trente-six ans, mais elle a vieilli plus vite qu'une autre, parce qu'elle est de santé fragile et que la lutte de tous les instants l'a usée. Elle s'est durcie. Car elle sait que tout espoir de se faire adopter est vain. La désertion de la plupart de ceux qu'elle croyait ses amis le lui a prouvé. Au mieux, on la tolère. Mais au jour de sa chute, personne ne se battra pour empêcher l'hallali. La seule façon de survivre est pour elle de s'accrocher au pouvoir. A-t-elle songé à se sacrifier pour la paix du royaume ? Pas une seconde. Elle n'a ni l'âge, ni le goût du renoncement. De plus elle est persuadée que son départ n'apporterait pas la paix, au contraire : sur ce plan, on ne peut lui donner totalement tort. Elle se convainc, devant l'absence de serviteurs de qualité, que le roi a besoin d'elle et elle se croit capable de le défendre. Sans doute s'illusionne-t-elle en partie. Il est visible en tout cas qu'elle se lance dans l'action politique avec une fougue nouvelle, en championne de la cause royale, avec, à sa dévotion, son homme lige, Bernis.

Le hasard nous a transmis un texte la montrant à l'œuvre, dans l'exercice de ses nouvelles fonctions. La scène se passe le 26 janvier, peu après l'attentat. Depuis la démission massive des magistrats à la mi-décembre, la situation est restée bloquée. Or voici qu'un président au Parlement, parmi les plus notables, s'en vient demander à la marquise une entrevue, parce qu'il sollicite une place pour son fils et s'étonne qu'on la lui refuse. Durey de Meinières est un savant, aux connaissances juridiques étendues, très versé en histoire également, qui, sans être janséniste mais par conviction gallicane, a mis son érudition au service des meneurs de l'agitation parlementaire : il fournit en informations techniques les auteurs des remontrances les plus virulentes. C'est par lui que nous connaissons la teneur des deux entretiens qu'il eut avec elle.

Premier contact impressionnant. Il la trouva seule dans son cabinet, debout auprès du feu. « Elle me regarda de la tête aux pieds, raconte-t-il, avec une hauteur qui me restera toute ma vie gravée dans l'esprit, la tête sur l'épaule, sans faire de révérence et me mesurant de la façon au monde la plus imposante. » Elle lui fit donner un siège d'un ton sec, puis s'assit elle-même. Elle l'écouta jusqu'au bout, droite comme un jonc sur son fauteuil, puis s'écria : « Comment, monsieur, vous ignorez, dites-vous, ce que vous avez fait et quel est votre crime ? » Et elle lui exposa le tort qu'il faisait au roi en collaborant aux remontrances. « Le roi est le maître, monsieur, il ne juge pas à propos de vous marquer son mécontentement personnellement, il se contente de vous le faire éprouver en privant votre fils d'un état. Vous punir autrement serait commencer une affaire et il n'en veut pas. Il emploie le moyen qui est en sa main, il faut respecter ses volontés. Je vous plains cependant et je voudrais que vous me missiez à portée de vous rendre service. » Comment le pourrait-il ? En écrivant au roi pour retirer sa démission et en engageant ses collègues à en faire autant. « Ce serait un service [...] que je serais en état de faire valoir, et alors vous pourriez espérer quelque changement dans les dispositions du roi à votre égard. Mais quand je n'aurai autre chose à dire à Sa Majesté sinon : Sire, j'ai vu aujourd'hui M. de Meinières ; il m'a protesté de l'attachement le plus respectueux pour votre personne, *et cœtera*, le roi me répondra : Qu'a-t-il fait pour me le prouver ? Rien. Et les choses demeureront dans le même état, et je ne pourrai rien faire pour vous. »

Meinières embarrassé répondit que l'envoi de la lettre demandée le déshonorerait aux yeux de ses collègues. Il s'attira une réponse cinglante : « Je suis toujours étonnée d'entendre mettre en avant leur prétendu honneur pour ne pas faire ce que le roi désire, ce qu'il veut, ce qu'il ordonne, et ne pas considérer qu'il est du véritable honneur de remplir les devoirs de son état, et de faire cesser, le plus tôt qu'il est possible, le désordre qui règne dans toutes les parties de l'administration par le défaut de justice. Voilà, monsieur, en quoi il faut faire consister son honneur... » Suit une critique féroce de la légèreté du Parlement, si imbu de son importance et si aveugle dans ses emportements irraisonnés. « C'est avec ces insensés-là que vous avez donné votre démission, monsieur de Meinières, et vous mettez votre honneur à ne pas vous détacher d'eux. Vous aimez mieux voir périr le royaume, les finances, l'État entier, et vous faites en cela consister votre honneur ! »

Meinières répliqua en invoquant l'indépendance des magistrats, la liberté des votes. Elle rétorqua que cette liberté était paralysée par la tyrannie qu'exerçait sur leurs collègues le petit groupe des meneurs. Et comme il tentait d'opposer la bienveillance supposée du roi à la rigidité de ses ministres, elle protesta : « Il ne s'agit point d'eux, c'est ici le roi qui est personnellement blessé et qui, par lui-même et sans y être en aucune façon excité par personne, veut être obéi. Mais je vous demande un peu, messieurs du Parlement, qui êtes-vous donc pour résister comme vous faites aux volontés de votre maître ? Croyez-vous que Louis XV ne soit pas aussi grand prince que Louis XIV ? Pensez-vous que le Parlement d'aujourd'hui soit composé de magistrats supérieurs en qualité, en capacité et en mérite à ceux qui composaient le Parlement alors ? Ah ! je le souhaiterais bien ! Qu'il s'en faut qu'ils leur ressemblent ! »

Face à cette femme dont il avait toujours entendu dénigrer la frivolité, le président tombait des nues. « J'avoue, écrit-il, que je fus émerveillé de la facilité de l'élocution, de la justesse des formes, que je ne rends peut-être qu'imparfaitement, et que je la considérai avec autant de plaisir que d'attention, en l'entendant parler si bien. » Hélas, cette appréciation de connaisseur porte sur l'éloquence de la marquise, mais non sur la pertinence de ses arguments, qui ne convainquirent pas l'obstiné. Il n'empêche que le contact entre eux était établi. Elle le revit une dizaine de jours plus tard, lorsqu'il fallut bien prendre à bras-le-corps les problèmes posés par la paralysie de la justice.

Le dauphin, invité par son père à mettre noir sur blanc son point de vue, avait produit un mémoire assez étendu qui, dans son esprit, devait le poser en digne héritier du trône. Constatant que la patience du roi était sans effet sur l'insolence des parlementaires, il concluait : « Moins votre autorité sera respectée, moins votre personne sera à l'abri des abominables entreprises dont nous avons vu les funestes effets. Je pense donc qu'une fermeté inébranlable est le seul moyen de conserver et vos jours et votre autorité. Il est triste d'être forcé à se faire craindre, mais il l'est encore plus d'avoir à craindre. » On peut admirer la lucidité prophétique avec laquelle le dauphin annonce les malheurs qui attendent le roi s'il persiste à faire montre de faiblesse. On peut aussi déplorer qu'il manque à ce magnifique morceau de rhétorique un exposé précis, concret, des mesures à prendre pour prévenir ces malheurs. Car sur le principe, tout le monde au gouvernement est d'accord. Mais le problème n'est pas théorique, il est pratique. Hélas, sur les moyens de faire respecter l'autorité royale, le dauphin reste muet, et pour cause : il ne s'est pas posé la question. Faute d'ancrage dans le réel, tous ses discours restent des vœux pieux.

Le conflit sera finalement réglé par Mme de Pompadour et par Bernis, avec l'entremise de Meinières, au prix de concessions mutuelles. Les démissionnaires firent marche arrière, moyennant le rappel des exilés. Le roi opéra une semi-reculade, moins apparente que beaucoup d'autres, parce que les magistrats, encore sous le coup de l'affaire Damiens, se gardèrent de faire sonner trop haut leur victoire. Il en profita pour autoriser l'archevêque à regagner Paris. Le royaume retrouvait, très provisoirement, une manière de paix.

Que peut-on reprocher alors à Mme de Pompadour, plus royaliste que le roi, avocat passionné de la doctrine monarchique la plus orthodoxe, mais capable au besoin de jeter du lest et de négocier ? Rien, sinon d'être ce qu'elle est et d'avoir accumulé au fil des années un capital de haine qui est un lourd handicap. Faute de ministres de premier plan, la voici aux commandes. Elle n'a jamais été aussi puissante. Ni plus exposée. Un de ses protégés, le jeune Marmontel, qu'elle a casé comme secrétaire des bâtiments pour le consoler de ses déconvenues de dramaturge et qu'elle rencontre parfois dans l'entresol où Quesnay réunit ses amis philosophes, lui a signalé le danger : c'est à elle seule désormais qu'on imputera succès et échecs.

Or ce sont des échecs qu'apporteront les années suivantes, sur le terrain où elle les attendait le moins, celui de la politique extérieure, qui lui avait valu son triomphe avec le renversement des alliances. Le processus est en marche, qui va entraîner la France dans la désastreuse guerre de Sept Ans.

CHAPITRE DIX-SEPT

L'ÉPREUVE DE VÉRITÉ

Louis XV émergeait difficilement de la crise de dépression où l'avait plongé l'attentat. Il avait dû prendre sur lui pour se résoudre à renvoyer les deux ministres, mais il restait anxieux et tourmenté. L'approche des fêtes de Pâques réveillait ses affres de conscience. Or la situation internationale exigeait des décisions rapides : il fallait se préparer à la guerre, qui ne manquerait pas de reprendre au printemps.

Sur les orientations à donner à la politique extérieure, le roi a des idées nettes, très arrêtées, qui ne doivent rien à l'influence de sa maîtresse. Il restera fidèle à ses engagements envers l'Impératrice et fera tout pour libérer la Saxe de l'occupation prussienne, ce qui implique évidemment une intervention militaire. Qui mettra en œuvre cette politique maintenant que le ministère a été démantelé ? C'est ici qu'intervient Mme de Pompadour.

Il n'est pas sûr, quoi qu'on en ait dit, qu'elle se soit laissé totalement emporter par la volonté de puissance et qu'elle ait aspiré à exercer le gouvernement. Elle se serait volontiers contentée des honneurs, sans les responsabilités. Elle aimait à dispenser des grâces, à être entourée, courtisée, flattée. Si on l'avait laissée régner tranquillement sur la vie privée du roi, peut-être ne se serait-elle pas mêlée de politique. Elle n'y est venue que sur le tard et elle s'y est prise au jeu, aiguillonnée par l'hostilité de ceux qui voulaient sa peau. La voici tout en haut de l'édifice, au moment où celui-ci craque de toutes parts. Elle aussi est fatiguée : on ne sort pas indemne d'une épreuve comme celle qu'elle vient de traverser. Et elle a bien conscience qu'elle ne peut assumer publiquement le rôle de premier ministre, ni même de ministre tout court. Elle cherche donc à mettre en place des gens sûrs.

Des gens sûrs, cela signifie avant tout des gens qui ne travaillent pas à la faire renvoyer, comme l'ont fait jusqu'ici tous les ministres de quelque importance : des amis fidèles qui lui assurent la sécurité. Mais cela veut dire aussi, pour les postes sensibles comme la guerre ou les affaires étrangères, des hommes prêts à adopter sans états d'âme la ligne imposée par le renversement des alliances. Elle y tient assurément parce que c'est son principal titre de gloire, mais aussi, il faut le souligner, parce que c'est la volonté du roi. Sa sauvegarde personnelle n'est pas seule en cause : elle défend une politique à laquelle elle croit. Or les hommes répondant à ses exigences ne courent pas les rues. Elle n'en connaît que deux à cette date : l'abbé de Bernis, dont le hasard fit le négociateur de la nouvelle alliance, et le comte de Stainville[1], qui s'est distingué à Rome où elle l'a fait nommer ambassadeur. Elle compte sur ces amis pour la « protéger » – ces mots reviennent sans cesse dans leur correspondance – et pour la soulager du poids des affaires. Bernis, chargé de négocier avec l'Autriche un nouveau traité, devient à Versailles l'homme clef du ministère. Quant à Stainville, qui a fait ses preuves auprès du pape, il représentera la France à Vienne.

Elle ne peut pour autant rester sur la touche. Pour deux raisons.

D'abord parce que le roi, plus encore que par le passé, répugne à intervenir lui-même. Il s'enfonce dans un scepticisme radical, qui lui fournit une excuse à sa

---

1. Rappelons que Stainville entrera bientôt dans l'histoire avec le titre de duc de Choiseul, qu'il obtiendra en 1758. On le verra donc changer de nom au cours du présent chapitre.

propre indécision. Quand arrivait un nouveau ministre, conte Nicole du Hausset, il disait : « Il a étalé sa marchandise comme un autre et promet les plus belles choses du monde, dont rien n'aura lieu. Il ne connaît pas ce pays-ci ; il verra... » Sur le plan militaire, « il ne pouvait croire au mérite de ses courtisans, et il regardait leurs succès comme l'effet du hasard ». Mme de Pompadour tend donc, plus que jamais, à se substituer à lui en respectant si possible ce qu'elle croit être sa volonté. Si l'on y regarde de près, on constate qu'en politique extérieure, tout comme ce fut le cas dans les entretiens avec le président de Meinières, elle ne dit rien qui ne concorde avec ce qu'on sait des opinions du roi. Mais elle n'a pas la compétence requise pour décider à sa place quand il se dérobe. Et il lui manque l'autorité requise pour parler en son nom, surtout quand elle s'adresse à des nobles d'épée, militaires par vocation. Or on la voit donner son point de vue sur les campagnes militaires, prodiguer aux maréchaux compliments, conseils ou reproches voilés, dans des lettres parfois pertinentes sur le fond, mais où le ton de badinage mondain ne pallie qu'imparfaitement la disconvenance fondamentale : ce n'est pas à elle, mais au roi – ou au ministre de la guerre – de diriger et de commenter leur action. Et ses interventions intempestives ne font qu'attiser les rivalités déjà très vives entre ces chatouilleux personnages.

L'autre raison qui l'oblige à s'en mêler est que les insuffisances de Bernis apparaissent très vite. Elle l'a surestimé. Il n'est pas à la hauteur lorsque s'aggravent les difficultés. Elle concourra à son éviction et à son remplacement par Stainville. Lequel mènera bientôt son jeu sans elle. Pendant ces années cruciales, les dernières de sa courte vie, elle use ce qui lui reste de forces dans un combat qui, cette fois, dépasse très évidemment ses compétences. Elle atteint au sommet de son pouvoir, mais en touche les limites. Et elle en découvre la vanité.

Durant ces mêmes années la France, dont elle

épouse passionnément la défense, use elle aussi ses dernières forces dans une guerre épuisante. En même temps que son empire colonial elle y perdra son prestige international et son statut de puissance de premier plan dans une Europe dominée par l'Angleterre et la Prusse. Et le roi, en se laissant imposer le renvoi des jésuites, écornera encore un peu plus ce qui lui reste d'autorité. Pour tous les principaux acteurs, ces années difficiles seront l'épreuve de vérité.

Préparatifs de guerre

La Saxe était restée occupée tout l'hiver par les troupes de Frédéric II. On pouvait être sûr qu'aux premiers beaux jours, il reprendrait l'offensive avortée l'automne précédent. Le traité de Versailles n'avait pas eu les effets dissuasifs escomptés, et ce n'étaient pas les 24 000 hommes fournis par la France en cas de danger qui permettraient d'arrêter l'agresseur. Il fallait donc en renégocier les clauses. Nul ne parut plus qualifié pour le faire que Bernis. Il en sortit un second traité de Versailles, signé le 1er mai 1757, un an jour pour jour après le précédent.

Plus nettement encore que la première fois, le conflit franco-anglais était mis entre parenthèses. Bien qu'on prétendît seulement « contenir le roi de Prusse dans des bornes qui l'empêchent de troubler la tranquillité publique », il était clair qu'on montait contre lui une campagne de grande envergure. La coopération militaire et financière de la France augmentait dans des proportions considérables : 105 000 hommes de troupe en plus des 24 000 promis, d'importants subsides à verser à l'Autriche et aux alliés saxons et suédois. La France s'engageait à ne cesser le combat que quand la Prusse aurait restitué la Silésie à l'Autriche et abandonné divers territoires à la Suède et à la Saxe. L'Impératrice céderait alors au gendre de Louis XV les Pays-Bas en échange du duché de Parme.

Ce traité a suscité, à la lumière de ce qui s'ensuivit, une avalanche de critiques justifiées, Bernis et Choiseul n'étant pas les derniers, dans leurs *Mémoires* respectifs, à tenter de se laver de toute responsabilité dans le désastre. Il est vrai que Louis XV s'était montré grand seigneur. Les clauses avantageaient beaucoup l'Autriche. C'est elle, pourtant, qui était à nouveau demanderesse, comme lors des tout premiers pourparlers, puisque son territoire se trouvait menacé. La preuve en est que Marie-Thérèse était prête à remettre les Pays-Bas en balance. Comment se fait-il que la France ait consenti à des engagements immédiats aussi lourds, contre la promesse d'avantages territoriaux hypothétiques subordonnés à une victoire préalable, tandis que l'Autriche, en revanche, ne lui offrait aucun secours dans sa lutte contre l'Angleterre ?

Sur le moment, cette attitude était pourtant explicable. Une des raisons, qu'on aurait tort de négliger, en est l'invasion de la Saxe : une insulte que Louis XV se sent d'autant plus tenu de venger que la dauphine en pleurs le supplie d'arracher sa mère aux griffes prussiennes. C'est là une chose qu'un homme d'honneur prend en compte. Une seconde raison : la guerre maritime n'est pas le seul moyen de combattre l'Angleterre. On peut aussi l'atteindre sur le continent, à travers le Hanovre, terre natale du roi George II, auquel il tient comme à la prunelle de ses yeux. Proie facile, surtout si la flotte suédoise y interdit l'arrivée de renforts, le Hanovre pourrait éventuellement servir de monnaie d'échange dans les négociations sur les colonies. Enfin, la troisième raison, déterminante, est qu'on escomptait une guerre très courte. Sur le papier en effet la coalition, qui comptait la France, l'Autriche, la Russie, la Suède, la Saxe, plus un bon nombre de petites principautés allemandes, était en mesure d'aligner des effectifs infiniment supérieurs à ceux de la Prusse. Elle ne ferait qu'une bouchée de Frédéric II et des quelques Hanovriens que lèveraient pour lui les Britanniques. Pourquoi marchander sur les subventions et sur le nombre de régiments ? Mieux valait mettre le paquet pour en finir au plus vite. Après quoi on retournerait à l'essentiel, la guerre coloniale, avec un atout de plus en main. La correspondance de Bernis et de Stainville pour l'année 1757 montre qu'ils n'étaient pas aussi lucides qu'ils le prétendirent par la suite sur les défauts du traité.

Dans l'entourage du roi, c'est l'unanimité. La reine et le dauphin ont cessé de critiquer le renversement des alliances et de bouder la Pompadour. Les larmes de Marie-Josèphe ont opéré ce miracle. Son frère préféré, Xavier, a rejoint les armées autrichiennes avec qui il se battra. La France se prépare à former un régiment avec les soldats saxons qui ont réussi à échapper à l'enrôlement forcé dans les troupes prussiennes : ce sera le Royal-Saxon. Déjà le premier ministre d'Auguste III envoie à Versailles la liste des territoires arrachés à l'ennemi que revendiquera son maître : une liste si longue qu'elle provoque l'ironie du dauphin. Mais on n'en continue pas moins de vendre la peau de l'ours prussien, qui, dès avant la signature du traité, est entré en Bohême à la mi-avril et s'est emparé de Prague.

Quelques ombres au tableau cependant.

Dans le pays, la guerre qui se prépare est impopulaire. Déjà les affrontements coloniaux, lointains, ne rencontrent guère d'écho que dans les villes portuaires, qui vivent du commerce avec l'outre-mer. Le public, lui, conçoit à la rigueur qu'on défende les îles à sucre et à épices, mais il ne voit pas l'intérêt du Canada. Quant à l'Inde, combien y a-t-il de gens qui sachent que Dupleix avait commencé d'y installer un empire ? Et voici maintenant qu'on va se battre pour les beaux yeux de la « reine de Hongrie ». Certes l'agression contre la Saxe a fait un peu de bruit. Mais la dauphine est peu connue et sa discrétion se retourne contre elle. Les admirateurs de Frédéric II se contentent de mettre quelques bémols à leur enthousiasme pour le « Salomon du nord ». Mais ils conservent intactes leurs préventions contre l'Autriche, d'ailleurs partagées par tous. Ce n'est pas une guerre nationale, le pays n'est pas en danger, le territoire n'est pas menacé. Les Français ne se sentent pas concernés, ils ne rêvent que de rester tranquilles chez eux, pour continuer leur guéguerre politico-religieuse. C'est dire que le roi doit s'attendre à de rudes difficultés lorsqu'il se mettra en quête de ressources pour financer le conflit : le Parlement lui refusera toute taxe nouvelle ; les banquiers lui marchanderont le crédit.

Cet état d'esprit se répercute jusque dans la noblesse d'épée, pourtant directement intéressée à la guerre. Non qu'elle s'y dérobe. Au contraire. Mais elle ne la prend pas au sérieux. Les officiers généraux y voient une occasion de gloire et de profits. Ce qui compte pour eux est de remporter personnellement des victoires, pas de gagner la guerre. Pas de victoire si l'on n'est pas à la tête d'une armée. En l'absence de véritables talents qui s'imposeraient, les nominations se font sur des critères complexes, parfois contradictoires, l'ancienneté dans le grade le plus élevé, le rang dans la hiérarchie nobiliaire, l'amitié du roi et de la marquise. Une fois maître de ses régiments, on fait volontiers cavalier seul. On jalouse et on dénigre les collègues, on critique vertement celui qu'on remplace, on se tire dans les jambes. Chacun pour soi. Cet état d'esprit est aggravé par l'absence du roi. Les troupes adverses ont à leur tête soit Frédéric II lui-même en Prusse, soit le duc de Cumberland, fils du roi d'Angleterre, au Hanovre, soit Charles de Lorraine, frère de l'Empereur, en Autriche – ce qui oblige les autres chefs à se bien tenir. Mais Louis XV n'a même pas envisagé de prendre la tête de ses troupes. Les objections diplomatiques soulevées par la traversée de principautés germaniques tombent à point nommé pour dissimuler qu'il n'a plus la vitalité requise. Or son absence nuit au moral de tous.

C'est donc miracle que la campagne commence par des succès.

Des débuts prometteurs

Une forte armée française s'engage en Allemagne au printemps de 1757. Ou plutôt deux armées. Car il a fallu opérer un arbitrage délicat, la France et l'Autriche n'étant pas d'accord sur les objectifs prioritaires. Inutile de taxer d'égoïsme ce qui n'est chez l'Impératrice que sens de son intérêt bien compris : elle veut avant tout récupérer la Silésie. L'intérêt de Louis XV, en revanche, le pousse à faire porter tout son effort sur le Hanovre : c'est là qu'il dirige le gros des troupes françaises, commandées par le maréchal d'Estrées. Mais lorsqu'il apprit que le prince Charles de Lorraine était bloqué dans Prague par Frédéric II, il ne put rester sourd aux appels au secours de Marie-Thérèse. Il forma donc une armée auxiliaire de moindre importance, qui, commandée par le prince de Soubise, se mit en route vers la Bohême. Les Autrichiens se tirèrent d'affaire sans elle. Le maréchal Daun, prenant à revers les Prussiens par la Moravie, les battit à Kollin, leur fit lever le siège de Prague et se prépara à reconquérir la Silésie.

À Versailles, Mme de Pompadour exulte : « L'armée de M. de Daun est la plus belle, la plus gaie qu'il soit possible de voir. Le roi de Pologne, père de la reine, a envoyé un grand détail des succès de cette armée contre le roi de Prusse ; mais je le désire trop pour le croire. » Dans les armées françaises, les choses se passent un peu moins bien. Le maréchal d'Estrées – une vieille connaissance pour nous puisque, sous le nom de marquis de Courtanvaux, il avait jadis sollicité en vain la main de Marie Leszczynska – s'est disputé avec le très puissant Pâris-Montmartel, fournisseur de vivres aux armées. Il est arrogant, il a mauvais caractère – on n'est pas pour rien le petit-fils de Louvois –, il traite de très haut le munitionnaire qui, faute d'obtenir de lui la moindre concertation sur son plan de campagne, déclare forfait ; et les troupes sont immobilisées. De plus, lui, vétéran chevronné – il a passé la soixantaine –, a très mal pris la nomination de Soubise, un jeunot de quarante ans seulement, qui n'a comme état de services que le grand nom de Rohan et une présence assidue aux petits soupers du roi et de sa favorite. Cet insolent ne se permet-il pas de timbrer ses lettres : *Armée de Soubise*, alors qu'il n'y a qu'une armée, la sienne et que l'autre est censée être sous ses ordres ? On imagine le climat.

À Versailles, le duc de Richelieu attise le mécontentement. Non qu'il éprouve la moindre sympathie pour la Pompadour, pour son ami le munitionnaire ou pour le prince qu'elle protège, mais parce qu'il convoite la place du maréchal d'Estrées, à qui l'on reproche d'esquiver le combat. « Si vous voulez continuer à commander l'armée du roi, écrit Belle-Isle à celui-ci, dépêchez-vous de passer le Weser, de donner bataille et de la gagner... » Conseil aussitôt suivi : la victoire d'Hastenbeck livra le Hanovre au maréchal. Trop tard : sa destitution était acquise et Richelieu déjà en route pour le remplacer. Mme de Pompadour avait appuyé ce mini-complot, par amitié pour Pâris-Duverney et sur la promesse que Soubise aurait une armée de 35 000 hommes à lui tout seul.

Pour le coup, Frédéric II s'inquiéta : deux défaites graves, l'une pour lui, l'autre pour ses alliés britanniques. Les Russes, d'autre part, envahissaient la Prusse orientale et les Suédois débarquaient en Poméranie. Persuadé qu'il n'avait d'autre adversaire en France que la marquise, blessée par ses épigrammes, il songea de nouveau à l'acheter. Si l'argent ne suffisait pas, qu'on lui offrît de sa part la principauté de Neuchâtel en viager, « avec toute appartenance et revenu » jusqu'à sa mort, en échange d'un traité de paix rétablissant le *statu quo ante*. L'intéressée se montra incorruptible. Mais il n'est pas impossible qu'avec le maréchal-duc de Richelieu, il ait marqué quelques points.

Richelieu, arrivé sur place après la bataille, s'employait à en tirer les fruits. Il pillait méthodiquement la province. On l'appela le père La Maraude, et l'hôtel particulier qu'il fit bâtir à Paris fut surnommé le Pavillon de Hanovre. Ses soldats, ravis, en faisaient autant. Il ne se pressait pas d'affronter l'armée adverse. Il n'était pas mauvais stratège cependant, et il finit par l'acculer sur les bouches de l'Elbe, où elle dut capituler sans avoir combattu. Mais au lieu de la faire prisonnière et de la désarmer, il signa alors avec le duc de Cumberland une convention, dite de Kloster-Zeven, qui se contentait d'en dissoudre la plus grande partie, le reste étant rejeté au-delà de l'Elbe et s'engageant à y prendre ses quartiers d'hiver. Il n'avait pas qualité pour traiter et Cumberland non plus : quelle garantie que les promesses de celui-ci seraient tenues ? Mais en France on souhaitait tant voir finir cette guerre qu'on la crut gagnée. On approuva Richelieu et on célébra sa victoire : « On disait hautement, conte Bernis, qu'il avait fait mettre bas les armes à une armée entière, que la paix était faite. [...] Presque tous les ministres applaudissaient à la gloire du maréchal et les femmes, qui comptaient revoir bientôt leurs maris et leurs amants, étaient enchantées. »

Richelieu pécha-t-il seulement par imprudence et légèreté ? Sa vanité fut-elle sensible aux flatteries de Frédéric II ? « Je sais, Monsieur le duc, lui écrivait celui-ci, que l'on ne vous a pas mis dans ce poste où vous êtes pour négocier. Je suis persuadé cependant que le neveu du grand cardinal est fait pour signer des traités comme pour gagner des batailles. » Quelques arguments sonnants et trébuchants vinrent-ils appuyer ces flagorneries ? On ne sait. Ce qui est sûr, c'est que la capitulation de Kloster-Zeven et les flottements qui s'ensuivirent avant qu'on n'apprît, deux mois plus tard, que l'Angleterre n'y souscrivait pas, donnèrent à Frédéric II le temps de récupérer. Au début de septembre, il se jugeait perdu, disait ne pas vouloir survivre à l'effondrement de son royaume. Mais il se reprenait aussitôt : « Puisque les Français sont si fiers, écrivait-il à sa sœur en faisant allusion au refus de lui accorder une paix blanche, je les abandonne à leur sens pervers, et je suis à présent en marche pour faire changer de face au destin. » Trois mois plus tard, c'était chose faite. À force d'intelligence et de volonté, il avait entièrement retourné la situation, par une suite de campagnes qui font encore aujourd'hui l'admiration des historiens militaires.

Il est vrai que ses adversaires français lui avaient grandement facilité la tâche.

Rossbach : histoire d'une défaite

Puisque la conquête du Hanovre est tenue pour acquise, la France n'a plus aucun prétexte pour marchander son aide à l'Autriche dans les opérations d'Europe centrale. Certes la saison est déjà avancée. Mais la malheureuse Saxe continue de crier au secours. « Il paraît possible de la délivrer cette année », écrit Mme de Pompadour à Duverney, le second des frères Pâris, en lui demandant comme un service personnel de s'occuper des subsistances, condition absolue du succès. Si elle se démène avec tant d'énergie, c'est que l'opération va être menée par son protégé, le prince de Soubise, qui doit impérativement justifier par une victoire le passe-droit qu'a constitué sa nomination.

Soubise se trouve alors à cent vingt kilomètres au sud-est de Dresde avec l'armée auxiliaire française, forte de 24 000 hommes. À ses côtés l'armée dite des Cercles, composée de régiments hétéroclites en provenance de diverses principautés allemandes et commandée par le prince de Saxe-Hildburghausen, en compte 30 000. Pourquoi l'armée de Hanovre, que la victoire vient de priver d'adversaire, ne les rejoindrait-elle pas ? Pour une raison bien simple : il faudrait subordonner l'un des deux généraux à l'autre. Soubise à Richelieu ? Ce serait lui infliger un désaveu anticipé, impensable après le battage fait autour de ce commandement qui doit lui permettre de faire ses preuves. Richelieu à Soubise, le vétéran au novice ? n'en parlons pas ! Ces considérations expliquent l'ambiguïté des instructions venues de Versailles. La seule solution serait de renforcer les troupes de Soubise par des contingents soustraits à l'armée de Richelieu. Mais celui-ci, mécontent que le roi ait envoyé un émissaire pour le surveiller, traîne des pieds. Il n'est pas disposé à collaborer de bonne grâce à une victoire de son rival, qui concourrait à renforcer la position de la haïssable favorite. Ajoutons qu'il croit encore que, grâce à lui, la paix va se conclure rapidement, une paix qui frustrera le protégé de la Pompadour du succès escompté. Il s'applique donc à perdre son temps, promenant mollement son armée de ville en ville, assez près de Soubise pour pouvoir feindre de lui venir en aide, mais assez loin pour n'être pas en mesure de le faire rapidement. On atteint le mois de novembre, les mauvais jours approchent, qui suspendront les combats. La paix se fera. Le blanc-bec n'aura plus qu'à regagner, l'oreille basse, la cour qu'il n'aurait jamais dû quitter.

Le plus piquant de l'histoire est que Soubise et son collègue allemand, solidement installés sur les hauteurs qui dominent le village de Rossbach, se livrent à des réflexions analogues. Ils rêvent d'y prendre leurs quartiers d'hiver en laissant la parole aux diplomates. Les contingents germaniques n'ont aucune envie de se faire tuer loin de chez eux dans une guerre qui n'est pas la leur. Sans compter que le cœur de quelques-uns bat en secret pour la Prusse. Soubise a compris très vite qu'il ne pouvait faire fond sur eux. Ses troupes sont solides, aguerries, mais il ne les croit pas en mesure d'affronter sans aide les redoutables régiments menés par Frédéric II en personne. Or celui-ci, qui a repéré le maillon faible du dispositif adverse, se dirige maintenant vers Rossbach. Que faire ? Rester sur la défensive dans une position à peu près inexpugnable ? ou accepter le combat ? À Versailles Mme de Pompadour, qui veut déjouer la manœuvre de Richelieu, insiste pour qu'on donne à Soubise un feu vert dont il se serait bien passé.

Mais au bout du compte, c'est l'Autriche qui emporte la décision. Marie-Thérèse s'indigne de la lâcheté supposée des Français. « La désolation va être en Saxe et ici, écrit Stainville, dès que l'on apprendra que l'on est déterminé à ne pas délivrer Dresde. » Un rude coup pour notre réputation, un scandale : « Tâchez que le blâme de l'occupation de la Saxe par le roi de Prusse ne retombe pas en entier sur nous ! » À la France de sauver la patrie de la dauphine. Ce que l'Autriche ne dit pas, c'est qu'elle réserve ses propres troupes pour la défense de la Silésie reconquise.

Le couteau sur la gorge et la mort dans l'âme, Soubise et son collègue, sachant leur supériorité numérique illusoire, se résolvent le 5 novembre à livrer bataille. Hildburghausen, trompé par une feinte retraite des troupes de Frédéric, s'avance pour les surprendre dans leur marche. Mais dès qu'ils voient son mouvement bien engagé, les Prussiens se retournent contre lui, semant la panique parmi ses soldats qui se débandent sans combattre. Tout fut joué en moins d'une demi-heure. Soubise rallia les siens, tenta l'impossible au prix de pertes sévères parmi le corps d'élite qu'était la cavalerie : « Comme la déroute a commencé après la première charge d'infanterie, écrit-il à Stainville, il y a peu de soldats tués, mais beaucoup de dispersés. La cavalerie a souffert davantage ; les dix escadrons français qui ont chargé [...] et qui, abandonnés par la cavalerie de l'Empire, ont été enveloppés, n'ont pas trois officiers de reste par escadron. Les cuirassiers et les Français ont fait seuls leur devoir ; ils ont été mêlés très longtemps... » Quant à l'infanterie des Cercles, « je ne m'en souviens, dit-il, que pour m'affliger du moment où j'ai eu le malheur de la joindre ».

L'Autriche eut à peine le temps de comprendre son erreur. Un mois plus tard, jour pour jour, Frédéric battait son armée à Leuthen, dans un combat difficile où son génie de stratège se déploya magnifiquement. Il pouvait triompher : il avait repris la Silésie et couvert ses ennemis de ridicule. Pour la coalition, un désastre complet.

Versailles comme Vienne retentissent de lamentations. Mme de Pompadour a fondu en larmes en recevant la lettre du vaincu. Pour comble de malheur, voici qu'on apprend bientôt que l'épouse d'Auguste III, restée prisonnière dans Dresde occupée depuis plus d'un an, a succombé à ses épreuves et à ses chagrins le 17 novembre. « Mme la dauphine est dans une grande affliction de la mort de sa mère, écrit la marquise à une amie alsacienne. C'est une des victimes du roi de Prusse. Pourquoi la Providence lui laisse-t-elle le pouvoir de faire tant d'infortunes ! J'en suis au désespoir. » Marie-Josèphe pleure et s'abîme en prières, en se disant le cœur brisé. « Ah ! qu'elle est heureuse ! » s'exclame-t-elle entre deux sanglots, car elle, au moins, a gagné son paradis. Et toute la famille compatit.

Est-il exact que Louis XV et la marquise aient pris aisément leur parti de la défaite en balayant leur déconvenue d'une exclamation : « Après nous, le déluge ! » qui passa dans la langue courante dès le XVIIIe siècle comme exemple d'égocentrisme scandaleux ? Le mot fut attribué, tantôt au roi, tantôt à l'une de ses favorites, la Pompadour ou la Du Barry. L'allusion au déluge plaide en faveur de la première : le retour attendu d'une comète avait fait présager pour 1757, année de Rossbach, quelque cataclysme naturel. Mais le témoignage de La Tour, qu'on invoque à l'appui, ne tient pas[1].

---

1. Les historiens hostiles à Louis XV lui ont longtemps attribué ce mot, pour en faire une pièce à conviction dans le procès qu'ils lui intentent. Ses biographes préfèrent aujourd'hui le prêter à une de ses maîtresses, la Pompadour plutôt que la Du Barry : « Il ne faut point s'affliger, vous tomberiez malade, aurait-elle dit doucement au souverain ; après nous, le déluge. » Ils donnent comme source le témoignage de Quentin de La Tour qui, occupé à peindre la marquise, aurait entendu ses propos. L'ennui est que La Tour n'a fait d'elle que deux portraits. L'un est une esquisse préparatoire, qu'on peut voir aujourd'hui au musée de Saint-Quentin, l'autre est le célèbre pastel conservé au Louvre. Or ce portrait était achevé bien avant la bataille de Rossbach, puisqu'il fut exposé au Salon de 1755. Donc le prétendu témoignage de La Tour ne vaut rien. Cependant le mot peut très bien avoir été prononcé, on ne sait par lequel des trois, soit à une autre date, soit devant un autre témoin. En tout cas il fit le tour de l'Europe puisque Frédéric II le cite en 1782 dans une lettre à son frère.

Faute de connaître les circonstances où il fut prononcé, le ton sur lequel il fut dit, comment peut-on en juger la portée ? Est-ce l'expression d'une indifférence égoïste ? ou simplement un constat d'impuissance, une sorte de fatalisme, de pessimisme désespéré : j'ai fait tout ce que j'ai pu, je baisse les bras, en espérant que les choses dureront autant que moi et que me sera épargné le spectacle de l'inéluctable catastrophe ? Dans un cas comme dans l'autre cette réaction ne ressemble ni à Louis XV, qui a coutume, face aux coups du sort, de se réfugier dans le silence, ni à la Pompadour, accoutumée à se battre et qui, le premier choc passé, n'envisage pas une seconde d'abandonner la partie.

Car Mme de Pompadour ne songe qu'à en découdre avec « l'Attila du Nord ». Elle écrit à Kaunitz pour lui dire sa haine du vainqueur et son désir de revanche. Elle voit avec raison dans le manque de coordination la cause des récents échecs. Elle se met aussi en quête des coupables. Aveuglée par ses préventions, elle n'en voit qu'un : Richelieu. La longue lettre passionnée qu'elle adresse à Stainville commence par ce cri : « Il faut que je vous ennuie de ce que je n'ai voulu dire à personne, sans cela j'en crèverais. » Après une analyse technique des forces engagées et de leurs déplacements, elle conclut sur une condamnation sans appel : « Pour finir cette ennuyeuse plaidoirie, M. de R. est jaloux de M. de Soubise. Il a été très fâché de ne pas l'avoir sous ses ordres ; il aurait voulu avoir les 140 000 hommes et 500 000 s'ils existaient. Et ce qui l'aurait encore plus affligé, ç'aurait été qu'il eût battu le roi de Prusse. Aussi y a-t-il mis bon ordre. Voilà la *Loi et les Prophètes* ; je n'en parlerai de ma vie, mais ce n'est pas par ignorance, et je suis bien aise que vous le sachiez, dussiez-vous en avoir des vapeurs. » Elle n'est pas seule à penser ainsi. Toute la famille royale partage sa réprobation. « La honte est entière à M. de Richelieu, écrit Madame Infante à son mari ; en six mois il a perdu une des plus belles armées et déshonore toute la nation... »

En fait, comme on a tenté de le montrer plus haut, cette sévérité envers Richelieu est excessive : en s'abstenant de fournir à Soubise les moyens d'une victoire, il pensait le réduire à regagner Versailles sans avoir pu s'illustrer à la tête de sa belle armée, et non pas le condamner à une cinglante défaite. Quant à la convention de Kloster-Zeven, il est facile de la dénoncer après coup comme une grave erreur. Sur le moment, Richelieu, faisant l'économie d'une bataille qui promettait d'être rude, avait acculé l'armée adverse au fleuve sans issue possible. Comment ne pas accorder à celle-ci une capitulation honorable ? Il n'aurait pas dû la relâcher, nous dit-on. Mais qu'en aurait-il fait ? il ne pouvait ni s'encombrer de prisonniers, ni les convoyer jusqu'en France ; il ne pouvait pas non plus les incorporer dans sa propre armée, comme avait fait Frédéric II avec les Saxons, parce qu'il aurait fallu disposer d'un encadrement vigoureux, qu'il n'avait pas. Et en France, on croit encore au respect des engagements, on s'indigne que les Anglais arraisonnent nos vaisseaux sans sommation et que Frédéric II se jette sur la Saxe sans déclaration de guerre. On n'imagine pas que George II puisse renier la parole de son fils et autoriser les Hanovriens à reprendre le combat. Tout cela n'exonère pas Richelieu du vilain tour qu'il a voulu jouer à Soubise, et qui a mal tourné. Mais cela explique pourquoi Louis XV ne lui retira pas sa confiance. Pouvait-il d'ailleurs la retirer au vainqueur du Hanovre, alors qu'il se refusait à sanctionner le vaincu de Rossbach ?

Car Louis XV fit bon visage à Soubise, qui était son ami autant sinon plus que celui de Mme de Pompadour. Il s'efforça de le consoler. Il savait bien qu'on ne pouvait imputer la défaite au malheureux, qui s'était magnifiquement conduit sur le champ de bataille. Mais ni la cour ni la ville ne l'entendirent de cette oreille. À Versailles, les ennemis de la marquise relevèrent la tête. À Paris, l'opinion se déchaîna. Défavorable à cette guerre, elle ne la supportait que victorieuse. Elle avait applaudi aux campagnes de l'été. Elle se révolta devant des revers humiliants pour l'orgueil national. Elle se mit elle aussi en quête de responsables. Elle n'alla pas les chercher très loin. Sa hargne tomba sur Soubise. Des couplets satiriques restés célèbres le montrent promenant une lanterne, en quête de l'armée qui aurait dû le rejoindre :

Soubise dit, la lanterne à la main :
J'ai beau chercher. Où diable est mon armée ?
Elle était là pourtant hier matin.
Me l'a-t-on prise ou l'aurais-je égarée ?
Ah ! je perds tout. Je suis un étourdi.
Que vois-je, ciel ! que mon âme est ravie !
Prodige heureux. La voilà, La voilà !
Eh ! ventrebleu ! Qu'est-ce donc que cela ?
Je me trompais : c'est l'armée ennemie.

Il aura beau remporter au cours des campagne suivantes de très honorables victoires, il n'effacera jamais cet échec initial. Car à travers le vaincu de Rossbach, on visait sa protectrice. C'était pour elle un triple échec : celui de son protégé et celui de sa politique d'alliance avec l'Autriche, à quoi s'ajoutait qu'on n'avait pas réussi à délivrer la Saxe et à sauver la belle-mère du dauphin. Et contre celle qu'on accusait de tous les maux, la haine flamba de plus belle. « Jamais le public n'a été plus déchaîné contre Madame, conte Nicole du Hausset. C'était tous les jours des lettres anonymes, pleines des plus grossières injures, des vers sanglants, des menaces de poison, d'assassinat. Elle fut longtemps plongée dans la plus vive douleur et ne dormait qu'avec des calmants. »

La disgrâce de Bernis, ou la fin d'une amitié

Or c'est le moment que choisit Bernis, l'ami de toujours, le fidèle entre les fidèles, pour prendre le contrepied de son sentiment. Il estime qu'il faudrait sanctionner le vaincu : « Notre amie est bien à plaindre, écrit-il à Stainville. Le public n'aurait pardonné le commandement de M. de Soubise qu'à la faveur d'une victoire ; le public est injuste, mais il est comme cela. » Quels que soient ses mérites, l'intéressé devrait se retirer de lui-même et Mme de Pompadour devrait renoncer à le soutenir, dans leur intérêt à tous deux : « Je pense cela comme ministre et comme ami ; il ne faut pas s'acharner contre le public. » Sur le fond, il se peut que Bernis n'ait pas tout à fait tort. Mieux aurait valu ne pas braquer davantage l'opinion. À défendre Soubise en parfait honnête homme, Louis XV s'exposait une fois de plus à être mal compris. Mais la réaction du prudent abbé semble inspirée moins par le réalisme politique que par le souci de ne pas aller contre le vent. C'est là une première dissonance, à peine perceptible, dans l'entente qui unit Mme de Pompadour avec l'exécutant qu'elle a placé sur orbite ministérielle.

À la vérité, Bernis est à la fois grisé et terrifié par les responsabilités qui lui sont échues. Assez étourdiment, il raconte à qui veut l'entendre que la France n'est pas gouvernée, il énumère avec une fatuité ingénue tous les maux du pays et expose les projets dont sa tête bouillonne pour y remédier. L'homme est intelligent, le diagnostic exact. Mais la mise en œuvre de ses idées risque de se heurter à un obstacle majeur. Il préconise, pour imprimer à l'action gouvernementale l'indispensable cohérence, d'instaurer une forme de ministériat, soit collective, par le biais de Conseils chargés de préparer le travail, soit individuelle, lui-même assurant les fonctions de premier ministre sans en avoir le titre, comme naguère Fleury. Or le roi n'en veut à aucun prix, et Mme de Pompadour pas davantage. Parce qu'elle se trouverait privée des pouvoirs qu'elle exerce jusqu'ici ? On l'a dit. C'est possible. Mais surtout parce qu'elle a compris très vite que Bernis se surestime et qu'il n'a pas les capacités de ses ambitions. Il est plaisant de lire sous la plume de celui-ci, dans ses *Mémoires*, que Mme de Pompadour « voyait en enfant les affaires de l'État ». Car il se conduisit lui-même, au long des dix-huit mois où il détint le secrétariat aux affaires étrangères, avec une extrême naïveté.

Plus encore que sur le fonctionnement du gouvernement, ses idées divergent de celles du roi et de la marquise sur un point essentiel : la paix, ou la poursuite de la guerre ? N'opposons pas de façon manichéenne le pacifisme du bon abbé au bellicisme à tout crin de la favorite revancharde. La paix, il faudra bien la faire un jour, elle est la première à la souhaiter. La question est de choisir le meilleur moment. Pris de panique après Rossbach et Leuthen, jugeant que les choses ne peuvent qu'empirer, Bernis conseille de se dégager de la guerre à n'importe quel prix. Louis XV, au contraire, ne croit pas la situation désespérée : elle est seulement redevenue ce qu'elle était un an plus tôt. Il met son point d'honneur à respecter les engagements pris à l'égard de son alliée Marie-Thérèse, elle-même décidée à continuer la lutte. Quand Mme de Pompadour se fait le chantre de la guerre à outrance, quand elle affiche son patriotisme en des termes d'un lyrisme qu'on qualifierait de cocardier si le terme n'était pas anachronique, elle est le porte-parole du souverain, dont elle traduit la volonté expresse. L'affolement de Bernis, ses plaintes, ses prophéties de malheur la contrarient parce qu'elle sait le roi fragile nerveusement. Elle redoute, non qu'il change d'avis, mais qu'il se laisse aller à une crise de dépression. Aussi fait-elle tout pour que le carnaval de 1758 soit aussi animé que de coutume : « La gaieté prit tout à coup le dessus, constate le duc de Croÿ, au point que l'on redevint belle comme le jour. On était engraissée. On ne parlait que de choses galantes. On paraissait enchantée. Le roi s'égayait. Il n'était plus question de dévotion. »

Mais elle a compris qu'elle ne peut se reposer pleinement sur Bernis, notamment pour soutenir l'effort de guerre. Depuis le début, elle s'y est donnée à fond, s'intéressant même aux arpents de terre glacée du Canada que méprise si fort l'opinion publique, participant de ses deniers à l'armement de navires, mendiant auprès de ses amis financiers de quoi éviter la banqueroute. En cette année 1758, où les combats ont repris au Hanovre, elle craint que les généraux ne soient pas suffisamment stimulés par les consignes reçues du ministère. Elle leur écrit fébrilement. Pour suivre leur marche, elle a épinglé au mur des cartes sur lesquelles elle déplace des « mouches » empruntées à sa table de toilette. Elle les encourage, les félicite, commente les erreurs de leurs lieutenants, risque des conseils. Bref, elle fait la mouche... du coche et elle les exaspère. « Il faut me laisser faire, madame, lui écrit l'un d'eux, et ne pas me prévenir par des idées de trop loin ou du moins me les communiquer avant que de donner des ordres ; sans cela la besogne ira mal. La façon de la cour de diriger les mouvements militaires est ancienne et bien mauvaise. Cela gêne un maréchal qui est sur le lieu, qui sait son métier et qui est instruit des vues politiques... » Il lui dira même plus crûment : « Une armée ne se mène pas comme on promène un doigt sur une carte. » Elle sent bien qu'elle sort de son rôle et qu'elle n'aura jamais aucune autorité sur les militaires. Et elle s'irrite du climat de défaitisme que fait régner autour de lui le pauvre Bernis.

Or il y a pendant ce temps à Vienne quelqu'un qui attend son heure. Comme le roi, et à la différence de Bernis, Stainville pense que le moment n'est pas encore venu de faire la paix. Et il compte bien que c'est lui qui la fera. Il tient l'abbé pour un médiocre, d'une intelligence plus fine que puissante, et totalement dépourvu de force de caractère. Dans les lettres qu'il échange avec la marquise, il sape sournoisement la confiance de celle-ci dans leur ami commun et commence à se poser en recours.

Bernis, cependant, s'applique à tresser lui-même la corde pour le pendre. Il continue de prophétiser l'apocalypse et prend, face à ce qu'il appelle les illusions de la marquise, un petit air supérieur : « J'ai dit à notre amie des vérités qui l'ont affligée et rendue même malade... » Ou encore : « Notre amie dit que ma tête s'échauffe, quand je lui représente la nécessité de prendre un parti sur tous les points ou de faire la paix à quelque prix que ce soit. Son sort est affreux ; Paris la déteste et l'accuse de tout. » Et c'est à Stainville qu'il fait ces confidences ! Quelle imprudence ! Et il entreprend bientôt de jouer au plus fin avec celui qui, depuis des mois déjà, manœuvre en sous-main pour le supplanter !

Le bon Bernis a pris goût au pouvoir, mais surtout aux honneurs et à l'opulence qui l'accompagnent. Le roi l'a proposé pour un chapeau de cardinal, sa nomination ne saurait tarder. Sa vanité ne l'aveugle pas au point de lui cacher une évidence : il n'est pas fait pour gérer la politique extérieure en temps de guerre. D'ailleurs, elle le rend malade, ses nerfs se détraquent, il en perd l'appétit et le sommeil – mauvais signe chez un gourmet et un jouisseur. Ses lamentations sur la situation en Allemagne se doublent désormais de jérémiades sur sa santé : ce qui a le don d'agacer la marquise, qui n'a pas besoin d'un second dépressif à tenir à bout de bras. Visiblement elle s'éloigne de lui. Alors il imagine une solution. Une sorte de partage du pouvoir. Il abandonnerait à Stainville les affaires étrangères et il se réserverait les relations avec le Parlement et avec l'Église. C'est un domaine où il a rencontré quelques succès. Sa bonhomie et son onction font merveille auprès des magistrats parisiens, qu'il sait écouter patiemment et abreuver de flatteries et qu'il amadoue à coups de concessions. Quant à l'archevêque récalcitrant, le chapeau rouge devrait l'impressionner. C'est là que se trouve son avenir, pense-t-il, à condition de se débarrasser de l'horrible fardeau qu'est la guerre. « Votre retour ici doit être marqué, écrit-il à Stainville, ou pour conclure cette paix, ou pour venir nous aider pour soutenir une guerre malheureuse. Vous avez du courage et les événements ne vous font pas tant d'impression qu'à moi. [...] Nous agirons dans le plus grand concert et, Dieu merci, sans jalousie de métier. Nous assurerons le sort de notre amie. [...] Je vous embrasse comme le meilleur ami que j'aie au monde, et comme le serviteur qui peut être le plus utile au roi. »

Les intentions de Bernis étaient-elles aussi parfaitement pures qu'il le prétend dans ses *Mémoires* et que nous sommes disposés à le penser parce que la suite de l'affaire a fait de lui une victime ? Sur le moment, il se croyait très avisé en refilant à Stainville une fonction où il n'y avait selon lui que des coups à recevoir. Et sachant que le chapeau rouge lui donnerait préséance sur tous les autres, il rêvait de diriger, de fait, une équipe ministérielle dans laquelle Stainville lui serait subordonné. À lui le prestige et les honneurs, à l'autre le travail ingrat et les ennuis. C'était bien mal connaître son prétendu ami. Marcher la main dans la main avec lui, c'était s'exposer à jouer la fable du pot de fer. Espérer le dominer, c'était courir au désastre. Car Stainville voulait le pouvoir pour lui, tout le pouvoir. Et il se savait capable, infiniment plus capable que son concurrent, dont il avait percé à jour les petites ruses.

Bernis offrit au roi sa démission des affaires étrangères. Le roi l'accepta : lui aussi en avait assez de son défaitisme, de sa manie de tout critiquer et des prétentions que dissimulait mal sa modestie affectée. La Pompadour ne fit pas un geste pour le retenir : il l'avait déçue. Non pas, comme on le dit parfois, parce qu'il tentait de prendre en politique une indépendance qui l'eût évincée. Mais tout simplement parce qu'il se montrait irrémédiablement inférieur à sa tâche et qu'elle pensait avoir trouvé en Stainville l'homme qui convenait.

Le 25 août, Stainville fut créé duc héréditaire, sous le nom de Choiseul. Il quitta Vienne à la mi-novembre pour venir prendre ses fonctions ministérielles. À Versailles Bernis, qui vient d'être promu cardinal, s'emploie à occuper le terrain. Il a changé d'appartement, il donne des audiences aux ambassadeurs, il parade. Mais il sent bien que la Pompadour lui bat froid et il a quelques doutes sur la docilité de son nouveau collègue. Alors il prend les devants. Sous prétexte de le mettre au courant et de l'aider dans sa tâche, il tente de s'imposer à lui comme partenaire indispensable. « Deux têtes sous un seul bonnet » : quelle belle équipe ils feront ! Le 30 novembre il reçoit des mains du roi, aimable et distant comme de coutume, la barrette rouge, insigne de sa dignité. Le voici propulsé tout en haut de la hiérarchie. Il bénéficie d'un tabouret chez la reine et peut appeler le roi « mon cousin ». Une dizaine de jours pour savourer sa gloire : le temps de faire enregistrer par le Parlement un édit financier. Puis tombe la lettre fatale, dont la sévérité semble teintée d'une subtile ironie :

> *Mon cousin, les instances réitérées que vous m'avez faites pour quitter le département des affaires étrangères m'ont persuadé qu'à l'avenir vous ne rempliriez pas bien des fonctions dont vous désiriez avec tant d'ardeur être débarrassé. C'est d'après cette réflexion que je me suis déterminé à accepter votre démission de la charge de secrétaire d'État. Mais j'ai senti en même temps que vous ne répondiez pas à la confiance que je vous avais marquée dans des circonstances aussi critiques, ni aux grâces singulières que je vous ai accumulées en si peu de temps. En conséquence, je vous ordonne de vous rendre dans une de vos abbayes à votre choix d'ici à deux fois vingt-*

quatre heures, sans voir personne, et ce jusqu'à ce que je vous mande de revenir. Renvoyez-moi les lettres que vous avez gardées de moi dans un paquet cacheté. Sur ce, je prie Dieu qu'il vous ait, mon cousin, en sa sainte et digne garde.

À Versailles, ce 13e décembre 1758. LOUIS

Bernis s'en alla enservelir sa pourpre toute neuve dans son modeste château de Vic-sur-Aisne. Le roi ne lui garda nulle rancune : il l'avait congédié non pour offense, mais pour incapacité. Il lui attribua quelques années plus tard l'archevêché d'Albi, puis l'ambassade auprès du Saint-Siège. C'est dans ce dernier emploi qu'il put s'accomplir, remplissant à la perfection ses fonctions diplomatiques et cardinalices. Il mourut à Rome en 1794, épargné par la tourmente révolutionnaire, mais inconsolable devant le naufrage du monde qui avait été le sien. Il n'avait revu qu'une fois la Pompadour, pour un entretien mélancolique qui ne suffit pas à effacer la cicatrice laissée par ce qui avait été pour lui une trahison. Mais c'est contre Choiseul qu'il gardait la dent la plus acérée.

Choiseul aux commandes

Choiseul offrit à Mme de Pompadour un présent inestimable, la sécurité. Il fit en sorte qu'elle n'eût plus à craindre, dans le ministère, les intrigues visant à la faire chasser. Elle avait en Berryer, à qui elle fit confier les sceaux et qui eut la haute main sur la police, un chien de garde fidèle : à défaut de contrôler l'opinion, il canalisait les échos qui en parvenaient à Versailles. À la tête de la marine, il se montra incapable de la redresser ; mais l'état désastreux de notre flotte venait de beaucoup plus loin. Fut-il la nullité que dénonce la jalousie tardive de Bernis ? Bien plutôt un serviteur consciencieux sans envergure. Elle trouvait chez Choiseul, en revanche, une égale fidélité, des talents exceptionnels et une parfaite concordance de vues sur la politique à mener. Elle pouvait donc se reposer sur lui. Il se substitua peu à peu à elle dans la conduite des affaires, mais jamais il ne la trahit. Par amitié ? par intérêt ? ou plutôt parce qu'il n'eut pas à choisir entre les deux ?

Le personnage de Choiseul appelle, de par les contrastes dont il était pétri et dont il jouait avec *maestria*, des jugements tranchés – pour ou contre – dont on a du mal à se dégager. Peut-être incarne-t-il, mieux que personne, les contradictions de cette seconde moitié du siècle.

Héritier d'une très grande famille de la noblesse lorraine, il a la morgue native de ceux qui peuvent aligner un nombre impressionnant de « quartiers ». Mais il a épousé la petite-fille du richissime financier Crozat, qui lui a apporté une fortune : alliance de la race et de l'argent qui lui ouvre toutes les portes. En tant que lorrain, il a un pied en France et un autre dans l'Empire. Comme le voulait son rang, il a commencé une carrière militaire dans les armées françaises, pendant que son frère cadet s'en allait symétriquement servir l'Autriche : ainsi en avait décidé la sagesse paternelle. Le hasard l'avait ensuite poussé vers la diplomatie, mais il ambitionnait mieux que les ambassades. Il voulait tout. Pas tout de suite : il savait attendre. Mais le plus tôt possible. Il commençait à s'impatienter quand l'imprudence de Bernis lui laissa le champ libre. À l'approche de la quarantaine, il se sentait en pleine possession de ses moyens et avide de les employer.

Physiquement la nature ne l'a pas gâté. Une taille courtaude, des cheveux roux qui commencent à se clairsemer, de petits yeux pâles, un large nez aux narines épanouies, des lèvres gourmandes, un menton dont la pointe se termine tout en courbes, sur une fossette. C'est un visage de jouisseur. Un visage rayonnant d'intelligence, de vivacité, d'esprit, avec un petit air de se moquer des gens, provocant. De la prestance tout de même : il l'a dans le sang. Et de l'audace à n'en savoir que faire. Comme beaucoup d'hommes très laids, il compense en collectionnant les conquêtes féminines. Grandes dames, bourgeoises ou filles d'opéra, il sait les faire rire, il les chahute, les prend, les laisse, en un joyeux tourbillon, pour l'agrément, sans se fixer ; et ses maîtresses n'ont pas le temps de s'éprendre assez pour lui en vouloir de les quitter. La même désinvolture règne dans ses rapports à l'argent. Il le jette par les fenêtres avec l'extrême insouciance de ceux qui n'en manquent pas. « Il était, dit Casanova, ennemi déclaré du tien et du mien. Il ne payait personne, mais n'inquiétait jamais ceux qui lui devaient. Il aimait à donner. » Ou à prendre, à l'occasion : les deux choses sont réversibles. D'une méchanceté féroce lorsque l'envie lui venait de faire un bon mot, il pouvait se montrer affable, cordial, délicat même. Franc ? ou faux ? Les témoignages hésitent. « Paresseux et idolâtre du plaisir », résume Casanova. Pour le plaisir, soit. Mais la paresse est plutôt une affectation qu'il se donne, par coquetterie – le travail est bon pour les bourgeois. Elle lui sert à déguiser les calculs de l'ambition.

À tout cela s'ajoute, pour compléter ce portrait d'un fils des Lumières, un agnosticisme serein, mais discret. « Le grand reproche tombe sur ma religion, dit-il. Il est difficile de m'attaquer positivement sur cette matière sérieuse, car je n'en parle jamais. Mais dans la forme, j'observe exactement les décences et, dans les affaires, j'ai pour principe le soutien de la religion. » Car il pense, comme presque tous les gens éclairés d'alors, que la religion est un moyen d'assurer la soumission des masses populaires. Pas de militantisme donc contre le parti catholique, mais pas de soutien inconditionnel : l'Église est une des forces politiques du royaume, rien de plus.

Comment ce personnage qui avait tout pour hérisser bon nombre de ses contemporains a-t-il réussi à séduire, non seulement les femmes, mais des gens sérieux comme le président Hénault, ami de la reine ? Il arrivait au bon moment. En ces années moroses où l'on ratiocinait sur les malheurs du temps avec une délectation perverse, il rayonnait d'intelligence, de gaieté, d'énergie, il disait que tout n'était pas perdu, il avait foi dans les capacités du pays, il était rassurant, revigorant : l'homme selon le cœur de la Pompadour. Et, après tout, ce n'était pas si mal non plus pour la France.

C'est ce que pensa finalement Louis XV, en dépit des préventions qu'il nourrissait contre lui. Difficile d'imaginer des caractères plus opposés. Sans compter qu'il y avait entre eux le souvenir de certaines lettres d'amour indiscrètement dévoilées. Le roi le prend faute d'un autre, dans l'urgence. Il ne l'aime pas, il ne l'aimera jamais vraiment. Mais l'entente intellectuelle remplace l'amitié, et elle suffit à asseoir la confiance. Car Choiseul fait le travail, il le fait vite, il le fait bien. Le roi retrouve avec lui ce qu'il n'avait pas connu depuis Fleury : quelqu'un qui lui mâche le travail, qui débroussaille les questions et les lui présente sous une forme brève, forte, lumineuse. Peut-être n'est-il pas très versé dans les matières techniques, notamment en politique intérieure : aussi passe-t-il parfois pour superficiel. Mais il a l'esprit de synthèse, il sait prendre du recul, maîtriser des faisceaux de données diverses. Il est rapide, efficace. Il acquiert donc très vite, sans en avoir le titre, la stature d'un premier ministre.

De plus, il n'est pas seul. Il a derrière lui toute sa famille, qu'il place aux endroits stratégiques. Il sait que les petits soupers sont un moyen de circonvenir le roi. Lui-même n'a pas le courage de s'y astreindre régulièrement, il préfère à leur agrément un peu compassé le franc libertinage de ses soirées parisiennes. Pour appuyer son beau-frère Gontaut qui y assiste de fondation, il y délègue en outre sa femme et sa sœur. Sur la charmante Honorine, duchesse de Choiseul, les témoignages sont unanimes : c'est la huitième merveille du monde. Petite, fine, jolie sans excès, avec une fragilité de porcelaine de Saxe, une timidité de violette, c'est une femme exquise, une épouse parfaite, douce, patiente, amoureuse de celui qui la trompe outrageusement et à qui elle garde fidélité. Ne l'imaginons pas cependant sous les traits de la délaissée confinée dans la piété et les ouvrages de dame. Elle a de l'esprit, elle a beaucoup lu, elle parle bien, elle se pique de philosophie, elle reçoit admirablement et tient dignement sa place en société. Et elle séduit. En tout bien tout honneur. Elle traîne dans son sillage un nombre incroyable d'amoureux transis, dont les hommages inoffensifs la consolent des frasques de son mari. Elle aussi pourrait, si elle voulait... Mais elle ne veut pas. Et contrairement aux apparences, le couple s'entend bien : il la respecte et il sait qu'il a besoin d'elle. Pas seulement pour sa fortune. Elle est pour lui une caution morale, elle équilibre aux yeux du monde son côté libertin : le mari aimé d'une si adorable femme ne saurait pas être foncièrement méchant.

À sa sœur il assigne une tout autre fonction. Elle était déjà montée en graine et vouée à terminer sa vie comme chanoinesse de Remiremont lorsque la nomination de son frère lui permit de décrocher un époux riche et corrompu, qui lui fournit un titre, des rentes et lui laissa sa liberté. Elle partagea alors la vie du couple Choiseul, donnant lieu à des commérages évidemment invérifiables. Mais qu'elle fût réellement ou non la maîtresse de son frère, le fait que tout Versailles pût le croire en dit long sur la réputation des deux personnages. Cette amazone mûrissante à l'esprit mordant et à la gaieté communicative est chargée d'animer et surtout de contrôler les petits soupers. On sait le roi encore vulnérable. Peu de temps avant l'attentat de Damiens, il avait cédé aux charmes de la marquise de Coislin, qui n'attendait que d'être « déclarée ». Il y avait renoncé, parce que Bernis, si l'on en croit celui-ci, lui en avait exposé les inconvénients politiques, et aussi parce que son valet de chambre Le Bel, qui préférait le *statu quo*, lui avait offert pour diversion une

« petite sultane ». Béatrix de Gramont avait donc pour mission de veiller au grain. Elle aurait volontiers payé de sa personne pour occuper le poste. Mais il était bien trop dangereux de s'attaquer à la maîtresse-douairière, qui avait largement démontré ses capacités de réaction, et dont l'appui était indispensable à Choiseul. Elle se borna à amuser le roi de ses reparties et à jouer pour le compte de Mme de Pompadour le rôle d'un cerbère, en attendant son heure, qui ne vint jamais.

Si l'on ajoute que Choiseul accumula sur son nom plusieurs ministères et casa dans un autre son cousin Praslin, si l'on pense à tous les parents et alliés qu'il avait dans la noblesse et dans la finance, on aura une idée du réseau mis en place et qui lui permettra de tenir douze ans. En accaparant ainsi le pouvoir, il marginalise Mme de Pompadour. Elle est désormais à l'écart du jeu politique. Son ambition et son orgueil en auraient beaucoup souffert, nous dit-on. C'est possible. On ne renonce pas sans un pincement de cœur à tout ce à quoi on s'est donné pendant des années. Mais jamais elle ne tenta de contrecarrer Choiseul. Il la tenait au courant, avait parfois recours à son entremise, pour négocier des crédits notamment. Il lui laissa, très sagement, la prérogative consistant à distribuer les faveurs et les grâces. Elle conserva sa cour de solliciteurs, continua de donner des audiences, de régenter les festivités. Elle gardait les apparences du pouvoir. Regretta-t-elle d'en avoir perdu la substance ? Elle était à bout de forces. La sécurité enfin acquise à la cour lui permettait de souffler. Elle se savait détestée du pays tout entier. Au moins n'était-elle plus exposée en première ligne.

L'histoire de la guerre de Sept Ans n'est plus, dès lors, celle de la Pompadour, pas plus qu'elle n'est celle de Marie Leszczynska. On nous pardonnera donc de passer très vite et de ne pas lui consacrer ici la place qu'elle mériterait, eu égard à son importance. Il y eut des hauts et des bas. Le prestidigitateur de charme que la marquise avait porté au ministère ne fit pas tous les miracles espérés. Mais il limita un temps les dégâts. Il parvint à faire admettre à l'Autriche que « à l'impossible nul n'est tenu » et obtint l'autorisation de faire si possible avec l'Angleterre une paix séparée : ce fut l'objet du troisième traité de Versailles, dans l'hiver 1758-1759. Il réussit également à arracher l'Espagne à sa neutralité et à signer avec elle un *Pacte de famille*, qui devait soulager d'autant notre effort maritime. Mais les Britanniques, galvanisés par leur irréductible premier ministre, William Pitt, avaient consenti en faveur de la guerre outre-mer des sacrifices financiers considérables, rendant tout espoir illusoire. La disparité entre leurs forces navales et celles de la France et de l'Espagne réunies était telle que les défaites se succédèrent, irrémédiables. En Allemagne en revanche, Frédéric II se trouvait en difficulté. Il put se croire à nouveau perdu. Un coup de chance le sauva : la mort de la tsarine Élisabeth porta au pouvoir son neveu, grand admirateur du roi philosophe, qui se retira aussitôt de la coalition, abandonna ses conquêtes et se prépara à changer de camp. Et lorsque sa femme – la future Catherine II – le détrôna six mois plus tard, elle opta pour la neutralité. L'Autriche perdait toute chance de récupérer la Silésie. Les traités de paix vinrent sanctionner des années de politique hésitante, face à des adversaires résolus, d'une exceptionnelle qualité. Celui de Paris, signé le 23 février 1763, consacrait l'abandon d'une large part de notre empire colonial et attestait une incontestable perte de prestige. Les maîtres du jeu étaient désormais l'Angleterre et la Prusse. L'événement donnait raison rétrospectivement à Bernis, à cette réserve près qu'il n'est pas sûr qu'il eût obtenu, à chaud et sous le coup de Rossbach, des conditions plus favorables que celles qu'obtint son successeur. Au moins celui-ci pouvait-il dire que toutes les cartes possibles avaient été utilisées. Et chose essentielle aux yeux de Louis XV, l'alliance franco-autrichienne, même un peu mise à mal, avait tenu.

Les historiens français, influencés par les rivalités

coloniales du XIXe siècle, se sont montrés extrêmement sévères pour ce traité. Les contemporains n'en jugèrent pas ainsi. Il fut beaucoup plus mal accueilli par les Anglais que par les Français. « On les a bien trompés », dit Choiseul. La France conservait en effet les « îles à sucre » des Antilles, considérées comme beaucoup plus importantes que les « arpents de neige » du Canada ou que l'Inde. Louis XV, plus lucide, se montrait réservé. Il refusa de recevoir les compliments que se proposait de lui faire une délégation de magistrats : parce que le traité ne méritait pas qu'on s'en réjouît, mais aussi parce qu'il n'appartenait pas au Parlement rebelle de célébrer le résultat d'efforts qu'il avait tout fait pour contrarier. Paris tira sans lui ses feux d'artifice. Sa pensée, nous la trouvons dans la bouche de Mme de Pompadour : « La paix n'est ni heureuse ni bonne, mais il fallait la faire. Nous avons conservé encore un bel Empire. Le roi est persuadé, d'ailleurs, que les possessions du roi d'Angleterre en Amérique ne lui resteront pas. Ce sera notre revanche et nos mesures sont prises pour avoir, à ce moment, la puissante marine qui nous a manqué. M. de Choiseul n'a fait les accords avec l'Espagne que pour cela. » Vues prémonitoires, une dizaine d'années plus tard se déclenchera la guerre d'indépendance américaine.

En ce qui la concernait, la marquise ressentit la signature du traité comme un échec. Depuis des années elle ne vivait que de lutte. Lutte personnelle pour survivre à la cour. Lutte nationale, contre la Prusse et l'Angleterre, dans laquelle elle s'était engagée de toute son âme. Faute d'objectif, son énergie se détendait. Elle manquait de force pour se battre contre la maladie qui depuis longtemps la minait.

Avant de clore le chapitre de ses interventions politiques, il reste à évoquer, en un bref retour en arrière, une affaire intérieure qui se déroula parallèlement à la guerre de Sept Ans : la violente campagne qui aboutit à l'expulsion des jésuites. Face à la reine, qui sortit pour les défendre de la réserve où elle s'était enfermée, la favorite passe pour avoir concouru à leur chute – les deux femmes incarnant une fois de plus les deux orientations entre lesquelles flottait depuis toujours le roi. Mais les choses ne furent pas si simples.

Haro sur les jésuites

L'expulsion des jésuites fut, selon d'Alembert, un événement aussi inattendu que le tremblement de terre de Lisbonne, le renversement des alliances et la victoire du roi de Prusse sur cinq puissances liguées contre lui. Un coup de théâtre, donc, dans lequel les commérages du temps voulurent voir l'effet d'une vengeance de femme : la Pompadour faisant payer aux bons pères leur refus d'approuver son maintien à la cour. L'explication ne tient pas debout. Car le mouvement de rejet, qui affecta non seulement la France mais la péninsule Ibérique et l'Italie, et qui réussit à imposer au pape, en 1773, la suppression de la Compagnie[1], a des causes anciennes et profondes, les unes générales, les autres particulières à la France.

Créée en 1540 pour tenter d'endiguer les progrès de la Réforme, la Compagnie de Jésus, qui trouva ensuite dans l'expansion coloniale un nouveau champ d'action, était un instrument de combat et de conquête. Elle ne ressemblait pas aux autres ordres réguliers. Pas de clôture dans des monastères, une grande mobilité, une totale disponibilité. Une organisation fortement centralisée, tout en haut de laquelle se trouvait le Général, qui ne dépendait que du pape. Une sélection sévère faisant fi du rang social, des études très poussées et un noviciat prolongé, garantissaient la qualité du recrutement. La règle très dure, qui exigeait pauvreté, chasteté et obéissance – une obéissance absolue *perinde ac*

1. Elle sera rétablie par Pie VII en 1814.

cadaver[1] –, laissait en contrepartie à ses membres une large part d'autonomie : c'est ainsi que l'enseignement, qui ne faisait pas partie de ses objectifs initiaux, devint avec les missions une branche essentielle de ses activités. Dispensés des pratiques religieuses réglementaires, qu'ils remplaçaient par l'oraison intérieure, ses membres disposaient d'un temps considérable pour les tâches les plus diverses, prédication et direction de conscience notamment, dans lesquelles ils surclassaient la plupart de leurs rivaux. Et l'usage de choisir parmi eux les confesseurs royaux leur conférait une puissance redoutable.

Des moines pas comme les autres, lâchés dans le monde que les moines sont censés fuir, échappant aux diverses autorités locales pour ne connaître que celle du pape, discrets, omniprésents et insaisissables, ils furent perçus dans la plupart des États comme des corps étrangers inassimilables et donc menaçants. Ils eurent très vite contre eux le clergé séculier, les autres ordres religieux et les vieilles universités. Pour une raison de principe : ils échappaient à la juridiction des évêques, qui le toléraient mal. Et pour une autre moins avouable : ils prenaient à leurs divers confrères une part importante de leur clientèle. Leur succès faisait des envieux. Les souverains catholiques d'autre part, qui tentaient partout de créer des États nationaux modernes et s'efforçaient de réduire l'intervention du Saint-Siège dans leurs affaires, s'inquiétaient de leurs liens privilégiés avec Rome. Ils furent vite accusés de travailler à une « monarchie universelle » sous l'égide de la papauté. Selon les moments et en raison des rapports de forces locaux, les tensions prirent un tour aigu, comme au Portugal à l'époque qui nous occupe, débou-

1. « Comme un cadavre ». La règle de Loyola contenait l'injonction de se comporter, face aux ordres des supérieurs, « comme un corps mort, qui n'a ni vouloir ni entendement ; comme un petit crucifix qui se laisse déplacer d'un endroit à l'autre sans difficulté ; comme un bâton dans la main d'un vieillard qui me mettra où il voudra et où je lui servirai davantage ».

chèrent sur une coexistence tout juste pacifique comme en France au temps d'Henri IV, ou même s'effacèrent, comme à la fin du règne de Louis XIV. Leur résurgence sous Louis XV fut un des fruits empoisonnés de la politique religieuse de son prédécesseur.

Le cas de la France a ceci de particulier que les jésuites y ont toujours eu plus mauvaise réputation qu'ailleurs. Notoirement indocile aux injonctions venues de Rome, la France gallicane les regardait avec suspicion. Chassés après l'attentat de Jean Châtel en 1594, ils n'avaient été rétablis que parce que Rome en avait fait une des conditions de la réconciliation et du remariage d'Henri IV, lequel ne les aimait guère, mais préférait les avoir avec lui que contre lui. Le conflit janséniste était ensuite venu souder l'alliance entre la monarchie et les jésuites, unis dans une même hostilité contre « l'hérésie ». Mais les jansénistes eurent l'habileté de prendre l'opinion publique à témoin de la complaisance de leurs adversaires pour la morale mondaine : avec les *Provinciales*, le talent de Pascal, pimenté d'une bonne dose de mauvaise foi, colla sur le dos des bons pères une tache indélébile. Au lieu de mettre fin au conflit, la brutale politique d'éradication du jansénisme que mena Louis XIV l'envenima. Port-Royal devint un symbole. Les jésuites étaient du côté des persécuteurs. On prophétisa que les pierres de l'abbaye détruite leur retomberaient un jour sur la tête : ce qui finit par advenir.

Engagés à fond aux côtés de l'épiscopat ultramontain dans les conflits à répétition qu'engendrait la bulle *Unigenitus*, ils se trouvèrent exposés en première ligne lorsque Mgr de Beaumont, à la charnière du siècle, souffla imprudemment sur les braises mal éteintes. Or ils trouvèrent en face d'eux des adversaires habiles, déterminés, fanatiques, à qui les circonstances vinrent offrir toute une série de cadeaux. Mené par l'avocat Adrien Le Paige, le parti janséniste avait des soutiens nombreux, à Rome comme en France, des réseaux bien organisés, des archives – il suffisait de puiser dans les textes polémiques des siècles antérieurs –, des moyens – où les prenait-il ? – et un organe de presse hebdomadaire, les *Nouvelles ecclésiastiques*, dont le caractère clandestin passait aux yeux du public pour une garantie de véracité.

L'attentat de Damiens servit de prétexte à une campagne d'une violence inouïe, désignant les jésuites comme les instigateurs du crime. Les procès-verbaux d'interrogatoire prouvent qu'il n'en était rien. Mais ces procès-verbaux étaient trop sommaires pour ne pas paraître suspects et ils n'avaient pas été rendus publics. Le Paige put donc invoquer contre les jésuites deux types d'arguments. L'un faisait référence aux écrits de certains pères espagnols du XVIe siècle, qui autorisaient le tyrannicide, en cas de souverain hérétique notamment. Et l'histoire de France offrait à cet égard des précédents avec l'assassinat d'Henri III et celui d'Henri IV. L'autre argument était tiré du vieil adage de droit *Is fecit cui prodest*[1]. Qui avait intérêt à la mort de Louis XV ? Le parti clérical et les jésuites, qui auraient en son successeur un souverain à leur dévotion ! De sorte que le malheureux roi eut, pour lui remonter le moral, le choix entre les mandements de Mgr de Beaumont, qui l'accusaient d'attirer la vengeance de Dieu sur le royaume par ses péchés, et les pamphlets de Le Paige, qui lui montraient, jusque dans son entourage le plus proche, un parti guettant le moment de lui substituer son fils.

Survinrent alors deux événements fortuits qui vinrent renforcer la détermination de Le Paige et de ses amis.

Le roi de Portugal, rentrant chez lui de nuit avec sa maîtresse, essuya un coup de feu très probablement dû à des motifs privés, mais que le premier ministre, Pombal, attribua aux jésuites, qui contrariaient sa politique

1. Le crime a été commis par celui à qui il profite.

en Amérique latine[1]. Ils furent emprisonnés ou expulsés, avec une brutalité extrême. Il était donc possible de se débarrasser de la Compagnie. Exemple à suivre.

L'autre événement déterminant est la mort du pape Benoît XIV. Comptant sur l'esprit d'apaisement de ce pontife, Le Paige avait d'abord espéré obtenir de Rome l'abrogation de l'*Unigenitus*. L'élection de Clément XIII ruina ses espoirs. Comment mettre fin au harcèlement du parti dévot et de Mgr Boyer ? En les privant de leur principal appui, la Compagnie de Jésus. L'édit de septembre 1754, par lequel Louis XV imposait le silence sur tout ce qui touchait à la Bulle, n'interdisait pas de parler des jésuites. On en parla abondamment. Chaque semaine les *Nouvelles ecclésiastiques* variaient à l'infini les accusations – il s'y ajoutait maintenant le « despotisme » –, elles distillaient la haine, invitant à la chasse aux sorcières. Il y eut des moments où les jésuites n'osaient s'aventurer dans les rues, et où même les simples prêtres craignaient de s'y faire conspuer. Il flottait dans l'air une charge de violence concentrée, encore erratique, qui cherchait à se fixer. Mais on ne savait pas exactement où et comment éclaterait l'orage.

« Je les renvoie contre mon gré... »

Dans la famille royale, l'excitation était à son comble. Inutile de dire que la reine et Mesdames prennent la défense des jésuites ! La religion leur paraît plus que jamais menacée – et cette fois elles n'ont pas

---

1. Les jésuites avaient créé au Paraguay ce qu'on nommait des « réductions » : sortes de sociétés idéales où les Indiens menaient sous leur autorité exclusive une vie organisée selon les principes évangéliques. Lorsque le Portugal se fit céder par l'Espagne divers territoires où se trouvaient des réductions, il voulut y faire appliquer sa loi. Les jésuites s'y opposèrent et Pombal les accusa d'avoir incité les Indiens à la révolte.

totalement tort. Pour une cause d'une telle importance, Marie sort de sa réserve coutumière, secondée par Adélaïde plus combative que jamais. Plus question pour le roi de jouir paisiblement de la conversation de ses filles. Tout est prétexte pour elles à poursuivre leur croisade. Contre les ennemis de l'Église – philosophes ou jansénistes –, elles redoublent de vigilance, sous la houlette de Mgr de Beaumont. En 1759, leurs efforts pour faire condamner l'*Encyclopédie* sont enfin couronnés de succès. Face à ces déchaînements de passion, Mme de Pompadour, prudente, se tait. Elle est maintenant sur la touche. Le combat se déplace, de la sphère privée à la sphère politique. C'est Choiseul, ce mécréant aux mœurs scandaleuses, qui devient la cible prioritaire. En l'abattant, on fera d'une pierre deux coups, on privera la favorite de son homme lige. Face à lui se dresse le dauphin, à qui son très sage comportement lors de l'attentat a valu au Conseil un siège à part entière et qui y fait figure de chef du parti dévot. De sorte que le roi retrouve dans son cabinet les tensions qui empoisonnent le climat familial.

Au mois de juin de l'année 1760 se place une tentative pour éliminer le ministre. Le récit de l'affaire ferait un assez bon roman policier si l'on en possédait la clef. Mais ce n'est pas le cas, et l'on dispose d'un seul son de cloche, celui du principal intéressé, qui est fortement sujet à caution. Le roi vit un beau jour débarquer chez lui le dauphin, indigné, brandissant un mémoire incendiaire qui accusait Choiseul d'avoir organisé, avec la complicité du parti janséniste, un vaste complot visant à éliminer les jésuites. Le document, qui offrait des détails circonstanciés, avec des noms, des dates, comportait au passage quelques commentaires désobligeants sur la faiblesse de caractère du roi et la médiocrité de son fils. D'où provenait-il ? Le dauphin le tenait du gouverneur de ses enfants, le duc de La Vauguyon, lequel prétendit le tenir d'un conseiller au Parlement, Lefèvre d'Amécourt, qui aurait servi d'intermédiaire au ministre pour s'aboucher avec les ennemis des jésuites, puis, affolé, se serait décidé à vendre la mèche.

On conçoit sans peine que, à la suite de cette lecture, Louis XV et la Pompadour aient fait grise mine à Choiseul. Celui-ci, si l'on en croit son récit, finit par obtenir de la marquise un entretien avec le roi, protesta de son innocence, cria au complot monté contre lui et offrit sa démission. Il y eut quelques larmes répandues, le roi fit mine de pardonner et consentit à ce qu'on procédât à un interrogatoire du nommé Amécourt et d'un autre des conjurés, qui jurèrent leurs grands dieux qu'ils n'avaient jamais entendu parler ni du fameux mémoire, ni d'une quelconque conjuration. Et le ministre conserva son poste.

Un faux donc, nous dit Choiseul, fabriqué de toutes pièces par La Vauguyon et ses acolytes afin de le perdre. Si l'on hésite à le croire, c'est d'une part que les motifs qu'il donne de la haine de La Vauguyon pour lui sont fort peu vraisemblables, d'autre part que le contenu du mémoire est vrai : la suite des événements se conforma en tous points au programme qui y était présenté. Il y a bien eu complot, orchestré par le parti janséniste. Reste à savoir quel fut le rôle exact de Choiseul. De deux choses l'une. Ou bien il a eu vraiment dans l'offensive contre les jésuites le rôle de maître d'œuvre qu'on lui prête. Ou bien ses ennemis, ayant eu communication des projets adverses, en auraient tiré les éléments d'un mémoire truqué destiné à le perdre ; il y aurait alors un second complot, dirigé contre lui. Entre les deux hypothèses, nous n'avons aucun moyen de trancher. Mais il y a des vraisemblances. À la décharge de Choiseul, on le voit mal prenant l'initiative d'une démarche aussi compromettante, alors qu'il lui suffisait, s'il voulait perdre les jésuites, de laisser la bride sur le cou à leurs adversaires : il était volontiers imprudent, mais pas au point de faire des folies. En revanche, il a certainement encouragé l'offensive contre les pères. Il ne les aimait pas – et réciproquement d'ailleurs. Il était en relations suivies avec leurs adversaires du Parlement, dont il avait le plus grand besoin pour faire passer les édits fiscaux nécessaires au redressement des finances. Il leur laissa certainement entendre qu'il ne soutiendrait pas les jésuites contre leurs attaques, le tout assaisonné de quelques bons mots. Le fameux mémoire, tel qu'il le reproduit, donne un peu l'impression d'être fait de citations cousues bout à bout, de morceaux choisis tirés de propos tenus en l'air. Même si Choiseul n'a pas pris part à l'élaboration du plan d'attaque, il n'était pas tout blanc dans l'affaire.

Il s'en tira, mais l'incident laissa des traces. Après l'enquête, il se permit d'affronter le dauphin, lui reprochant d'avoir prêté les mains à ces calomnies. Et devant la froideur hautaine de celui-ci, il lui dit, en se retirant : « Je puis avoir le malheur d'être votre sujet, mais je ne serai jamais votre serviteur. » C'est du moins ce qu'il nous conte dans ses *Mémoires*. A-t-il eu, sur le moment, la langue aussi hardie ? En tout cas, c'est ce qu'il pensait. Le climat, au Conseil, n'en fut pas amélioré.

Autre conséquence probable de l'affaire : que Choiseul se soit senti injustement accusé ou que, coupable, il se soit vu sur le point d'être démasqué, il ne put qu'en tirer un surcroît d'animosité à l'égard des jésuites. Car s'il eut de très fortes raisons – fiscales – de les sacrifier au Parlement, rien ne l'obligeait à pousser ensuite à la roue, lorsqu'il incitera le roi d'Espagne à imiter notre exemple et qu'il réclamera à Rome la suppression totale de la Compagnie. Il semble être passé d'une indifférence réelle ou affectée à une franche hostilité, qui se donne libre cours dans ses écrits ultérieurs.

Après ce préambule, la suite de l'histoire est bien connue. Elle se déroula selon le plan exposé dans le mémoire, à cette réserve près que les jésuites fournirent eux-mêmes de quoi aggraver leur cas. L'un d'entre eux, le Père La Valette, avait installé à la Martinique une plantation prospère, qu'il exploitait en commerçant avisé, jouant même à l'occasion sur les taux de change. Mais une épidémie parmi les esclaves noirs qu'il faisait travailler – la chose à l'époque ne choquait guère que les « philosophes » –, jointe aux dommages que la piraterie anglaise infligeait à notre flotte marchande, le mit en état de cessation de paiement. Les négociants marseillais à qui il devait des sommes considérables l'attaquèrent en justice et le tribunal de Marseille jugea la Compagnie solidairement responsable. Celle-ci hésita. Il était trop tard pour lâcher le Père La Valette en l'excluant de ses rangs. Elle avait le choix entre payer tout de suite ou aller en appel. Elle choisit d'aller en appel et préféra, pour des raisons difficiles à comprendre, porter sa cause devant le parlement de Paris plutôt que devant le Grand Conseil[1]. C'était se jeter dans la gueule du loup. Le parti janséniste se fit un plaisir de procurer aux victimes du Père La Valette une assistance judiciaire gratuite.

Le Parlement n'en resta pas longtemps à l'examen des questions financières. Sous prétexte d'apprécier les liens qui unissaient le coupable à ses supérieurs, il demanda communication des constitutions de la Compagnie. Il les connaissait par cœur, bien entendu. Elles lui fournirent les éléments d'une attaque en règle contre un corps étranger implanté dans la chair de l'État, qui prenait ses ordres ailleurs et n'obéissait qu'au Saint-Siège. Le roi tenta d'obtenir du Général un amendement dans les constitutions, qui autoriserait les jésuites français à prêter serment au roi et les placerait sous la juridiction des évêques. Il s'attira du Général et du pape lui-même, comme il était prévisible, une réponse négative. Alors le rouleau compresseur se mit en marche.

Le processus d'expulsion s'étala sur trois années au cours desquelles Louis XV tenta d'en limiter les effets.

---

1. Un des organes du gouvernement, chargé des affaires judiciaires exigeant un traitement particulier.

Se contenterait-on de fermer leurs collèges ? Leur interdirait-on la prédication ? Les parlements provinciaux relayaient celui de Paris pour attiser tous les conflits. C'est celui de Rouen qui prit, en août 1762, la décision radicale de les expulser. Et le roi, surpris, s'aperçut que, selon les règles juridiques en vigueur, cette décision était sans appel. Elle ne valait bien sûr que dans le ressort du parlement de Rouen. Mais de fil en aiguille, d'autres suivirent. De province en province, de mesure partielle en mesure partielle, les jésuites se trouvaient rejetés de partout. Le roi tenta de résister, imposa des délais : on ne pouvait fermer du jour au lendemain tous les collèges. Mais plus le temps passait, plus on s'acheminait vers l'irréparable.

Louis XV est visiblement débordé. Marie Leszczynska, affolée, fait part de ses craintes à son père, qui tente de la rassurer : « Mon très cher cœur, il est sûr que je pense à l'horreur du procédé contre les pauvres jésuites, mais je ne peux croire et me persuader que leur perte puisse avoir lieu. » La reine, qui en perd l'appétit et le sommeil, s'abaisse jusqu'à implorer Choiseul : « Il faudrait un miracle, dit-il. – Faites ce miracle et vous serez mon saint ! » Les quatre Mesdames supplient leur père d'intervenir, l'une d'elles à genoux.

Au Conseil, le dauphin prend des positions en flèche, déclarant que « ni en honneur, ni en conscience il ne peut opiner pour l'extinction d'une société d'hommes précieux, aussi utiles au maintien de la religion qu'à l'éducation de la jeunesse ». En privé, il confie son indignation à l'évêque de Verdun : « Ne ferais-je pas bien, après une belle et bonne protestation, de me retirer du Conseil afin de faire connaître indubitablement ma façon de penser, ne point participer à l'iniquité et peut-être faire des réflexions plus sérieuses ? Je sais bien que peut-être on sera bien aise d'y être débarrassé de ma présence et que l'on aura ses coudées plus franches ; mais comme je n'empêche rien et qu'y étant, j'aurais l'air d'autoriser ce qui se fait, je pense que je devrais m'en retirer. [...] Les affaires politiques ne vont pas mieux que celles de la religion : l'autorité diminuée de moitié, l'Amérique perdue, et une guerre ruineuse m'annoncent le reste de ma vie contrarié, gêné, humiliant pour qui voudrait jouer un rôle en Europe... »

Il estime que Louis XV est en train de compromettre son futur règne. De là à penser qu'il aspire à le remplacer au plus vite, il n'y a qu'un pas, que l'opinion n'hésiterait pas à franchir s'il quittait le Conseil avec éclat. Il ne partira donc pas. Les jésuites, eux, partiront, et le fossé entre le père et le fils prendra alors la dimension d'un gouffre.

Et Mme de Pompadour ? Dans tous les ouvrages sérieux consacrés à l'affaire, elle brille par son absence. Certes on imagine aisément qu'elle ne porte pas les jésuites dans son cœur. Tous les jésuites ? Quand on y regarde de près, on doit convenir qu'elle n'a pas eu à se plaindre du Père de Sacy, qui, tout en refusant de la réconcilier totalement avec l'Église, lui a tout de même procuré un moyen honorable de rester à la cour. Or ce Père de Sacy, protégé du prince de Soubise dont on connaît l'amitié pour elle, n'est rien moins que le provincial de la Compagnie en France. Ses vrais ennemis ne sont pas les jésuites, mais l'épiscopat irréductible dont Mgr de Beaumont est le chef de file. Le plus probable est donc qu'elle se réfugia dans une prudente neutralité, comme l'y incitait le déchirement du roi, dont elle recueillait les confidences. Le seul propos qu'on lui connaisse sur l'affaire est d'une extrême modération : « Je crois que les jésuites sont d'honnêtes gens ; mais il n'est pas possible que le roi leur sacrifie son parlement, au moment où il lui est aussi nécessaire. »

À cette raison triviale, le roi en ajoutera une autre, où chacun pourra voir, c'est selon, le signe qu'il prend en compte la volonté de ses sujets, ou une manifestation de faiblesse devant la violence déchaînée :

« Je n'aime point cordialement les jésuites, écrit-il à Choiseul, mais toutes les hérésies les ont toujours détestés : ce qui est leur triomphe. Je n'en dis pas plus. Pour la paix de mon royaume, si je les renvoie contre mon gré, du moins ne veux-je pas qu'on croie que j'ai adhéré à tout ce que les parlements ont fait ou dit contre eux.

« Je persiste dans mon sentiment, qu'en les chassant il faudrait casser tout ce que le Parlement a fait contre eux.

« En me rendant à l'avis des autres pour la tranquillité de mon royaume, il faut changer ce que je propose (*sic*), sans quoi je ne ferai rien. Je me tais, car je parlerais trop. »

Mais il ne changea rien. Le 18 novembre 1764, il confirmait tous les édits promulgués par ses parlements. Seuls pouvaient rester en France, à titre personnel, des jésuites isolés. Cette mesure, assortie de diverses restrictions, permit au Père de Sacy de demeurer à l'hôtel de Soubise et à la reine, qui ne sait se confesser qu'en polonais, de conserver auprès d'elle le Père Biéginski. Le roi, pour sa part, confia sa conscience à un prêtre séculier, l'abbé Maudoux. Le bon Stanislas usa de sa modeste autorité pour refuser d'étendre à la Lorraine les mesures d'expulsion. Il accueillit à bras ouverts les jésuites persécutés, qui vinrent rejoindre chez lui les philosophes en délicatesse avec la censure.

L'expulsion des jésuites fut pour Louis XV une épreuve décisive, d'une gravité exceptionnelle. Car il ne la voulait pas. Il a fait l'impossible pour s'y opposer, il n'y est pas parvenu. Il a pris alors la mesure de son impuissance. L'opinion aussi. Si l'on a réussi à lui arracher une mesure si contraire à sa volonté, cela veut dire que tout est possible. L'opposition est bien décidée à en profiter. Face à l'échec, il est seul. Mme de Pompadour est morte avant le dénouement du drame. Quant à la reine et à ses enfants, ils ne sont pas près de le lui pardonner.

CHAPITRE DIX-HUIT

DES MORTS, ENCORE DES MORTS

L'attitude de Louis XV en cette décennie terrible n'est intelligible que si l'on prend en compte la succession d'épreuves qu'il dut subir sur le plan privé. Autour de lui, la mort se chargea de rythmer de ses coups ces années déjà lourdes de guerre et de troubles intérieurs. Elle se fit la main, si l'on ose dire, sur Madame Infante en 1759 et sur le petit duc de Bourgogne en 1761, puis à partir de 1764 elle frappa régulièrement chaque année, creusant dans la famille royale de larges vides.

Madame Infante revient mourir en France

Dans l'été de 1757, on avait vu débarquer à Versailles, pour la troisième fois, la duchesse de Parme en quête d'un trône plus flatteur pour elle et son époux. C'était l'époque où Marie-Thérèse leur promettait les Pays-Bas. Dans l'euphorie des premières victoires, Madame Infante se préparait à en prendre possession bientôt. Hélas, la défaite de Rossbach lui avait ôté ses illusions. La guerre risquait d'être longue, par la faute du maréchal de Richelieu, dont elle dénonce les turpitudes dans ses lettres à son époux. Les Pays-Bas, ce sera pour plus tard – pour leurs enfants peut-être. En attendant, elle reste à Versailles, où elle partage les inquiétudes de Bernis.

Elle l'a connu au temps de son ambassade vénitienne. Il avait fait à Parme un séjour de trois mois, en attendant que se libère le poste de Madrid, qu'on lui avait promis. Elle s'ennuyait. Il avait de l'esprit, du goût, il contait avec grâce les derniers potins de Venise et elle respirait auprès de lui un peu de l'air du pays. Il en résulta une amitié, qu'elle cultiva avec soin lorsqu'elle le retrouva à Paris, en charge des affaires étrangères. De là à leur prêter une liaison, comme le suggère dans ses *Mémoires* le très vindicatif Choiseul, il y a très loin : si Bernis « aimait à caresser les seins généreux de la fille aînée de Louis XV », ce n'était – à la rigueur – que du regard. Elle avait besoin du ministre pour suivre de près la situation à Madrid. Le roi Ferdinand VI se meurt, sans héritier direct. Son frère puîné, Charles, règne déjà sur Naples et la Sicile. Pourquoi n'offrirait-il pas le trône de Madrid au plus jeune, l'infant de Parme ? On peut toujours rêver...

Sa santé n'est pas bonne. Elle est souvent malade. Les lettres qu'elle écrit au jeune infant Ferdinand se teintent de mélancolie. C'est pour lui qu'elle trouve le courage de se battre encore : « La vie est incertaine, mon fils ; [...] je sens que l'envie de vous laisser digne du nom que vous portez dans ce monde est un des liens qui m'attachent le plus à cette vie, et une des raisons peut-être qui abrégera le plus la mienne par les tourments continuels que ce désir et la crainte de n'y pas parvenir me donnent. »

Au début de décembre 1759, elle fut prise d'une grosse fièvre, première manifestation de la petite vérole qui l'emporta en quatre jours. Elle s'éteignit dans l'après-midi du 6, laissant sur son écritoire, à l'intention de Ferdinand, une sorte de testament politique : « Aimez et servez Dieu, mon fils. On ne peut jamais être rien de bon si l'on n'aime pas le maître de l'univers. [...] Aimez la France, mon fils : c'est là votre origine ; ainsi vous lui devez pour vous-même respect et déférence. [...] Tant que vous serez attaché à la France, vous serez grand ; si vous le devenez jamais par vous-même, avec elle vous le serez davantage. »

La famille royale se retira à Marly, d'où Louis XV

écrivit à son gendre une lettre où s'épanche un vrai chagrin. Voici qu'il perdait la seconde de ses jumelles, ses filles préférées. Dans le château déserté par les courtisans fuyant le « mauvais air », les capucins commis à la veillée funèbre décidèrent de hâter le transfert à Saint-Denis, où un cortège nocturne déposa le cercueil de la jeune femme aux côtés de celui de sa sœur Henriette. Elle avait de peu dépassé la trentaine.

L'enfant malade

Après la petite vérole qui, bien que terrifiante, n'est contagieuse qu'au moment de l'éruption, c'est la tuberculose qui se glisse, sournoise, insidieuse, sous les lambris, les ors et les soieries du château. À vrai dire, elle y somnole depuis longtemps, plus redoutable que sa rivale, parce qu'on ignore tout d'elle : elle s'avance sous le masque des rhumes, catarrhes, fluxions, congestions et autres fièvres putrides, elle prend son temps et nul ne soupçonne combien elle est apte à se propager.

L'aîné des fils du dauphin était le préféré de ses parents. Prédilection justifiée, dit-on, par ses dons intellectuels et par sa précoce maturité. C'était leur premier fils, si ardemment désiré. C'était aussi un futur roi de France. Ses père et mère supervisaient ses études : la religion et l'histoire pour Marie-Josèphe, le latin et l'italien pour le dauphin. Le garçonnet gai, vif, turbulent, séduisant, adulé par son entourage, tirait de la conscience de son rang un incroyable orgueil, que tempérait en partie sa piété.

Or dans le courant de l'année 1759, il fit une mauvaise chute, par la faute involontaire d'un camarade de jeu ou d'un écuyer, eut assez mal, mais ne dit rien pour éviter une réprimande au coupable. De toute façon, qu'aurait-on pu faire ? Au fil des jours, une lésion osseuse s'est développée sur sa cuisse, formant abcès. La nouvelle s'est répandue : « M. le duc de Bourgogne est en très mauvais état, note Barbier au mois de décembre. On dit qu'il est attaqué depuis longtemps d'une humeur scorbutique, on parle de lui couper la jambe. »

Non, Barbier se trompe, il n'est question que d'inciser la tumeur pour en vider le pus. On fixe l'opération au 9 avril. Lorsque son gouverneur croit devoir prendre des précautions pour le lui annoncer, l'enfant lui réplique : « Je m'y attendais, j'avais entendu dire par M. de Sénac – un des médecins –, qui dans ce moment me croyait endormi, que je ne m'en tirerais qu'avec une opération. Je n'ai pas soufflé mot de peur qu'on ne s'imagine que cela m'inquiétait. » Et il exige qu'on lui explique ce qu'on va lui faire. Il se comporte bien lorsqu'on lui incise profondément la cuisse, serrant les dents pour ne pas crier. Les médecins se disent satisfaits, la mère reprend espoir : « Je suis encore hors de moi du passage subit de la plus vive inquiétude à la plus grande joie de voir mon fils raisonnable et plus courageux après l'opération, aussi à lui, aussi tranquille, presque aussi gai que s'il ne lui était rien arrivé. » Au vu des symptômes, nous n'avons pas de peine à diagnostiquer une tuberculose osseuse. Nous ne sommes donc pas surpris que le mal ait vite repris son cours. « Son état devient plus fâcheux, écrit Marie-Josèphe à son frère, sa plaie est d'une couleur qui inquiète et le pus d'une très mauvaise qualité. » Et maintenant il appréhende les pansements. Il crie avant, et non pendant : « Car ses cris ne sont pas de douleur mais de crainte. » Sa mère en est tout de même bouleversée : « Je me meurs comme une sotte tous les matins quand je l'entends crier. »

Pour distraire le malade, qui a maintenant neuf ans, on imagine de lui adjoindre son frère puîné. Le petit duc de Berry – futur Louis XVI – n'en a que six, mais on le fait passer « aux hommes » avec un an d'avance pour lui permettre de partager la vie de son aîné. Les torrents de larmes que verse le malheureux, arraché à la nursery, laissent son père de glace : il est vrai que le petit Berry, gauche, timide, pataud, est dépourvu des grâces qui font le charme de l'autre. Il deviendra bientôt son souffre-douleur : trois ans de différence le mettent à sa merci. Le petit prince le traite comme un cadet, qu'il aurait mission d'éduquer, comme un sujet qu'il lui faut maintenir dans son devoir. Il s'érige en maître de morale, se donnant lui-même pour exemple de toutes les vertus, l'invitant à faire sous sa direction un examen de conscience quotidiennement renouvelé : « Mon frère, venez apprendre comme on en usait avec moi pour me corriger de mes défauts, cela vous fera du bien. » Que faire d'ailleurs, face à un malade à qui la souffrance donne tous les droits ? Nul ne songe un instant à l'épreuve imposée à ce gamin de six ans, humilié, dévoré de mauvaise conscience et trop tôt confronté au spectacle de la mort annoncée. Si, pourtant : Adélaïde l'arrache de temps en temps à ses chaînes et l'invite à venir chez elle s'ébattre à loisir et casser tout ce qu'il veut. Il finit par tomber opportunément malade, ce qui le dispensa d'assister aux derniers moments de son frère.

À mesure qu'approche l'échéance, le petit duc de Bourgogne torturé se raidit dans une attitude qui vise à l'exemplarité. Baptême, confirmation, première communion précèdent de peu l'extrême-onction, qui le prépare au grand voyage. Il est difficile, à travers des récits évidemment revus et corrigés, de faire le départ, dans les propos édifiants, entre ceux qui lui appartiennent vraiment et ceux qu'on lui prête. Et il se peut d'ailleurs que ceux qu'il tint pour de bon lui aient été soufflés. Disons que cette mise en scène de la sainteté nous met aujourd'hui mal à l'aise. Mais elle était dans l'esprit du temps. « Vous le voulez, mon Dieu ! s'écrie l'enfant. Je renonce à la vie sans regret. Mon royaume n'est pas de ce monde. » Et un peu plus tard, à la veille des fêtes pascales de 1761 : « Me voici comme un autre agneau pascal, prêt à être immolé au Seigneur. » Parmi ces réflexions d'adulte surgissent cependant quelques cris qui nous émeuvent : « Je n'en puis plus » et au moment d'expirer, le crucifix sur les lèvres, un appel au secours : « Maman, maman ! » Ce seront ses derniers mots. Il mourut le jour de Pâques à deux heures du matin.

Nous ferons grâce au lecteur des considérations chrétiennes dans lesquelles Marie-Josèphe, effondrée de chagrin, tenta de trouver quelque réconfort : la phraséologie alors en usage nous rebute. Le souci que lui donnait le sort de la Saxe l'empêcha heureusement de se replier sur elle-même. Son frère chéri, Xavier, que sa condition de cadet écartait de l'Électorat de Dresde, implorait son secours pour se faire élire roi de Pologne le moment venu [1] et réclamait en attendant des subsides qui fondaient entre ses doigts. Le contrôleur des finances se faisant tirer l'oreille, sa famille saxonne accusait la jeune femme de ne pas la soutenir avec assez d'énergie. Déchirée entre ses deux patries, elle se lamentait : quel double chagrin « de ne pas pouvoir dédommager ma maison des pertes souffertes, de voir mon père les imputer à la France et peut-être les attribuer à ma négligence. [...] Mon cœur ne peut se détacher ni de la France, ni de la Saxe. Je crains et je désire également la paix ». Et pensant à l'enfant mort, elle ajoute : « J'ai perdu ce que j'avais de plus cher et je ne puis rien pour ce qui me reste. »

Le roi et le dauphin, eux, sont aux prises avec les malheurs de la guerre et l'offensive contre les jésuites. De quoi les détourner d'une disparition qui n'affecte pas gravement l'avenir de la dynastie : il y a trois princes de rechange derrière le duc de Bourgogne. Celui-ci à peine enterré, on a installé dans ses appartements le suivant, qui prend sa place dans l'ordre de

---

1. L'Électeur de Saxe et roi de Pologne Auguste III mourra le 5 octobre 1763. Cette mort touchera beaucoup moins Marie-Josèphe que celle de sa mère, dont elle se sentait plus proche. L'Électorat ira à son frère aîné. Quant au second, Xavier, il ne parviendra à se caser nulle part : Jean sans Terre il fut surnommé, Jean sans Terre il resta jusqu'au bout, non sans avoir poursuivi sa sœur de sollicitations incessantes.

succession au trône. Initiative fâcheuse, qui ne peut que rouvrir des blessures et inviter à des comparaisons. Le dauphin s'y rend exprès pour s'y accoutumer, dit-il, mais ses visites rouvrent sa plaie : « Les lieux et les murailles mêmes nous rappellent ce que nous avons perdu comme ferait une peinture. Il semble que l'on y voie les traits gravés et que l'on entende la voix : l'illusion est bien puissante et bien cruelle. » Que peut éprouver le petit Berry, ainsi invité à endosser les habits du mort et voyant son père chercher à travers lui l'ombre du disparu ? Nul ne semble s'être posé la question.

Mme de Pompadour s'en va

Depuis des années, la marquise de Pompadour décline. Elle ne tient debout que par la force de la volonté. Elle aussi est rongée par une tuberculose très ancienne, qui a revêtu chez elle la forme pulmonaire. Il s'y ajoute des malaises cardiaques dont on ne sait s'ils sont imputables à une cause organique ou à l'épuisement nerveux. Elle a grossi, s'est épaissie, l'ovale de son visage s'est alourdi. Sur le portrait que Drouais a fait d'elle en dame mûre, un fanchon de dentelle sur la tête, un ouvrage de tapisserie dans les mains, le regard reste vif, mais on sent que les années ont passé. En cet hiver de 1763-1764, elle entre dans sa quarante-troisième année, dont elle n'atteindra pas le terme.

La marquise de La Ferté-Imbault, qui la vit au mois de février, a lu en elle à livre ouvert :

« Je la trouvai belle et grave, ayant l'air de se bien porter, bien que se plaignant de ne pas dormir, de digérer mal et d'étouffer chaque fois qu'elle montait un escalier. [...] Elle se mit ensuite à me dire, avec autant de chaleur et d'expression qu'une comédienne qui joue bien son rôle, à quel point elle était affectée par le déplorable état du royaume, la rébellion du Parlement, et par ce qui se passe là-haut (en montrant du doigt, avec des larmes dans les yeux, l'appartement du roi). [...] Elle devint, pour peindre ses tourments, d'une éloquence et d'une énergie que je ne lui avais jamais vues. [...] Bref elle me parut folle et enragée, et je n'ai jamais ouï de plus beau sermon pour prouver les malheurs attachés à l'ambition ; et, en même temps, je la vis tour à tour si misérable, si insolente, si violemment agitée, et si embarrassée de sa suprême puissance, que je sortis de chez elle, après une heure de cette conversation, l'imagination frappée qu'il ne lui restait plus d'autre asile que la mort. »

La visiteuse ne croyait pas si bien dire. En ce même mois de février, la marquise voulut suivre la cour à Choisy. Elle y vécut au ralenti, souffrant trop des yeux pour lire, contrainte de renoncer aux petits soupers parce qu'elle ne pouvait plus veiller – presque aussi invisible que la reine, également repliée sur elle-même. Il faisait froid. Elle grelottait, fiévreuse, et la tête lui faisait mal. Fluxion de poitrine, fièvre « putride » : on la crut perdue. Elle se remit cependant et Cochin, profitant d'une éclipse de soleil qui tombait à point, grava une estampe allégorique où, sous un soleil voilé, les Muses de la peinture, de la sculpture et de la musique supplient la parque de ne point trancher la destinée de la protectrice des arts. Quant à Favart, le maître du vaudeville qui fut jadis un des fournisseurs du petit théâtre des cabinets, il rima un quatrain optimiste :

Le soleil est malade,
La Pompadour aussi.
Ce n'est qu'une passade,
L'un et l'autre est guéri.

Le roi, soucieux de pas l'abandonner, restait à Choisy avec elle, mais elle ne voulait pas l'y retenir. Dès qu'elle fut en état de voyager, ils regagnèrent Versailles. Il faisait un froid glacial en ce début d'avril 1764. Elle ne tarda pas à rechuter. Secouée de quintes de toux, elle suffoquait. Elle passait ses nuits dans un fauteuil, ne supportant plus d'être étendue. « Mes inquiétudes ne diminuent point, écrivait le roi à son gendre, et je vous avoue que j'ai très peu d'espérances d'un parfait rétablissement, et beaucoup de crainte d'une fin prochaine peut-être. Une reconnaissance de près de vingt ans et une amitié sûre ! » Et cette façon détournée de dire sa propre peine : « M. de Rochechouart aura appris la mort de sa femme après bien des souffrances ; je le plains, s'il l'aimait. »

Le 13 avril, c'est lui qui se charge, sur injonction des médecins, de l'informer que la fin approche. Elle aura donc bien, comme le lui avait promis une devineresse, « le temps de se reconnaître[1] ». On mande le curé de la Madeleine, sa paroisse parisienne, qui vient lui donner l'extrême-onction. Le dauphin lui-même, qui l'a tant détestée, rend hommage à un courage qu'on rencontre rarement, dit-il, même chez un homme : « Son mal est la poitrine qui se remplit d'eau ou de pus et le cœur engorgé ou dilaté. Chaque fois qu'elle respire, elle croit que c'est la dernière. C'est une des fins des plus douloureuses et des plus cruelles qu'on puisse imaginer. » Dans la journée du 15, dimanche des Rameaux, elle relit son testament, y ajoute quelques codicilles, en s'efforçant de n'oublier personne. La veille elle a vu pour la dernière fois le roi, que l'étiquette tient à l'écart. Elle congédie maintenant ses fidèles, Choiseul, Soubise, Gontaut : « Cela approche, mes amis ; laissez-moi avec mon confesseur et mes femmes. » Lorsque celles-ci veulent la changer elle proteste doucement, avec un sourire : « Je sais que vous êtes très adroites ; mais je suis si faible que vous ne pourriez vous empêcher de me faire souffrir, et ce n'est pas la peine pour le peu de temps qui me reste à vivre. » Voyant que le prêtre se prépare à la quitter, elle le retient d'un mot : « Un moment, monsieur le

1. De faire son examen de conscience et de se mettre en règle avec l'Église. La mort subite était alors très redoutée, parce qu'on pensait qu'elle risquait d'entraîner la damnation.

curé, nous nous en irons ensemble. » À sept heures et demie, on vit le curé s'en aller.

Meurt-elle en chrétienne ? en philosophe ? Chacun appréciera. « Elle pensait *comme il faut* ; personne ne le sait mieux que moi », affirme Voltaire. « Nous avons perdu la pauvre marquise, dit Marie-Josèphe de Saxe. Les miséricordes du Seigneur sont infinies, et il faut espérer qu'elle les a éprouvées, puisqu'il lui a fait la grâce de communier, de recevoir l'extrême-onction et de pouvoir au moins profiter des dernières heures. [...] Le roi est très affligé, ajoute-t-elle ; il se contraint avec tout le monde et avec nous. » À son gendre de Parme, il écrit laconiquement : « Toutes mes inquiétudes ne sont plus, de la plus cruelle manière, vous le devinez. »

Aucun cadavre ne devait rester dans le château. Elle avait à peine fermé les yeux qu'on la chargeait sur une civière, tout juste dissimulée sous un drap qui dessinait les contours de son corps, afin de la déposer à son hôtel versaillais. Pour ses funérailles le roi fit savoir qu'il tenait à ce qu'on respectât le cérémonial dû à son rang. Une procession de quarante-deux domestiques et de soixante-douze pauvres, portant des flambeaux, précéderait le corbillard surmonté de la couronne ducale. Après les vêpres à l'église Notre-Dame, le cortège devait la conduire au couvent parisien des Capucines, où elle serait inhumée aux côtés de sa fille. Il faisait grand froid en cette fin d'après-midi du 17 avril, secouée de bourrasques. Aucun membre de la famille royale n'avait le droit de participer à la cérémonie. Le roi s'isola dans son appartement intérieur. Lorsqu'il entendit sonner les cloches annonçant la fin des vêpres, il passa sur le balcon, en compagnie de son valet de chambre Champlost. Bien que la nuit fût près de tomber, on pouvait apercevoir l'avenue de Paris, où tournerait le convoi. Accoudé sous la pluie, sans un mot, il regarda défiler les porteurs de torches, le corbillard, puis la longue file de carrosses des courtisans. Il pleurait. Quand disparurent au coin de l'avenue les dernières voitures, il dit à Champlost : « Voilà les seuls devoirs que j'aie pu lui rendre ! Pensez, une amie de vingt ans ! »

Il pressentait que la solitude était désormais son lot. Mais il n'était pas encore au bout de ses épreuves. La prochaine victime allait être son fils.

La mort du dauphin

La cour ne tarit pas d'éloges sur la marquise maintenant qu'elle n'est plus là. Mais sa disparition vient trop tard pour rétablir l'harmonie dans la famille royale. Pour la regretter sincèrement, il n'y a que Marie-Josèphe. La reine ne voit dans sa mort que matière à réflexions sur la vanité de toutes choses : « Il n'est non plus question ici de ce qui n'est plus que si elle n'avait jamais existé. Voilà le monde. C'est bien la peine de l'aimer. » Cette mort, cependant, oblige les membres du clan familial à convenir que la favorite n'était plus depuis longtemps leur principal sujet de mésentente avec le roi. Ils s'en doutaient, bien sûr, mais ils refusaient de le reconnaître. Mme de Pompadour faisait une si belle cible pour leur haine ! Et il était si stimulant de se battre pour la faire chasser ! Ensuite, tout rentrerait dans l'ordre, le roi reprendrait le chemin de la table de communion et du nid familial, il retrouverait l'estime de sa femme et l'affection de ses enfants ! Désormais, si l'on veut bien être lucide, on doit reconnaître qu'il n'en sera rien. La joie du dauphin en est gâchée : « Au reste, confie-t-il à l'évêque de Verdun dès l'entrée en agonie de la marquise, je crois que cet événement fera plus de bruit que d'effet ; vous sentez tout ce que cela veut dire, tant pour la morale que pour la politique. » En clair, le roi ne réformera pas ses mœurs, pas plus qu'il n'adoptera la politique du parti dévot.

Mesdames ses filles sont toujours aussi maladroites. Elles se montrent pleines d'attention, l'accompagnent à la chasse, dînent dans ses petits appartements. Mais elles sont à l'affût de la moindre occasion pour lui parler des affaires religieuses. On craint qu'elles ne soient « plus occupées du rétablissement des jésuites que du soin de l'amuser ». L'impétueuse Adélaïde a demandé la permission de se rendre librement chez lui. Il commence par refuser : elle en abuserait et viendrait l'interrompre quand il aurait des affaires. Elle insista, promit qu'elle gratterait à la porte et ferait demi-tour si on ne lui ouvrait pas. Il céda. Elle ne tarda pas à se servir de ce privilège pour plaider la cause de Mgr de Beaumont exilé. Et il fut contraint de le lui retirer. Il a pour ses filles de grandes complaisances. Il cédera à tous leurs caprices en matière d'appartements et de décoration intérieure. Mais jamais l'intimité entre elles et lui ne renaîtra, chaleureuse.

Un an plus tard, la dauphine fait un constat d'échec : « Ce qui cause ma peine, écrit-elle à son confesseur l'abbé Soldoni, c'est la mésintelligence qui s'est mise dans ma famille et qui me fait craindre des brouilleries qui ne peuvent que m'affliger beaucoup. » Elle est mieux placée que quiconque pour mesurer la profondeur du fossé qui sépare le roi des siens, depuis le renvoi des jésuites. Elle sait que son mari ne le lui a pas pardonné. Le père et le fils ne parlent plus le même langage. Et elle est prise entre les deux. L'avenir du royaume risque de l'être aussi.

Il ne le sera pas.

Depuis plusieurs années le dauphin changeait. Une nourriture trop abondante et une vie sédentaire avaient fait tourner sa corpulence naturelle en une obésité que sa haute taille ne parvenait pas à compenser. À trente ans, il était énorme. Or il se mit peu à peu à maigrir. Au printemps de 1765, lors des grandes manœuvres annuelles à Compiègne, on put admirer sa prestance. Voici soudain qu'on le découvrait minci, presque svelte ! Et chacun de s'extasier : « Je ne l'ai jamais vu si fort en beauté », s'écriait Marie-Josèphe. Il est vrai qu'il avait pratiqué durant le carême un jeûne sévère, s'abstenant de viande, se contentant de laitues cuites à l'eau. Levé aux aurores, il s'en allait jouer au stratège avec de vrais soldats devant des forteresses imaginaires, faute de pouvoir exercer ses talents sur les vrais champs de bataille. Et lorsque Pépa venait l'y voir, il se livrait auprès des troupes à un petit brin de démagogie : « Approchez-vous, mes enfants, voici ma femme ! » Sous les acclamations, il proférait une de ces sentences dans le goût latin dont il était friand : « Il est bien plus beau d'être les délices du monde que d'en être la terreur. » Qu'en pense Louis XV, qui pousse la réserve jusqu'à la timidité et déteste les grandes phrases ? Sans doute n'est-il pas là...

Au début août cependant, le dauphin doit s'aliter, fiévreux. Il s'est enrhumé quelques jours plus tôt pour avoir gardé sur le dos ses habits mouillés. Il va mieux, la fièvre retombe, mais il traîne une petite toux rauque, persistante. En septembre, à Versailles, elle n'a toujours pas lâché prise. Bien qu'il se sente fatigué, il n'a pas voulu renoncer au séjour automnal à Fontainebleau, où l'air passe pour faire des miracles. Mais il s'affaiblit, et le roi commence de s'inquiéter. Marie-Josèphe a compris : il tousse à s'arracher les poumons et crache le sang. Lui aussi a compris : il lui tend ses clefs, la prie de lui apporter tous ses papiers, les examine rapidement, lui confie de quoi il s'agit et lui ordonne de les jeter au feu. Que contenaient ces dossiers qu'il veut évidemment dérober à la connaissance de son père ? Elle en gardera le secret. Mais tout donne à penser qu'ils concernaient les affaires religieuses.

Le roi a appris, quelques semaines plus tôt, la disparition de son gendre le duc de Parme et le souvenir de sa fille aînée le hante. Voici qu'il va maintenant perdre aussi son fils. Les dialogues échangés entre eux, tels que nous les rapportent les biographes de Marie-Josèphe, sont d'une insoutenable banalité, lourde de non-dits. Le fils se désole du dérangement causé par sa présence à Fontainebleau : « Mais non, cela ne me dérange pas, dit le père. – Je sens bien que vous dites cela par bonté pour moi, mais il n'en est pas moins vrai que, si nous étions à Versailles, vous iriez à Bellevue, à Trianon ou à Choisy. Je me reprocherai toujours d'avoir eu la fantaisie de quitter Versailles. » Protestation du père. « Quoi, me parlez-vous en conscience ? demande le malade. – Je vous le répète, cela ne me dérange pas. – Ah ! vous me soulagez. » Ils auraient tant à se dire, mais il y a entre eux trop d'incompréhension accumulée : s'ils tentaient de parler, ils se querelleraient – ce qu'ils veulent éviter à tout prix.

Avec ses sœurs, il se sent en confiance, mais Adélaïde est un peu prêcheuse. Avec Pépa en revanche, l'harmonie est complète. Entre eux les mots sonnent juste. Il en oublie d'être sentencieux. Il passe du *vous* au *tu*, pour lui dire sa tendresse, tout simplement, sans emphase : « Mon cœur, puis-je m'ennuyer quand tu es là ? » « Eh ! bonjour, mon petit cœur, je suis bien aise de te voir ; je te croyais perdue. Il y a un moment on m'avait dit que tu ne descendrais que ce soir. Que je t'aime ! »

Tous se sont conjurés pour cacher la vérité à Marie Leszczynska qui, de plus en plus abîmée dans ses dévotions, a cessé de voir ce qui se passe autour d'elle : aussi peut-on lui faire croire que les yeux rougis de larmes de Pépa sont dus à une fluxion. Il faut bien se décider à lui révéler la vérité lors de la cérémonie des derniers sacrements. Les souffrances sont devenues telles que le malade n'atteindra sans doute pas Noël, comme il l'espérait. Le 19 décembre on interdit sa porte à la famille. La fin approche. Il commence à délirer : « Va-t'en, ma chère Pépa, va-t'en, cela est trop cruel à entendre », dit-il après une atroce quinte de toux, comme si elle était là. Puis il revient à lui, interroge le médecin : « Croyez-vous qu'il n'y ait rien à redouter pour la poitrine de Mme la dauphine ? »

Le 20 décembre au matin, à l'annonce que tout était fini, la jeune femme s'évanouit. La reine retourna à ses prières. Louis XV, pénétré de douleur, se cuirassa de silence. Bien qu'ils ne se soient jamais compris, le père et le fils s'aimaient, à leur manière. La disparition de l'un d'eux rendait irrémédiable l'échec qui avait marqué leurs relations. Et le roi en conservait des remords.

Le petit duc de Berry, onze ans, a assisté à une nouvelle agonie, celle de ce père qui s'agace de son apparente apathie et l'accable de discours moralisateurs sur les responsabilités qui l'attendent. Car l'enfant est désormais l'héritier du trône : lourde charge.

En passant par la Lorraine

À Lunéville, la mort du dauphin, venant après celle du petit duc de Bourgogne, bouleversa Stanislas : voilà que partaient avant lui son petit-fils et son arrière-petit-fils ! De quoi ébranler le bonheur serein qu'il s'était bâti, en souverain d'opérette adoré désormais des Lorrains conquis par sa bonhomie, sa bonté, sa sagesse et son humour.

Car il était heureux, Stanislas, en Lorraine. Il avait fait de son château un Versailles en réduction, à sa mesure. Un Versailles plus gai que le vrai, parce qu'on y était plus libre. Aucune étiquette rigide n'y sévissait, les révérences, courbettes et baisemains y étaient réduits au strict minimum. Et l'on pouvait tout dire et tout faire, pourvu que ce fût avec élégance, sans s'attirer les foudres d'un clergé réprobateur. Certes son confesseur jésuite, le Père Menou, tempêtait, mais on le laissait dire, sans rien changer à l'aimable licence régnante. Stanislas tenait bien trop à la favorite qui faisait l'ornement de sa cour.

Depuis longtemps il se consolait des aigreurs de son épouse dans les bras des dames polonaises de sa suite. Hélas, à l'usage elles se révélaient presque aussi ennuyeuses que celle-ci et empoisonnaient le climat de leur jalousie. Aucune n'était capable de s'imposer. Aucune ne pouvait, comme Mme de Pompadour à Versailles, régner sur les plaisirs et les jeux ou jouer auprès des visiteurs de marque les maîtresses de maison accomplies. Il découvrit sur le tard la merveille dont il rêvait. Une chance : à la différence de Jeanne-Antoinette Poisson, son élue à lui portait un des plus grands noms de Lorraine, elle était fille du prince de Beauvau-Craon. Pas de mésalliance par la main gauche, si l'on peut dire. Lorsqu'elle revint à Nancy en 1745, la marquise de Boufflers avait trente-cinq ans, un mari auprès de qui elle estimait avoir rempli son devoir en lui donnant trois enfants, une beauté à couper le souffle, et cette élégance, cet éclat, cet esprit qu'on n'acquiert que dans la capitale, où elle venait de passer deux années.

Elle avait aussitôt ébloui M. de La Galaizière, l'intendant qui assurait en lieu et place de Stanislas le gouvernement de la province. Lorsque celui-ci se mit sur les rangs, Marie-Françoise de Boufflers n'hésita guère : la fonction de maîtresse officielle valait quelques sacrifices. Le souverain de Lunéville avait le double de son âge. Il se sentait encore vert, mais il était assez sage pour admettre qu'il ne pouvait prétendre à l'exclusivité, pourvu qu'il pût faire figure de possesseur en titre et que la jeune femme remplît au mieux le rôle de représentation qu'il attendait d'elle. Le serviteur s'effaça devant son maître avec bonne grâce : il savait qu'il n'y perdrait rien – sauf quand d'autres amants de son âge viendraient la lui disputer. Cette espèce de *gentleman's agreement*, que la mort de la reine vint bientôt consolider, fonctionna pendant des années, à la satisfaction générale. Celle qu'on surnomma la « dame de volupté » et qui prétendait, pour plus de sûreté, chercher son paradis sur terre, faisait l'amour en souriant, pour le plaisir, et fuyait les orages de la passion. Stanislas, débonnaire, fermait les yeux. En vieillissant, ses appétits s'émoussaient et ses capacités baissaient. Sur ce sujet délicat, un bon mot de lui courut jusqu'à Versailles. Ayant un jour trop présumé de ses forces, il renonça en déclarant : « Veuillez me pardonner, madame, mon chancelier vous dira le reste. » Cette allusion à la formule consacrée des lits de justice prend tout son sel lorsqu'on sait que La Galaizière avait pour titre officiel : chancelier de Sa Majesté le roi de Pologne. Le grand âge venu Stanislas se contentera que Marie-Françoise le dorlote – ce à quoi elle se prêtera avec une patience digne d'éloges.

Depuis que le Père Menou est parti, renonçant à réformer son royal pénitent, cette situation n'indigne plus personne. Sauf Marie Leszczynska, toujours assoiffée de sauver l'âme de ceux qu'elle aime. Le moyen qu'elle a trouvé pour tirer son père du péché est de le remarier. Elle a déjà fait quelques années plus tôt une tentative avortée. En 1762, elle récidive. La seconde cure que Mesdames Adélaïde et Victoire s'en vont faire à Plombières leur permettra de revoir leur grand-père et elles en profiteront pour introduire auprès de lui la candidate pressentie. Devinez qui ? Christine de Saxe, une sœur de Marie-Josèphe, une fille du vieux rival de Stanislas, Auguste III ! De quoi faire resurgir de sa tombe la pauvre Catherine Opalinska ! Le principal intéressé, qui va sur ses quatre-vingt-quatre ans, se contente de lui rire au nez : « Votre idée sur mon mariage avec la princesse Christine m'a fait crever de rire. Il ne faudrait que cet événement pour combler les merveilles de l'histoire de notre siècle. » Et la laideur de ladite princesse lui inspire un calembour : « Vous jugez bien que je ne voudrais pas me remarier sans vous donner une belle-mère et non une laide. »

Il vieillit, alourdi par l'obésité. Il remplace la chasse par la pêche à la ligne, reste de longues heures assis sur un banc de son parc à regarder passer les gens. Il n'entend et ne voit plus guère. Il n'a plus la force nécessaire pour son voyage annuel à la cour. En 1765, c'est sa chère Mariska qui se déplace pour le serrer dans ses bras. Il pressent que ce sera la dernière fois. La mort de son petit-fils achève de détruire ce qui lui restait de goût pour la vie. Le 5 février 1766, très tôt éveillé comme de coutume, il se fait installer dans un fauteuil auprès de la cheminée et, resté seul, il rêve en fumant sa pipe. Il a froid. Il se lève, s'approche du feu, se penche. Le bas de sa robe de chambre molletonnée touche les braises, prend feu. Il recule et tombe, incapable de se relever, tandis que l'étoffe de laine continue de se consumer sur son corps. Il appelle au secours. Personne. Une vieille femme de service finit par l'entendre, le trouve environné de flammèches et de fumée, a la présence d'esprit de saisir une couverture avec laquelle elle étouffe le feu. Il est brûlé sur tout un côté, à la jambe, au bras, au ventre et à la figure. Mais il trouve le moyen de plaisanter en déclarant galamment à la vieille femme, qui souffre elle-même de quelques brûlures : « Qui eût dit, madame, qu'à nos âges nous brûlerions des mêmes feux. » Et il écrit à sa fille : « Vous m'aviez conseillé de me garder du froid. Vous auriez mieux fait de me dire de me préserver du chaud. »

Une semaine durant, on peut croire qu'il s'en tirera. Il n'a pas de fièvre et ne souffre pas trop. Les plaies, assez superficielles, semblent se cicatriser. Mais sous les croûtes qui commencent à tomber la chair est noirâtre et suppure. C'est la gangrène et la douleur se fait intense. Le vieil homme est solide, la vie, en lui, résistera encore une dizaine de jours. Il meurt le 23 février à quatre heures du matin. Il avait quatre-vingt-huit ans, quatre mois et trois jours.

Le lendemain la Lorraine était rattachée à la France après une période transitoire de vingt-cinq ans. À cette province si souvent ravagée par les guerres, Stanislas avait apporté sécurité, prestige et bonheur. Sa sagesse, jointe à celle de La Galaizière, avait préparé les Lorrains, d'abord très réservés, à se sentir tout naturellement français. Quel prince de son temps, et même d'autres temps, pourrait revendiquer un meilleur bilan ?

Testaments

La reine avait guetté anxieusement les nouvelles en provenance de Lunéville, puis s'était inclinée comme de coutume devant la volonté de Dieu. Louis XV, bien qu'il eût appris au fil des années à apprécier son beau-père, ne semble pas avoir été particulièrement affecté. La disparition d'un vieillard de cet âge était dans l'ordre. Le roi avait bien d'autres soucis. Et c'est à sa propre mort qu'il pensait.

L'agitation parlementaire n'avait pas cessé, au contraire. À peine éteint d'un côté, l'incendie se rallumait de l'autre. Les magistrats de Pau venaient d'être mis au pas. Mais à Rennes le conflit s'envenimait entre le duc d'Aiguillon, gouverneur de la province, et le procureur général La Chalotais qui, au lieu de défendre auprès des États les intérêts du roi, animait au contraire la révolte contre lui. À chaque insulte à son autorité, la colère de Louis XV montait, d'autant plus à craindre que c'était « une colère raisonnée et de sang-froid ». Elle se préparait à éclater.

Pourquoi ce sursaut, à cette date ? L'idée que Mme de Pompadour exerçait sur lui une influence débilitante et que, privé d'elle, il aurait retrouvé son énergie native, n'est pas soutenable ; car, depuis le tournant du siècle, on a vu qu'elle ne cessait de l'inciter à tenir bon dans tous les domaines. Il y a à son sursaut une raison et une seule : la mort du dauphin. En ce début d'année 1766, Louis XV n'a que cinquante-six ans. Il est relativement jeune et il se porte bien. Mais que se passerait-il si, du jour au lendemain, il venait à disparaître ? Il lui faut mettre de l'ordre dans sa vie et dans son royaume.

Il commence par faire à loisir, seul sous le regard de Dieu, loin des confesseurs et de la famille, l'examen de conscience qu'on a tenté de lui extorquer plusieurs fois dans l'urgence. Et il le confie au papier. Bien que le document commence par la formule obligée : « Ce qui suit sont mes dernières volontés », les dispositions proprement testamentaires y occupent peu de place ; c'est pour l'essentiel une confession et une prière. Une confession : « Je demande pardon à tous ceux que j'ai pu offenser ou scandaliser, et je les prie de me pardonner et de prier Dieu pour mon âme. » Une prière, non seulement pour son propre salut éternel, mais pour le règne de son successeur, afin qu'il gouverne mieux que lui. Et après avoir paraphé cette page chargée d'une émotion contenue et maîtrisée, il ajoute en post-scriptum un cri d'angoisse bouleversant :

> *Ô Dieu, qui connaissez tout, pardonnez-moi de nouveau toutes les fautes que j'ai faites et tous les péchés que j'ai commis ! Vous êtes miséricordieux et plein de bontés ; j'attends en frémissant de crainte et d'espérance votre jugement. Ayez en pitié mon peuple et mon royaume et ne permettez pas qu'il tombe jamais dans l'erreur, comme des États nos voisins, qui étaient jadis si catholiques, apostoliques et romains, et peut-être plus que nous.*

Testament spirituel donc. Mais testament spirituel de roi, qui laisse entrevoir que sa responsabilité politique pèse aussi lourd sur sa conscience que sa culpabilité d'homme privé. En laissant se développer les troubles dans le royaume, n'a-t-il pas trahi ses devoirs de roi, simple dépositaire et non détenteur d'une autorité souveraine qui lui a été confiée par la Providence et qu'il a fait serment de transmettre intacte à son successeur ? Est-il encore temps de reprendre le gouvernail ? Il y a urgence. Le nouveau dauphin, Louis Auguste, n'a que onze ans et demi. Il atteindra sa majorité dans dix-huit mois, ce qui rend une régence très improbable. Mais il restera longtemps incapable de gouverner. Et pour le faire à sa place, les hommes de talent ne courent pas les couloirs de Versailles. Louis XV se doit de lui laisser un royaume en état de marche. Le calendrier témoigne d'une évidente continuité : 20 décembre, mort du dauphin ; 6 janvier, retour sur soi et appel à Dieu ; 3 mars, vigoureuse semonce adressée aux parlements, via celui de Paris. Les dates parlent d'elles-mêmes : entre les deux dernières, il n'était pas trop de deux mois pour mettre au point les modalités de la séance décisive qui passa dans l'histoire sous le nom de la *Flagellation*, parce qu'elle eut lieu le jour où l'Église commémorait la Flagellation du Christ.

Le lundi 3 mars donc, n'ayant prévenu, à l'aube, que le premier président, Louis XV débarqua en grande pompe parmi les magistrats stupéfaits. Ce n'était pas un « lit de justice », puisqu'il n'y avait pas d'édits à enregistrer : rien qu'un leçon à entendre. Mais quelle leçon ! « Messieurs, je suis venu pour répondre moi-même à toutes vos remontrances. » *Moi-même* n'était qu'une formule de style, il n'était pas question que le roi s'abaissât à leur parler personnellement. Il aurait dû user de la phrase rituelle : « Mon chancelier vous la lira », mais il avait disgracié et exilé le vieux chancelier Lamoignon, son interlocuteur normal auprès du Parlement. La lecture fut donc confiée à un des secrétaires d'État qui l'accompagnaient. Dans un silence de mort, les magistrats entendirent énumérer leurs divers arrêts attentatoires à la majesté royale et condamner leurs « maximes pernicieuses ». Au cœur du discours, une envolée oratoire les fustigeait, formulant en termes énergiques le *credo* de la monarchie de droit divin :

> *Entreprendre d'ériger en principes des nouveautés si pernicieuses, c'est faire injure à la magistrature, trahir ses intérêts et méconnaître les véritables lois fondamentales de l'État. Comme s'il était permis d'oublier, s'exclamait le roi* – ou plutôt son porte-parole –, *que c'est en ma personne seule que réside la puissance souveraine, dont le caractère propre est l'esprit de conseil, de justice et de raison ; que c'est de moi seul que mes cours tiennent leur existence et leur autorité ; que la plénitude de*

> *cette autorité, qu'elles n'exercent qu'en mon nom, demeure toujours en moi, et que l'usage n'en peut jamais être tourné contre moi ; que c'est à moi seul qu'appartient le pouvoir législatif, sans dépendance et sans partage ; que c'est par ma seule autorité que les officiers de mes cours procèdent, non à la formation, mais à l'enregistrement, à la publication, à l'exécution de la loi, et qu'il leur est permis de me remontrer ce qui est du devoir de bons et utiles conseillers ; que l'ordre public tout entier émane de moi et que les droits et les intérêts de la nation, dont on ose faire un corps séparé du monarque, sont nécessairement unis avec les miens et ne reposent qu'entre mes mains.*
>
> *Je suis persuadé que les officiers de mes cours ne perdront jamais de vue ces maximes sacrées et immuables, qui sont gravées dans le cœur de tous les sujets fidèles...*

Le roi avait de bons juristes, dotés d'une excellente plume. Ce texte lumineux, où chaque mot a été pesé, est superbe de rigueur, de force, de conviction. Il n'a qu'un défaut. C'est qu'il pose comme un dogme ce qui précisément est en question : le fondement de l'autorité royale. Or ce dogme, la plus grande partie de l'opinion éclairée le rejette. Ces maximes ne lui paraissent pas « sacrées et immuables ». La Fronde avait levé un coin du voile qui recouvre ce que le cardinal de Retz appelle le mystère de l'État, elle avait pénétré dans le sanctuaire où une alchimie secrète fixe les droits respectifs des rois et des peuples. Louis XIV avait rajusté le voile et verrouillé le sanctuaire. Mais au XVIIIe siècle, le vent des contestations de tout bord a emporté le voile et le sanctuaire est béant, sa porte arrachée. Louis XV prêche dans le désert : la foi en l'ancienne forme de monarchie est moribonde.

Nul ne s'étonnera que le discours de la Flagellation, qui plongea un instant les magistrats dans un silence illusoire, n'ait pas mis fin au harcèlement mené par les parlements. Il venait trop tard. Il était également maladroit. Car ce mépris glacé, qui soulignait si fort l'abîme séparant le souverain de ses sujets, a renforcé chez ceux-ci la réaction de rejet. Et parmi les auditeurs, il y avait aussi des princes et des pairs du royaume, qui commençaient – fait gravissime – de basculer dans l'opposition. Le roi était en train de perdre l'appui de sa noblesse. Que se serait-il passé si, en dépit de l'étiquette, il s'était adressé directement à eux tous, comme jadis Henri IV, au lieu de s'enfermer dans sa hautaine tour d'ivoire pendant qu'un secrétaire lisait un texte pré-rédigé ? Bref s'il avait eu de la présence, de l'autorité, de l'éloquence ? La Pompadour, dans ses propos passionnés, avait réussi à émouvoir un instant le président de Meinières. Louis XV aurait-il pu, s'il avait su établir le contact, non pas annihiler le désir de participation aux affaires, mais l'orienter dans un sens moins funeste à la monarchie ? Le discours de la Flagellation est un quitte ou double. En cas d'échec, il ferme les voies à une évolution vers la monarchie constitutionnelle, il n'offre aux conflits en cours aucune porte de sortie – hors la déflagration finale.

On ne refait pas l'histoire. Louis XV ne pouvait rien au caractère dont l'avaient doté la nature et l'éducation. Et la profondeur de sa foi lui imposait la fidélité à l'héritage transmis par ses pères. L'ombre du bisaïeul plane encore sur les « coups de majesté » qui marquent la fin de son règne. Mais en 1766, les dés sont déjà lancés et la partie presque jouée.

Le veuvage éphémère de Marie-Josèphe

Le veuvage modifiait le statut de Marie-Josèphe de Saxe dans la hiérarchie familiale. Quelle place lui assigner ? On se tourna vers la tradition. Mais les trois derniers siècles d'histoire de France n'offraient aucun cas de dauphine ayant survécu à son époux. Il fallait décider pourtant : qui aurait la préséance, d'elle ou de son fils devenu dauphin ? Il n'y a que la couronne qui puisse trancher du rang, déclara Louis XV. D'ici là, on appliquerait les règles de droit privé, qui privilégient les mères. Elle aurait le pas sur son fils jusqu'à ce qu'il soit roi. Quant au titre de dauphine, il sera bien temps de le lui enlever lorsque celui-ci se mariera. Comment la nommer d'ailleurs ? Le plus simple est de ne rien changer aux habitudes.

On a trouvé dans les archives la description d'un très ancien usage appliqué au veuvage des reines : quarante jours de claustration dans la chambre conjugale tendue de noir, toutes fenêtres obstruées, à la seule lumière des bougies. À vrai dire, la dernière à s'y être pliée était Louise de Lorraine, la veuve d'Henri III. L'usage fut abandonné au XVIIe siècle. On ne sait qui suggéra de le reprendre. En tout cas, Marie-Josèphe fit plus que se prêter à cette mise en scène. Elle en rajouta, renonçant à tout maquillage, pour rendre son visage « aussi clair que son âme », sacrifiant sa splendide chevelure, désormais inutile puisque son époux n'était plus là pour l'admirer. Elle s'abîma dans un chagrin morbide, associant le culte du défunt à son propre désir de mort : « Mon âme est dans la plus amère douleur, écrit-elle à son frère Xavier, tout la déchire, elle ne peut s'occuper que de ce qu'elle a aimé, qu'elle aime et qu'elle aimera tant qu'elle animera mon corps, qu'elle espère aimer plus fortement après dans le sein de Dieu. [...] Elle se transporte sans cesse dans le lieu qui renferme la dépouille de l'objet de son amour, [...] ce caveau – un cénotaphe en réduction qu'elle a fait installer dans sa chambre ! – lui paraît plus beau que tous les palais de l'univers... »

On ne reconnaît plus, dans ce lyrisme intempérant, la sage, solide, raisonnable Marie-Josèphe, épouse sans reproche, très attachée à un mari qui a fini par s'éprendre d'elle, mais non pas dévorée pour lui d'une passion ravageuse. Le plus probable est que, rongée par la fatigue, les veilles, l'angoisse, épuisée physiquement et moralement, elle est en train de s'effondrer.

Louis XV s'en rend compte. Et pour une fois, les élans du cœur s'accordent avec l'étiquette. Elle ne peut conserver l'appartement qu'elle a partagé avec le défunt – un logement de fonction, si l'on peut dire. Tant mieux, il est préférable qu'elle en change. Le roi lui offre celui que la Pompadour occupait au rez-de-chaussée et où il avait décidé de ne plus rentrer. Comme les locaux exigent une complète remise en état, il propose de l'installer d'ici là dans une suite confortable au second étage de ses cabinets intérieurs – celle qu'occupera bientôt Mme du Barry. Elle sera ainsi tout près de lui. Hélas, il y faut aussi quelques travaux, elle ne pourra déménager qu'au mois de septembre. En attendant, il lui prodigue soins et égards pour tenter de l'arracher à un marasme qu'il connaît bien, pour y être sujet lui-même. « Sans les bontés du roi, je n'y aurais pas résisté », dira-t-elle.

Ces marques de confiance et d'affection renforcent l'idée qu'une fois la crise de désespoir passée, elle prendra sur lui de l'influence. Cette perspective satisfait les dévots, mais inquiète le clan Choiseul, qui commence à la dénigrer, insinuant qu'elle déplore surtout le naufrage de ses ambitions : elle ne sera jamais reine. Ce n'est pas vrai, assurément. Mais ce qui est vrai, c'est que dans la famille royale rien n'est neutre et que de Marie-Josèphe dépendent certaines orientations politiques à long terme.

Quelque temps avant sa mort, le dauphin a demandé au roi de la laisser « maîtresse absolue de ses enfants ». Derrière l'hommage bien naturel à des qualités que tous reconnaissent à la jeune femme se dissimule un enjeu capital : qui dirigera l'éducation du futur roi ? Dans l'esprit du dauphin, la primauté accordée à son épouse est une mesure dirigée contre son père. Il avait toujours veillé personnellement à l'éducation de ses fils, choisissant leur gouverneur, le duc de La Vauguyon, parmi les activistes du parti dévot, contrôlant leur travail, intervenant lui-même dans ses domaines de compétence. Il voulait faire d'eux de parfaits princes chrétiens, autrement dit de bons serviteurs de l'Église. Il espérait beaucoup de l'aîné. Lorsque le petit Berry devint son héritier désigné, il mit les bouchées doubles pour tenter de hisser au niveau requis cet enfant qui lui paraissait moins doué et donc plus influençable. Pour le former, le dresser, il ne connaissait que la contrainte. Et ce ne sont pas les idées nouvelles qui allaient entamer ses convictions en la matière. Un nommé Jean-Jacques Rousseau ne s'était-il pas permis de prôner une nouvelle pédagogie, fondée sur l'idée que la nature humaine était bonne et qu'il fallait seulement l'aider à s'épanouir ? Heureusement Mgr Christophe de Beaumont avait fulminé un mandement, le Parlement avait condamné le livre scandaleux et l'auteur avait dû se réfugier en Suisse. Mais les fureurs de l'archevêque avaient offert à l'*Émile* une publicité qu'accrut encore la fameuse *Lettre* ouverte rédigée par Rousseau pour sa défense. Choiseul au pouvoir, les jésuites expulsés : il était essentiel de tenir l'héritier du trône à l'abri de la contagion. Tel est le rôle que le moribond avait assigné à Marie-Josèphe en lui faisant part de sa décision. Elle seule pourrait résister à Louis XV dans le cas où il prétendrait changer l'équipe pédagogique en place.

Comment se serait-elle acquittée de cette mission ? Qu'en pensait-elle ? Il semble qu'elle ait tenté, dès avant la mort de son mari, d'introduire dans l'équipe quelques personnalités plus ouvertes. Elle aurait pu jouer auprès du futur Louis XVI un rôle important. Mais le deuil récent a ravivé une autre plaie, mal fermée. Face à cet enfant renfermé et timide, elle ne parvient pas à chasser l'image de son frère aîné, qu'elle a tant aimé. Elle se le reproche, bien sûr, elle se sent coupable. Alors elle fuit le malheureux survivant, pour se soustraire à l'afflux des souvenirs. Les mots qu'elle lui adresse en lui présentant le programme mis au point pour lui sont d'une désolante froideur : « Qui plus que moi s'intéresse à votre gloire ? Qui plus que moi soupire après votre bonheur ? Je vous aime, mon fils, ce sentiment si précieux à mon cœur fera ma consolation si, docile aux leçons d'une mère à qui la vie serait odieuse sans cette espérance, vous devenez dans la suite un grand roi. » En attendant, elle l'abandonne à l'enseignement étroitement directif de La Vauguyon et à ses sermons.

On ne saurait lui en vouloir. Elle est à bout. Le temps lui est refusé, qui peut-être aurait développé l'amour entre elle et son fils. Depuis des mois la tuberculose contractée auprès de son mari la mine. Elle se met à son tour à tousser et à cracher le sang. Tout ce qu'on trouve à faire est de la saigner et de la nourrir de lait d'ânesse. Elle se force à suivre la cour à Compiègne, recommence à s'alimenter un peu et bénéficie d'une rémission. C'est alors qu'elle rédige le programme dont on a cité plus haut le préambule. Les solliciteurs se pressent autour de la nouvelle étoile montante. Croit-elle vraiment, comme elle l'écrit à son frère, qu'elle finira par guérir ? Elle n'a pas de peine à reconnaître les symptômes qu'elle a eu tout le loisir d'observer chez son mari. Elle se sait condamnée lorsqu'avec les premiers froids son « rhume » reprend. À quoi servent les remèdes si elle dépérit de jour en jour ? Le célèbre Tronchin, appelé à son chevet, tente de lui imposer une meilleure hygiène alimentaire. Mais il lui faut être soutenue pour faire quelques pas sur la terrasse. Quand elle en a la force, elle joue encore de son clavecin, qu'elle aime tant, mais son confesseur l'invite, faute de pouvoir respecter le jeûne, à s'en priver durant le carême. Elle ne le rouvrira plus. Elle reçoit l'extrême-onction le 8 mars et se prépare à la mort, apaisée. Cinq jours encore occupés par les adieux à la famille en larmes et par les prières. Elle meurt le 13 mars 1767, quinze mois après celui qui l'a précédée dans la tombe.

À douze ans le dauphin est doublement orphelin. « Mort de ma mère à huit heures du soir », note-t-il laconiquement dans son « journal ». Nul ne sait ce qu'il ressent. Il n'est pas communicatif. Quant à l'équipe pédagogique, qui se risquerait à la changer, au mépris de la double volonté des défunts ? Elle restera donc en place, pour le plus grand dommage de son pupille.

Marie Leszczynska s'éteint à son tour

Louis XV perdait avec la dauphine la seule femme de la famille qui fût capable de le comprendre. Certes, les larmes versées en commun l'avaient rapproché de la reine, mais il n'y avait plus rien à attendre de celle-ci, qui se retranchait peu à peu du monde.

Pour Marie, chaque deuil, s'ajoutant aux précédents, s'en venait alourdir la charge de chagrin qui s'accumulait en elle. Elle s'est surprise à pleurer sur l'infant de Parme : « Je ne croyais pas que l'on puisse aimer quelqu'un sans l'avoir jamais vu », s'étonne-t-elle avec candeur, avant de déceler la vraie raison de cette anomalie : « Cela me rappelle tout le reste. » Le reste, ce n'est encore que la mort de Madame Infante et celle du petit duc de Bourgogne. Le pire reste à venir. Le coup le plus terrible est celle de son fils, suivie deux mois plus tard par celle de son père. On la croit alors perdue, elle reçoit le viatique et l'Église se met en prières de quarante heures. Elle se remet pourtant, sans jamais retrouver le goût de vivre.

La mort de Stanislas, bien qu'elle l'afflige, provoque en elle un bref sursaut. L'héritage paternel lui offre les moyens de réaliser un vieux rêve. Elle fonde à Versailles, comme Mme de Maintenon à Saint-Cyr, une maison pour jeunes filles pauvres, dont l'éducation sera confiée à des chanoinesses de Saint-Augustin venues de Compiègne. En hommage à son père l'architecte est lorrain. Elle n'aura pas le temps de voir achever les bâtiments, qu'occupe aujourd'hui le lycée Hoche. La disparition de la dauphine lui a porté un nouveau coup. Autour d'elle, c'est la solitude. Les ministres qui la tenaient au courant des affaires se morfondent dans l'exil tandis que Choiseul concentre en ses mains les pouvoirs. Les amis très proches sont morts les uns après les autres, le duc de Luynes, puis la duchesse. Du petit groupe de familiers qui égayait ses après-midi, seul survit le président Hénault. Elle se sent déjà dans l'autre monde, avec ses chers défunts.

Maigre, tassée sur elle-même, elle s'affaiblit, dépérit lentement. Est-ce uniquement l'usure due à la fatigue, aux épreuves, à l'âge ? Elle a dépassé de peu la soixantaine. Est-elle malade ? « La reine est dans un état à tout faire craindre, non point pour le moment, mais pour l'avenir, écrit Adélaïde à l'évêque de Verdun. Elle est d'une maigreur et d'une faiblesse extrêmes ; cependant le pouls se soutient bon et n'a perdu aucune force. Vous savez que depuis longtemps elle est attaquée d'une tumeur scorbutique, qui est tombée sur la poitrine ; elle a craché un peu de pus pendant quinze jours, sans tousser. » Informations confirmées peu après par le roi à la fin de novembre 1767, dans une lettre à son petit-fils de Parme : « Je n'ai point de bonnes nouvelles à vous donner de l'état de la reine, la fièvre est plus forte, les crachats toujours de même, la maigreur à un point excessif, et la faiblesse si grande qu'elle a été forcée de se mettre dans son lit, qu'elle n'aime pas, mais où elle est beaucoup mieux. » On voudrait avoir l'avis des spécialistes d'aujourd'hui sur cette « tumeur scorbutique ». Le profane ne peut s'empêcher de penser à la tuberculose qui a emporté plusieurs de ses proches, mais il est vrai qu'elle ne semble pas tousser.

Tous s'attendaient à la voir passer d'un jour à l'autre. Au tout début de mars 1768, l'alerte fut sévère : « Vendredi après-midi, on fut obligé de lui administrer l'extrême-onction, la croyant à son dernier moment. [...] Depuis cela elle est revenue presque comme auparavant ; sa tête n'a pas beaucoup de suite et son corps s'affaiblit ; cependant les médecins trouvent qu'elle peut durer encore quelques jours, ce qui est un peu consolant. » Elle entretint le suspens pendant quatre mois, l'esprit à peu près perdu, ne tenant à ce monde que par la résistance obstinée de son corps usé. Pas de souffrances aiguës, semble-t-il ; mais la poitrine et l'estomac refusent peu à peu leur service. L'entourage s'installe dans cette attente qui n'en finit pas et lorsqu'elle s'éteint paisiblement le 24 juin, c'est le soulagement qui prévaut. La voici délivrée des misères de ce monde auquel, depuis plusieurs années déjà, elle avait cessé d'appartenir.

Dans les appartements tendus de noir, aux fauteuils surmontés de dais funèbres, dans les carrosses « drapés » de deuil, on imagine Louis XV faisant le bilan de son échec conjugal et contemplant le vide creusé autour de lui par la récente hécatombe. De sa nombreuse famille il ne lui reste que quatre filles, avec qui le renvoi des jésuites a aggravé le malentendu, et trois petits-fils enfants ou pré-adolescents, qu'il connaît et qu'il comprend mal. Il est seul.

Enfin, pas tout à fait. Hasard ? ou plus probablement machination ? Un jour, alors que Marie était encore de ce monde, il a aperçu, attablée avec son valet de chambre Le Bel, une éblouissante créature qui l'a ensorcelé. Cette dame du Barry lui révèle des voluptés inédites : rien d'étonnant à cela, il a affaire, pour la première fois de sa vie, à une professionnelle. Il trouve dans ses bras l'oubli, le bienheureux oubli qui repousse dans l'ombre chagrins et soucis. Il attendra seulement, par décence, la disparition de son épouse pour faire d'elle sa maîtresse déclarée. À soixante ans, il compromettra, dans l'incroyable promotion accordée à une prostituée notoire, ce qui lui restait de dignité.

À cette date, il ne croit plus en la survie de la monarchie telle que l'avait bâtie Louis XIV. De reculade en reculade, il a vu son autorité se dégrader. Sur les questions brûlantes – querelles religieuses ou fiscalité –, les vrais débats ont lieu non plus dans son cabinet, mais sur la place publique et il ne parvient plus à imposer son arbitrage. Il constate que les rats commencent à quitter le navire : des princes du sang, Orléans, Conti, passent du côté du Parlement. Lui-même ne compte plus renverser le cours des événements. Dans un dernier sursaut, il tentera de briser l'opposition parlementaire lors du ministère Maupeou. Mais le vrai problème demeure : celui de la représentation nationale. Au moins aura-t-il la satisfaction de transmettre à son héritier une monarchie absolue théoriquement intacte. Mais elle est minée au plus profond, la seule question étant de savoir si l'on s'orientera vers la réforme ou vers l'implosion, vers une monarchie parlementaire ou vers une république.

Nous ne l'accompagnerons pas ici au long des six dernières années de son règne, car ces années sont marquées par un changement majeur dans la constellation familiale. En 1770 Marie-Antoinette fait irruption sur la scène dont elle occupera tout l'espace. Nouveau dauphin, nouvelle dauphine, nouvelle favorite : faisant suite à tant d'autres, la mort de Marie Leszczynska marque bien la fin d'une époque. Avec elle s'achève la chronique familiale du règne. Louis XV en a pour six ans encore à tenter de sauver ce qui peut être sauvé, à se survivre, avant de basculer lui aussi dans l'au-delà – et dans l'histoire. Mais déjà sont en place les acteurs de la tragédie qui va suivre.

ÉPILOGUE

Au milieu de son cours, le très long règne de Louis XV bascule. En l'espace de quelques années, le Bien-Aimé devient le Bien-Haï. Ce renversement correspond à peu près au moment où entre dans sa vie la marquise de Pompadour. La tentation est forte d'y voir un lien de cause à effet et d'opposer la reine à la favorite comme la vertu au vice, le bien au mal. Dans une perspective morale et religieuse, ce point de vue est légitime. Politiquement, c'est une autre affaire. Les contemporains ne firent pas la distinction. Ils rendirent la Pompadour responsable de tous les maux du royaume, les pamphlets la poursuivirent de leurs insultes et les gens de cour s'évertuèrent à la faire renvoyer. Face à elle la reine bénéficiait par contraste d'un crédit d'estime et de confiance renforcé. Quant au roi, il fut englobé dans la réprobation que soulevait une maîtresse par qui on l'accusait de se laisser dominer. La plupart des témoignages nous offrent l'image d'un roi indolent ou cynique, adonné à la quête égoïste de son plaisir et abandonnant les affaires du pays aux mains d'une femme à l'ambition et à la cupidité effrénées. Et la chronique politique du règne se réduit trop souvent sous leur plume à des intrigues de palais où la favorite jongle avec les ministres pour satisfaire ses rancunes personnelles.

Les historiens ont eu de la peine à se dégager de ce schéma. La plupart de ceux du XIXe siècle y donnent à plein, car il s'accorde avec leur dénonciation globale des tares de la monarchie. Lorsque s'amorce ensuite l'indispensable réhabilitation de Louis XV, elle s'opère aux dépens de la Pompadour, les plus indulgents daignant porter à son crédit le mécénat, mais tous considérant son influence politique comme néfaste. Quant à Marie Leszczynska, on ne se soucie guère d'aller voir ce qui se cache derrière son apparente insignifiance.

Il n'entrait pas dans notre propos de récrire l'histoire – ah ! si la Pompadour n'avait pas été là, si le roi était resté fidèle à sa femme !... –, ni de nous ériger en juge de ses acteurs – de quel droit et au nom de quels critères l'aurions-nous fait ? Au terme d'un long parcours en leur compagnie, ils nous inspirent plutôt indulgence et sympathie, car, pris en étau entre passé et avenir, ils se débattent tous, Louis XV surtout, dans les nœuds de contradictions inextricables. Succédant à un patriarche prestigieux qui avait écrit la pièce à l'avance et distribué les rôles pour ses descendants en se réservant celui de la statue du Commandeur, l'arrière-petit-fils a eu pour tâche de préserver l'héritage tout en gouvernant une société largement nouvelle. On ne peut dire qu'il y ait réussi : l'exercice relevait de la quadrature du cercle. Au regard rétrospectif, la dérive, par-delà les à-coups et changements de cap, apparaît continue et comme inéluctable. Et la place tenue auprès de lui tant par la reine que par la favorite en fait ressortir les causes profondes.

*

Louis XV est un roi qui n'aime pas son métier. De ce métier que Louis XIV trouvait « grand, noble, délicieux », il ne ressent que les peines, les fatigues, les inquiétudes. Question de tempérament : il manque de confiance en lui-même, répugne à affronter autrui, broie aisément du noir. Question d'éducation aussi : en lui imposant trop tôt les servitudes de la vie de cour, on l'en a dégoûté durablement. Il cherche à s'y soustraire, délimite étroitement le champ de ses obligations officielles, se réfugie le reste du temps dans la vie privée. Une réaction d'abord instinctive chez l'enfant, puis délibérée. Le roi revendique le droit de vivre comme tout le monde, de tromper sa femme comme tout le monde (ou comme beaucoup !), et de régler ses problèmes de conscience comme tout le monde, dans le secret du confessionnal. Ce faisant, il mine l'édifice mis au point par son aïeul.

Le métier tel que l'avait défini et pratiqué Louis XIV impliquait l'effacement total de l'homme au bénéfice de sa fonction. Et tout, jusque dans les moindres détails de la vie quotidienne, était fait pour isoler du commun des mortels la personne du roi, objet d'un culte qui enracinait la monarchie dans l'ordre surnaturel. Par rapport à la doctrine qui conférait à une famille, à une dynastie, la mission de gouverner la France, il s'agissait déjà d'une dérive, qui excluait fâcheusement la reine et concentrait sur le seul monarque toute la charge de sacré que comportait le régime. Comme le dit pertinemment François Furet, « cette divinisation du roi est un facteur d'affaiblissement de la royauté », car elle subordonne trop étroitement celle-ci à la personnalité de celui-là.

Fleury, qui connaissait les répugnances de son élève, s'était efforcé de former Marie Leszczynska au métier de reine, pour tenter de restaurer l'image traditionnelle de la sainte famille royale. Mais il manquait à la petite Polonaise l'autorité et le prestige nécessaires pour recréer autour d'elle une cour digne de ce nom. Elle ne le souhaitait pas d'ailleurs. Elle ne parvint jamais, en dépit de sa bonne volonté, à suppléer aux absences de son époux, et c'est la famille royale tout entière qui éclata bientôt en cellules autonomes menant chacune à sa guise une vie calquée sur le modèle bourgeois. Venant après les sœurs de Nesle, la Pompadour se contenta de suivre les goûts déjà affirmés de son amant ou, si l'on y tient, de le pousser dans le sens de sa plus grande pente, celle de la vie privée.

La manière même dont il gère sa liaison avec

Mme de Pompadour relève du modèle bourgeois. Jamais il n'a tenté d'imposer, comme Louis XIV regagnant chaque soir le lit conjugal au sortir des bras de la Montespan, une sorte de polygamie quasi officielle. Après s'être partagé quelque temps secrètement entre Mme de Mailly et son épouse, il a rompu avec celle-ci. Du temps de la Pompadour, on voit s'installer un second ménage, bien distinct du premier, quoique la nouvelle élue soit amenée, par les nécessités de la vie de cour, à fréquenter la délaissée. Dans ce ménage parallèle, la marquise tient ouvertement le rôle de maîtresse de maison. Une situation tolérable pour un homme privé, mais qui, s'il s'agit d'un roi, porte atteinte à l'institution. La séparation officielle du couple royal brise quelque chose dans la symbolique de la monarchie fondée sur l'image d'un couple chargé d'enfants.

Prétendre imiter la façon de vivre d'un simple particulier peut passer chez un roi pour un signe de louable modestie, si cette volonté s'inscrit dans une tradition. Mais chez le successeur de Louis XIV, elle est mal comprise. On n'y voit que faiblesse, dérobade devant ses devoirs, trahison. Le malentendu est d'autant plus profond que Louis XV se réclame à l'occasion – pour compenser son refus de se plier entièrement à sa fonction ? – d'une morale individuelle supérieure aux impératifs du réalisme politique. Le code de l'honneur invoqué lors du traité d'Aix-la-Chapelle pour justifier l'abandon de toute revendication territoriale en est un exemple. Le cas le plus typique et le plus lourd de conséquences politiques est le refus de tricher avec la morale chrétienne. Incapable de discipliner sa sensualité et de renoncer aux femmes, mais trop profondément chrétien pour faire des promesses qu'il se sait incapable de tenir, il choisit de vivre dans le péché et la mauvaise conscience, en espérant qu'un repentir ultime le sauvera : d'où ses angoisses face à la mort entrevue. Chez un particulier, un tel choix n'engage que son destin personnel. Mais chez le roi de France, il fait scandale auprès des croyants sincères, qui sont la grande majorité, tandis que ses palinodies répétées au moindre accident de santé lui valent les sarcasmes des mécréants.

Avec un souverain en rupture de conjugalité, s'abstenant des sacrements, laissant tomber en désuétude le toucher des écrouelles, la monarchie française se désacralise et perd une des sources majeures de sa légitimité. Car si l'on cesse de le regarder comme le représentant de Dieu sur la terre, l'autorité sans partage dont il s'affirme détenteur risque, à l'occasion du moindre conflit, de passer pour tyrannie. Face à une réflexion politique qui se laïcise, le roi est nu.

*

Ce goût pour la vie privée, le repli sur soi, le secret eut aussi des conséquences plus directes sur le fonctionnement de la vie politique. Il contribua à faire méconnaître les réels mérites de Louis XV. L'étude des archives a montré qu'il fut un excellent gestionnaire. Son jugement était sûr, ses connaissances étendues, il voyait clairement les mesures souhaitables et il en prit beaucoup de fort bonnes. Examiné à l'aune de l'histoire séculaire, le bilan de son règne est largement positif. La France est plus riche, plus prospère, plus peuplée qu'elle ne l'a jamais été. Si elle a perdu dans une Europe transformée l'hégémonie qui fut un temps la sienne sous Louis XIV, jamais aucune armée ennemie n'a pénétré sur son territoire et elle n'a pas connu la guerre civile, ce fléau des deux siècles précédents. Une administration compétente et efficace a remanié les vieilles institutions comme l'armée et mis sur pied des services nouveaux d'une telle qualité que le gouvernement révolutionnaire n'aura qu'à s'en emparer pour être en mesure de tenir tête à l'Europe coalisée. Comment expliquer que le titulaire d'un tel bilan ait pu passer, au choix, pour indolent ou pour tyrannique ?

Sa répugnance pour la vie publique, son mépris de

l'opinion d'autrui, son indifférence à son image l'ont rapidement coupé des forces vives du pays. Fuyant le devant de la scène pour passer derrière le décor, il vit à Versailles dans une cour qui cesse peu à peu de remplir son rôle fédérateur des particularismes pour devenir le champ clos où s'affrontent des coteries. À Paris cependant se développe un formidable contre-pouvoir sur lequel la monarchie n'a pas de prise : l'opinion publique, qui ouvre sur quelques questions brûlantes des débats passionnés. À Versailles l'écho de ces débats ne parvient qu'affaibli, ils s'y dégradent en querelles de personnes. Quant au travail très positif qui se fait dans les bureaux, nul ne semble en soupçonner l'existence. Il a manqué à Louis XV ce que nous appellerions un « conseiller en communication ».

« Il n'avait d'autre défaut que celui d'être roi », aurait dit Frédéric II. Disons, pour être moins sévère, que c'était un roi pour temps serein. Il n'avait pas le caractère assez bien trempé pour affronter les tempêtes. Il lui aurait fallu un personnage dûment accrédité, sinon pour diriger les affaires, du moins pour assurer à sa place le contact avec les tiers. Il aurait eu besoin, après la disparition de Fleury, d'un premier ministre. Hélas ! il prétend gouverner par lui-même, comme son bisaïeul. En fait, il laisse la Pompadour assurer sans mandat officiel – et pour cause – ce double rôle d'expert en relations publiques et de porte-parole.

Essayons ici de circonscrire la responsabilité de la favorite dans les déboires successifs accumulés au cours des dernières années. Rien ne prouve, comme on le dit parfois, que le roi ait été une cire molle entre ses mains et qu'elle lui ait arraché des mesures qu'il réprouvait. Elle n'était pas assez sûre de son emprise sur lui, elle a été poursuivie par trop de cabales et a vu trop de lettres d'exil tomber brutalement sur les gens les mieux en cour pour se sentir vraiment en sécurité. Elle ne s'aventure pas à le contredire, elle s'efforce plutôt de l'aider à tirer au clair ses volontés et à les mettre en œuvre. Et, comme le note très justement d'Argenson, elle épouse ses fluctuations. Certes elle incarne auprès de lui l'esprit d'ouverture et de tolérance : il les apprécie en effet. Mais loin de chercher à le convertir aux idées les plus hardies des philosophes, on la voit prête à devenir dévote avec lui et face à la subversion parlementaire, elle se fait l'avocat de la théorie monarchique la plus orthodoxe. Les grandes décisions du règne, comme le renversement des alliances ou la réforme du vingtième, viennent de lui, pas d'elle, même si elle s'est battue pour les défendre. Dans le renvoi de Maurepas, de d'Argenson, de Machault, elle pèse moins qu'on ne l'a dit : aux raisons personnelles qu'elle a d'exiger leur tête se surajoutent chaque fois chez le roi des motifs politiques précis. Il est donc fort injuste de lui imputer toutes les prétendues erreurs de Louis XV.

Elle lui est nocive cependant, d'une autre manière. Non pour ce qu'elle fait, mais pour ce qu'elle est. Une bourgeoise qui usurpe, au détriment des grandes dames de la cour, la place enviée de favorite royale. Une femme qui exerce, au détriment des hommes candidats à la fonction, les prérogatives de premier ministre. Sa carrière est un défi à l'ordre établi. Elle a de plus le grand tort d'être très voyante. Mme de Maintenon, autre exemple de promotion inouïe, avait pour elle la caution de l'Église ; elle pouvait vivre sans risque en marge de la scène officielle, omniprésente mais silencieuse, dans l'ombre d'un roi qui occupait tout l'espace public. Au contraire la discrétion serait mortelle à Mme de Pompadour, dépourvue d'assise solide, consciente que le crédit se nourrit du paraître et attachée à distraire un amant qui s'ennuie. Elle s'agite, elle s'affiche, elle se dépense, elle distribue grâces et faveurs. En ministre des beaux-arts et de la culture, elle est parfaite et les meilleures réalisations du temps lui doivent beaucoup. Mais en politique, surtout en politique étrangère, elle atteint vite son niveau d'incompétence. Lorsqu'elle s'improvise ministre de la guerre, le choix des personnes est médiocre et la stratégie inexistante. Dans les conseils qu'elle prodigue aux généraux, peut-être n'est-elle que l'interprète du roi. Mais elle sort du rôle que l'opinion – celle de Paris comme celle de la cour – est disposée à lui concéder. Toutes les calomnies sont accueillies sans réserve parce qu'elles confirment des préventions. Elle attire sur sa tête les foudres des pamphlétaires. Il en rejaillit sur le roi quelques éclaboussures, largement méritées : à ce roi lointain, impénétrable, on pardonne mal ses hésitations, son incapacité à décider et plus encore à imposer ses décisions, cette délégation de ses pouvoirs aux mains d'une femme, qui a tout l'air d'une démission.

En revanche, la favorite protège la reine.

Le rôle politique de Marie Leszczynska, apparemment très modeste, n'attire que peu l'attention. Ses qualités morales et ses malheurs suffisent à l'exonérer de toute critique. On a tenté de montrer dans ce livre qu'elle a compté beaucoup plus qu'on ne l'a dit. Or elle était en désaccord total avec la politique menée par Louis XV. Comme beaucoup de ses aînées, elle a servi de point de ralliement au parti dévot, un parti dévot puissant et entreprenant dans les années 1750. Marie, appuyée par son fils, entretenait avec les membres les plus intransigeants de l'épiscopat des relations très étroites. Elle a cautionné de son autorité morale la croisade qu'ils ont tenté de mener contre les philosophes, puis contre les jansénistes lors de l'affaire des billets de confession, contrecarrant ainsi les efforts du roi pour apaiser les passions. D'autre part elle a largement contribué à l'échec de la réforme du vingtième, dont l'abandon a condamné tout effort ultérieur pour rendre la fiscalité plus juste, plus moderne et plus efficace. Dans ces deux cas, avec les meilleures intentions du monde, elle a nui gravement à l'action politique de son époux et miné sa sérénité par les pressions familiales exercées sur lui. Cependant nul ne songe à le lui reprocher. Pourquoi ? Parce qu'elle reste fidèle à son personnage, elle agit comme on s'attend à voir agir une bonne reine pieuse, vertueuse, moralement irréprochable. Son conformisme la protège. Les flèches de la satire ne lui infligent pas la moindre égratignure. Tant mieux pour elle. Tant mieux aussi pour la monarchie. Car elle se trouve dépositaire de la tradition, elle assure la continuité dynastique. Les errements du règne, imputables à la haïssable favorite, apparaissent comme des accidents, qui ne mettent pas en cause la nature même du régime. Que Louis XV disparaisse, que lui succède un jeune roi tout neuf : on l'accueille avec ferveur. La favorite, paratonnerre efficace, a détourné provisoirement l'orage. Une fonction bénéfique dont le règne suivant offrira le contre-exemple. Louis XVI n'aura pas de maîtresse. C'est Marie-Antoinette qui assumera une bonne part des rôles naguère remplis par la Pompadour.

On sait ce qu'il en adviendra. Le drame bourgeois, qui s'était joué cahin-caha sous Louis XV entre époux, épouse, enfants et maîtresse, va se transformer, avec Marie-Antoinette pour unique et éclatante *prima donna*, en tragédie.

ANNEXES

GÉNÉALOGIES

France

• *LOUIS XV*. Né le 15 février 1710. Fiancé à l'infante Marie-Anne-Victoire le 14 septembre 1721 (répudiée le 1er mars 1725, elle quitte Versailles le 5 avril). Marié le 5 septembre 1725 à Marie Leszczynska (23 juin 1703 – 24 juin 1768).
Enfants :
— Marie Louise *Élisabeth*, 14 août 1727. Fiancée en 1739 avec l'infant Philippe, mariée par procuration le 26 août 1739. Départ pour Madrid le 30 août. Dite « Madame Infante ». Duchesse de Parme en 1748. Morte le 6 décembre 1759 (variole).
— Anne *Henriette*, 14 août 1727 – 10 février 1752.
— *Louise* Marie, 28 juillet 1728 – 19 février 1733.
— *Louis* Ferdinand, dauphin, 4 septembre 1729 – 20 décembre 1765.
— [Fils], duc d'Anjou, 30 août 1730 – 7 avril 1733.
— Marie *Adélaïde*, 23 mars 1732 – 27 février 1800.
— Marie Louise Thérèse *Victoire*, 11 mai 1733 – 7 juin 1799.
— *Sophie* Philippe Élisabeth Justine, 27 juillet 1734 – 2 mars 1782.
[une fausse couche à trois mois – garçon ? – fin mars 1735].

— Marie Thérèse *Félicité*, 16 mai 1736 – 28 septembre 1744.
— *Louise* Marie, 15 juillet 1737. Entrée au Carmel en février 1770. Morte le 23 décembre 1787.
[une fausse couche au milieu de 1738].

• *Le dauphin Louis Ferdinand* (4 septembre 1729 – 20 décembre 1765).
1) Marié le 23 février 1745 avec Marie-Thérèse-Raphaëlle d'Espagne, morte le 22 juillet 1746 :
— Une fille, née le 19 juillet 1746, morte en avril 1748.
2) Marié le 8 février 1747 avec Marie-Josèphe de Saxe (4 novembre 1731 – 13 mars 1767) :
[divers « soupçons de grossesse » ; fausse couche début janvier 1749 ; alerte en avril].
— Marie-Zéphirine, 26 août 1750 – 2 septembre 1756 (convulsions).
— Louis Joseph Xavier François, duc de Bourgogne, 13 septembre 1751 – 22 mars 1761 (tuberculose osseuse).
— duc d'Aquitaine, 8 septembre 1753 – 22 février 1754 (coqueluche).
— Louis Auguste, duc de Berry (LOUIS XVI), 23 août 1754 – 21 janvier 1793.
— Louis Stanislas Xavier, comte de Provence (LOUIS XVIII), 17 novembre 1755 – 16 septembre 1824.
— Charles Philippe, comte d'Artois (CHARLES X), 9 octobre 1757 – 1836.
— Marie-Clotilde, 23 septembre 1759. Épouse Charles-Emmanuel IV de Piémont-Sardaigne. Morte en 1802.
— Élisabeth, 3 mai 1764 – 10 mai 1794.

• *Madame Infante* (14 août 1727 – 6 décembre 1759).
— Isabelle, 31 décembre 1741, mariée en 1760 à l'archiduc d'Autriche Joseph, qui sera ensuite l'empereur Joseph II, morte le 27 novembre 1763.

— Ferdinand, 20 janvier 1751 – 1804.
— Marie-Louise ou Louise-Marie, née en décembre 1751, mariée à Charles IV d'Espagne (1748-1819), morte en 1819.

Espagne

• *PHILIPPE V*, 1683-1746, petit-fils de Louis XIV, roi d'Espagne de 1700 à 1746 (avec brève abdication en 1724).
1) Marié en 1701 avec Marie-Louise-Gabrielle de Savoie, 1688-1714, sœur de la duchesse de Bourgogne :
— un fils mort en bas âge.
— LOUIS Ier, 1707-1724, roi d'Espagne en 1724 à la suite de l'abdication de son père. Marié en 1722 à Louise-Élisabeth d'Orléans, 1709-1742, fille du régent. Sans postérité.
— FERDINAND VI, 1713-1759, roi d'Espagne de 1746 à 1759. Marié à Maria-Barbara de Portugal. Sans postérité.
2) Marié en 1714 avec Élisabeth Farnèse, 1692-1766 :
— CHARLES III, 1716-1788, dit don Carlos, duc de Parme et de Plaisance de 1731 à 1735, roi de Naples sous le nom de Charles VII de 1734 à 1759, roi d'Espagne de 1759 à 1788. Marié à Marie-Amélie de Saxe.
— Marie-Anne-Victoire, née le 30 ou 31 mars 1718, fiancée à Louis XV (l'infante reine), puis mariée en 1729 à Joseph de Bragance, prince du Brésil. Ils seront roi et reine de Portugal en 1750. Elle mourra en 1781.
— Don Philippe, 1720-1765, duc de Parme et Plaisance de 1748 à 1765. Marié en août 1739 à Louise-Élisabeth de France, fille aînée de Louis XV (Madame Infante, 14 août 1727 – 6 décembre 1759).

— Marie-Thérèse-Raphaëlle, née en 1726, mariée le 23 février 1745 à Louis, dauphin de France, fils de Louis XV. Morte des suites de couches le 22 juillet 1746.
— Louis Antoine, 1727-1785.
— Maria-Antonia ou Marie-Antoinette, née en 1729, mariée à Victor-Amédée III de Sardaigne, morte en 1785.

POSTÉRITÉ DE LOUIS XIV

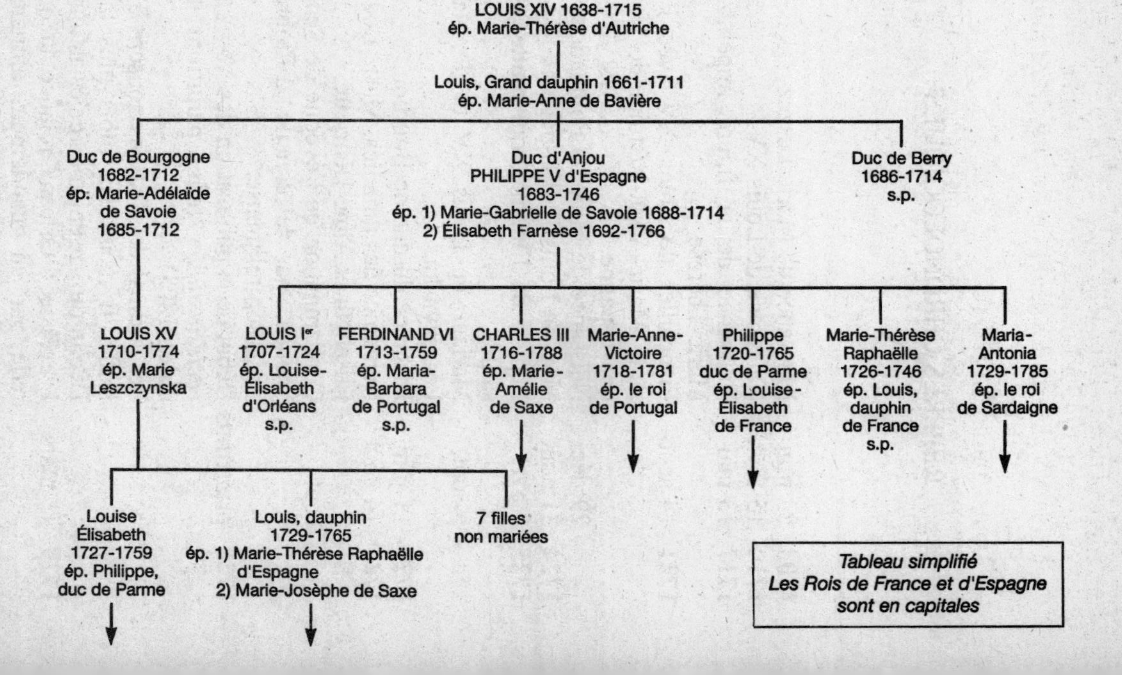

REPÈRES CHRONOLOGIQUES

1703	23 juin	Naissance de Marie Leszczynska.
1710	15 févr.	Naissance de Louis XV.
1717	13 mai	Naissance de la future impératrice Marie-Thérèse.
1721	14 sept.	Fiançailles de Louis XV avec l'infante Marie-Anne-Victoire de Bourbon-Espagne.
	29 déc.	Naissance de Mme de Pompadour.
1724	31 août	Mort de Louis Ier d'Espagne.
1725	5 avr.	Renvoi de l'infante, qui quitte Versailles.
	5 sept.	Mariage de Louis XV et de Marie Leszczynska.
1726	11 juin	Disgrâce du duc de Bourbon.
1727	14 août	Naissance des jumelles, Marie Louise Élisabeth et Anne Henriette.
	sept.	Condamnation de l'évêque de Senez, Soanen, par le concile d'Embrun. Agitation religieuse.
1728	printemps	Début de la publication des *Nouvelles ecclésiastiques* (elles paraîtront jusqu'en 1803).
	oct.	Le cardinal de Noailles souscrit à la Bulle. Il meurt six mois plus tard. Déclin du jansénisme ecclésiastique.
1729	1er mars	L'évêque d'Orléans relance la querelle par un mandement antijanséniste. Protestation des curés.

		Nomination de Mgr de Vintimille à l'archevêché de Paris.
	4 sept.	Naissance de Louis, dauphin.
1730	24 mars	Proclamation faisant de la bulle *Unigenitus* une loi de l'État. Agitation. Admonestation du roi : « Voilà ma volonté. Ne me forcez pas à vous faire sentir que je suis votre maître. »
	mars	Nomination d'Orry au contrôle général des finances.
	30 août	Naissance du duc d'Anjou.
1731	nov.	Louis XV fait éconduire à Marly les magistrats venus lui faire part de leurs plaintes.
1732	janv.	Fermeture du cimetière de Saint-Médard.
	23 mars	Naissance d'Adélaïde.
	déc.	Apaisement de la crise religieuse et parlementaire.
1733	1er févr.	Mort d'Auguste II de Saxe, roi de Pologne.
	7 avril	Mort du duc d'Anjou.
	11 sept.	Stanislas est élu roi de Pologne.
	10 oct.	La France déclare la guerre à l'Autriche.
	automne ?	Début de la liaison du roi avec Mme de Mailly.
1734	févr.-juin	Siège de Dantzig par les Russes.
	2 juill.	Arrivée de Stanislas en Prusse orientale.
1735	31 oct.	Signature des préliminaires de Vienne.
1736	27 janv.	Abdication de Stanislas.
	12 févr.	Mariage de Marie-Thérèse d'Autriche et de François de Lorraine.
	sept.	Convention de Meudon sur l'administration de la Lorraine.
1737	févr.	Disgrâce de Chauvelin.
	3 avr.	Arrivée de Stanislas à Lunéville.

1738	2 mai	Traité de Vienne, confirmant la cession de la Lorraine à Stanislas.
	été	Fin des relations conjugales entre le roi et la reine.
1739	mars	Louis XV renonce (définitivement) à toucher les écrouelles.
	26 août	Mariage de Madame Élisabeth avec l'infant don Philippe.
1740	févr.	Mort du pape Clément XII, élection de Benoît XIV.
	31 mai	Mort de Frédéric-Guillaume Ier de Prusse. Avènement de Frédéric II.
	20 oct.	Mort de l'empereur Charles VI. Avènement de Marie-Thérèse.
1741	juin	Alliance avec Frédéric II, négociée par Belle-Isle.
	10 sept.	Mort de Mme de Vintimille.
	nov.	Prise de Prague par Belle-Isle.
	31 déc.	Naissance de l'infante Isabelle de Parme, première petite-fille de Louis XV.
1742	24 janv.	Charles-Albert de Bavière est élu empereur sous le nom de Charles VII.
	11 juin	Traité de Breslau. Marie-Thérèse abandonne la Silésie à Frédéric II.
	3 nov.	Mme de Mailly chassée de la cour au bénéfice de sa sœur Mme de La Tournelle.
	déc.	Retraite glorieuse de Belle-Isle. Échec militaire et politique.
1743	29 janv.	Mort de Fleury. Le comte d'Argenson à la guerre, Machault aux finances.
	25 oct.	Signature à Fontainebleau du deuxième « pacte de famille » franco-espagnol.
1744	15 mars	Déclaration de guerre à l'Angleterre.
	26 avr.	Déclaration de guerre à l'Autriche.
	9 août	Le roi tombe malade à Metz. « Scènes de Metz ».
	nov.	Nomination du marquis d'Argenson aux affaires étrangères.

	8 déc.	Mort de la duchesse de Châteauroux.
1745	20 janv.	Mort de l'empereur Charles VII.
	23 févr.	Mariage du dauphin avec Marie-Thérèse-Raphaëlle d'Espagne.
	mars	Début de la liaison du roi avec Mme de Pompadour.
	11 mai	Victoire de Fontenoy.
	13 oct.	François de Lorraine est élu empereur.
	déc.	Machault d'Arnouville contrôleur des finances.
	25 déc.	Traité de Dresde entre Marie-Thérèse et le roi de Prusse, confirmant à celui-ci la possession de la Silésie.
1746	20 févr.	Prise de Bruxelles par Maurice de Saxe.
	27 avril	Défaite du prétendant Charles-Édouard Stuart à Culloden.
	9 juill.	Mort de Philippe V d'Espagne.
	22 juill.	Mort de la dauphine Marie-Thérèse-Raphaëlle.
	11 oct.	Victoire de Maurice de Saxe à Raucoux.
1747	10 janv.	Disgrâce du marquis d'Argenson.
	8 févr.	Mariage du dauphin avec Marie-Josèphe de Saxe.
1748	oct.-nov.	Paix d'Aix-la-Chapelle.
	10 déc.	Arrestation et expulsion du prétendant Stuart.
1749	avr.	Disgrâce de Maurepas.
	mai	Édit fiscal du vingtième, frappant tous les revenus. Agitation et protestations.
1750	sept.	Protestations de l'Assemblée du clergé contre l'Édit. Le roi la dissout.
1751	5 mars	Mort de Mme de Mailly.
	Pâques	Ouverture du jubilé.
	13 sept.	Naissance du duc de Bourgogne.

	23 déc.	Reculade du roi, qui exempte le clergé du vingtième.
1752	10 févr.	Mort de Madame Henriette.
	févr.	Arrêt du Conseil contre l'*Encyclopédie*.
	mars	Début de l'affaire des billets de confession.
	août	Début de la « guerre des Bouffons ».
	oct.	Mme de Pompadour duchesse.
1753	mai	Exil du Parlement à Pontoise.
1754	mai	Jumonville tué lors d'une rencontre avec les hommes de G. Washington.
	23 août	Naissance du duc de Berry (futur Louis XVI).
1755	mars	Le Parlement décide par arrêt que la Bulle n'a pas le caractère d'une règle de foi. Arrêt cassé par le Conseil en mai.
	juin	Capture de l'*Alcide* et du *Lys* par les Anglais.
	sept.	Entretiens de Meudon avec le comte de Starhemberg.
	17 nov.	Naissance du comte de Provence (futur Louis XVIII).
	déc.	Vives tensions franco-anglaises.
1756	janv.	Traité de Westminster entre l'Angleterre et la Prusse.
	1er mai	Premier traité de Versailles entre la France et l'Autriche. Renversement des alliances. Début de la guerre de Sept Ans.
	27 juin	Prise de Port-Mahon par les Français.
	29 août	Invasion de la Saxe par Frédéric II.
	16 oct.	Benoît XIV promulgue l'encyclique *Ex omnibus* pour apaiser la querelle janséniste.
	13 déc.	Lit de justice où le roi tente de ramener le Parlement à l'obéissance. Démissions massives de magistrats.

1757	5 janv.	Attentat de Damiens.
	1er févr.	Disgrâce de d'Argenson et de Machault.
	1er mai	Second traité de Versailles.
	8 sept.	Convention de Kloster-Zeven.
	9 oct.	Naissance du comte d'Artois (futur Charles X).
	5 nov.	Défaite de Soubise à Rossbach.
	28 nov.	Dénonciation de la convention de Kloster-Zeven par les Anglais.
	5 déc.	Défaite des Autrichiens à Leuthen.
1758	mai	Mort du pape Benoît XIV. Élection de Clément XIII.
	sept.	Tentative d'assassinat contre le roi de Portugal et expulsion des jésuites de ce royaume.
	nov.	Les Anglais s'emparent du Fort Duquesne (coupant les communications entre le Canada et la Louisiane).
	déc.	Disgrâce de Bernis. Choiseul aux affaires étrangères.
1759	mars	Troisième traité de Versailles (antidaté du 31 décembre 1758).
	août	Mort de Ferdinand VI d'Espagne, avènement de Charles III.
	6 déc.	Mort de Madame Infante.
1760	janv.	Début des procédures contre les jésuites.
	sept.	Prise de Montréal, fin du Canada français.
	oct.	Prise de Berlin par les troupes russes.
	25 oct.	À Londres, mort de George II, avènement de George III.
1761	janv.	Défaites françaises en Inde.
	22 mars	Mort du duc de Bourgogne.
	printemps	Début des poursuites contre les jésuites. Procès du Père La Valette.
	15 août	Pacte de famille entre les Bourbons de Paris, de Madrid, de Parme et de Naples.

	oct.	Fermeture des collèges de jésuites.
1762	2 janv.	L'Espagne déclare la guerre à l'Angleterre.
	4 janv.	Mort de la tsarine Élisabeth, avènement de Pierre III.
	5 mai	La Russie et la Prusse signent la paix.
	10 juill.	Éviction de Pierre III par sa femme Catherine II.
1763	10 févr.	Traité de Paris entre la France et l'Angleterre.
	15 févr.	Traité de paix entre l'Autriche et la Prusse.
	3 juin	Proclamation officielle de la paix. Fin de la guerre de Sept Ans.
	août	Mort d'Auguste III de Pologne. Élection de Stanislas Poniatowski.
1764	janv.	Visite en France du jeune Mozart.
	15 avril	Mort de Mme de Pompadour.
	nov.	Édit de proscription des jésuites.
1765	18 août	Mort de l'Empereur François Ier de Habsbourg-Lorraine. Il est remplacé par son fils Joseph II.
	20 déc.	Mort du dauphin.
1766	23 févr.	Mort de Stanislas Leszczynski.
	3 mars	Discours dit de la Flagellation.
1767	13 mars	Mort de la dauphine Marie-Josèphe de Saxe.
1768	24 juin	Mort de Marie Leszczynska.
	sept.	Maupeou chancelier.
1769	avr.	Présentation de Mme du Barry à la cour.
1770	16 mai	Mariage du dauphin avec Marie-Antoinette.
	24 déc.	Disgrâce de Choiseul. Début du Triumvirat (Maupeou, Terray, d'Aiguillon).
1771	avr.	Suppression de la vénalité des offices. Mise en place d'un nouveau parlement.

1772	25 juill.	Traité de partage de la Pologne.
1773	juill.	Le pape supprime la Compagnie de Jésus.
	déc.	La *Boston tea party* donne le signal de la guerre d'Indépendance américaine.
1774	10 mai	Mort de Louis XV.

ORIENTATION BIBLIOGRAPHIQUE

La bibliographie concernant le règne de Louis XV est extrêmement fournie. On n'a fait figurer ici que les principaux ouvrages consultés. Les lecteurs désireux de compléter leur information pourront se reporter aux bibliographies détaillées placées à la fin des livres spécialisés.

I – Ouvrages anciens.

— Argenson (marquis d'), *Mémoires et Journal*, édités par E.-J.-B. Rathery, 1859-1867, 9 vol.

— Barbier (Edmond Jean-François), *Journal*, 1857 et 1866.

— Bernis (cardinal de), *Mémoires*, préface de J.-M. Rouart, 1980 (« Le Temps retrouvé »).

— Besenval (baron de), *Mémoires*, publiés par Ghislain de Diesbach, 1987.

— Casanova (Giacomo), *Histoire de ma vie*, publiée par F. Lacassin, 1993, 3 vol.

— Choiseul (duc de), *Mémoires*, publiés par J.-P. Guicciardi, 1983 (« Le Temps retrouvé »).

— CROŸ (duc de), *Journal inédit*, publié par le vicomte de Grouchy et Paul Cottin, 4 vol., 1906-1907.

— DU HAUSSET (Mme), *Mémoires*, publiés par J.-P. Guicciardi, 1985 (« Le Temps retrouvé »).

— DUFORT DE CHEVERNY (Jean-Nicolas, comte), *Mémoires*, publiés par R. Crèvecœur, 1886.

— HÉNAULT (le président), *Mémoires*, publiés par F. Rousseau, 1911.

— LESZCZYNSKI (Stanislas), *Lettres inédites... à Marie Leszczynska*, 1754-1766.

— LOUIS XV, *Lettres à son petit-fils l'infant de Parme*, publiées par P. Amiguet, 1938.

— LUYNES (duc de), *Mémoires sur la cour de Louis XV (1735-1758)*, publiés sous le patronage de M. le duc de Luynes par L. Dussieux et E. Soulié, 17 volumes, 1860-1865.

— MARAIS (Mathieu), *Journal et Mémoires sur la Régence et le règne de Louis XV*, publiés par M. de Lescure, 1863-1868.

— POMPADOUR (marquise de), *Correspondance*, publiée par Poulet-Malassis, 1888.

— RICHELIEU (maréchal-duc de), *Mémoires*, publiés par Barrière, 1889, 2 vol. [l'ouvrage est l'œuvre de Soulavie].

— SAINT-SIMON, *Mémoires*, publiés par A. de Boilisle et L. Lecestre, 1879-1930, 43 vol. (« Les Grands Écrivains de la France »).

— SAINT-SIMON, *Mémoires*, publiés par Y. Coirault, 1983-1988, 8 vol. (« La Pléiade »).

— SAINT-SIMON, *Les Siècles et les jours. Lettres (1693-1754) et Note « Saint-Simon »*, textes établis, réunis et commentés par Y. Coirault, 2000.

— VILLARS (maréchal-duc de), *Mémoires*, 1838 (Coll. Michaud et Poujoulat, II, vol. IX).

— VOLTAIRE, *Correspondance*, publiée par Th. Besterman, 1977-1992, 13 vol. (« La Pléiade »).

II – OUVRAGES MODERNES.

— ANTOINE (Michel), *Louis XV*, 1989.

— ARMAILLÉ (comtesse d'), *La Reine Marie Leszczynska*, 1901.

— BARTHÉLEMY (Édouard de), *Mesdames, filles de Louis XV*, 1870.

— BAUDRILLART (Mgr Alfred), *Philippe V et la Cour de France*, 1890-1898, 4 vol.

— BEAUSSANT (Philippe), *Les Plaisirs de Versailles. Théâtre et musique*, 1996.

— BLUCHE (François), *La Vie quotidienne au temps de Louis XVI*, 1980.

— BOIS (Jean-Pierre), *Maurice de Saxe*, 1992.

— CHAUSSINAND-NOGARET (Guy), *Choiseul. Naissance de la gauche*, 1998.

— CORTEQUISSE (Bruno), *Mesdames de France. Les filles de Louis XV*, 1990.

— FURET (François), *La Révolution, I, 1770-1814*, 1988.

— GALLET (Danielle), *Madame de Pompadour ou le pouvoir féminin*, 1985.

— GAXOTTE (Pierre), *Le Siècle de Louis XV*, 1933.

— Goncourt (Edmond et Jules de), *Madame de Pompadour*, 1878.

— Huertas (Monique de), *La Mère de Louis XVI. Marie-Josèphe de Saxe*, 1995.

— Lacouture (Jean), *Jésuites, I. Les Conquérants*, 1991.

— Leroy-Ladurie (Emmanuel), *L'Ancien Régime, II, 1715-1770*, 1991.

— Lever (Évelyne), *Madame de Pompadour*, 2000.

— Levron (Jacques), *Madame de Pompadour. L'amour et la politique*, 1961.

— Levron (Jacques), *Stanislas Leszczynski*, 1984.

— Meyer (Daniel), *Quand les rois régnaient à Versailles*, 1982.

— Meyer (Jean), *Le Régent, 1674-1723*, 1985.

— Nolhac (Pierre de), *Louis XV et Marie Leczinska*, 1928.

— Nolhac (Pierre de), *Louis XV et Mme de Pompadour*, 1928.

— Nolhac (Pierre de), *Madame de Pompadour et la politique*, 1930.

— Petitfils (Jean-Christian), *Le Régent*, 1986.

— Picciola (André), *Le Comte de Maurepas. Versailles et l'Europe à la fin de l'Ancien Régime*, 2000.

— Rouart (Jean-Marie), *Bernis, le cardinal des plaisirs*, 1998.

— Solnon (Jean-François), *La Cour de France*, 19[illegible]

— Stryienski (Casimir), *La Mère des dern*[illegible] *bons. Marie-Josèphe de Saxe*, 1902[illegible]

— Tapié (Victor-Lucien), *L'Europe de Marie-Thérèse. Du Baroque aux Lumières*, 1973.

— Van Kley (Dale), *The Jansenists and the Expulsion of the Jesuits from France, 1757-1765*, Yale, 1975.

— Verlet (Pierre), *Le Château de Versailles*, 1961, rééd. 1985.

INDEX

On a exclu de cet index d'une part Dieu, le Christ, la Vierge et les personnages bibliques, d'autre part les personnages mythologiques, légendaires ou littéraires.

Les passages les plus importants, et notamment les chapitres entiers consacrés à un personnage, sont indiqués en caractères gras.

B

C

G

H

M

N

T

V-W

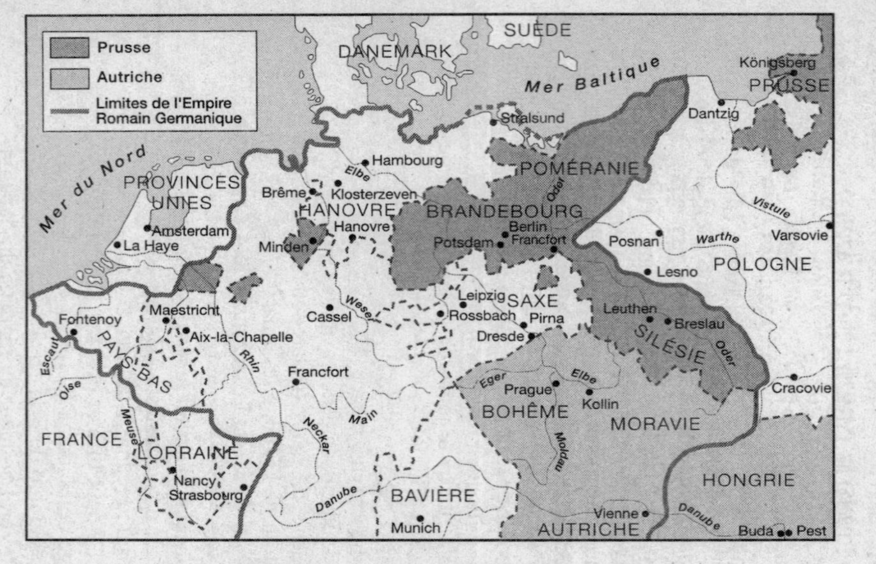

L'Europe centrale au milieu du XVIIIe siècle
(L'Empire romain germanique est délimité en gras)

TABLE DES ILLUSTRATIONS

Table

Imprimé en France sur Presse Offset par

BRODARD & TAUPIN

GROUPE CPI

La Flèche (Sarthe).
N° d'imprimeur : 12612– Dépôt légal Édit. 21985-05/2002
LIBRAIRIE GÉNÉRALE FRANÇAISE - 43, quai de Grenelle - 75015 Paris.

ISBN : 2 - 253 -15287 - 0 31/5287/3